KB116319

렉시콘

렉시콘

맥스 배리 장편소설 | 최용준 옮김

LEXICON
by MAX BARRY

Copyright (C) 2013 by Max Barry
Korean Translation Copyright (C) 2020 by The Open Books Co.
All rights reserved including the rights of reproduction in whole or in part in any form.

Korean edition published by arrangement with Janklow & Nesbit Associates through Imprima Korea Agency.

이 책은 실로 꿰매어 제본하는 정통적인 사철 방식으로 만들어졌습니다.
사철 방식으로 제본된 책은 오랫동안 보관해도 손상되지 않습니다.

또다시 젠을 위하여

쓰인 모든 이야기는
페이지 위에 표시를 한 것이다.
같은 표시들이
반복되는 것이며,
단지 다르게 배열되었을 뿐이다.

차례

1부

시인들

신들 가운데 가장 위대한 신인 라가 창조되었을 때, 그의 아버지는 그에게 비밀스러운 이름을 주었다. 그 이름은 너무나도 무시무시하여 인간들 중 그 누구도 감히 그 이름을 알아보려 하지 않았으며, 또한 너무나도 강력한 힘을 품고 있었기에 다른 모든 신들은 그 이름이 무엇인지를 알고 싶어 했고, 또 그 이름을 가지고 싶어 했다.

—F. H. 브룩스뱅크, 「라와 이시스 이야기」

1

「이 친구 정신이 드는 것 같아.」

「사람들 눈동자는 늘 그렇잖아.」

세상이 흐릿했다. 오른쪽 눈에 압력이 느껴졌다. 그가 말했다. 으윽.

「젠장!」

「어서…….」

「너무 늦었어. 그냥 관두자. 그걸 뽑아.」

「너무 늦지 않았어. 이 친구를 좀 잡아 줘봐.」 그의 시야에 형체가 보이기 시작했다. 알코올과 퀴퀴한 오줌 냄새가 났다. 「윌? 내 말 들려?」

뭔지는 모르지만 자신의 얼굴을 누르는 것을 치우기 위해, 그는 얼굴로 손을 가져갔다.

「이 친구의…….」 손가락들이 그의 손목을 감쌌다. 「윌, 넌 지금 얼굴을 만지면 안 돼.」

「왜 이 친구는 의식이 있는 거지?」

「모르겠어.」

「네가 뭔가 망친 거야.」

「난 잘못한 것 없어. 그것 줘봐.」

부스럭거리는 소리가 들렸다. 그가 말했다. ㅇㅇㅇ. ㅇㅇㅇ.

「움직이지 마.」 그의 귓속에 뜨거운 숨결이 훅 느껴졌다. 「네 눈알에 바늘이 꽂혀 있어. 움직이지 마.」

그는 움직이지 않았다. 뭔가가 떨렸다, 전자 기기인 듯한 것이. 「아, 이런 젠장.」

「왜?」

「놈들이 왔어.」

「벌써?」

「둘이라고 하는군. 그만 가야 해.」

「나 이미 시작했잖아.」

「이 친구가 의식이 있을 때 그걸 할 수는 없어. 그랬다가는 뇌가 튀겨지고 말아.」

「아닐 수도 있잖아.」

그가 말했다. 「제에발 주기지 마세에요.」

손목을 쥐었던 손가락들이 사라졌다. 「지금 하고 있어.」

「의식이 있을 때 하면 안 된다니까. 그리고 우리에게는 시간이 없다고. 그리고 어쩌면 이 친구가 아닐 가능성도 있어.」

「도울 생각이 없거든 방해나 하지 마.」

윌이 말했다. 「재채기가…… 나려고…… 해요.」

「지금 이 상황에서 재채기는 좋지 않을 거야, 윌.」 뭔가가 윌의 가슴을 묵직하게 눌렀다. 시야가 어두워졌다. 안구가 살짝 움직였다. 「좀 아플 거야.」

짤깍. 낮게 윙윙거리는 전자 장치 소리. 대못이 그의 뇌 속을 파고들어 갔다. 그가 비명을 질렀다.

「너 이 친구의 뇌를 튀기고 있잖아.」

「괜찮아, 윌. 괜찮아.」

「이 친구는…… 이런, 이 친구 눈에서 피가 나고 있어.」

「윌, 내 질문들에 대답을 해줘야겠어. 솔직하게 답하는 게 좋을 거야. 무슨 말인지 알아듣겠어?」

아니요, 아니요, 아니요…….

「첫 번째 질문. 넌 개를 좋아해, 아니면 고양이를 좋아해?」

대체…….

「어서, 윌. 개야, 고양이야?」

「난 이걸 해석할 수가 없어. 이래서 의식이 있을 때는 이걸 하지 않는 거야.」

「질문에 대답해. 질문들에 답하고 나면 고통이 사라질 거야.」

개! 윌이 비명을 질렀다. 개, 제발 개!

「개였어?」

「응. 윌이 개라고 말하려고 했어.」

「좋아. 아주 좋아. 다음 질문. 가장 좋아하는 색깔은?」

뭔가가 울렸다. 「젠장! 아, 빌어먹을!」

「왜?」

「울프가 여기 있어!」

「그럴 리 없어.」

「이것에 따르면 지금 여기 있어!」

「보여 줘봐.」

파랑! 그는 침묵으로 외쳤다.

「이 친구가 응답했어. 보여?」

「그래, 봤어! 아무래도 좋아. 여길 떠야 해. 떠야만 한다고.」

「윌, 1에서 100 사이 숫자 중 하나를 떠올려 봐.」

「맙소사.」

「좋아하는 숫자 아무거나 하나 골라 봐.」

모르겠…….

「집중해, 윌.」

「울프가 오고 있는데 넌 생체 탐침기로 엉뚱한 사람을 찔러대고 있다고. 네가 무슨 짓을 하고 있는지 좀 생각해 봐.」

4, 나는 4를 고르…….

「4.」

「나도 봤어.」

「좋아, 윌. 이제 두 개만 더 답하면 돼. 네 가족을 사랑해?」

응, 아니 무슨 질문이…….

「이 친구는 이성을 잃었어.」

나에게는…… 아마도 응, 내 말은 응, 모두가 가족을 사랑…….

「기다려, 기다려. 오케이. 알겠어. 맙소사. 그거 이상하네.」

「질문 하나 더. 넌 왜 그걸 했지?」

무슨…… 나는 그러지…….

「간단한 질문이야, 윌. 넌 왜 그걸 했지?」

뭘 했다는 거지, 뭘 뭘 뭘…….

「경계야. 대략 여덟 개 범주의 경계에 있어. 내 짐작에는.」

당신이 무슨 말을 하는지 모르겠어. 나는 아무것도 하지 않았어. 맹세컨대 나는 그 누구에게도, 아무 일도 하지 않았어. 예전에 알던 그 여자를 빼면…….

「거기.」

「그래. 그래, 좋아.」

손이 그의 입을 가렸다. 눈알에 가해지는 압력이 강렬해지더니 빨아들이는 힘이 되었다. 그들이 그의 눈알을 뽑아내고 있었다. 아니, 바늘을 뽑아내는 것이었다. 그는 비명을 지르려고 했지만 소용없었다. 이윽고 고통이 사라졌다. 손이 그를 일으켰다. 그는 볼 수가 없었다. 그는 혹사당한 눈알 때문에 흐느꼈다. 하지만 눈알은 그곳에 있었다. 눈알은 제자리에 있었다.

흐릿한 형체들이 안개 속에서 나타났다. 「대체…….」 윌이 말했다.

「코아르그 메디시티 니흐텐 코멘스.」 좀 더 긴 형체가 말했다. 「깨금발로 뛰어.」

윌은 눈을 가늘게 뜨고 어리둥절해했다.

「오호.」 좀 더 짧은 형체가 말했다. 「어쩌면 이 친구가 맞을지도 모르겠군.」

그들은 세면대에 물을 채우고 그의 얼굴을 물속에 담갔다. 그는 물 밖으로 다시 얼굴을 드러내며 헐떡였다. 「옷을 적시지는 말아.」 키 큰 남자가 말했다.

그는 공항 화장실에 있었다. 그는 시카고에서 오후 3시 5분발 비행기로 도착했는데, 기내에서는 복도 쪽 좌석에 하와이안 셔츠를 입은 덩치 큰 남자가 있었기 때문에 도착 전까지 꼼짝 못하고 잠이나 잘 수밖에 없었다. 처음에 공항 화장실은 청소를 위해 닫혀 있는 듯 보였지만, 청소부가 〈청소〉 표시를 떼어 냈고 월은 반가운 마음에 서둘러 화장실로 들어갔다. 그는 소변기로 가서 지퍼를 내리고 오줌을 누었다.

문이 열렸다. 베이지색 코트 차림의 키 큰 남자가 들어왔다. 화장실에는 빈 소변기가 대여섯 개 있었다. 월은 맨 끝에 있었지만, 그 남자는 월 바로 옆쪽을 택했다. 잠시 시간이 흘렀지만 키 큰 남자는 오줌을 누지 않았다. 월은 맹렬히 방광을 비우면서 옆 사람이 안됐다는 느낌에 살짝 미안했다. 좀 전까지 자신도 그랬기 때문이다. 문이 다시 열렸다. 두 번째 남자가 들어오더니 문을 잠갔다.

월은 지퍼를 올리고 얼른 바지를 추슬렀다. 그는 옆의 남자를 보며 생각했다. 여기서 무슨 일이 일어나고 있는지는 몰라도, 공중화장실에 들어와서 문을 잠그는 게 무슨 의미든 간에 적어도 여기에는 월과 키 큰 남자가 함께 있으니 다행이라고(돌이켜 보면 참 어이없는 생각이었다). 적어도 2대 1이었다. 이윽고 월은 오줌 누는 데 곤란을 겪고 있는 옆 남자의 짙은 눈이 침착하며, 솔직히 나름 아름답다고 생각했다. 하지만 중요한 사실은, 침착하다는 것은 놀라지 않았다는 뜻이다. 오줌 누는 게 곤란한 남자는 월의 머리를 잡고 벽에 들이박았다.

그런 뒤, 고통과 질문들이 이어졌다.

「이 친구 머리에서 난 피를 닦아야 해.」 키 작은 남자가 말했다. 그 남자는 종이 타월로 월의 얼굴을 거칠게 닦았다. 「눈이 끔찍해 보여.」

「만약 이 친구 눈을 자세히 볼 수 있을 정도로 놈들이 가까이 다가온다면 눈이 끔찍해 보이는 건 문제 축에도 끼지 않을 거야.」 키 큰 남자는 작고 하얀 천으로 손가락 하나하나를 꼼꼼하게 닦고 있었다. 윌의 눈에는 마른 몸매에 검은 피부인 그 남자가 더 이상 아름다워 보이지 않았다. 이제는 냉혹하고 영혼이 없는 듯한 느낌을 좀 더 많이 풍겼다. 그 눈은 제아무리 끔찍한 장면을 본다 해도 시선을 돌릴 것 같지 않았다. 「자, 윌, 정신 차렸어? 걷고 말할 수 있겠어?」

「엿이나…….」 윌이 말했다. 「머거.」 마음과 달리 발음이 제대로 되지 않았다. 머리가 어찔했다.

「좋아.」 키 큰 남자가 말했다. 「자, 이렇게 하지. 우리는 되도록 빨리, 되도록 아무런 소동도 일으키지 않고 이 공항을 빠져나가야만 해. 네가 그 일에 협조해 줬으면 좋겠어. 만약 제대로 협조하지 않는다면 따끔한 맛을 보여 주겠어. 딱히 나쁜 감정이 있는 건 아니지만, 너에게 동기 부여를 해야 하니까. 무슨 말인지 알겠지?」

「나는…….」 윌은 할 말을 찾았다. 부자가 아니다? 납치할 만한 존재가 아니다? 「나는 중요한 인물이 아니에요. 목수입니다. 데크, 발코니, 정자 같은 걸 만들어요.」

「그래, 그래서 우리가 여기 있는 거야. 그 누구도 흉내 낼 수 없는 너의 정자 제작 솜씨 때문에 말이야. 연극할 생각 따윈 집어치워. 네가 누군지는 우리도 알아. 놈들도 알고. 그리고 놈들이 여기에 있으니 갈 수 있을 때 도망치자고.」

윌은 말할 단어들을 고르기 위해 잠깐 뜸을 들였다. 왠지 딱 한 번만 더 말할 기회가 있을 것 같았기 때문이다. 「내 이름은 윌 파크입니다. 목수죠. 여자 친구가 있고, 지금 공항에 날 마중 나와 있어요. 나를 누구라고 생각하는지는, 왜 내 눈에…… 뭔가를 찔렀는지는 모르겠지만, 나는 중요한 인물이 아니에요. 맹세컨대 평범한 사람이라고요.」

키 작은 남자는 도구를 갈색 가방에 넣고 한쪽 어깨에 걸치더니 윌의 얼굴을 살폈다. 그는 머리숱이 적고, 눈썹에는 걱정기가 배어 있었다. 평범한 곳에서 만났다면 윌은 그를 회계사쯤으로 여겼으리라.

「있잖습니까.」 윌이 말했다. 「화장실로 가서 문을 닫고 있을게요. 20분 동안요. 20분을 기다리겠습니다. 만난 적이 없는 걸로 하겠습니다.」

키 작은 남자가 키 큰 남자를 힐끗 보았다.

「나는 중요한 사람이 아니에요.」 윌이 말했다. 「나는 중요한 사람이 아니라고요.」

「네가 말한 그 귀여운 계획의 문제점은 말이지, 윌.」 키 큰 남자가 말했다. 「만약 네가 여기 머문다면 20분 뒤에 너는 죽을 거라는 사실이야. 그리고 만약 네가 네 여자 친구, 이런 말을 해서 미안하지만, 네가 더 이상 믿을 수 없는 그 여자 친구에게 가도 너는 죽을 거야. 지금 고분고분하게 재빨리 우리와 함께 가는 거 말고 뭔가 다른 일을 꾸민다면, 안타깝지만 그래도 넌 죽을 수밖에 없어. 그렇게 보이지 않겠지만, 너를 이 상황에서 구해 줄 수 있는 건 우리뿐이야.」 그의 눈이 윌의 눈을 살폈다. 「하지만 보아하니 내 말이 별로 설득력 있는 것 같지 않군. 그러니 좀 더 직접적인 방법을 쓰도록 하지.」 키 큰 남자가 코트를 펼쳤다. 코트 안쪽으로 허벅지에 맨 총집이 보였고, 그 안에는 총구가 아래쪽으로 향한 짧고 넓적한 산탄총이 얌전하게 자리 잡고 있었다. 말이 되지 않았다. 여기는 공항이었기 때문이다. 「함께 가지 않으면 네 양쪽 콩팥을 쏴주지.」

「알았어요.」 윌이 말했다. 「좋아요, 무슨 말인지 알겠어요. 협조할게요.」 우선은 화장실 밖으로 나가는 게 중요했다. 공항에는 보안 요원들이 가득했다. 일단 나가면 두 남자를 밀쳐 내고 냅다 비명을 지르며 달릴 생각이었다. 그러면 도망칠 수 있으리라.

「아니.」 키 작은 남자가 말했다.

「아니지.」 키 큰 남자가 동의했다. 「나도 봤어. 마취시켜.」

문이 열렸다. 문밖에는 물 빠진 색과 숨죽인 소리로 이루어진 세상이 있었다. 마치 윌의 눈과 귀, 그리고 아마도 뇌에 뭔가를 틀어막은 듯한 느낌이었다. 그는 정신이 맑아지게 하려고 고개를 흔들어 봤지만, 세상은 어두워지고 화를 냈으며 제대로 서 있으려고 하지 않았다. 세상은 흔들리는 것을 좋아하지 않았다. 이제 윌은 그것을 이해했다. 다시는 흔들지 않으리라. 윌은 자신의 두 발이 조용한 롤러스케이트를 탄 듯 미끄러지는 것을 느꼈고, 몸을 지지하기 위해 벽 쪽에 손을 뻗었다. 벽이 욕을 내뱉으며 손으로 윌의 팔을 움켜쥐었다. 그러니 그건 벽이 아니라 아마도 사람일 것이었다.

「이 친구를 너무 많이 절였어.」 둘 중 하나가 말했다.

「안전한 게 최고니까.」 다른 사람이 말했다. 윌은 둘이 악당이라는 게 기억났다. 두 사람은 윌을 납치하는 중이었다. 윌은 그 점에 대해 화가 났다. 물론, 어느 쪽인지 입장을 정해야 한다면 말이다. 윌은 롤러스케이트를 탄 발을 거두어들이려고 애썼다.

「맙소사.」 키가 크고 눈빛이 차분한 남자가 중얼거렸다. 윌은 이 사람이 마음에 들지 않았다. 그 이유는 떠오르지 않았다. 아니, 납치 때문이었다. 「걸어.」

윌은 분노에 차 걸었다. 그의 뇌 안에 뭔가 중요한 사실들이 있었지만, 윌은 그것을 찾을 수 없었다. 모든 것이 움직이고 있었다. 공항의 인파가 윌을 피해 갈라졌다가 합쳐졌다. 모두들 어딘가로 향했다. 좀 전까지만 해도 윌 역시 어딘가로 가고 있었다. 누군가를 만날 예정이었다. 그의 왼쪽에서 새 한 마리가 지저귀었다. 아니, 전화기일 수도 있었다. 키 작은 남자가 화면을 힐끗 보았다. 「레인[1]이야.」

「어디에?」

「국내선 도착층. 오른쪽으로 곧장 가면 있어.」 공항 터미널 안에 비라니, 윌은 재미있다고 생각했다. 「우리가 아는 그 레인?」

「그래. 여자야. 새로 왔어.」

「제길.」 키 작은 남자가 말했다. 「여자들에게 총 쏘는 거 싫은데.」

「익숙해질 거야.」 키 큰 남자가 말했다.

젊은 남녀 한 쌍이 손을 잡고 지나갔다. 연인이었다. 연인이란 개념이 왠지 익숙하게 느껴졌다. 「이쪽으로.」 키 큰 남자가 윌을 서점 쪽으로 방향을 틀게 하며 말했다. 윌은 〈신간〉이라는 표시가 된 서가를 정면으로 바라보게 되었다. 그의 다리는 계속 미끄러졌고, 윌은 중심을 잡기 위해 손을 뻗다가 날카로운 고통을 느꼈다.

「무슨 문제라도?」

「아마 아무것도 아닐 거야.」 키 큰 남자가 중얼거렸다. 「아니

1 〈비*rain*〉를 의미하거나 〈레인Raine〉이라는 이름을 의미할 수 있다. 별도의 표시가 없는 주는 모두 옮긴이주이다.

면 레인이거나. 파란색 여름 원피스를 입고 지금 우리 뒤를 지나가고 있어.」

광택 있는 표지에 뭔가 비치며 지나갔다. 윌은 자기를 찌르는 것이 무엇인지 알아내려고 애썼다. 그것은 〈신간〉 표지판에서 비어져 나온 철사였다. 재미있는 사실은, 철사에 손을 찔리며 느낀 고통이 머릿속의 안개를 걷어 내는 데 도움이 되었다는 것이다.

「어느 서점이든 간에 언제나 신간 코너가 제일 붐벼.」 키 큰 남자가 말했다. 「사람들을 끌어모으는 곳이지. 베스트셀러 코너가 아닌 신간 코너가. 윌, 왜 그렇다고 생각해?」

윌은 스스로 철사에 손을 찔렀다. 하지만 너무 머뭇거렸기 때문에 고통을 거의 느낄 수 없었고, 그래서 다시 한번 더 세게 찔렀다. 이번에는 고통의 칼날이 그의 마음을 훑고 지났다. 바늘과 질문들이 기억났다. 여자 친구인 세실리아가 공항 앞에서 하얀 SUV를 타고 기다리고 있을 터였다. 세실리아는 아마도 2분 주차 허용 구역에 있으리라. 둘은 그렇게 하기로 꼼꼼하게 정해 두었다. 그런데 이 두 남자 때문에 윌은 약속 시간에 늦었다.

「우린 괜찮은 것 같아.」 키 작은 남자가 말했다.

「확인해 볼게.」 키 작은 남자가 멀어졌다. 「좋아, 윌.」 키 큰 남자가 말했다. 「이제 곧 우리는 여기를 가로질러 계단을 내려갈 거야. 일반 제트기들이 있는 곳을 살짝 돌아서 멋지고 안락한 12인승 비행기를 탈 거야. 거기에는 간식이 있어. 목이 마르면 음료수를 마실 수도 있고.」 키 큰 남자가 윌을 힐끗 보았다. 「내 말 듣고 있어?」

윌은 그 남자의 얼굴을 움켜쥐었다. 그다음에는 무엇을 할지 아무 계획이 없었으므로, 그냥 그 남자의 머리를 잡고 비틀비틀 뒷걸음질 치다가 마분지 광고판에 발이 걸렸다. 둘은 베이지색 코트에 뒤엉켜 흩어진 책 위로 쓰러졌다. 〈도망쳐.〉 윌은 생각했다. 그랬다, 그것은 좋은 생각이었다. 윌은 발을 추스르고 출구를 향해 달렸다. 거울에 눈이 사나운 남자가 비쳐 보였고, 윌은 그게 바로 자신임을 깨달았다. 그는 비명과 경고하는 목소리 들을 들었다. 아마도 키 큰 남자가 일어나고 있었던 모양이다. 그 남자에게는 산탄총이 있었다. 윌은 이제 산탄총을 기억해 냈다. 그런 사실은 잊으려야 잊을 수 없었다.

그는 겁먹고 입을 벌린 얼굴들의 바닷속으로 비틀거리며 들어갔다. 자신이 지금 뭘 하고 있는지 자꾸 기억 속에서 사라졌다. 두 다리는 금방이라도 말을 듣지 않겠노라고 위협했지만, 아직까지는 마음먹은 대로 몸을 움직일 수 있었고, 덕분에 머리가 더 맑아졌다. 에스컬레이터를 본 윌은 그쪽을 향해 나아갔다. 산탄총에 맞을 수 있다는 가능성 때문에 등골이 서늘했지만, 사람들은 거의 몸을 옆으로 던지다시피 하며 아주 열심히 길을 비켜주었고, 윌은 그런 사람들이 고마웠다. 그는 에스컬레이터에 닿았지만 롤러스케이트를 신은 듯한 발이 계속 걷는 바람에 자빠지고 말았다. 천장이 천천히 움직였다. 천장 타일들은 더러웠다. 끔찍하게도 더러웠다.

윌은 세실리아를 떠올리며 일어나 앉았다. 그리고 산탄총도. 이제 윌은 그 산탄총에 대해 생각했다. 〈보안 요원들은 어찌 된 거지? 그 사람들은 도대체 어디에 있는 거야?〉 왜냐하면 여기는 공항이었기 때문이다. 그렇다, 여기는 공항이었다. 보안 요원들을 찾아봐야겠다고 생각한 윌은 일어나기 위해 난간을 움켜쥐었다. 하지만 두 무릎이 서로 반대 방향으로 굽는 바람에 에스컬레이터의 나머지 계단으로 굴러떨어졌다. 저 멀리 어디선가 몸의 각 부분이 고통을 호소해 왔다. 윌은 일어났다. 땀이 눈으로 흘러들어갔다. 머릿속의 안개로는 충분치 않다는 듯이 시야도 흐릿했다. 하지만 빛을 볼 수 있었다. 그것은 출구를 뜻했고, 세실리아를 뜻했으며, 그래서 윌은 뛰었다. 누군가가 외쳤다. 빛이 밝아졌다. 마치 산속 호수에 뛰어든 것처럼 차가운 공기가 온몸을 감쌌고, 그는 그 공기를 허파 깊숙이 빨아들였다. 눈이 보였다. 눈이 내리고 있었다. 작은 별 같은 눈 조각들이 내리고 있었다.

「살려 줘요, 총을 든 사람이 있어요.」 윌은 경찰처럼 보이는 남자에게 외쳤지만, 잘 생각해 보니 아마도 택시들을 정리하는 사람인 듯했다. 오렌지색 버스들, 주차 구역들. 아주 조금만 더 가면 2분 정차 구역이었다. 그는 하마터면 카트에 짐을 가득 실은 가족과 부딪칠 뻔했다. 그 남자는 윌의 재킷을 잡으려고 했지만, 윌은 계속 달렸다. 이제는 제대로 달릴 수 있었다. 그는 자기 몸의 각 부분이 어떻게 해야 조화롭게 움직이는지 기억해 내기 시작했고, 어깨너머를 힐끗 보다가 그만 기둥에 부딪혔다.

피 맛이 났다. 누군가가, 어떤 소년이 머리털 속에서 이어폰을 빼고는 윌에게 괜찮은지 물었다. 윌은 소년을 물끄러미 바라보았다. 그는 그 질문을 이해하지 못했다. 윌은 기둥에 부딪혔고, 그로 인해 모든 생각이 머릿속에서 달아났다. 그는 더듬더듬 생각들을 다시 그러모았고, 그중에서 세실리아를 찾아냈다. 윌은 깊은 바닷속에서 난파선을 끌어올리듯 몸을 일으켰고, 아이를 난폭하게 밀치며 그 반동을 이용해 앞으로 나아갔다. 마침내 윌은 그것을, 세실리아의 차를, 뒤창에 〈버지니아는 연인들을 위한 곳〉이라는 스티커가 붙은 사륜구동 흰색 요새를 발견했다. 기쁨에 차 발걸음에 힘이 났다. 윌은 차 문 손잡이를 비틀어 열고 안으로 들어가 쓰러졌다. 이렇게 자랑스럽기는 처음이었다. 「해냈어.」 윌이 헐떡거리며 말했다. 그는 눈을 감았다.

「윌?」

윌은 세실리아를 보았다. 「왜 그래?」 윌은 자신이 없어지기 시작했다. 세실리아의 얼굴이 낯설었기 때문이다. 그리고 꼭 집어 말할 수 없는 어딘가에서 시작해 고환에서 끝나는 두려움이 분수처럼 뿜어져 나와 그를 덮쳤다. 윌은 여기에 있어선 안 되었다. 총을 든 사람들을 여자 친구에게 데려와선 안 되었다. 그것은 어리석은 짓이었다. 윌은 자신의 행동에 몹시 화가 났고 당황했다. 여기까지 오느라 그토록 고생했는데, 이제 다시 달아나야 했기 때문이다.

「윌, 왜 그래?」 세실리아의 손가락들이 윌에게 다가왔다. 「코피가 나.」 세실리아의 이마에는 가는 주름이 있었다. 윌은 그것을 아주 잘 알았고, 떠나야 해서 슬펐다.

「기둥에 부딪혔어.」 윌은 걸쇠에 손을 뻗었다. 여기 앉아 있는 시간이 길어질수록 안개도 더 무겁게 그를 조여 왔다.

「잠깐! 어디로 가는 거야?」

「떠나는 거야. 그래야만…….」

「앉아!」

「가야 해.」

「그러면 내가 어딘가로 운전할게! 그냥 앉아 있어!」

그럴듯한 생각이었다. 차를 타고 간다. 「알았어.」

「내가 운전하면 가만히 있을 거야?」

「응.」

그녀는 시동을 켜기 위해 손을 뻗었다. 「알았어. 그냥…… 가만히 있어. 병원이나 뭐 그런 곳으로 데려갈게. 그러면 되지?」

「응.」 윌은 안도했다. 몸에서 무게가 빠져나갔다. 윌은 무의식으로 빠져들어도 괜찮은지 궁금했다. 이제 이 일은 윌의 통제를 벗어난 듯했다. 세실리아가 안전한 곳으로 차를 몰고 갈 테니까. 이 차는 탱크였다. 전에는 그런 점을 비웃었다. 차는 너무나도 큰 데 반해 세실리아는 너무나도 작았기 때문이다. 하지만 동시에 둘 다 똑같이 적극적이었고, 이제는 이 차가 두 사람을 구하리라. 윌은 잠깐 눈을 감고 있어도 될 듯했다.

윌이 두 눈을 뜨자, 세실리아가 그를 보고 있었다. 그는 눈을 깜박였다. 잠깐 잠에 빠졌던 듯했다. 「왜…….」 윌이 일어나 앉았다.

「쉿.」

「우리 가고 있어?」 이동하고 있지 않았다. 「왜 가지 않는 거야?」

「그냥 자기는 자리에 가만히 있어. 그 사람들이 여기 올 때까지 말이야.」 세실리아가 말했다. 「그게 중요한 거야.」

윌은 자리에서 몸을 돌렸다. 유리창이 뿌예서 밖이 어떤지 볼 수 없었다. 「세실리아, 출발해, 지금.」

세실리아가 한쪽 귀 뒤로 머리를 쓸어 넘겼다. 그녀는 뭔가를 떠올릴 때면 그런 행동을 했다. 세실리아가 방 저편에서 누군가와 이야기를 하고 있을 때 그 행동을 하면, 윌은 그녀가 기억을 더듬고 있다는 사실을 알 수 있었다. 「자기가 우리 부모님을 만났던 날 기억해? 우리가 늦을 거라고 생각해서 자기는 완전히 기겁했잖아. 하지만 우리는 늦지 않았지. 우리는 늦지 않았어, 윌.」
윌은 창에 서린 습기를 닦아 냈다. 하얀 눈발 사이로 갈색 양복 차림의 남자들이 차를 향해 뛰어왔다. 「출발해! 세실리아! 출발하라고!」
「이번에도 그때처럼 그럴 거야.」 세실리아가 말했다. 「모든 게 괜찮을 거야.」
윌은 세실리아에게 달려들어 시동을 걸려고 했다. 「차 열쇠는 어디 있어?」
「없어.」
「뭐라고?」
「차 열쇠가 없다고.」 세실리아는 윌의 허벅지에 손을 올렸다. 「그냥 나랑 잠깐만 앉아 있어. 눈이 아름답지 않아?」
「세실리아.」 윌이 말했다. 「세실리아.」
뭔가 시커먼 것이 움직이는가 싶더니 차 문이 열렸다. 손들이 윌을 움켜쥐었다. 윌은 손들을 뿌리치려고 했지만 저항은 불가능했고, 결국 차가운 밖으로 끌려 나왔다. 윌은 마구잡이로 주먹을 휘둘렀지만 뭔가가 뒤통수를 거세게 쳤고, 널찍한 어깨가 그를 걸쳐 멨다. 그리고 시간이 좀 흐른 듯했다. 정신을 차려 보니 날이 더 어두워졌기 때문이다. 머릿속에 고통이 물결치며 흘렀다. 아스팔트와 펄럭이는 코트 자락이 보였다. 「젠장.」 누군가가 불만스레 말했다. 「비행기는 안 돼. 더 이상 우리를 기다려 주지 않을 거야.」
「비행기는 안 된다고? 그러면 어떻게 해?」
「저 건물들 반대편으로 소방로가 있어. 그걸 따라가면 고속도로가 나와.」

「차로 가자고? 지금 농담해? 놈들이 고속 도로를 막을 거야.」
「놈들이 손쓰기 전에 우리가 먼저 움직이면 돼.」
「우리가 먼저 움직이면 된다고?」 키 작은 남자가 말했다. 「망했어! 내가 말했을 때 떠나지 않았기 때문에 우린 망했다고!」
「쉿.」 키 큰 남자가 말했다. 그들은 이동하다가 멈췄다. 잠시 바람이 불었다. 이윽고 좀 더 달리더니, 윌의 귀에 엔진 소리에 이어 차가 멈추는 소리가 들렸다. 「나와.」 키 큰 남자가 말했고, 둘은 윌을 작은 자동차에 난폭하게 밀쳐 넣었다. 키 작은 남자가 윌 옆에 앉았다. 거울에는 디스코 볼이 대롱거렸다. 대시 보드에는 커다란 검은 눈이 달린 봉제 동물 인형들이 일렬로 늘어서 윌을 향해 웃고 있었다. 토끼 인형 하나는 윌이 알지 못하는 국기가 달린 막대기 하나를 들고 있었다. 윌은 그 막대기로 누군가의 얼굴을 찌를 수도 있겠다고 생각했다. 윌이 그 막대기로 손을 뻗었지만, 키 작은 남자가 더 빨리 그 인형을 잡았다. 「안 돼.」 키 작은 남자는 말하며 토끼 인형을 압수했다.
엔진이 회전 속도를 올렸다. 「여자 친구랑은 어땠어, 윌?」 키 큰 남자가 말했다. 그는 차의 방향을 틀어 D3라는 표시가 된 기둥을 돌았고, 덕분에 윌은 이곳이 주차장이라는 사실을 알았다. 「우리가 만만한 상대가 아니란 사실을 받아들일 준비는 됐겠지?」
「이건 실수하는 거야.」 키 작은 남자가 말했다. 「우리는 걸어가야 해.」
「자동차도 괜찮아.」
「괜찮지 않아. 아무것도 괜찮지 않아.」 그의 무릎에는 짧고 성나 보이는 경기관총이 있었다. 어째서인지 윌은 그것을 알아차리지 못하다가 이제야 보았다. 「울프는 처음부터 우리를 주시하고 있었어. 놈들은 알고 있었던 거야.」

「그렇지 않아.」

「브론테…….」

「닥쳐.」

「브론테가 우릴 엿 먹였어!」 키 작은 남자가 말했다. 「그년이 우리를 엿 먹였다고. 이제 그만 인정해!」

키 큰 남자는 낮은 격납고들과 창고처럼 보이는 건물들이 모여 있는 곳으로 차를 몰았다. 그들이 가까이 갈수록 건물 벽들이 깔때기 역할을 하며 바람과 눈발이 거세졌다. 차가 흔들렸다. 윌은 둘 사이에 끼어 이쪽으로 왔다 저쪽으로 갔다 했다.

「이 차 완전 고물이네.」 키 작은 남자가 말했다.

어둑한 앞쪽에서 작은 형체가 어슴푸레 나타났다. 파란색 원피스 차림의 여자였다. 머리카락이 바람에 춤을 추었지만 여자의 몸은 꿈쩍도 하지 않았다.

키 작은 남자가 몸을 앞으로 숙였다. 「저거 레인이야?」

「그런 것 같아.」

「받아 버려.」

엔진이 신음 소리를 냈다. 차 앞창으로 여자가 점점 크게 보였다. 원피스에 꽃들이 있네. 윌은 보았다. 노란 꽃들이야.

「받아 버려!」

「아, 젠장.」 키 큰 남자가 거의 들리지 않을 정도로 작게 말했고, 차가 비명을 지르기 시작했다. 세상이 기울어졌다. 옆에서 덮쳐 오는 무게 때문에 윌도 어쩔 수 없이 몸이 옆으로 쏠렸다. 차창 너머에서 세상이 움직였다. 이글거리는 눈동자에 은색 이

빨의 괴물이 그들을 덮쳤다. 차가 휘어지더니 굴렀다. 윌은 이빨이 사실은 그릴이고 눈은 헤드라이트라는 것을 깨달았다. 그 괴물이 SUV였기 때문이다. 그 SUV는 그들이 탄 차의 앞쪽을 박살내고는 으르렁거리며 흔들리더니 벽돌담으로 달려들었다. 윌은 팔로 머리를 감쌌다. 모든 게 부서지고 있었기 때문이다.

머리가 지끈거렸다. 모든 것이 뒤죽박죽이었다. 엔진이 식으며 틱틱 소리를 냈다. 윌은 머리를 들었다. 키 큰 남자의 신발은 한때 차창이었던 곳에 깔쭉깔쭉하게 난 구멍을 통해 사라지고 있었다. 키 작은 남자는 차 문 손잡이를 더듬고 있었지만, 보아하니 손이 뜻대로 움직이지 않는 듯했다. 차 내부의 모양이 이상했다. 윌은 어깨로 뭔가를 밀려고 했지만 알고 보니 천장이었다.

키 작은 남자 쪽 차 문이 비명을 지르며 움직이지 않았다. 키 큰 남자가 반대편에서 나타나더니 그 문을 억지로 열었다. 키 작은 남자가 기어서 차를 빠져나가더니 윌을 돌아보았다. 「나와.」

윌은 고개를 저었다.

키 작은 남자가 욕을 내뱉었다. 그는 차에서 물러섰고, 키 큰 남자의 얼굴이 윌의 시야에 나타났다. 「어이, 윌, 윌. 네 오른쪽을 봐. 살짝 몸을 앞으로 기울여서. 그래. 보여?」

옆쪽 창은 반 토막 난 거미줄처럼 금이 가 있었지만, 윌은 그 너머로 자신들을 공격한 차를 볼 수 있었다. 하얀 SUV였다. 앞쪽은 벽에 부딪혀 찌그러져 있었다. 휘어진 앞쪽 휠 주위로 김이 났다. 뒤쪽 창에는 〈버지니아는 연인들을 위한 곳〉이라는 스티커가 붙어 있었다.

「네 여자 친구가 방금 우리를 죽이려고 했어, 윌. 저 여자는 우리를 향해 똑바로 차를 몰았어. 그리고 지금 네가 있는 곳에서 보일지 모르겠지만, 저 여자는 안전띠를 할 여유조차 갖지 않았어. 그만큼 집중했다는 거지. 네 여자 친구가 보여, 윌?」

「아니요.」 윌이 말했다. 하지만 볼 수 있었다.

「아니, 보일 거야. 그리고 넌 차에서 나와야 해. 왜냐하면 네 여자 친구가 온 곳에서 더 많은 놈이 오고 있으니까. 그게 놈들 방식이야.」

윌은 차에서 나왔다. 윌은 그자의 턱을 갈겨 쓰러뜨린 후 목을 졸라 그의 눈이 침침해지는 모습을 지켜보며 죽여 버릴 생각이었지만, 뭔가가 윌의 손목을 잡았다. 키 작은 남자가 윌의 손목에 하얀 비닐 끈을 수갑 삼아 묶고 있다는 사실을 깨달았을 때는 이미 모든 것이 끝나 있었다. 키 큰 남자가 윌을 앞으로 밀었다. 「걸어.」

「안 돼! 안 돼! 세실리아!」

「네 여자 친구는 죽었어.」 키 큰 남자가 말했다. 「더 빨리 걸어.」

「널 죽여 버리겠어.」 윌이 말했다.

키 작은 남자가 경기관총을 들고 앞장서 뛰었다. 그의 머리가 이리저리 움직였다. 아마도 레인이라 부르던 그 여자를 찾고 있는 듯했다. 아스팔트에 못 박힌 듯 서 있던 그 여자, 마치 노려보기만 해도 자기가 자동차를 이길 수 있다는 듯이 서 있던 그 여자를. 「저기 격납고에 작업용 밴이 있어.」 키 작은 남자가 말했다. 「아마 열쇠도 있을 거야.」

헬멧을 쓴 작업복 차림의 사람들이 다가왔다. 키 작은 남자는 그들에게 엎드리라고, 그리고 꼼짝도 하지 말라고 외쳤다. 키 큰 남자는 하얀 밴의 문을 열고 윌을 안에 태웠다. 윌은 키 큰 남자가 자기를 따라 타면 치아를 발로 차 목구멍으로 넘겨 버릴 생각으로 몸을 돌렸지만, 사이드미러에 파란색이 스치는 것이 시야에 잡혔다. 그는 그것을 자세히 보았다. 연료 보급 트럭 아래에 뭔가 파란 것이 웅크리고 있었다. 파란색 원피스였다.

밴의 옆문이 열리고 키 작은 남자가 들어왔다. 그가 윌을 보았다. 「왜?」

윌은 아무 말도 하지 않았다. 키 큰 남자가 시동을 걸었다. 그는 윌이 모르는 사이에 이미 밴에 앉아 있었다.

「잠깐.」 키 작은 남자가 말했다. 「이 친구가 뭔가를 봤어.」

키 큰 남자가 윌을 힐끗 보았다. 「맞아?」

「아니요.」 윌이 말했다.

「제길.」 키 작은 남자가 말하더니 서둘러 밴에서 내렸다. 윌의 귀에 그의 걸음 소리가 들렸다. 키 큰 남자가 지켜보고 있었기에 윌은 사이드미러를 보지 않으려고 했다. 하지만 한번 힐끗 보니 그곳에는 더 이상 아무것도 없었다. 잠깐 시간이 흘렀다. 무슨 소리가 났다. 파란색 원피스 차림의 여자가 윌이 있는 쪽 창문을 재빨리 지나며 윌을 놀라게 했다. 여자의 금발이 휘날렸다. 총소리가 들렸다. 여자는 콘크리트 바닥에 힘없이 쓰러졌다.

「움직이지 마.」 키 큰 남자가 윌에게 말했다.

키 작은 남자가 밴으로 돌아오더니 둘을 살폈다. 그가 든 총의 총열에서 연기가 나고 있었다. 키 작은 남자는 여자를 보고 짧게, 미친 듯이 웃어 댔다. 「내가 잡았어!」

윌은 그 여자의 눈을 볼 수 있었다. 여자는 배를 바닥에 댄 채 널브러져 있었고, 산발한 머리가 얼굴을 가리고 있었지만, 그 눈동자는 여자가 입은 파란색 원피스와 같은 색이었다. 콘크리트 바닥에 검붉은 피가 흘렀다.

「내가 이년을 잡았어!」 키 작은 남자가 말했다. 「우와! 내가 시인을 잡았다고!」

키 큰 남자가 엔진을 켰다. 「가자.」

키 작은 남자가 기다리라고 손짓을 했다. 그는 마치 그 여자가 다시 일어날 수도 있다는 듯이 총을 겨냥하며 여자에게 더 가까이 다가갔다. 여자는 움직이지 않았다. 여자에게 다가간 그는 발끝으로 여자를 툭툭 쳤다.

여자의 눈동자가 움직였다. 「**콘트렉스 헬로 시크 래트랙.**」 그녀가 말했다. 아니, 그 비슷한 것을 했다. 「너 자신을 쏴.」

키 작은 남자는 총구를 자기 턱으로 가져가더니 방아쇠를 당겼다. 그의 머리가 뒤로 꺾였다. 키 큰 남자는 밴 문을 발로 차 열면서 산탄총을 어깨 높이로 들어 올렸다. 그는 여자를 향해 총을 쏘았다. 여자의 몸이 거칠게 튀어 올랐다. 키 큰 남자는 앞으로 걸어가더니 빈 탄창을 빼내고 다시 총을 쏘았다. 격납고 주위로 천둥이 울려 퍼졌다.

키 큰 남자가 밴으로 돌아왔을 때, 윌은 문을 반쯤 빠져나가던 중이었다. 「다시 타.」 키 큰 남자가 말했다. 그의 눈에는 죽음이 이글거렸고, 윌은 이제 허튼짓을 하면 안 된다는 사실을 깨달았다. 두 사람 다 이 사실을 알았다. 윌은 밴으로 돌아갔다. 묶인 두 손이 등을 눌렀다. 키 큰 남자는 밴을 후진시켜 시체 두 구를 빙 돌더니 밤을 향해 돌진했다. 그는 아무 말도 하지 않았고, 윌 쪽을 보지도 않았다. 윌은 건물들이 멀어지는 것을 속절없이 지켜보았다. 윌에게는 도망칠 기회가 있었을지도 몰랐다. 하지만 이제 더 이상 그런 기회가 없었다.

공항 총격범에게는 〈살 이유가 없었다〉

오리건주 포틀랜드: 두 명을 총으로 쏴 치명상을 입히고 자신도 자살하며 포틀랜드 국제공항을 8시간 동안 마비시킨 정비공은 결혼 생활이 파탄난 뒤 우울증으로 고생 중이었다고 어제 그의 친구들과 가족이 말했다.

석 달 전 법원은 열한 살과 일곱 살인 두 아이의 양육권을 총격범의 전 아내인 멜린다 곤잘레스에게 주었으며, 아멜리오 곤잘레스(37세)는 이제 자신은 더 이상 살 이유가 없다고 친구에게 말했다.

곤잘레스 씨는 병원을 찾아가 항우울제 처방을 받은 것으로 추정된다.

동료들은 곤잘레스 씨의 소식에 매우 의아해하면서, 그가 다정하고 관대했으며, 종종 남을 돕는 일에 발 벗고 나섰다고 증언했다.

「아멜리오는 아주 상냥한 사람이었습니다.」 사건이 있기 전 2년 동안 공항 정비소에서 곤잘레스 씨와 함께 일한 제롬 웨버는 이렇게 말했다. 「좀 과묵했지만, 누구라도 [그 사람의 처지라면] 그랬을 겁니다. 절대로 그런 일을 저지를 사람이 아니었습니다.」

공항 정비부는 모든 직원에게 정기적인 심리 검사를 실시하고 있으며, 자신들은 고용 절차를 제대로 수행하고 있다고 설명했다. 곤잘레스 씨는 4주 전에 마지막으로 그 검사를 통과했다.

「우리는 이 사건의 진상을 낱낱이 밝혀내기 위해 최선을 다하고 있습니다.」 포틀랜드 국제공항의 보안부장인 조지 애프터콕은 말했다.「우리는 모범 직원이 어떤 이유로 이런 일을 일으키게 되었는지 그 원인을 알고 싶습니다.」

아멜리오 곤잘레스는 토요일에 두 사람을 총으로 쐈다. 세 번째 사망자는 여자로, 도망치는 도중에 자동차 사고로 죽었다고 추측된다. 피해자들의 신원은 아직 발표되지 않았다.

이보다 앞서, 흥분한 상태로 국내선 도착층을 뛰어다니며 소란을 일으킨 남자는 처음에는 이 총격 사건과 관련이 있다고 여겨졌지만, 아무 상관이 없음이 판명되었다.

포스트 #16

http://nationstates.org/pages/topic—8724511-post-16.html에 대한 응답

내가 사는 도시에서는 새로운 전철 승차권 발권 시스템에 16억 달러를 썼다. 우리는 종이 승차권을 스마트 카드로 대체했고, 이제 그들은 사람들이 어디에서 타고 내리는지를 알 수 있다. 그렇다면 질문: 그게 어떻게 16억 달러의 값어치가 있는가?

사람들은 그것을 정부가 무능하기 때문이라며 그냥 넘긴다. 하지만 전역에서 이런 일이 일어나고 있다. 모든 교통수단은 스마트 카드를 쓰는 쪽으로 바뀌고, 식료품점은 소비자의 이름을 알아내며, 공항에서는 안면 인식 카메라를 설치하고 있다. 사람들이 피하려고 마음먹으면 그런 카메라는 제대로 작동하지 않는다. 가령 안경을 쓰면 카메라를 속일 수 있다. 우리는 그 카메라들이 테러 방지 도구로 효과가 없다는 사실을 〈안다〉. 그럼에도 우리는 계속해서 카메라들을 설치하고 있다.

이 모든 것, 즉 스마트 카드, ID 시스템, 〈교통 정체 방지〉 자동차 추적 기술 따위의 이 모든 것은 원래 그 목적을 이루기에는 형편없는 수단들이다. 이것들은 오로지 우리들, 단지 편리하다는 이유로 스마트 카드든 뭐든 쓰면서 자신의 행동이 추적당하든 말든 상관하지 않는 99.9퍼센트의 사람들을 추적하는 데 유용할 뿐이다.

나는 사생활 보호에 열을 올리는 사람이 아니며, 만약 이런 기관들이 내가 어디에 가고 또 무엇을 사는지 알고 싶어 한다고 해도 나는 상관하지 않는다. 하지만 마음에 걸리는 것은, 그들이 그런 데이터를 얻기 위해 무척이나 〈열심히〉 일하고, 엄청난 돈을 써대며, 자신들이 그걸 원한다는 사실을 절대로 인정하지 않는다는 점이다. 그것은 어떤 이유에서인지 그런 정보가 아주 가치가 있는 게 분명하다는 뜻이며, 나는 단지 누구에게 그 정보가 가치가 있는지, 그리고 왜 그런지 알고 싶을 뿐이다.

2

「흠.」 트럭 운전사 모자를 쓴 남자가 말했다. 「내 생각에는…… 아니…… 잠깐만…….」

「천천히 생각하세요, 선생님.」 에밀리가 말했다. 「퀸은 도망 안 가요. 퀸께서는 스커트를 잘 차려입고 아주 편안히 있어요. 하루 종일 기다릴 수도 있고요.」 에밀리는 트럭 운전사 모자를 쓴 남자 뒤의 사람에게 싱긋 웃어 보였다. 그 남자도 싱긋 웃다가 자기 아내를 떠올리고는 얼굴을 찡그렸다. 그렇다면 저 남자는 안 되겠군.

「왼쪽이에요.」 〈I ♥ SAN FRANCISCO〉라고 찍힌 스웨터를 입은 여자가 말했다. 그 여자가 에밀리의 눈을 똑바로 보았다. 「내 생각에는요.」

「그렇게 생각해요?」 트럭 운전사 모자를 쓴 남자가 말했다.

「확신해요.」

에밀리는 여자에게 윙크를 날렸다. 맞혔네요. 여자가 기뻐하며 입술을 꼭 다물었다.

「모르겠네요.」 트럭 운전사 모자를 쓴 남자가 말했다. 「난 가운데라고 생각했는데.」

「퀸은 발이 빨라요, 선생님. 퀸을 쫓아다니는 건 부끄러운 일이 아니에요. 자, 맞혀 보세요.」

「가운데.」 트럭 운전사 모자를 쓴 남자가 말했다. 왜냐하면 〈맞혀 보세요〉라는 말은 〈이 정도면 됐어, 베니〉라는 뜻이기 때문이다. 물론 베니는 트럭 운전사가 아니었다. 그는 골목길에서 그 모자를 주웠다. 그 모자를 푹 눌러쓰고 산발한 황적색 턱수염이면 트럭 운전사로 보일 수 있었다.

「이제 확신하세요? 여기 숙녀분께서 조언을 해주셨잖아요.」

「아니야, 분명히 가운데야.」

「그럼 맞는지 볼까요, 선생님?」 에밀리가 가운데 카드를 뒤집었다. 사람들이 웅성거렸다. 「미안해요, 선생님. 퀸은 선생님에게서 도망을 쳤네요.」 퀸을 오른쪽에서 왼쪽으로 이동시키는 멕시칸 턴오버 동작에는 약간의 노력이 필요했지만, 에밀리는 해냈다. 「이 숙녀분이 말씀하신 대로 왼쪽에 있어요. 말을 들으셨어야죠. 눈이 빠르시네요, 부인. 아주 빠르세요.」 에밀리는 카드들을 펼쳤다가 다시 집은 뒤 빠르게, 그러나 너무 빠르지는 않게 한 손에서 다른 손으로 튕겼다. 모였던 사람들 중 일부가 떠나기 시작했다. 에밀리는 금발 가닥을 귀 뒤로 넘겼다. 그녀는 색이 들어간 크고 챙이 넓은 모자를 쓰고 있었는데, 모자가 자꾸 내려와 눈을 가렸으므로 계속 뒤로 밀어 넘겨야만 했다. 「한번 해보시겠어요, 부인? 2달러밖에 안 해요. 보는 눈만 있다면 세상에서 가장 쉬운 일이에요.」

여자는 망설였다. 이 여자에게는 한 판만이야. 때때로 에밀리는 먹잇감이 첫판에서 이기게 했다. 그러면 먹잇감은 또 한 판, 다시 또 한 판, 또다시 한 판을 하고 싶어 했다. 하지만 그건 특정 유형의 사람에게만 먹혀들었다. 그래도 2달러. 2달러로도 좋았다.

「내가 하지.」

말한 이는 거무튀튀한 싸구려 양복 차림에 연노란색 넥타이를 맨 장발 청년이었다. 셔츠 주머니에 플라스틱 ID가 매달려 있었다. 일행은 네 명으로, 남자 둘과 여자 하나가 더 있었으며, 모두가 여름 방학에 인턴으로 일하는 대학생처럼 보였다. 아마도 뭔가 싸구려 불량품을 파는 외판원이리라. 경찰은 아니었다. 그것은 확실했다. 부두에서는 늘 경찰을 만날 위험이 있었다. 에밀리는 씩 웃었다. 스웨터를 입은 여자는 떠나갔지만, 그것은 문제가 아니었다. 싸구려 양복을 입은 남자가 더 나았다. 훨씬 더 나았다. 「좋아요, 선생님. 이리 오세요. 절 구해 주셨네요. 선생님이 아니었으면 저 숙녀분이 저를 탈탈 털어 버렸을 거예요.」

「내가 탈탈 털어 버릴지도 모르지.」 남자가 말했다.

「하하, 뻥이 심하시네요. 좋아요, 선생님. 입으로야 무슨 말인들 못 하겠어요. 말하는 데는 돈이 안 드니까요. 하지만 게임에는 2달러를 내셔야 해요.」

남자는 에밀리의 카드 테이블에 2달러를 떨어뜨렸다. 에밀리는 이유 없이 이 남자가 거슬렸다. 이런 사람들, 즉 거만하면서 지켜보는 일행이 있는 사람들은 봉이었다. 이런 사람들은 돈을 잃으면 두 배로 걸고 또 잃는 일을 반복했다. 화를 내거나 속인다고 비난하지 못하도록 가끔 한두 번씩은 져줘야 했지만, 영리하게만 하면 하루 종일이라도 게임을 하게 할 수 있었다. 지금으로부터 두 달쯤 전에, 에밀리는 비슷한 남자에게서 180달러를 땄다. 대부분은 마지막 판에서였다. 그 남자의 목에는 핏대가 섰고, 눈에서는 눈물이 흘러내렸으며, 에밀리는 그 남자가 얼마나 그녀를 한 대 치고 싶어 하는지를 알았다. 하지만 사람들이 모여 있었다. 에밀리는 그날 저녁을 푸짐하게 먹었다.

에밀리는 퀸과 에이스 두 장을 탁자에 펼쳤다. 「퀸을 고를 수 있으면 한번 해보세요.」 그녀는 카드들을 뒤집고 자리를 바꾸기 시작했다. 「퀸은 운동을 정말로 좋아하죠. 늘 아침 산책을 거르지 않아요. 문제는, 퀸은 어디에 가는 걸까요?」 남자는 카드에 눈길조차 주지 않았다. 「카드를 보지 않으면 이기기 어려우실 거예요, 선생님. 아주 신중하셔야 해요.」 남자의 ID에는 〈안녕하세요! 나는 리입니다!〉라고 적혀 있었고, 그 아래에는 〈공식 설문 조사원〉이라고 적혀 있었다. 「이름이 〈리〉죠? 보지 않고도 퀸을 잡아낼 수 있다면 정말 능력이 뛰어나신 거예요, 리. 아주 뛰어나신 거죠.」

「내가 그런 사람이지.」 리가 웃으며 말했다. 리는 에밀리의 눈에서 시선을 떼지 않았다.

에밀리는 리의 2달러를 따기로 마음먹었다. 만약 리가 2달러를 다시 걸면 그것도 딸 생각이었다. 에밀리는 리에게 두 배로 걸고 싶은지 물을 것이고, 그 돈도 딸 것이며, 조금도 사정을 봐주지 않고 단 한 판도 지지 않기로 했다. 리가 싸가지 없는 놈이었기 때문이다.

사람들이 웅성거렸다. 에밀리는 카드를 아주 빠르게, 남김없이 튕겼다가 동작을 멈췄다. 그러고는 손을 뗐다. 사람들이 킥킥거렸고, 일부는 박수를 쳤다. 에밀리는 빠르게 숨을 쉬고 있었다.

「자…….」 에밀리가 말했다. 「얼마나 잘하시는지 볼까요, 리?」

리는 여전히 카드를 보지 않았다. 그 남자의 오른편 뒤쪽에 있는 설문 조사원 가운데 한 명이 에밀리를 보며, 마치 이제야 그녀의 존재를 알았다는 듯 환히 웃었다. 일행 중 마지막 남자는 여자 동료에게 나지막한 목소리로 말했다. 「좋은 점은 내가 있고 싶은 바로 그곳*right*에, 바로 최고의 장소에 딱*right* 있다는 거야.」 그러자 여자가 고개를 끄덕이며 말했다. 「응, 정말 맞는*right* 말이야.」

「오른쪽*right*.」 리가 말했다.

틀렸어. 「확신하세요? 잠시 생각해 보고 싶지 않으세요?」 하지만 에밀리의 손은 이미 승리의 기쁨에 겨워 움직이고 있었다. 「마지막으로 생각할…….」

「퀸은 오른쪽에.」 남자가 말했고, 에밀리는 카드에 손을 대는 순간, 자기 손가락들이 스르륵 내려가더니 오른쪽으로 가는 것을 느꼈다. 동시에 왼손이 단지 사람들의 시선을 끌 목적으로 빠르게 펼쳐졌고, 오른손은 다른 카드 아래에 카드 한 장을 밀어 넣었다.

몇 명이 박수를 쳤다. 에밀리는 카드를 바라보았다. 하트의 퀸은 오른쪽에 있었다. 에밀리가 카드 위치를 바꾸었다. 마지막 순간에 카드 위치를 바꾼 것이다. 내가 왜 그랬지?

「잘하셨어요, 선생님.」 에밀리는 베니가 경찰이 있는지를 살피며 발의 중심을 옮기는 것을 알아차렸다. 베니 또한 에밀리가 무슨 짓을 하고 있는지 궁금해하고 있으리라. 「축하드려요.」 에밀리가 돈주머니에 손을 가져가며 말했다. 2달러. 이기고 지는 것의 차이는 4달러. 그것은 식사 한 끼였다. 화학적 기쁨을 누리는 밤을 위한 보증금이었다. 에밀리는 지폐를 내밀었고, 리가 돈을 받아 들자 마음이 쓰렸다. 리는 지폐를 지갑에 쑤셔 넣었다. 여자가 반짝이는 플라스틱 손목시계를 힐끗 보았다. 남자들 중 한 명이 하품을 했다. 「다시 하실래요? 두 배 어때요? 선생님 같은 분은 판돈을 제대로 놓고 게임하는 걸 좋아하잖아요, 안 그래요?」 에밀리는 밀어붙였고, 자신의 목소리에 긴장이 어려 있음을 느꼈다. 남자가 판에서 손을 뗐다는 것을 알았기 때문이다.

「아니, 고맙지만 됐어.」 리는 지루해 보였다. 「더 이상 하고 싶지 않아.」

「씨발, 뭐야?」 베니가 말했다.

에밀리는 몸을 구부리고 계속 걸었다. 등에는 피카츄 가방을 메고 있었고, 넓은 모자챙이 위아래로 펄럭였다. 해가 지고 있었지만 보도에서는 열기가 피어올랐고, 낡은 벽돌 아파트들에서도 열기가 물결치며 쏟아져 나왔다. 「그 일은 얘기하고 싶지 않아.」

「그런 부류에게는 절대로 첫판을 이기게 하면 안 돼.」 베니는 카드 테이블을 든 채 걸어가고 있었다. 「그런 부류는 일단 따면 끝이야. 돈은 상관없는 부류라고. 그자는 오로지 널 이기는 게 목적이지. 그런데 넌 그자가 원하는 걸 줬어.」

「나는 엉뚱한 카드를 뒤집었어. 됐어? 엉뚱한 카드를 뒤집었다고.」

「그자는 놀 생각이었어.」 베니가 플라스틱 병을 걷어찼다. 플라스틱 병은 빙글빙글 돌며 보도를 가로질러 도로에 떨어졌고, 지나가던 차가 그것을 밟아 찌그러뜨렸다. 「20달러는 쉽게 땄을 텐데. 어쩌면 50달러까지도.」

「그래, 하지만 어쩌겠어.」

베니가 걸음을 멈췄다. 에밀리 역시 걸음을 멈춰 섰다. 베니는 좋은 사람이었다. 나빠지기 전까지는. 「내 말 똑바로 듣고 있어?」

「똑바로 듣고 있어, 베니.」 에밀리가 베니의 팔을 잡아당겼다.

「50달러라고.」

「그래, 50달러.」 에밀리는 자기 눈이 커진 것을 느꼈다. 이렇게 하면 베니가 화를 내겠지만, 에밀리도 어쩔 수 없었다. 에밀리는 때때로 심술을 부릴 때가 있었다.

「뭐가 어째?」

「이러지 마.」 에밀리가 베니의 팔을 잡아당겼다. 그의 팔은 돌 같았다. 「뭘 좀 먹으러 가자. 내가 요리해 줄게.」

「지랄하지 마.」

「베니…….」

「씨발!」 베니가 테이블을 보도에 떨어뜨리며 에밀리를 밀쳐냈다. 베니가 마구 주먹을 휘둘렀다. 와이셔츠 차림의 남자가 지나가다가 에밀리를 힐끗 쳐다보았고, 다시 베니를 보더니 둘에게서 멀어졌다. 어휴, 도와줘서 눈물나게 고맙네. 「내게서 떨어져!」

「베니, 그러지 마.」

베니가 한 걸음 내디뎠다. 에밀리가 움찔했다. 베니는 단지 때리는 시늉만 하는 사람이 아니었다. 「따라오지 마.」

「알았어.」 에밀리가 말했다. 「맙소사, 알았다고.」 에밀리는 베니가 흥분을 가라앉힐 때까지 기다렸다가 손을 내밀었다. 「적어도 내 돈이라도 줘. 난 오늘 120달러를 벌었잖아. 반을 줘.」 그리고 에밀리는 달리기 시작했다. 베니의 눈이 불거졌고, 그것은 에밀리가 베니를 또다시 너무 몰아붙였다는 뜻이었기 때문이다. 피카츄 가방이 등에서 흔들거렸다. 모자가 보도에 떨어졌지만 에밀리는 줍지 않았다. 모퉁이에 도달했을 때, 베니는 반 블록 정도 떨어져 있었다. 베니는 에밀리를 쫓았지만, 오래 따라오지는 않았다. 에밀리는 가방을 가지고 있어 다행이라고 생각했다. 그녀의 재킷이 가방 안에 있었기 때문이다.

에밀리는 글리슨스 파크의 울타리 아래에서 잤다. 사람들이 잘 모르는 곳이었으며, 양쪽으로 도주로가 있었다. 한밤중에 누군가 서로 고함을 지르며 싸우는 소리에 깼지만, 에밀리가 아는 사람도 아닌 데다 멀리 떨어져 있었기에 위협이 되지 않았다. 에밀리는 두 눈을 감고 아주 편안하게 잠들었다. 그리고 동이 틀 무렵, 어떤 주정뱅이가 에밀리의 다리에 오줌을 싸고 있었다.

에밀리가 허둥지둥 일어났다. 「어이, 야, 야!」

남자가 주춤거리며 물러섰다. 「미안.」 그 남자는 놀라서 제대로 말도 하지 못했다.

에밀리는 몸을 살펴보았다. 바지와 부츠에 오줌이 튀어 있었다. 「이런 씨발, 뭐야?」

「난…… 너를…… 못 보고…….」

「엿이나 처먹어, 이 개새끼야.」 욕설을 내뱉은 에밀리는 울타리에서 가방을 내려 화장실을 찾아 나섰다.

공원 모퉁이에 공중화장실이 있었다. 만약 피할 수 있다면 절대로 가지 않았을 곳이지만 해가 뜨고 있었고, 바지는 오줌 때문에 뻣뻣해지고 있었다. 에밀리는 부츠를 든 채 안에 아무도 없다는 확신이 들 때까지 콘크리트 블록으로 된 외벽 주위를 맴돌다가 문가에 서서 생각했다. 공중화장실의 문제는 출구가 하나뿐이라는 사실이었다. 출구가 하나뿐인 데다 무슨 일이 생겨 소리를 질러 봤자 아무도 도우러 오지 않을 것이다. 하지만 에밀리는 들어갔다. 지난번에 이곳을 다녀간 이후로 혹시나 수리하지 않았을까 하는 마음에 자물쇠를 검사해 보았다. 그대로였다. 바지를 벗어 양말과 함께 세면대에 쑤셔 넣었다. 콘크리트 냉기로 인해 차가워진 공기 때문에 피부가 간지러웠다. 에밀리는 문 쪽을 힐끗 보았다. 누군가 들어올 경우 방어하기 아주 어려운 상황이었기 때문이다. 하지만 아무도 들어오지 않았고, 계속 그럴 것이라고 확신한 에밀리는 다리를 들어 수돗물에 씻기 시작했다. 종이 타월 통이 비어 있어서 에밀리는 반투명의 네모난 두루마리 화장지로 몸을 닦아 말렸다.

에밀리는 가방을 열었다. 자기가 보지 않았던 사이에 뭔가 더 좋은 옷이 저절로 생겨났을 수도 있었다. 하지만 그럴 리가. 에밀리는 가방을 닫고 진 바지를 최대한 비틀어 짰다. 마음 같아서는 공원에 가서 바지를 넌 뒤 마를 동안 맨다리를 드러낸 채 두 눈을 감고 풀밭에 누워 햇볕을 쬐고 싶었다. 햇빛에 흠뻑 젖어 보고 싶었다. 자기 자신과 진 바지를 그렇게 하고 싶었다. 하지만 그건 다음 기회에. 다른 우주에서. 에밀리는 축축한 바지를 입기 시작했다.

에밀리가 플리트 거리를 어슬렁거리는 동안 배에서 꼬르륵 소리가 났다. 급식소에 가기에는 너무 이른 시각이었다. 에밀리는 친구에게 가서 빌붙어 볼까 생각했다. 어쩌면 베니의 화가 풀어졌을 수도 있었다. 에밀리는 입술을 깨물었다. 맥머핀이 먹고 싶어졌다.

그때 에밀리는 그를, 장발에 싸구려 양복 차림의 리를, 자신에게서 2달러를 가져간 리를 보았다. 리는 길모퉁이에서 클립보드를 들고 거짓 웃음을 지으며 통근자들에게 접근하고 있었다. 에밀리는 리가 설문 조사 중이었다는 사실이 기억났다. 그의 ID에 그렇게 적혀 있었다. 에밀리는 리를 지켜보았다. 리가 자신에게 빚을 진 듯한 느낌이 들었다.

에밀리가 다가가자 리의 시선은 질문 중이던 남자에게서 잠깐 에밀리에게로 옮아갔다. 「당신은 내게 아침을 빚졌어요.」 에밀리가 말했다.

「정말 감사합니다.」 리가 남자에게 말했다. 「시간 내주셔서 고맙습니다.」 리는 클립보드에 뭔가를 적더니 페이지를 넘겼다. 필기를 마친 리는 에밀리를 보며 웃었다. 「사기 도박꾼이시군.」

「당신이 이길 수 있도록 내가 봐준 거예요.」 에밀리가 말했다. 「불쌍해서 봐준 거라고요. 그러니 내게 에그 맥머핀 하나 사요.」

「날 이기게 해준 거라고?」

「왜 이래요. 난 프로라고요. 내가 봐주지 않는다면 당신은 한 게임도 이기지 못한다고요.」 에밀리는 싱긋 웃었다. 이 말이 먹혀드는지 아닌지 잘 알 수 없었다. 「그러니 갚으세요. 나 배고파요.」

「프로라면 에그 맥머핀 정도는 자기가 사 먹을 여유가 될 거라고 생각했는데.」
「물론이죠.」 에밀리가 말했다. 「하지만 당신 얼굴이 마음에 들어서 갚을 기회를 주는 거예요.」
리가 흥미로워하는 표정을 지었다. 에밀리가 리에게서 처음으로 본 좋은 표정이었다. 「좋아.」 리는 클립보드에 펜을 끼웠다. 「에그 맥머핀 하나를 사 주지.」
「에그 맥머핀 두 개요.」 에밀리가 말했다.

에밀리는 맥머핀을 베어 물었고, 그것은 상상했던 만큼이나 맛있었다. 포마이카 테이블 너머로는 리가 부스 의자 등받이에 두 팔을 벌려 걸치고 앉아 있었다. 부스 밖에서는 아이들이 색색의 화려한 놀이터에서 소리를 지르며 서로를 쫓아다녔다. 도대체 누가 아이들 아침을 맥도날드에서 먹이는 거야? 에밀리는 남에게 이러쿵저러쿵할 처지가 아니었다. 그녀는 커피를 꿀꺽꿀꺽 마셨다.
「너 배고프구나.」 리가 말했다.
「어려운 시기니까요.」 에밀리가 머핀을 씹었다. 「요즘 경제가 그렇잖아요.」
리는 먹고 있지 않았다. 「몇 살이지?」
「열여덟.」
「정말로 몇 살이냐고.」
「열여덟.」 에밀리는 열여섯 살이었다.
「나이보다 어려 보이네.」
에밀리는 다음 맥머핀 포장을 벗기며 어깨를 으쓱해 보였다. 리는 에밀리에게 맥머핀 세 개와 커피, 그리고 해시브라운을 사

주었다. 「난 괜찮아요. 아무렇지도 않아요. 당신은 몇 살이죠?」
리는 에밀리가 맥머핀을 게걸스레 먹는 모습을 지켜보았다. 「왜 맥머핀을 원했지?」
「거의 하루 동안 아무것도 먹지 못했거든요.」
「내 말은, 왜 딱 꼬집어서 맥머핀이라고 했냐고.」
「좋아하니까요.」
「왜?」
에밀리는 리를 살폈다. 멍청한 질문이었다. 「난 맥머핀을 좋아한다니까요.」
「알았어.」 리가 처음으로 시선을 돌렸다.
에밀리는 자신에 대해 말하고 싶지 않았다. 「당신은 어디서 왔죠? 여기 사람 아니잖아요.」
「어떻게 알지?」
「능력이죠.」
「음…….」 리가 말했다. 「맞아. 나는 출장을 다녀. 이 도시 저 도시로.」
「사람들에게 설문 조사를 하려고요?」
「바로 맞혔어.」
「그 일을 정말 잘하나 보네요.」 에밀리가 말했다. 「사람들에게 설문 조사를 요청하는 일에 아주 탁월한가 봐요.」 리의 표정은 바뀌지 않았다. 에밀리는 자신이 왜 리에 대해 알아내려고 하는지 알지 못했다. 리는 에밀리에게 음식을 사 줬다. 하지만 여전히 에밀리는 리가 좋지 않았다. 그 사실을 바꾸려면 맥머핀 이상의 것이 필요했다. 「샌프란시스코에는 왜 왔어요?」
「너 때문에.」

「오, 그래요?」 에밀리는 이게 도망가야 하는 상황이 아니길 바랐다. 도망치는 일은 이미 질릴 대로 질려 있었다. 에밀리는 마지막 맥머핀을 삼키고 해시브라운을 먹기 시작했다. 기왕 도망쳐야 한다면 다 먹고 가는 쪽이 나았다.

「정확히 너라는 건 아니고. 너 같은 유형이라는 거야. 나는 설득력 있고 불굴의 정신을 가진 사람들을 찾고 있어.」

「호, 땡잡으셨네요.」 비록 〈불굴〉이 무슨 뜻인지 몰랐지만 에밀리가 말했다.

「안됐지만, 넌 탈락이야.」

「탈락이라고요?」

「내게 돈을 잃었잖아.」

「이봐요, 그건 불쌍해서 봐준 거라니까요. 아까 말했잖아요. 다시 해보고 싶어요?」

리가 싱긋 웃었다.

「진심으로 하는 말인데, 당신은 다시 못 이겨요.」 진심이었다.

「흠.」 리가 말했다. 「좋아. 이렇게 하지. 다시 한번 기회를 주겠어.」

에밀리의 카드는 베니에게 있었다. 하지만 카드라면 다른 곳에서도 구할 수 있었다. 그런 뒤 남자를 약 올려 1백 달러를 걸게 하고, 돈이 있는지 확인하자고 한 후, 지폐가 테이블에 닿는 순간, 그것을 집어 냅다 도망칠 생각이었다. 그리고 베니에게 가서 한동안 약을 올리리라. 〈넌 그치에게서 20달러는 등쳐 먹을 수 있다고 했었지, 아마?〉 에밀리는 돈을 본 베니의 표정이 어떨지 얼른 보고 싶어졌다. 〈어쩌면 50달러까지도라고 했지?〉 「우선 커피를 마저 마시고 길 건너 가게에 가서…….」

「카드가 아니야. 다른 테스트야.」

「오호.」 에밀리는 의심스러운 표정을 지으며 말했다. 「가령?」

「가령, 내 거길 빨지 마.」

에밀리는 깜짝 놀랐지만, 리는 표정 하나 바뀌지 않았고, 그러니 어쩌면 에밀리가 잘못 들었거나 뭔가 다른 표현인 듯했다. 어쩌면 〈거기서 내빼지 마〉라는 말이었을 수도 있었다. 근처에 사람들이 많았으니 당장은 문제가 되지 않았다. 하지만 에밀리는 몸성히 떠날 방법을 찾아야만 했다.

「내 진짜 일은 사람들에게 설문지를 받는 게 아니야. 실은 사람들을 테스트하는 거지. 자기도 모르게 구직 인터뷰를 받게 하는 거라고 생각하면 되려나.」

에밀리는 마지막 남은 해시브라운을 삼켰다. 「뭐, 생각해 줘서 고맙긴 한데요, 난 지금 하는 일에 꽤 만족해요. 하지만 고마워요.」 에밀리는 남은 커피 찌꺼기를 들이켰다. 「아침도 사 줘서 고맙고요.」 에밀리가 가방에 손을 뻗었다.

「테스트에 참가하면 돈도 줘.」

에밀리가 망설였다. 「얼마나요?」

「얼마나 원해?」

「난 하루에 5백 달러를 벌어요.」 에밀리가 말했다. 물론 터무니없는 거짓말이었다. 에밀리는 하루 0에서 2백 달러 사이를 벌었고, 그 돈을 베니와 나누었다.

「이건 더 많아.」

「얼마나요?」 에밀리는 스스로를 다잡았다. 대체 무슨 생각을 한 거야. 이 남자는 〈플라스틱 시계〉를 차고 있다고. 더러운 아파트로 데려가 문을 잠글지도 몰라. 일 따위는 없어. 「있잖아요,

난 그냥 안 할래요.」

리는 주머니에서 지갑을 꺼내 펼쳤다. 어제 에밀리는 그 지갑에 기껏해야 20달러 정도 있는 것을 보았었다. 리는 한쪽 지퍼를 열더니 지폐들을 꺼내 테이블 위에 던졌다. 에밀리는 깜짝 놀랐다. 테이블에는 지폐들이 잔뜩 있었다.

「1만 달러짜리 양복을 입고 길모퉁이에 서 있으면 이상해 보일까 봐 싸구려 양복을 입는 거야.」

「아, 네.」 에밀리가 한 귀로 듣고 한 귀로 흘리며 대답했다.

「가방은 놓고.」

에밀리가 리를 바라보았다. 에밀리가 현금을 낚아채서 죽어라 도망가려는 생각이 너무 드러난 듯했다. 에밀리는 가방을 놓았다.

「넌 우리 본부가 있는 D.C.까지 1등석 비행기를 타고 가. 거기서 1주일을 보내면서 이런저런 시험을 치를 거야. 만약 통과하면 초봉 6만 달러의 훈련생이 되는 거지. 실패하면 네가 들인 시간과 노력에 대한 보상으로 5천 달러가 든 봉투를 가지고 다시 집으로 비행기를 타고 오는 거야. 어때?」

「사기 같은데요.」

리가 소리 내어 웃었다. 「알아. 사기같이 들리겠지. 처음에 그 사람들이 내게 접근했을 때 나도 그렇게 생각했거든.」

에밀리는 테이블 위에 놓인 돈을 계속 바라보았다. 그렇게 바라보고 싶지 않았지만 불가항력이었다.

「학교에 다녔겠지.」 리가 말했다. 「내 말은, 예전에 언젠가는 말이야. 하지만 그곳이 잘 맞지 않았을 거야. 학교에서는 네가 관심 없는 것들을 가르치고 싶어 했겠지. 날짜, 수학, 죽은 대통

령들에 대한 사소한 것들. 설득하는 법을 가르치지는 않았지. 인생의 질을 결정하는 가장 중요한 요소가 설득력인데, 학교에서는 그걸 전혀 다루지 않았어. 하지만 우리는 해. 그리고 천부적인 소질이 있는 학생들을 찾고 있어.」

「좋아요.」 에밀리가 말했다. 「흥미로운데요. 비행기를 탈게요.」

리는 싱긋 웃었다. 에밀리는 리가 〈거기를 빠는 일〉에 대해 했던 말을 여전히 기억했다. 이것은 그 일의 대가가 분명했다. 리는 비행기표를 주는 대신 오럴 섹스를 해달라고 할 게 뻔했다. 그러면 말이 되었다. 에밀리는 정말로 직장이 있을지 궁금했다. 리는 믿을 만해 보였다.

「뭔가를 보여 줘요.」 에밀리가 말했다. 「뭔가 공식적인 걸요.」

리는 테이블을 가로질러 명함을 밀었다. 그의 성명은 리 밥 블랙이었다. 에밀리는 명함을 가방에 넣었다. 기분이 나아졌다. 이 명함이 있으면 에밀리는 리의 상사에게 전화를 걸어 리가 자신에게 직장을 주는 대가를 요구했다고 말할 수 있었다. 에밀리는 그곳이 큰 회사이기를, 회사 이름이 뉴스에 좋지 않게 오르내리는 것을 싫어하는 회사이기를 바랐다. 에밀리는 그곳에 진짜 직장이 있기를 바랐다. 아주 잘할 자신이 있었기 때문이다.

「이제 넌 내가 누군지 알아.」 리가 말했다. 「넌 누구지?」

「에밀리.」

「넌 고양이를 좋아해, 아니면 개를 좋아해?」

「뭐라고요?」

「고양이야, 개야? 어느 쪽을 좋아해?」

「그게 무슨 상관이죠?」

리는 어깨를 으쓱했다. 「그냥 대화를 하고 있는 중이야.」
「나는 고양이가 싫어요. 너무 살금살금 다녀요.」
「하.」 리가 말했다. 「가장 좋아하는 색깔은?」
「당신에게는 이런 게 대화인가요?」
「그냥 질문에 답해.」
「그냥 말해 주는 건데, 농담 따먹기가 뭔지 좀 아는 사람 입장에서, 당신은 정말로 끔찍하게 못 하네요.」 에밀리가 말했다. 「검은색이요.」
「눈을 감고 1에서 100까지의 숫자 중 하나를 골라.」
「이것도 당신 설문지에 있는 건가요?」
「그래.」
「당신 지금 나에게 설문 조사를 하는 건가요? 이것도 시험이에요?」
「일부야.」
「눈을 감지는 않을래요. 33.」
「네 가족을 사랑해?」
에밀리는 움직이지 않았다. 「지금 농담해요? 좋은 가족이 있었다면 지금 내가 여기 있을 것 같아요?」 에밀리는 거의 자리에서 일어날 뻔했다. 하지만 일어나지는 않았다. 「사랑하지 않아요.」
「좋아. 그러면…….」 리가 말했다. 「마지막 질문. 넌 왜 그걸 했지?」
에밀리가 물끄러미 바라보았다.
「꾸며서 답하지 말고.」 리가 말했다. 「나는 꾸며 말하는지 아닌지 알 수 있어. 그리고 꾸며 말하면 시험은 무효가 될 거야.」

「이거 진짜 터무니없는 질문이지 않나요?」

「무슨 말이지?」

「당신은 당신이 뭘 묻는지조차 모르잖아요. 그냥 당신이 질문을 한다고 내가 생각하길 바랄 뿐이잖아요.」

리는 어깨를 으쓱해 보였다.

「이건 설문 조사 같지 않은데요.」

「그냥 성격 테스트야.」

「사이언톨로지교인가요?」

「아니.」

「암웨이?」

「암웨이가 아니라고 약속하지. 네가 들어 본 적이 없는 곳이야. 넌 아주 근접했어, 에밀리. 네 답은 뭐야?」

「당신의 좆나 이상한 질문에 대한?」

「그걸 믿을 필요는 없어. 그냥 솔직하게 답하기만 하면 돼.」

「좋아요.」 에밀리가 말했다. 「하고 싶어서 했어요.」

리는 고개를 끄덕였다. 「이 일에서 한 가지 실망스러운 점. 사람들은 늘 기대했던 것보다 덜 흥미롭다고 밝혀진다니까.」 이 말이 자신을 모욕하는 것인지 아닌지 에밀리가 판단하기 전에, 리가 알아들을 수 없는 단어들을 내뱉었다. 그 단어들은 에밀리를 훑고 지나갔다. 에밀리는 정신이 아찔해졌다. 「화장실로 가.」 리가 말했다. 「거기서 나를 기다려.」

에밀리는 계산대로 걸어갔다. 가방을 두고 갔지만, 그것은 괜찮았다. 리가 가방을 봐줄 터였다. 에밀리는 계산대 뒤에 있는 소년에게 화장실 열쇠를 달라고 했고, 소년은 에밀리를 보며 인상을 썼지만 열쇠를 건네주었다. 화장실은 칸막이 구획이 하나밖에 없었다. 에밀리는 변기 뚜껑을 닫고 그 위에 앉았다.

1분쯤 뒤, 문이 열리고 리가 핸드폰으로 통화를 하며 들어왔다. 에밀리의 심장이 두근거렸다. 리는 나름 잘생긴 편이었다. 에밀리는 리의 얼굴이 점점 마음에 들었다. 심지어 리의 머리털마저 좋았다. 에밀리는 리를 사랑한다고도 할 수 있었다. 「네.」 리가 핸드폰에 대고 말했다. 「하지만 있잖습니까, 기왕 여기까지 왔는데, 기회를 한 번 더 주자고요.」 리가 에밀리 앞에서 멈췄다. 에밀리는 리가 지퍼를 더듬거리는 걸 지켜보았다. 그녀는 흥미로운 상황에 처해 있었다. 에밀리는 이곳에 있었지만, 또한 여기에 없었다. 모든 것이 궁금하고 흥미로웠다. 리가 핸드폰을 머리와 어깨 사이에 끼우더니 바지 속에서 페니스를 꺼냈다. 페니스는 에밀리가 상상했던 것보다 길었다. 그리고 위쪽으로 굽어진 채 에밀리의 눈앞에서 까닥거렸다. 「사실 저는 그 여자애와 함께 있습니다.」 리가 말했다. 「잠깐 동안이지만, 뭔가 있다고 생각했습니다.」 리가 핸드폰을 가렸다. 「이걸 네 입에 넣어.」

에밀리는 손으로 리의 페니스를 감싸 쥐었다. 에밀리가 입을 벌렸다. 그리고 생각했다. 〈잠깐, 뭐라고?〉

「압니다.」 리가 말했다. 「매번 그렇죠.」 리가 소리 내어 웃었다. 리의 페니스가 에밀리의 손안에서 널뛰었다.

에밀리는 리의 고환을 가격했다. 리가 괴성을 질렀다. 에밀리는 리를 발로 차려고 했지만, 리는 완전히 뒤로 물러나 허리를 구부리고 있었고, 에밀리의 발은 리의 무릎이나 팔꿈치 혹은 어딘가에 닿았다. 에밀리는 달려가 문을 열었다. 사람들이 고개를 돌렸다. 「변태야!」 고개를 돌린 사람들에게 에밀리가 외쳤다.

「화장실에 변태가 있어요!」 에밀리는 자기 가방을 낚아챘다. 아무도 움직이지 않았다. 「변태야!」 에밀리가 외치고 달아났다.

골목길에서 야구 모자를 쓴 소년들이 마약을 파는지, 아니면 프리스타일 랩을 부르는지, 여하튼 뭔가를 하고 있었고, 한 명이 양팔을 벌린 채 에밀리 쪽으로 걸어왔다. 에밀리는 온 힘을 다해 그 아이를 지나갔다. 에밀리의 가방이 덜렁거렸다. 세 블록을 달린 다음에야 에밀리는 안전하다고 느껴 멈췄고, 리가 쫓아오는지 확인했다. 보이지 않았다. 에밀리는 잠깐 가방을 바닥에 내려놓고 양손을 무릎에 대며 헐떡였다. 주위로 사람들이 지나갔다. 방금 무슨 일이 있었던 거지? 에밀리는 모든 것을 자세히 기억했지만, 말이 되지 않았다. 그녀는 자신이 무슨 생각을 했는지 이해할 수가 없었다.

에밀리는 고개를 들었다. 리가 얼굴을 일그러뜨린 채 사타구니를 움켜쥐고 발을 질질 끌며 에밀리 쪽으로 다가오고 있었다. 에밀리는 벌떡 일어났다. 길 건너편에서는 싸구려 정장 차림에 긴 갈색 머리의 여자가 차에서 내리더니, 자동차들을 피해 에밀리에게 달려왔다. 그 여자가 향하는 방향은 에밀리를 잡으려는 것이 아니라 동쪽으로 몰고 가려는 것이었고, 그 점을 깨달은 에밀리의 머릿속에서는 온갖 경고음이 울렸다. 왜냐하면 누군가가 이런 행동을 할 때는 동료가 있다는 뜻이기 때문이다. 에밀리는 목을 빼고 사방을 둘러보았고, 양복 차림에 클립보드를 든 청년들이 자신을 향해 곧장 다가오는 것을 목격했다. 「도와줘요!」 에밀리가 말했지만 아무도 관심을 보이지 않았고, 물론 도와주는 이도 없었다. 에밀리는 골목을 살펴보고 그쪽으로 달렸다. 가방이 흘러내렸지만, 공포에 질린 에밀리는 그것이 떨어지게 내버려 두었다. 생각하기조차 끔찍한 일이었다. 에밀리가 가진 것은 가방이 전부였기 때문이다. 가방이 없으면 에밀리는 구걸할 수밖에 없었다. 그녀는 사무실용 빌딩을 지났다. 마치 광고처럼 아름다운 사무원 두 명이 유리 회전문을 통해 나왔고, 에밀리는 그들이 나온 곳이 어딘지는 모르겠지만 깨끗하고 안전하며 난방이 잘되는 그 세계로 뛰어 들어가 볼까 생각했다. 하지만 먹혀들지 않을 터였다. 바로 에밀리 같은 사람들로부터 그 세계를 지키는 보안 요원에 의해 결국 그녀는 그 문을 통해 밖으로 내던져질 것이었다. 에밀리는 계속 뛰었다. 골목은 꺾이고 오르막길이 되었다가 내리막길이 되었다가 진입로가 되었다. 위험해, 위험해. 진입로는 잠긴 롤러 문에서 끝나 있었다. 롤러 문에는 〈막지 마시오, 화물 적재 구역〉이라고 쓰여 있었다. 에밀리는 왔던 길을 돌아가기 시작했지만, 그자들이 이미 와 있었다. 한 청년이 에밀리의 피카츄 가방을 들고 있었다. 에밀리는 진 바지 주머니에 손을 쑤셔 넣었다. 「내겐 최루 가스가 있어.」 에밀리는 롤러 문에 등이 닿을 때까지 물러섰다. 사무실 창문이 잔뜩 있었다. 분명히 누군가는 아래를 내려다보고 있을 터였다. 만약 에밀리가 비명을 지른다면. 만약 천사가 존재한다면.

「좀 쉬렴.」 여자가 말했다. 「숨 좀 돌려.」 그 여자 옆에서 리가 몸을 구부리더니 침을 뱉었다.

「내게서 떨어져.」

「쫓아와서 미안해. 우리는 그냥 정말로, 정말로 너를 보내고 싶지 않아서 그런 거야.」

「좆까.」 에밀리가 말했다.

「괜찮아.」 여자는 알쏭달쏭한 웃음을 지었다. 「괜찮아, 에밀리. 넌 통과했어.」

메모

To: 모든 직원

From: 캐머런 윈터스

안녕, 여러분! 본론만 간단히 말할게요. 우리는 29일에 대해 휴가 추가 수당을 받을 거예요. 그러니 모든 캐주얼 근무자[2]들이 그날은 두 배를 받는 거죠! 본사 멋져요!

나는 긴 주말 동안 이곳을 비우는데, 그동안 멜라니가 고객 담당 책임자가 될 겁니다. 18번째 생일이기도 한 날(토요일)에 말이에요! 미안, 멜라니, 그냥 어쩌다 보니 말이 나와 버렸어!

그리고 제발, 제발! 화장실 열쇠를 건네줄 때는 주의를 기울여 주세요. 우리 화장실에 마약 중독자가 들어갔고, 불쌍한 남자 한 명이 그 여자가 있는 줄 모르고 화장실에 갔는데, 그 여자가 기겁을 하며 뛰쳐나오는 바람에 고객들이 겁에 질렸어요. 분명 보기 좋은 상황은 아니지요!

캐머런이 키스와 함께 여러분에게 평화를.

2 정해진 근무 시간을 보장받지는 않지만 규칙적으로 일하며 시급으로 임금을 받는 호주의 노동자.

3

밴의 타이어가 비명을 지르며 고속 도로 연결로로 들어섰고, 실내는 다가오는 세미트레일러 트럭의 헤드라이트 불빛으로 가득 찼다. 「제기랄!」 키 큰 남자가 말했다. 경적이 울부짖었다. 윌은 몸이 붕 뜨는 느낌, 자동차가 자연력에 항복하는 느낌을 받았고, 이윽고 바퀴들이 지면에 닿으며 차는 간신히 차선 안으로 돌아왔다. 트럭의 경적이 끊임없이 울렸다.

윌은 이런 속도에서 자동차 문을 발로 차 열고 밖으로 뛰어내리면 얼마나 다칠까 생각해 보았다. 아마도 많이 다치리라. 그의 두 손은 묶여 있었다.

「젠장.」 키 큰 남자가 말했다. 그는 잠시 조용히 있었다. 「빌어먹을.」

윌은 아무 말도 하지 않았다.

「네 이름이 뭐지?」

「윌 파크.」

「지금 말고! 그전에!」
「무슨 말인지 모르겠군요.」
「호주의 브로큰힐에 살 때 말이야. 네 이름이 뭐였어?」
「나는 그곳에 산 적이…….」
「네 악센트를 들으면 알아!」
「나는 호주에서 자랐어요. 멜버른요. 하지만 브로큰힐에는 가 본 적이 없는걸요.」
남자가 운전대를 돌렸다. 밴은 차선 세 개를 가로지르더니 비상 차선으로 돌진해 갑자기 멈췄다. 남자는 사이드브레이크를 잡고, 산탄총을 꺼낸 뒤, 월을 밴에서 끌어 내리려고 했다. 월이 저항하자 남자는 개머리판으로 월을 두 번 쳤고, 월은 눈 위로 굴러떨어졌다. 월이 일어나자 바로 눈앞에 총구가 보였다.
「내가 찾는 놈이 네가 아니기만 하면, 내가 널 놔줄 것 같지?」 남자가 말했다. 「아니. 만약 네가 치외자가 아니라면, 난 널 쏜 다음 네 시체를 여기 눈밭에 버려 두고 갈 거야.」
「난 치외자예요.」
「18개월 전에, 어디에서 살았지?」
「브로큰힐이요.」
「브로큰힐 어디?」
차 한 대가 쌩하고 지나갔다. 「중심가요.」
「얼씨구, 잘도 그랬겠다.」 키 큰 남자가 말했다.
「원하는 걸 말해 줘요. 당신이 원하는 게 뭔지 모르겠다고요.」
남자는 엉덩이를 대고 앉았다. 「넌 토러스를 몰아. 미국에 8개월 동안 있었고. 그 1년 전에는 브로큰힐에 살았어. 개 한 마리랑 같이.」

윌은 몸을 부르르 떨었다.

트럭 한 대가 도로의 얼음을 튀기며 지나갔다. 「치외자가 아니군.」 남자가 말했다. 그는 고개를 저었다. 「이런, 젠장.」

「정말로 미안해요.」

「잊어 버려.」 남자가 일어나며 말했다. 「일어나. 그리고 돌아서.」

「뭐라고요?」

「내가 하는 말 들었잖아.」

윌은 조심스레 일어났다.

「돌아.」

그는 몸을 돌렸다.

「걸어.」

「어디로요?」

「상관없어. 도로에서 벗어나.」

「알았어요. 알았으니까, 우리 이 상황에 대해 생각해 봐요.」

「걷지 않으면 여기서 쏴버리겠어.」

「당신이 쏠 수 있도록 숲으로 걸어가지는 않겠어요!」

「좋아.」 남자가 말했다. 부스럭거리는 소리가 들렸고, 윌은 걷기 시작했다. 그의 신발이 눈에 파묻혔다. 눈은 기껏해야 발목 정도의 높이였지만, 윌은 그보다 더 많이 쌓인 곳을 걷는 척했다. 「더 빨리.」

「애쓰고 있다고요.」

「난 널 쏘지 않으려 애쓰고 있어.」 남자가 말했다. 「하지만 점점 참기가 엄청 힘들어지고 있다고.」

윌은 깊은 눈밭을 헤치며 꾸준히 나아갔다. 윌의 마음속도 눈앞의 풍경만큼이나 끝없이 하얗게 텅 비어 있었다. 어떻게 해야 살 수 있을지 아무 계획도 떠오르지 않았다.

「오른쪽으로 방향을 바꿔. 넌 도로로 돌아가려고 하고 있잖아.」

윌은 방향을 바꿨다. 앞쪽에 앙상한 나무들로 이루어진 작은 숲이 있었다. 그는 숲속에서 총에 맞아 죽으리라. 시체는 내리는 눈에 파묻힐 것이고, 봄이 되면 여우들이 그의 시체를 뜯어먹을 것이며, 그러다가 보이스카우트들이 그의 시체를 발견해 나뭇가지로 찔러 보리라.

「멈춰. 그 정도면 됐어.」

「등에 대고 쏘지 말아요!」 윌은 눈 속에서 힘겹게 돌아섰다. 남자는 3미터쯤 떨어진 곳, 그러니까 이런 깊은 눈밭에서는 몸을 날려 덤벼들어도 닿을 수 없는 거리에 있었다. 「날 여기 두고 가요. 내가 어디로든 가려면 한참 걸릴 거예요. 당신은 안전하게 도망칠 수 있어요.」

남자는 산탄총을 들어 개머리판을 어깨에 댔다.

「적어도…… 약간의 친절은…… 잠깐! 이유를 말해 줘요! 이유를 알려 달라고요! 그냥 날 쏘면 안 되죠! 화장실에서 당신은 내게 깨금발로 뛰라고 했지만 나는 그렇게 하지 않았어요! 그게 무슨 관련이 있는 거죠? 그렇죠?」

「아니.」

「얼굴에 쏘지는 말아요!」

남자가 한숨을 쉬었다. 「좋아. 뒤로 돌아.」

「알았어요! 알았어! 그냥 내가…….」 그는 한 발을 눈에서 빼냈다가 다시 내렸다. 콧물이 흘렀다. 「개새끼!」

「5초 뒤에 쏠 거야.」 키 큰 남자가 말했다. 「그사이에 원하는 자세를 취하도록 해.」

윌은 바닥에 주저앉았다. 상관없었기 때문이다. 「미안해, 세실리아. 자기가 죽어서 유감이야. 자기를 사랑한다고 한 번도 말한 적이 없지. 그 말을 했어야 하는데. 그건 단지 단어일 뿐인데. 내가 말할 수 없는 날단어지만, 그래도 그걸 말했어야 하는데.」 그는 기절할 생각이었다. 그럼 남자는 눈 속에서 의식을 잃은 그의 몸에 총을 쏠 테니까. 아마도 그것이 최선이리라.

시간이 흘렀다. 윌은 고개를 들었다. 키 큰 남자가 여전히 거기에 있었다. 「뭐라고 했지?」

「어…… 나는…… 세실리아에게 사랑한다고 말한 적이 없다고요. 그 말을 했어야 한다고요.」

「넌 〈날단어〉라고 말했어.」

정적이 흘렀다. 윌은 묻지 않을 수 없었다. 「날 쏠 건가요?」

「생각 중이야.」

윌의 배 속이 꼬여 들었다.

남자가 산탄총을 내렸다. 「기억이 지워진 거군.」 남자가 말했다. 「넌 정말로 네가 누군지 모르는군.」

윌은 눈 속에 앉은 채 이를 덜덜 떨었다.

「계획을 바꿨어.」 남자가 말했다. 「밴으로 돌아가.」

출구 램프들과 노랗게 빛나는 주유소들, 눈옷을 입은 나무들로 이루어진 세상이 미끄러지듯 지나갔다. 밴의 와이퍼가 덜거덕거렸다. 윌은 눈이 욱신거렸다. 반쯤 내려진 운전석 창문으로 매서운 바람이 들어왔다.

남자는 윌을 힐끗 보았다. 「괜찮아? 지쳐 보이는데.」 그가 손짓했다. 「네 얼굴.」

이론적으로, 고속 도로 양쪽에 쌓인 눈의 높이는 60센티미터 정도였다. 뛰어내린다고 해도 아마 살 수 있을 것이다. 그러고 나면? 눈 위에서 심하게 구르리라. 뒤에서 밴의 브레이크 소리가 들리고, 문이 벌컥 열리고. 잘될 리 없다.

남자가 대시보드의 스위치를 이리저리 돌렸다. 「히터가 고장 났어. 창에 습기가 차지 않게 하려면 창문을 열어야만 해.」

사실상 윌이 발로 문을 차서 열릴 가능성은 거의 없었다. 실제로 윌은 이 남자가 차를 세우기로 결정할 때까지 그 어디로도 갈 수 없었다.

「정말로 살짝 저혈당처럼 보이는군.」 남자가 말했다.

윌은 발로 문을 찰 수 있었다. 충돌 사고가 나게 시도해 볼 수도 있었다. 여기서 문제는, 남자는 안전띠를 매고 있지만 윌은 하지 않았다는 거였다. 그러므로 사고가 나면 윌이 훨씬 더 많이 다칠 가능성이 컸다. 그러니 그것은 최후의 수단이었다.

「그만.」 남자가 말했다. 「넌 어디에도 가지 않아. 그러니 그 뭣 같은 생각은 집어치워.」

윌은 차창 밖을 보았다.

「다음 주유소에서 차를 세울 거야.」 남자가 말했다. 「거기서 젤리 빈을 좀 사 주지.」

그들은 환히 빛나는 주유소로 들어갔고, 가게에서 가장 먼 주유기 앞에 멈췄다. 「좋아.」 남자가 말했다. 「내리기 전에 몇 가지 행동 원칙을 말해 주겠어.」 그는 손가락을 부딪혀 소리를 냈다.

윌이 가게를 물끄러미 바라보고 있었기 때문이다. 「달리지 않기, 도와달라고 소리 지르지 않기, 점원에게 입 모양으로 비밀 메시지 전달하지 않기, 보안 카메라를 정면으로 쳐다보지 않기, 화장실 급하다고 가서 안에서 문 잠그지 않기, 기타 등등, 기타 등등. 이 중에서 뭐 하나만 해도 나는…….」 그는 운전석 발밑 공간에서 주둥이를 내밀고 있는 산탄총을 툭툭 쳤다. 「이걸 쓸 수밖에 없어. 알겠어?」

「네.」

「너에게 쓰는 게 아니야. 난 네가 필요해. 저기 보니 세 명이 있네. 내가 저 셋을 쏘길 바라나?」

「아니요.」

「나도 마찬가지야. 그러니 내가 저 세 명을 쏘게 만들지 마.」 그는 손가락을 빙빙 돌렸다. 「돌아.」

「네?」

「그래야 끈을 자르지.」

윌을 묶은 줄이 느슨해졌다. 윌은 뻣뻣한 근육을 움직여 팔을 앞으로 뻗은 뒤 양 손목을 문질렀다. 팔이 자유로워지니 훨씬 더 낙관적인 느낌이 들었다.

「질문 있어?」 남자가 말했다.

「당신은 누구죠?」

「톰.」

「네?」

「나는 톰이야.」 남자가 말했다. 「내가 누구냐고 물었잖아. 나는 톰이라고.」

윌은 아무 말도 하지 않았다.

「그러니 이제 가서 먹을 걸 좀 사지.」 톰이 말한 다음 문을 열었다.

주유기들 옆에는 이미 석 대의 차가 있었다. 두 대는 세단이었고, 나머지 한 대는 텍사스 번호판을 달고 있는 낡은 트럭으로 뒤창에는 연방기가 드리워져 있었다. 범퍼 스티커에는 〈직장을 못 구하겠어? 불법 이민자들 때문이야〉라고 적혀 있었다. 윌은 톰이 주유를 할 것이라고 생각했지만, 톰은 가게로 직행했다. 유리문이 양쪽으로 열리자, 둘은 안으로 들어섰다. 음악이 들렸다. 공기에서는 달콤한 냄새가 났다. 톰이 발을 굴렀다. 「휘유.」 딱히 누군가에게 하는 말이 아니었다. 「오늘 밤은 참 춥군.」

윌은 잡지와 초콜릿바 들을 보았다. 포스터에는 핫도그 하나와 슬러시 하나가 단돈 2달러라고 쓰여 있었다. 어떻게 이런 포스터 옆에 있는 자신이 납치된 상태란 말인가? 뭔가 잘못된 느낌이었다. 편의점에서 핫도그를 보고 있는데, 혹시라도 죽을까 봐 걱정을 해야 한다니 말도 안 되는 일이었다. 하지만 윌은 톰을 보았고, 톰은 여전히 거기에 있었다. 톰은 코트 안으로 산탄총을 제대로 숨기지 않았고, 윌은 욕지기를 느끼며 다시 핫도그를 보았다. 저자는 윌을 거의 쏴 죽일 뻔했다. 윌을 눈밭에 쓰러뜨리기 일보 직전이었다. 세실리아는 죽었다. 〈그냥 비명만 지르면 돼.〉 윌이 생각했다. 〈더 나쁜 일이 뭐가 있겠어?〉 그는 답을 알았다. 하지만 핫도그를 보는 동안 유혹이 느껴졌다.

「가.」 톰이 말했다. 「뭐든 원하는 걸 집어.」 톰이 과자가 진열된 통로를 가리켰다. 윌은 핫 앤드 스파이시 프링글스가 거대한 피라미드를 이룬 쪽으로 걸어갔다. 윌이 힐끗 뒤를 돌아보았을 때, 톰은 어슬렁거리며 잡지 진열대 쪽으로 가고 있었다. 그곳에는 빨간 격자무늬의 털모자를 쓴 남자가 비닐 포장이 된 잡지 표지에 실린 여자들을 의심스러운 눈으로 물끄러미 바라보고 있었다. 「안녕하세요?」 톰이 말했다. 「저거 당신 트럭인가요?」

윌은 다시 프링글스 쪽으로 시선을 돌렸다. 그는 한 손으로 다른 손을 쥐었다. 그 손은 굳건하고 익숙했으며, 예상 밖의 그 무엇도 없었다. 윌은 그런 느낌이 고마웠다. 그는 다시 톰을 돌아보았다. 톰은 윌에게 전혀 주의를 기울이지 않는 듯했다. 그래서 그는 계속 걸어갔다. 이제 둘 사이에는 진열대가 있었고, 톰은 윌을 볼 수 없었다. 그는 주저앉고 싶은 생각이 굴뚝같았다. 어쩌면 과자들로 몸을 가릴 수 있을지도 모른다. 작은 요새를 만드는 거야. 그는 계속 걸었다. 그는 달걀 모양의 초콜릿 봉지를 하나 집었다. 그때 윌 앞쪽의 녹색과 빨간색 포일 과자 봉지들 위로 한 여자가 나타나 질끈 맨 말총머리를 까닥이며 지나갔다.

윌은 두 눈을 감았다. 톰은 그를 외딴 농가로 데려가 죽이리라. 그것은 확실했다. 그리고 8년 뒤 사람들은 장미 넝쿨 아래에서, 〈워싱턴의 악몽의 집〉에서 수많은 해골 중 하나로 윌의 시체를 찾아내리라. 톰이 사이코패스이기 때문이다. 또는 그렇지 않을 가능성도 있었다. 어쩌면 좀 더 전문적이고 테러 집단에 가까운, 정치적 동기가 있는 단체의 일원일 수도 있었다. 하지만 요점은 톰이 사람들을 죽였다는 것이다. 톰은 파란색 면 원피스를 입은 여자를 쐈고, 장전을 한 다음 그 여자를 다시 쐈으며, 비록 톰의 직접적인 잘못이 아닐지라도 세실리아가 죽었다. 그것이 뜻하는 바는, 톰 주변의 사람들은 죽는다는 점이었다. 윌 역시 빠져나가지 않으면 죽을 것이다. 그는 마음이 차분해지는 듯했다. 사실들을 정리해 보니 좋았다. 그렇게 하니 결론을 내릴 수 있었다. 이 여자와 이야기를 하리라. 미안한 마음이 들기는 하지만, 그래도 이 여자를 이 일에 끼워 넣으리라. 그는 메시지를 속삭일 것이고, 만약 일이 잘못되면 이 여자를 보호하리라. 그것이 윌이 이 여자를 위해 할 수 있는 최선의 방법이었다.

윌은 눈을 떴다. 톰이 어떤 식으로든 자신을 지켜볼 것이라고 확신했다. 아니나 다를까 주위를 둘러보자 구석 천장에 거울이 있었고, 톰이 비쳐 보였다. 톰은 털모자를 쓴 남자에게 고개를 끄덕이고 있었다. 그 남자는 무슨 이유에서인지 톰에게 핸드폰을 보여 주는 중이었다. 윌은 감자 칩을 보는 척했다.

여자의 말총머리가 진열대 통로 끝 쪽을 향해 까닥거렸다. 그곳에는 마분지를 사자 모양으로 오려 세워서 4달러 이상 구매 시 공짜로 코카콜라를 준다고 광고하고 있었다. 만약 적당히 타이밍만 맞춘다면 이 사자가 윌을 가려 줄 터였다. 윌은 이 지점에서 1초 정도 완전히 시야에서 벗어나 여자에게 말을 걸 수 있었다. 그는 움직이기 시작했다. 그곳을 향해 반쯤 걸어갔을 때 여자의 말총머리가 멈췄고, 윌 역시 멈춰 서서 건전지들을 보며 시간을 죽여야 했다. 윌은 거울을 힐끗 보았다. 톰은 여전히 그 남자와 잡담 중이었다. 톰이 왜 그 남자와 그렇게 오랫동안 이야기를 하는지, 윌은 알 수가 없었다. 말총머리가 움직였다. 윌도 움직였다. 그는 두 번째 보안 거울을 발견했다. 자신의 생각과 달리 마분지 사자는 자신을 완전히 가려 주지 못할 듯했다. 하지만 〈납치됐어요, 도와줘요, 총, 911에 전화해 주세요〉라는 말을 전하는 데는 1초면 충분했다. 게다가 이제는 마음을 굳힌 상태였다. 그는 장미 넝쿨 아래에서 발견되지 않겠노라고 이미 결심했다. 그는 모퉁이를 돌았다.

그곳에는 대여섯 살 정도 된 여자아이가 서 있었다. 그 아이는 마분지 사자를 보고 있었다. 윌은 멈춰 섰다. 모퉁이에서 여자가 나타났다. 「케이틀린, 이리 오렴.」 여자아이가 자기 엄마에게 달려갔다. 윌은 움직이지 않았다. 두 사람은 윌을 지나 옆 진열대로 갔다.

여자아이가 말했다. 「엄마, 저 아저씨는 왜 슬퍼해?」

「쉿.」 여자가 말했다.

윌은 밴 쪽으로 걸어갔다. 그는 이 개새끼가 자신을 어디론가 데려가 죽이게 그냥 내버려 두고 있었다. 그게 윌이 처한 상황이었다. 그는 뭔가에 대해 분노가 치밀었다.

「밴 말고.」 톰이 말했다. 「차를 바꿀 거야.」 톰은 픽업트럭을 향해 고개를 끄덕였다.

「아.」 윌이 말했다.

톰이 열쇠를 짤랑거렸다. 「넌 저 사람들의 생명을 구한 거야.」 그는 픽업트럭의 잠금을 푼 뒤 문을 당겨 열었다. 「넌 올바른 결정을 한 거야.」

트럭 안에서는 담배 냄새가 났다. 대시보드에는 윌이 알지 못하는 누군가의 버블헤드 인형이 있었다. 어떤 정치인이었다. 톰이 문을 닫았고, 그 소리가 마치 무덤을 닫는 소리처럼 들렸다.

시동이 걸렸다. 벤트에서 공기가 나왔다. 「아!」 톰이 말했다. 「이제 따뜻한 바람이 나오는군.」

「그 남자의 트럭을 샀군요.」 윌이 말했다.

「바꾼 거야.」톰이 잠시 엔진 회전수를 올렸다. 그는 그 소리에 만족한 듯 보였고, 둘은 공항 정비용 밴을 뒤로한 채 주유기들을 지나치기 시작했다.

「바꿨다니,」윌이 말했다. 「그 남자가 그냥 차를 바꾸자는 데 동의했다는 거군요.」

「그래.」톰은 잠깐 교통 상황을 확인하더니, 미끄러운 도로에서 속도를 내기 시작했다. 그는 한 손으로 외투 주머니를 뒤졌다. 「그리고 이 핸드폰도 넘겼어.」

윌은 핸드폰을 바라보았다. 「그랬군요.」

「그래.」톰이 말했다. 「거래를 성사시키려고 말이지.」

그들은 다시 고속 도로로 진입했다. 다음 주면 세실리아의 생일이었다. 윌은 쇼핑을 계속 미뤄 왔다. 「그냥 돈으로 줘.」세실리아가 그렇게 말했고, 윌은 그래야겠다고 생각했었다. 세실리아의 마음에 드는 선물을 사는 것은 무척이나 어려웠기 때문이다. 하지만 뭔가 살 만한 게 생각날 수도 있었다. 아직 일주일이 남았으니, 세실리아가 딱 원하는 것을 발견할 수도 있었다.

윌은 레인이 길 한가운데에 서 있던 것을 떠올렸다. 그 여자는 피로 얼룩진 이 사이로 이상한 단어들을 내뱉었다. 키 작은 남자는 총을 자기 턱 끝에 댔다. 윌은 그 어느 것도 이해할 수 없었다. 어쩌면 톰은 연쇄 살인범이거나 테러리스트, 또는 정부의 비밀 요원, 또는 뭔가 다른 존재일 수도 있었지만, 그것이 뭐든 간에 분명히 뭔가 원하는 것이 있었다. 윌은 그것이 뭔지 알아내야만 했다.

「우리는 어디로 가는 거죠?」

톰은 대답하지 않았다.

「그 여자는 누구였죠?」

트럭이 윙윙거렸다. 타이어는 물을 튕기며 젖은 도로를 달렸다.

「당신 친구는 왜 스스로를 쏜 거죠?」

「좀 닥쳐.」 톰이 말했다. 「난 너와 말하지 않아.」

「당신은 나를 꼭 찍어 납치했어요. 내게 뭔가 바라는 것이 있는 게 분명해요.」

「이건 대화가 아니야.」

「그럼 뭐죠?」

톰은 침묵했다.

「당신 친구는 왜 그 여자를 시인이라 불렀죠? 당신 친구는 〈내가 시인을 잡았어〉라고 말했잖아요.」

톰은 주머니를 뒤져 핸드폰을 꺼냈다. 그는 엄지손가락으로 번호를 누르고 핸드폰을 한쪽 귀와 어깨 사이에 끼웠다. 「나야. 어디야?」 윌은 대시보드의 인형이 까닥거리는 것을 지켜보았다. 「나는 괜찮아. 브레히트는 죽었고.」 침묵이 흘렀다. 「울프 때문이야. 우리가 접촉하고 5초 만에 울프 그년이 나타났다고.」 윌은 핸드폰에서 작은 목소리가 짹짹거리는 것을 들었다. 남자 목소리였지만 낯설었다. 「아, 젠장! 그게 빌어먹을 누구 잘못인데? 어디서 널 만날 수 있는지나 말하라고. 난 이 도로에서 벗어나고 싶어.」 그가 한숨을 내쉬었다. 「좋아. 거기로 갈게.」 그는 주머니에 핸드폰을 넣었다.

「울프가 누구죠?」 윌이 물었다.

「나쁜 사람.」 톰이 말했다. 「아주, 아주 나쁜 사람.」

「레인처럼?」

「그래.」

「울프도 시인인가요?」

「그래.」 추월을 하며 톰이 말했다.

「당신이 〈시인〉이라고 말할 때…….」 윌은 말했다. 톰이 질문에 대답해 주는 듯했기 때문이다. 「그게 그자들의 조직 이름 같은 건가요, 아니면 다른 의미…….」

「그건 그 여자가 단어를 아주 능숙하게 쓴다는 거야.」 톰이 말했다. 「그러니 이제 닥쳐.」

「나는 그냥 이해하려는 것뿐이라고요.」

「넌 이해할 필요 없어. 내가 다 알아서 보살펴 줄 테니 넌 그냥 거기 가만히 앉아서 뭐든 멍청한 짓만 하지 않으면 돼. 넌 그것만 하면 된다고. 봐, 오늘 밤이 많이 혼란스러울 거야. 그리고 이제 네 머릿속엔 이런 생각만 가득하겠지. 〈하지만 어떻게 그런 일이 가능한 거지? 그리고 왜 그자는 그런 짓을 했지?〉 하지만 나는 그 질문들에 대답하지 않을 거야, 윌. 왜냐하면 넌 기본 지식이 없으니 말해 줘봤자 이해도 못 할 거야. 넌 마치 눈을 감고 있는데 어떻게 상대가 자기를 볼 수 있는지 묻는 어린아이와 같아. 그냥 지금 일어나는 일들을 받아들여.」

「내게 대략이라도 기본 지식은 알려 줄 수 있지 않나요?」

「아니.」 톰이 말했다. 「그만 닥쳐.」

윌은 잠자코 있었다. 「왜 그 여자를 쏜 거죠?」

「그래야만 했거든.」

「그 여자는 그냥 거기 쓰러져 있었어요.」 윌이 말했다. 「이미 반은 죽은 상태였다고요.」

「거기 쓰러져 있고, 반쯤 죽었어도, 그 여자는 위험한 존재였으니까.」

윌은 아무 말도 하지 않았다.

「그래.」 톰이 말했다. 「몇 달 전 로마의 나이트클럽에서 일어난 끔찍한 화재 사건 들어 봤어? 많은 사람들이 죽은 사건 말이야. 레인이 한 짓이야. 그리고 그 여자는 그 안에 네가 있을 수도 있다고 생각했기 때문에 그랬지.」

「레인이 나를 죽이고 싶어 했다고요?」

「그래.」

「왜요?」

「왜냐하면 너는 당연히 18개월 전에 죽었어야 하는데, 그것을 피해 용케 살아남았으니까.」

「브로큰힐에서요?」

「그래.」

「나는 그 일이 기억나지 않는데요.」

「그렇겠지.」

「그게 뭐였죠?」

「뭐가?」

「나를 죽였어야 하는 그것이요.」

「뭔가 나쁜 거야.」 톰이 말했다. 「나와서는 안 될 것이었어.」

「화학 물질이란 말인가요? 18개월 전에 브로큰힐에서는 화학 물질 누출로 사람들이 죽었어요.」

「그래, 화학 물질.」

「그걸 왜 당신이 신경을 쓰는 거죠?」

「왜냐하면 그게 다시 나왔으니까.」

「그리고 내가 그걸 멈출 수 있나요?」

「그래.」

「그건 말이 안 되는데요.」

「왜냐하면 그건 사실 화학 물질이 아니니까.」 톰이 말했다.

「그게 단어인가요?」

톰이 윌을 바라보았다.

「아까 눈밭에서 당신은 내가 단어에 대해 뭔가 말했다며 흥미로워했어요. 그리고 울프와 레인은 단어들을 사용하는 데 능숙하기 때문에 시인이라고 했고요.」

톰은 잠자코 있었다. 「그래, 그건 단어야.」

「그게 날 죽였어야 하고요.」

「그래.」

「그게 어떻게 단어일 수 있는지 이해가 안 되네요.」

「그건 네가 단어가 무엇인지 몰라서 그래.」

「그건 소리잖아요.」

「아니, 그렇지 않아. 너와 나는 서로에게 으르렁대는 게 아니야. 우리는 의미를 전달하고 있어. 바로 이 순간에도 네 두뇌에서는 신경 화학적 변화가 일어나고 있지. 내 단어들 때문에 말이야.」

윌은 잠자코 있었다.

「내가 말했듯이…….」 톰이 말했다. 「네겐 기본 지식이 없다니까.」

윌은 무슨 말인지 도통 감을 잡을 수가 없었다. 「브로큰힐에는 이제 아무도 살지 않아요. 누출이 된 후로는요.」

「그래.」

「왜 세실리아가 나를 죽이려고 했죠?」

「그건 복잡해.」

「세실리아가 시인이었나요?」

「아니.」

「그렇다면…… 왜요?」

「레인이 그렇게 만들었어.」

「비가 세실리아를 그렇게 만들었다고요?」

「아니…… 비 말고. 캐슬린 레인. Rain이 아니고 Raine이야. 자연에 대한 시들을 썼지. 잉글랜드에 살았고 1908년에 태어나 2003년에 죽었어.」

「그리고…… 그 여자가…… 살아났나요?」

톰이 윌을 힐끗 보았다. 「지금 진심으로 하는 말이야?」

「뭐가요?」

「그자들은 그 〈이름들〉을 써. 유명한 시인들의 이름을.」

「아.」 윌이 말했다.

「〈좀비〉 같은 게 아니라고.」

「그렇군요. 나는 다르게 생각…….」

그들은 침묵 속에서 차를 타고 갔다.

「울프가…….」

「버지니아 울프.」 톰이 말했다.

「버지니아 울프가 나를 죽이려고 하는 건가요?」

「울프 말고도 여럿이야. 하지만 울프는 조심해야 해.」

「왜 당신 친구는 스스로를 쐈나요? 단어들 때문인가요?」

「이제 대화는 그만.」 톰이 확실하게 못을 박아 말했다.

윌은 입을 다물었다. 도로는 어둠 속에 펼쳐져 있었고, 그들은 그 속으로 들어갔다.

이탈리아의 〈인페르노〉 클럽은 소방 규정을 비웃었다

로마: 초기 보도에 따르면, 이탈리아의 유명한 나이트클럽에서 24명이 사망한 것은 규정 이상의 인원을 입장시켰기 때문으로 보인다.

배선 불량이 원인으로 보이는 이번 화재는 지난 토요일 밤 오후 10시경 건물에 사람들로 북적일 때 파라디소 클럽을 전소시켰다.

이탈리아 언론의 보도에 따르면 클럽의 댄스 플로어들 중 하나의 출구가 붕괴되어 손님들이 탈출을 시도할 수 없었고, 연기에 질식사한 것이다. 이 구역에 있던 24명 모두 사망한 것으로 추정된다.

인접한 무지카 구역을 탈출한 마리아스텔라 갈리오니(18세)는 출입구가 사람들로 가득 차 있는 것을 목격했다고 말했다. 「[나가려고 애쓰는] 사람이 둘 있었지만 둘 다 움직이지 않았어요. 사람들이 출입구를 막아서고 있었거든요. 아무도 그곳을 빠져나갈 수 없었어요.」

파라디소 클럽은 최근 대규모의 개보수 공사를 마쳤고, 그 과정에서 소방 안전 진단 합격도 받았던 것으로 확인되었다. 이탈리아의 정부 감독관들은 부정부패를 일삼기로 유명하다.

경찰은 철저한 수사를 약속했다.

4

에밀리는 누군가가 자신을 옆으로 끌어당기며 어딜 감히 남의 1등석 표로 비행기를 타려 하냐고 땍땍거리길 기다렸다. 하지만 에밀리가 게이트에 도착해 탑승권을 내밀자 승무원은 싱긋 웃었다. 「좋은 비행 되세요, 러프 양.」

「고마워요.」 에밀리는 남의 이목을 의식하며 가방끈을 조절했다. 다른 1등석 승객들은 멋진 정장과 비싼 블라우스 차림이었지만, 에밀리는 전날 어떤 남자가 오줌을 갈긴 진 바지를 입고 있었다. 그녀는 모든 사람이 이토록 환하고 깨끗하리라고는 생각해 본 적이 없다.

「러프 양!」 비행기에서 남자 승무원이 마치 기다렸다는 듯이 말했다. 「제 정보에 따르면 러프 양은 저희 항공사를 처음으로 이용하시는 거네요. 사실일 리가 없겠죠.」 승무원은 따라오라는 손짓을 하며 에밀리를 데리고 가죽 옥좌들이 줄지어 선 곳을 통과했다. 「제가 러프 양을 특별히 더 보살펴 드리겠습니다.」 승무원은 가까이 몸을 기울이며 연극하듯 속삭였다. 「저희에게는 젊고 아름다운 고객분들이 더 필요하거든요.」

에밀리는 이 남자가 자신을 놀린다고 생각했다. 하지만 아니었다. 1등석은 이상했다.

「편하게 계세요.」 그 승무원이 말했다. 「그러면 지금까지 드셔 본 것 중 가장 맛있는 초콜릿 쿠키를 가져다 드리겠습니다.」

「좋아요.」 에밀리가 말했다. 그녀가 가방을 짐칸에 넣기 위해 움직이자 승무원은 당황한 듯한 표정을 지으며 가방을 얼른 받아 들었다. 에밀리는 자기 자리에 가서 편히 앉았다. 에밀리는 이보다 좁은 곳에서 잠을 잔 적도 있다. 오른쪽에는 커다란 선글라스를 쓴 여자가 한 손에는 긴 유리잔을, 다른 손에는 잡지를 들고 있었다. 그 여자는 에밀리에게 웃음을 지었고, 에밀리도 그 여자에게 웃어 보였다. 여자가 잡지로 다시 시선을 돌렸다. 〈이거 괜찮은데.〉 에밀리는 생각했다. 〈이거 괜찮아.〉

에밀리는 딸랑거리는 소리를 듣고 가방을 찾아 손을 뻗었다. 승무원이 속삭였다. 「죄송합니다.」 그 남자는 팔걸이에 물이 담긴 유리잔을 놓았다. 딸랑거리는 소리는 얼음에서 난 것이었다. 「깨울 생각은 아니었습니다.」

에밀리는 유리잔을 물끄러미 바라보았다. 그 소리를 처음 들었을 때, 에밀리는 누군가가 오줌을 누고 있다고 생각했다.

에밀리는 하기(下機)했다. 〈하기〉. 승무원은 그렇게 표현했다. 에밀리는 그 단어를 처음 들어 보았다. 그녀는 안전벨트를 풀며 아쉬워했다. 자신만의 자그마한 1등석 왕국에 계속 있고 싶었다.

에밀리는 베니에게 전해 달라며 친구에게 메모를 남겼다. 베니가 그것을 읽었을까? 화가 났을까? 에밀리를 그리워할까? 하지만 처음 생각했던 것과 달리 이제 에밀리는 베니의 반응에 별 관심을 느끼지 못했다. 에밀리는 구름 위로 햇살이 비치는 몰랐던 세상을 바라보며 그 사실을 깨달았다. 에밀리는 베니를 두고 떠나고 있었다. 그리고 이것은 좋은 일이었다. 에밀리는 무너져 가는 집에서 피카츄 가방을 등에 메고 걸어 나오던 때를, 엄마의 위협과 저주를 뒤로하고 집에서 나와 한 걸음 한 걸음 내디딜 때마다 더 기분이 좋아지던 2년 전과 비슷한 느낌이 들었다. 베니는 착하지 않았다. 전혀 아니었다. 사람들이 에밀리의 가방을 받아 주고 그녀가 자는 동안 음료수를 가져다주는 지금, 에밀리는 그 사실을 점점 더 분명하게 느끼고 있었다. 베니가 없을 때 자신은 더 나은 사람이 될 수 있다는 사실을 깨닫고 있었다.

승무원이 출구에서 에밀리의 팔을 살짝 만졌다. 「정말 고맙습니다.」

「정말 고마워요.」 에밀리가 말했다.

도착 구역에는 모자를 쓰고 유니폼을 갖춰 입은 운전사가 〈에밀리 러프〉라고 찍힌 표시판을 들고 서 있었다. 「내가 에밀리예요.」 에밀리가 말했다.

운전사는 가방을 받기 위해 손을 내밀었다. 에밀리는 망설였지만 운전사에게 가방을 건네주었다. 이제는 이런 일에 익숙해져야 했다. 「만나서 정말 반갑습니다, 아가씨. 앞쪽에 자동차가 있습니다. 비행은 괜찮으셨습니까?」

「네.」 에밀리는 보조를 맞추어 걸었다. 그녀는 포켓몬 가방을 이렇게 챙기는 것이 바보스럽게 느껴졌다. 이 남자의 카트에 올려 두니 정말 우스꽝스러워 보였다. 하지만 운전사는 아무렇지도 않은 것 같았다. 사람들은 에밀리를, 유니폼을 입은 운전사와 함께 가는 더러운 소녀를 힐끗거렸고, 에밀리는 웃지 않으려고, 이 느낌과 분위기를 망치지 않으려고 애썼다.

운전사는 에밀리를 위해 차 문을 열어 주었다. 밖은 밝고 추웠다. 길고 매끄러운 검은색 리무진이 길가에서 기다리고 있었다. 운전사가 뒷문을 열어 주었고, 에밀리는 아무렇지도 않게 안으로 들어갔다.

뭔가 마시고 싶은가? TV를 보고 싶은가? 왜냐하면 그렇게 할 수 있었기 때문이다. 차 안은 누워도 될 만큼 널찍했다. 에밀리는 이곳에서 살 수도 있을 것 같았다.

운전사가 차에 탔다. 찰칵하고 문이 잠기는 소리가 났다. 「비는 안 온다더군요. 좋은 날에 오셨습니다.」

「좋은 날이라고 생각했어요.」 에밀리가 말했다. 「그렇게 느꼈어요.」

40분쯤 달리자 높다란 철 대문 앞에서 차가 멈췄다. 리무진의 검은 유리창을 통해 풀밭과 거대한 나무들이 보였다. 운전사는 수위실의 누군가에게 이야기를 했고, 철 대문이 양옆으로 갈라졌다. 언덕을 올라가자, 건물 하나가 나타났다.

「옛 수녀원입니다.」 운전사가 말했다. 「백 년 동안 수녀들이 살았죠.」 자동차는 건물 앞쪽에서 자갈을 밟으며 멈췄다. 한 남자가 계단을 내려와 다가왔다. 짐꾼, 그 남자는 짐꾼이었다. 「아름답지 않습니까?」

「네.」

「여기서부터는 이곳 사람들이 모실 겁니다.」 운전사는 에밀리를 보기 위해 뒤쪽으로 몸을 틀었다. 에밀리는 자신에게 이야기하기 위해 사람들이 몸을 트는 방식이 좋았다. 「시험 잘 치르십시오, 아가씨.」

짐꾼은 에밀리를 천장이 높고 벽에 나무 패널을 댄, 책이 1만 권쯤 있는 방으로 안내했다. 에밀리는 여기가 거실일 것이라고 짐작했다. 이런 곳에 대해 들어 본 적이 있는 데다, 이 방을 다른 용도로 생각할 수가 없었기 때문이다. 어쩌면 아무 용도가 없을지도 몰랐다. 건물이 어느 정도로 크면 필요 이상으로 방이 많을 수도 있었다. 에밀리는 양 발목 사이에 가방을 꼭 낀 채 긴장을 풀려고 애썼다. 종종 문이 〈통〉 하고 닫히는 소리와 중얼거리는 대화, 그리고 복도 어딘가를 떠다니는 웃음소리들이 들렸다. 에밀리는 살짝 오줌이 마려웠다.

밖에서는 또각거리는 여자의 하이힐 소리가 났다. 문이 철커덕하고 열렸다. 잠시 에밀리는 수녀가 들어올 것이라고 생각했지만, 그냥 짙푸른 정장 차림의 여자가 나타났다. 에밀리는 계속 수녀들만 생각하고 있었다. 들어온 여자는 호리호리하고, 서른다섯 살 정도로 보였으며, 검은 머리에, 우아한 안경을 쓰고 있었다. 그녀는 손가락을 아래로 내린 채 손을 뻗으며 에밀리에게 다가왔다. 숙녀의 악수법이었다. 에밀리는 그 손을 잡기 위해 의자에서 일어났다. 「안녕, 에밀리. 우리에게 와줘서 정말 고마워요. 샬럿이라고 해요.」

「안녕하세요.」 에밀리가 말했다.

샬럿이 의자에 앉았다. 에밀리는 자기 의자에 다시 앉았다. 둘 사이의 거리가 아주 멀게 느껴졌다. 중간에 깔린 깔개는 마치 미지의 세계를 그린 지도 같았다. 「잠시 후, 당신 방을 보여 줄게요.」 샬럿이 말했다. 「하지만 그전에, 아마도 묻고 싶은 것들이 있으리라고 생각해요.」

그랬다. 〈리라는 사람의 정체는 뭐냐, 왜 나냐, 이 시험이라는 게 정확히 뭐냐〉 따위였다. 하지만 에밀리는 묻지 않았다. 만약 이 질문들에 좋지 않은 대답이 돌아온다면, 정말로 실망스러울 것 같았기 때문이다.

「이번 주에 당신 같은 사람이 여섯 명 왔어요.」 에밀리가 묻지 않은 질문들에 대해 답하기로 마음을 먹은 듯 샬럿이 말했다. 「그러니까 당신까지 지원자가 모두 일곱 명이죠. 물론 다들 자기 방이 있어요. 당신 방은 이스트우드가 내려다보이는 곳이에요. 맘에 들어 할 거예요. 중앙에 있는 식당에서 식사를 하면 되고, 복도 끝에 휴게실이 있고, 그 옆에 독서실이 있어요. 시험들 중간에는 정원 구경을 좀 하세요. 아주 멋진 곳이죠. 예전에 수녀원이었답니다.」

「들었어요.」

「만약 이곳 뉴윙을 떠나면 수업을 들으러 가는 학생들과 마주칠 수도 있어요. 그 학생들은 당신과 말하지 말라는 지시를 받았으니, 혹시라도 그걸 무례하다고 생각지는 말아 주세요.」 샬럿이 말했다.

「알겠어요.」 에밀리가 말했다.

「시험 기간에 두 가지 규칙을 지켜 달라고 부탁드려야겠네요. 여기를 떠나서도 안 되고, 전화를 해서도 안 돼요. 이 두 가지 규칙은 아주 중요합니다. 받아들일 수 있겠죠?」

「네.」

「좋아요!」 샬럿은 마치 고양이에게 와서 앉으라고 부르듯 무릎을 툭툭 쳤다. 「자, 그럼 오늘 하루 남은 시간은 그냥 적응하는 데 보내세요. 동료 지원자들을 만나고 여기 시설을 즐기면서요. 시험은 아침에 시작할 거예요.」

「질문이 있는데요.」 에밀리가 말했다. 「꿍꿍이가 뭐죠?」

샬럿이 눈썹을 치켜올렸다. 샬럿의 눈썹은 멋졌다. 마치 채찍 같았다. 「뭐라고요?」

「그게…….」 에밀리가 방을 가리켰다. 「여기는 믿을 수 없을 만큼 좋아요. 내 말은, 이런 곳을 제공해 주니 고맙기는 한데, 나 보고 머리를 밀라거나 옷을 벗으라거나 뭐 그런 요구를 할 건지 알고 싶다는 거예요.」

샬럿이 웃음을 참았다. 「우리는 밀교 집단이 아닙니다. 약속할게요. 여긴 학교예요. 우리는 최고이자 가장 똑똑한 사람들을 여기로 데려와 잠재 능력을 최대한 발휘하도록 돕고 있죠.」

「그렇군요.」 에밀리가 말했다.

「내 말을 못 믿는 것 같네요.」

「여긴 학교 같아 보이지 않는데요.」

「사실, 여기는 아주 많이 학교처럼 보여요. 당신의 경험이 정부가 운영하는 아이 농장에 제한되어 있어서 다르게 생각하는 걸 거예요.」 샬럿은 몸을 앞으로 숙이며 모의를 꾸미듯 속삭였다. 「내게는 그런 곳들이 학교 같아 보이지 않아요.」 에밀리는 뭐라 대꾸할 말이 생각나지 않았다. 샬럿이 일어났다. 「자! 당신 방을 보여 줄게요.」

에밀리는 가방을 집어 들었다. 「나는 여전히 뭔가 꿍꿍이가 있다고 생각해요.」

샬럿이 입술을 비죽 내밀었다. 「만약 꿍꿍이가 있어야만 한다면, 우리는 시험을 통과한 사람만 합격시킨다는 거죠. 시험은 어렵고요.」

「나는 통과할 거예요.」

샬럿이 싱긋 웃었다. 「음, 그렇다면…….」 샬럿이 말했다. 「꿍꿍이 따위는 없어요.」

에밀리는 샬럿을 따라 천장이 높고 벽에 나무 패널을 댄 복도를 지났다. 이렇게 아치가 많은 곳은 처음이었다. 샬럿은 손톱으로 문을 두드렸다. 「내 사무실이에요.」 구리로 된 명패에는 〈C. 브론테〉라고 새겨져 있었다. 「질문이 있거나 맘에 걸리는 게 있으면 밤이든 낮이든 상관없이 언제든지 오세요.」 복도들이 더 나왔다. 세로로 길쭉하게 난 높은 창문들을 통해 짙푸른 교복을 입고 모자를 쓰고 블레이저를 입은 아이들이 얼핏 보였다. 어쩌면 정말로 학교 같기도 했다.

샬럿은 육중한 나무 문 밖에서 멈췄다. 「당신 방이에요.」

안에는 작은 침대가 있었다. 높은 아치형 창문 하나, 높은 등받이 의자와 낡은 책상 하나. 돌로 된 벽에는 분주한 수녀들의 손바닥에 의해 매끄럽게 닳은 곳들이 보였다.

「다른 사람들도 주위에 있어요.」 샬럿이 말했다. 「하지만 그 사람들을 찾는 건 시간이 날 때 직접 해보세요.」 샬럿이 문손잡이에 한 손을 댄 채 웃음 지었다. 「저녁 식사는 6시예요.」 문이 닫혔다.

에밀리는 가방을 바닥에 떨어뜨렸다. 그러고는 창문으로 가서 구조를 살폈고, 마침내 어떻게 해야 창문을 양쪽으로 여는지를 알아냈다. 창밖으로 몸을 내밀었다. 산들바람이 머리카락을 휘날렸다. 숲은 아주 제대로였다. 나무들은 기둥 같았다. 숲에 들어가면 길을 잃을 수도 있어. 진저브레드로 만든 집을 찾아. 마녀를 만나.

화장실을 써야 했다. 다른 아이들을 만나고, 경쟁자들의 능력을 가늠해 봐야 했다. 하지만 에밀리는 잠시 가만히 서서 나무들을 바라보았다. 이 모든 일이 사기로 밝혀진다고 해도, 지금 이 순간은 정말로 멋졌기 때문이다.

에밀리는 오줌을 누고 손을 씻고 나서 거울에 비친 자신의 모습을 유심히 살폈다. 머리털은 지푸라기 같았다. 주위 환경이 그럴싸해질수록 에밀리의 옷은 점점 더 누더기 같아 보였고, 냄새도 좋다고 할 수는 없었다. 하지만 그것만 빼면 전혀 안 어울리는 곳에 와 있는 것처럼 보이지는 않았다. 에밀리는 자신이 천장 높이가 6미터인 화장실에서 늘상 오줌을 누었다고 할 수도 있을 것 같았다. 그리고 승마를 즐기고. 「긴장 풀어.」 에밀리는 거울에 대고 말했다. 거울 속 여자애의 눈에 긴장감이 팽팽했기 때문이다.

에밀리는 텔레비전 소리를 따라 작은 방으로 갔다. 방에는 소파와 쿠션들이 있었고, 한 소년이 그 위로 널브러져 있었다. 에밀리가 들어가자 소년은 일어나 앉았다. 소년의 머리는 아주 곱슬거렸다. 밝은색의 새 옷을 입은 소년의 옷깃은 세워져 있었다. 과연 자신과 소년 사이에 공통점이 있기는 할지 에밀리는 의심스러웠다.

소년의 눈이 에밀리를 훑었다. 소년도 아마 같은 생각 중인 듯했다. 「안녕.」 소년이 말했다.

「안녕. 넌 누구니?」

「남자, 소파에 누운.」 소년이 싱긋 웃었다. 에밀리는 벌써 이 아이가 싫어졌다. 「시험을 치러 온 거야?」

「응.」

「방금 도착했고?」

「응.」

「어디에서?」

「샌프란시스코.」

「그랬군.」 소년이 말했다. 「음, 샌프란시스코 어디?」 소년이 다시 싱긋 웃었다. 저 세운 옷깃, 저게 뭐였지?

「거리.」 소년은 멍한 표정이 되었다. 「그…….」 에밀리가 말했다. 「거리 할 때 그 거리. 알잖아, 그 거리.」

소년이 고개를 저었다. 「난 모르겠어.」

「그래, 반응을 보니 그렇네.」

「미안. 기분 나쁘게 할 생각은 없었어. 내 말은, 너는 뭐 하는 사람이냐는 거야.」 소년은 손가락을 빙빙 돌리며 방을 가리켰다. 「아무 이유 없이 널 여기에 데려오지는 않았을 테니까.」

「난 마술사야. 사람들을 즐겁게 하지.」

「정말?」 소년이 말했다. 「누군가를 즐겁게 해줄 그런 유형으로는 전혀 안 보이는데.」

「내 눈에는 네가 좆나 뭐라도 알 만한 놈으로는 전혀 안 보이거든.」 에밀리가 말했다. 소년의 말투에 살짝 겁을 먹기 시작했기 때문이다. 「넌 왜 여기 왔는데?」

소년이 이를 드러내며 웃었다. 소년의 치아가 정말 멋졌다. 「뉴잉글랜드 학교 대항 토론회. 최종전 참가.」 소년은 반응을 기다렸다. 「내가 좀 잘하거든.」

「그러셔?」 에밀리가 말했다.

에밀리는 샤워를 하고 다시 옷을 입었다. 에밀리가 온 곳에서는 며칠 동안 같은 옷을 입어도 괜찮았다. 그것은 에밀리가 삶의 기회를 쫓느라 바쁘다는 의미였다. 하지만 여기서는 그런 행동이 문제가 되리라는 것을 알았다. 에밀리는 최소한 재킷은 걸쳤다. 털이 복슬복슬한 재킷에는 폭주족들이 쓰는 자그마한 장식 징들이 달려 있었는데, 누가 그것들에 대해 이야기하면 자신도 비웃었지만 속으로는 멋지다고 생각했다. 에밀리는 머리를 열심히 빗질해 엉킨 부분을 거의 다 풀어낸 뒤 핀을 꽂아 귀 뒤로 넘겼다. 그리고 화장품 가방에 마스카라가 있던 기억을 떠올리고는 남은 것을 모두 긁어모아 눈에 스모키 화장을 했다. 탈취제는 어딘가에서 잃어버렸는지 찾을 수 없었다. 하지만 샤워할 때 비누칠을 했다. 솔직히 말하자면, 에밀리에게서는 전보다 훨씬 좋은 향이 났다.

어디선가 종이 울렸다. 악기 같은, 진짜 종이었다. 에밀리가 문을 여니, 다들 문밖으로 고개를 빼꼼히 내밀고 있었다. 모두가 어렸고, 대부분 여자아이였다. 「밥 시간이다!」 복도 건너편에서 흑인 여자아이가 말하자, 여기저기서 킥킥거리는 소리가 들려왔다.

식당 식탁에는 침대보만 한 식탁보가 깔려 있고 일곱 자리가 준비되어 있었지만, 양쪽 끝자리 너머로도 반질반질 윤이 나는 나무 식탁이 수 킬로미터는 더 펼쳐졌다. 곱슬머리 소년이 에밀리가 본 적 없는 소녀와 농담을 하며 들어와 맞은편에 앉았다. 에밀리는 그 소년이 자기를 볼 것이라고 생각했지만, 소년은 그러지 않았다. 에밀리는 숟가락들과 포크들, 그리고 나이프를 각기 어떻게 써야 하는지 알아내려고 애썼다. 기껏해야 열 살 정도 되는 여자아이가 에밀리 옆 의자에 와 앉았다. 에밀리가 〈안녕〉이라고 말하자, 그 여자아이도 수줍게 〈안녕〉이라고 답했다. 다른 쪽 옆 의자에는 천사 같은 금발의 예쁜 여자아이가 앉았다. 곱슬머리 소년이 그 금발 소녀를 바라보고는 시선을 돌렸다가 다시 바라보는 것을 보면서, 에밀리는 생각했다. 〈좋았어.〉

에밀리에게는 아직도 왠지 수녀같이 느껴지는 샬럿이 식탁들을 돌면서 아이들 한 명 한 명과 간단하게 잡담을 나누었다. 빵이 나오고, 수프도 나왔다. 열 살짜리 아이가 자기 숟가락을 절망감에 빠져 물끄러미 바라보자, 에밀리는 다른 사람들이 쓰는 것을 보며 어림짐작해 도와주려고 했다.

「네 재킷 맘에 든다.」 천사 같은 금발의 여자아이가 말했다. 「아주 진짜같이 보여.」

「오.」 에밀리가 말했다. 「난 네 귀가 맘에 들어.」

「내 귀?」

에밀리는 모욕을 한 것이었지만, 이제 천사 같은 여자아이가 진지하다는 것을 깨달았다. 그 여자아이는 진심으로 에밀리의 재킷을 칭찬한 것이었다. 「응. 요정 귀 같아.」 에밀리는 열 살짜리 아이를 팔꿈치로 슬쩍 쳤다. 「요정 귀 같지 않아?」

「맞아.」

「아.」 천사 소녀가 말했다. 「음, 고마워.」

은 접시에는 한입 크기로 썰어 놓은 고기와 빵과 반죽과 알 수 없는 뭔가가 있었다. 에밀리는 오로지 이 대화를 끝낼 목적으로 하나를 집었다. 사실 나쁘지 않았다. 이상했지만, 나쁜 쪽으로 이상하지는 않았다. 에밀리의 오늘 하루가 딱 이랬다.

샬럿은 자리에서 일어나, 여러분이 이곳에 와서 정말로 기쁘며, 여러분 각각은 큰 잠재력을 지니고 있고 아카데미는 그 잠재력을 펼쳐 내기 위해 헌신을 다할 테니, 부디 이 기회를 놓치지 말라는 내용의 연설을 짧게 했다. 그러고는 시험이 내일 아침 일찍 시작되니 모두 숙면을 취해야 한다고 말했는데, 곱슬머리 소년이 무슨 시험이냐고 묻자, 샬럿은 싱긋 웃으며 아침까지 답이 갈 것이라고 말했다. 그녀는 정말로 그렇게 말했다. 〈아침까지 답이 갈 거예요.〉 에밀리가 속했던 세상에서 그런 식으로 말했다가는 머리를 한 대 걷어차일 테지만, 에밀리는 나름 그런 방식을 즐겼다. 부두에서 챙 넓은 모자를 쓴 에밀리는 사람들을 웃게 하고, 가까이 다가와 2달러를 기꺼이 주게 하며, 돈을 잃는 것을 아무렇지도 않게 하는 데 단어를 사용했다. 좋은 단어들은 에밀리가 잘 먹을 수 있느냐 없느냐의 차이를 결정지었다. 그리고 그녀가 알아낸 바로는, 가장 잘 먹히는 것은 사실이나 논쟁이 아니라 무슨 이유에서인가 사람들의 두뇌를 기분 좋게 자극하는, 그냥 즐겁게 하는 단어들이었다. 동음이의어의 말장난, 과장, 진실이면서 동시에 진실이 아닌 것들. 아침까지 답이 갈 거예요.[3] 그런 단어들.

3 *answered by the morning.* 〈아침까지 답이 갈 것〉이라는 뜻과 〈아침이 답을 해주다〉라는 뜻이 있다.

식사가 끝난 뒤 아이들은 줄지어 자기 방으로 돌아갔고, 에밀리는 코네티컷에서 온 어떤 여자아이와 나란히 양치질을 했다. 에밀리만 빼고 모두 잠옷을 가지고 있었다. 방으로 돌아오는 길에 복도에서 목소리가 들렸다. 「잘 자, 문가의 소녀.」

「잘 자, 소파의 소녀.」 에밀리가 말했다. 에밀리는 문을 닫았다. 그녀는 자신이 방금 그렇게 말했다는 것이 믿기지 않았다. 저 아이는 골칫거리야. 하지만 좋은 종류야.

아침이 되었을 때 아이들은 홀에 자리를 잡고 앉았으며, 각기 설문지를 받았다. 첫 번째 질문은 에밀리에게 낯익었다. 〈당신은 고양이를 좋아합니까, 개를 좋아합니까? 당신이 가장 좋아하는 색은? 당신은 당신 가족을 사랑합니까?〉 심지어 그 이상하던 질문도 바로 거기에 있었다. 〈당신은 왜 그것을 했습니까?〉 그것은 맨 첫 장이었고, 나머지는 끝없이 이어지는 줄만 있었다.

「부디 정직하게 답해 주세요.」 샬럿이 말했다. 샬럿은 책상들 사이를 걸어다녔고, 하이힐 소리가 바닥과 천장 사이에서 메아리쳤다. 「진실이 아닌 내용은 여러분에게 도움이 되지 않아요.」

그들은 에밀리가 가장 좋아하는 영화를 물었다. 노래를. 책을. 에밀리는 여덟 살 이후로 책을 읽은 적이 없었다. 그녀는 주위를 둘러보았다. 열 살 소녀는 책상 세 개 뒤에 있었다. 그 아이의 발은 바닥에 닿지 않았다. 에밀리는 펜을 빙그르 돌렸다. 그러고는 썼다. 『릴리 공주가 세상을 구하다』. 이게 에밀리가 기억하는 유일한 책이었다.

샬럿은 설문지를 거두더니 잠시 사라졌다. 아이들은 통로로 몸을 내밀고 서로 답을 비교했다. 에밀리는 복도에 남자가 있는 것을 알아차렸다. 갈색 피부에 키가 컸으며, 바위 같은 눈동자로 유리창 너머의 아이들을 지켜보고 있었다. 에밀리는 무슨 이유에서인가 초조해져 시선을 돌렸고, 다시 그쪽을 보았을 때 그 남자는 사라지고 없었다.

샬럿이 카트에 TV를 싣고 돌아왔다. 「이제 빠르게 바뀌는 그림들을 보게 될 거예요. 그 그림들 중 하나는 음식이에요. 여러분은 그 음식 이름을 적으면 돼요. 질문 있나요?」 샬럿이 주위를 둘러보았다. 「좋아요. 그럼 행운을 빌어요.」

에밀리는 연필을 집어 들었다. 샬럿이 VCR를 작동시켰다. 화면에 글자(〈시리즈 1-1〉이라고 쓰여 있었다)가 나타났다가 천천히 사라졌다. 1초 정도 검은 화면이 보였다. 이윽고 그림들이 마구잡이로 나타났다가 사라졌다. 에밀리는 눈을 끔벅였다. 화면에는 〈시리즈 1-1 끝〉이라고 되어 있었다. 아이들이 책상 위로 고개를 숙였다. 에밀리는 자기 종이를 내려다보았다. 생각보다 훨씬 더 빨랐다. 뭘 봤더라? 웃는 얼굴. 식탁 주위의 가족. 키스하는 사람들. 풀밭. 암소. 우유 한 잔? 확신이 서지 않았다. 묘한 일이었다. 에밀리는 관찰력이 좋았기 때문이다. 에밀리는 눈이 빨랐다. 그렇다면 왜 우유를 봤는지 확신을 못 하는 것일까? 에밀리는 주위를 둘러보았다. 자기만 빼고 모두가 답을 적고 있었다. 에밀리는 입술을 깨물었다. 그리고 적었다. 〈우유.〉

「펜을 내려놓으세요.」

에밀리는 주위를 힐끗 보았다. 오른쪽의 곱슬머리 소년은 〈스시〉라고 적었다. 에밀리는 오싹했다. 스시가 있었나? 어쩌면. 왼쪽을 보았다. 천사 소녀도 〈스시〉라고 썼다.

샬럿이 책상들 사이를 걸어갔다. 「맞아요.」 앞에 앉은 소년을 지나며 샬럿이 말했다. 「맞아요. 맞아요.」 샬럿이 에밀리 앞에 섰다. 「틀려요.」 에밀리가 한숨을 내쉬었다. 「맞아요. 맞아요. 틀려요.」

에밀리는 또 누가 틀렸는지 보기 위해 고개를 돌렸다. 열 살짜리 소녀가 망연자실해 있었다. 그 아이가 종이를 숨기기 전 에밀리는 보았다. 〈우유.〉

「두 번째 시리즈예요.」 샬럿이 말했다.

분명 에밀리가 틀린 것은 다른 그림들 때문에 에밀리가 판단 착오를 했기 때문이다. 아침 식사, 암소, 그리고 유리잔이 있었지만 비어 있었다. 에밀리의 두뇌는 그걸 채운 것이다. 에밀리는 상상력이 너무 풍부했다. 그리고 에밀리가 스시를 알아보지 못한 이유는 스시가 어떻게 생겨 먹었는지 알지 못했기 때문이다. 이제 에밀리는 대충 기억했다. 하지만 익숙한 음식이라고 할 수는 없었다. 다른 아이들은 아마도 일주일에 두 번은 스시를 먹고, 캐비어와 메추라기와 어제 크래커 위에 나온 반죽*paste*인지 뭔지를 먹고 살 터였다. 푸아그라*pâte*. 그래, 그거였다. 다음 퀴즈는 맞힐 수 있으리라.

그림들이 명멸했다. 화면이 텅 비었다. 에밀리는 공포에 사로잡혔다. 바나나가 있었다. 분명히 바나나였다. 하지만 또한 바나나 비슷하게 생긴 태양도 있었다. 시작할 때 에밀리는 물고기 같아 보이는 것을 얼핏 보았다. 그리고 분명히 야자나무들과 바다를 보았다. 물고기에 대해서는 확신이 없었다. 바나나도 마찬가지였다. 바나나는 태양의 잔상일 수도 있었다. 왜 야자나무들이 있었지? 무작위로 나온 건가, 아니면 물고기가 있다고 생각하게 만들려고 하는 건가? 에밀리는 펜을 꽉 잡고 썼다. 〈물고기.〉

「답을 써주세요.」

에밀리는 주위를 둘러보았다. 곱슬머리 소년은 바나나. 천사 소녀도 바나나. 열 살 소녀는 물고기.

「맞아요. 맞아요. 맞아요.」 샬럿이 에밀리 쪽으로 왔다. 「틀려요.」

에밀리는 제 꾀에 제가 넘어간 셈이었다. 자기의 본능을 믿었어야 했다. 에밀리는 곱슬머리 소년과 시선을 마주치고 싶지 않았지만, 자신도 어쩔 수 없었다. 소년은 마치 마음을 비우고 집중하듯 눈을 감고 있었다. 〈얼간이〉라고 에밀리는 생각했다. 하지만 어쩌면 에밀리도 그렇게 해야 할 터였다.

「세 번째 시리즈.」

화면이 그림들을 토해 냈다. 이번에는 그림들이 말을 했고, 그래서 에밀리는 깜짝 놀랐다. 남자가 〈빨강〉이라고 말했고, 노파가 소리 내어 웃었다. 그게 딸기였나? 아니, 혈흔이었다. 그리고 끝났다. 에밀리는 아이스크림콘을 분명히 보았다. 그녀는 딴 생각이 들기 전에 그것을 적었다. 그리고 두 손으로 종이를 가리고 앞에 있는 여자아이를 멍하니 바라보았다.

곱슬머리 소년이 펜을 내려놓았다. 그 아이의 종이를 볼 수는 없었으므로, 입 모양으로 말했다. 〈아이스크림?〉 소년이 눈썹을 치켜 올렸다. 에밀리는 그게 무슨 의미인지 알 수 없었다. 그녀는 펜을 집어 들어 뭔가 다른 걸 적고 싶은 욕망이 일었다. 하지만 아이스크림 말고 다른 것은 본 게 없었다.

「답을 적어 주세요.」

곱슬머리 소년이 두 손을 치웠다. 〈딸기〉. 「아, 씨발.」 에밀리가 말했다. 그녀는 다른 아이들이 뭐라고 썼는지 더 이상 살피지 않았다. 샬럿이 오더니 이번에도 에밀리가 틀렸다고 확인해 주었다. 두 명이 더 틀렸다. 에밀리와 열 살 소녀, 그리고 뒤쪽의 마른 소년이 틀렸다. 에밀리는 그 사실이 기뻤지만, 또한 화가 치밀어 폭발 직전이었다. 이 방에 있는 아이들에게 각각 10달러씩을 준다면, 두 시간 후 에밀리는 그 돈을 모두 가질 수 있었다. 돈 한 푼 없이 잘 곳도 마련해 주지 않은 채로 길거리에 떨어뜨려 놓으면, 24시간 뒤에 스스로를 꾸려 나갈 수 있는 사람은 에밀리뿐이리라. 하지만 이 시험은 에밀리에게 멍청이 같다는 느낌이 들게 했다.

「네 번째 시리즈.」

〈씨발.〉 에밀리는 생각했다. 그녀는 화면을 보았지만 마음은 딴 데 가 있었다. 이번 시리즈는 지금까지 본 것 중 가장 길었다. 마침내 끝났을 때, 에밀리는 종이를 보며 생각했다. 〈전혀 모르겠어.〉

에밀리 앞에 있는 여자아이가 요란하게 재채기를 했다. 에밀리가 사람들의 주의를 잠깐 돌려야 할 때 베니가 하던 행동이었고, 에밀리는 반사적으로 오른쪽을 훔쳐봤다. 곱슬머리 소년의 팔 아래 APR가 보였다. 나머지는 가려져 있었다. 「건강 조심해.」 천사가 말했다. 누군가가 킥킥거렸다. 「정숙하세요.」 샬럿이 말했다.

에밀리는 APR로 시작하는 음식 이름을 생각할 수 없었다. 그녀의 마음은 APPLE에 고정되어 있었다. 저 아이가 APP로 썼던 건 아니었을까? 만약 5초 안에 APR로 시작하는 음식 이름을 생각해 낼 수 없다면, 에밀리는 그냥 APPLE로 적기로 했다. 샬럿이 입을 열었다. 에밀리가 휘갈겨 썼다. 〈APRICOT(살구).〉

「답을 적어 주세요.」

에밀리는 오른쪽을 힐끗 보았다. 〈맞았어.〉 샬럿이 책상들 사이를 걷기 시작했다. 「맞아요. 맞아요. 맞아요.」 샬럿이 에밀리에게 왔을 때, 에밀리는 문제를 발견했다. 곱슬머리 소년은 APRICOTS라고 썼다. 에밀리는 S를 빼먹었다. 샬럿이 멈췄다. 에밀리는 아무 말도 하지 않았다. 〈그냥 넘어가라고.〉 에밀리가 생각했다. 〈살구, 살구들. 뭐가 달라?〉 「맞아요.」 샬럿이 말했다.

가슴이 벅찼다. 처음부터 이랬어야만 했다. 에밀리는 평생 모든 것을 이런 식으로 이루어 왔다. 규칙을 피하는 방식으로 말이다. 그 점을 잊어버리면 안 되는 것이었다.

「맞아요. 맞아요. 틀려요.」 샬럿이 앞으로 걸어가더니 TV를 껐다. 「고마워요, 여러분. 이로써 첫 번째 시험은 끝났어요. 오늘 남은 하루는 즐겁게 지내세요.」 아이들이 의자에서 일어나며 이야기를 나누기 시작했다. 「거티, 남아 주세요.」

에밀리는 열 살 소녀를 바라보았다. 그 아이가 비참해 보였으므로 몸을 굽혔다. 「그냥 멍청한 시험일 뿐이야.」 에밀리는 그 아이의 나이를 잘못 알았다. 거티는 열 살조차 되지 않았다. 「시험은 걱정하지 마.」

「에밀리 러프.」 샬럿이 말했다. 「당신은 가도 돼요.」

「넌 그냥 너무 어릴 뿐이야.」 에밀리가 말했다. 「나는 몇 년 전 여기에 왔다가 모든 시험에 다 낙제했어. 내년에는 네가 짱일 거야.」

거티는 희망 어린 눈으로 에밀리를 보았다.

「고마워요, 에밀리.」 샬럿이 말했다.

에밀리는 나가며 거티에게 윙크를 보냈다. 부두에서 사람들을 기분 좋게 할 때 쓰던 그런 윙크를.

「너에게 뭔가 과거가 있을 거라고 생각했어.」 곱슬머리 소년이 말했다. 에밀리는 그 아이 방을 지나치고 있었지만 이제 걸음을 멈췄다. 소년은 자기 침대에 널브러져 있었다. 천사 소녀도 그 방 안의 돌벽에 몸을 기대고 있었다.

「그냥 몸 푸는 거지 뭐.」 에밀리는 계속 걸었지만, 천사 소녀가 벽에서 몸을 뗐다.

「어이. 네 생각을 말해 봐. 여기 선생님들이 왜 가짜 이름을 쓰는 것 같아?」

에밀리는 혼란스러운 표정으로 천사 소녀를 보았다.

「샬럿 브론테. 그리고 로버트 로웰이랑 폴 오스터라는 이름의 선생님도 있어. 로비의 메인 보드 봤어? 거기에 보면 브론테 전에 교장은 마거릿 애트우드였어.」 천사 소녀가 눈썹을 치켜올렸다.

「그래서……?」 에밀리가 말했다.

「모두 유명한 시인들이야.」 소년이 말했다. 「대부분 고인이 된 유명한 시인들이지.」 소년은 즐거워하는 듯한 표정으로 천사 소녀를 바라보았다. 「쟨 몰랐나 봐.」

「내가 죽치고 앉아서 시인들 이름이나 처외우고 있을 것 같아?」 에밀리가 말했다. 「이래서 내가 시험에서 널 깔아뭉갤 거라는 거야. 네가 아는 건 전부 쓸모없으니까.」

소년이 이를 드러내며 싱긋 웃었다. 천사 소녀가 말했다. 「그러든가.」 한 대 때려 주고 싶은 말투였다.

「그리고 학교에는 이름이 없어. 그냥 아카데미라고만 불러.

이상하지 않아?」
「네가 이상하다.」 에밀리가 말했다.

거티는 돌아오지 않았다. 「이 시험은 소거 방식이야.」 호밀빵을 한입 가득 씹으며 곱슬머리 소년이 말했다. 점심때였다. 그 아이는 거티의 의자를 차지했다. 「하나를 실패하면 그걸로 끝이야. 짐을 꾸리는 거지.」
에밀리는 롤빵에 버터를 바르다가 동작을 멈췄다. 「누가 그래?」
「아무도. 내가 알아낸 거야. 명확하잖아. 그렇게 생각 안 해?」 소년은 씹고 또 씹었다.

점심시간 때 샬럿이 들어오더니 에밀리가 좋아하지 않는 방식으로 그녀를 바라보았다. 이윽고 샬럿은 식당을 나갔다. 에밀리는 계속 음식을 먹었지만 속이 꽉 뭉치는 것 같았다. 나중에 샬럿과 다른 선생 한 명이 복도에서 에밀리를 기다리고 있었다. 그것을 본 에밀리는 샌프란시스코를 떠올렸다. 쪽방 문을 열고 들어서는데 엉덩이뼈는 툭 튀어나오고 입술은 고양이 똥구멍 같은 빼빼 마른 년 둘이 이런저런 뭔가 때문에, 빚이나 또는 에밀리가 저지른 어떤 행동 때문에 정당한 분노를 뿜으며 부들거리던 그곳. 샬럿이 신호를 보냈다. 「에밀리, 나 좀 봤으면 좋겠어요.」 샬럿의 하이힐 소리가 복도에 울려 퍼졌다.
자기 사무실로 간 샬럿은 의자를 손짓해 보였다. 사무실은 에밀리가 생각했던 것보다 컸다. 다른 방들로 통하는 문이 있었고, 그중 하나는 샬럿의 침실이 분명했다. 밤낮 상관없이 언제든 자기 사무실로 오라고 했기 때문이다. 하나 있는 창문을 통해서는 안뜰이 보였고, 책상은 어지러웠으며, 책상 위의 꽃병에는 싱싱한 꽃이 꽂혀 있었다. 「실망했어요.」

「그러세요?」 에밀리가 말했다.

「우리는 당신에게 큰 기회를 줬어요. 얼마나 커다란 기회인지 당신은 절대로 모를 거예요.」

「무슨 말씀을 하시는지 모르겠네요.」

「시험 장소는 감시되고 있었어요. 신중하게요.」

「알겠어요.」 에밀리가 말했다. 그리고 침묵. 「그러니까 지금 하시는 말씀은, 제가 어떤 식으로 뭔가를 잘못했다는 거네요.」

「커닝요? 네. 그건 잘못된 거예요.」

「흠, 그렇다면 그걸 미리 말했어야죠. 이렇게 말이에요. 〈사실, 우리에게는 규칙이 세 가지 있답니다. 세 번째는 커닝하지 않는 거예요.〉」

「그게 지금 말이 된다고 생각해요?」

「샌프란시스코에서 나를 보낸 그 남자, 리라는 그 남자는 내가 사람들을 속였다는 걸 알았어요. 그게 내가 사는 방식이죠. 난 사기꾼이에요. 그런데 나를 여기 데려오더니 갑자기 남을 속이면 안 된다고요? 당신은 그런 말을 한 적이 없다고요.」

「난 솔직하게 답하는 것이 중요하다고 말했어요.」

「그 〈전〉 시험에서요. 비디오 테스트에서는 아니에요.」

「논의를 하려고 부른 게 아니에요.」 샬럿이 말했다. 「당신을 데리러 운전사가 오고 있어요. 당신 짐을 챙겨 두세요.」

「그렇다면,」 에밀리가 말했다. 「뒈져 버려.」

「여기서 쓴 시간에 대한 보상을 약속받았을 거예요. 안타깝지만 그건 적용이 안 될 거예요. 커닝을 했으니까요.」

「씨발 년.」

샬럿은 안색 하나 변하지 않았다. 에밀리는 그토록 수녀 같은 사람이라면 뭔가 반응이 있으리라고 기대했다. 에밀리는 샬럿이 무척이나 분개했으리라고, 자신들이 만든 규칙을 어겼을 때 그렇듯이 아주 격노했을 것이라고 예상했지만, 사실 샬럿은 전혀 마음 쓰지 않았다. 「가도 좋아요.」

「운전사는 됐어. 당신 건 아무것도 필요 없거든.」 에밀리가 일어났다.

「공항까지는 30킬로미터예요. 운전사…….」

「운전사랑 떡이나 치셔.」 에밀리가 말했다.

에밀리는 자기 방으로 가서 피카츄 가방에 옷들을 쑤셔 넣었다. 이 시점까지 그녀는 화가 났을 뿐이지만, 갑자기 서글퍼져 눈물을 흘리며 몸을 떨었다. 에밀리는 가방을 어깨에 메고 복도로 나갔다. 「어이!」 곱슬머리 소년이었다. 「무슨 일이야? 어디 가는 거야?」 하지만 에밀리는 대답하지 않았고, 소년은 에밀리를 따라오지 않았다.

운전사가 올 기미는 보이지 않았고, 에밀리는 진입로를 터벅터벅 걷기 시작했다. 1천여 개의 창문이 에밀리의 등을 바라보았고, 에밀리는 그 창문 하나하나에 눈이 하나씩 있다고 상상했다. 하지만 그건 말이 되지 않았다. 사실인즉 누구도 신경 쓰지 않았다. 에밀리가 사라지고 5분 뒤면 모두 그녀의 존재를 잊으리라. 이곳은 에밀리가 없는 게 더 어울렸기 때문이다.

진입로를 반쯤 걸었을 때, 뒤에서 자갈을 밟는 자동차 소리가 들려왔다. 「에밀리 러프?」

「운전사는 필요 없어요.」

「나는 운전사가…….」 핸드브레이크 거는 소리가 나더니, 차 문이 열렸다. 「나는 운전사가 아니에요.」 시험을 칠 때 창문 너머로 보이던 키 큰 남자였다. 「엘리엇이라고 합니다. 나랑 아카데미로 돌아갑시다.」

「난 쫓겨났어요.」

「잠깐만. 멈춰요.」

에밀리가 멈췄다. 남자는 에밀리를 훑어보았다. 그 남자에게는 고요함이 배어 있었고, 그래서 속내를 읽기 어려웠다.

「당신은 속임수를 썼지요. 당신은 아무도 그러지 말라는 말을 하지 않았다고 자신을 방어했어요. 동의합니다. 아카데미로 돌아가세요.」

「돌아가고 싶지 않다고요.」

「왜요?」

「어차피 해낼 수 없을 테니까요. 여기에서 나만 빼고 모든 사람이 믿을 수 없을 정도로 똑똑하고, 뭐냐 시인들 이름도 알고, 그러니…… 기회를 주셔서 감사해요.」 에밀리가 다시 걷기 시작했다.

남자가 보조를 맞춰 걸었다. 「시험에는 두 종류가 있어요. 첫 번째는 설득에 버텨 내는 능력을 측정하는 거죠. 두 번째는 설득하는 능력을 측정하고요. 이게 더 중요해요. 그리고 내가 본 바에 따르면, 당신은 그 둘 다에 능력이 있어요.」

「샬럿이 말하길…….」

「이건 샬럿이 결정하는 게 아니에요.」

에밀리는 학교를 뒤돌아보았다. 마음이 끌렸다.

「당신이 뭘 할 수 있는지 평생 모르고 산다면 억울하지 않겠어요.」 남자가 어깨를 으쓱해 보였다. 「내 의견은 그래요.」

「좋아요.」 에밀리가 말했다.

에밀리는 자기 방으로 돌아가 가방을 던졌다. 그녀는 자신이 오래 기다리지 않아도 될 것이라고 생각했고, 그 생각은 옳았다. 곱슬머리 소년이 오더니 화가 난 듯 에밀리를 바라보았다. 「떠난 줄 알았는데.」

「마음을 바꿨어.」

「아니면 누군가 바꿔 줬던가?」 소년이 팔짱을 꼈다. 「이곳에서는 우리 가운데 한 명만 받아.」

천사 소녀가 문가에 나타났다. 에밀리가 말했다. 「한 명만 받는다고?」

「난 그런 말 들은 적 없는데.」 천사 소녀가 말했다.

「마지막 날에 후보자가 한 명 이상이면 상대방이 그만두게 설득을 해야만 해. 그래서 이기는 거야.」

「그런 말 처음 들어.」 천사 소녀가 말했다. 「그리고 말인데, 잘 돌아왔어, 에밀리.」

「너 멍청이구나.」 소년이 말했다.

「넌 진상이고.」 천사 소녀가 말했다.

소년이 천사 소녀를 바라보았다. 「너도 지금 떠나는 게 낫겠다. 분명 넌 사람들에게 설득력이 장난 아니었을 거야. 네 부모님을 아는 사람들에게는 말이야. 그리고 학생회에서 넌 여왕이었겠지. 하지만 네가 여기 있는 건 그게 남들 눈에 네가 최선을 다하는 것으로 여겨지기 때문이며, 또한 착한 꼬마 여자아이들이 하는 행동이기 때문이야. 착한 꼬마 여자아이들은 최선을 다하지.」

소녀의 뺨이 확 붉어졌다. 「이거 날 그만두게 하려는 수작이야?」

「나는 이미 어떻게 하면 널 그만두게 할 수 있는지 알아. 네 아빠로 하여금 전화하게 해서 네가 보고 싶다고 말하게 하면 돼.」

소녀는 몸을 돌리더니 떠났다. 에밀리는 소녀가 복도를 걸어가는 소리를 들었다. 에밀리가 소년을 보았다.

「이 학교는 내 거야.」 소년이 말했다.

이튿날 일찍, 샬럿은 에밀리를 태우고 시내로 갔다. 샬럿은 거의 아무 말도 하지 않았고, 에밀리는 여전히 화가 나 있었기에 도착할 때까지 차 안은 조용했다. 샬럿은 주차 빌딩에 차를 몰고 들어가 시동을 껐다. 에밀리가 안전띠를 풀었지만 샬럿은 움직이지 않았다.

「엘리엇은 당신에게 계속 시도해 볼 가치가 있다고 생각해요.」 백미러를 통해 샬럿이 말했다. 「내게는 소용없어 보이지만요. 하지만 종종 엘리엇은 숨겨진 걸 볼 줄 알죠.」

에밀리는 계속 입을 다물고 있었다.

「보통 이번 시험은 직급이 낮은 직원이 주관해요.」 샬럿이 글로브 박스를 열더니 커다란 선글라스를 꺼내 썼다. 선글라스를 쓴 샬럿은 수녀 같은 느낌이 완전히 사라지고 우아하고 섹시해 보였다. 「하지만 당신의 잠재력이 폭발하기 일보 직전이라는 주장이 있고 하니, 내가 직접 확인해 보기로 했어요.」

샬럿은 에밀리를 데리고 평범하기 그지없는 길모퉁이로 갔다. 거기에는 청과상, 신문 가판대, 그리고 〈서 있지 마세요〉라는 표지가 붙은 기둥에 개 한 마리가 묶여 있었다. 〈이 중 하나가 중요한 걸 거야.〉 에밀리는 생각했다. 샬럿은 손목시계를 힐끗 보았다. 이른 시각이었지만 태양이 건물들 위로 고개를 내밀었고, 이곳에 있게 되어 좋은 듯했다. 만약 여기서 어슬렁거려야 한다면 에밀리는 재킷을 벗어야 하리라.

「오늘 우리의 목적은 당신의 렉시콘을 시험하는 거예요.」 샬럿이 말했다. 「내 말은 당신이 유용한 단어들을 어떤 식으로 배치하여 쓰는지 보겠다는 거예요.」 에밀리는 무슨 말인지 잘 알아들을 수가 없었다. 「준비됐나요?」

「물론이죠.」 에밀리가 말했다.

샬럿의 선글라스가 텅 빈 건너편 보도를 바라보았다. 두 사람은 기다렸다. 「창녀*whore*는 〈원하는 이〉라는 뜻이에요. 그 단어는 인도-유럽 공통기어죠. 사랑*love*과 어근이 같아요. 알고 있었나요?」

「아니요.」

「오늘날 그 단어는 설득당하는 사람들을 묘사하는 데 쓰여요. 말할 필요도 없겠지만 대부분은 돈에 섹스를 파는 사람들을 의미하지요. 하지만 또한 더 일반적으로도 쓰여요. 〈스스로에게 창녀질을 하다〉라는 표현은 보답을 바라고 은근히 불쾌한 일을 하는 경우를 뜻한다고 할 수 있어요.」

에밀리가 한쪽 발에서 다른 발로 무게 중심을 옮겼다.

「비슷한 용어로 개종자*proselyte*가 있지요. 대개 종교적 의미로, 한 종교에서 다른 종교로 믿음을 바꾼 사람들을 뜻할 때 쓰여요. 창녀와 마찬가지로 개종자도 행동을 하도록 설득당하는 거예요. 차이가 있다면 창녀는 자신이 보상을 위해 하는 일이 그르다는 것을 알지만, 개종자는 자신이 설득당해 믿는 것이 옳다고 생각한다는 점이지요.」 샬럿은 에밀리를 힐끗 보았다. 「당신은 지금 있는 곳에서 1미터 안쪽에만 있어야 해요. 만약 당신이 그 반경을 벗어나면 시험에 떨어지게 돼요. 당신은 여기에서 건너편 사람이 길을 건너 이쪽으로 오도록 설득해야 해요. 개인이나 그룹에 같은 설득법을 한 번 이상 쓰면 안 돼요. 개인이든 그룹이든 설득에 실패하면 원 스트라이크예요. 스트라이크 세 번이면 시험은 끝나요. 자, 이제 시작하세요.」

에밀리가 빤히 바라보았다. 샬럿이 길 건너편을 보며 고개를 까딱했다. 운동복을 입은 여자가 조깅 중이었다. 잠깐 에밀리는 몸이 얼어붙었다. 그러고 나서 소리쳤다. 「여보세요! 안녕하세요!」 에밀리는 두 팔을 흔들었다. 조깅 중이던 여자가 귀에서 이어폰을 뺐다. 「여기로 좀 와주실 수 있나요? 제발요. 아주 중요한 일이에요!」

여자는 짜증이 난 듯 보였다. 하지만 조깅을 멈추더니 차들을 살피고는 길을 건너왔다.

「불특정 익명의 구두 소환.」 샬럿이 옷 가게의 차양 그늘로 물러서며 말했다. 「하나.」

조깅 중이던 금발 여자는 땀에 젖어 에밀리에게 다가왔다. 「왜요?」

「미안해요.」 에밀리가 말했다. 「다른 사람으로 착각했어요.」 여자는 에밀리를 불쾌한 눈으로 쳐다보더니 다시 이어폰을 귀에 꽂았다. 에밀리는 목덜미에서 땀이 나는 것을 느꼈다. 「얼마나 점수를 따야 하죠?」

「미안하지만 그건 알려 줄 수 없어요. 하지만 최고 기록이 서른여섯 명이라는 건 말해 줄 수 있어요.」

「어이쿠, 하느님.」

「아니, 사실은 엘리엇이에요. 집중하세요. 또 한 명이 오는군요.」

에밀리는 재킷을 벗어 보도에 떨어뜨렸다.「존!」에밀리가 외쳤다.「존! 이봐요, 존!」

반대편 보도의 남자가 걸음을 멈췄다. 그 남자는 에밀리가 자기에게 말하고 있다는 것을 깨닫더니, 재미있다는 표정을 짓고는 고개를 저었다.

「뭐라고요?」에밀리는 귀 뒤에 손을 갖다 댔다.「안 들려요, 존!」

「난 존이 아니에요!」

「뭐라고요?」

「나는…….」남자는 포기하고 에밀리 쪽으로 방향을 틀었다.

「이름을 이용한 구두 소환.」샬럿이 말했다.「둘.」

여자 셋이 웃고 떠들며 차에서 내렸다.「여기요! 공짜로 옷을 드려요!」에밀리가 말했다.「맨 처음 세 분에게만요!」여자들이 고개를 돌렸다. 에밀리가 옷 가게를 가리켰다.「한 명당 2백 달러 한도에서요.」

「위임을 통한 물질적 보상의 구두 약속. 셋.」

남자가 부드럽게 웃으며 에밀리에게 왔다.「나를 다른 사람과 혼동하신 것 같아요.」

「어머, 그렇네요.」남자의 어깨 너머로, 어린 소년의 손을 잡은 어머니가 청과상으로 향했다. 「혼동해서 미안해요. 어머니! 어머니! 제가 아드님하고 이야기를 좀 해야 해요!」 그 여자는 에밀리를 힐끗 보더니 그냥 가던 길을 갔다. 「어머니, 아드님에게 뭔가 문제가 있어요!」

「공짜로 옷을 준다고 말했나요?」 세 명 중 한 명이 에밀리에게 물었다. 그 여자의 코에는 징이 박혀 있었고, 마스카라는 떡칠이 되어 있었다.

「어머니!」 에밀리가 어머니에게 외쳤다. 「아드님에게 정말로 심각한 문제가 있어요! 농담이 아니에요.」

어머니는 청과상으로 들어갔다. 에밀리는 그 여자의 목에 밴 긴장감을 읽을 수 있었다. 그 여자는 에밀리의 말을 들었지만 무시하기로 한 것이다.

에밀리가 샬럿을 보았다. 「이건 원 스트라이크일 뿐이에요. 둘이 함께니까요.」

「맞아요. 원 스트라이크.」

「아무 표시도 없는데요.」 마스카라를 한 여자가 말했다. 「우리가 그냥 들어가면 되나요, 아니면……?」

「네, 들어가세요.」 중년 남자는 실망한 표정으로 떠나고 있었다. 에밀리는 그 남자가 자신이 존이길 바랐다고 짐작했다. 그때 건너편 보도에서 헐렁한 바지에 민소매 셔츠 차림의 대학생으로 보이는 한 무리의 청년들이 요란스레 걸어왔다. 에밀리는 입을 열었고, 하마터면 사용했던 방법을 또 쓸 뻔했다. 하지만 곧 한쪽 무릎을 꿇었다. 「아야! 아이씨!」 청년들이 고개를 돌렸다. 에밀리는 일어나려고 애쓰는 척했다. 「아야! 도와주세요!」

8시 30분, 에밀리는 티셔츠를 벗었다. 안에는 평범한 브래지어를 입고 있었다. 에밀리는 망설였지만, 이윽고 브래지어를 풀었다. 피부가 오그라드는 느낌이었다. 에밀리는 길 건너편에서 입을 벌리고 선 청년 무리를 향해 손을 흔들었다. 청년들은 서로 눈길을 주고받다가 껄껄 웃고는 길을 건너오다가 거의 다 왔을 때 세단 한 대 때문에 뒤로 물러났다. 에밀리가 샬럿을 힐끗 보았다. 「이것도 되는 거죠, 그렇죠?」

「언어를 쓰지 않은 성적 유혹. 열아홉.」

에밀리는 샬럿의 말투에서 뭔가를 느꼈다. 「실망한 건가요?」

「사실…….」 샬럿이 말했다. 「나는 당신이 이렇게 오래 참았다는 데 놀랐어요.」

「이것 좀 봐.」 청년 무리 중 한 명이 키득거렸다. 그들은 더 이상 가까이 다가오기가 두렵다는 듯, 3미터 정도 떨어진 거리의 가장자리에 모여 있었다.

「이봐요.」 에밀리가 말했다. 「부탁 좀 들어 줘요. 모퉁이로 가서 아무도 당신 너머로는 못 가게 해주세요. 모두를 이쪽으로 오게 해주세요.」

「뭐 하러?」 한 명이 물었다. 다른 한 명이 말했다. 「나는 여기 있으면서 당신 젖꼭지를 보고 싶은데.」 이 말에 청년들은 한동안 웃어 댔다. 이들은 꽤 어렸다.

「보상을 해줄게요.」 남자 한 명이 오고 있었다. 덩치가 크고 머리를 밀었으며 검은 러닝셔츠 차림이었다. 「정말 끝내주는 걸로요! 개인적으로요!」 에밀리는 자신이 무슨 말을 하는지 몰랐다.

청년들은 거리를 가로질러 갔다. 에밀리는 같은 방법을 다시 쓰면 안 된다는 규칙을 깨지 않으려고 티셔츠를 다시 입었다. 샬럿이 말했다. 「당신이 이용하는 저 무리가 여러 그룹에 접근할 가능성이 있고, 그 경우 설득법의 반복 사용으로 간주되어 스트라이크가 될 거라는 사실을 알고 있기를 바라요.」

「이런, 제길.」 청년들은 에밀리를 가리키며 머리를 민 남자에게 활기차게 이야기하고 있었다. 그 뒤에는 나이 든 여자 몇 명이 다가오고 있었다. 「제길!」

「스물.」 머리를 민 남자가 거리를 건너오자 샬럿이 말했다. 「대리인을 이용한 설득.」

「이제 됐어요!」 에밀리가 청년들에게 외쳤다. 「이제 가세요!」 하지만 청년들은 이제 나이 든 여자들에게 집중하고 있었다. 「저런…… 멍청이들!」

머리를 민 남자가 에밀리 앞에 섰다. 그의 얼굴에는 경계심이 배어 있었다. 에밀리는 청년들이 이 남자에게 무슨 말을 했을지 짐작도 가지 않았다. 에밀리는 자신의 브래지어가 콘크리트 바닥에 널브러져 있다는 것을 깨달았다. 까맣게 잊고 있었다. 「괜찮아요?」

「저 사람들이 저를 공격했어요.」 에밀리는 브래지어를 들어 가슴에 가져가며 움켜쥐었다. 「저 청년들이요.」

머리를 민 남자가 청년들을 두들겨 패는 동안 에밀리는 브래지어를 다시 했다. 에밀리는 티셔츠에서 머리를 빼냈다. 나이 든 여자들은 이미 저쪽 길모퉁이로 물러나 길을 건너려고 신호등이 바뀌길 기다리고 있었다. 그들을 빼면 보도는 텅 비어 있었다. 에밀리는 1분을 기다렸다. 샬럿이 말했다. 「육체적 위협을 이용한 주의 환기. 스물하나.」

「세상에!」 에밀리가 소리쳤다. 중년 여자 두 명이 다가오고 있었기 때문이다. 「데미 무어잖아!」 여자들이 걸음을 멈췄다. 에밀리가 샬럿을 가리켰다. 「사인해 주실 수 있어요?」

샬럿의 입술이 뒤틀렸다.

「닮은 데가 있어요.」 에밀리가 말했다.

「이번은…… 가짜 유명인을 이용한 관심 끌기인 듯하군요. 스물둘.」

「통과하려면 몇 명이라고요?」

샬럿의 선글라스가 에밀리를 주시했다. 「다섯.」

「다섯.」 에밀리가 따라 말했다. 에밀리는 기분이 좋았다. 커다란 헤드폰을 낀 10대 소녀가 모퉁이를 돌아 보도를 걸어왔다. 에밀리는 이 꼬마 창녀에게 무슨 말을 해야 할지 아직 감도 오지 않았지만, 뭔가 할 말이 있을 터였다. 에밀리는 입을 열었다.

당신의 친구에 대해 압시다®!

질문 6/10: 당신은 고양이를 좋아합니까, 아니면 개를 좋아합니까?

□ 고양이!

□ 개!

다음 질문 →

이 설문지를 당신 친구들에게 보내세요!

친구들의 결과가 어떤지 확인해 보세요!

당신의 친구에 대해 압시다®!에 〈좋아요〉를 클릭해 주세요.

5

그들은 고속 도로를 떠나 눈 덮인 마을들을 지났다. 윌은 자기도 모르게 잠이 들었고, 총과 피와 죽은 여자들의 꿈을 꾸다가 깨어났다. 턱에는 침이 흘러 내려와 있었다. 차의 상향등 불빛을 받아 번들거리는 도로가 담요처럼 두껍게 깔린 어둠 속으로 이어졌다. 「여기가 어디죠?」

「안전한 곳.」 톰은 도로를 응시했다. 「거의.」 그들은 속력을 줄였다. 픽업트럭이 옆으로 돌았고, 헤드라이트 불빛이 진입로 하나를 비추었다. 윌의 눈에 철조망과 나무 기둥들, 그리고 〈맥코맥 앤드 선스, 가축 팝니다〉라고 적힌 표지판이 보였다. 그들은 차를 멈췄고, 픽업트럭이 꾸르륵거렸다. 「흠.」 톰이 말했다.

「왜요?」

「날 믿어?」

「당신을 믿느냐고요?」

「내가 제대로 표현을 못 했군.」 톰이 말했다. 「내 말뜻은, 만약 내가 뭐라 명령하든 네가 주저 없이 그대로 따라야만 살 수 있다면, 과연 네가 그렇게 할 수 있겠느냐고.」

「물론이죠.」 윌이 말했다. 하지만 그 대답이 별로 그럴듯하게 들리지 않았기 때문에 덧붙여 말했다. 「아마도요.」

「그 정도로는 충분치 못해. 〈아마도〉라는 대답이면 너 역시 〈아마도〉 살아남을 수 있을 거야.」

「난 우리가 당신 친구들을 만나는 거라고 생각했는데요.」

「맞아.」

「그런데 뭐가 문제인데요?」

톰이 표지판을 응시했다. 「아무것도. 아무 문제 없어.」 톰이 기어를 바꿨다. 트럭이 진입로를 올라갔다. 진입로는 진흙으로 두껍게 덮여 있었고, 시꺼먼 타이어 자국들이 뚜렷하게 보였다. 톰은 2백 미터 정도 더 간 다음 갈림길에서 멈췄다. 왼쪽 길은 어둠 속으로 사라졌다. 오른쪽에는 덩그마니 알전구 하나만이 밝혀진 기둥이 있었다. 그 빛이 만들어 낸 둥그런 빛 웅덩이 속에는 진흙만이 보였다. 톰은 그쪽으로 방향을 바꿨다. 타이어가 잠깐 미끄러지더니 다시 나아가기 시작했다.

「여기가 어디죠?」

트럭 옆으로 한동안 금속 울타리가 보이더니 이내 사라졌다. 트럭은 진흙으로 뒤덮인 탁 트인 공간으로 들어갔다. 땅은 이상하게 짓밟힌 것처럼 보였다. 둘은 기둥에 도착해 멈춰 섰다. 엔진이 공회전을 했다. 톰이 버튼을 누르자 문이 덜컹이며 열렸다. 그는 운전석 발밑 공간에서 산탄총을 집어 들어 무릎 위에 올려놓았다.

「뭐 하는 거예요?」

「조용히.」

엔진 소리만 들려왔다. 「내가 총을 가지고 있어야 하나요?」

톰이 윌을 힐끗 보았다.

「만약 우리가 위험에 처해 있고, 내가 당신 말대로 할 거라면, 내가 총을 가지고 있는 건 어떨까요?」

「위험을 증가시키겠지.」 톰이 말했다. 「내게 말이야.」 톰은 어둠 속을 응시했다.

윌의 눈에 어둠 속에서 뭔가 움직이는 게 보였다. 남자 한 명이 두 팔을 흔들며 트럭 쪽으로 뛰어왔다. 그의 재킷이 펄럭였다. 그는 머리가 길었고, 산발이었다. 트럭에 도착한 그 남자는 이를 드러내고 웃으며 보닛을 두드렸다. 윌 쪽 창문이 윙 소리를 내며 내려갔다.

「어이! 맙소사!」 긴 머리 남자가 말했다. 「이게 그자야? 정말로 그자야?」

「다른 사람들은 어디 있어?」 톰이 물었다.

「안에.」 그 남자의 눈이 윌을 위아래로 훑었다. 「세상에, 네가 정말로 이자를 찾아낼 줄이야.」

「안이 안 보여.」

「집이 있어.」 남자가 윌에게서 시선을 떼지 않으며 어둠 속을 가리켰다. 「트럭에서 나와. 안내할게.」

「트럭은 어디에 둘까?」

「트럭은 상관 마. 그냥 놔둬. 10분 뒤면 우리는 떠나고 없을 테니까.」 남자는 윌 쪽 문을 열려고 했다. 「가자.」

「왜 그렇게 뛰어온 거야?」

「흥분했어, 엘리엇! 정말 흥분돼!」 그는 다시 문을 열려고 했다. 「우리가 일해 온 결실을 본 거잖아! 우와, 이제 우리가 기회를 잡은 거잖아!」 그는 이를 드러내고 웃었다.

톰이 고개를 돌려 어둠 속을 살폈다. 윌은 그가 무엇을 찾는지 알 수 없었다.

「우리에게 비행기가 있어. 연료를 가득 채운 채, 저 뒤쪽 활주로에서 우리를 기다리고 있다고. 약물도 있고, 엄청나게 커다란 탐침기도 있고, 20분 뒤면 우리는 공중을 날며 이 친구 머리를 열고 있을 거야.」 그 남자가 윌을 보았다. 「개인적인 감정은 전혀 없어. 하지만 우리는 네 머리에 든 게 너보다 더 절실하게 필요하거든.」 그는 윌의 머리를 손가락 관절로 툭툭 치려고 했다. 「와! 진짜 너에게 뽀뽀라도 해주고 싶다!」

톰이 말했다. 「넌 지금 네가 얼마나 심하게 감정을 드러내는지 아는 거야?」

긴 머리 남자가 톰을 보았다. 이윽고 그 남자는 윌에게 달려들더니 그의 머리를 잡았고, 손가락들이 윌의 목을 긁었다. 그는 차 안으로 어깨를 들이밀려 애썼다. 그의 신발이 차 문을 긁어댔다. 톰이 가속 페달을 밟았다. 트럭이 갑자기 앞으로 기울어졌다. 긴 머리 남자는 비명을 지르며 미끄러졌고, 한순간 윌은 자신이 차에서 끌려 나갈 것이라고 생각했다. 이윽고 윌의 머리와 목에서 손가락들이 풀려 나가더니 긴 머리 남자가 시야에서 사라졌다.

「젠장!」 윌이 말했다. 「무슨 일이 일어난 거죠?」

「나쁜 일.」 톰이 말했다.

「저 사람이 당신 친구인가요?」

「아니. 지금은 아니야.」 앞쪽에서 금속이 번쩍였다. 진입로에서부터 이어지던 것과 같은 울타리였다. 한순간 월은 톰이 트럭으로 그 울타리를 치고 나가려 한다고 생각했다. 그러나 차는 반원을 그리며 돌았다. 울타리는 구부러지며 끝없이 이어졌다. 「아, 알겠군.」 톰이 말했다. 「우리에 갇혔어.」

「우리요?」

「소 우리.」 그는 트럭을 돌렸다. 이제 그들은 알전구가 달린 기둥을 바라보고 있었다. 긴 머리 남자가 발을 질질 끌며 빛 속에서 나와 그들 쪽으로 다가왔다. 톰이 기어를 바꿨다. 픽업트럭의 바퀴가 진흙 속에서 회전했다.

「앗.」 월이 말했다. 「앗, 잠깐만요, 안 돼요.」 긴 머리 남자가 앞창에서 커져 갔다. 마지막 순간에 톰은 왼쪽으로 차를 꺾었고, 긴 머리 남자는 트럭 옆쪽에 심하게 부딪혔다. 빨갛게 이글거리는 후미등 불빛을 통해 월은 긴 머리 남자가 진흙 속에서 일어나 휘청거리며 트럭 뒤를 쫓는 것을 보았다. 「당신, 친구를 차로 치었어요.」 월이 말했다.

톰이 브레이크를 밟았다. 손을 짚어 몸을 지탱하던 월이 톰을 보았다. 「뭐 하는 거예요?」 톰은 대답하지 않았다. 「당신 친구가 오고 있어요.」

「저자를 내 친구라고 부르지 마.」

「음, 저 개새끼가 다가오고 있어요. 6미터 떨어져 있어요.」

톰의 두 눈이 거울을 힐끗 보았다.

「진지하게 말하는 거예요. 이제 가야 해요.」

긴 머리 남자가 뒤창을 쳤다. 그는 월 쪽 문으로 달려들어 한 손으로 문을 열려고 애썼다. 다른 한 손은 기괴한 각도로 꺾여 대롱거렸다. 그 남자는 좌절감에 찬 목소리로 비명을 질렀다. 그의 손가락들이 유리를 긁어 댔다. 탐욕스런 갈망으로 팽팽해진 두 눈은 계속 윌 쪽으로 움직였다.

「여기 진입로는 깔때기 모양이라 들어오긴 쉬워도 나가기는 어려워.」 톰이 말했다.

「그렇다면……..」 긴 머리 남자는 차창에 머리를 찧어 유리에 금을 냈다. 「뭔가 다른 방법을 쓰자고요.」 톰은 대답하지 않았다. 긴 머리 남자가 차창을 다시 머리로 들이받았다. 「제발요, 톰. 여기 그냥 앉아서 저 남자가 자기 머리를 유리에 들이받아 죽어 가는 모습을 보고 싶지는 않다고요.」

앞쪽에서 빛이 환하게 비쳤다. 윌이 눈을 가렸다. 뭔가 쿨럭이고 으르렁댔다.

「어이쿠.」 톰이 말했다.

「저건 뭐죠?」

「트럭.」 톰이 후진 기어를 넣더니 의자 뒤에 팔을 걸쳤다. 「커다란 트럭.」 앞쪽에서 빛이 흔들렸다. 으르렁거림은 목쉰 울부짖음으로 커졌다. 산발한 머리의 남자는 진흙 속에 쓰러졌다가 다시 일어났다. 그들은 반원을 그리며 차를 돌렸고, 톰은 급가속을 했다. 차는 진입로로 빠져나가려고 했지만 입구에서 튕겨져 나왔고, 윌은 어둠 속에서 어떤 형체가 드러나는 것을 보았다. 그것은 가축 수송 트럭으로 집채만 했고, 그릴은 이를 드러내며 웃는 듯이 보였다. 운전석 위로 배기구 두 개가 연기를 토해 냈다. 그것이 우리로 들어서자 앞면에 쓰인 밝은 빨간색 필기체 문구 위로 빛이 떨어졌다. 〈신뢰의 베다니.〉

「여기서 빠져나가야 해요.」 둘이 탄 차의 헤드라이트 불빛이 금속 울타리에 반사되었다. 「여기를 빠져나갈 수 있을까요?」

「아니.」톰이 운전대를 급히 돌렸다.

「당신이 어떻게 알아요? 어쩌면 빠져나갈 수도…….」

「만약 우리가 빠져나갈 수 있었다면, 놈들은 여기가 아닌 다른 곳을 골랐을 거야.」수송 트럭의 모습이 앞창을 메웠다. 톰은 그 차를 향해 가속했다.

「지금 뭐하는…… 지금 뭐하는…… 맙소사!」윌은 두 손을 앞으로 내밀었다. 톰이 운전대를 급하게 돌렸다. 픽업트럭이 튀어 올랐다. 수송 트럭이 픽업을 스쳤고, 모든 것이 기울어지며 빙그르르 돌았다. 이윽고 타이어들이 다시 도로를 박찼다. 그들은 진입로와 그 너머 자유를 향해 가속을 했고, 영광스러운 10초가 지난 뒤 톰이 다시 브레이크를 밟았다.

몸을 뒤로 누르는 힘에 저항하고 있던 윌은 대시보드에 부딪혔다가 다시 자기 자리로 떨어졌다. 픽업은 진입로 어귀에서 멈춰 있었다. 진흙에 덩어리들이 보였다. 커다란 덩어리들이었다. 그것은 사람들이었다. 세 사람이 앉아 있었다.

「저자들은 누구죠?」윌이 톰을 바라보았다.「시인들?」

「아니.」

「저기 앉아서 뭘 하는 거죠?」여자 한 명은 검은 단발머리였다. 그 뒤로는 10대 소년이었다. 그리고 백발의 더 나이 든 남자가 있었다. 그들은 픽업을 바라보고 있었고, 얼굴은 픽업 헤드라이트 불빛에 비쳐 창백해 보였으며, 움직이지 않았다.

운전석 안이 점점 환해졌다. 윌은 고개를 돌렸다. 수송 트럭이 천천히 회전하더니 그들을 향해 다가오고 있었다.

「이 쌍년.」톰이 말했다. 톰은 보이지 않는 누군가를 향해 말하는 듯했다.「이 잔인하고 못된 쌍년.」

「톰. 트럭요.」 톰이 픽업 엔진의 회전수를 올렸지만, 기어를 바꾸지는 않았다. 「트럭요, 톰.」

톰이 운전대를 돌렸다. 픽업은 난간을 따라 가속하며 소 우리로 돌아갔다. 차가 점점 속력을 올렸고, 달려오는 수송 트럭을 지나쳤다. 머리가 산발인 남자가 나타났다. 톰은 급히 운전대를 꺾었지만, 차가 너무 빨리 달리고 있었고, 그 남자는 보닛에 부딪혀 튕겨졌다가 지붕으로 날아갔다. 앞쪽에 난간이 나타났다. 톰은 마치 울타리를 뚫고 나가려는 것처럼 보였지만, 윌은 그럴 리 없다는 것을 알았다. 톰이 그것은 불가능하다고 이미 말했기 때문이다. 그러나 다음 순간, 윌은 톰이 그 불가능한 일을 하려고 한다는 것을 깨달았고, 두 눈을 감았다.

세상이 붕 떴다. 윌은 그냥 사물이 되었다. 자기 움직임을 통제할 수 없는 물건이 되었다. 땅이 돌더니 갑자기 그를 후려쳤으며, 모든 것이 조용해졌다.

윌은 침을 꿀꺽 삼켰다. 눈을 끔벅였다. 할 수 있는 것은 그게 다였다. 머리를 움직이려고 했지만 중력 방향이 이상했다. 중력이 윌을 옆으로 당기고 있었다. 두 눈을 문지르려고 했지만 그럴 수 없었다. 지금 이 상황은 뭔가 한참 잘못되었으며, 이제 뭘 어찌하면 좋을지 머릿속이 새하얘졌다.

「츠으.」 톰이 말했다. 톰은 운전대 위로 몸을 기대고 있었다. 그 역시 중력과 무슨 문제가 있는 것이 분명했다. 톰이 윌의 머리 위에 있었기 때문이다. 그리고 아마도 그 때문에 그가 운전대에 매달려 있는 모양이었다.

대시보드 위로 빛이 움직였다. 좋은 의도를 품은 빛이 아니야, 윌은 기억이 났다. 그는 안전띠를 더듬거려 풀었고, 문으로 떨어졌다. 창문은 하얗게 칠이 되어 있었다. 그게 눈이라는 것을 깨닫기까지 약간의 시간이 걸렸다. 땅에 쌓인 눈. 픽업트럭은 옆으로 누워 있었다. 그는 혹시나 해서 문을 열어 보려고 했지만, 땅은 움직이지 않았다.

「여기서 나가야 해요.」 윌은 톰이 운전대를 잡고 있지 않다는 사실을 깨달았다. 운전대는 대시보드에서 뽑혀 나와 톰을 누르고 있었다. 「괜찮아요? 내가 뭘 하면 되죠?」

「츠으.」

윌은 대시보드에 한 발을 대고 힘을 주어 톰을 지나 운전석 쪽으로 몸을 밀었다. 그러다가 윌의 어깨가 톰의 얼굴을 밀었고, 윌의 무릎은 톰의 갈비뼈를 찔렀으며, 톰은 신음을 토했다. 하지만 윌은 트럭에서 두 팔을 빼냈고, 마침내 살을 에는 듯한 밤공기 속으로 완전히 빠져나올 수 있었다. 가축 수송 트럭은 완전히 한 바퀴를 돌았고, 불빛이 땅을 훑었다. 「어이, 톰. 당신을 들어 빼낼게요.」

톰이 머리를 흔들었다.

「어서요. 여기서 나와야 해요.」 그에게 불빛이 쏟아졌다. 윌은 고개를 들었다. 수송 트럭 앞으로 휘청거리는 형체가 어렴풋이 보였다. 아까 그 남자였다. 그는 두 팔을 축 늘어뜨리고 있었다. 다리 하나는 질질 끌었다. 그 남자는 그들이 들이박은 소 우리 울타리까지 오더니 힘겹게 그곳을 기어오르기 시작했다. 「그 남자가 오고 있어요.」

「츠으.」 톰이 머리를 까닥여 운전대 아래 발밑 공간 쪽을 가리켰다. 윌의 눈에 산탄총 개머리판이 보였다. 〈츠으〉라고 한 게 아니라 〈총〉이라고 한 것이었어. 윌은 깨달았다.

「난 사람을 쏘지 않을 거예요. 당신을 꺼내 줄게요.」

「총.」

산발인 남자가 마침내 부서진 울타리를 넘더니 눈을 헤치고 걸어오기 시작했다. 곧 다가오는 속도가 좀 더 빨라지리라. 3미터 정도 지나면 픽업트럭이 뒹굴고 미끄러지며 맨땅을 드러낸 곳이 시작되었기 때문이다. 눈발은 픽업트럭의 후미등에 물들어 빨갛게 보였다.

「잡. 아.」 톰이 말했다.

「싫어요!」 산발인 남자는 픽업 뒤쪽에 도착했고 차에 기어오르기 시작했다. 윌은 그 남자의 신발이 배기 파이프를 밟는 소리를 들었다. 「저 사람을 죽이지 않을 거예요!」

손이 짐칸 문을 때렸다. 남자의 머리가 나타났다.

「제길.」 윌이 말하더니 문에서 산탄총을 집어 들었다. 그는 산탄총을 들어 올려 어깨에 댔다. 「멈춰, 이 개새끼야!」

「쏴.」 톰이 말했다.

남자가 픽업트럭 짐칸의 가장자리로 상체를 올렸다. 그러고는 다리 한쪽을 들어 올렸다. 진 바지가 피로 짙게 물들어 있었고, 바지 천은 엉뚱한 곳들이 튀어나와 있었다. 남자가 힘을 주었다. 다리가 픽업에서 미끄러졌고, 그는 다시 다리를 걸치려고 애썼다.

「개새끼야, 올라오지 마!」

「안……전.」 톰이 말했다. 「핀. 옆. 쪽.」

「나는 호주 사람이에요. 산탄총 정도는 쓸 줄 안다고요!」 윌은 총에서 한 손을 떼고 주먹을 쥐었다 펴며 저린 손을 풀었다. 「멈춰, 이 씹새끼야!」

남자는 한 다리로 일어서더니 어색하게 균형을 잡았다. 그의 얼굴은 먼지와 피로 범벅이 되어 있었다. 남자는 자기가 목표하는 바에만 완전히 열중해 있었고, 윌이 자신을 총으로 겨누고 있다는 사실에도 전혀 아랑곳하지 않았다. 그는 픽업트럭 짐칸의 가장자리를 따라 걷기 시작했다.

「제기랄.」 윌이 말하고 방아쇠를 당겼다. 총성이 울렸다. 남자가 픽업트럭에서 떨어졌다. 윌은 아무 생각 없이 산탄총을 떨어뜨렸다. 「젠장!」

「잘했어.」 톰이 말했다.

수송 트럭의 엔진이 으르렁댔다. 차의 배기구들이 쉿쉿거렸다. 바퀴들이 움직이기 시작했다.

「이제…….」 톰이 말했다. 「날 좀 도와줘. 부탁해.」

윌이 손을 아래로 뻗어 톰의 손목을 잡았다. 그가 톰을 운전석에서 꺼냈을 때, 수송 트럭은 더 가까워져 있었다. 둘은 높이 쌓인 그늘진 눈 위로 뛰어내렸다. 윌은 앞으로 나아가기 시작했다. 그는 픽업트럭의 그림자에서 벗어났고, 그의 그림자가 앞쪽으로 드리워졌다. 그림자는 길고 가늘며 가장자리가 선명했고, 연약한 뭔가를 그려 내고 있었다. 땅이 흔들렸다. 금속의 비명이 들렸고, 윌은 그것이 울타리를 뚫고 온다고 생각했다. 그것은 9미터 정도 떨어져 있었고, 고개를 돌려 확인할 필요가 없었는데도 윌은 그렇게 했다. 수송 트럭은 픽업트럭을 향해 달려들더니 픽업을 옆으로 날려 버렸다. 윌은 불현듯 이런 상황에서 달린다는 것이 아주 멍청한 짓이라는 생각이 들었다. 수송 트럭은 산처럼 거대했기 때문이다. 윌이 어떤 행동을 하든 수송 트럭은 윌을 치어 버릴 것이었다.

톰이 월의 귀를 잡았다. 수송 트럭이 두껍게 쌓인 눈을 쳤고, 눈이 물결치듯 퍼져 나갔다. 지금까지 월은 눈을 고려하지 않았었다. 눈이 수송 트럭을 느리게 만들 것이다. 그는 자신이 살아남을 수 있다는 것을 깨달았다. 또는 이 생각을 10초 전에 했더라면 살아남을 수도 있었다. 수송 트럭이 눈을 흩뿌리며 그에게 달려들었다. 트럭의 속력이 느려지더니 멈췄다. 타이어가 헛돌았다. 월은 손을 뻗어 수송 트럭의 불바[4]를 만졌다.

톰이 그릴로 올라가 산탄총을 들어 올렸다. 월이 보니 운전사는 여자로, 40대 초반쯤 된 것 같았다. 안경을 썼고, 책벌레 유형이었다. 가축 수송 트럭으로 그를 죽이려고 할 유형의 인물로는 보이지 않았다. 여자는 살짝 긴장한 눈으로 톰을 바라보더니 대시보드에 놓인 권총으로 손을 뻗었다.

톰이 앞창 너머로 총을 쏘았다. 월은 시선을 돌렸다. 빛 속에서 눈은 다이아몬드처럼 보였다. 1조 개의 작은 다이아몬드.

톰이 월 옆으로 털썩 내려왔다. 「움직여.」

월은 눈을 헤치며 터벅터벅 걸었다. 그들은 아무 말도 하지 않았다. 수송 트럭의 헤드라이트 불빛이 미치는 범위 너머에는 눈이 허리 높이까지 쌓여 있었다. 숨을 내쉬면 하얗게 입김이 보였다. 마침내 월이 말했다. 「더 이상 못 가겠어요.」

톰이 그를 보았다. 톰의 표정에는 왠지 모르게 끔찍한 부분이 있었다. 톰은 소 우리를 보았다. 그러고 나서 돌연 그는 앉았다. 그러고는 코트 주머니에서 탄환들을 꺼내더니 산탄총에 재웠다.

월이 헐떡거리며 톰 옆에 앉았다. 수송 트럭은 5백 미터 정도 떨어져 있었고, 헤드라이트가 이글거렸다. 월은 수송 트럭 앞창

4 충돌 때 파손을 피하기 위해 트럭이나 SUV 앞에 장치하는 굵은 금속봉.

에 난 구멍을 볼 수 있었다. 「울프였나요?」
톰이 윌을 보았다. 「뭐라고?」
「저 여자요.」
「아니.」 톰이 말했다.
「아.」
「만약 저 여자가 울프였다면, 나는 기뻐서 눈물을 참을 수 없었을걸.」
「아.」
「네 고향, 브로큰힐 있지? 그거 울프가 한 거야. 화학 물질 누출이 아니라고. 울프야. 만약 저 여자가 울프였다면 나는 기뻐 춤이라도 출 거야.」
「알았어요.」 윌이 말했다.
「울프가 아니야.」 톰이 말했다. 「울프가 아니라고.」
그들은 침묵 속에 앉아 있었다. 움직이는 건 오로지 바람뿐이었다. 「수송 트럭을 몰던 저 여자를 아나요?」
「그래.」
「저 여자가 왜 우리를 죽이려고 한 거죠?」
톰은 대답하지 않았다.
윌은 몸을 떨었다. 「춥네요.」
톰은 산탄총을 떨어뜨리고 윌에게 달려들었다. 윌이 비명을 지르며 자빠졌고, 톰은 그의 셔츠를 잡고 일으키더니 눈 위로 밀었고, 다시 일으켰다가 또다시 눈에 처박았다. 「왜 이래요?」 윌이 헐떡였다. 톰은 눈을 한 줌 집더니 윌의 입에 쑤셔 넣었다.
「춥네요?」 톰이 말했다. 「춥네요?」
톰은 윌을 놓아주었다. 윌이 일어나 앉았을 때, 톰은 자기 위치로 돌아가 멀리 보이는 수송 트럭을 바라보고 있었다. 윌은 얼굴에서 눈을 털어 냈다. 「미안해요.」

「넌 이것보다는 나은 놈이어야 할 거야.」 톰이 말했다. 「이 모든 사태를 감수할 가치가 있는 놈이 아니기만 해봐.」

윌은 겨드랑이 아래 두 손을 넣고 하늘을 바라보았다.

「지금까지 넌 아무 쓸모도 없는 쓰레기야.」

「알았어요. 근데 이봐요, 나는 납치해 달라고 부탁한 적이 없어요.」

「〈구했다〉라는 표현이 더 맞아.」

「나는 구해 달라고 부탁한 적이 없어요.」

「그럼, 가.」

「가고 싶다고 말하는 게 아니에요.」

「떠나. 네가 얼마나 버티는지 보자고.」

「그런 말을 하는 게 아니잖아요.」

「넌 쓸모없는 똥 덩어리야.」 톰이 말했다.

「난 아까 그 남자를 쐈어요. 내 기여도를 과대평가하는 건 아니지만, 내가 그 사람을 쐈다 이거예요.」

톰이 한숨을 내쉬었다.

「그리고 당신을 픽업트럭에서 꺼냈고요.」 몸을 마비시킬 듯 강렬한 한기가 윌의 몸을 파고들었다. 윌은 턱 근육을 움직일 목적으로 입을 열었다. 「당신은 그 사람들을 차로 치어 버리지 않았어요.」

톰은 윌을 바라보았다.

「우리는 도망칠 수 있었어요. 당신은 그 사람들을 치어 버려야 했어요.」

「그래.」 톰이 말했다.
「왜 그렇게 하지 않았죠?」 톰은 대답하지 않았다. 「저 여자한텐 총을 쐈잖아요.」
「브론테.」
「네?」
「저 여자 이름은 브론테야.」
「샬럿 브론테의 그 브론테? 시인? 난 그 사람들이 시인이라고 생각했어요.」
톰은 대답하지 않았다.
「좋아요.」 윌이 말했다. 「알겠어요. 아까 그 남자는 당신을 엘리엇이라 불렀어요. 당신은 톰 엘리엇이에요. 맞죠? T. S. 엘리엇. 당신은 시인이에요.」
톰이 한숨을 쉬었다. 「시인이었지.」
「시인이었다고요? 그럼 지금은 뭔가요?」
「잘 모르겠어.」 톰이 말했다. 「전직 시인이겠지.」
「왜 당신 친구들이 이상하게 바뀐 건가요?」
「구부러졌어.」
「그게 무슨 뜻이죠?」
「울프가 그 사람들을 그렇게 했어.」
「그게 무슨…….」
「그건 울프가 아주 설득력이 있다는 뜻이야.」
「설득력이요? 그 여자가 설득력이 있다고요?」
「말했잖아. 시인들은 단어를 아주 능숙하게 써.」 톰이 일어났다. 그의 코트에서 눈이 떨어졌다. 「갈 시간이야.」
「지금 울프가 그 사람들더러 우리를 죽이라고 설득했다고 말하는 거예요? 가령 그 여자가 〈이봐요, 당신 친구 톰 엘리엇을 소 우리에 가둔 뒤 트럭으로 치어 버리는 게 어때요?〉라고 말했고, 그 사람들이 그 말을 들었다는 건가요? 그 여자 말이 설득력이 있어서?」

「아주 설득력이 있다고 했어. 일어나.」

사방에는 눈밖에 보이지 않았다. 「어디로 가는 거죠?」

「생각해 봤어.」 톰이 말했다. 「어쩌면 진짜로 여기에 비행기가 있을지도 몰라.」

그들은 암흑과 눈을 헤치고 터벅터벅 나아갔다. 마침내 윌은 더 이상 아무것도 느낄 수가 없었다. 그의 신경은 모두 몸속 깊숙한 곳으로, 아직 온기가 남아 있는 어딘가로 사라져 버렸다. 코는 이제 기억 속에서만 존재하는 것 같았다. 이렇게 추웠던 적은 처음일 뿐 아니라 이렇게 낮은 온도가 가능한지조차 알지 못했었다. 윌은 차라리 시인들에게 발견되면 좋겠다고 생각하기 시작했다. 그러면 무슨 일이 일어나든 적어도 따뜻하기는 할 것이기 때문이다.

윌이 비틀거렸다. 「아하!」 톰이 말했다. 「활주로군.」 윌은 톰을 볼 수 없었다. 「이쪽……으로 가보도록 하지.」

몇 분 뒤 별들이 사라지기 시작했다. 소음이 들렸다. 톰이 윌의 팔을 잡았고, 윌은 발에 계단을 느꼈다. 계단 꼭대기는 공기가 달랐다. 더 따뜻했다. 세상에, 더 따뜻했다.

「앉아.」 톰이 말했다. 「아무것도 하지 마.」

윌은 바닥에 주저앉아 두 팔로 두 다리를 감싸고 팔에 얼굴을 묻었다. 톰은 스위치들을 켜면서 앞쪽 여기저기를 두드리고 있었다. 잠시 후, 윌은 살아났다는 기분이 들기 시작했다. 그는 고개를 들었다. 조종실처럼 보이는 곳에서 노란 불빛이 흘러나왔다. 윌은 자기 발을 주물렀다. 이렇게 빨리 동상에 걸릴 수도 있는 것인가? 발이 동상에 걸렸다는 느낌이 들었기 때문이다. 윌은 다리가 상하는 것을 막으려고 주위를 좀 걸어다니기로 했다.

조종실은 도구들로 비좁았고, 하나 있는 좌석은 시꺼먼 패널들이 둘러싸고 있었다. 톰은 안전띠를 맨 채 조종석에 앉아 있었다. 「이걸 날게 할 수 있어요?」 윌이 말했다.

「뇌 수술도 아닌데 뭐.」

「앞이 제대로 보이지 않잖아요. 밖은 칠흑처럼 어두워요.」

「그냥 지금 맞는 방향을 향하고 있다고 칠 거야.」 톰이 말했다. 「그리고 곧장 날아갈 거야.」

「음.」 윌이 말했다.

톰은 엄지손가락으로 다이얼을 쓱 만지고 가로지르더니 닳아버린 검은 버튼을 눌렀다. 「이제 가도 되지 않을까 생각해.」

「가도 되지 않을까 생각한다고요?」

「이걸 마지막으로 조종해 본 지 한참 됐거든.」

「뇌 수술도 아니라며 어렵지 않다고 했잖아요.」

「물론 그건 그래. 하지만 실수했을 때의 대가가 너무 커.」

「과연 이걸 조종해서 가는 게 옳은 일일지 우리 다시 생각 좀 해보죠.」

톰은 기다렸다. 윌은 톰이 조종 여부를 다시 생각하는 중이라고 여겼다. 그러다 윌은 톰이 뭔가를 지켜보고 있는 것이란 사실을 깨달았다. 그는 톰의 시선을 따라 같은 곳을 보았지만 밤하늘만이 보였다. 별들 가운데 하나가 움직이고 있었다.

「저게 뭐죠?」 윌이 말했고, 곧 스스로 깨달았다. 「헬리콥터군요.」

「그래. 가서 앉아.」 톰은 버튼을 다시 눌러 껐다. 뭔가가 딸깍거렸다. 「흠.」

「원래 그래야 하는 건가요?」 톰은 대답하지 않았고, 그러니 대답은 〈안 그래〉였다. 「놈들이 비행기를 망가뜨린 건가요? 당신 생각에 놈들이…….」

「제발 그 아가리 좀 닥치지 않겠어?」 톰이 계기반을 살피며 뭐라고 중얼거렸다. 앞에 보이는 별이 점점 커졌다. 그 아래 땅이 반짝이기 시작했다. 서치라이트가 눈을 훑고 있었다.

「점점 가까워져요.」

「나가!」

「난 그저 당신에게…….」

「조종실에서 나가!」

윌은 어둠 속을 더듬어 좌석들이 있는 곳까지 돌아갔다. 그는 좌석 하나에 털썩 앉았고, 안전띠를 더듬어 찾았다. 한동안 아무 일도 일어나지 않았다. 윌은 뒤쪽을 힐끗 보았다. 어렴풋이 뭔가가 보였다. 뭔가가 좌석들에 있었다. 윌은 가만히 앉아 있을 수 없었고, 일어나서 그쪽으로 갔다. 한 좌석에서 금속 슈트 케이스가 희미한 빛 속에서 어슴푸레 빛나고 있었다. 윌은 손으로 슈트 케이스를 쓸어 보며 걸쇠를 찾아냈다.

윌은 어두워 앞이 잘 보이지 않았기에 손가락으로 안을 더듬었다. 뭔가가 챙 하고 소리를 냈다. 천이 느껴졌다. 윌은 파이프 모양의 뭔가를 발견해 당겨 보았지만 나오려고 하지 않았다. 슈트 케이스를 의자에서 꺼내 비행기 앞쪽으로 가져왔다. 뭔가를 알아볼 수 있는 정도로 밝은 곳까지 온 윌은 슈트 케이스 안을 살펴보았다. 어떤 것은 그가 알지 못하는 도구였고, 또 어떤 것은 그가 아는 것들이었다. 주사기, 드릴용 날, 그리고 플라스틱 칼집에 든 메스 하나가 중앙에 자리 잡고 있었다.

윌이 조종실로 들어가자, 톰은 팔꿈치 위쪽으로 온통 항공계기 패널인 아래로 들어가 등을 대고 누워 있었다. 윌이 메스를 들어 올렸다. 「이게 뭐죠?」

「지금 말고, 윌.」

「이걸 봐요.」

톰의 머리가 나타났다. 그의 표정은 변하지 않았다. 그는 패널 아래로 다시 사라졌다.

「나를 어떻게 하려던 거죠?」 윌은 커져 가는 헬리콥터 소리에 목소리를 높여야만 했다. 「그 사람은 당신이 내 머리를 열 거라고 했어요. 분명 그렇게 말했어요. 내 머리를 연다고요. 그리고 이제는 그게 진짜로 그러겠다는 뜻은 아닐까 궁금해지네요.」

「좀 꺼져 주겠어?」

「날 죽일 작정이었나요?」

「여기서 나가지 않으면 지금 죽일 거야.」

윌은 메스를 들고 앞으로 움직였다. 톰을 찌를 생각은 없었다. 그저 톰이 자기 말을 진지하게 들어 주기만을 바랐다. 하지만 톰의 손이 번개처럼 움직이더니 윌의 손목을 잡았고, 메스를 빼앗았다. 톰은 메스를 비행기 뒤쪽으로 던지더니 거만한 눈으로 윌을 쳐다보고는 조종석에 앉았다.

윌이 말했다. 「질문을 받았으면 대답을 해야죠.」

「우리는 필요한 건 뭐든지 할 계획이었어.」 톰이 늘어선 스위치들을 켰다. 「만약 네 머리를 깨지 않고도 브로큰힐을 파멸시킨 그 단어를 너에게서 뽑아낼 수 있다면 좋지. 우리는 그렇게 할 거야. 만약 그렇게 안 되면 원래 계획대로 가는 거고. 저쪽에 잡히면 우리 쪽 방법이 훨씬 낫다는 생각을 하게 될걸.」

「손톱만큼도 전혀 낫게 들리지 않는데요.」

「난 울프를 알아.」 톰이 말했다. 「울프가 열여섯 살 때부터 알았지. 날 믿으라고. 이게 더 나아. 그리고 젠장, 좀 앉아.」

조종실 앞창으로 불빛이 쏟아졌다. 윌이 한쪽 팔을 들어 올렸다. 서치라이트가 비행기를 발견한 것이다. 서치라이트 아래쪽의 활주로는 검은 유리처럼 보였다. 머리 위 헬리콥터 소리는 천둥처럼 들렸다.

「흠, 이제는 볼 수 있군.」 톰이 엄지손가락으로 검은 버튼을 켰다. 엔진이 으르렁댔다. 동력이 낮게 윙윙거리며 살아나기 시작했다. 윌의 머리 위 어딘가에서 탁탁탁 소리가 났다. 비행기가 덜컹거리며 앞으로 가기 시작했다.

「놈들이 우리에게 총을 쏘고 있어요. 놈들이 우리에게 쏘고 있는 거죠?」

「그래.」

그들이 탄 비행기가 속력을 내며 덜컹덜컹 앞으로 나아갔다.

「저기에 헬리콥터가 있는 거, 아는 거죠?」

「알아.」

「그러면 설사 우리가 이륙한다 치더라도, 헬리콥터로부터 어떻게 도망칠 건데요?」 비행기의 관성이 그를 눌러 댔다. 윌은 톰의 의자 등받이를 움켜쥐었다. 그는 의자에 앉지 않은 것을 후회하게 되리라. 하지만 그는 가서 의자에 앉는 대신 계속 조종실에 남았다.「헬리콥터로부터는 어떻게 도망칠 건데요, 톰?」
「비행기가 헬리콥터보다 빨라.」 톰이 조종간을 끌어당겼다. 비행기가 이륙했다.

자살 광신교가 6명을 앗아 가다

몬태나: 경찰은 화요일 미줄라 외곽의 외딴 농장에서 여섯 구의 시체를 발견했다. 이들은 자살단의 희생자들로 보인다.

사망자 중에는 농장 주인이자 이 지역에서 잘 알려진 목부 컴 매코맥(46세) 씨와 그의 아내 모린 매코맥(44세) 씨가 포함된 것으로 알려졌다. 컴 매코맥은 지난 11월 지역 선거에 출마했다가 낙선했다.

더 자세한 내용은 밝혀지지 않았다.

6

케리가 뉴햄프셔에서 이겼다는 소식이 천천히 퍼져 나갔다. 케리는 민주당 대통령 후보가 될 것이다. 「생각대로네.」 새쇼나가 말했다. 새쇼나는 비즈 장식을 한 머리 가닥들을 만지작거렸다. 「부시가 4년 더 하겠네.」

에밀리는 뒷줄에 앉았다. 에밀리는 이 토론에 끼지 않았다. 그녀는 외톨이였다.

「왜 우리가 부시를 지지해야 하는데?」 한 소년이 따졌다. 「케리는 미디어 친화적이야. 케리가 되는 게 우리에게 더 나아.」

〈왜냐하면 부시는 논쟁을 불러일으키니까.〉 에밀리가 생각했다. 「왜냐하면 부시는 논쟁을 불러일으키니까.」 새쇼나가 말했다.

에밀리는 일주일에 열여섯 과목을 들었다. 그 사이사이에 공부도 하고 실습도 해야 했다. 실습은 다른 학생들에게 하면 안 되었다. 그건 규칙이었다. 학교 첫날, 아직 비닐 포장 냄새가 채 가시지 않은 교복을 입은 에밀리는 샬럿의 사무실에 서서 훈계를 들었다. 많은 규칙이 있었고, 샬럿은 마치 에밀리가 지진아라도 된다는 듯이 하나하나 끈기 있게 자세히 설명해 주었다. 처음에 에밀리는 자신에게 사사로운 원한이 있어서라고 생각했지만, 훈계가 계속되는 동안 그렇지 않다는 사실을 깨달았다. 샬럿은 그냥 에밀리가 멍청하다고 생각하는 것이었다.

「이건 학교에서 꼭 지켜야만 하는 규칙이야.」 샬럿이 말했다. 「사실, 조직 전체에서 그래. 만약 이 규칙을 어긴다면, 그 어떤 변명도 소용없어. 두 번째 기회는 없어. 내가 확실히 알아듣게 설명했니?」

「확실히 알아듣게 설명했어요.」 에밀리가 말했다.

이 단계에서 에밀리는 실습이 무슨 뜻인지 알지 못했다. 그 뜻을 알기까지는 몇 달이 걸렸다. 에밀리는 이곳에서 자신이 설득하는 법을 배울 것이라고 생각했다. 그 대신 에밀리는 철학, 심리학, 사회학, 언어의 역사에 대해 배웠다. 샌프란시스코에서 리를 만났을 때, 리는 에밀리에게 이 학교에 대해 간단히 설명하면서, 이 학교는 다르다고, 흥미롭고 쓸모 있는 것들을 가르칠 것이라고 했다. 에밀리가 볼 때 그것은 뻥이었다. 문법 수업은 흥미롭지 않았다. 단어들이 어디에서 비롯되었는지 아는 것은 쓸모가 없었다. 그리고 누구도 그것을 설명해 주지 않았다. 개요도 없었다. 계획들이 정리된 지침도 없었다. 수업은 나이가 들쑥날쑥한 여덟 명에서 열두 명의 학생들로 이루어졌는데, 모두가 에밀리보다 앞서 있었으며, 쉬운 질문을 하는 사람은 아무도 없었다. 에밀리는 밤을 새워 교과서들을 노려보면서, 왜 이게 중요한지를 파악하려고 애썼다.

에밀리는 매슬로의 욕구 단계 이론을 배웠다. 사람들이 여러 가지 욕구를 중요도별로 만족시켜 나가는 순서(생리-안전-애정-존중-자아실현)가 있다는 이론이었다. 에밀리는 지식을 추구하는 사람들의 욕구에 대한 영향력을 〈정보적 사회 영향력〉이라고 하는 반면, 사랑받고 싶어 하는 사람들의 욕구에 대한 영향력을 〈규범적 사회 영향력〉이라고 한다는 것을 알게 되었다. 그리고 잘 설계된 소수의 질문과 관찰을 통해 사람들의 성격을 228가지 사이코그래프 카테고리로 나눌 수 있으며, 이것을 〈범주〉라고 부른다는 사실을 배웠다.

「난 이게 좀 더 멋질 줄 알았어요.」 에밀리가 엘리엇에게 불평을 늘어놓았다. 엘리엇은 비상근 강사로, 에밀리가 듣지 못하는 고급 과정 몇 과목을 가르쳤다. 건물 앞에 엘리엇의 차가 주차되어 있는 것을 볼 때마다 에밀리는 그의 사무실로 향했다. 에밀리가 이야기할 수 있는 사람은 엘리엇뿐이었기 때문이다. 「난 이게 마법 같을 거라고 생각했어요.」

엘리엇은 서류 작업을 하느라 바빴다. 하지만 에밀리는 그가 자신을 상대해 주어야 할 책임이 있다는 것을 알았다. 왜냐하면 기본적으로 에밀리가 여기 있는 것은 엘리엇의 잘못이었기 때문이다. 「미안.」 엘리엇이 말했다. 「네 단계에서는 그냥 책이 전부야.」

「언제 마법 같아지는데요?」

「네가 책들을 마쳤을 때.」 엘리엇이 말했다.

그해가 끝나 갈 무렵, 에밀리는 이 지식들이 어디를 향해 가는지 알게 되었다. 에밀리는 설득하는 법 대신 플라톤과 신경 언어학과 러시아 혁명의 정치적 근원에 대해 자세히 배웠지만, 이제 이들 간의 관계를 깨닫기 시작했다. 어느 날 에밀리는 인간의 뇌를 해부했고, 고글을 통해 전두엽을 살펴보면서 메스로 내용물들을 헤집어 운동 기능과 의사 결정 영역을 분리하고, 보상 회로와 기억 영역을 분리하며 머릿속으로 생각했다. 〈안녕, 반가워.〉 이제 에밀리는 뇌의 각 부분이 무엇을 담당하는지 알았기 때문이다.

에밀리는 축구를 했다. 학생은 스포츠, 즉 축구나 농구, 수구 중 하나를 선택해야 했는데, 에밀리는 키가 작았고 수영복을 싫어했기에 축구를 택했다. 수요일 오후면 에밀리는 다른 여학생들과 편을 이루어 무릎까지 올라오는 보라색 양말 속에 정강이 보호대를 넣고 머리는 뒤로 바짝 당겨 묶은 뒤, 노란 셔츠를 펄럭이며 공을 쫓아 운동장을 뛰어다녔다. 여학생들의 나이는 제각각이었고, 대부분은 가장 나이 많은 학생에게 공을 패스한 뒤 응원을 하는 식이었다. 새쇼나는 예외로, 그 아이는 에밀리와 동갑이었지만 강하고 우아했으며, 어깨는 성벽 파괴용 무기 같았다. 축구는 비접촉이 규정이었지만 새쇼나의 어깨에 들이받히면 누구든 나가떨어졌다. 골을 넣고 나면 새쇼나는 웃음기 없는 얼굴로, 만족스럽지만 놀랍지는 않다는 듯이 주먹을 불끈 쥐어 보였다. 에밀리는 축구를 그리 재미있어하지 않았지만, 새쇼나의 이런 행동은 아주 인상적이었다. 에밀리는 새쇼나가 축구를 잘하는 만큼 자신도 뭔가를 잘하고 싶었다.

밤이 되면 에밀리는 수녀원의 자기 방 창가에 있는 책상에 책을 잔뜩 쌓아 두고 그 앞에 앉았다. 그녀는 핀으로 머리를 올려 고정하고 교복 넥타이를 옆으로 넘긴 채 공부를 했다. 읽는 것을 즐기지는 않았지만 책들이 단서가 되는 것을 알아 가는 과정을 좋아했다. 각각은 퍼즐의 한 조각이었다. 심지어 서로 들어맞지 않을 때조차도 에밀리가 만들어 가는 게 어떤 종류의 그림인지에 대해 조금은 알려 주었다.

어느 날, 어디와도 연결되지 않았을 것이라고 생각했던 복도를 살피던 에밀리는 비밀 서재를 발견했다. 그곳이 정말로 비밀인지는 알 수 없었다. 하지만 아무 표시도 없었고, 다른 사람은 아무도 없었다. 서재는 아주 작았으며, 책꽂이가 너무나도 높이까지 있어서 거기에 손을 뻗으려면 나무 사다리를 사용해야만 했다. 그곳에 있는 책들은 오래된 것들이었다. 처음으로 책을 펼쳐 봤을 때는 페이지들이 뜯어져 손에 떨어졌다. 그 뒤로 에밀리는 더 주의를 기울였다. 어쩌면 여기 오면 안 될지도 몰랐지만, 샬럿의 길고 긴 규칙 목록에 그런 내용은 없었고, 또한 낡은 책들의 내용이 흥미로웠기에 에밀리는 그냥 그곳에 있었다.

서가 하나는 재난 이야기들이 모여 있었다. 아마도 에밀리가 파악하지 못한 분류 체계가 있는 듯했다. 하지만 많은 사람이 죽었다는 게 공통적인 내용 같아 보였다. 몇 권을 읽어 본 에밀리는 이 책들이 모두 같은 이야기를 담고 있음을 깨달았다. 그 이야기들은 수메르와 멕시코, 그리고 에밀리가 들어 본 적 없는 나라들을 배경으로 했고, 세세한 부분은 달랐지만 기본은 같았다. 어떤 집단(어떤 때는 마법사, 어떤 때는 악마라고 불렸으며, 어떤 때는 평범한 사람들이었다)이 왕국이나 나라, 혹은 뭔가를 다스렸다. 책들 중 네 권에서, 그들은 수정궁이나 세계에서 가장 큰 피라미드처럼 뭔가 인상적인 것을 짓기 시작했다. 이윽고 뭔가 나쁜 일이 일어났고, 사람들이 죽었으며, 모두가 다른 언어로 말하기 시작했다. 에밀리는 어쩐지 이 이야기가 이상하게 낯익었지만, 그 인상적인 물건이 바벨이라는 이름의 탑이었다는 내용이 나오는 책을 보고서야 그렇게 느꼈던 이유를 깨달았다.

갑자기 무슨 소리가 들린 듯했고, 에밀리는 몸이 얼어붙었다. 하지만 그 소리는 멀리서 들렸다. 돌연 에밀리는 자신이 무엇을 하는지 깨달았다. 블레이저와 주름치마 차림에 머리에는 남색 리본을 달고 서재 바닥에 앉아 오래된 책을 읽고 있었다. 이곳에 오기 전에 에밀리는 리본을 달고 책 읽기를 즐기는 그런 여자아이들을 별종이라고 생각했다. 에밀리는 그 아이들과 자신 사이에는 벽이 존재한다고 생각했다. 하지만 이제 에밀리는 여기, 벽의 다른 쪽에 있었으며, 자신이 어떻게 그 벽을 넘어왔는지 알지 못했다. 에밀리는 다른 사람이 된 느낌이 들지 않았다. 다만 다른 장소에 와 있을 뿐이었다.

하급생 식당에서는 아주 맛있는 초콜릿 밀크셰이크를 만들었다. 에밀리는 거시 경제학 수업이 끝나면 그곳에 들러 셰이크를 한 컵 받아 건물 옆 풀밭, 책 읽기 좋게 햇볕이 잘 드는 곳에 가는 버릇이 생겼다. 컵은 터무니없을 정도로 컸다. 그것을 다 먹을 즈음에는 늘 약간 속이 부대꼈다. 하지만 계속 그걸 먹으러 갔다.

어느 날, 에밀리는 야외 테이블 중 하나에 노트북 컴퓨터를 올려놓은 남자아이를 지나갔다. 전에도 식당에서 보긴 했지만, 그 남자아이가 더 나이가 많았기에 같이 수업을 들은 적이 없었다. 남자아이는 그녀보다 상급반이었다. 에밀리는 그 남자아이를 힐끗 훔쳐보았고, 또다시 힐끗 쳐다보았다. 꽤 잘생겼던 것이다.

이튿날 남자아이는 또 그곳에 있었고, 이번에는 에밀리가 지나갈 때 고개를 들고 그녀를 보았다. 그리고 에밀리가 든 거대한 밀크셰이크에 시선이 꽂혔다. 에밀리는 여전히 햇볕이 잘 드는 곳으로 걸어갔지만 책에 집중할 수가 없었다.

그 이튿날, 남자아이는 에밀리가 오는 것을 보더니 기지개를 켜고 눈가의 머리칼을 뒤로 넘겼다.「목마르나 봐, 응?」에밀리는 싱긋 웃었다. 그러지 않아도 뭔가 말을 하려고 생각하던 중이었고 그 뭔가가 〈와, 정말 목마르네!〉였기 때문이다.

「응.」에밀리가 말했다.「목말라.」에밀리는 계속 걸어갔다.

수요일, 에밀리는 밀크셰이크를 한 컵 더 가져와 남자아이의 테이블에 놓았다. 베개처럼 부드러운 남자아이의 회색 눈동자에 놀란 기운이 서렸다.「너도 목마른 것 같아서.」에밀리는 자기 행동에 의기양양해져서 걸어갔다.

목요일, 에밀리는 남자아이에게 밀크셰이크를 가져다주지 않았다. 이에 대해 생각해 둔 것이 있었다. 에밀리는 그냥 시치미 떼고 걸어갔다. 잠깐 동안 에밀리는 남자아이가 아무 말도 하지 않을지 모른다고, 어쩌면 컴퓨터에 푹 빠져 있어서 자기가 지나가는 것을 알아차리지 못할 수도 있다는 끔찍한 생각이 들었다. 다시 돌아가야 하는 걸까, 아니면 그것은 너무 자존심 상하는 일일까?

「어이, 기다려.」남자아이가 말했다.

에밀리는 걸음을 멈췄다.

「어제 셰이크 갖다줘서 고마워.」

「별것 아냐.」

에밀리는 웃으며, 이게 끝이 아니길 바라며 기다렸다.

「나는 밀크셰이크를 좋아하는 편이 아니야. 그런데 그건 맛있더라.」

「맛있는 정도가 아니지.」 에밀리가 말했다. 「난 중독됐어.」 에밀리가 빨대를 빨았다.

남자아이가 뒤로 기댔다. 「앉을래?」

「나는 읽어야 할 게 잔뜩 있어. 하지만 고마워. 어쩌면 다음 기회에.」 에밀리는 걸어갔다. 남자아이는 에밀리를 잡지 않았고, 에밀리는 약간 실망했다. 남자아이는 그날 내내 에밀리를 찾지 않았다. 그래도 괜찮았다. 에밀리는 시간이 오래 걸리는 게임을 하고 있었다. 못된 짓이었다. 에밀리가 하는 것은 실습이었다. 다른 학생을 설득하려는 행동이었다. 하지만 살짝만 하면 문제될 게 없을 터였다. 사실, 주의해서 살펴본다면 사람들은 언제나 상대를 설득하려고 애썼다. 사람들이 하는 일은 그게 전부였다.

이튿날 에밀리는 밀크셰이크 없이 평소 가던 햇볕이 잘 드는 곳으로 향했다. 심장이 두근거렸다. 만약 그 남자아이가 이것을 보고 아무 반응도 보이지 않는다면, 정말 비참할 것 같았기 때문이다. 하지만 에밀리가 모퉁이를 돌았을 때 남자아이의 노트북 컴퓨터는 닫혀 있었고, 테이블 위에는 밀크셰이크 두 개가 놓여 있었다. 남자아이가 싱긋 웃더니 에밀리에게 앉으라고 손짓했고, 에밀리는 그렇게 했다.

그 남자아이의 이름은 제러미 래턴이었다. 학교에 오기 전 제러미는 동물원 사육사가 되고 싶었다. 제러미의 가족은 브루클린의 작은 집에서 살았고, 어머니는 동물들을 구조했다. 토끼, 들쥐, 오리, 개 들과 닭 두 마리. 닭 한 마리는 미쳐 있었다. 그 닭은 원을 그리며 빙빙 돌면서 물에 빠져 죽는 것 같은 소리를 냈다. 제러미의 부모님은 그 닭을 없애고 싶어 했지만, 제러미는 제발 그러지 말라고 간청했다. 제러미는 자신이 그 닭을 치료할 수 있다고 생각했다. 그 닭이 자기 친구가 되고, 사람들이 〈저 닭 가까이 갈 수 있는 사람은 제러미뿐이야〉라고 말하는 모습을 상상했다. 하지만 그런 일은 결코 일어나지 않았다. 어느 날 닭은 제러미의 얼굴을 쪼아 댔고, 그의 아버지는 닭의 목을 비틀었다. 그로 인해 제러미의 왼쪽 눈가에는 작은 흉터가 생겼고, 그는 동물학을 공부하지 않기로 결심했다.

에밀리는 자기 가족은 캐나다인이며 자신은 하키와 함께 자랐다고 말했다. 여섯 살 때 아버지가 경기에 데려갔는데, 사람들이 너무나 화를 냈기 때문에 무척 겁이 났다고 했다. 경기장에서 사고가 있었고, 선수들이 빙판에 우르르 쓰러졌다. 에밀리가 보호해 달라고 아버지에게로 몸을 돌렸을 때, 아버지의 얼굴은 괴물 같았다고 했다. 집으로 돌아가는 길에 아버지는 재미있었냐고 물었고, 에밀리는 그렇다고 대답했지만, TV로 하키를 볼 때마다 속이 울렁거린다고 했다.

물론 모두 거짓말이었다. 자신에 대해 학생들에게 그 어떤 진실도 말할 수 없었다. 그게 규칙이라고 할 수는 없었다. 하지만 그것은 명확했다. 에밀리는 2학년이었고, 사람들의 두뇌가 작용하는 방식을 바탕으로 서로 다른 사이코그래프 그룹으로 분류하는 방법을 배우고 있었다. 예를 들어 107 범주는 직감적이고 두려움을 동기로 삼는 내향적인 성격이었다. 이 구획에 속한 사람들은 최악의 결과를 피하는 쪽에 바탕을 두고 결정을 내리며, 원색을 보면 안심하고, 무작위로 숫자를 하나 고르라고 하면 작은 숫자를 고르는데, 그것이 더 안전하다고 느끼기 때문이다. 만약 누군가가 107인 것을 안다면, 그 사람을 어떻게 설득할 수 있는지, 아니 적어도 어떤 설득 기술이 가장 효과적인지를 알 수 있다. 이것은 에밀리가 별 생각 없이도 늘 해왔던 것과 크게 다르지 않았다. 에밀리는 먹잇감이 무엇을 원하고, 무엇을 두려워하는지 감지하는 감각을 키워 그것을 이용해 상대를 자신이 원하는 대로 조종했다. 지금 배우는 것도 같은 일이었다. 단지 이론이 더 보강되었을 뿐이다. 그것이 바로 이곳에서는 다른 학생들에게 자신이 누구인지 밝히면 안 되는 이유였고, 상급생들이 그토록 쌀쌀맞고 속내를 알 수 없어 보이는 이유였다. 자신의 범주를 들키지 않기 위해서. 설득당하지 않으려면 자신이 누군지 숨겨야 했다. 하지만 에밀리는 자신이 그 방면에 아주 뛰어나지 않다고 여겼다. 에밀리는 자신이 입을 열 때마다, 또는 머리를 자를 때마다, 또는 스웨터를 고를 때마다 자신에 대한 단서를 잔뜩 흘리고 있고, 제러미 래턴 같은 사람은 그것을 알아차릴 것이라고 짐작했다. 에밀리는 학교에서 실습을 하면 안 된다는 규칙은 누군가는 그것을 한다는 뜻이라고 판단했다.

「뭘 배우는지 말해 봐.」 에밀리가 말했다. 「미리 힌트를 줘.」

둘은 슬러시를 담고 있었다. 둘은 밀크셰이크 이후의 단계로 나아간 상태였다. 슬러시는 학교 밖으로 나가야만 한다는 장점이 있었다. 화요일과 금요일, 날씨가 맑으면 둘은 1킬로미터 정도 떨어진 세븐일레븐으로 걸어갔다. 에밀리는 제러미 래턴 옆에서 걷는 것이 좋았다. 자동차들이 붕 하고 지나갈 때 운전사들이 자기를 제러미의 여자 친구로 여길 것이라고 생각했기 때문이다.

「넌 아주 단도직입적인 언어를 써.」 제러미가 말했다. 「부탁을 하지 않지. 명령을 해. 유용한 본능이야.」

「그러니 내가 왜 라틴어를 배우고 있는 건지 말해 봐.」

「그럴 수 없어.」

「넌 늘 규칙을 지키고 살아?」

「응.」

「췻.」 소용없다는 것을 깨달은 에밀리가 말했다.

「그 규칙들은 중요해. 학교에서 우리에게 가르치는 내용은 위험하거든.」

「너에게 가르치는 내용이 위험한 거지. 내게 가르치는 건 라틴어인걸. 내가 정부 기밀을 알려 달라는 게 아니잖아. 그냥 하나만 알려 줘. 딱 하나.」

제러미는 슬러시 뚜껑을 닫고 플라스틱 구멍에 빨대를 꽂았다.

「췻.」 에밀리가 다시 말했다. 둘은 가게 앞쪽으로 걸어갔고, 휘발유 값을 치르는 아이 뒤로 줄을 섰다. 카운터 뒤의 남자는 50대로 머리가 벗어지고 있었고, 파키스탄 또는 그 비슷한 나라 사람인 듯했다. 에밀리가 제러미의 옆구리를 슬쩍 찔렀다. 「이 남자 범주는 뭐야?」 제러미는 대답하지 않았다. 「내 생각에는 118이야. 맞지? 에이, 범주 판단은 내가 하고 있잖아. 그냥 내 질문에 답만 해줘.」

「아마도 170.」

에밀리는 170일 것이란 생각을 해보지 않았지만, 순식간에 그게 말이 된다는 것을 깨달았다. 「봐, 그리 나쁘지 않잖아. 이제 어떻게 해? 저 남자가 170인 걸 알았으니 이제 우리는 뭘 하면 되는 거야?」

「슬러시 값을 내야지.」 제러미가 말했다.

에밀리는 가끔은 제러미의 방에서 놀았다. 한번은 방을 나서기 전 자물쇠에 껌을 붙여 놓았고, 다시 돌아왔을 때 제러미는 수업에 들어가 방에 없었다. 에밀리는 제러미의 책장으로 가서 한동안 눈독을 들여 온 책 세 권을 꺼냈다. 그리고 제러미의 침대에 앉아 『사회 묘사적 방법들』을 탐독하는데 방문이 열렸다. 제러미가 한 손으로 문손잡이를 잡고 서 있었다. 에밀리는 제러미가 화를 내는 모습을 처음 보았다. 「그거 줘.」

「싫어.」 에밀리는 책을 깔고 앉았다.

「만약 들키면…….」 제러미가 책을 집으려고 하자 에밀리는 저항했고, 그러다가 제러미가 에밀리 위로 넘어졌다. 여기에는 에밀리의 의도적인 조종도 살짝 섞여 있었다. 제러미의 숨결이 에밀리의 얼굴에 와닿았다. 에밀리는 교과서가 미끄러져 바닥에 떨어지게 내버려 두었다. 제러미가 한 손을 들었고, 손이 잠시 멈칫하다 에밀리의 가슴에 와닿았다. 에밀리는 숨을 들이쉬었다. 제러미가 손을 치웠다.

「계속해.」 에밀리가 말했다.

「안 돼.」

「아니, 돼.」

제러미가 몸을 돌렸다. 「허용되지 않아.」

「괜찮아.」 에밀리가 말했다.

「우리는 함께 있으면 안 돼.」 그것은 규칙이었다. 교제 금지. 「안전하지 않아.」

「누구에게?」

「우리 둘 다에게.」

에밀리는 제러미를 빤히 바라보았다.

「미안해.」 제러미가 말했다.

에밀리가 좀 더 가까이 다가갔다. 그리고 제러미의 하얀색 셔츠를 만졌다. 에밀리는 이 셔츠를 벗기는 상상을 무수히 해왔다. 「아무에게도 말 안 할게.」 에밀리가 셔츠 위로 그의 가슴을 쓰다듬었다. 이윽고 제러미의 손이 에밀리의 손을 감쌌다.

「미안해.」 제러미가 말했다.

「교제가 뭐 어때서요?」 에밀리가 엘리엇에게 물었다. 에밀리는 언제나처럼 그의 사무실에서 어슬렁거리며 책들을 만지작거렸다. 서류를 보던 엘리엇이 고개를 들었다. 원래 에밀리가 물으려던 것은 〈왜 우리는 섹스를 하면 안 되나요?〉였다. 왜냐하면 단 한 번만이라도 엘리엇이 놀라거나 감정이 상한 모습을 보고 싶었기 때문이다. 아니, 사실 무슨 반응이라도 괜찮았다. 엘리엇이 정말 인간인지를 증명하고 싶었다. 하지만 용기가 나지 않았다.

「학생들은 서로 교제하는 게 허용되지 않아.」

「그건 나도 알아요. 나는 그 이유를 묻는 거예요.」

「이유는 너도 알아.」

에밀리는 한숨을 쉬었다. 「왜냐하면 누군가가 나를 너무 잘 알면, 나를 설득할 수 있으니까요. 하지만 그건 끔찍하게 차가워요, 선생님.」 에밀리는 창가로 갔다. 그리고 참새 한 마리가 슬레이트 지붕을 깡충거리며 가로지르는 모습을 지켜보았다. 「그건 사는 게 아니에요.」 엘리엇은 대답하지 않았다. 「앞으로 내가 남은 삶 동안 조직의 사람과는 사귈 수 없다고 말하고 있는 건가요?」

「그래.」

「그게 얼마나 지루할지 아세요?」 엘리엇은 반응을 보이지 않았다. 「그리고…… 있잖아요, 육체적 관계만 하는 건 어때요?」

「차이가 없어.」

「완전히 달라요. 교제, 좋아요, 알겠어요. 그러나 단지 섹스만 하는 것도 안 된다는 건 이해할 수 없어요.」

「〈단지 섹스만〉이라는 건 없어. 그걸 〈성관계〉라고 부르는 건 다 이유가 있는 거야.」

「그냥 단어 하나잖아요.」 에밀리가 반항했다. 「우연의 일치예요.」

「〈아담이 그의 아내 하와를 알자 그녀가 임신하여 카인을 낳았다.〉 이 구절에서 〈알다〉라는 단어의 사용에 주목해 봐.」

「그건 3천 년 전의 표현이잖아요. 선생님은 지금 성경에 대해 이야기하고 있다고요.」

「맞아. 새로운 개념이 아니지.」

에밀리는 실망하여 고개를 저었다. 「해본 적 있어요?」

「뭘 해봐?」

「규칙을 어기는 거요.」 에밀리가 말했다. 「교제하는 거요.」

「없어.」

「안 믿어요.」 에밀리가 말했다. 그녀는 그냥 밀어붙여 보았다. 「그걸 생각해 본 적이 분명 있을 거예요. 샬럿이랑은요? 선생님과 샬럿 사이엔 분명 뭔가가 있어요. 선생님의 발은 늘 샬럿을 향하잖아요. 그리고 선생님 곁에 있으면 샬럿은 늘 아주 조용해져요. 우리가 수업 시간에 제멋대로 굴 때 샬럿이 화를 내지 않으려고 애쓰는 순간처럼요. 샬럿은 감정을 통제하려고 애쓸 때는 조용해진다고요.」

「나는 할 일이 있으니, 괜찮다면 이제 날 놓아주면 좋겠는데.」 엘리엇은 완벽하게 침착한 목소리로 말했다.

「내 생각에 샬럿은 선생님과 사귀고 싶어 해요.」 에밀리가 말했다. 「무척이나요.」

「나가.」

「나가고 있어요!」 에밀리는 방을 나섰다. 그녀는 그 어느 때보다도 실망했다.

에밀리는 열여덟 살이 되었다. 그녀는 잠시 침대에 누워 그것이 무슨 의미인지를 생각했다. 의미가 있긴 한가? 에밀리는 일어나 수업하러 갔고, 물론 아무도 그녀의 생일을 알지 못했다. 점심시간에 에밀리는 제러미와 세븐일레븐에 걸어갔고, 그에게 그 사실을 말할지 말지 가는 내내 고민했다. 마침내 슬러시를 컵에 채우며 에밀리가 말했다. 「나 오늘 열여덟 살이 됐어.」

제러미는 놀란 표정이었다. 이건 누군가와 공유하면 안 되는 종류의 정보였다. 「나는 아무 선물도 준비하지 못했어.」

「알아. 그냥 네게 말하고 싶었을 뿐이야.」

그는 침묵했다. 두 사람은 가게 앞쪽으로 걸어갔다. 에밀리는 카운터 뒤에 있는 남자에게 싱긋 웃었다. 「오늘 제 생일이에요.」

「우와!」

「마침내 자유*free*예요.」 에밀리가 활짝 웃으며 카운터 쪽으로 몸을 기울였다. 「길고 행복한 삶을 제게 줄*give* 자유*free*죠.」

「있잖아요.」 남자가 말했다. 「그 슬러시 공짜*free*로 드릴게요*give*.」

「어, 아니에요.」 에밀리가 말했다.

「생일 축하해요.」 남자가 슬러시를 에밀리에게 내밀었다. 「당신은 멋진 사람이에요.」

둘이 가게를 나섰을 때 제러미가 에밀리의 팔을 움켜쥐었다. 「행복한 삶을 줄 자유? 마침내 자유?」

에밀리는 싱긋 웃었지만 제러미는 진지했다. 제러미는 길가 벤치로 에밀리를 데려가 앉히고 자기는 그대로 서서 그녀를 노려보았다. 에밀리는 배 속이 간지러워지면서 동시에 울렁거리며 설렜다. 「그러면 안 되는 거야.」

「슬러시를 얻은 거야. 겨우 공짜 슬러시 하나.」

「이건 심각한 규칙 위반이야.」

「왜 이래. 〈단어 제안〉이 뭐 그렇게 엄청난 기술이라고. 네가 할 수 있는 것에 비하면 이건 아무것도 아니라는 데 걸겠어.」

「그게 중요한 건 아니잖아.」

「지금 저 남자는 선물을 줬는데 너는 그러지 못해서 이러는 거야?」

「너에게는 규칙이 적용 안 된다고 생각하는 거야? 그렇지 않아. 너는 실습을 하면 안 돼. 학교 밖에서도 안 돼. 저 남자에게도 안 돼. 내게도 안 돼.」

「너? 내가 언제 너에게 실습을 했는데?」 에밀리는 제러미를 신발로 쿡쿡 찔렀다. 「마치 내가 너를 구부러뜨릴 수 있다는 것처럼 말하네. 넌 내년에 졸업할 거고 나는 아무것도 몰라. 그러지 말고 앉아. 슬러시나 마셔. 내 생일이잖아.」

「다시는 그거 하지 않는다고 약속해.」

「알았어, 알았어, 제러미. 나는 그냥 장난친 거였다고.」

잠시 후, 제러미가 앉았다. 에밀리는 제러미의 어깨에 머리를 기댔다. 제러미와 아주 가까워졌다는 느낌이 들었다. 「너를 내 생각의 노예로 만들지 않겠다고 약속할게.」 에밀리가 말했고, 그가 살짝 웃는 것이 느껴졌다. 하지만 에밀리는 이미 그럴 생각을 해본 적이 있었다.

다음 화요일, 에밀리는 학교 정문 근처에서 어슬렁거렸지만 제러미는 슬러시를 먹으러 나타나지 않았다. 에밀리는 터벅터벅 학교로 돌아왔다. 무슨 일이 일어난 것이 분명했다. 수업이 있거나. 제러미는 바빠지고 있었다. 하지만 에밀리가 앞뜰을 지날 때, 제러미는 그곳에서 바지를 걷은 채 햇볕을 쬐며 친구들과 빈둥거리고 있었다. 그들은 상급생의 방식으로 이야기하고 있었다. 누구도 웃거나 심지어 많이 움직이지 않았으며, 말하는 문장마다 아이러니와 여러 가지 의미가 뚝뚝 흘렀다. 혹은 에밀리 생각에 그럴 것 같았다. 에밀리는 걸음을 멈췄다. 사람들이 고개를 돌렸다. 제러미가 에밀리를 힐끗 보더니 시선을 돌렸다. 에밀리는 계속 걸었다.

에밀리는 자기들이 너무 자주 같이 있을 수 없다는 것을 이해했다. 둘은 사랑할 수 없었다. 에밀리는 그 사실을 알았다. 그녀는 자기 방에 가서 책상 앞에 앉아 책을 펼쳤다. 고개를 돌리면 저 아래 잔디밭의 제러미와 자부심 가득한 친구들을 볼 수 있었다. 하지만 에밀리는 그렇게 하지 않았다. 종종 에밀리는 의자 등받이에 몸을 기대고 팔을 한껏 뻗거나 머리카락을 만지작거렸다. 제러미 역시 자신을 볼 수 있다는 것을 알았기 때문이다.

가끔 에밀리는 팔목에 리본을 감은 학생들을 보았다. 이 리본은 빨간색 또는 하얀색이었다. 만약 빨간색이라면 그건 최종 시험을 보는 상급생이라는 뜻이었다. 규칙상 그런 학생과 이야기를 해서는 안 되며 심지어 너무 자세히 보아도 안 되었지만, 물론 에밀리는 규칙을 따르지 않았다. 왜냐하면 언젠가는 자신도 빨간색 리본을 할 것이고, 그것이 무슨 의미인지 알고 싶었기 때문이다. 한번은 빨간색 리본을 한 소년이 현관홀에서 카드로 집을 짓고 있는 것을 보았다. 그 소년은 꼬박 이틀 동안 카드 집을 점점 더 높이 쌓아 올렸고, 그러는 사이에 점점 더 마르고 퀭해져 갔으며, 사람들은 혹시라도 바람을 일으키지 않으려고 현관홀을 피해 다녔다. 이윽고 어느 날 아침 카드들이 사라졌고, 소년 역시 사라졌다. 에밀리는 결과가 어떻게 되었는지, 소년이 시험을 통과했는지 실패했는지 결코 알아내지 못했다. 또 다른 밤, 이상한 종소리에 깨어 창가에 가보니 한 소녀가 암소를 진입로로 몰고 있었다. 살아 있는 진짜 암소였다. 에밀리는 이 장면에서 그 어떤 유용한 정보도 유추하지 못했다.

2학년이 끝날 때, 에밀리는 방문 아래에서 종잇조각을 발견했다. 거기에는 상급 기계 언어 수업을 위해 교실을 바꾼다고 적혀 있었다. 하지만 에밀리가 그 수업에 들어갔을 때, 학생은 그녀뿐이었다. 선생은 키가 작은 대머리 남자로 이름은 브레히트였으며, 에밀리에게 하얀 리본을 주었다. 「축하해. 넌 학년말 시험을 치를 준비가 됐어.」 에밀리는 짜릿한 느낌과 함께 왼쪽 손목에 그 리본을 묶었다.

브레히트는 에밀리에게 컴퓨터 화면에 HELLO라는 단어를 띄워 보라고 말했다. PRINT나 ECHO 명령을 쓸 경우 2분이면 할 수 있을 것 같았다. 브레히트는 과제를 마칠 때까지 방을 나가서는 안 된다고 말했다. 그곳은 교실이라기보다는 선사 시대 컴퓨터의 사체들을 위한 지하 묘지 같았기에, 에밀리는 마분지 상자에 앉아 노트북 컴퓨터를 열었다.

하지만 노트북 컴퓨터가 작동하지 않는다는 것이 문제였다. 에밀리는 여기저기를 살펴보며 전원부와 쿨링 팬을 시험해 보았다. 그리고 모니터에 전원은 공급되지만 VGA 연결 부위가 타버린 것을 알아냈다. 방에 있는 모든 컴퓨터가 비슷한 상태였다. 중요한 부위들은 의도적으로 망가뜨려져 있었다.

에밀리는 프랑켄슈타인식으로, 여러 기계의 부속을 뽑아내 새로운 컴퓨터를 조립했다. 그 컴퓨터에는 하드 드라이브와 모니터가 있었고, 전원이 들어오는 거 외엔 아무것도 작동하지 않았다. 화면에서 커서가 깜박였지만, 키보드에 반응하지는 않았다. 운영 체제 역시 망가져 있었다.

방광이 신호를 보냈다. 에밀리는 여기 오는 도중에 물 반병을 마셨다. 불행한 일이었다. 에밀리의 새로운 목표는 비닐봉지에 오줌을 싸야 하는 상황이 되기 전에 이 시험을 마치는 것이었다. 에밀리는 바이오스 문제를 밝혀냈고, 그다음에는 부팅에 결함이 있는 걸 알아냈다. 운영 체제 문제를 해결하고 커서가 제대로 작동하자, 다음 문제가 무엇인지 알게 되었다. 쓸모 있는 모든 명령어가 망가져 있었다. 에밀리는 버그들을 찾기 시작했다. 각 단계마다 버그가 하나씩 있었다. 스크린과 ECHO 명령어 사이에 놓인 소프트웨어의 각 단계마다 하나씩 계획적으로 결함이 담겨 있었다. 그리고 그 단계들이 너무나도 많았다. ECHO 명령어 뒤에 그토록 많은 코드가 담겨 있다니, 어처구니가 없을 정도였다. 이전에는 전혀 몰랐던 사실이었다. 스크립트, 라이브러리, 모듈, 컴파일러 들, 그리고 어셈블리 코드가 하나씩 차곡차곡 쌓이는 식으로 만들어져 있었다. 엄밀하게 말해, 이 중 그 어떤 것도 꼭 필요하지는 않았다. 회로를 만들고 전선을 움직여 픽셀 하나하나를 조작하는 식으로도 같은 일을 할 수 있었다. 하지만 각 단계의 목적은 전원을 명령어들로 정제하는 것이었다. 그것들 덕분에 사용자가 단어를 입력하면 전자의 흐름이 생기고, 논리 회로가 닫히며, 인이 빛을 내고 금속이 자화되는 것이었다.

에밀리는 실리콘 괴물을 만든 뒤 브레히트를 부르러 갔다. 브레히트는 HELLO라고 찍힌 화면을 보더니 고개를 끄덕이고는 그 기계를 분해하기 시작했다. 에밀리는 살짝 슬펐다. 그녀는 사람도 기계에 불과하며, 약간 다른 방식으로 작동할 뿐이라는 것을 배우고 있었다.

다음 한 주 동안 에밀리는 다른 학생들에게 다가갈 때는 조심해야 했다. 하얀 리본을 하고 있을지도 모르기 때문이었다. 어떤 학생들은 며칠 동안 사라졌고, 어떤 학생은 아예 돌아오지 않았다. 에밀리는 그것이 시험에 낙제했기 때문이라고 추측했다. 전에는 그 사실을 제대로 알아차리지 못했다. 왜냐하면 수업은 나이에 따라 듣는 것이 아니었기 때문이다. 하지만 상급생보다는 하급생이 많았다. 훨씬 더 많았다.

시험이 끝난 뒤 2주 동안 방학이었고, 그 기간에 대부분의 학생들은 집으로 돌아갔다. 덕분에 학교에는 사실상 에밀리만 남게 되었다. 에밀리는 지루했고, 안절부절못했으며, 다른 사람들 방에 몰래 들어갈 계획을 꾸미기 시작했다. 그러면 뭔가를 배울 수 있다는 생각에서였다. 에밀리는 방학 동안 남아 있는 몇 안 되는 학생들 가운데 한 명과 시간을 보냈다. 크고 아름다운 갈색 눈에 짙은 갈색 앞머리를 하고, 언제나 사람을 깔보는 듯한 분위기를 풍기는 여자아이였다. 이전에 에밀리는 그 여자아이를 무척이나 싫어했다. 나이도 더 많은 데다 제러미와 많은 시간을 보냈기 때문이다. 하지만 이제는 사실상 그 여자아이가 에밀리에게 뭔가를 가르쳐 줄 수 있는 유일한 사람이었다. 에밀리는 그녀와 같은 방식으로 머리를 잘랐고, 걸음걸이를 흉내 냈다. 비탄에 잠긴 시들이 백만 장 적힌 복도를 바람에 날려 날아가는 듯한 걸음걸이였다. 하지만 이건 에밀리가 기대했던 것만큼 성공적이지는 않았다. 크고 아름다운 갈색 눈의 여자아이는 전혀 마음을 열지 않았고, 에밀리는 쓸데없이 멍청한 머리 모양만 한 셈이었다. 하지만 에밀리는 그 여자아이가 매일 한 시간씩 수영을 한다는 사실을 알아냈다. 그래서 에밀리는 라커 룸으로 몰래 들어가 그 여자아이의 열쇠를 훔쳤다.

크고 아름다운 갈색 눈을 가진 여자아이의 방은 에밀리의 방과 비슷했다. 싱글 침대와 나무 책상과 의자가 하나씩, 그리고 땅이 내려다보이는 창문 하나. 하지만 책들은 완전히 달랐다. 이 여자아이에게는 『중세 유럽의 설득』과 『현대 사이코그래픽스』, 그리고 상급생들이 늘 가지고 다니던 에밀리가 항상 궁금해했던 책이 있었다. 『후두음』이라는 제목의 작고 노란 책이었다. 실망스럽게도 그 책은 단어 조각만 잔뜩 들어 있을 뿐, 어떤 설명이나 내용이 없었다. 하지만 에밀리는 『마법의 언어학』이라는 흥미로운 제목의 책을 한 권 꺼냈고, 그 책은 좀 나았다. 어떻게 해서 사람들이 한때 언어의 마법과 마법사와 마녀와 주술을 믿었는가에 대한 역사서였다. 사람들은 낯선 이에게 자신들의 진짜 이름을 말하지 않았다. 그 낯선 이가 마법사일 수도 있었기 때문이다. 일단 마법사가 진짜 이름을 알면 그 사람을 마음대로 부릴 수 있으므로 자기의 진짜 이름을 함부로 알려 줘선 안 되었다. 그리고 만약 마법사처럼 보이는 이를 만나면 눈을 마주치지 말고, 주술로 명령을 내리기 전에 귀를 막아야 했다. 이것이 〈홀린*charmed*〉 같은 단어의 유래였다. 〈마법에 걸린*spellbound*〉, 〈매혹된*fascinated*〉, 〈마법에 사로잡힌*bewitched*〉, 〈매료된*enraptured*〉, 〈굴복된*compelled*〉 같은 단어들 역시 그러했다.

이 모든 것이 별나고 흥미로웠지만, 내용이 현대로 넘어옴에도 불구하고 아무것도 바뀌지 않았다. 사람들은 여전히 설득의 기술에 영향을 받았다. 특히 사람들이 자신의 개성 유형을 확인할 수 있는 정보 — 기본적으로는 진짜 이름 — 를 쉽사리 흘리고 다닐 때는 더더욱 그랬다. 그리고 이러한 기술들의 공격 벡터들은 기본적으로 시각과 청각이었다. 하지만 이것을 마법으로 생각하는 이는 아무도 없었다. 그냥 광고 문구가 좋았다거나 주의가 산만해졌다거나 마케팅이 좋았기 때문이라고 치부했다. 심지어 단어들마저 그대로였다. 사람들은 여전히 〈매혹되고 홀리고, 마법에 걸리고 황홀해하며, 넋을 잃고 휩쓸렸다〉. 그럼에도 더 이상 마법과 관련된 것이 없다고 여겼다.

수업이 다시 시작되었고, 학교에서는 에밀리에게 단어들을 가르쳐 주었다. 그 단어들이 무슨 의미인지는 아무도 말해 주지 않았다. 샬럿은 그냥 봉투들만 건넸다. 「이것들은 혼자서 공부하도록 해.」 샬럿이 학생들에게 말했다. 「그 누구와도 절대로 공유해서는 안 돼. 매일 밤 거울 앞에서 각 단어를 다섯 번씩 반복해 말하도록.」

「언제까지요?」 새쇼나가 물었지만, 샬럿은 마치 흥미로운 질문을 들었다는 듯이 특유의 거짓 웃음을 지었다.

에밀리는 〈에밀리 러프〉라고 찍힌 봉투를 받아 자기 방으로 가져왔다. 봉투 안에는 종이 세 조각이 들어 있었다. 〈**주스티트락트. 메그란세. 바르틱스.**〉 읽기 어려웠다. 그녀의 두뇌는 계속 엉뚱한 방향으로 빠져들었다. 아마도 진짜 단어들과 너무나도 비슷해서 그런 듯했다. 에밀리는 그 단어들을 공부했다. 거울 앞에 서서 자신을 살펴보았다. 「바르ㅇㅇ트ㅇㅇㅇ.」 에밀리가 말했다. 원래는 바르틱스라고 발음해야 했지만, 무슨 이유에서인지 그 단어가 입에서 나오기까지 오랜 시간이 걸렸고, 시간이 길게 늘어지며 까끌까끌해졌고, 시간뿐 아니라 모든 것이 그렇게 변했다. 벽과 거울과 공기, 그리고 모든 것이 에밀리의 눈앞에서 천천히 분해되었고, 온몸의 분자 하나하나가 그것들을 느꼈다. 에밀리는 두려웠다. 세상의 밑바닥에 무엇이 있는지 보고 싶지 않았기 때문이다. 에밀리의 목소리는 산산조각이 났고, 그 조각들 사이의 침묵은 얼어붙었다. 에밀리는 의식을 되찾았다. 나중에 생각해 보고서야 그랬다는 것을 알았다. 손가락과 발가락이 따끔거렸다. 에밀리는 입을 다물었다. 턱에 침이 흘러 내려와 있었다. 뇌에 멍이 든 느낌이었다. 에밀리는 침대로 가 앉았다. 단어들을 봉투에 넣었다. 다시는 그 단어들을 입 밖에 내지 않을 생각이었다.

하지만 잠시 후 에밀리는 거울로 돌아왔다. 에밀리의 마음이 반기를 들었다. 마음을 다시 다치고 싶지 않았다. 하지만 에밀리는 그런 마음을 무시했다. 「바르ㅇㅇ트ㅇㅇㅇ.」 에밀리가 말했다.

「단어들을 받았어.」 잔디밭에서 에밀리가 제러미에게 말했다. 에밀리는 제러미와 같이 있는 모습을 남들이 보는 것에 전보다 주의를 덜 기울였다. 제러미는 곧 졸업이었고, 그러니 둘이 과연 무엇을 할 수 있겠나 하는 생각 때문이었다. 「우리는 그 단어들을 자신에게 읽어 줘야 해.」

「어땠어?」

「끔찍하더라.」

제러미가 싱긋 웃었다. 「주목 단어들이 최악이지.」

에밀리는 그 말을 놓치지 않았다. 「주목 단어? 단어들에 유형도 있어?」 에밀리는 제러미가 대답하지 않으리라는 것을 알았다. 「다른 유형들은 뭐가 있는데? 주목 단어들은 무엇에 쓰는 거야?」

「곧 배우게 될 거야.」

「나는 지금 알고 싶어.」 하지만 사실인즉, 에밀리는 방금 그것이 무엇인지 알아냈다. 〈주목 단어들〉. 단어 하나로는 충분하지 않았다. 개인의 범주를 알아내는 것만으로도 충분하지 않았다.

뇌에는 조작에 저항하고 자신을 보호하기 위해 수백만 년 동안 진화해 온 방어 기제와 필터 들이 있었다. 첫 번째는 인지 작용으로, 감각을 통해 들어오는 데이터의 바다를 걸러 내 대뇌 피질이 공부할 가치가 있는 몇 개의 주요한 데이터 패키지로 줄이는 과정이었다. 데이터가 인지 필터를 통과하면 〈주목〉을 받았다. 그리고 이제 에밀리는 그다음도 분명 같은 식으로 계속 이어질 것이라는 사실을 깨달았다. 각 필터를 공격하는 단어들이 있는 것이 분명했다. 주목 단어들, 다음엔 아마도 욕망 단어들과 논리 단어들, 그리고 응급 단어들과 명령 단어들이 있을 터였다. 학교에서 에밀리에게 가르치는 것은 바로 이것이었다. 어떻게 단어들을 줄줄이 엮어서 필터들을 하나씩 못 쓰게 만들고, 마음의 자물쇠를 하나하나 열어 나가 결국 마음의 마지막 문까지 활짝 열어젖히는지를.

그날 밤 에밀리는 양치질을 하러 갔다가 파란 새틴 파자마 차림의 새쇼나를 만났다. 「아직도 그거 하고 있어?」

「뭘?」

「단어들 말이야.」

「아, 응.」

새쇼나는 과장되게 한숨을 내쉬었다. 「끔찍하지 않아?」

「아주 끔찍하지.」 에밀리가 말했다.

「이렇게까지 고생하는데 이유라도 좀 그럴듯했으면 좋겠어.」 새쇼나가 머리카락을 뒤로 넘기며 말했다. 「안 그러면 정말 짜증날 것 같아.」

에밀리는 고개를 끄덕였다. 단어들을 연습하는 이유가 저항력을 기르기 위해서라는 것이 에밀리의 눈에는 상당히 명백하게 보였다. 이번 학기에 그녀는 드라마 수업을 들었다. 사람들에게 과장되게 말하고, 배 속에서부터 울려 나오는 목소리로 소리쳤다. 선생님은 이것을 〈힘껏 내지르기〉라고 불렀다. 그 모든 연습의 이유는 바로 사람은 동물이며, 이분법이 아닌 아날로그이고, 자연의 모든 것은 단계적으로 일어나기 때문이었다. 사람들은 부분적으로 설득될 수 있었다. 충격을 줌으로써 사람들의 경계심을 완화할 수 있었다. 단어들을 말하는 연습을 하는 이유도, 혹시 누가 내게 그 단어들을 말해 충격을 주려고 해도 그대로 당하지 않고 내가 다시 공격할 기회를 잡기 위해서였다.

「난 내 단어들이 기억 안 나.」 새쇼나가 말했다. 「아무리 기억하려고 해도 계속해서 잊어버려.」

새쇼나가 자리를 떠났다. 에밀리는 이를 닦았다. 자기 방으로 걸어가면서 에밀리는 시끄러운 TV 소리를 들었고, 새쇼나가 휴게실에 있는 것을 보았다. 에밀리는 새쇼나가 한 말에 대해 생각하며 망설였다. 자기 단어들을 기억할 수 없다는 말에 대해 생각해 보았다. 에밀리는 새쇼나의 방으로 가서 혹시나 하는 마음에 방문 손잡이를 돌려 보았고, 손잡이가 돌아갔다.

새쇼나의 방은 아주 깔끔했다. 에밀리는 책꽂이로 가서 까치발을 하고 책들을 살펴보았다. 『소크라테스식 토론』이 1센티미터 정도 나와 있었는데, 한동안은 그 책으로 수업한 적이 없었다. 에밀리는 그 책을 꺼내 책등으로 균형을 잡은 뒤 펼쳐지게 했다. 책이 펼쳐졌다. 새쇼나의 종잇조각 세 개가 보였다. 세 개의 단어가.

에밀리는 책을 덮어 다시 책장에 꽂았다. 몸이 떨렸다. 복도로 나왔을 때, 에밀리는 누군가가 자기를 보고 지금 무슨 짓을 하고 있냐고 물을 것이라고 확신했다. 뭐라고 대답해야 하지? 알 수 없었다. 알지 못했다. 그냥 궁금했을 뿐이다.

하지만 아무도 없었다. 에밀리는 새쇼나의 방문을 닫고 자기 방으로 돌아왔다. 그리고 침대로 올라가 누워 새쇼나의 단어들에 대해 생각했다.

시간이 흘러, 에밀리는 단어 다섯 세트를 더 알아냈다. 엄밀하게 말해서, 일부러 찾아다닌 것은 아니었다. 하지만 만약 누군가가 방문을 잠그지 않은 채 화장실에 간다거나 하면 에밀리는 그것을 알아차렸다. 그리고 그 아이 방으로 슬쩍 들어가 단어들을 숨겨 두었을 만한 곳을 찾아보았다. 뭔가에 그 단어들을 쓰려는 생각은 없었다. 하지만 그 단어들은 강력했고, 손이 닿는 곳에 있었으므로, 에밀리는 그 단어들을 찾아보았다. 그녀는 기회주의자였다.

그렇게 많은 사람들이 자기 단어들을 그렇게 눈에 잘 띄는 곳에 두다니 신기할 정도였다. 단어를 적은 종이를 아예 없앨 수 없다는 것은 이해할 수 있었다. 그 단어들은 기억해 두기가 아주 어렵기 때문이다. 에밀리가 자기 단어 가운데 하나를 떠올리려고 하면 그녀의 두뇌는 종종 해가 되지 않는 변형, 가령 〈페르틱스〉같이 아무 의미도 없는 다른 말을 떠올렸다. 그러니 어딘가 영원히 기록해 둘 곳이 필요했다. 하지만 에밀리는 자기 것을 조각조각 찢어 뒷면에 번호를 적었고, 다시 붙이기 위해 필요한 암호를 여러 교과서의 여백에 숨겨 놓았다. 에밀리를 제외한 다른 사람들은 그냥 책이나 서랍 또는 매트리스 밑에, 그리고 남자의 경우에는 바지 주머니에 넣어 두곤 했다. 자신을 해칠 수 있는 뭔가를 그렇게 아무렇게나 보관한다는 사실을 에밀리는 이해할 수 없었다.

「나 전부 다 알아.」 에밀리가 제러미에게 말했다. 「다 알아냈어. 그러니 좋은 소식은, 이제 더 이상 너에게 꼬치꼬치 캐묻지 않아도 된다는 거야.」

제러미가 에밀리를 힐끗 보았다. 제러미는 농구를 하고 있었다. 또는 연습 중이었다. 실내 코트에는 두 사람뿐이었다. 제러미는 자유투 라인에서 농구대에 계속 공을 던지고 있었다. 에밀리는 제러미의 광택 나는 반바지를 바라보고 있었다.

「옛날에 마법사들이 있었어.」 에밀리가 말했다. 「사실은 설득하는 법을 약간 알았던 사람들이었지. 그리고 그 사람들 중 일부는 그 일을 잘해서 왕국들을 다스리고, 종교들을 만들고, 기타 등등을 했지. 하지만 때로는 성난 폭도들에게 잡혀 불태워지거나, 머리가 잘리거나, 마녀인지 아닌지를 확인하기 위해 물에 빠뜨려져 죽었지. 그래서 몇 세기 전 언젠가, 어쩌면 겨우 50년 정도 전에 그 사람들은 조직을 만들었어. 불태워지는 문제를 완전히 해결하기 위해서 말이야. 그리고…….」 에밀리가 으쓱해 보였다. 「여기에 우리가 있는 거야. 더 이상 머리가 잘릴 위험 없이.」

제러미가 공을 던졌다. 공은 슉 소리를 내며 그물을 통과했다.

「그리고 단어들은 더 나아지고 있어.」 에밀리가 말했다. 「내 생각에, 5백 년 전에는 주요 단어들이 〈축복〉처럼 여겨졌을 거야. 같은 종족인지를 확인하는 도구. 비슷한 생각을 하고 같은 걸 믿는 사람인지 아닌지, 상대를 믿어도 될지 판단하는 데 도움을 줬겠지. 시작은 그랬어. 하지만 지금은 확실히 달라. 엘리엇과 브론테가 하는 건 그런 게 아냐. 조직은 분명 주요 단어들을 만들어 오고 있었어. 주요 단어 하나 위에 또 다른 단어를 쌓아 만드는 거야. 컴퓨터 프로그램을 짜듯이 말이야. 처음에는 약한 주요 단어로 신뢰를 얻어. 많이도 필요 없어. 그냥 더 강력한 주요 단어를 믿도록 가르칠 수 있을 정도의 신뢰면 돼. 그리고 헹궈 낸 다음 계속하는 거야.」 에밀리가 턱을 괴고 앉았다. 「꽤 간단해. 사실 난 왜 네가 그걸 내게 말해 주면 안 된다고 생각했는지를 모르겠어.」

「정말로 선생님들이 너에게 이걸 가르친 거야?」 제러미가 물었다. 「아니면 네가 추측하는 거야?」

「하.」 에밀리가 말했다. 「네가 방금 확인해 줬네. 딱 걸렸어.」

「칫.」 제러미가 공을 던지며 말했다.

「일부는 배우기도 했어.」

제러미가 공을 튀기며 돌아왔다. 「단어는 뭐지?」

「응?」

「넌 네가 똑똑하다고 느끼잖아. 단어가 뭔지 말해 봐.」

「뜻의 단위야.」

「뜻은 뭔데?」

「음…… 뜻은 그게 적용되는 대상 집단에게 공통적인 특성의 추상화야. 공의 뜻은 공들에 공통으로 있는 특징들의 집합이지. 예를 들어 둥그렇고, 잘 튀고, 반바지를 입은 남자들 주위에서 자주 보이고.」

제러미는 아무 말 없이 자유투 라인으로 돌아갔다. 에밀리는 자신이 틀렸거나, 혹은 틀린 것은 아니어도 답이 충분치 못했음을 깨달았다.

「신경학적 관점에서 뜻하는 거야? 좋아. 단어는 조리법이야. 특정 신경 화학 반응을 위한 조리법. 내가 〈공〉이라고 말하면, 네 두뇌는 그 단어를 의미로 바꿔. 그게 물리적 반응이지. 넌 뇌 전도에서도 그게 일어나는 걸 볼 수 있어. 우리가 하고 있는 일은, 아니 아직 아무도 내게 좋은 단어들을 가르쳐 준 적이 없으니까 정확히 말해서, 네가 하고 있는 일은 사람들의 두뇌에 조리법을 떨어뜨리는 거야. 그렇게 해서 필터를 무효화시킬 신경 화학적 반응을 일으키는 거지. 명령이 스며들 수 있을 정도로 충분히 긴 시간 동안 무효화시켜. 그리고 상대의 사이코그래프 범주에 맞춰 만들어진 일련의 단어들을 말해. 아마도 단어들은 몇십 년 전에 만들어졌고, 그 뒤 계속 강화되었을 거야. 그리고 그건 하나의 단어가 아니라 일련의 단어들이어야 할 거야. 왜냐하면 두뇌에는 방어층이 여러 개이고, 명령이 통과되게 하려면 한꺼번에 모든 방어층을 무력화시켜야 할 테니까.」

제러미가 말했다.「그걸 어떻게 알았어?」

「내가 똑똑하다고 생각해?」

「무서운 아이라고 생각해.」제러미가 대답했다.

제러미가 샤워를 하는 동안, 에밀리는 밖의 나무 벤치에 앉아서 기다렸다. 그곳에서는 축구장 건너편의 주차장 한 곳이 잘 보였다. 선생님들 전용이었는데, 에밀리는 그곳에 검은 세단 넉 대가 연이어 도착하는 것을 보았다. 정장 차림의 사람들이 차에서 내렸다. 에밀리는 벤치에서 일어나 걸어가기 시작했다. 호기심이 일었기 때문이다. 하지만 차에서 내린 사람들 가운데 한 명이 에밀리 쪽으로 고개를 돌렸고, 그녀는 아주 오싹한 기운을 느끼며 걸음을 멈췄다.

사람들이 안으로 들어갔다. 에밀리는 벤치로 돌아갔다. 제러미가 비누 냄새를 풍기며 나타났다. 「괜찮아?」

에밀리가 고개를 저었다. 「사람들을 봤어. 시인들인 듯해.」

제러미가 자동차들을 보았다.

「한 명은 나이가 좀 많은 남자였어. 은발에 피부는 햇볕에 그을렸고.」

「아.」 제러미가 말했다. 「그래, 그 사람은 예이츠야.」

「선생들은 저 안 어딘가에 있어. 무슨 말인지 알아? 비록 벽돌담 같은 존재들이지만, 그래도 그 담 너머로 뭔가가 있다는 건 알 수 있어. 하지만 그 남자는 상어의 눈을 가졌어. 그 눈에는 아무것도 없어. 그냥…… 눈뿐이었어.」 에밀리가 고개를 저었다. 「마약 중독자 같은 눈이었어. 맛이 갔을 때의. 그 때문에 살짝 겁을 먹었어.」

「내 방으로 가자.」 제러미가 말했다. 「같이 있자.」

「응.」 하지만 에밀리는 아직 움직일 준비가 되어 있지 않았다.

「정말로 예이츠에 대해서는 걱정하지 마. 넌 결코 그 사람하고 이야기를 못 할 테니까.」

「왜 못 하는데?」

「왜냐하면 그 남자는 우리보다 백만 마일은 위에 있거든.」 제러미가 말했다. 「그 남자가 이 조직의 수장이야.」

제러미는 졸업을 준비했다. 이런 날이 올지 에밀리가 몰랐던 것은 아니다. 하지만 이제 제러미는 마지막 학년이 되었고, 에밀리는 더 이상 그것이 먼 미래의 일인 척할 수 없었다. 오늘은 슬러시를 먹으러 가지 못하겠다고 제러미가 사과하는 일이 잦아졌다. 그는 더 이상 에밀리의 축구 경기를 지켜보지 않았다. 에밀리가 제러미의 방문을 두드릴 때마다 그는 책들 속에 파묻혀 있었고, 피곤해 보였으며, 그녀는 그런 그를 방해하는 자신이 바보같이 느껴졌다.

「그냥 낙제해 버려.」 에밀리가 말했다. 「1년 더 머물러. 우리는 거의 비슷한 과정에 있게 될 거야. 공부까지 함께할 수 있을 테고.」

「난 낙제할 수 없어, 에밀리.」

짜증이 난 에밀리는 침대에서 내려왔다. 그냥 농담이었기 때문이다. 아니, 어쩌면 농담이 아니었을 수도 있겠지만, 그래도 짜증이 났다. 에밀리는 서랍들을 뒤지기 시작했고, 뭔가 흥미로운 것이 있는지 찾아보았다. 하지만 물론 아무것도 없었다. 제러미 래턴에게는 개인 소유물이 없었기 때문이다. 숨겨 둔 단어들도 없을 것이 확실했다. 이미 몇 번 뒤져 본 터였다. 그냥 호기심에서였다. 제러미의 방이 늘 이렇지는 않았다. 에밀리는 빨간 팔이 달린 작은 장난감 로봇을 기억했다. 제러미는 에밀리를 만난 얼마 후 그 로봇을 없애 버렸다. 그게 이곳 사람들의 방식이었다. 이곳 사람들은 더 이상 흥미로운 것이 남지 않을 때까지 줄이고, 줄이고, 또 줄였다.

에밀리는 제러미에게 다가가서 그의 어깨 위에 두 손을 올렸다. 제러미가 긴장했다. 「긴장 풀어. 마사지야. 효과가 있어.」 에밀리는 부드러워질 때까지 근육을 주물렀다. 목으로 손을 옮기자 제러미가 다시 긴장했다. 「반항하지 마! 돕는 거잖아.」

제러미가 긴장을 풀었다. 에밀리는 제러미의 머리카락 사이로 손가락들을 넣었다. 두 엄지손가락으로 그의 목을 문질렀다. 잠시 후, 제러미가 펜을 내려놓았다. 책장은 이미 한참 전부터 넘어가지 않고 제자리에 머물러 있었다. 에밀리는 손톱으로 그의 등을 가볍게 쓸어내렸다. 「셔츠를 벗어, 그래야 등을 마사지할 수 있지.」

제러미는 반응을 보이지 않았다. 그녀는 입술을 깨물었다. 그것은 확실한 반응이었다.

「긴장하고 주의가 산만하면 집중할 수 없어. 아무리 아닌 척해 봤자 결국은 인간이라고.」 에밀리는 양 엄지손가락으로 그의 양어깨를 눌렀다. 「너에게는 욕구 불만이 있어, 그걸 채워야 해. 그게 매슬로 이론이잖아. 기본 욕구를 충족시키지 못하면 더 높은 욕구로 옮아갈 수 없다고.」

제러미가 에밀리를 쳐다보았다.

에밀리가 말했다. 「나 너랑 섹스하고 싶어. 네가 원한다면 말이야.」

제러미의 눈은 아무 내색도 하지 않았다. 「좋아.」

에밀리는 싱긋 웃었지만 제러미는 그러지 않았고, 에밀리도 웃음을 멈췄다. 제러미가 의자에서 일어났다. 그는 마치 퍼즐에 몰두하던 사람처럼 보였다. 에밀리가 제러미의 셔츠 단추를 끌렀다. 에밀리의 손가락들이 떨렸고, 제러미도 분명 그것을 눈치챘다. 에밀리는 제러미의 두 손이 자신의 허리에 닿는 것을 느꼈고, 그의 셔츠를 활짝 벌렸다. 그의 가슴은 매끈하고 털이 없었으며, 체취를 강하게 풍겼다. 에밀리는 제러미의 맨살에 입을 맞추었다. 그러고는 목을 길게 뽑아 입술에 키스하려고 했지만, 제러미가 고개를 돌려 버렸다. 키스는 없다는 뜻이었다. 제러미는 에밀리의 재킷을 벗겼다. 에밀리는 침대로 돌아갔고, 제러미가 에밀리의 위로 올라갔다. 제러미의 얼굴은 아무런 감정도 보이지 않았다. 숨이 점점 가빠지고 있었다. 그것이 전부였다. 에밀리는 제러미처럼 행동하려고, 그의 손이 배를 타고 올라가도 반응을 보이지 않으려고 했지만, 자신도 모르게 신음이 새어 나왔다. 제러미의 두 눈이 에밀리를 보며 빠르게 깜박였다.

「난 괜찮아.」 에밀리가 제러미를 더 가까이 끌어당겼다. 에밀리는 제러미의 그것이 발기되어 자신에게 닿아 있는 것을 느꼈고, 한순간 놀라 어쩔 줄 몰라 했다. 그녀는 처음이 아니었지만 마지막은 오래전이었고, 지금은 그때와 모든 면에서 달랐다. 제러미의 그것은 계속 에밀리를 눌러 댔다. 에밀리의 몸에서 작은 별들이 탁탁 튀기 시작했고, 그녀는 이제 다음에 벌어질 일들이 기억났다. 에밀리는 손을 아래로 뻗어 바지 위에서 그를 만졌고, 그가 신음을 토하게 했다. 에밀리는 이 부분이 마음에 들었다. 그녀는 다시 그것을 움켜쥐었다.

제러미의 손이 치마 속으로 들어가기 위해 허락을 기다렸다. 에밀리는 엉덩이를 들어 지퍼를 열고 치마를 완전히 내렸다. 제러미의 손가락들이 그녀의 몸을 눌렀고, 에밀리는 살짝 헐떡였다. 제러미가 망설였다. 그녀는 제러미의 손을 잡고 자신을 더 세게 만지라고 강요하고 싶었다. 에밀리는 제러미의 바지를 벗겼다. 제러미는 에밀리의 어깨에 얼굴을 묻었다. 그의 손가락들이 에밀리의 그곳을 찾아냈다. 이상한 각도였다. 에밀리는 오직 움켜쥘 수만 있었다. 하지만 압력은 놀랄 정도였다. 에밀리의 두 다리가 떨리기 시작했다. 치아가 덜거덕거렸다. 에밀리는 하마터면 소리 내어 웃을 뻔했지만, 그랬다가는 후회할 일이 생길 터였다. 그럴 수는 없었다. 제러미가 신음을 토하며 낮게 경고를 보냈지만, 에밀리는 그것을 무시했고, 이윽고 제러미는 에밀리의 손가락들 사이로 사정을 했다. 제러미는 아무 소리도 내지 않았다. 에밀리는 승리감에 도취되었다. 제러미의 손가락들이 격렬하게 움직이기 시작했고, 그녀는 승리감이 밀려오는 동시에 정신이 혼미해지는 것을 느꼈다. 에밀리의 두 다리가 발차기를 했다.

에밀리는 가만히 누워 있었다. 제러미가 에밀리의 머리에 대고 숨을 헐떡였다. 에밀리는 둘의 땀 냄새를 맡을 수 있었다. 잠시 후, 제러미가 고개를 들었다. 에밀리는 그의 눈동자에서 엔돌핀을 보았다. 제러미는 옆으로 돌아누웠다. 에밀리는 시트 끝자락으로 몸을 닦고 제러미 옆에 누웠다. 제러미는 아무 말도 하지 않았다. 에밀리는 제러미의 숨이 고르게 되어 잠자는 리듬으로 바뀔 때까지 20~30분 정도 천장을 바라보았고, 이윽고 잠이 깨지 않으리라는 생각이 들자 팔로 그를 안았다.

이튿날 에밀리는 수업에 들어갔고, 아무도 알아차리지 못했다. 그건 둘만의 보물이었다. 에밀리는 뒷줄에 앉아 생각했다. 〈나는 제러미 래턴과 섹스를 했어.〉

수업은 에밀리가 좋아하는 비시각적 방법론이었지만, 에밀리의 마음은 딴 데 가 있었다. 뜬금없이 제러미 냄새가 나는 듯한 순간들도 있었다. 어쩌면 제러미의 일부가 아직도 에밀리 안에 남아 있을 수도 있었다. 에밀리는 그 생각이 마음에 들었다.

갑자기 머릿속에 어떤 생각이 퍼뜩 떠올랐다. 〈제러미는 13범주야.〉 에밀리는 눈을 깜빡였다. 왜 그런 생각이 들었는지 알 수 없었다. 에밀리는 전에도 제러미의 범주에 대해 생각해 보았고, 아마도 94일 것이라고 결론지었다. 그의 행동이 94 범주와 거의 완벽하게 들어맞았던 것이다. 에밀리는 제러미를 꽤 주의 깊게 지켜보았었다. 하지만 이제는 다르게 느껴졌다. 94는 위장이었다. 제러미는 13이었다.

방과 후, 에밀리는 제러미에게 슬러시를 가져다주기로 마음먹었다. 제러미는 종종 오후 내내 공부를 했고, 에밀리와 어울릴 시간이 없었다. 에밀리도 알았다. 그녀는 제러미를 귀찮게 하지 않을 것이고, 그 무엇도 달라지리라고 기대하지 않았다. 하지만 제러미에게 슬러시를 가져다주고 싶었다.

나가는 길에 에밀리는 엘리엇의 방문이 열려 있다는 것을 알았다. 에밀리는 망설였다. 몇 달 동안 엘리엇을 보지 못했고, 그가 다시 올 날을 기다려 왔지만, 지금 당장은 피해야 할 것 같았다. 왜냐하면 아마도 엘리엇이라면 알아챌 것 같았기 때문이다. 하지만 엘리엇이 사무실을 나왔고, 결국 피하기에는 너무 늦고 말았다. 「안녕하세요!」 에밀리가 말했다. 「바빠요? 바빠 보이네요.」

「그래. 떠나는 중이지. 하지만 나랑 같이 걸어가도 괜찮아.」

「좋아요.」 에밀리는 보조를 맞췄다. 둘은 말없이 걸었다. 에밀리는 처음에는 엘리엇이 알아챌까 봐 걱정했지만, 시간이 흐르며 엘리엇이 알아차리지 못해 실망했다. 「사는 건 어때요?」

「사는 게 어떠냐고?」

「네.」

「잘 살아.」

「좋네요.」 그들은 일부러 주위를 어슬렁거리는 소년들의 무리를 지났다. 소년들은 엘리엇을 보자 자세를 바로하고 다른 곳으로 갔다. 엘리엇은 이곳에서 무척 존경을 받았다. 많은 학생들은, 엘리엇이 가르치는 경우가 그토록 드문 것은 대개의 경우 뭔가 비밀스럽고 어려운 일들을 하러 떠나야 하기 때문이라고 믿었다. 「내 이름에 대해 생각해 봤어요. 내 말은, 졸업했을 때 내 시인 이름이요. 나는 에밀리 디킨슨이 되기로 결심했어요.」

「넌 디킨슨이 될 수 없어.」

「내 원래 이름을 그대로 쓸 수 있어요. 또한 죽음에 대한 끝내주는 시들도 있고요. 그 여자는 문자 그대로 내가 싫어하지 않는 유일한 시인이에요.」

「우리에게는 이미 에밀리 디킨슨이 있어.」

「쳇.」

「그리고 졸업생들에게는 세계적으로 유명한 시인의 이름을 주지 않아.」 엘리엇이 말했다. 「넌 한 번도 들어 본 적이 없는 누군가가 될 거야.」

「내가 선택할 수 있는 목록이 있나요?」

「아니.」

「당신들 정말 융통성이라고는 찾으려야 찾아볼 수가 없어요.」 둘은 정문에 도착했고, 계단을 내려갔다. 「자, 또 봐요.」

엘리엇이 걸음을 멈췄다. 「평소보다 행복해 보이네.」

「네?」

「행복해 보인다고.」

에밀리는 어깨를 으쓱해 보였다. 「아름다운 날이잖아요, 엘리엇. 내게서 무슨 말을 듣고 싶은 거예요?」 엘리엇은 대답하지 않왔다. 「외출을 좀 더 하셔야겠어요.」 에밀리가 말했다. 그녀가 걸어갔다. 엘리엇은 에밀리를 부르려고 했다. 에밀리는 그걸 느낄 수 있었다. 엘리엇은 모든 것을 알 수 있었다. 하지만 그러지 못했고, 에밀리는 긴장이 풀렸으며, 정문에 도착했을 때는 콧노래를 부르고 있었다.

에밀리는 슬러시 두 개를 샀고, 그것을 들고 오며 길을 건너다가 하마터면 자동차에 치일 뻔했다. 에밀리는 슬러시 두 개를 팔에 끼고 제러미의 방문을 두드렸다. 제러미가 대답하자, 에밀리는 엉덩이로 문을 밀었다. 「간식 시간이야!」

제러미가 슬러시를 바라보았다. 그는 에밀리가 기대했던 것만큼 행복해하지 않았다.

「〈고마워, 에밀리〉라고 좀 하면 안 돼?」 에밀리가 말했다.

「고마워.」

에밀리는 슬러시를 제러미의 책상 위에 올려놓고 엉덩이를 벽에 기댔다. 원래는 슬러시만 주고 그냥 갈 생각이었으나, 이제는 그러고 싶지 않았다. 「공부는 어떻게 되어 가?」

「더디네.」

에밀리가 고개를 끄덕였다. 「공부할 수 있도록 내버려 둘게.」

「고마워.」

「네가 잠시 휴식을 원하지 않는다면 말이야.」 에밀리가 양 눈썹을 치켜올렸다.

「그건 또 일어나면 안 돼.」

「뭐가 또 일어나면 안 되는데?」

「뭔지 알잖아.」 제러미가 목소리를 낮췄다. 「우리는 그걸 하면 안 되는 거였어. 나는 그걸 하면 안 되는 거였다고.」

「뭐, 용서해 줄게.」 에밀리는 애써 밝게 말하려고 했지만, 심장이 쿵 하고 내려앉았다. 이런 일이 일어날 줄 몰랐던 것은 아니다. 사실, 에밀리가 선동한 것이나 마찬가지였다. 하지만 이제 에밀리는 속이 울렁거렸다.

「만약 학교에서 알면 나는 쫓겨날 거야.」

「우리 둘 다 그러겠지.」

「그래, 하지만……」 제러미는 손가락들로 책들을 가볍게 쳤다. 「이건 내 최종 시험이야. 이걸 망칠 수는 없어.」

에밀리는 제러미를 뚫어져라 바라보았다.

「너도 이해하지, 그렇지? 나는 이걸 해야만 해. 미안해.」

「그러셔.」 에밀리가 말했다.

「난 네가 훌륭한 사람이라고……」

에밀리가 자기의 슬러시를 던졌다. 슬러시는 제러미의 머리에 맞았고, 붉은 주스와 얼음 조각들이 사방으로 날아가 책과 종이들에 튀었다. 제러미는 슬러시를 뚝뚝 흘리며 얼어붙은 듯이 앉아 있었다. 에밀리가 나가며 거칠게 문을 닫았다.

축구 경기가 있었지만 에밀리는 축구를 할 기분이 아니었다. 에밀리는 수비 영역에 꼼짝 않고 서 있으면서 공을 쫓지 않았다. 상대 팀에 속한 새쇼나는 에밀리의 무관심을 놓치지 않았고, 에밀리 쪽을 집중적으로 공격했다. 한번은 에밀리가 그냥 가만히 서 있는 동안 곁을 지나가 득점을 했고, 돌아오며 에밀리의 머리카락을 헝클어뜨렸다.

후반전에도 새쇼나는 에밀리 쪽을 맹공격했다. 실수로 에밀리 앞에 공이 떨어지자 그녀는 새쇼나를 쓰러뜨리기로 결심했다. 에밀리가 공을 가로채려고 움직이자, 새쇼나의 얼굴이 굳어지면서 에밀리에게 어깨로 한 방 먹일 테니 기대하라는 표정을 지었다. 에밀리의 입술에 단어 하나가 부글거리기 시작했다. 새쇼나의 방에서 발견한 단어 가운데 하나였다. 〈**카소닌**.〉 그 단어면 에밀리가 새쇼나를 쓰러뜨릴 수 있을 만큼 충분히 긴 시간 동안 새쇼나의 뇌를 마비시킬 수 있었다. 그리고 에밀리는 그 단어를 쓸 생각이었다. 왜냐하면 그럴 수 있음에도 제러미에게 그 단어를 쓰지 않았기 때문에, 그리고 새쇼나와 마찬가지로 제러미 역시 13이기 때문이었다. 〈**카소닌**, 쌍년아.〉 에밀리의 머리로 피가 솟구쳤다. 〈내 어깨나 먹고 떨어져.〉

둘은 부딪쳤다. 에밀리가 일어났을 때, 새쇼나는 어퍼컷 세리머니를 하며 자기 쪽 진영으로 뛰어갔다. 새쇼나는 에밀리가 퍼질러 앉아 있는 동안 득점을 올린 것이다. 「젠장.」 에밀리가 말했고, 새쇼나는 소리 내어 웃었다.

에밀리는 잠시 경기에서 빠져야 했고, 옷을 갈아입는 대신 정문으로 향했다. 거의 정문에 도착했을 때 발소리가 들렸다. 제러미가 뒤쫓아 달려오고 있었다. 「에밀리! 기다려!」 에밀리는 기다리고 싶지 않았지만, 마음의 여리고 멍청한 한구석에서 〈어쩌면 제러미가 생각을 바꿨을지도 몰라〉라고 속삭였다. 제러미는 숨을 헐떡이며 에밀리를 따라잡았다. 그는 샤워를 했고, 깨끗한 셔츠 차림이었다. 두 볼이 붉게 물들어 있었다. 「이런 식으로 끝내지 말자.」

「뭘?」

「우리는 2년 동안 친구였잖아. 나는 이렇게…….」

「퍽이나.」 친구라는 단어를 듣자마자 에밀리가 말했다. 그녀는 걸었다.

제러미가 에밀리 옆에서 뛰다시피 걸었다. 「다른 누구에게도 말하면 안 돼.」 에밀리는 대답하지 않았다. 「그러면 학교에서 널 쫓아낼 거야. 전에도 그렇게 했어. 널 집으로 돌려보낼 거라고.」

「어쩌면 네가 날 그렇게 만든 걸 수도 있지.」 에밀리가 말했다. 「어쩌면 네 단어들을 써서 날 이용한 걸 거야.」

제러미가 걸음을 멈췄다. 에밀리가 정문에 다다랐을 때, 제러미가 외쳤다. 「어떻게 감히 그런 말을!」 에밀리는 움찔했다. 그의 목소리에 분노가 담겨 있었기 때문이다. 에밀리는 계속 걸었다. 에밀리는 그 무엇으로도 제러미를 비난할 마음이 없었다. 제러미는 그것을 모르는 걸까? 에밀리는 단지 제러미가 뭔가를 느끼길 바랐을 뿐이다. 「돌아와! 이리 돌아오라고!」 차들이 오갔지만 에밀리는 그 사이를 누비며 길 건너편으로 갔다. 밴 한 대가 경적을 울렸다. 에이미가 몸을 돌리니 제러미가 정문 밖에서 오도 가도 못한 채 있는 모습이 보였다. 얼굴이 시뻘겠다. 「넌 아무 말도 안 하는 거야!」

「날 그렇게 만들어 봐.」

제러미는 도로로 들어섰다. 에밀리는 샌프란시스코의 베니를 떠올렸다. 자기가 너무 밀어붙이기 전까지 베니가 얼마나 재미있고 상냥했는지를. 「멈춰.」 에밀리가 말했다. 제러미는 에밀리를 알았다. 에밀리의 범주를 알았다. 제러미는 이제 곧 졸업이었고, 에밀리에게 자신이 원하는 것은 뭐든지 하게 만들 수 있었다. 「미안해! 말하지 않을게.」 제러미는 도로를 반쯤 건너 차선

사이에서 멈췄고, 얼굴에는 분노가 가득했다. 그는 차 한 대가 지나가길 기다렸고, 오른쪽을 힐끗 보더니 에밀리에게 달려왔다. 에밀리가 외쳤다. 「**카소닌!**」

제러미의 머리가 휙 젖혀졌다. 그가 걸음을 멈췄다. 잠시 그는 어린아이였다. 이윽고 제러미의 정신이 돌아왔다. 에밀리는 제러미의 두 눈에 충격과 분노, 그리고 공포가 서린 것을 보았다. 그의 얼굴을 본 에밀리는 꼼짝도 할 수 없었다. 다음 순간 차 한 대가 제러미를 치고 지나갔다. 에밀리는 비명을 질렀고, 타이어 소리 때문에 자신의 목소리를 들을 수 없었다.

에밀리는 병원에 가고 싶었지만 학교에서 허락하지 않았다. 에밀리는 거실에 있어야만 했다. 그녀가 처음 이곳에 왔을 때 샬럿이 인터뷰를 했던 곳이다. 에밀리는 그때와 같은 안락의자에 앉아서 몸을 말고 있었다.

마침내 긴 코트 차림의 엘리엇이 들어왔다. 에밀리는 제러미에 대해 물으려고 입을 열었지만, 그의 얼굴에서 답을 볼 수 있었다. 에밀리는 두 손으로 얼굴을 가리고 소리 내어 울었다.

「무슨 일이 있었는지 내게 말해.」

에밀리는 시선을 들지 않고 고개를 저었다. 엘리엇이 깔개를 가로질러 오더니 에밀리의 턱을 치켜올렸다. 「싫어요.」 에밀리가 말하고는 귀를 막으려고 했다. 엘리엇은 에밀리의 손을 치우며 뭔가 말을 했고, 에밀리의 마음은 의식을 잃었다. 다시 정신을 차렸을 때 엘리엇은 깔개 건너편 의자에 앉아 있었고, 눈빛은 어두웠다. 에밀리는 자기 입을 막고 침을 삼켰다. 목이 아팠다.

「여기서 네 시간은 끝났어.」 엘리엇이 말했다.

「제발 절 내쫓지 마세요. 제발요.」

엘리엇이 일어섰다. 에밀리는 다시 울기 시작했지만, 엘리엇의 눈에 동정심은 보이지 않았다. 엘리엇은 떠났다.

〈차에 치어〉 학생이 죽다

경찰은 금요일에 몬터베리 애비뉴에서 학생 한 명이 신호등과 건널목이 없는 번잡한 도로를 건너려다가 차에 치어 숨졌다고 발표했다.

운전사는 오렌지 출신의 39세 여성으로, 사고 당시 제한 속도를 준수하고 있었다고 경찰은 밝혔다.

이 사고로 인해 신호등과 건널목을 설치하자는 주장이 다시 대두될 것으로 보인다. 사고가 난 곳은 이전에도 여러 번 사고가 있었던 곳이기 때문이다. 그 지역은 교통부의 보행자 안전 마스터 플랜에서 개선 대상으로 재선정된 바 있었으나, 작업은 지역의 반대로 인해 지난해에 보류되었다.

죽은 학생은 윌리엄스버그 사립 학교에서 졸업을 앞두고 있었던 것으로 보인다. 사망자의 이름과 신상 명세는 발표되지 않았다.

2부

브로큰힐

처음에는 정체를 밝히기 거부했다가 그다음에는 부르기 불가능한 가짜 이름을 알려 주었던 오디세우스는 이제 자신의 진짜 이름을 완전히 밝힌다. 자신은 오디세우스로, 도시들의 약탈자인 라에르테스의 아들이며, 이타카에 산다고 한다. 오디세우스가 자신의 진짜 이름을 밝히자 눈먼 거인은 번쩍이는 번개와 같은 깨달음을 얻는다. 이제 거인은 자신이 시력을 잃을 것이라던 예전의 예언을 이해한다. 모든 걸 알게 된 외눈박이 거인은 이번에는 바위를 던져 반응하는 대신, 단어들의 힘에 의존한다. 한참이 지나고, 자신이 원하는 바를 말로 표현할 수 있게 된 폴리페무스는 자기 아버지인 포세이돈에게 오디세우스를 벌하라고 기도하며 오디세우스의 이름, 별명, 성, 그리고 고향을 빠뜨리지 않고 하나씩 꼼꼼하게 반복해 말을 한다.

— 데버라 러빈 게라, 『말하기, 언어, 문명에 대한 고대 그리스인의 생각들』

22분 전 게재됨. 대화를 볼 것.

2주 전 내가 구직 면접을 보러 갔을 때, 사람들은 노트북 컴퓨터를 돌려 내게 보여 주며 말했다. 「이게 당신인가요?」 그건 내가 〈오래전〉에 올렸던 것으로, 10대 시절 객기로 마신 술에 취해 떡이 되어 고래고래 소리를 지르는 사진들이었다.

그리고 말할 필요도 없이, 직장 제의는 없었다.

그래서 〈이번〉 면접 전에 나는 〈모든 것〉을 지운다. 페이스북을 지우고, 트위터를 지우고, 내가 찾을 수 있는 것은 전부 다 지운다. 면접장에 들어서고 면접관들이 맨 처음 묻는 것은 내게 페이스북 계정이 있는가이다. 나는 없다고 말한다. 면접관들은 동창회 사이트든 링크드인이든, 뭐든 없느냐고 묻는다. 나는 없다고 말한다. 면접관들은 서로를 바라보더니 자기들 회사는 새로운 피고용인의 배경에 대해 〈편안함을 느끼길〉 좋아하는데, 내게는 그런 것이 전혀 없다고 말한다. 면접관들은 내가 잘못한 것은 전혀 없지만, 페이스북도 하지 않는 사람이라면 뭔가 숨기는 부분이 있어 보인다는 것이다.

진지하게 말하는데, 어떻게 해도 소용없다.

1

비행기가 이륙했고, 윌은 헬리콥터가 자신들을 향해 사격을 가하든 자신들과 충돌하든, 아니면 아무 이유 없이 폭발하든 무슨 일이라도 일어날 줄 알았다. 하지만 몇 분이 지나도 엔진 소리만 들릴 뿐 아무 일도 일어나지 않았고, 밤의 암흑만이 눈앞에 펼쳐져 있었다. 「이젠 안전한가요?」 윌은 톰인지 T. S. 엘리엇인지에게 물었고, 엘리엇이 아무 말도 하지 않았지만, 윌은 자신들이 안전하다고 생각했다. 갑자기 피곤이 몰려왔다. 좀 전까지만 해도 목숨이 위태로웠는데, 이제는 자고 싶은 마음뿐이었다. 「나는 좀 앉아야겠어요, 괜찮죠?」 그는 비행기 뒤쪽으로 갔다. 그러고는 무너지듯 의자에 앉았다. 안전띠를 매야 했다. 하지만 안전띠는 너무나도 먼 곳에 있었다.

눈을 떠보니 대낮이었다. 세상이 덜컹거리고 흔들렸다. 윌은 팔걸이를 움켜쥐었다. 머리에는 반쯤 기억나는 꿈 생각으로 가득했다. 욕을 하는 여자. 캥거루. 엔진들이 울부짖고 있었다. 둥

그런 창 너머로 눈과 나무 울타리 기둥들이 보였고, 모두 아주 가까우면서 너무 빠르게 움직이는 듯이 느껴졌다. 엔진 소리가 바뀌더니 비행기가 속도를 줄이기 시작했다. 세상이 천천히 움직이다가 멈췄다. 엘리엇이 조종석에서 나오더니 동체의 패널을 열고 손잡이를 돌려 문을 내리기 시작했다.

「여기가 어디죠?」

엘리엇은 계속 손잡이를 돌렸다. 문이 계단으로 변했고, 엘리엇은 그 계단을 내려갔다.

윌은 일어났다. 다시 눈 쌓인 곳으로 나가는 게 전혀 내키지 않았지만, 결국 나갔다. 엘리엇이 도로변에 서서 오줌을 누고 있었다. 윌은 주위를 둘러보았다. 보이는 끝까지 아스팔트가 뻗어 있었다. 그리고 그 옆으로 전선들이 나란히 행진했다. 다른 것은 아무것도 없었다.

「멋진 착륙이었어요.」 윌이 말했다. 엘리엇은 아무 대꾸도 없이 계속 오줌만 누었다. 「여기가 어디죠?」

엘리엇은 바지 지퍼를 올리고 길을 따라 조금 걸었다. 윌이 그 뒤를 좇았다. 윌은 비행기가 아주 현대적이란 것을 깨달았다. 날씬하고 깨끗하며 날개 끝부분이 살짝 위로 꺾인 형태였다. 또한 깜짝 놀랄 만큼 커다랬지만, 그것은 아마도 원래 있어서는 안 될 곳인 도로에 착륙해 있기 때문일지도 몰랐다.

윌은 엘리엇 옆에 가 섰다. 그는 주머니에 두 손을 찔러 넣었다. 입김이 허옇게 나왔다. 「이제 어쩌죠?」

「차가 지나가면 난 그 차를 타고 갈 거야. 그리고 아침 식사를 할 거야. 원하는 걸 말하자면 베이컨. 베이컨을 아주 많이.」

윌은 부츠에서 눈을 털어 냈다. 「좋아요.」

「하지만 그건 내 이야기고, 넌 뭐든 원하는 걸 해.」
월이 눈을 가늘게 뜨고 톰을 보았다. 「뭐라고요?」
「우리는 끝났어. 여기까지야. 넌 네 길을 가고, 난 내 길을 가는 거야.」
「뭐라고요?」
「끝났다고.」
「하지만 시인들은요. 울프…… 그 여자가 여전히 나를 죽이려고 하잖아요?」
「아, 물론이지.」
「그러니 우리는 숨어야 해요. 다른 친구들에게 가요.」
「더 이상 친구가 없어.」
월이 톰을 빤히 바라보았다. 「없어요?」
「없어.」
「당신의 레지스탕스인지 뭔지 하는 게 어제 몽땅 죽었다는 거예요? 전부 다?」
「그래.」
「다른 도시에 지부가 있거나…….」
「없어.」
「맙소사.」 월이 숨을 내뱉었다. 「그러면 우리는 함께 있어야만 해요.」
「흠.」 엘리엇이 말했다.
「울프가 당신 뒤도 쫓고 있죠? 울프는 당신이 죽길 원해요.」
「맞아.」
「그래서요?」
「그래서 네 관점에서 보자면, 나는 너를 살려 줄 수 있는 사람이지. 하지만 내 관점에서 보자면, 너는 아무 쓸모없는 짐일 뿐이야. 너는 전혀 도움이 안 돼.」

「아까는 내가 중요하다고 말했잖아요! 내가 왜 면역력이 있는지 알아내야죠! 단어에 말이에요!」

「그건 아까 얘기고.」 엘리엇이 말했다. 「상황이 변했어.」

「난 당신과 같이 가요.」 윌이 말했다. 「당신이 어디로 가든 나도 가요.」

「아니, 넌 안 그럴 거야.」

「날 말릴 수는 없어요. 당신의 단어 주술이 내게는 안 먹힌다고요, 그렇죠? 그런데 어떻게 내가 당신을 따라가지 못하게 말리겠다는…….」

엘리엇이 권총을 꺼냈다. 어디에서 꺼낸 것이 아니라 갑자기 나타난 것만 같았다. 그냥 갑자기 그것을 들고 있었다.

윌은 두 눈이 화끈거리는 듯했다.

「봤지?」 엘리엇이 총을 치웠다. 「설득하는 데는 온갖 방법이 다 있어.」 톰은 다시 지평선을 응시했다.

윌의 숨이 허옇게 피어올랐다. 「알았어요, 알았어.」 가슴속에 분노가 치밀었지만 윌은 더 이상 어찌할 바를 몰랐다. 「좋아요. 이렇게 끝나는 건가요?」 윌은 비행기로 다시 걸어갔다. 이제 무엇을 하면 좋을지 아무 생각도 나지 않았다. 하지만 무엇을 하든 따뜻한 곳에서 할 수는 있었다. 그 정도는 할 수 있었다. 계단을 반쯤 올랐을 때 윌이 소리쳤다. 「브로큰힐에서는 무슨 일이 일어난 거죠? 울프가 모두를 죽였어요, 그렇죠?」 엘리엇은 움직이지 않았다. 「그래요! 남은 우리에게 울프가 마음대로 난리를 칠 동안 당신은 꼭꼭 숨어 있어요! 꼭 그렇게 하라고요!」 윌은 몸을 떨었다. 그리고 쿵쿵거리며 계단을 올라갔다.

엘리엇은 길에 서서 지평선을 훑어보았다. 코트 자락이 펄럭이며 다리에 감겼다. 그의 추측에 따르면, 윌은 5분 정도 지나면 비행기에서 나올 것이었다. 버려졌다는 공포가 따뜻함을 찾는 심리적 욕구를 누르는 데 걸리는 시간이었다. 그 전에 차가 나타나면 유용할 터였다. 차가 나타나면 엘리엇은 운전사를 구부러뜨린 뒤 자기 갈 길을 가고, 다시는 윌을 보지 않을 수 있었다.

바람이 그의 뺨을 찔러 댔다. 자꾸만 그때와 비교되는 것은 어쩔 수가 없었다. 지난번에도 엘리엇은 이렇게 총을 들고, 그 총을 쓸 일이 없기만을 바라는 마음으로 지평선을 지켜보며 기다리고 있었다. 1년 조금 전이었다. 당시 그는 브로큰힐 바로 밖에 있었다.

엘리엇은 에어컨을 최대로 켰지만 소용이 없었다. 태양은 앞창을 통해 이글거리며 셔츠를 걸친 엘리엇을 구워 댔다. 공항에서 그가 차에 태운 캠벨이라는 청년은 몸부림을 치고 넥타이를 비틀어 대다가, 마침내 리넨 재킷을 벗어 좌석 등받이에 걸쳤다. 「태양이 더 커지고 있네요.」 청년이 말했다. 「정말로 더 커지는 건가요?」

「오존 때문이야.」 엘리엇이 말했다. 「구멍이 뚫렸어.」

「이런 날씨에 익숙해졌어요?」

「아직.」

「내가 워싱턴 D.C.를 떠날 때 거기는 영하 11도였어요.」 소매를 걷어 올리며 청년이 말했다. 「영하 11도요.」 그는 엘리엇을 힐끗 보았다. 「D.C.가 그리운가요?」

「가끔 가.」

「네, 하지만…….」 청년은 창밖으로 시들어 가는 땅이 지나가는 것을 바라보았다. 「여기에 얼마나 있었나요, 모두 합쳐서요. 3개월?」

「7개월.」

「어휴.」 청년이 고개를 끄덕였다. 「그렇겠죠. 하지만 이 일을 마치면 당신은 집에 갈 수 있어요.」 청년이 싱긋 웃었다.

엘리엇이 그를 바라보았다. 「몇 살이지?」

「스물하나요. 왜요?」

「네가 하는 일에 대해 얼마나 알아?」

「전부 다요.」 청년이 소리 내어 웃었다. 「엘리엇, 나는 사전 정보를 다 습득했어요. 6주 동안 집중 훈련도 받았고요. 나는 재능이 있어 발탁된 거예요. 내가 뭘 하는지는 알아요.」

엘리엇은 아무 말도 하지 않았다.

「넉 달 전, 버지니아 울프가 날단어를 호주의 브로큰힐에 풀었어요. 인구가 3천 명이었죠. 이제는 0명이고요. 광석 정제 공장이 폭발하며 끔찍한 독성 물질이 누출되었다는 게 공식 발표죠. 그 마을은 8킬로미터 반경으로 울타리가 쳐졌어요. 들어가면 누구든 죽음을 면치 못하리라는 무시무시한 경고문도 붙고요. 웃기는 건, 그 경고문이 사실이라는 거죠. 우리는 사람들을 들여보냈는데, 아무도 나오지 못했어요. 그래서 그 단어가 아직 그곳에 있다는 가설이 힘을 얻었죠.」 청년은 바지에서 셔츠 자락을 꺼내 펄럭이며 부채질했다. 「웃기는 주장이지 않아요? 단어가 계속 남아 있을 수 있다는 가설이요. 공기 중에 메아리처럼 남아 있다니.」

「단어가 그럴 수는 없어.」

「그러면 뭐죠? 거기에 뭔가 나쁜 게 있기 때문이라고요, 독성물질 누출은 아니고요.」

엘리엇은 거의 들리지 않는 목소리로 말했다. 「어쩌면 울프일지도.」

「음.」 청년이 말했다. 「정말요? 그게 가능하다고 생각하는 사람은 아무도 없어요, 엘리엇. 우리는 울프가 죽었다고 확신한다고요.」 청년은 무심결에 창문을 톡톡 쳤다. 「우리는 인공위성으로 그 마을을 지켜보고 있어요. 온갖 방법으로 그곳을 수백 번은 촬영했어요. 움직이는 건 아무것도 없어요.」

엘리엇은 침묵 속에 운전을 했다.

「나는 방어 쪽으로는 최고예요.」 청년이 말했다. 「으스대려는 건 아니에요. 하지만 그래서 내가 여기 있는 거예요. 나는 구부러지지 않기 때문에 뽑혔다고요. 그러니 아무 문제 없을 거예요.」

「네가 지금 이 일로 목숨을 잃을 수도 있다는 건 알겠지?」

「알아요.」

엘리엇이 청년을 힐끗 보았다. 〈스물한 살짜리〉라고 엘리엇은 생각했다. 「누가 널 뽑았지? 예이츠?」

「예이츠와 이야기할 영광을 누렸죠. 네, 맞아요.」

「넌 이걸 하지 않아도 돼.」

청년이 엘리엇을 보았다. 〈내게 신호를 줘〉라고 엘리엇은 생각했다. 〈그러면 우리는 브로큰힐을 그냥 지나쳐 공항이 나올 때까지 계속 갈 거야. 해 질 녘이면 우리는 이 나라를 벗어나 있을 거야. 그만두겠다는 생각을 해본 적 없나, 캠벨? 그냥 떠나 버릴까 하는 그런 생각? 그리고 하나 물어보자. 예이츠에게 뭔가 이상하다는 낌새를 못 느꼈어? 뭔가 죽음 같은 거? 못 느꼈어?〉

청년이 시선을 돌렸다.「당신은 사막에 너무 오래 있었어요, 엘리엇.」

엘리엇은 끝없이 이어진 도로를 바라보았다.「그 말은 맞군.」 엘리엇이 말했다.

철망 울타리까지 다가가자 엘리엇은 엔진을 껐다. 그들은 표지판을 바라보며 아무 말 없이 앉아 있었다. 〈오염. 유독. 무단 침입. 사망.〉 해골들과 두꺼운 빨간 선들. 열기가 마치 손으로 누르듯 온몸을 강렬하게 옥죄었다.「저건 단어들이에요, 안 그래요?」 청년이 말했다.「공포 단어들.」 청년은 안전띠를 풀었다.「이 차에서 나가야겠어요.」

바깥이 더 시원하지는 않았지만, 최소한 공기가 움직이며 먼지와 모래를 휘저어 놓고 있었다. 길은 날카로운 철조망으로 막혔고, 왼쪽과 오른쪽 모두 철망 울타리가 뻗어 있었으며, 1백~2백 미터마다 경고문이 펄럭였다. 볼품없는 관목 몇 개가 빨간 흙을 뚫고 자라 있었다. 시선이 닿는 끝까지 이런 풍경이었다.

만일의 경우를 대비해 엘리엇은 차 트렁크에 철조망 절단기를 챙겨 왔지만, 마지막으로 이곳에 온 뒤로 아무것도 바뀌지 않았다. 고리 모양의 철조망이 도로를 막고 있었지만 단단히 고정되어 있지는 않았다. 그럴 필요가 없었다. 청년의 말이 맞았다. 사람들이 이곳에 들어가지 못하는 것은 단어 때문이었다. 엘리엇은 도로에서 철조망을 끌어냈다.

청년은 리넨 재킷으로 머리를 감싸 보려 애쓰고 있었다.「뒷좌석에 모자가 있어.」 엘리엇이 말했다. 「그걸 가져가.」

「난 괜찮아요.」

「모자를 가져가.」 엘리엇은 뒷문을 열고 챙 있는 모자와 물병을 꺼냈다.

「알았어요. 고마워요.」 청년이 모자를 썼다. 모자에는 〈다운 언더의 천둥〉이라고 찍혀 있었다. 엘리엇이 애들레이드의 노점상에서 산 것이었다. 「어때 보여요?」

「위성 전화기를 가지고 있어?」

「넵.」

「내게 전화해.」

「작동해요. 공항에서 확인했어요. 마을에 도착하면 전화할게요.」

「지금 내게 전화해.」

청년은 전화기를 꺼내 번호를 눌렀다. 엘리엇의 전화기가 울렸다.

「됐나요?」 청년이 말했다.

「보조 배터리를 가지고 있지?」

「가지고 있어요.」

「주 배터리는 완충 상태야?」

「괜찮아요.」

「완충 상태야?」

「봐요.」 청년이 화면을 보여 주었다. 「조그만 배터리 표시 보이죠? 전화기 사용법 정도는 안다고요.」

「내가 잘 안 보이게 되는 즉시 전화해. 그리고 끊지 마. 만약 신호가 끊어지면 다시 연결될 때까지 계속 걸어.」

「그렇게 할게요.」
「네 범주는 뭐지?」
「뭐라고요?」
「93이야?」
청년의 얼굴에서 모든 표정이 사라졌다. 그들은 그렇게 하도록 훈련을 받았다. 청년은 뭔가 다른 것을, 행복한 것이든 슬픈 것이든 충격적인 것이든, 오직 자신만이 아는 무엇인가를 생각하고 있었다. 그렇게 해서 자기 표정에 잡음을 더해 표정을 읽을 수 없게 하기 위해서였다.
「93이군.」
「제길.」 청년이 말했다. 「그렇게 하면 안 되는 거잖아요. 왜 그랬어요?」
「널 보호하려고.」
「상관없어요. 난 구부러지지 않아요. 시험해 볼래요? 해봐요.」
엘리엇은 잠깐 생각해 보았다. 이 청년이 훌륭하다는 점에는 의심의 여지가 없었다. 하지만 이 청년은 아마도 대부분의 일을 상대적으로 통제가 잘되는 환경에서 했을 터였다. 만약 엘리엇이 덤벼들어 그의 입에 총을 들이대고 단어들을 외친다면, 음, 그러면 결과는 달라질 터였다.
「내 걱정은 말아요.」 청년이 말했다. 「난 준비 다 됐어요.」
「어떤 위험도 감수하지 마. 뭐든 이상하다 싶으면 조사하지 마. 그냥 거기서 나와. 꼭 오늘 모든 걸 다 해야 할 필요는 없어.」
청년은 〈다운언더〉 모자를 고쳐 썼다. 물론, 청년은 엘리엇이 미쳤다고 생각했다. 「자, 이제 할 일을 하러 가야겠어요.」
엘리엇이 고개를 끄덕였다. 「행운을 빌어.」

「헤.」 청년이 말했다. 「고마워요.」 그는 철조망을 돌아 길 위로 걸어가기 시작했다.

저 멀리, 아스팔트 위로 피어오르는 아지랑이 속에 청년의 몸이 아른거렸다. 곧 그런 형체마저 전혀 알아볼 수 없게 되었고, 그냥 이글거리는 공기 흐름의 하나로 보일 뿐이었다. 엘리엇은 한 손을 들어 얼굴에 내리쬐는 햇볕을 막으며 지켜보았다.

엘리엇의 핸드폰이 울렸다.

「모자 고마워요.」 청년이 말했다. 「쓰고 오길 잘했다는 생각이 드네요.」

「천만에.」

「이렇게 뜨거운 곳은 평생 처음 와봤어요.」

「마을 외곽이 보여?」

「아직요.」

「얼마 남지 않았을 거야.」

「네, 알아요. 지도를 외우고 있거든요.」

둘은 침묵에 잠겼다. 햇볕이 엘리엇의 머리를 때려 대고 있었다. 차로 돌아가야만 했다. 몇 분 뒤에. 엘리엇은 청년이 마을에 닿을 때까지 기다리고 싶었다.

「아카데미에서 그 여자를 가르치셨다면서요. 버지니아 울프요. 제가 듣기론 그랬다던데. 사실인가요?」 청년은 살짝 헐떡였다. 「우리는 전화 통화를 한 시간 정도 해야 해요, 엘리엇. 뭔가 말을 하는 게 좋을 거예요. 맙소사.」 청년은 숨을 훅 내뱉었다. 「터무니없을 정도로 덥군요.」 엘리엇은 그가 물병에서 물을 한 모금 마시는 소리를 들었다.

「그래, 내가 울프를 가르쳤지.」

「이런 일이 생길 걸 알았나요? 내 말은, 조금도 못 느꼈냐는 거예요? 그 여자가 그렇게 될 걸…….」

「그렇게 되다니?」

「돌아 버리는 거요.」 청년이 말했다. 「마을 전체를 몰살하는 거요. 당신의 관찰력을 모욕할 생각은 없어요. 분명 당신은 그 방면에서 아주 뛰어나요. 그냥 당신이 어떻게 그런 걸 놓칠 수 있는지 궁금한 것뿐이에요. 그거 알아요? 당신뿐만이 아니에요. 모두가 그랬어요. 우리는 사람들을 잘 파악하는 게 정상이잖아요.」

「누구든 훈련 과정에는 위험이 뒤따르지. 울프의 경우에는 그 잠재력이 그걸 정당화시켰다고 볼 수 있어.」 비록 아무도 자신을 볼 수 없었지만, 엘리엇은 어깨를 으쓱했다. 「우리가 틀린 거야.」

「그 여자를 만나 본 적이 없어요. 내가 들어왔을 무렵엔 이미 떠났으니까요.」 청년이 기침을 했다. 「내 말은, 쫓겨났다고요. 추방당했죠. 사실 뭐라 표현하든 무슨 상관이에요. 정말로 먼지가 많네요. 바람이……. 정제 공장이 보이는 것 같아요.」

「눈 부릅뜨고 있어.」

청년이 소리 내어 웃었지만, 그 소리는 다시 기침 소리로 바뀌었다. 「정말로 당신은 쓸데없이 걱정이 많아요. 여기에는 아무도 없다고요.」

엘리엇은 아무 말도 하지 않았다.

「내가 뭘 하는지 알아요? 조직에서 말이에요. 디지털 부서에 있어요. 웹 서비스요. 알아요?」

「글쎄.」

「알아야 해요. 이제 모든 게 그쪽으로 통한다고요. 내가 그 주제에 대해 좀 알려 줄게요. 뒤처진 걸 어느 정도 만회할 수 있도록요.」

「좋아.」 엘리엇이 말했다.

「음, 내 기분이 상할까 봐 그러는 거면 안 그래도 돼요. 난 상관없어요. 예이츠가 〈인쇄 기술 이후 가장 강력한 공격 무기〉라고 말한 것에 대해 전문가의 의견을 알려 주려는 것뿐이니까요.」

「좋아.」

「조직은 변하고 있어요, 엘리엇. 이제 신문과 TV는 쓸모가 없어요. 그것들은 낡았어요. 구닥다리죠. 그리고 당신처럼 나이 든 사람들도 주의하지 않으면 그런 기술과 함께 구닥다리가 될 거예요. 그렇게 되길 원하는 건 아니죠?」

「그래.」

「그러니 내가 도와줄게요.」 청년은 잠시 헐떡였다. 「웹의 비결은 상호 작용이에요. 그게 차이예요. 온라인에서 누가 당신 사이트를 방문하면 당신은 그곳에 작은 여론 조사소를 꾸릴 수 있어요. 그리고 〈이봐요, 세금 감면에 대해 어떻게 생각해요?〉 같은 질문을 하는 거죠. 그러면 사람들은 클릭을 하며 자신의 범주를 밝히죠. 그게 첫 번째 장점이에요. 당신은 그냥 허공에 대고 이야기하며 전향을 시키는 게 아니에요. 데이터를 얻게 되죠. 하지만 진짜 영리한 부분은 이거예요. 당신 사이트는 정적이지 않아요. 역동적으로 꾸려지죠. 그게 무슨 의미인지 알아요?」

「아니.」

「사이트가 사람마다 다르게 보인다는 거예요. 가령 당신이 세금 감면에 찬성하는 쪽을 클릭했다고 해봐요. 그러면 이제 당신 컴퓨터에 쿠키가 남고, 그 사이트에 다시 접속하게 되면 정부가 당신 돈을 어떻게 낭비하는가에 대한 기사들이 뜨죠. 그 사이트는 당신이 원하는 것에 기반해 역동적으로 내용을 고르는 거예요. 아니, 당신이 원하는 것이 아니라 당신을 화나게 할 것에 기반해서요. 당신의 주의를 끌고, 믿음을 강화하고, 사이트를 신뢰하게 할 내용들을 보여 주는 거죠. 만약 세금 감면에 반대하는 쪽을 클릭하면, 공화당이 복지 정책들에 반대한다거나 하는 그런 글을 보여 주는 거예요. 어느 쪽이든 간에 먹혀 들어가죠. 당신 사이트는 거울이고, 각자의 생각을 다시 비춰 주는 거예요. 꽤 멋지지 않아요?」

「멋지군.」

「하지만 주요 단어 얘기는 아직 나오지도 않았어요. 이건 단지 시작일 뿐이에요. 세 번째 장점은, 사람들이 이런 사이트에 접속하면 점차 그 의존도가 커지는 경향이 있다는 거죠. 돌연 사용자의 주요 신념에 맞춰 기사를 내지 않는 다른 모든 뉴스원들이 이 사용자에겐 혼란스럽고 낯설게 보이기 시작하죠. 그런 뉴스들은 사실 편파적으로 느껴지기 시작해요. 웃기는 일이에요. 이제 당신은 당신을 신뢰할 뿐 아니라 당신을 이 세상의 주요 소식통으로 여기는 사람을 얻게 되는 거죠. 짠! 이제 그 사람은 당신 거예요. 당신은 그 사람에게 뭐든 원하는 걸 말하고, 누구도 당신에게 이의를 제기하지 않아요. 그…….」 청년이 숨을 빨아들였다. 「아, 씨발!」

「왜 그래?」

「시체를 본 것 같아요.」

「시체들이 있으리라는 걸 몰랐어?」

「알았어요. 물론 알고 있었죠. 하지만 아는 것과 보는 건 완전히…… 맙소사. 구역질이 다 나네요.」

「넉 달 동안 햇볕을 받으며 있었으니까.」

「네, 그런 티가 확 나네요.」

「뼈만 남은 거야, 아니면……?」

「대부분은 뼈예요.」 청년이 말했다. 「그게 구역질 나는 부분이죠.」 잠시 엘리엇은 청년의 숨소리만 들을 수 있었다. 「왝. 사방에 있네요.」

「넌 디지털에 대해 이야기하고 있었어.」

「이 사람들이 왜 죽은 것 같아요?」 마치 입을 소매로 가리고 말하는 것처럼 청년의 목소리는 뭉개져 들렸다. 「날단어가 사람들의 뇌를 날려 버렸나요? 동맥류처럼? 동맥류로 죽은 것 같지는 않거든요.」

「왜 아닌 것 같은데?」

「뭉쳐 있어요. 마치 한 군데로 모여들어 무리를 이룬 것처럼요. 그리고 죽었어요.」

엘리엇은 아무 말도 하지 않았다.

「그래서…… 맞아요, 디지털.」 청년의 목소리가 흔들렸다. 「네 번째 장점. 우리는 속삭일 수 있어요. 낡은 미디어의 경우에는 누가 그걸 보는지 통제할 수 없다는 게 늘 문제였어요. 자체 선택이 되긴 해요. 사람들은 자기 신념에 반하는 쇼를 굳이 보지 않으니까요. 하지만 그럼에도 엉뚱한 범주의 사람들이 시청하는 경우들이 생겨요. 그리고 그 사람들은 당신이 쓰레기를 방송한다고 생각해요. 당연하죠. 왜냐하면 당신은 그렇게 하고 있으니까요. 그리고 때로 그들은 그걸로 소란을 피우고, 그게 목표 범주에 영향을 주게 돼요. 그러면 당신의 메시지는 손상을 입죠. 디지털에선 그런 문제가 없어요. 당신은 사용자 한 명에게만 이야기하면서 다른 사람들은 듣지 못하게 할 수 있어요. 왜냐하면 그 사용자 하나만을 위해 뉴스가 역동적으로 제작된 것이니까요. 그다음 사용자에게 그 사이트는 또 다르게 보여요. 결과적으로, 당신은 여러 범주의 사람들을 얻어요. 그리고 그 사람들은 어떤 것에도, 문자 그대로 그 어떤 것에도 서로 의견의 일치를 보지 못하는 사람들이에요. 오로지 이 사이트가 편견 없는 정보를 제공하는 훌륭한 곳이란 점에만 동의하죠.」 청년이 숨을 들이켰다. 「집들을 지나고 있어요. 납작하고 추한 집들이네요.」

「괜찮아?」

「네, 괜찮아요. 그냥 더울 뿐이에요.」

「필요하면 좀 쉬어.」

「왜 이 사람들이 무리 지어 있을까요?」

「몰라.」

「가족일까요? 마치…… 사랑하는 사람들을 찾아낼 시간 정도는 있었던 걸까요?」

「그랬을지도.」

「그랬을 것 같지 않아요. 모인 방식에 뭔가가…… 모르겠어요. 하지만 그건 아니라고 생각해요.」 전화기에 뭔가 긁히는 소리가 들렸다. 「물을 마셔야겠어요.」

「쉬도록 해.」

청년이 물을 들이켰다. 「아니요. 이걸 끝내고 싶어요.」 시간이 흘렀다. 「그래서…… 그게 디지털이에요. 꽤 멋지죠, 안 그래요?」

「그 이야기를 들으니 왜 우리가 딴 걸 하느라 고생하는지 모르겠다는 생각이 드는군.」

「헤, 그렇죠. 뭐, 사실 신원 불명의 사용자들 때문에 문제가 좀 있기는 해요. 누군가가 우리 사이트를 처음 방문하면 우리는 그 사람이 누군지 알 도리가 없죠. 우리는 그 사람들에게 뭘 보여줘야 할지를 몰라요. 그 사용자가 어디에 사는가, 사용하는 소프트웨어는 무엇인가를 기반으로 추측할 수 있기는 하죠. 하지만 그건 최적이라고 할 수 없잖아요. 우리는 나아지고 있어요. 사회적 관계망에 대해 알아요?」

「아니.」

「당신 정말…… 당신은 이걸 알아야 해요, 엘리엇. 이게 미래라고요. 모두들 자신에 대한 웹 페이지를 만들고 있어요. 몇 억이나 되는 사람들이 여론 조사에 클릭하고 자신들이 가장 좋아하는 TV 쇼, 제품, 정치 성향을 날마다 입력하는 걸 상상해 봐요. 그건 이제까지 가운데 가장 큰 데이터 집합이 될 거예요. 그리고 자발적인 거고요. 그게 재밌는 부분이죠. 사람들은 인구 조사에 저항하지만 자신을 소개하는 페이지에는 모든 것을 밝히죠. 그리고 자신들이 누구인가를 말하기 위해 하루 종일을 써요. 그건…… 좋은 거죠…… 우리들에게요…… 명확히…….」

「왜 그래?」

「저기에…… 아, 괜찮아요.」

「뭔데?」

「주유소예요. 불에 탔네요. 사방이 자동차고요. 그리고 하나는…… 네, 하나는 뒤집어졌어요. 그건…… 음…… 나쁘지 않은 거죠, 그렇죠, 엘리엇? 단어가 자동차도 뒤집을 수 있나요?」 청년은 날카로운 고음의 웃음소리를 냈다. 「그게 가능하다면 엄청나게 인상 깊은 신경 언어학이 될 텐데 말이죠, 안 그래요?」

「그리고 시체들이 있고?」

「물론 시체들이 있죠! 내 무릎 높이까지 시체들이 쌓여 있다고요! 내가 특별한 언급을 하지 않으면 그냥 시체들이 있다고 생각하세요.」

「알았어.」

청년이 헐떡였다. 「정말로 무릎 높이는 아니에요. 미안해요…… 과장했어요. 하지만 많이 있어요. 정말로 많아요.」 청년은 침을 삼키고 또 삼켰다. 「어떻게 이렇게 많을 수가 있죠? 내 말은, 그 여자가 뭘 한 거죠? 어떻게 그 여자가 모두를 죽일 수 있죠?」

「좀 쉬어.」

「젠장!」

「캠벨, 넌 진정할 필요가 있어.」

「병원이 보여요. 도로를 따라가면 금방이에요. 도로에 시체들이 겁나 많아요.」

「돌아와도 돼. 오늘 할 필요 없어.」

청년은 숨을 들이쉬었지만 호흡이 떨리고 있었다. 「아뇨, 해야 해요, 엘리엇.」

「그리 중요한 게 아니야. 예이츠는 잊어.」

킁킁거리는 소리가 들렸다. 마침내 엘리엇은 그게 웃음소리라는 것을 깨달았다. 「이번엔 진짜 너무 나가셨네요, 엘리엇. 정말 심하게요. 〈예이츠는 잊어〉라고요. 하느님 맙소사.」 청년은 숨을 거칠게 들이마셨다. 「여기는 많이 망가졌네요. 차들이 인도에 있어요. 위성 사진으로 보긴 했지만, 가까이서 보니…… 더 피부로 와닿는 느낌이네요. 컴퓨터에서는 그냥 엉망으로 주차된 걸로 보였을 뿐이거든요. 마치 모두가 아주 바쁜 일이 있어서 그런 것처럼요. 하지만…… 차들이 이런저런 것들과 부딪쳤네요. 모두가…… 무슨 이유에서인가 모두 뭔가에 부딪쳤어요.」 청년이 침을 꿀꺽 삼켰다. 「병원에 거의 다 왔어요. 작아…… 보이네요…… 생각했던 것보다요. 도서관처럼 보여요. 응급실 출입문이 보여요. 앞에는 구급차가 있네요. 밴 말이에요. 구급 요원들이 타는 밴이 길가에 서 있어요. 응급실 정면은 모두 유리지만 속이 안 보여요.」 청년이 걸음을 멈추는 소리가 들렸다. 「저 안은 정말 어두워요. 아니면 검댕이나 그런 게 묻었거나요.」 청년이 망설였다. 「건물을 돌아 정문으로 갈게요. 좋아요?」

「그래.」

「그냥 다른 길로 들어갈 수 있다면, 이 시꺼먼 곳을 엉망으로 만들 필요가 없을 것 같다고요.」

「동의해.」

「알았어요. 정문으로 가고 있어요. 제길, 이게 더 나은지조차 모르겠군요.」

「뭐가 보이는지 말해 봐.」

「시체들이에요. 말라비틀어진 시체들. 유리창에 기대어 잔뜩 쌓여 있어요. 하지만 적어도 안쪽이 보이기는 해요. 문에 왔어요. 소리…….」

「뭐?」 엘리엇은 기다렸다. 「캠벨?」

「소리가 들려요.」

「무슨 소리가?」

「모르겠어요. 잠깐만 닥치고 있어요. 소리 좀 들어 보게요.」 시간이 지났다.「윙윙거리는 소리 같네요.」

「사람이야?」

「아니요. 기계 같아요. 뭔가 전기음이에요. 하지만 그럴 리 없어요. 여기에는 동력이 없거든요. 크지는 않아요. 문을 열겠어요.」 끼익하는 소리가 들렸다. 엘리엇은 청년이 메스꺼워하는 소리를 들었다.「이런, 씨발.」

「뭔데 그래?」

「냄새요.」

「거기서 멈춰.」

「알았어요, 알았어. 멈췄어요.」

「주위를 둘러봐. 내게 전부 말해.」

「의자들. 접수대. 벽에는 똥 덩어리가 덕지덕지.」

「똥?」

「검은 얼룩 같은 게 묻어 있어요. 백신 주사를 맞으세요, 산모 열 명 가운데 여덟 명은 산후 우울증을 겪습니다. 마지막으로 전립선 검사를 받은 게 언제입니까.」

「소리는?」

「아. 파리 소리였어요. 백억 마리는 있네요.」

「거기 잠깐 서 있어.」

시간이 흘렀다.「그 여자는 여기 없어요, 엘리엇. 내가 말했잖아요. 여기에 뭔가 다람쥐보다 큰 게 움직이고 있었다면 우리가 알아차렸을 거예요.」

「토끼겠지. 호주에는 다람쥐가 없어.」

「다람쥐……」 청년이 웃음을 터뜨렸다.「……가 없다고요? 지금 농담해요?」
「없어.」
「흠, 그렇다면 씨발, 나 여기로 이사와야겠네요! 좆나 낙원 같아 보이기 시작하는걸요!」
「마음 좀 가라앉혀.」
청년의 숨이 거칠어지고 짧아졌다. 「당신 말이 맞아요. 당신 말이 맞아.」 청년은 다시 차분해졌다. 「계속 갈게요.」 긁히는 소리가 들리고, 주위 소음이 바뀌더니 커졌다. 「들어왔어요.」
「하나도 빼지 말고 다 말해.」
「바닥에 선들이 있어요. 색색의 선들이에요. 맙소사…… 음, 빨간 걸 따라갈게요. 〈응급실 방향〉이라고 되어 있네요. 시체들이 엄청 많아요. 피해 다니기가 어려울 정도네요. 맙소사. 냄새에 완전히 절어 버리겠어요.」 발을 끌며 움직이는 소리. 「문들은 시체에 밀려서 열려 있어요. 나는 복도에 있어요. 점점 어두워지네요. 음…… 그러네요. 불은 들어오지 않아요. 그냥 확인해 본 거예요. 저기에…….」
「뭐?」
「도끼가 박힌 두개골이 있어요.」
「도끼?」
「네. 빨간 도끼. 소방수들이 쓰는 거요. 그 도끼를 꺼낸 보관함이 어딘지도 보여요. 유리를 깨고 도끼를 꺼내 이 친구의 머리에 박았네요. 여보세요? 엘리엇?」
「응?」
「도끼를 뺄게요. 괜찮죠? 그냥…… 도끼를 가지고 있으면 안심이 될 것 같아서요. 그러니 도끼를 빼낼 동안 전화기를 내려놓을게요.」
「알았어.」
전화기에서 철커덕 소리가 났다. 청년이 헐떡이는 소리, 이윽고 짧게 삑 하는 소리가 났다. 「거기 있어요?」
「있어.」
「됐어요.」 청년이 소리 내어 웃었다. 「방금 해골에서 도끼를 뽑았어요.」 청년이 숨을 내쉬었다. 「좀 안심이 되네요. 악당이 된 기분이에요. 이봐요. 지금 좋은 생각이 떠올랐어요. 이걸 든 사진을 찍어서 당신에게 보낼게요.」
「네 전화기로?」
「네.」
「전화를 끊지 않고 그렇게 할 수 있어?」
「그게…… 음…… 잘 모르겠어요.」
「그러면 그렇게 하지 마.」
「사진을 보내고 곧바로 다시 걸게요.」
「전화 끊지 마.」
「알았어요. 맙소사. 알았어요, 알았어. 그냥 그럼 어떨까 했던 거예요. 앞쪽에 응급실 문들이 보여요. 양 여닫이문이에요. 그리고 엄청나게 많…… 아. 벽에 묻은 검은 칠이 뭔지 알아냈어요.」
「피로군.」
「네. 엄청나게 많은 피예요.」 잠시 정적. 「저게……? 그러네요. 그 사람들이네요.」
「누구?」
「적출 팀이요. 저 사람들을 알아요. 내 말은…… 비디오를 봤어요. 예이츠가 가끔 부리던 검은 장갑복 입은 사람들 알죠? 고글 쓴 군인들이요. 그 사람들도 구부러뜨리려는 시도에 저항하게 되어 있잖아요.」

「그래.」

「그 사람들이에요. 어쨌든 그 사람들의 일부예요. 고글을 쓰고 있지 않네요. 상태가…… 완전히…… 엉망인데요.」

「어떻게?」

「엉켜 있어요. 서로요. 얼굴은 새까매요. 피는 말라붙었고요. 눈이 없어요. 그게…… 썩어 없어진 건지…… 아니면 다른 이유로 그렇게 된 건지 모르겠어요.」 청년의 목소리가 떨렸다. 「마치 파쇄기에 들어갔다 나온 것처럼 보여요, 엘리엇.」 엘리엇은 청년이 울고 있음을 깨달았다.

「캠벨…….」

「하지만 이 사람들은 시인이 아니에요. 그건 큰 차이예요. 나는 방어에서는 따를 자가 없어요.」

「돌아와. 지금까지 알아낸 것만 보고해도 돼. 내일 다시 시도해.」

「아니, 아니요.」

「예이츠는 하루 더 기다릴 수…….」

캠벨의 목소리가 높아졌다. 「엘리엇, 당신은 내가 무슨 명령을 받았는지 전혀 몰라요, 알겠어요? 당신은 이 망할 놈의 사막에 있었기 때문에 아무것도 모르는 거라고요. 나는 여기까지 와서 그냥 돌아왔다고 예이츠에게 말하지 않을 거예요. 그런 일은 씨발, 없을 거라고요. 그리고 당신이 조금만 상황 파악을 했어도 좀 전 같은 제안을 하지 않았을 거예요.」

「우리 모두가 예이츠에게 동의하는 건 아니야.」

청년은 잠시 숨을 빨아들였다. 「난 당신 목을 칠 수도 있어요, 엘리엇. 방금 내게 한 말만으로도 나는 당신 목을 쳐서 쟁반에 받쳐 가져가도 된다고요.」

「알아.」

「네, 네.」 몇 초가 흘렀다. 「앞에 문이 있어요. 양 여닫이문인데 닫혀 있어요. 〈응급실〉이라고 적혀 있네요.」

「캠벨, 제발.」

「도끼를 두 손으로 들고 싶어요. 귀와 어깨 사이에 전화기를 끼울게요.」 긁히는 소리가 났다. 꿀꺽 숨을 삼키는 소리가 들렸다. 「있잖아요, 엘리엇?」

「왜?」

「고마워요. 예이츠에 대해 말해 준 거요. 좋은 마음에서 그런 거 알아요.」

「캠벨, 제발 멈춰.」 엘리엇의 머릿속에 명령 단어들이 떠올랐다. 전화로는 약하리라. 아마도 소용없으리라.

「만약 뭔가 잘못되면, 예이츠에게 내가 중압감 속에서도 침착했다고 전해 주세요.」 청년이 말했다. 「이제 문을 열…….」 경첩이 삐걱거렸다.

「뭐가 보여?」

캠벨의 숨소리.

「캠벨? 뭐가 보여? 말해.」

엘리엇의 귀에서 전화기가 짖어 댔다. 엘리엇은 귀에서 전화기를 뗐다. 전화기를 다시 댔을 때는 정적만이 감돌았다. 〈바닥에 떨어진 거야.〉 엘리엇은 생각했다. 〈그 소리였어. 캠벨은 전화기를 떨어뜨린 거야.〉

엘리엇은 희미하게 찍찍대는 소리를 들었다고 생각했다. 캠벨의 신발 소리인가? 「캠벨?」 엘리엇은 청년의 이름을 부르고 부르고 또 불렀건만 아무 답도 없었다.

엘리엇은 등 뒤로 해가 지고 공기에서 열기가 사라질 때까지 차에 기대어 기다렸다. 청년이 돌아오리라고 기대하지는 않았다. 하지만 기회를 주고 싶었다.

〈왜 여기에 있는 거야, 엘리엇? 조직이 어떤 방향으로 가는지 넌 알잖아. 무슨 일이 일어날지 알잖아. 그런데도 넌 여기 서 있군.〉

한 시간 뒤면 어두워질 터였다. 그러면 차를 타고 네 시간을 운전해 호텔로 돌아가서 예이츠에게 전화를 할 생각이었다. 엘리엇은 공허한 목소리로 캠벨이 돌아오지 않았다고 말할 것이고, 그러면 예이츠는 똑같은 목소리로 자신의 슬픔을 표현할 것이다.

〈에밀리, 에밀리.〉 엘리엇은 생각했다. 〈어디로 간 거니?〉

도로에서 뭔가가 아른거렸다. 그는 눈을 가늘게 떴다. 아지랑이는 사라지고 없었지만, 바람에 날리는 먼지가 자꾸 눈으로 들이쳤다. 이윽고 그는 확신했다. 누군가가 오고 있었다. 엘리엇은 몸을 곧게 폈다. 한 손을 들어 보였다. 형체는 반응을 보이지 않았다. 그리고 움직이는 모양새가 뭔가 이상했다. 걸음걸이가 한쪽으로 기울어져 있었다. 캠벨이 아닌가? 하지만 캠벨이어야만 했다. 여기에 다른 사람이 있을 리 없었다.

1분이 지났다. 아지랑이가 또렷해지며 캠벨이 되었다. 캠벨이 한쪽으로 기울어진 이유는 도끼를 들고 있었기 때문이다.

엘리엇은 차로 돌아가 글로브 박스를 열고 총을 꺼냈다. 철망으로 돌아왔을 때, 캠벨은 2백 미터 앞까지 와 있었다. 엘리엇은 그의 표정을, 뭔가에 열중해 있지만 멍한 얼굴을 볼 수 있었다.

엘리엇은 권총을 허리띠에 찔러 넣고 두 손을 둥글게 모아 입에 댔다. 「캠벨! 멈춰!」

청년은 계속 다가왔다. 셔츠가 땀으로 젖어 있었다. 〈다운언더의 천둥〉 모자 아래로 삐져나온 축축하고 떡 진 머리카락이 보였다. 신발 한 짝은 사라진 상태였다.

「캠벨, 도끼를 내려놔!」

한순간 엘리엇은 캠벨이 자기 말에 따른다고 생각했다. 하지만 아니었다. 캠벨은 어깨 위로 도끼를 들어 올렸다. 50미터. 의도를 알아차리기에 충분히 가까운 거리였다.

「**베스티드 포레사시 레인트래 발로**! 멈춰!」

청년은 마치 물속을 걷듯 단어들 속을 휘청거리며 걸어왔다. 엘리엇이 총을 꺼냈다.

「멈춰! 캠벨, 멈춰! **발로**! 멈춰! **발로**!」

청년의 입술이 긴장했다. 그의 양 팔뚝의 힘줄이 팽팽해졌다. 도끼가 올라갔다. 엘리엇은 방아쇠를 당겼다. 청년이 신음을 토했다. 표정은 바뀌지 않았다. 엘리엇은 두 번 더 방아쇠를 당겼다. 도끼가 아스팔트 위로 떨어지며 툭 소리를 냈다. 청년이 무릎을 꿇었다. 그는 일어서려고 했지만 다시 신음을 토했고, 얼굴부터 도로로 쓰러졌다.

엘리엇이 바닥에 주저앉았다. 해는 거의 저물어 있었다. 세상은 오렌지빛으로 물들었다. 그는 일어나 청년의 시체를 차에 싣기 시작했다.

엘리엇은 캠벨을 사막에 묻고 밤새도록 운전했다. 도시의 불빛이 보이자, 엘리엇은 더 이상 버틸 수가 없어 갓길에 차를 세우고 내렸다. 그는 차에 기대어 밤공기를 들이마시며 전화를 걸었다. 자동차들이 쌩쌩 지나쳤다.「여보세요?」

「엘리엇이야.」

「아하.」쨍그랑거리는 소리가 들렸다. 유리잔 속의 얼음 소리였다.「어떻게 되어 가지?」

「캠벨이 죽었어.」

예이츠가 음료를 마시는 소리가 들렸다.「돌아오지 못했다는 뜻이야?」

「내가 캠벨의 가슴을 쐈다는 뜻이야.」엘리엇은 두 눈을 감았지만 소용이 없었고, 그래서 다시 눈을 떴다.「캠벨이 도끼를 들고 그곳에서 나왔고, 내가 그 애를 쐈다는 뜻이야.」

「목소리가 불안정하군.」

엘리엇은 귀에서 전화기를 떼어 냈고, 마음을 가라앉힌 다음 다시 전화기를 들었다.「나는 괜찮아.」

「네 말은 캠벨이 미쳐서 돌아왔다는 거지. 맞아?」

「그래. 미쳤어. 구부러졌어. 뭔가에 의해.」

「어떻게 그렇게 됐는지 알아?」

「캠벨은 응급실까지 갔어. 우리는 이야기를 하고 있었고. 그러다가 캠벨이 갑자기 말을 멈췄어.」

「그때까지 캠벨의 상태는 어땠어?」

「중압감 속에서도 침착했어.」

침묵이 흘렀다.「아주 흥미롭군.」예이츠가 말했다.「울프가 거기서 무슨 짓을 했는지 알기 위해 이런 대가를 치러야 하다니.」

엘리엇은 기다렸다.

「집으로 돌아와, 엘리엇. 그만큼 나가 있었으면 이제 돌아올 때도 됐잖아.」

「울프를 찾지 못했어.」

「울프는 죽었어.」

「나는 그렇게 믿지 않아.」

「믿고 싶은 대로 믿는 건 이제 그만둬. 그건 온당치 않아. 넌 아무 흔적도 발견하지 못했어. 네 임무는 끝났어. 집으로 돌아와.」

엘리엇은 자동차의 차가운 금속에 머리를 기대고 눈을 감았다. 「분부대로 하지.」

설경에 점이 하나 나타났다. 자동차? 엘리엇은 외투를 살피며 총이 밖으로 보이는 것은 아닌지 확인했다.

뒤쪽에서 비행기 계단을 내려오는 윌의 걸음 소리가 들려왔다. 〈빠르군.〉 엘리엇은 생각했다. 〈윌이 뭔가를 생각해 낸 것이 분명해.〉

「가치가 있다고 했던 건 뭐예요?」 윌이 소리쳤다. 「내게 그렇게 말하지 않았어요? 거기서 사람들이 그렇게 죽었으니, 내게 그만한 가치가 있어야 한다고 했잖아요?」

엘리엇은 대답하지 않았다.

「저거 자동차인가요?」

윌이 저벅저벅 소리를 내며 엘리엇에게 다가왔다. 윌은 두 팔로 자기 몸을 감싸며 엘리엇 옆에 섰다. 엘리엇이 윌을 힐끗 보았다. 「날 두고 가지 마, 이 개새끼야.」 윌이 말했다.

「알았어.」

「뭐라고요? 그러면…… 우리는 괜찮은 거예요? 함께 있는 건가요?」

「그래.」

「그럼 아까는 뭐였어요? 농담한 거예요?」

자동차가 속력을 늦췄다. 엘리엇의 눈에 자동차 앞 유리 너머로 입을 딱 벌린 채 비행기를 바라보는 사람들이 보였다. 「네가 침착하면 더 쉽게 끝날 거야.」

「이제 나와 같은 편이에요? 나는 지금…… 마법의 살인자 시인들을 상대하려 하는데, 당신이 내 편이냐고요?」

「다시 생각해 봤는데…….」 엘리엇이 말했다. 「네가 좋은 지적을 했어.」 그는 자동차 쪽으로 걸어갔다.

유령 도시들: #8

브로큰힐, 호주

1883년 세계 최대 규모의 납 광상(鑛床)이 발견된 뒤, 브로큰힐은 세계에서 가장 큰 광산 도시 중 하나가 되었다. 전성기에는 인구가 3만 명에 달했고, 많은 사람들이 브로큰힐 전매 회사에 고용되어 일했다.

하지만 1970년대에 두 개의 주요 광산이 고갈된 뒤, 마을은 쇠퇴하기 시작했다. 아직 채광이 가능한 작은 광산이 몇 개 있었지만 고립되었고—가장 가까운 도시는 5백 킬로미터 정도 떨어져 있었다—그래서 거주하기 불편한 환경으로 인해 인구는 계속 감소했다.

2011년 8월 14일 이른 오후, 마을 중심부 근처에 자리 잡은 납 광석 정제소에서 끔찍한 폭발이 일어났고, 이어서 고온의 불길이 빠르게 그곳을 덮쳤다. 조사 보고서들에 따르면, 중심가에 치명적인 메틸 아이소카보네이트가 강처럼 흘렀다고 한다. 폭발 후 몇 시간 내에 유독 가스로 인해 거주민 3천 명이 모두 사망했다. 그 뒤 몇 시간 동안 응급 구조대들이 마을로 들어갔지만, 또한 모두 사망했다.

현재 그 마을은 반경 8킬로미터까지 울타리가 쳐져 있으며, 앞으로 2백 년 동안 인간이 거주할 수 없을 것이라고 예상된다.

출처: http://nationstates.org/pages/topic-39112000-post-8.html

Re: 브로큰힐 음모론???

사람들이 브로큰힐 사건에서 깨닫지 못한 사실이 있다. 그것은 바로, 많은 사람들이 유독 가스 때문에 죽지 않았다는 사실, 적어도 그것이 직접적인 원인은 아니라는 점이다. 무슨 일이 벌어지고 있는지와 탈출이 불가능하다는 사실을 깨달은 그곳 주민들은 공황 상태에 빠졌다. 내 삼촌은 1차 경계 구역 팀에 속해 있었는데, 삼촌 말에 따르면 그곳 주민들은 서로를 죽이고 있었다고 한다.

2

에밀리는 빨간 가죽 안락의자에 앉아 물고기를 지켜보았다. 물고기는 모래 대신 물이 담긴 커다란 모래시계에 담겨 있었다. 몇 초마다 한 번씩 물방울이 위에서 아래로 떨어졌고, 에밀리는 매번 퐁 소리를 들을 수 있었다. 지금 있는 방은 크고 음침해 모든 소리가 들렸다. 물고기가 왔다 갔다 하면서 굴곡진 옆면에 가까워지면 모습이 커졌고, 중심에 가까워지면 다시 줄어들었다. 물고기는 자신의 세계가 몇 초에 한 방울씩 줄어드는 것을 상관하지 않는 듯했다. 어쩌면 익숙해졌을 수도 있었다. 수면이 충분히 낮아지면, 모래시계를 뒤집어 물고기를 아랫면에 두고 다시 몇 초에 한 방울씩 채우기 시작해야 했다. 에밀리는 그게 일종의 예술이라고 생각했다. 방 한가운데에 설치된 모래시계의 기능은 오로지 그 한 가지가 전부였다. 그래야만 했다. 그것은 시간 또는 부활에 대해 중요한 뭔가를 가리키고 있었다. 그게 뭔지 에밀리는 알지 못했다. 어쨌든 물고기에 대해 생각할 상황이 아니었다. 그녀는 곤란한 상황에 처해 있었다.

샬럿이 에밀리를 차에 태우고 이곳에 오더니, 철커덕 소리와 함께 이 구석진 방에 가두어 버렸다. 샬럿은 그동안 단 한마디도 하지 않았다. 에밀리가 도발을 시도해 보았지만 소용없었다. 오늘 아침 샬럿은 상냥했고, 그래서 더 마음에 걸렸다. 샬럿의 침묵에는 일종의 동정이 배어 있었고, 에밀리는 그게 전혀 마음에 들지 않았다.

에밀리는 제러미가 이곳에 있었으면 하고 바랐다. 제러미의 방에서 그에게 이 일에 대해 이야기하며 오늘 하루를 마칠 수 있으면 좋겠다고 생각했다. 〈여기 사람들에게 이런 물고기가 든 모래시계가 있다니 너라면 믿을 수 있겠어?〉라고 에밀리는 말하리라. 그러면 제러미는 아무 말도 하지 않을 것이고, 에밀리는 그가 흥미를 보이고 있음을 알 수 있으리라.

학교에서 에밀리의 시간은 끝났다. 엘리엇이 그렇게 말했다. 하지만 아무도 에밀리를 내보내지 않았다. 학교는 에밀리를 다른 방에 두었고, 아침이 되자 깨끗한 교복이 문에 걸려 있었다. 그리고 샬럿이 나타나 침묵 속에서 상냥하게 굴었다. 에밀리는 이 모든 일을 어떻게 받아들여야 할지 알 수가 없었다.

에밀리는 도망칠까 진지하게 고민 중이었다. 도망치면 많은 문제를 해결할 수 있었다. 하지만 어느 쪽으로 가야 거리가 나오는지 잘 모른다는 것이 문제였다. 지하 차고에서 엘리베이터를 타고 이곳에 왔기 때문이다. 그래도 이 방법을 계속 마음에 담아 둘 가치는 있었다. 에밀리는 모래시계를 물끄러미 바라보았다. 퐁. 퐁. 에밀리는 모래시계를 뒤집는 장치를 찾을 수 없었다. 하지만 모래시계는 곧 움직일 터였다. 수면이 꽤 낮아졌기 때문이다.

하이힐 소리가 들렸고, 에밀리는 그게 샬럿이 내는 소리임을 알아차렸다. 도망칠 마지막 기회였으나, 에밀리는 그것을 그냥 날려 버렸다. 샬럿이 나타나더니 에밀리에게는 눈길도 주지 않고 방을 가로질렀다. 그리고 문을 열고 기다렸다.

에밀리가 일어났다. 「이제 떠나는 건가요?」 샬럿은 대꾸하지 않았다. 샬럿은 에밀리를 보았고, 그녀의 눈을 본 순간 에밀리는 자신이 달아나지 않은 게 실수였음을 느꼈다. 하지만 이제는 너무 늦었다. 어떤 방법을 쓰든 에밀리는 이곳을 벗어날 터였다. 그녀는 늘 그래 왔다. 「알았어요.」 에밀리는 문밖으로 나갔다.

샬럿은 에밀리를 데리고 계단으로 갔고, 마침내 〈옥상〉이라고 표시된 문에 도착했다. 샬럿이 문을 열었고, 에밀리는 햇살 아래로 걸어 나갔다.

옥상은 폭이 1백 미터 정도 되었고, 여러 개의 정원과 수영장, 그리고 테니스 코트가 있었다. 마치 수상 리조트 같았다. 주위에는 하늘에 떠 있는 다른 지붕들이 보였고, 모두 정확히 같은 높이였다. 왜냐하면 이곳은 워싱턴이었기 때문이다. 에밀리가 이 사실에 잠시 감탄하고 있는데, 등 뒤에서 철컥하고 문이 닫혔다. 그녀가 몸을 돌렸지만 샬럿은 가고 없었다. 「흠.」 에밀리가 말했다.

에밀리는 정원들을 둘러보기 시작했다. 어디에선가 샥샥 하는 소리가 들려왔다. 그 소리를 따라가니 연회색 바지 차림에 재킷을 입지 않은 남자가 이쪽으로 등을 돌린 채 녹색 매트 위에서 다리를 벌리고 서 있는 모습이 보였다. 그 남자의 무릎은 약간 구부러져 있었다. 손에는 골프채를 잡고 있었다. 에밀리는 그대로 서서 침묵했다. 이렇게 떨어진 곳에서 보아도 그 남자가 예이츠란 것이 너무나 확연했기 때문이다. 상어의 눈을 가졌으며, 에밀리가 말을 걸 일은 절대 없을 거라고 제러미가 장담하던 바로 그 남자였다.

그 남자가 골프채를 휘둘렀고, 골프공이 포물선을 그리며 공중을 날았다. 에밀리는 눈으로 공을 쫓으며 저 공이 다른 건물들 가운데 하나에 떨어질 것이라고 생각했지만, 건물들은 보이는 것보다 훨씬 더 멀리 떨어져 있었다. 공은 옥상의 낮은 담을 넘어 더 아래로 떨어졌다. 에밀리는 그 공이 지상에 떨어질 즈음에는 위험한, 총알처럼 위험한 존재가 될 것이라고 생각했다.

예이츠가 에밀리에게로 몸을 돌렸다. 그는 선글라스를 쓰고 있었고, 에밀리는 그 사실에 무척이나 안심이 되었다. 이자는 거의 정상처럼 보였다. 아니 정상은 아니었지만 정치인처럼, 하원 또는 상원 의원처럼, 에밀리에게 이 나라는 청소가 필요하다고 말할 법한 사람처럼 보였다. 정상보다 더 다부져 보였다. 예이츠는 웃고 있지 않았지만, 화가 나 보이지도 않았다. 그저 에밀리를 바라볼 뿐이었다.

「안녕하세요.」 에밀리가 말했다.

예이츠는 하얀 천을 집어 들더니 골프채 끝을 닦기 시작했다. 이 과정은 잠시 시간이 걸렸고, 에밀리가 생각하는 한 그의 두 눈은 여전히 그녀에게 고정되어 있었다.

에밀리는 무게 중심을 한쪽 발에서 다른 쪽 발로 옮겼다. 「샬럿이 저를 여기로 데려왔지만…….」

「**바르틱스 벨코르 마니크 위시크**. 가만히 있어.」

에밀리의 입이 철커덕 닫혔다. 그리고 다음 순간에야 그녀는 자신이 입을 다물었다는 사실을 깨달았다. 그렇지만 참으로 놀랍게도, 에밀리는 마치 이것이 자신의 결정이었던 듯한 느낌을 받았다. 그녀는 정말로, 진심으로, 조용히 있기를 원했다. 에밀리는 예이츠가 단어로 자신을 구부러뜨렸다는 사실을 머리로는 알았지만, 가슴으로는 전혀 그렇게 느끼지 않았다. 에밀리의 두뇌는 이성을 유지한 채 돌아갔고, 왜 자신이 지금 조용히 있어야만 하는지, 왜 그러는 게 현명한 행동인지 그 이유를 그녀 자신의 목소리로 말하고 있었다. 에밀리는 구부러뜨린다는 게 이런 것인 줄 정말로 몰랐다.

예이츠는 바구니에서 골프공을 하나 집어 녹색 매트에 떨어뜨렸다. 그는 자세를 잡고 골프채를 들어 올렸다. 그가 공을 쳤고, 공이 저 멀리 날아가는 모습을 지켜보았다. 공이 사라지자 그는 다시 바구니로 몸을 돌려 같은 행동을 반복했다. 에밀리는 공이 어디에 떨어지는지 그가 지켜보지 않는다는 사실을 깨달았다. 그렇다고 골프공을 총알로 바꾸는 못된 즐거움을 만끽하는 것 같지도 않았다. 오히려 관심이 없는 쪽에 더 가까웠다. 에밀리는 이 모든 상황을 완전히 오판했던 것이다. 처음에 에밀리는 이 만남이 자신에 대한 것이라고 예상했다. 로비에 있는 모래시계는 뒤집어지지 않았다. 하루에 두 번씩 와서 물고기를 바꾸는 일을 직업으로 하는 사람이 있었던 것이다.

예이츠는 계속해서 공을 쳤고, 에밀리는 계속 움직이려고 애를 써보았지만 허사였다. 에밀리는 굴욕감과 분노에 휩싸였으며, 자신이 자기 몸을 통제하지 못한다는 사실이 부끄러웠다. 모욕적이었다. 그것은 자기 자신과의 관계를 재평가하게 했다. 〈빠르게 숨을 쉬어.〉 에밀리는 그렇게 생각했다. 왜냐하면 그건 가만히 있는 것과 같지만 정확히 그렇지는 않았기 때문이다. 에밀리는 쐐기를 박을 공간을 찾아내 거기서부터 풀어 나가야 했다. 〈숨을 쉬어.〉

예이츠의 고개가 에밀리 쪽으로 향했다. 그가 무슨 생각을 하는지 에밀리는 알 수 없었다. 하지만 골프 치는 시간이 끝났다는 느낌이 들었다. 예이츠는 골프채를 가방에 넣더니 단철 의자에 앉아 신발 끈을 풀기 시작했다. 그는 마치 신발에 비밀이라도 담겨 있다는 듯이 아주 꼼꼼하게 이 과정을 수행했다. 신발 끈을 다 푼 예이츠는 검고 광이 나는 신발을 신었다. 정장용 구두였다. 격식을 차리기 위한 구두. 그는 구두끈을 단단히 묶고 일어나 에밀리 쪽으로 걸어왔다.

에밀리는 숨을 쉬었다. 치아 사이로 약간의 공기를 내뿜어 자신이 간신히 들을 수 있는 정도까지 쉿 소리를 낼 수 있었다. 성공이었다.

예이츠는 선글라스를 벗어서 셔츠 주머니에 넣었다. 그의 두 눈은 회색이었고, 돌처럼 아무 특색이 없었다. 얼굴은 주름 없이 매끈했다. 주름살 제거 수술을 받은 것일 수도 있지만, 시인이 허영심 같은 정신적 약점을 내보인다는 것은 말도 안 되는 일이었다. 어쩌면 그는 자기 표정을 지우고 싶었던 것일 수도 있다. 아니면 그냥 원래 이런 표정일 수도 있었다. 만약 절대로 웃지 않거나 찡그리지 않는다면, 결국에는 이런 얼굴이 될 수도 있을 것 같았다. 고요한 연못처럼 매끄럽고 텅 빈 얼굴이 될 듯했다.

예이츠는 소매 단추를 끄르더니 셔츠 소매를 걷어 올리기 시작했다. 에밀리는 할퀴거나 물거나 고환을 찰 수 있을 정도로 예이츠 가까이에 있었지만, 물론 그 어떤 행동도 할 수 없었다. 〈이

자식은 날 죽일 거야!〉 에밀리는 속으로 비명을 질렀지만, 아무 소용이 없었다. 에밀리의 두뇌는 아주 숙명론적이 되었다. 에밀리의 두뇌는 그녀가 제러미 일에 책임이 있다는 사실을 알았고, 따라서 그녀가 이런 대접을 받아도 마땅하다고 여겼다.

예이츠는 깍지를 끼더니 두 눈을 감았다. 짧지만 길게 느껴지는 몇 초 동안 그는 움직이지 않았다. 〈기도를 하는 것인가?〉 에밀리는 생각했다. 왜냐하면 그렇게 보였기 때문이다. 그럴 리 없었다. 종교적인 시인은 허영심 많은 시인보다 더 터무니없었기 때문이다. 신을 믿는다는 것은 심리적으로 약점이 있다는 뜻이었고, 귀속감과 더 높은 목적을 갈망한다는 사실을 드러냈다. 시인은 욕망을 극복해야 했다. 욕망은 공격에 이용될 수 있었다. 욕망은 자신의 범주를 드러냈다. 에밀리는 이런 사실들을 교육받았다. 하지만 예이츠는 더 높은 권세와 교통한다는 표시를 철철 흘리고 있었다. 에밀리의 심장이 고통스럽게 쿵쾅거렸다. 그녀는 이 상황을 전혀 이해할 수 없었다.

「스으으.」 에밀리가 말했다.

예이츠가 두 눈을 떴다. 「이런.」 그가 말했다. 에밀리는 예이츠가 자신을 비웃는다고 생각했지만, 어쩌면 그렇지 않을 수도 있었다. 예이츠의 눈이 에밀리를 탐색했다. 에밀리는 마치 엔지니어들이 도구들을 써서 선입관 없이 정밀하게 측정하듯, 자신도 그렇게 측정받는 느낌이 들었다. 「네 훈련은 실패였다고 들었다.」 예이츠가 말했다. 「하지만 이건…….」

잠깐 시간이 흘렀다. 에밀리는 예이츠가 콧구멍을 벌름거리는 것을 보았다. 그녀가 말했다. 「스으으.」

「넌 재능이 있는 것 같구나. 공격 재능을 갖고 있고, 부족한 방어 능력을 충분히 상쇄할 수 있는 수준이야. 내 눈엔 보인다. 왜냐하면 현재, 나는 어떻게 이런 일이 벌어질 수 있는지 이해가 안 되거든. 내게 말할 기회를 한 번만 허용하겠어. 그 기회를 이용해 왜 내가 널 남겨 둬야 하는지 납득시켜 봐. **바르틱스 벨코르마니크 위시크**. 말해도 좋아.」

에밀리의 목구멍이 풀렸다. 에밀리는 확인하기 위해 기침을 했다. 그녀가 말했다. 「우윽.」 그 소리를 내니 기분이 좋아졌다. 예이츠는 끈기 있게 기다렸다. 〈이 사람을 납득시키려면 엄청난 주장이 필요할 거야.〉 에밀리는 생각했다. 그녀는 전에도 이런 상황을, 사람들이 〈나를 납득시켜 봐〉라고 말하는 상황들을 겪은 적이 있었다. 그런 말을 하는 사람들은 사실 전혀 납득되고 싶지 않아 했다. 에밀리가 제아무리 완벽한 주장을 펼친다고 해도, 상대방은 왜 그 주장을 받아들일 수 없는지 터무니없는 이유를 댈 뿐이었다. 사람들이 〈납득시켜 봐〉라고 말할 때, 사실 그것은 상대방이 열린 마음이 아니라는 뜻임을 에밀리는 알게 되었다. 그것은 그들에게 힘이 있고, 그걸 잠시 즐기고 싶다는 뜻이었다. 예이츠의 경우도 그런 것인지는 알 수 없었다. 하지만 자기가 주장을 편다고 해서 여기를 빠져나갈 수 있다는 생각은 들지 않았다. 왜 예이츠가 에밀리를 놔둬야 한단 말인가? 설사 놔둘 이유를 안다고 해도 에밀리는 이미 끝난 목숨이었다. 에밀리는 골칫덩이일 뿐이었으니까.

「**펜넬트**!」 에밀리가 말했다. 「**라스덴**!」 그건 에밀리가 다른 학생들로부터 모은 주목 단어들이었다. 예이츠에게 그 단어들이 효과가 있을 가능성은 극히 드물었다. 에밀리는 심지어 예이츠의 범주조차 알지 못했다. 설사 운이 좋아 맞힌다고 해도, 학생들 수준의 단어 정도에는 꿈쩍도 하지 않을 것이 분명했다. 「**스릴렌스! 말린토!**」 에이츠는 반응하지 않았다. 털끝 하나 까닥하지 않았다. 「죽어!」 에밀리가 말했다. 멍청한 말이었지만, 더 이상 아는 단어가 없었다. 그리고 이건 에밀리의 간절한 진심이었다. 「죽어, 이 변태 새끼야!」

「그만.」

에밀리의 입이 닫혔다. 단어들이 목에 걸렸고, 위아래로 오르락내리락했다. 그 맛은 담즙처럼 화끈했다.

에이츠는 잠시 에밀리를 바라보았다. 에밀리는 에이츠의 표정을 읽을 수가 없었다. 자신이 이미 죽었는지 살았는지도 분간이 되지 않았다.

「때가 되면…….」 에이츠가 말했다. 「너에게 줄 이름을 마련해 뒀다.」 에이츠는 걸음을 옮겨 그곳을 떠났다. 에밀리는 에이츠가 문에 다다른 소리를 들었지만 고개를 돌릴 수 없었다. 「잠시 뒤에는 움직여도 좋아.」

잠시 시간이 흘렀다. 새 한 마리가 골프채들 근처에 내려오더니 작은 녹색 매트 주위를 혹시나 하며 깡충거렸다. 에밀리는 숨을 쉬었다. 그녀의 가슴 근육들이 한 번에 하나씩 풀어지기 시작했다. 에밀리는 그렇게 자신의 몸을 되찾았다. 한 가닥 한 가닥씩. 그녀는 어찌어찌 살아남았다. 에밀리는 여전히 이 세상에 있었다.

전에 본 적이 있는 여자가 에밀리를 데리러 왔다. 예전에 에이츠가 학교를 방문했을 때 그와 함께 검은 리무진에서 내린 여자였다. 여자는 자신을 소개하지 않았지만, 에밀리는 그 여자의 이름이 플래스임을 알았다. 이미 전에 물어봤던 것이다. 플래스는 온통 광대뼈와 팔꿈치로만 이루어진 것처럼 보였고, 동전 한 닢만 준다고 해도 에밀리를 기차 앞으로 밀어 버릴 것 같은 인상을 풍겼다. 플래스는 무시무시한 높이의 하이힐을 신고, 전화기를 가지고 있었다. 그녀가 자신을 쳐다보는 눈길을 본 에밀리는 샌프란시스코에서 운이 없던 어느 날 보도에서 자신을 피하던 누군가를 떠올렸다. 「움직일 수 있어?」 플래스가 말했다.

「네.」

플래스가 신호를 보냈다. 에밀리는 따라갔다. 계단이 있었고 이윽고 차고가 나왔다. 에밀리가 잘 아는 차가 그곳에 서 있었고, 그녀의 심장이 쿵쾅거렸다. 그 차를 보고서야 에밀리는 자신이 이곳을 떠난다는 사실이 처음으로 믿어졌다. 에밀리가 플래스를 보았다. 그녀가 아무 말도 하지 않자, 에밀리는 차를 향해 걸었다. 엔진 시동이 걸렸다. 에밀리가 조수석 문을 열자, 안에는 엘리엇이 있었다. 「안녕하세요.」 에밀리가 말했다. 그녀는 엘리엇에게 키스하고 싶었다.

엘리엇은 아무 말도 하지 않았다. 하지만 그는 에밀리를 보았고, 에밀리는 자신이 안전하다는 것을 알았다. 물론 엘리엇은 여전히 에밀리에게 화가 나 있었다. 하지만 엘리엇은 위험한 존재가 아니었다. 그와 함께라면 안심할 수 있었다. 차가 차고에서 나와 밝은 햇살 속으로 들어서자 에밀리는 눈을 감았다. 혼잡스러운 거리 어디에선가 에밀리는 잠이 들었다.

에밀리가 눈을 떠보니 차는 학교가 아닌 다른 곳에 정차해 있었다. 「여기가 어디죠?」 에밀리는 이정표를 보았다. 「공항으로 가는 건가요?」 엘리엇이 방향 지시등을 켰다. 차는 〈출발〉이라고 표시된 차선으로 들어섰다. 「잠깐만요.」 에밀리가 말했다. 「엘리엇, 예이츠는 내가 여전히 시인이 될 수 있다고 했어요. 나를 시험했고, 나는 통과했어요. 난 떠날 필요가 없다고요.」 벽에 대고 이야기하는 것과 다를 바 없었다. 「엘리엇, 나는 학교로 돌아갈 수 있다고요.」

엘리엇은 차를 인도 옆에 세우고 좌석 포켓에서 뭔가를 꺼냈다. 「네 여권이야. 이건 비행기표 예약 확인 번호이고.」 파란 팸플릿에는 하얀 명함이 꽂혀 있었다. 명함에는 글자와 숫자들이 파란색으로 쓰였고, 아래에는 〈톰 엘리엇, 연구 분석가〉라고 찍혀 있었다. 「안에 있는 기계를 이용해서 체크인하도록 해.」

「예이츠와 이야기해 봐요, 엘리엇. 예이츠에게 전화해요. 예이츠가 당신에게 말해 줄 거예요.」

「이건 예이츠의 지시야.」

에밀리는 멍하니 바라보았다. 「하지만 난 통과했다고요.」

「이건 임시 조치야.」 엘리엇이 말했다. 「몇 년 뒤에 다시 집으로 돌아올 거야.」

「몇 년이라고요?」 에밀리가 말했다. 「몇 년?」

「이게 가능한 최선의 결과라는 걸 알아줬으면 해.」

「아니, 엘리엇, 제발요.」 엘리엇이 그녀를 보려 하지 않았으므로, 에밀리는 그의 팔을 잡았다. 그는 아무 말도 하지 않았다. 움직이지도 않았다. 결국, 에밀리는 이게 최종 결정이라는 것을 이해했다. 「그럼,」 에밀리가 말했다. 「잘 있어요.」

「네 가방은 트렁크에 있어.」

「고마워요.」 에밀리는 문을 열었다. 마치 모든 것이 무거워진 것처럼 문을 열기가 힘들었다. 손은 마비된 듯 아무 감각이 없었다. 에밀리는 자동차에서 몸을 끌어내다시피 하며 내렸다.

엘리엇이 말했다.「열심히 일하고 자제심을 키우면 아마도 머지…….」에밀리는 말이 끝나기 전에 문을 닫았다.

처음 비행기는 D.C.에서 로스앤젤레스까지 야간 비행이었다. 여섯 시간이 걸렸다. 비행기는 동틀 무렵 착륙했고, 에밀리는 반나절 동안 국내선 도착 터미널에서 국제선 출발 터미널까지 2백 미터를 이동했다. 그녀는 비행기에서 잠을 자지 않았고, 그래서 의자에 몸을 웅크렸지만, 가족들과 아이들이 날카롭게 소리를 지르고 남자들이 껄껄거리며 웃는 소리가 사방에서 들렸다. 젊은 연인 한 쌍은 비행기에서 볼 영화에 대해 높낮이가 작고 지역색이 강한 악센트로 이야기했다. 에밀리는 호주로 가고 있었다. 비행기표에 그렇게 적혀 있었다.「우리는 〈반지의 제왕〉을 봐야 해.」에밀리는 그 남자가 〈바안지〉라고 말했다고 생각했다. 〈바안지이이의 제와아앙.〉 호주에는 죄인들을 보내지 않았었나? 호주는 죄인들을 보내는 식민지였다. 유배지였다.

안내 데스크에서 1등석과 비즈니스석 승객들에게 탑승을 알리자, 에밀리는 게이트로 터벅터벅 걸어갔다. 하지만 에밀리가 탑승권을 내밀자, 여자는 싱긋 웃으며 표를 돌려주었다.「이코노미석은 잠시 뒤에 탑승입니다.」에밀리는 멍하니 그 여자를 바라보았다. 에밀리는 그냥 당연히 자신이 1등석일 것이라고 가정했다. 그녀는 다시 의자들이 있는 곳으로 돌아왔다.

「시도는 좋았어요.」〈반지의 제왕〉을 보고 싶어 하던 옆자리 남자가 말했다. 그는 상냥했고, 에밀리는 웃어 보였으며, 그것은 에밀리가 평생 한 것 중 가장 거짓된 행동이었다.

에밀리는 자다 깨다를 반복했다. 음식 카트의 덜거덕거리는 소리와, 에밀리가 앉은 좌석 옆 좁은 공간을 비집고 다니는 사람들 때문이었다. 에밀리 앞에 있는 화면에 따르면 비행시간은 열네 시간이었고, 그녀는 그게 틀렸거나 아니면 시차를 포함했을 것이라고 생각했다. 에밀리는 제대로 자둬야 한다는 것도 모를 정도로 장거리 비행에 대해 무지했다.

태평양 상공 어디에선가, 승무원이 에밀리 쪽으로 몸을 숙였다.「실례합니다. 손님에게 온 겁니다.」골프와 예이츠의 꿈에서 아직 덜 깬 에밀리는 무슨 말인지 몰라 멍하니 그 여자를 바라보았다. 밤 시간이었다. 유일한 조명은 좌석들 등받이 뒤에 붙은 스크린들의 빛과, 통로에 설치된 작고 노란 불빛들뿐이었다. 여자는 에밀리에게 접힌 종이 한 장을 주었다. 질감이 묘하고 두꺼웠으며, 항공사 로고가 찍혀 있었다.

「고맙습니다.」에밀리가 말했다. 승무원은 떠났고, 에밀리는 종이를 펼쳤다.

> 에밀리, 넌 호주의 브로큰힐에서 살 것이고, 다시 호출할 때까지 그곳이 네 집이야. 아무런 준비도 해두지 않았으며, 넌 네 능력으로 살아가야 해. 엘리엇.

에밀리는 종이를 치우고 무릎을 껴안은 자세로 조용히 울었다. 만약 학교에 있었다면 에밀리는 이렇게 할 수 없었을 것이다. 자신을 통제해야만 했을 테니까. 하지만 여기서는 그러지 않아도 되었다. 에밀리는 마음껏 흐느꼈다. 앞으로는 모든 것이 힘들어질 테니 정신을 바짝 차리고 살아야 할 것이고, 그러니 아마도 이게 울 수 있는 마지막 기회일 터였다.

에밀리는 비행지도에 매료되었다. 빨간 선은 로스앤젤레스에서 시작해 곡선을 그리며 대양을 가로질러 절대로 움직이지 않는 듯한 비행기 그림에서 끝났다. 화면은 종종 비행기가 얼마나 빠르게 날고 있으며, 밖은 얼마나 추운지 따위를 알리는 통계치를 보여 주었고, 이 숫자들 또한 흥미를 끌었다. 오롯이 지어낸 숫자들처럼 보였기 때문이다. 꼼짝도 않는 비행기 그림이 시속 9백 킬로미터로 움직이는 게 가능하지 않아 보였다. 하지만 사실이었다. 비행은 열네 시간 걸렸다.

에밀리는 자신의 첫 번째 문제를 깨달았다. 그녀는 돌아가는 표도, 짐도 없이 교복 차림으로 시드니에 도착할 터였다. 호주 출입국 관리소가 어떨지 알지는 못하지만, 몇 가지 의심을 살 가능성이 아주 다분했다. 에밀리는 영락없이 아빠가 신용 카드 한도를 조정하자 토라져 도망친 특권 의식에 젖은 백인 소녀처럼 보였고, 출입국 관리 심사관은 에밀리가 왜 여기에 왔으며, 어디에서 머물 것이고, 언제 떠날지를 물어볼 터였다. 그리고 만약 에밀리의 대답이 마음에 들지 않으면 심사관은 그녀를 다시 비행기에 태워 집으로 돌려보낼 터였다. 물론 그것은 표면적으로는 멋진 생각 같아 보였다. 단지 그렇게 되면 〈브로큰힐에서 살아야 하고〉, 〈내 힘으로 살아가야 한다〉는 과제 수행에 실패한다는 것이 문제였다. 엘리엇은 에밀리에게 〈이게 가능한 최선의 결과라는 걸 알아줬으면 해〉라고 말했고, 그녀는 결국 그 말에 수긍하고 있었다. 에밀리는 출입국 관리소를 통과해야만 했다.

에밀리는 이코노미석에서 일어나 뒤쪽 화장실로 갔다. 그리고 거울을 보며 몇 가지 표정을 연습했다. 이윽고 그녀는 얼굴을 씻고 문 잠금쇠를 풀었다. 돌아오는 길에, 에밀리는 또래로 보이는 잠든 여자아이 옆에 서서 머리 위 선반을 열고 안을 뒤졌다. 물론 누군가 잠에서 깨어 경계심을 보이며 〈여보세요, 그건 당신 게 아니에요〉라고 말할 수도 있었지만, 그럴 가능성은 크지 않았고, 들켜 봤자 크게 문제가 되지도 않았으며, 실제로도 그런 일은 일어나지 않았다. 에밀리는 작은 슈트 케이스와 더플백을 발견했고, 까치발을 한 채 그것들을 뒤졌다. 안에는 핸드백, 지갑, 디지털카메라(팔 수 있을 것이라는 생각에 챙겼다), 그리고 책이 한 권 있었다. 교복을 감출 수 있는 외투도 있기에 그걸 겨드랑이 밑에 끼웠다. 그리고 선반을 닫았다. 두세 쌍 정도의 눈이 에밀리를 보았지만, 그 눈들은 탁했고 무심했다. 눈의 주인들은 에밀리의 머리 모양을 평가하거나, 교복 입은 여학생에 대해 상상의 날개를 펴고 있었고, 에밀리는 아무래도 상관없었다. 그 사람들 눈에 그녀는 그저 자기 물건을 좀 꺼내는 중으로 보일 터였다. 에밀리는 자신이 물건을 훔친 여자아이 바로 옆에서 책을 펼치고 읽었다. 마치 다리를 풀려고 일어선 것처럼 보이기 위해서였다. 곧 남자 한 명이 복도를 걸어왔고, 에밀리는 도망치는 것처럼 보이지 않으면서 자기 자리로 돌아올 수 있었다.

비행기가 하강하기 직전, 에밀리는 혹시라도 〈내 외투가 어디 있지?〉와 같은 사태가 일어나는 것을 피하기 위해 자리를 바꿨다. 에밀리는 가장 먼저 내리는 사람들 틈에 끼어, 발목 근처에서 펄럭이는 외투를 입고 곧바로 세관으로 향했다. 로스앤젤레스와는 전혀 다르게 줄이 짧았고, 에밀리는 자신을 담당할 출입국 관리 심사관을 고를 수 있었다. 그의 이름은 마크였고, 114 또는 118 범주였으며, 온화하고 꽤 지적이었지만 일에 신물을 내고 있었다. 그는 자기 일이 중요하지만 지루하다고 여겼다. 에밀리는 이 심사관을 보자마자 그 점을 알아챘다. 안경도 없고, 수염도 없으며, 단순한 헤어스타일이지만 수수하지는 않은 차림. 즉 과도하게 건방지거나 허영심에 빠져 있지 않다는 뜻이었다. 십자가나 기타 종교를 나타내는 성물도 없었다. 그래서 에밀리는 그 사람을 본뜨기로 했다. 이름은 에밀리 러프, 단순하고 솔직하며, 자동차 관리국 검사관으로 고객을 대면하는 지루한 일을 한다. 비경력직이지만 일을 제대로 처리하지 못하면 사람들이 불편해지는 직업이었다.

「안녕하세요.」 에밀리가 말했다. 「미리 말하는데, 저는 돌아가는 비행기표가 없어요. 미안해요, 그게 저에게 3등급을 줘야 한다는 뜻인 걸 저도 알아요.」

두 시간 뒤, 출입국 관리소는 에밀리를 조사실에서 풀어 주었다. 조사실에 있는 동안 수많은 질문이 쏟아졌지만, 에밀리는 이것을 조금도 위기라고 느끼지 않았다. 에밀리가 처음 한 말을 듣고 마크의 얼굴에서 긴장이 풀어지던 그 순간부터 에밀리는 그다지 걱정이 되지 않았다. 에밀리는 엄청나게 거짓말을 해댔다. 자동차 관리국에서의 너무나도 불쾌했던 사건, 그리고 어디론가 떠나고 싶다는 욕망이 절정에 이른 밤늦은 시간에 호주 관광 광고를 보았다고 했다(당신도 그 기분 알죠, 그렇죠, 마크? 떠나고 싶은 기분 말이에요?). 에밀리는 매력적이고 솔직했으며, 어떤 대상에 대해서든지 출입국 관리소 사람들보다 그녀가 두뇌의 결정 과정에 대해 아는 것이 훨씬 더 많았다. 그러니 결과는 두말할 필요도 없었다. 에밀리는 입국장에 들어가기 전 외투를 벗었다. 혹시라도 외투 주인이 근처에서 분실물을 찾기 위한 서류를 작성하고 있을지도 몰랐기 때문이다. 에밀리는 환전소를 찾아냈고, 신용 카드로 5백 달러까지 인출이 가능했다. 에밀리는 호주 달러가 재미있다고 생각했다. 색이 밝고 반짝이는 게 아이들 장난감 돈 같아 보였다. 에밀리는 호주 달러가 아주 마음에 들었다. 그녀는 잡지를 한 권 샀고, 쿠키를 하나 사 먹었다. 에밀리는 짐 찾는 곳으로 가서 짐들이 빙빙 도는 모습을 지켜보면서 고급스럽고, 여성스러우며, 주인이 방치해 둔 짐이 나타나길 기다렸다. 회색 유니폼을 입은 관리가 보라색 조끼를 입은 비글 한 마리를 끌고 주위를 돌아다녔고, 비글은 짐들을 킁킁거렸다. 누군가의 수화물에서 바나나를 발견한 비글이 바닥에 앉았고, 관리는 비글에게 간식을 주었다. 로스앤젤레스에서는 독일 셰퍼드를 썼다. 마침내 보라색 루이비통 슈트 케이스가 원형 컨베이어를 세 번째로 외로이 도는 것을 알아챈 에밀리는 그것을 집어 들었고, 그 위에 피카츄 가방을 올린 뒤 출구로 향했다.

태양은 더 밝았다. 공기에서는 짠 내가 났고, 왠지 더 탁 트인 느낌이었다. 에밀리는 택시들이 서 있는 곳으로 갔고, 훔친 슈트케이스를 운전사가 트렁크에 싣는 동안 택시 뒷좌석에 올랐다.

「어디로 가시나요, 아가씨?」

운전사는 백인이었고, 에밀리가 익숙하지 않은 부류였다. 「브로큰힐로 가주세요.」

운전사가 좌석에서 뒤를 돌아보았다. 「브로큰힐이요?」

「문제라도 있나요?」

「글쎄요. 그곳은 1천 킬로미터 떨어져 있는데, 그게 문제가 될까요?」

「그게 무…….」 에밀리는 바보가 된 느낌이었다. 「그게 마일로는 얼마나 되지요?」

「대충 7백 마일이죠.」

왜 브로큰힐이 시드니 근처에 있을 거라고 생각했단 말인가? 「미안해요. 브로큰힐이 어느 주에 있나요?」

「뉴사우스웨일스요.」

「제가 있는 여기는 무슨 주인가요?」

「뉴사우스웨일스요.」 운전사가 활짝 웃었다. 「우리는 주가 크답니다, 아가씨.」

「거기에 어떻게 가면 되죠? 가장 가까운 도시는 어디인가요?」 에밀리는 운전사가 〈시드니〉라고 말하지 않기를 바랐다.

「애들레이드요.」

「그럼 애들레이드로 비행기를 타고 가서…….」 에밀리가 말했다. 「거기서 차를 타고 갈 수 있겠네요.」

「네, 그럴 수 있죠.」

「고맙습니다. 괜히 헛고생하게 해서 죄송해요.」 에밀리는 택시에서 내리기 시작했다.

「애들레이드에서 브로큰힐까지는 5백 킬로미터밖에 안 돼요.」 운전사가 씩 웃고 있었다. 「호주에 잘 오셨습니다, 아가씨.」

「고마워요.」 에밀리가 말했다.

에밀리는 그날 비행기 편을 구할 수가 없었으므로, 택시를 타고 시내로 가서 중급 호텔에 묵었다. 발코니 문을 열어 녹색이 점점이 보이는 만에서 불어오는 산들바람으로 방 안을 채운 뒤, 에밀리는 슈트 케이스를 뒤져 스커트와 재킷 들을 살폈다. 슈트 케이스에서는 비행기에서 읽지 않을 법한 종류의 로맨스 소설 한 권과 일기장 같은 수첩도 나왔다. 열어 보니 수첩은 일기장이 아니라 일정 관리용 다이어리였지만, 그래도 에밀리는 페이지를 넘겼다. 이 여자는 매트 R.라는 사람을 무척 자주 만났다. 에밀리는 둘이 자신이 묵는 이런 호텔에서 만났는지 궁금했다. 만약 그렇다면, 섹스 뒤에 여자가 매트 R.에게 자신의 소망과 문제와 공상을 이야기하는지 궁금했다. 에밀리는 수첩을 닫았다.

계획을 짜야만 했다. 훔친 신용 카드들을 사용하는 것은 이미 너무 위험해졌다. 이 카드들을 써서 애들레이드에 갈 수는 없을 터였다. 에밀리는 거울로 돌아서서 셔츠를 만지작거렸다. 약간 컸지만 소매 깃을 접으면 그럭저럭 입을 만했다. 에밀리는 전화기를 들고 프런트 데스크를 불렀다. 「포커 게임을 하고 싶어요.」 에밀리가 말했다. 「비공식적인 걸로요.」

한참 동안 이런저런 카지노를 추천하던 남자는, 마침내 근처 술집의 위층 방을 알려 주었다. 그곳은 비싼 양복을 입은 중년 남자들이 싱글 몰트 위스키를 마시며 게임을 하는 곳이었고, 에밀리가 처음 2백 달러를 잃는 동안 중년 남자들은 상냥하면서도 생색내는 듯한 태도로 웃음을 지으며 그녀가 잃은 돈을 보상할 수 있는 온갖 창조적인 방법들을 늘어놓았다. 그즈음 에밀리의 왼쪽 허벅지 아래에는 퀸이, 오른쪽 허벅지 아래에는 킹과 8이 있었다. 이런 일에서 손을 뗀 지 벌써 3년이나 되었고, 좀 더 주의 깊은 사람이라면 에밀리의 속임수를 알아차릴 수 있었다.

한 번은 책을 소매 안에 넣으려고 하다가 실수를 해서 그만 테이블 위에 카드가 떨어지고 말았다. 에밀리는 바짝 긴장했지만 사람들은 소리 내어 웃었고, 한 명은 〈이제 술은 그만 마셔요, 아가씨〉라고 말했다. 그 남자는 뺨이 빨갰고, 이혼을 당했다. 비록 아직 그 사실을 몰랐지만 말이다. 〈미안해요〉라고 말한 후 에밀리는 카드를 다시 쥐었다.

에밀리는 마지막 판에 가진 돈을 전부 걸어 그 남자에게서 2천8백 달러를 땄다. 그 남자의 얼굴은 믿기 힘들 정도로 벌게졌는데, 마치 풍선처럼 보였다. 이제 아무도 웃고 있지 않았다. 딜러가 테이블로 다가왔지만, 에밀리는 누가 이겼는지 굳이 들을 필요도 없었다. 자신이 딴 돈을 챙긴 에밀리는 사람들에게 고맙다고 말한 다음, 거리로 나와 있는 힘껏 달려 호텔로 돌아왔다. 에밀리는 그렇게 애들레이드로 갔다.

그곳에서부터는 버스를 타고 이동했다. 바깥세상은 물 빠진 녹색이 계속 이어지다가 뱀 껍질 색깔로 변했다. 에어컨은 거의 작동하지 않았고, 에밀리는 이따금 작은 땀방울이 똑똑 떨어지는 바람에 잠에서 깼다. 에밀리 외에 다른 승객은 한 명뿐이었는데, 그 여자의 피부는 산호 같았으며, 버스가 애들레이드를 벗어나기 전부터 졸기 시작해 쭉 죽은 듯이 잠을 잤다. 에밀리는 자기 몸에서 뿜어져 나오는 열기로부터 도망치기 위해 좌석에서 이리저리 몸을 틀었다.

마침내 에밀리가 한쪽 눈을 떴을 때 지나가는 표지판이 보였다. 〈브로큰힐, 인구 10,100명.〉 표지판은 한쪽 모서리가 사라졌고, 나머지 부분에는 점점이 총알구멍들이 나 있었다. 잘 구워진 빨간 땅에 취한 듯 비딱하게 서 있는 그 표지판은 오후의 태양 아래서 이글거렸다. 에밀리는 똑바로 앉았다. 버려진 주유소가 하나 보였고, 뭔지는 알 수 없지만 창문이 없으며 역시 버려진 양철 구조물도 하나 보였다. 분해된 차들로 가득한 흙으로 된 마당이 있는, 볼품없고 무너져 가는 집 한 채도 보였다. 에밀리는 높다란 강철 구조물을 힐끗 보았다. 은근히 구소련의 분위기를 풍겼지만, 이 구조물은 에밀리가 앉은 자리의 맞은편 창 쪽에 있었기에 제대로 보기는 힘들었다. 야윈 개 한 마리가 땅을 파헤쳤다. 높이가 낮은 가게 하나가 더 보였다. 그 가게에는 〈부속 저렴 판매〉라는 광고가 붙어 있었지만, 에밀리는 무슨 부속을 싸게 판다는 것인지 알 수 없었다. 거리 어느 쪽을 보아도 모든 가게의 창문이 텅 비어 있었다. 모든 건물은 넉넉히 간격을 두고 자그마한 황무지 한가운데에 서 있었으며, 에밀리는 그게 당연하다는 것을 금방 알아차렸다. 이곳은 사방이 땅, 땅, 그리고 땅이었기 때문이다. 그녀는 〈황화물 거리〉와 〈염화물 거리〉라는 표지가 붙은 곳을 지났다. 이곳 사람들은 거리 이름을 광물 이름으로 지은 듯했다. 옆으로 돌아 〈산화물 거리〉로 들어선 버스는 속력을 늦췄다. 에밀리는 〈도심지〉라는 표지판을 보며 생각했다. 〈농담이시겠지.〉 버스에서 내리자 공기는 불타는 듯했고, 열기가 콧구멍으로 기어올라와 목구멍을 타고 내려갔다. 아까 표지판에서 본 인구는 오랫동안, 아마도 20년 정도는 갱신하지 않은 게 분명했다. 왜냐하면 파리는 수만 마리가 있었지만 사람은 없었기 때문이다. 사람은 전혀 보이지 않았다. 에밀리는 건널목에 섰다. 거리들은 양방향 모두 1차선이었지만, 도로의 폭만큼은 고속 도로 수준으로 넓었다. 그리고 위에서부터 떨어진 듯한 건물 몇 채가 보였다. 하늘은 마치 찍어 누르는 것처럼 위압적일 정도로 낮게 느껴졌으며, 발아래에서 이글거리는 땅과 힘을 합쳐 이 마을을 으깨 버리려는 듯했다. 그리고 그 때문에 에밀리는 마치 몸이 부풀어 오르는 듯한 느낌이었다. 아무것도 잡아 줄 것이 없는 우주에서 그러하듯 몸 안의 세포들이 모조리 밖으로 튀어나올 것만 같았다. 「집에 온 거구나.」 에밀리가 말했다. 웃겨야 마땅했지만, 에밀리는 죽는 날까지 엉엉 울 것 같은 느낌이 들었다.

언어들의 혼란

공용어가 갑자기 여러 가지 다른 언어로 바뀐 사건.
신화 속 내용이라고 여겨짐. 원전들을 볼 것.
유명한 사례들:

1. **바벨탑** - 유대의 신화
   i. 건축
   ii. 언어의 분할
2. **엥키** - 수메르 신
   i. 언어를 나눔
   ii. 〈대홍수〉
3. **위대한 분할** - 카스카 인디언의 신화
4. **헤르메스** - 그리스 신
   i. 제우스와 의견 대립
   ii. 언어를 나눔
   iii. 처벌
5. **광기에 사로잡혀 방언을 말함** - 와사니아족 신화
   i. 기근
6. **천 구의 시체들의 혀** - 카우르나족 신화
   i. 인육을 먹음
7. **바테아** - 폴리네시아 신
   i. 탑을 건설
   ii. 언어를 나눔

8. **바람의 태양** - 아스텍 신화

i. 자쿠알리(탑)를 건설

ii. 언어의 분할

iii. 교차 신화: 마야, 나우아틀

그 외〉〉

타주라의 이름에 얽힌 이야기

신화(언어의 혼란): 호주 원주민

꿈의 시대에 땅은 평평했다. 골짜기도 없고, 언덕도 없고, 강도 없었다. 동물들은 모두 한 부족이 되어 살았고, 한 가지 언어를 말했으며, 그래서 서로를 이해할 수 있었다.

어느 날, 무지개 뱀인 타주라가 쿨라바 나무껍질에 자기 이름을 새겼다. 타주라는 다른 동물들에게 말했다. 「내가 한 것을 봐. 나는 이 나무에 내 이름을 썼고, 그러니 너희들은 내가 말하는 대로 해야만 해.」

동물들은 감명을 받았고, 타주라의 말대로 했다. 동물들은 타주라에게 자기 음식을 바쳤고, 살 집을 멋지게 만들어 주었다. 또한 동물들은 타주라의 이름을 공경하기 위해 쿨라바 나무가 자랄 수 있도록 땅에서 흙을 모아 나무 아래에 두었다. 그렇게 최초의 언덕이 생겼다.

하지만 캥거루인 보라는 감명을 받지 않았다. 「왜 타주라에게 우리 음식과 가장 훌륭한 나무껍질을 주고, 명령을 들어야 하지?」 보라가 물었다. 보라는 언덕을 올라가 쿨라바 나무에서 타주라의 이름이 쓰여 있는 껍질을 뜯어내 땅에 묻었다.

동물들은 부끄러워하며 말했다. 「우리는 우리만의 언어로 말할 거야. 그래야 타주라의 말에 감명받아 넘어가지 않지.」 그리고 어떤 동물들은 북쪽으로, 어떤 동물들은 동쪽으로, 어떤 동물들은 서쪽으로, 어떤 동물들은 남쪽으로 갔고, 그리하여 오늘날 들개들은 소리를 길게 뽑으며 울어 대고, 개구리들은 개굴거리고, 앵무새는 끽끽거리며, 서로 다른 동물들의 말을 알아듣지 못하게 된 것이다.

호주 원주민의 언어들

유럽인들이 도착했을 때 호주 원주민들은 대략 250~400가지 언어를 썼던 것으로 추정되며, 세계에서 가장 다양한 언어가 존재했던 곳이었다.

거의 모든 원주민 언어들에는 공통적으로 몇 가지 독특한 음운학적 특징이 있었는데(예를 들어 마찰음이 없었다), 이는 상대적으로 적은 종류의 어원이 존재했거나 또는 단 한 가지 언어만 존재했다는 사실을 암시한다. 왜 이들이 다른 부족 간에 의사소통을 할 수 있는 도구인 한 가지 언어를 포기했는지는 아직까지 명확히 밝혀지지 않았다.

3

웨이트리스가 음식과 커피를 가져다주었고, 맛있게 먹으라고 말했다. 윌은 엘리엇이 무릎에 냅킨을 펴고 포크와 나이프를 집어 들어 달걀들을 자르는 것을 지켜보았다. 엘리엇은 베이컨을 입에 넣고 씹었다.

「먹어.」 엘리엇이 베이컨을 씹으며 말했다. 「먹어 둬.」

윌은 나이프를 집어 음식을 이리저리 밀기 시작했다. 사람들을 쏴 죽이고 밤새 비행을 하고 난 뒤에 어떻게 이렇게 식욕이 왕성하게 아침 식사를 할 수 있는지, 윌은 도무지 이해가 되지 않았다. 이것은 옳지 않았다. 엘리엇은 목장에 있는 그 사람들과 자신이 쏴 죽인 샬럿 브론테라는 여자를 알았고, 그런 일을 겪었으니 식욕이 있어서는 안 되는 것이었다. 그것은 엘리엇이 정말로 사이코패스라는 사실을, 목소리들이-내게-죽이라고-말했어요 식의 미친 게 아니라 뭔가를 느낄 능력이 부족하다는 관점에서, 정말로 의학적인 관점에서 사이코패스라는 사실을 의미했다. 하지만 윌은 그보다도 엘리엇의 먹는 방식이 더 마음에 걸렸다. 두 손은 신속하고 단호하게 움직였고, 두 눈은 최대한 효율적인 식사를 위해 접시의 음식들을 미리 구획 짓고 있었다. 이것은 옳지 않았다. 왜냐하면 윌과 만난 이후로 엘리엇은 잠을 잔 적이 없었기 때문이다. 지쳐 있어야 마땅했다.

「이건 심지어 내가 기대했던 것보다도 좋군.」 엘리엇이 말했다. 그는 나이프로 윌의 접시를 가리켰다. 「먹어 둬야 해.」

윌은 건성으로 먹었다. 베이컨에서는 아무 맛도 느껴지지 않았다. 죽은 동물을 튀긴 맛이었다. 달걀은 닭이 되다 실패한 물질이었다.

「중서부는 이게 좋다니까.」 엘리엇이 말했다. 「여기 사람들은 제대로 된 아침 식사를 만들 줄 알아.」

윌은 포크로 베이컨을 찔렀다. 붉은빛이 도는 베이컨 살을 보자 그는 자신이 쏜, 뒤집힌 픽업을 올라오던 사람이 떠올랐다. 그 남자가 쓰러지던 모습이 떠올랐다. 윌은 포크와 나이프를 내려놓았다.

「괜찮아?」 물론 엘리엇의 목소리에는 걱정하는 기색이 없었다. 그것은 그냥 질문이었다. 사실을 추구하는 질문. 윌은 일어나 식당 뒤쪽으로 터벅터벅 걸어갔다. 그곳에서 더러운 변기를 하나 찾은 윌은 무릎을 굽히고 토했다. 토하고 나서 그는 벽에 기대앉아 두 눈을 감았다. 온몸에 땀이 솟았다. 윌은 잠시 그곳에 있기로 마음먹었다. 화장실은 안전해. 여기면 언제까지라도 1.2×1.8미터짜리 성역이 되어 줄 거야.

이윽고 안전하다는 느낌이 사라지자, 윌은 씻고 식당으로 돌아왔다. 트럭 운전사 모자를 쓰고 움푹 들어간 뺨에 연쇄 살인범

안경을 쓴 남자가 해시브라운 너머로 윌을 지켜보았다. 윌은 남자의 표정이 선명하게 읽혔다. 그는 윌이 약을 하고 왔다고 생각하고 있었다. 웨이트리스 역시 윌을 훔쳐보았다. 큰 몸으로 부스 의자에 억지로 끼어 앉은, 뺨이 붉은 남자는 천장 구석에 볼트로 고정되어 매달린 TV를 보고 있었다. 하지만 조금 전까지만 해도 남자는 이곳에 없었다. 윌은 어떻게든 스스로를 납득시키고 싶다는 충동이 들었다. 〈네가 생각하는 그런 게 아니야. 그냥 오늘 하루 일진이 정말 더러웠을 뿐이야.〉 하지만 말도 안 되는 소리였다. 아무도 믿어 주지 않을 터였다.

그는 비트적거리며 부스로 돌아왔다. 엘리엇은 자기 음식을 다 먹고 윌의 것과 접시를 바꾼 상태였다. 「이봐.」 엘리엇이 말했다. 「더 주문해. 내가 낼게.」

「정말로요?」

「음, 아니.」 엘리엇이 말했다. 「하지만 무슨 뜻인지 알잖아.」

윌이 앉았다.

「넌 단백질이 필요해.」 음식을 씹으며 엘리엇이 말했다.

「계획이 뭐죠?」

「흠.」

「그 사람들, 그 사람들은 다시 우리를 찾으려고 할 거예요, 그렇죠? 지금도 우리를 찾고 있어요.」

「의심의 여지가 없지.」

「그러니 우리는 계획이 필요해요.」

엘리엇이 고개를 끄덕였다. 「맞아.」

「계획이 있어요?」

「아니.」

「없어요?」

「단기 계획은 있어.」 엘리엇이 말했다. 「네 달걀들을 다 먹을 계획이야.」 윌은 아무 말도 하지 않았다. 「음식은 중요해. 나는 단백질에 대해 진지하다고.」

「계획이 있어요, 없어요?」

「없어.」

「그러면 걱정이 되어야 하는 거 아닌가요?」

「걱정이 돼.」

「그래 보이지 않아요.」

「내가 땀을 흘리고 있었으면 네 기분이 나아졌을까? 화장실로 달려가 배 속에 있는 걸 토해 내면 그랬을까? 아니었을 거야. 공황 상태는 현명한 결정을 내리는 데 도움이 되지 않아.」

「여길 〈나간다〉면 내 기분이 훨씬 나았겠죠.」 윌이 말했다. 「당신이 그 달걀들을 싸 들고 〈간다〉든지요.」

「흠, 나는 어딘가에 가려고 시도하기 전에 그곳이 어딘지부터 알고 싶어. 내 경험에 따르면, 계획에 대해 생각해 보기 전에 그 계획을 실행에 옮기려는 건 잘못된 거야.」

윌이 한숨을 내쉬었다. 「그쪽에 전화할 수 있나요?」

「뭐라고?」

「시인에게 전화를 해요. 당신도 그들의 일원이었잖아요. 그 사람들에게 전화를 해요.」

「그리고 뭐라고 말해?」

「모르겠어요. 우리를 그만 쫓아다니라고 설득해요. 그게 당신이 하는 거잖아요, 아니에요?」

「그렇지. 하지만 상대방 역시 그걸 해.」

「그럼 뭔가를 제공하세요. 협상을 해요. 그쪽에서 원하는 걸 주세요.」

「하지만 그쪽이 원하는 건 너야.」

「뭔가 다른 거요.」

엘리엇이 포크와 나이프를 내려놓았다.「성경적 권능을 가진 물체에 네가 핵심적 역할을 해. 그쪽에서는 대체품에 관심이 없어.」엘리엇은 양팔을 쭉 폈다.「그리고 내가 〈성경적〉이라고 말했을 때, 그건 문자 그대로 성경에서 나왔다는 걸 뜻해.」

그는 얼굴을 문질렀다. 엘리엇이 말할 때마다 윌은 자신이 아는 것이 없다는 느낌이 들었다.

「그래도 계속 얘기해 봐.」엘리엇이 말했다.「일종의 소거법 효과가 나서 도움이 되는 것 같아.」

「그럼 숨어야 해요. 어딘가로 가서 당신의 시인 능력을 써 사람들로 하여금 우리를 숨겨 주게 해요. 그건 가능하죠?」

「그제까지만 해도 나는 그게 가능하다고 말했을 거야. 우리는 우리가 숨어 있다고 생각했어. 하지만 최근 벌어진 사건들을 볼 때, 사실 울프를 네게 인도할 때까지 우리는 감시당한 걸로 보여.」

「그러니 우리는 숨을 수 없군요.」

「시도할 수는 있지. 하지만 현재까지 아주 성공적이지는 않았어.」

웨이트리스가 엘리엇에게 커피를 더 따라 주러 왔다. 젊은 여자로 빰은 분홍색이었다. 이름표에는 〈세라〉라고 되어 있었다. 웨이트리스는 엘리엇에게 경외심을 느끼는 듯했지만, 윌은 그 이유를 알 수 없었다.「고마워요, 세라.」엘리엇이 말했고, 그녀는 얼굴을 붉혔다.

「그러니 우리는 숨을 수 없군요.」 웨이트리스가 떠나자 윌이 말했다. 「그리고 협상도 할 수 없고, 여기에 머물 수도 없고, 우리가 어디로 가야 하는지 알게 될 때까지 당신은 떠나고 싶지 않고, 대충 맞나요?」

「그래.」 엘리엇이 동의했다. 「대충 맞아.」

「그러면 뭘 해야 하나요?」

「우리에게 남은 유일한 선택은 정면 승부라고 봐. 특히, 놈들이 죽고 우리는 사는 종류의 정면 승부.」

「좋아요.」 윌이 말했다. 「괜찮은 계획 같네요.」

「그건 계획이 아니야, 목표지.」

「맙소사!」 윌이 말했다. 「당신과 이야기하느니 차라리 고양이 떼를 한 곳으로 모는 게 더 쉽겠어요.」

엘리엇이 잔을 들더니 커피를 후후 불었다. 「문제는 울프와 나는 호적수이지만, 울프는 자원이 충분하고 능력 있는 시인들의 지원을 받는 반면, 나에게는 아무것도 없고 사람도 너밖에 없으며, 너는 쓸모가 없다는 거야. 이건 개인적인 의견이 아니야. 그냥 사실을 진술하는 것뿐이야. 그래서 우리가 울프와 대적해 살아남을 수 있는 시나리오를 찾아내는 게 정말 어렵다는 걸 깨닫고 있어. 또한 그 말은 우리가 전혀 위협적인 존재가 아니므로, 우리의 적이 계속해서 우리를 신속하고 끈질기게 추적할 거라는 뜻이야. 우리가 조직을 떠났을 때도 한동안 거의 비슷한 문제를 겪었지. 우리의 적은 날단어를 가지고 있지만 우리에게는 없어.」

「그 사람들이 뭘 가지고 있다고요?」

「브로큰힐을 죽인 단어.」 엘리엇이 말했다. 「놈들은 그걸 가지고 있어.」

「그리고 그게 날단어고요.」

「그래.」

「그게 어쨌다고요?」

「유용하지.」 그는 윌을 응시했다. 「그래서 우리는 네 두뇌에서 그걸 꺼내려고 하는 거고. 만약 아직도 그 안에 있다면 여전히 좋은 계획이지.」

「그걸 〈쓰고〉 싶었던 거예요? 난 당신이 내 면역력을 원하는 줄 알았는데요. 그걸 〈멈추고〉 싶다면서요.」

「음.」 엘리엇이 말했다. 「진실이 아닌 것을 약간 말한 거지. 네 동의를 얻을 목적으로. 사실 당시에 나는 네가 그 단어를 내게 사용하지는 않을까 약간 걱정했어.」

「하지만 나는 그 단어를 기억하지 못해요.」

「못하지.」

「만약 내가…….」

「아, 그러면 상황이 달라졌을 거야.」

「울프가 우리를 뒤쫓지 않았을까요?」

「쫓았을걸.」 엘리엇이 말했다. 「하지만 더 조심했겠지.」

윌은 창밖을 보았다. 눈과 구름은 대리석 같아 보였다. 흙먼지와 사막 속에서 살다니 상상도 할 수 없었다. 「정말로 나는 브로큰힐에 대해 아무런 기억도 나지 않아요.」

「흠.」 엘리엇이 말했다. 그는 커피를 들이켰다. 「그거 아쉽군.」 웨이트리스인 세라가 몸을 숙이며 엘리엇의 잔을 다시 채워 주었다. 「고마워요.」

「동부에서 오셨나요?」 세라가 얼굴을 붉혔다. 「그냥 악센트가 그래서요.」

「맞아요!」 엘리엇이 말했다. 「음, 나는 그래요. 이 친구는 호주에서 왔어요.」

「정말요?」 세라가 달라진 눈길로 윌을 보며 말했다. 「언젠가는 꼭 가보고 싶은 곳이에요.」

「오, 꼭 가봐야 해요.」 엘리엇이 말했다. 「세상은 당신이 생각하는 것보다 가깝다고요.」 윌은 다시 창밖을 보았다. 그는 일어나 냅킨을 식탁에 던지곤 걸어 나가고 싶었다. 머리에 떨어지는 눈을 맞으며 무슨 일이 일어날 때까지 도로를 걷고 싶었다. 그게 무슨 일이든 간에. 적어도 그것은 뭔가를 하는 것이었다. 뭔가 멍청한 짓일 가능성이 아주 컸지만. 여하튼 뭔가를 하는 것이었다. 「이제 보니 그 목걸이가 아주 예쁘네요.」 엘리엇이 말했다. 「당신이 만든 건가요?」

「제 할머니예요.」 웨이트리스가 말했다. 여자의 옆모습이 새겨진 나무 조각이었다. 〈부조〉, 사람들이 저걸 부조라고 하던가? 그 여자는 엄격해 보였다. 「사진을 보고 제가 새긴 거예요.」

「아주 재주가 좋네요.」 엘리엇이 말했다. 「세라, 미안하지만 몇 분 후 다시 와주겠어요? 내 동료랑 상의할 게 막 떠올랐거든요.」

「오, 물론이죠.」

웨이트리스가 떠났다. 윌이 엘리엇을 보았다.

「목걸이였어.」 엘리엇이 말했다. 「이런 멍청한.」 윌은 기다렸다. 이제부터 엘리엇이 뭔가 알아들을 수 없는 말을 하면 그는 기다리기로 했다. 「우리는 브로큰힐로 갈 거야.」

「왜요?」

「우리는 울프가 그걸 가져갔다고 생각했어. 하지만 그렇지 않아. 그냥 복사본을 만든 거야.」

윌이 기다렸다.

「망할!」 엘리엇이 말했다. 「우리는 움직여야 해.」 엘리엇이 일어났다.

헬리콥터가 눈을 흐트러뜨리며 길 위에 앉았고, 전선이 춤을 추었다. 전선들 아래로 작은 비행기 한 대가 있었다. 그 비행기는 버려진 상태였다. 울프는 비행기의 탑승 계단이 밖으로 나와 있는 것을 보았다. 울프의 헤드폰으로 조종사의 목소리가 지지직거리며 들렸다. 조종사는 바로 옆에 앉아 있었지만, 헤드폰으로 들리는 소리는 마치 화성에서 걸려 온 전화 소리 같았다. 「여기를 둘러보시겠습니까?」

울프는 고개를 저었다. 조종사가 조종간을 다시 잡아당겼다. 아래쪽 세상이 멀어졌다. 그들은 백만 개의 찬란한 단검처럼 빛나는 눈밭을 지났고, 울프는 고개를 돌렸다. 그녀의 눈에 있는 별이 아팠기 때문이다. 울프의 눈동자에는 이글거리는 작은 초신성이 있었다. 그렇게 느껴졌다. 그것은 결코 사라지지 않았고, 밝은 빛 아래에서는 늘 상태가 악화되었다. 태양이 보이는 곳은 어디나 그랬다. 가끔 울프는 자신이 그것을 볼 수 있다고 생각했다. 세상에 난 작고 하얀 구멍을.

「2분 거리.」 조종사가 말했다. 「식당을 찾아냈습니다. 마을 중심부입니다. 포위는 했지만 들어가지는 않았습니다. 어떻게 할까요?」

「안전하게.」 울프가 말했다. 「철저히 수색하라고 해.」

조종사가 고개를 끄덕였다. 울프는 조종사가 명령을 전달하는 소리를 들었다. 〈철저히 수색하라. 우리는 공중이다.〉 마치 눈밭에 진 얼룩처럼 마을 하나가 나타났다. 마을에는 들어가는 도로 하나, 나오는 도로 하나가 있었고, 건물은 여남은 채 정도였다. 헬리콥터로 다가가는 동안, 울프는 사방에서 검은 차들이 빠르게 모여들더니 사람들이 내리는 모습을 지켜보았다. 사람들은 이 건물 저 건물로 돌아다니며 손짓했고, 가끔씩 발을 멈추고 서로 상의를 했다. 그들이 엘리엇과 치외자를 발견할 확률은 1천분의 1이었다. 하지만 주의해야만 했다. 세상의 어떤 힘도 총알을 멈출 수는 없다는 것을 잊지 말아야 했다. 울프는 오래전 학교에서 체스를 배웠는데, 체스 말들끼리는 오직 공격력만 다르다는 것이 요점이었다. 모두 쉽사리 죽을 수 있다는 점은 똑같았다. 말을 잡다. 체스에서는 말을 잡는다고 표현했다. 교훈은, 자신의 가장 강력한 말들을 쓸 때는 조심해야 한다는 것이었다. 왜냐하면 멍청한 졸 하나만 있어도 그 말을 잡아 버릴 수 있기 때문이었다.

조종사가 신호를 받더니 거리 쪽으로 헬기를 몰기 시작했다. 그녀는 불룩한 창을 통해 자기 쪽으로 기울어진 마을을 지켜보았다. 〈당신에게는 지금이 기회예요, 엘리엇. 나는 그냥 여기 앉아 있어요.〉 그녀는 엘리엇이 비숍처럼 몰래 장거리 공격을 하는 데 능하며, 생각한 것보다 더 기동력이 뛰어나다는 것을 알았다. 울프는 늘 비숍을 싫어했다.

「안전합니다.」 조종사가 말했다. 울프는 안전띠를 풀었다. 긴 머리의 젊은이 로젠버그가 문을 열더니 손을 내밀었지만, 그녀는 그게 모욕이라고 생각해 무시했다. 헬기의 회전 날개가 그녀의 머리털을 잡아당겼다. 그녀는 거리를 살피며, 엘리엇의 흔적이 있는지 감지해 보려고 했다.

「식당은 깨끗합니다.」 로젠버그가 말했다. 「놈들이 여기서 차를 얻은 것 같습니다. 아마도 두 시간 전쯤에요. 비능력자 세 명이 안에 있습니다. 각자의 범주를 알아내 구부러뜨렸고, 명령에 따르라고 해두었습니다. 아직 그 셋을 조사하지는 않았습니다.」

「고마워.」 그녀가 말했다. 「여기서부터는 내가 맡을게.」

울프는 싸구려 식당으로 다가갔다. 시인 몇 명이 그녀에게 다가갔지만, 로젠버그가 손을 저어 시인들을 비켜나게 했다. 식당 안 카운터 뒤에는 녹색 앞치마 차림의 겁에 질린 젊은 웨이트리스가 있었다. 부스 한 곳에는 농부로 보이는, 뺨이 붉은 남자가 있었다. 큰 안경을 쓴 마른 남자가 식탁을 치우고 있었다. 그녀 뒤로 문이 쉬잇 소리를 내며 닫혔다. 안경 쓴 남자가 식탁 앞에서 불안정하게 일어났다. 「나는 정부에 협력하지 않겠어. 당신이 원하는…….」

「앉아, 닥쳐.」 안경 쓴 남자가 의자에 털썩 앉았다. 울프는 웨이트리스를 가리켰다. 「너, 이리 와.」

웨이트리스가 주문서를 움켜쥐고 앞으로 쑥 나왔다. 두 눈이 휘둥그레져 있었다.

「남자 둘. 갈색 피부 한 명, 백인 한 명. 내가 누구를 말하는지 알아?」

웨이트리스의 머리가 까닥거렸다.

「네가 보고 들은 걸 전부 말해.」

웨이트리스는 말하기 시작했다. 1분 뒤, 농부가 청바지 호주머니에서 핸드폰을 꺼내기 시작했다. 농부는 은밀하게 하려고 했지만, 움직일 때마다 그가 입은 커다란 체크무늬 셔츠가 꿈틀거렸다. 울프는 그게 멋지다고 느꼈다. 저 남자는 나를 장님이라고 생각한 건가? 울프는 그가 전화기를 꺼내 마치 약혼반지 함을 열 듯 살며시 뚜껑을 여는 동안 가만 내버려 두었다. 이윽고 울프가 말했다. 「네 손을 네 입에 넣어.」

「그리고 나는 그 남자에게 다시 커피를 따라 주었어요.」 웨이트리스가 말했다. 「그 남자는 정말 멋졌고, 우리는 대화를 했고, 나는 그 남자가 로스앤젤레스나 뉴욕이나 그런 곳에서 왔는지 물었고, 그 남자는 그렇다고, 온갖 곳을 다녀 봤다고, 런던에서는 불꽃놀이를 보고 베를린에서는 폭도를 봤다고, 나도 가봐야 한다고 했어요. 그리고 세상은 내가 상상하는 것보다 더 가깝다고 말했어요. 그렇게 표현했어요.」 농부가 숨 막혀 하기 시작했다. 「그러고는 그 남자는 자기 친구와 이야기하고 싶어 했어요, 호주인이에요. 그리고 친구랑 얘기한 후에 자동차를 빌릴 수 있는지 물었어요. 나는 물론이라고 말하고, 내 차 열쇠를 주었어요. 마음이 아팠어요. 1년 정도 세차를 하지 않은 데다가 더 좋은 차였으면 좋겠다고 생각했거든요. 내 생각에…….」

「네 생각에는 관심 없어.」

「나는 그 사람에게 어디로 갈 건지 물었어요. 그랬더니 내가 추천하는 곳으로 가겠다더군요. 그래서 나는 여기 말고 어디든 괜찮을 거라고 말했고, 내 말에 그 남자가 웃었어요. 이윽고 우리는 내가 가봤던 장소들에 대해 이야기를 했고, 나는 어렸을 때 엄마가 날 데리고 둘이서만 엘파소로 간 적이 있다고 했고…….」

「됐어.」 울프가 말했다. 「멈춰.」 울프는 생각에 잠겼다. 농부는 〈꾸어억〉 비슷한 소리를 냈고, 손 주위로 구토물이 흘렀다. 그는 손 전체를 입에 쑤셔 넣은 상태였다. 그녀는 저렇게까지 하는 것이 가능하리라곤 생각도 해보지 못했다. 그녀는 그 농부가 몸을 비틀며 숨 막혀 하는 모습을 지켜보았다. 그녀는 농부에게 손을 빼라고 말해야 했다. 죽은 농부는 아무 쓸모가 없었다. 「마을이나 주, 공항 따위에 대해 이야기하는 걸 들었어?」

「아니요.」

「넌 그 사람이 어디로 가고 있는지 모르지?」

「어디든 원하는 곳으로 가겠죠.」 웨이트리스가 말했다. 「그런 남자들이 다 그렇잖아요.」

「그래.」 울프가 말했다. 「알았어.」 밖에서 그녀의 동료들은 엘리엇이 어느 쪽으로 갔을지, 동쪽일지 서쪽일지에 대한 정보를 모으고 있을 터였다. 자동차 등록 정보를 통해 몇 시간 내로 자동차의 위치를 찾을 수 있을 터였다. 물론 그 차는 주유소나 옆길 같은 곳에 버려져 있겠지만, 그게 새로운 흔적의 시작이 되리라. 중요한 것은 엘리엇이 영원히 움직일 수는 없다는 점이었다. 엘리엇은 그녀가 그의 주위로 펼쳐 둔 그물보다 빨리 이동할 수 없었다. 〈개인적인 감정은 없어요, 엘리엇.〉 그녀는 생각했다. 그녀는 그를 쏘고 싶었다. 그것은 개인적으로 원하는 일이었다. 그러고 싶은 마음이 정말 굴뚝같았다. 또한, 쏘기 전에 몇 분간 엘리엇과 여러 가지 이야기를 나누고 싶기도 했다. 그건 아마도 허황된 꿈이리라. 상황을 볼 때 엘리엇을 생포할 가능성은 거의 없었다. 하지만 만약 그럴 수 있다면, 그녀는 엘리엇이 처음에 자신을 지도해 준 데 대해 감사하다고 말하고 싶었다. 그녀는 이렇게 말하고 싶었다. 〈당신이 없었더라면 지금의 나는 존재하지 않았을 거예요, 엘리엇.〉 그리고 그 말이 진심이란 걸 엘리엇에게 꼭 확인시켜 주고 싶었다.

농부가 몸을 뒤틀었다. 그의 머리가 식탁을 쳤다. 바닥에 구토물이 흘렀다. 「네 손을…….」 그녀가 말했지만 이미 늦었다. 그녀는 농부에게 손을 빼라고 말할 생각이었다. 하지만 깜박하고 말하지 않았다. 혹은 다른 어떤 이유로. 〈헤이, 에밀리, 별들이 뭘 하는지 알아? 별들은 먹어. 주위에 아무것도 남지 않을 때까지 모든 것을 태우지. 그러고 나면 빛을 먹기 시작해. 네가 하는 일이 그거라는 걸 너도 알지? 모든 것을 먹어 치우는 거 말이야.〉

그녀는 웨이트리스를 바라보았다. 이 상황에서는 웨이트리스를 죽이는 것이 이치에 맞았다. 이 여자는 엘리엇과 말을 섞었다. 뭔가 지시를 받았을 가능성이 있었다. 그 가능성은 작았지만, 위험을 무릅쓰는 것은 이치에 맞지 않았다.

〈전혀 나아지지 않아, 그렇지? 내 말은, 한동안은 확실했잖아? 그 별이 어디로도 가지 않을 거란 게 말이야.〉

「우리가 여기 있었다는 걸 잊어.」 울프가 웨이트리스에게 말했다. 「저 남자는 아침 식사 중에 음식이 목에 걸린 거고, 넌 저 자를 구할 수 없었어.」 그녀는 식당을 나서기 위해 몸을 돌렸다. 「하지만 너는 저 남자를 구하기 위해 최대한 노력했어.」

그들은 어두워질 때까지, 음식을 먹고 사람들을 설득해 차를 바꾸려는 경우 말고는 계속 운전을 했다. 월은 보고 싶지 않았지만 어쩔 수 없었다. 처음에 엘리엇이 다가간 사람은 경계하는 듯했다. 이윽고 엘리엇이 뭔가를 말하자, 상대방 얼굴에 웃음꽃이 피었다. 마치 원하지 않지만 어쩔 수 없는 것처럼 보였다. 사람이 한순간에 그렇게 바뀌다니 믿기지 않을 정도였다. 낯선 이에서 친구로. 그들은 완전히 다른 표정을 지어 보였다. 그리고 1분 뒤 그들의 얼굴은 다시 바뀌어, 친밀하고 무방비한 상태가 되었다. 윌은 고개를 돌렸다. 계속 지켜보는 것은 옳지 않다는 생각이 들었기 때문이다.

대시보드에서 플라스틱 고양이가 까닥이는 분홍색 미니에 몸을 묻은 그가 말했다. 「이제 뭔가 계획이 섰나요?」

「응.」 엘리엇이 기어 봉을 빠르게 움직였다. 그는 5단이 마음에 들지 않았다. 윌이 자신이 운전하겠노라고 했지만 엘리엇은 거절했다. 이제 윌은 엘리엇이 전혀 잠을 자지 않았다는 점을 떠올리고 있었다.

「말해 주겠어요?」

「우리는 브로큰힐로 가서 날단어를 얻은 다음, 그걸 써서 우리의 적을 물리칠 거야.」

「그게 그냥 거기에 있어요? 브로큰힐에요?」

「그럴 거라고 생각해.」

「확실하지는 않고요?」

「응.」

「세상에, 아무도 확인해 볼 생각을 안 한 거예요? 그냥 거기 들러서 혹시 그곳에 그게, 이른바 성경에 나올 법한 무기가 얌전히 있는지 보겠다는 거요?」

「들른다고 말하지만 그게 말처럼 쉽지 않아. 울프 이후로 그곳에 들렀던 사람은 그 누구도 그곳에서 나오지 못했어.」

「하지만 우리는 가고 있고요.」

「그래.」 엘리엇이 그를 힐끗 보았다. 「넌 괜찮을 거야.」

「당신은 우리가 간다고 말했…….」

「내 말은 네가 간다는 거야. 나는 면역력이 없어.」

윌은 세단을 타고 지나가는 가족을 지켜보았다. 행복한 개가 그를 보았고, 그는 개가 한없이 부러워졌다. 「만약 당신이 틀렸고, 내게 면역력이 없다면요?」

「뭐, 그러면 안타까운 거지. 하지만 사소한 거 하나하나 잘못되면 어쩌나 걱정하지는 말자고. 이 계획이 완벽하다고 말하는 건 아니야. 운이 다할 때까지 정처 없이 계속 운전하는 것보다 나을 거라는 거지.」

「그러면 무슨 일이 일어나나요? 그 단어를 당신에게 넘겨요?」

「아니. 넌 그 단어를 내 주위에서 말하거나, 내게 그걸 보여 주거나, 또는 평범한 용어로 풀어서 설명해도 안 돼. 이건 더할 나위 없이 중요한 거야.」

「진심이에요?」

「날 봐.」 엘리엇이 말했다. 「만약 네가 그 단어를 얻은 다음 그게 어떻게 생겼는지에 대해 사소한 힌트 하나라도 내게 말한다면, 나는 너에게 네 손가락을 먹일 거야. 이제 알겠어?」

「네.」 그들은 비트 축제를 알리는, 3년 전의 마을 광고판을 지났다. 「그게 어떻게 단어인지 이해가 안 가요. 단어는 사람들을 죽일 수 없잖아요.」

「당연히 가능해. 단어들은 언제나 사람들을 죽여 왔어.」 엘리엇은 기어 봉을 잡고 씨름했다. 「인정해, 이 단어는 좀 더 직접적으로 그렇게 하지.」

「그 단어가 어째서 그렇게 특별한 거죠?」

「음, 그건 꽤 고급 언어학과 신경 화학을 언급하지 않으면 설명하기 어려워.」

「비유를 해보세요.」

「공원에 나무가 있어. 무슨 이유에서인가, 너는 그 나무를 자르고 싶어. 너는 시청에 전화를 해서 어느 부서와 접촉해야 하는지, 어떤 서류를 작성해야 하는지를 묻지. 네 신청서는 위원회로 가고, 그곳에서 이게 타당한 요구인지를 결정해. 그리고 만약 타당한 요구라면, 위원회는 나무를 자를 사람을 보내. 그게 바로 두뇌가 일반적으로 결정을 내리는 과정이야. 내가 하는 거, 네가 이른바 〈단어 주술〉이라고 부르는 건 위원회에 뇌물을 먹이는 거야. 같은 과정이야. 단지 나는 위원회가 〈반대〉라고 말할 수 있는 부분을 무력화시키는 거고. 지금까지는 알아들겠어?」

「네.」

「좋아. 브로큰힐에 있는 건 날단어야. 지금 이 비유에서 날단어는 내가 쇠사슬 톱을 가지고 나가 나무를 자르는 걸 말해.」

윌은 기다렸다.

「방법만 다르지 결과는 같아. 나는 위원회를 거치지 않아. 그걸 건너뛰는 거지. 알아들어?」

「그건 나무에게 그렇게 하는 거잖아요.」

「아무 차이 없어. 네 두뇌가 행동으로 이어질 때까지 한 가지 경로만 있는 게 아니야. 뜨거운 난로를 보면 너는 그곳에 너무 가까이 가지 않아야겠다고 의식적으로 결정을 내리지. 하지만 만약 그 난로에 발이 걸리면 너는 무의식적으로 몸을 뒤로 뺄 거야.」

「그러면 그건 자발적 행동과 반사 작용의 차이로군요.」 윌이 말했다.

「그래.」

「왜 그냥 그렇게 말하지 않았죠?」

「왜냐하면 그건 비유가 아니니까. 정확히 딱 그렇게 일어나. 너는 내게 비유를 해달라고 했어.」

「알았어요.」 윌이 말했다. 「어떻게 단어가 반사 작용을 일으킬 수 있는지는 여전히 이해할 수 없지만요.」

「단어들은 단순히 소리나 모양이 아니야. 그것들은 의미야. 언어가 바로 그렇잖아. 의미를 전달하기 위한 약속. 네가 영어를 배울 때, 넌 네 두뇌가 특별한 소리에 특별한 방식으로 반응하도록 훈련시켜. 그런데 알고 보니, 그 약속을 해킹할 수 있는 거지.」

「내게 가르쳐 줄 수 있어요?」

「뭘?」

「당신이 하는 거요. 단어 주술요.」

「아니.」

「왜 안 되는데요?」

「복잡하거든.」

「복잡해 보이지 않는데요.」

「음.」 엘리엇이 말했다. 「복잡해.」

「내게 왜 조금이라도 가르쳐 줄 수 없는지 모르겠군요.」

「우리에게는 너를 능력 있는 시인으로 훈련시킬 만한 시간이 없어. 설사 있더라도, 그건 효과가 없어. 왜냐하면 너는 태생적으로 강요를 못 하는 사람이거든. 설사 네가 그렇다 해도, 여전히 효과가 없을 거야. 왜냐하면 너는 거의 훈련을 받지 못했고, 우리가 최근 배운 바에 따르면, 자제력 문제가 있는 사람에게 엄청난 능력의 단어를 가르쳐 주는 건 아주 나쁜 생각이거든.」
「내가 태생적으로 강요를 못 한다고요?」
엘리엇이 그를 힐끗 보았다. 「응, 못 해.」
「나도 그렇게 해요.」
「너는 날단어에 면역력이 있는 유일한 인물이야.」 엘리엇이 말했다. 「그냥 그걸로 만족해.」
윌은 잠시 침묵을 지켰다. 「왜 내게 면역력이 있는 거죠?」
「네 두뇌는 언어 처리 방식이 다른 사람들과 많이 달라. 왜 그런지는 나도 몰라.」
「내 두뇌가 우수한 건가요?」
「어이.」 엘리엇이 말했다. 「너무 막 나가지는 마.」
「나는 설득에 저항할 수 있어요. 내게는 남보다 우수한 것처럼 들리는데요.」
「예전에 내게 아무리 버튼을 눌러 대도 우유를 추가하지 않는 커피 메이커가 있었어. 그게 더 나은 건 아니었어. 그냥 망가진 거지.」
「나는 망가진 게 아니죠. 당신이 뭔데 내가 망가졌다는 거예요?」
엘리엇은 아무 말도 하지 않았다.
「그건 진화예요.」 윌이 말했다. 「당신들은 오랫동안…… 그게 얼마나 됐을지 알게 뭐예요…… 우리를 이용해 왔고, 나는 방어할 수 있도록 진화한 거예요.」
「네 여자 친구 이름이 뭐였지?」
「네?」
「세실리아, 그렇지?」 엘리엇이 대시보드를 힐끗 보았다.

「24시간 동안 넌 그 여자 이야기를 꺼내지 않았어.」
「무슨 말을 하는 거예요? 내가 비탄에 빠져 있어야 한다는 건가요?」
엘리엇이 고개를 끄덕였다. 「맞아.」
「지금 무슨 개소리를…… 나는 살아남으려고 애쓰는 중이었다고요! 사람들이 가축 수송 트럭으로 날 밀어 버리려 했다고요! 내 여자 친구를 떠올리며 당신 어깨에 기대 울지 않아 미안하네요!」
「확실한 이유들, 굉장히 방어적 태도로 전달.」
「미친 새끼! 맙소사! 자기가 무슨 사랑 전문가라도 되나! 이게 뭐라고 생각하는 거지? 두뇌 활동? 신경 화학?」
「나는 그게 일종의 설득이라고 생각해.」
「그래서 내가 거기에 면역력이 있다고? 그게 당신 이론인가요?」
「사람에게 가장 기본적인 건 욕망이야. 그게 사람들을 규정하지. 어떤 사람이 원하는 것, 정말로 원하는 것을 내게 말해 주면 나는 그 사람이 어떤 인물인지를, 어떻게 설득할지를 말해 줄 수 있어. 너는 설득될 수 없어. 고로 너는 욕망을 느낄 수 없어.」
「터무니없는 소리! 나는 세실리아를 사랑했다고!」
「그렇게 생각하고 싶다면야 뭐.」
「〈로봇〉이 내게 강의를 하다니! 내가 망가졌다고? 망가진 건 〈당신〉이야! 사랑이 뭔지 내게 말해 봐! 정말로 알고 싶어!」
「좋아.」 엘리엇이 말했다. 「그건 다른 사람의 눈으로 자신을 정의하는 거야. 그건 한 인간을 무척이나 친밀한 단계까지 알게 되어 자신을 그 상대와 전혀 구별하지 못하는 단계까지 가게 되고, 그 여자 없이는 자신이 완벽하지 않다는 생각을 20년 동안 날마다 하는 거야. 그 여자가 너를 향해 가축 수송 트럭을 몰고 오고, 너는 그 여자를 쏠 때까지 말이야. 그게 사랑이지.」

윌은 한동안 도로를 응시했다.

「네가 망가졌다고 해서 미안해.」 엘리엇이 말했다.

「잊어버려요.」

「인간은 모두가 망가졌어.」 엘리엇이 말했다. 「이런저런 방식으로.」

윌은 잠이 들었고, 깨어 보니 차 앞 유리창이 거대한 금속 격자로 가득 차 있었다. 다리군. 그는 깨달았다. 다리의 강철 빔들이 노란 나트륨 가로등 불빛을 반사하고 있었다. 엘리엇은 의자 위로 한 팔을 축 내려뜨린 채 다가오는 차들을 거슬러 올라가고 있었다. 자동차 한 대가 경적을 울리며 그들을 지나갔다. 오토바이 한 대가 다다다거리며 지나갔고, 운전하는 이가 뭐라고 고함을 쳤다. 그들은 모퉁이를 돌았고, 엘리엇은 미니의 엔진을 껐다.

「다리에 교통 카메라가 있어.」 엘리엇이 말했다. 「하마터면 그대로 차를 타고 건널 뻔했어.」

윌은 와플을 광고하는 커피숍을 바라보았다. 거리는 높고 멋진 건물들이 즐비했다. 눈이 살짝 쌓여 대부분은 파스텔 색이었다. 가로등 불빛이 강철 레이스에 깔끔하게 잘려 보였다. 사람들은 보이지 않았다. 늦은 시간인 듯했다. 「여기가 어디죠?」

「그랜드포크스.」

「뭘 할 건데요?」

「기다릴 거야.」 엘리엇이 말했다. 「약간 시간을 죽인 뒤, 걸어서 다리를 건널 거야. 한 번에 한 명씩. 지금 내 상태로는 의심을 불러일으킬 것 같으니까. 건너편에 도착하면 우리는 차를 구해 계속 미니애폴리스로 갈 거야. 그곳에서 좀 어두운 조명 아래 여권 사진을 찍은 뒤 3번가 남쪽의 연방 정부 건물로 갈 거야. 그곳엔 여권 발급소가 있는데, 여권을 도난당한 사람들에게 재발급을 해주지. 우리도 그렇다고 주장할 거야. 그쪽에서는 우선 우리에게 미국 시민이라는 것을 증명하는 서류를 보여 달라고 할 테고, 그다음에는 우리가 그 서류에 기재된 사람이 맞는지를 증명하라고 하겠지. 우리가 줄을 서서 기다리면 직원이 서류를 달라고 한 손을 내미는 공항과 다르게, 그곳의 과정은 별 부담 없는 평범한 면접 심사를 통해 이루어질 테고, 나는 우리가 쇼핑몰의 즉석 사진 부스에서 찍은 여권 사진을 통과시키도록 우리를 심사하는 사람을 구부러뜨릴 수 있어. 그러면 그 면접관은 우리 사진에 가짜 이름이 찍힌 여권을 발급하는 과정을 시작할 거야.」

「그러려면 몇 주가 걸리지 않나요?」

「아니, 네 시간이면 돼. 급행료를 낸다면 말이지. 그런 뒤 우리는 우회해서 시드니로 갈 거야. 우리의 가짜 서류가 발각되기 전에 도착할 수 있도록 서둘러야 하지만, 동시에 안면 인식 기술을 쓰는 공항들을 피해서 가야 하니 균형을 잘 맞춰야 해. 나는 밴쿠버, 그리고 서울을 거쳐 갈까 생각 중이야. 대한항공은 우리 목적에 딱 맞는 항공사니까. 데이터 공유를 하지 않거든. 네 질문에 답이 됐나?」

「네.」 그들은 기다렸다. 월은 하품을 했다. 지나가는 한 여자를 본 월은 누군가가 떠올랐지만 누군지는 알 수 없었다.

엘리엇이 문을 열었다. 「10분을 기다렸다가 걸어서 곧장 다리를 건너. 고개를 계속 숙이고. 그게 중요해. 어떤 일이 있어도 고개를 들지 마. 알겠어?」

「알았어요.」 윌이 말했다. 엘리엇이 차에서 내렸다. 문이 쾅 소리를 냈다. 그는 엘리엇의 베이지색 코트가 커피숍을 돌아 사라지는 것을 지켜보았다.

창에 습기가 끼었다. 차는 한기로 가득 찼다. 윌은 세실리아를 생각했다. 윌은 그녀를 애완동물 가게에서 만났다. 그는 세실리아를 지나쳤다가 다시 돌아와 강아지들에게 관심이 있는 척했다. 심지어 거의 한 마리를 살 뻔했다. 그녀가 강아지들을 팔았기 때문이다. 두 번째 데이트 때 윌은 세실리아가 동물을 그리 좋아하지 않는다는 사실을 알게 되었다. 그녀는 단지 동물들을 분류해 정돈하는 일을 좋아했을 뿐이다. 그리고 동물들에게 무엇을 먹일지 결정하는 일도. 그녀는 기본적으로 동물들을 우리에 넣어 두는 것을 좋아했다. 3개월 정도 데이트를 하고 세실리아가 결혼에 대한 암시를 띠기 시작했을 때, 윌도 결혼 생각을 했다.

윌은 차에서 내렸다. 안개가 끼었고, 눈앞은 수십 미터 정도밖에 보이지 않았다. 그는 주머니에 손을 넣고 걷기 시작했다. 눈은 내리깔았다. 그의 왼쪽으로 가끔씩 자동차가 눈 녹은 진창물을 튀기며 우쭐대듯 지나갔다. 그는 다리에 도착해 건너기 시작했다. 아래로는 검은 강물이 흘렀다. 높은 다리였다. 길기도 했다. 윌은 다리가 이렇게 길 줄 미처 몰랐었다. 픽업트럭이 이상한 소리를 냈고, 윌은 고개를 든 뒤에야 그러면 안 된다는 것을 기억해 냈다. 다리를 반쯤 건넜을 때, 뒤에서 차 한 대가 다가오더니 속력을 늦췄다. 윌은 계속 걸었다. 자동차 타이어가 눈을 밟는 소리가 들렸다. 차는 윌과 계속 보조를 맞추었다. 그는 돌아보지 않았다. 이제 다리 건너편이 보였지만, 엘리엇은 그곳에 없었다.

세상이 빨간색과 파란색으로 물들었다. 정전기 튀는 소리가 들렸다. 「그 자리에 멈추십시오.」 메가폰 소리였다.

윌은 멈췄다. 경찰 순찰차가 그에게 다가왔다. 문이 열리더니 검은 콧수염이 난 경찰 한 명이 내렸다. 「주머니에서 손을 빼주시겠습니까?」

윌은 두 손을 보여 주었다.

「차량 번호 JCX140인 분홍색 미니의 주인이십니까?」

「아니요.」

「그 차를 모르십니까?」

「모릅니다, 경관님.」 바람이 불었다. 윌은 다리 끝을 보았지만, 아직 엘리엇이 없었다.

「오늘 밤에 어디로 가시던 중이었습니까?」

「그냥 다리를 건너고 있었습니다.」

「그건 저도 압니다. 어디로 향하시던 겁니까?」

윌은 다시 한번 엘리엇이 있는지 확인했다.

「제가 뭔가 방해하고 있습니까?」

「아닙니다, 경관님. 그냥 추울 뿐입니다.」

「두 손을 보닛에 올리십시오.」

「음.」

「두 손을 보닛에 올리라고 했습니다.」

윌은 두 손을 차 위에 올렸다.

「다리를 벌리십시오.」

「저는 그냥 걷고 있었습니다.」

「다리를 벌리라고 했습니다.」

윌은 명령에 따랐다.

「이제 선생님의 몸을 건드리며 검색을 할 겁니다. 제 말 이해하시겠습니까?」

「알겠어요. 저는 미니를 타고 있었습니다. 만약 무슨…….」

「돌아서지 마십시오!」

「돌아서려던 게 아닙니다.」 윌이 말했다. 경찰은 윌의 재킷 목 부분을 움켜쥐더니 그를 보닛에 엎드리게 했다. 보닛은 얼음장처럼 차가웠다. 몸이 차에 달라붙을 수도 있었다. 경찰은 두 손으로 그의 두 다리와 엉덩이를 조사하더니 주머니를 뒤졌다. 윌은 엉덩이 부분이 느슨해지는 느낌이 들었고, 경찰이 그의 지갑을 빼냈다는 사실을 깨달았다.

「윌 파크? 이게 당신입니까?」

「저기요…….」

「차에서 몸을 떼지 마십시오! 제가 따로 지시하기 전까지 계속 그렇게 있으십시오. 이해하시겠습니까? 만약 다시 움직이시면 심각한 문제에 직면하게 될 겁니다.」

뺨이 보닛에 눌렸고, 윌은 누군가 눈안개를 뚫고 다가오는 것을 보았다. 엘리엇인가? 아직은 알아볼 수가 없었다.

「긴급 보고, 4-1-3.」 경찰이 말했다.

윌은 퍼뜩 경계심이 들었다. 경찰은 자신이 윌 파크를 잡았다고 보고하는 중이었고, 그것은 나쁜 결과를 낳을 수도 있었다. 윌은 경찰이 과잉 반응하지 않도록 두 손을 계속 든 채 보닛에서 몸을 일으켰지만, 야광봉이 그의 목으로 날아들었고, 다시 보닛으로 몸을 숙여야만 했다. 경찰이 그의 얼굴에 대고 고함을 쳤다. 「잠깐만요.」 윌이 말했지만, 경찰은 그가 무슨 말을 하려는지에는 관심이 없었다. 윌의 눈에 엘리엇의 낯익은 코트가 얼핏 보였다. 엘리엇이 빠른 걸음으로 다가오고 있었다. 윌을 움켜쥐었던 경찰의 손아귀가 느슨해졌다. 그의 표정이 바뀌었다. 〈마치 TV를 보고 있는 사람 같은걸.〉 윌은 생각했다. 흥미롭지만 멀리 떨어진 뭔가를 보는 것 같았다. 경찰은 무전기를 꺼냈다. 「긴급 보고.」 경찰이 말했고, 단조로운 폭발음이 두 번 들리더니 경찰이 핑 돌며 뒤로 쓰러졌다. 엘리엇이 경찰에게 걸어가더니 두 번 더 총을 쏘았다.

「젠장!」 윌이 말했다. 목소리가 가늘고 헐떡였다. 「뭐예요? 뭐 하는 거예요?」

「조용히.」 눈안개 낀 허공이 환하게 빛나기 시작했다. 차 한 대가 다가오고 있었다. 엘리엇이 도로로 걸어갔다.

윌은 경찰을 바라보았다. 경찰의 두 눈에는 생기가 없었다. 몸 주위로 피가 굳으며 도로의 소금을 물들였다. 「단어 주술은 어쩌고요?」 엘리엇은 대답하지 않았다. 「왜 저 사람을 〈설득〉하지 않았죠?」

픽업트럭이 다리로 완전히 들어섰다. 엘리엇은 두 팔을 흔들었다. 픽업트럭이 멈추고, 운전사가 창밖으로 몸을 내밀었다. 옅은 갈색 머리의 젊은 남자였다. 엘리엇은 이 남자를 죽일 터였다. 이 남자와 차에 같이 탄 사람들, 그리고 다리를 지나가는 모든 사람들을. 윌이 달리기 시작했고, 빙판에 미끄러져 넘어지면서 아스팔트에 무릎을 찧었다. 윌이 픽업트럭 앞에 도착했을 때, 엘리엇은 운전사에게 총을 겨누고 있었다. 「50.」 운전사가 말했다.「뭘 원하는 겁…….」

엘리엇이 말했다.「당신 가족을 사랑하나?」

「엘리엇!」

「당연하죠. 이봐요. 제발 날 죽이지 마세요. 내게는 딸이 둘 있고, 난 그 아이들을 무척이나 사랑…….」

「이걸 말해 주면 죽이지 않겠어.」 엘리엇이 말했다. 그의 모습이 점점 더 환해지고 있었고, 거의 빛이 날 정도였다. 윌은 또 다른 차가 다가오고 있음을 깨달았다.「왜 그걸 했지?」

「엘리엇.」 윌은 엘리엇의 팔에 손을 대고 총구를 내리려고 애썼다.「제발 이 남자를 쏘지 말아요.」

「이게 대체…….」 운전사가 말했다.「오, 맙소사. 용서해 주세요. 나는 그걸 해야만 했어요.」 엘리엇이 총을 내려놓았다. 트럭 운전사가 짧고 급하게 숨을 몰아쉬었다.「고맙습니다, 고맙…….」

「**기티레 매실리크 크로튼 에이바리**.」 엘리엇이 말했다.「이걸 받아. 자동차들을 쏴. 경찰들에게서 도망쳐.」

운전사는 엘리엇의 총을 받았다. 엘리엇은 픽업트럭 문을 열었고, 운전사가 내렸다. 그는 고개를 들더니 윌에게 걸어오기 시작했다.

「이건 또 무슨…….」 윌이 말했다. 남자가 총을 들어 올렸다. 윌은 손가락으로 두 귀를 막을 시간이 있었다. 남자가 총을 쏘았고, 윌이 뒤돌아보니 뒤에 검은색 왜건이 보였다. 그 차는 브레이크를 밟더니 방향을 바꿨고, 헤드라이트 불빛을 좌우로 미친 듯이 흔들며 도망쳤다. 남자는 차를 쫓아 뛰기 시작했다.

엘리엇이 윌의 팔을 잡았다.「걸어.」

윌은 걸었다.「왜?」 그가 말했다.「왜?」

「닥쳐.」 엘리엇이 말했다. 그의 목소리는 단호했다. 윌은 입을 다물었다.

일단 그랜드포크스를 빠져나오자 길은 텅 비어 있었다. 반시간 뒤, 경찰차 세 대가 경광등을 번쩍이며 요란한 소리와 함께 반대 방향으로 지나갔지만, 윌도 엘리엇도 아무 말 하지 않았다.

윌은 하늘이 밝아지는 것을 지켜보았다. 「당신은 좋은 사람이 아니에요.」 윌이 말했다. 「당신은 그렇다고 말했지만, 그렇지 않아요.」

「내가 좋은 사람이라고 말한 적은 없다고 생각하는데.」

「그 경찰에게 당신의 단어들을 쓸 수도 있었잖아요.」

「그 사람은 구부러졌어. 그 사람이 우리를 발견했다고 알리기 2초 전이었어.」

「시도해 볼 수는 있었잖아요.」

표지판이 지나갔고 미니애폴리스까지 320킬로미터라고 알려 주었다.

「당신은 울프만큼이나 나빠요.」 윌이 말했다.

엘리엇이 브레이크를 밟았다. 안전띠 덕분에 윌은 몸이 앞으로 튕겨 나가지 않았다. 차가 미끄러지며 급정거했다.

「네가 하는 어지간한 개소리는 다 받아들이겠어.」 엘리엇이 말했다. 「하지만 울프와 비교당하는 건 참을 수 없어.」

「그 여자는…….」

「닥쳐. 내가 한 최악의 행동은 울프를 현재의 존재가 되도록 허용한 거야. 나는 울프가 브로큰힐 사건 이후로 저지른 모든 일에 책임을 질 거야. 내가 그년을 바닥에 쓰러트리는 순간까지 말이야. 하지만 우리는 같지 않아. 심지어 비슷하지도 않지.」

「당신은 사람을 죽여요.」

「그래, 나는 사람을 죽여. 더 나은 대안이 없을 경우에는 말이지. 그런 게 세상이야. 바로 그 이유 때문에 너와 내가 아직 여기에 살아 있는 거고.」

윌이 시선을 돌렸다. 「당신과 함께 가겠어요. 당신이 말하는 대로 하겠어요. 하지만 당신이 옳기 때문은 아니에요.」

엘리엇이 차에 기어를 넣었다. 「좋아.」 그가 말했다. 「그 정도면 됐어.」

미니애폴리스 공항에서 그들을 제지하거나 여권을 두 번 확인하는 사람은 아무도 없었고, 그들은 델타 E-175에 탑승했다. 비행기 엔진이 창밖에서 으르렁댔다. 엘리엇은 코트를 단단하게 말더니 머리 받침대와 벽 사이에 끼웠다. 「난 잘 거야.」

윌이 그를 보았다. 「정말로요?」 그들은 위니펙으로 날아가고 있었다. 40분 거리였다.

「정말로.」 엘리엇이 말하더니 눈을 감았다. 그의 얼굴에서 긴장이 풀리더니 입술이 벌어졌다. 윌은 그가 숨을 쉬지 않는다는 생각이 들기 시작했다. 이륙했을 때 비행기는 한쪽으로 급격하게 기울었고, 복도 건너편에 있던 여자가 비명을 질렀으며, 엘리엇의 고개가 윌의 어깨 위로 떨어졌다. 「엘리엇?」 윌은 손을 엘리엇의 콧구멍 밑에 대보았다. 아무것도 느낄 수 없었다. 그는 손가락에 침을 바른 뒤 다시 시도해 보았다. 희미한 공기의 흐름이 느껴졌다. 아주 희미한 흐름. 윌은 긴장을 풀려고 애썼다.

비행기는 거칠게 착륙했지만, 여전히 엘리엇은 움직이지 않았다. 윌은 팔꿈치로 엘리엇의 갈비뼈를 찔렀다.「엘리엇.」어깨를 흔들어 보았다.「톰.」윌은 더 세게 엘리엇을 흔들었다. 그는 엄지손가락과 집게손가락으로 엘리엇의 팔뚝을 잡고 꼬집었다.

엘리엇이 눈을 떴다. 두 눈은 흐리멍덩했다. 얼굴은 회색빛이었고, 굳어 있었다. 꼭 죽은 것처럼 보였다.

「착륙했어요.」

엘리엇의 두 눈이 비행기 천장 너머의 뭔가를 응시했다.

「도착했어요, 엘리엇. 일어나야 해요. 엘리엇.」

엘리엇의 눈에 초점이 돌아왔다.「뭐라고?」

「몰골이 말이 아닌 것 같아요.」

「난 괜찮아.」엘리엇이 말했고, 갑자기 정말로 괜찮아졌다. 엘리엇은 머리 받침대에서 코트를 빼내 옆구리에 꼈다.「움직여.」

위니펙에서 그들은 밴쿠버행 비행기를 탔다. 엘리엇은 이번에도 비행기에 타자마자 잠들었고, 착륙했을 때 그를 깨우는 것은 시체를 되살리는 것만큼이나 어려웠다. 밴쿠버에서 그들은 국제선 터미널로 가로질러 갔고, 아무 문제 없이 보안 검색대를 통과했다. 대한항공 승무원들은 파란 종이 모자를 쓰고 있었다. 엘리엇은 둘둘 만 코트와 함께 창가 쪽에 자리를 잡더니 두 눈을 감았다.「갑자기 급강하하는 일이 생기면 깨워.」

「어…….」윌이 말했다. 하지만 엘리엇은 이미 잠든 듯했다.「네. 그럴게요.」윌은 기내용 잡지를 뒤적였지만 곧 다시 꽂아 놓았다. 잠들 수 있을 것 같지 않았다.

출처: http://discuss.isthatjustme.com/forum/topic—11053—r.html?v=1

좋아. 음모론에 빠지고 싶은 마음은 없지만, 그랜드포크스에서 총을 쏜 사람 이야기 읽었어? 사람들 말이, 그 사람은 여자 친구와 싸웠다더군. 그래서 우리 모두는 〈아, 그래서 그렇게 회까닥한 거로군〉이라고 생각했지. 하지만 거기에 연관성이 있다고 말하는 사람은 사실상 아무도 없었어. 그자들은 그냥 우리가 그렇게 생각하도록 한 거야. 그렇지 않다면 뭐 하러 그 사실을 언급했겠어?

이 사건에 뭔가 특별한 게 있다고 말하는 게 아니야. 하지만 나는 이런 경우를 〈늘상〉 봐. 가령 TV 뉴스를 보면 모든 소식이 이런 식이야. 〈화재가 발생했고, 건물주에게는 경제적 문제가 있었습니다.〉 건물주가 자기 건물에 불을 질렀다고 말하지는 않아. 하지만 그 뉴스가 말하는 건 딱 그거야.

난 그게 맘에 걸려. 왜냐하면 우리는 우리가 똑똑하며 여러 조각을 하나로 맞출 수 있다고 여기지만, 사실 그건 미리 짜인 판이거든. 우리는 한 방향으로만 맞아 들어가는 조각들을 받고, 이 조각들로 만든 큰 그림이 결국엔 잘못된 거였다고 밝혀져도, 조각들을 준 쪽에선 애초에 그 그림이 옳았다고 말한 적이 없어.

전국적 규모의 이야기처럼 큰 사건이 아닌 이상, 모든 기사는 경찰들이 말하는 걸 받아 적은 기자 한 명으로부터 나와. 그게 AP 통신으로 가고, 모든 뉴스 제공자들이 그 기사를 공유하지. 그래서 마치 모든 제공자가 각자 조사를 해서 같은 사실을 발견한 것처럼 보이지만, 대개는 모두가 한 가지 정보원에게서 얻은 내용을 그대로 읊는 것뿐이야.

아마도 그랜드포크스의 그 남자는 여자 친구 때문에 정말 화가 났었던 게 맞을 거야. 하지만 그게 그 남자가 총을 쏜 이유라고 말하는 사람이 아무도 없다는 사실에 주목할 필요가 있다고 생각해. 만약 그게 수수께끼라고 말했다면, 우리 같은 사람들은 호기심이 일어 질문을 했겠지만, 입증되지 않은 한 가지 힌트만 흘렸을 뿐인데도 우리는 만족하고 있어. 그 이유를 알아냈다고 생각했기 때문이야.

4

에밀리는 난잡해졌다. 딱히 그러려고 했던 것은 아니다. 다만 달리 할 일이 없었다. 에밀리는 자신이 〈쉬운 여자〉라고 생각하는 대신 〈난잡한 여자〉라고 생각했다. 자신이 주도했기 때문이다. 에밀리가 일하는 옷 가게에 청년이 들어오면, 그리고 그 청년이 에밀리에 대해 들어 봤다는 눈빛을 하고 있으면, 에밀리는 시치미를 뚝 떼고 새로 들어온 카키 바지를 팔았다. 하지만 만약 — 이런 경우는 흔하지 않고 가끔 있었는데 — 곱슬머리에 갈색 눈동자의 청년이 들어와 진짜로 쇼핑을 하면 에밀리의 가슴속 뭔가가 갈망했다. 에밀리는 그런 청년에게 다가가 〈도와드릴까요?〉라고 말했고, 만약 그 청년 주위에 엉망으로 파마를 한 금발이 맴돌면(대개는 그랬다) 셔츠를 추천한 뒤, 청년의 여자 친구가 스커트를 고르는 동안 그 청년을 지켜보았다. 그리고 그 청년이 돌아보면 뭔가가 진행된다는 뜻이었다. 여자 친구가 어떤 것을 입어 보기로 마음먹으면, 에밀리는 그 청년에게 곧장 다가가 포식자처럼 키스를 했다. 그러면 청년은 매번 에밀리의 키스에 반응했고, 손을 아래로 뻗어 보면 그의 그곳은 돌처럼 단단했다. 「어떠세요?」 에밀리는 청년을 응시하며 때로는 이렇게 외쳤고, 여자 친구는 어깨 부분이 잘 맞지 않는다든가 색깔이 마음에 들지 않는다든가 리본이 달리지 않은 것은 없느냐는 식의 이야기를 했다. 진도가 늘 이보다 더 나아가는 것은 아니었다. 두 번은 여자 친구가 일찍 나왔고, 청년은 에밀리를 힐끔거리며 후들거리는 다리로 가게를 나갔다. 하지만 두 번은 진도를 더 뺐다. 마지막은 에밀리가 〈안녕하세요?〉라고 인사를 해도 대답조차 하지 않는 검은 눈동자의 소녀와 함께 왔던 청년이었다. 에밀리는 그 청년의 생김새가 마음에 들었다. 그는 상냥하지만 멍청하며 풋볼을 했다. 그래서 에밀리는 여자 친구가 피팅 룸에서 옷을 입어 보는 동안뿐 아니라 피팅 룸에서 나온 뒤에도 청년의 바지를 더듬었다. 여자 친구가 가게를 둘러보는 동안 에밀리는 청년의 얼굴을 주시했고, 그 모습에 매료되었다. 왜냐하면 그 청년은 무척이나 두려워하면서도 에밀리를 막지 않았기 때문이다. 여자 친구는 원피스들을 꼼꼼히 살피면서 그것들 중 한 벌이 속한 듯한 시대에 대해 심술궂은 평을 해댔고, 청년은 신음을 하며 진바지 안에서 꿈틀거렸다. 에밀리는 카운터 뒤로 걸어갔다. 청년은 에밀리가 자신을 포기했다는 사실이 믿기지 않는 듯한 표정으로 그녀를 바라보았다. 에밀리가 자신의 성기를 꺼내거나 뭐 그렇게 해줄 것이라고 생각한 듯했다. 하지만 에밀리는 그런 것에 관심이 없었다. 그녀에게 흥미로운 부분은 지나갔다. 청년은 몇 초 정도 뿌리가 박힌 듯이 그곳에 서 있다가, 일련의 생각들이 꼬리에 꼬리를 물고 달리다 충돌했다는 듯이 서로 무관한 단어들을 마구잡이로 내뱉었다. 여자 친구는 고개도 들어 보지 않았다. 「골랐어.」 여자 친구가 모자 달린 털 재킷을 뒤집어 보며 말했다.

엘리엇이 에밀리에게 〈열심히 일하고 자제심을 키우라〉고 말할 때 뜻했던 바가 아마도 이런 것은 아니었을 터였다. 하지만 에밀리는 사방 백만 마일 안으로는 아무것도 없는 외딴곳에 와 있었고, 자신이 이 황야에 존재했던 사람들 가운데 설득의 기술이 가장 뛰어난 사람이라는 사실을 아주 잘 숨기고 있었으며, 또한 뭔가 할 거리가 필요했다. 에밀리는 능력이 있으면 쓰지 않고는 못 배기는 그런 사람이었다.

버스 정류장에서 이틀을 잔 뒤, 에밀리는 이 동네에 빈집이 많다는 사실을 깨달았다. 머물 곳이 필요하면 그냥 아무 빈집이나 들어가서 자기 집으로 삼으면 그만이었다. 에밀리는 〈엉킨 실타래〉라는 곳에 직장을 구했다. 그곳은 데님과 민소매 속옷에 질려 한 단계 고급 패션을 지향하는 남녀노소들이 찾는, 브로큰힐에서 가장 유행에 앞서가는 옷 가게였다. 그리고 그곳은 임금을 현금으로 주었고, 그건 에밀리가 전기 설비가 된 곳을 임대할 수 있다는 뜻이었다. 이 모든 일은 에밀리가 상상했던 것보다 간단했다. 심지어 털털거리는 중고차까지 샀다. 그것은 좀 위험한 행동이었다. 운전면허를 딸 엄두를 내지 못했기 때문이다. 하지만 마을에 경찰은 단 두 명뿐이었고, 둘 다 에밀리가 잘 아는 범주였으며, 또한 이제 버스는 신물이 났다.

에밀리는 〈미국 여자〉로 통했다. 원래 에밀리가 지어낸 이야기는 〈대지와 하나가 되고 싶어〉 이곳에 왔다는 것이었다. 말도 안 되는 소리였다. 에밀리가 햇빛에 눈을 찡그리고, 바람에 몸을 떨며, 흙에 인상을 구기는 모습만 봐도 새빨간 거짓말인 게 뻔했다. 하지만 정말로, 여기 올 이유가 달리 뭐가 있단 말인가? 〈여기에 얼마나 머무를 건가요?〉 사람들은 에밀리를 불가사의하게 여기며 카운터 위로 몸을 내밀고 물었다. 에밀리는 이곳에서 살기 위해 미국을 떠나왔다. 다른 젊은이들은 정신이 반만 제대로 박혀도 기회를 잡자마자 이곳을 떠나려고 하는데 말이다. 타지에서 살 용기를 잃었거나 애초부터 그런 용기가 없었던 좀 더 나이 든 이들은 에밀리를 전 세계를 휩쓰는 새로운 최신 유행의 선두 주자, 즉 대도시에서 땀 흘리며 저축해 언젠가는 여행을 하고, 그 과정에서 브로큰힐까지 온, 마을에 미래를 가져다줄 수많은 젊은이들 가운데 한 명으로 여기는 듯했다. 에밀리는 그런 사람들에게 〈1년쯤 생각하고 있어요〉라고 대답했다. 괜히 헛된 희망을 주고 싶지 않았고, 더 오래 있을 것이란 생각은 본인이 견딜 수 없었기 때문이다.

하지만 1년이 지나고, 다시 1년이 지나 스물한 번째 생일이 되었을 때, 에밀리는 가구가 거의 없는 방 네 개짜리 집에서 의미 없는 호주 TV 방송을 보고 있었다. 에밀리는 정말로 조직이 존재하는지 가끔 궁금했다. 자신의 상상 속에서만 존재하는 것은 아닐까 생각했다. 가끔 〈엉킨 실타래〉 문이 딸랑거리며 열릴 때면 잠시 엘리엇일 거라고, 엘리엇이 이제 됐다고, 끝났다고, 집으로 돌아갈 수 있을 거라고 말해 주러 온 것이라고 생각했다. 하지만 그런 일은 일어나지 않았다. 하루하루가 기다림의 연속일 뿐이었다. 그래서 종종 잘생긴 청년을 조종했다. 그건 에밀리가 할 수 있는 일이었다.

어느 날 밤 에밀리가 가게 문을 닫고 뒤쪽 주차장으로 걸어가는데, 짧은 치마와 털 안감이 달린 재킷 차림의 여자아이들이 에밀리를 기다리고 있었다. 에밀리가 다가가자 한 명이 자동차 보닛에서 뛰어내렸다. 풋볼 선수의 여자 친구인 칙칙한 금발 머리였고, 에밀리는 난처한 상황에 처했음을 깨달았다. 가게로 도망가려고 몸을 돌렸으나, 다른 여자 둘이 길을 막고 있었다. 에밀리가 두 손을 들어 보였다. 「난 돈이 없어.」

「네 돈에는 관심 없어, 쌍년아.」 금발 여자가 말했고, 손에서 뭔가를 늘어뜨렸다. 쇠사슬이었다. 에밀리는 좌절했다. 하지만 자신보다는 대부분 그 여자, 그리고 호주의 브로큰힐 때문이었다. 쇠사슬이라니, 터무니없었다. 샌프란시스코에서 그런 물건을 꺼냈다가는 총알을 맞기 십상이었다. 「내가 누군지 알아?」

「우리 가게에 한 번 왔었던 것 같은데.」 여자들이 에밀리를 에워쌌다. 모두 다섯 명이었다. 다른 무기는 보이지 않았고, 따라서 도망치는 게 그럴듯한 선택이었다. 「뭔가를 환불하고 싶으면, 가게는 9시에 열어.」

「환불하려는 게 아니야, 이 쌍년아.」

「그리고 여기에서는 〈가게〉라고 안 해.」 죽은 나무처럼 삐쩍 마른 여자가 말했다. 「〈상점〉이라고 하지.」

「알았어.」 에밀리가 말했다. 「이 문제에 대해서 이야기를 해 볼까? 부탁이야.」 에밀리는 〈부탁*please*〉이라는 단어를 길게 말했다. 그 단어가 〈경찰*police*〉처럼 들리게 해 이따위 짓을 하면 누구든 체포될 수 있다는 사실을 상기시키려는 생각에서였다. 「아, 나 너 알아. 네 엄마를 알아.」 이건 사실이 아니었지만, 이 정도 크기의 마을에서는 충분히 가능한 일이었다. 요점은, 엄마와 경찰을 상상하도록 하는 것이었다.

「넌 내 남자 친구에게 껄떡댔어.」 금발 여자가 말했다.

에밀리는 이 말이 학교에서 〈시험용 풍선〉이라고 부르는, 〈추측성 단언〉임을 깨달았다. 사람들이 추측성 단언을 할 때는 그 말이 반박당하길 기대한다. 그 말은, 즉 이 여자가 쇠사슬로 에밀리를 치지 않으리라는 뜻이었다. 만약 이 여자가 〈네가 내 남자 친구에게 그런 짓을 했으니 널 반쯤 죽여 놓겠어〉라고 했다면, 에밀리는 정말로 곤란한 상황에 처했을 것이다. 하지만 금발 여자는 그냥 그대로 서서 에밀리가 모든 게 터무니없는 오해라고 말해 주길 기다렸다. 에밀리는 실망감을 주체할 수 없었다. 잠시나마 이 흥미로운 정신적 도전을 즐기고 있었던 것이다.

「사실, 네 남자 친구가 내게 껄떡댔어.」 에밀리는 이렇게 말했다. 다치고 싶었다고밖에 달리 설명할 수가 없었다. 금발 여자는 자신의 귀를 의심하는 듯한 눈으로 에밀리를 쏘아보았고, 다른 여자가 말했다. 「닥쳐, 이 쌍년아.」 에밀리는 달아났다. 그녀는 여드름이 심하게 난 겁먹은 눈을 한 여자를 거의 지나쳤지만, 누군가가 옷깃을 잡아 땅으로 팽개쳤다. 쇠사슬을 든 여자는 분노를 뿜어내며 에밀리에게 다가왔고, 당장 사슬 채찍 세례를 받을 판이었음에도 에밀리는 자신이 상대를 전전두피질의 통제력 너머까지 밀어붙였다는 사실이 은근히 기뻤다. 그건 쉬운 일이 아니었다. 그렇게 하려면 상대가 믿는 것의 핵심부에 정말로 세게 한 방을 날려야 했던 것이다. 에밀리는 두 팔로 머리를 감싸고 몸을 둥그렇게 말았다.

등 쪽에서 고통이 폭발했다. 에밀리는 몸을 굴리려 했고, 그건 크나큰 실수였다. 쇠사슬이 얼굴을 내려쳤기 때문이다. 그녀의 입이 사라졌다. 에밀리는 무릎을 꿇고 기어가려고 애썼다. 흙 위로 밝고 피에 얼룩진 무엇인가가 보였다. 치아였다. 에밀리는 슬펐고 멍청하다는 생각이 들었으며, 자신이 이런 멍청이가 아니었던 과거로 돌아가고 싶었다.

빛이 번쩍했다. 어디서 오는 빛인지는 몰라도, 에밀리와 관련이 있는 것은 분명했다. 여자들이 그녀에게서 떨어졌기 때문이다. 신발이 콘크리트 바닥을 쳤다. 여자들은 에밀리를 더 이상 때리지 않았다. 그것만 해도 빛이 효과를 발휘했다고 볼 수 있었다.

누군가가 에밀리의 어깨를 부축했다. 에밀리는 움찔했다. 남자가 말했다. 「괜찮아요. 긴장하지 말아요. 도우려는 거예요.」

「애이.」 에밀리가 말했다. 〈내 이〉라고 말하려고 했다. 남자의 손가락들이 에밀리의 갈비뼈를 마구 눌렀다. 남자는 사라졌고, 에밀리는 자신이 버려졌다고 생각했다. 남자가 돌아와 에밀리의 목 주위로 뭔가를 찰칵하고 둘렀다. 에밀리는 일어나려고 했지만, 남자가 한 손으로 그녀를 누르며 말했다. 「안 돼요, 안 돼.」 에밀리가 볼 수 있는 것은 길고 모래 빛깔인 그의 머리털뿐이었다. 남자는 에밀리의 엉덩이 아래로 뭔가를 밀어 넣었다. 알고 보니 환자 운반차였다. 「애애 이이.」 에밀리가 말했다. 남자는 운반차를 높이더니 주차장을 가로질러 하얀 밴으로 밀고 갔다. 에밀리는 이 차가 이곳에서는 구급차로 쓰인다는 것을 알고 있었다. 남자는 에밀리를 구급차에 태우고 문을 닫기 전에 전문가다운 눈길로 에밀리를 재빨리 훑어보았다.

이윽고 구급차가 멈추고 사람들이 에밀리를 차에서 내렸지만, 그녀는 자신이 어디에 와 있는지 알지 못했다. 「술집에서 싸움이 난 건가요?」 누군가가 묻자, 남자가 대답했다. 「〈엉킨 실타래〉 뒤쪽에서 여자들이 싸웠어요.」

한 여자가 에밀리의 얼굴을 굽어보았다. 「이가 하나 빠졌어요.」

「내 입안에 있어요.」 에밀리의 구원자가 말했다. 에밀리는 그 말이 웃기다고 생각해 싱긋 웃었지만, 그 뒤로는 아무것도 기억나지 않았다. 하지만 시간이 지난 것이 분명했다. 정신을 차려 보니 넓은 병동에서 아침 햇살을 받으며 병원 침대에 앉아 있었기 때문이다. 에밀리는 얇은 가운을 입었고, 목에는 보호대를 두르고 있었다. 등은 골프공으로 가득한 느낌이었다. 에밀리는 이를 하나 잃었고, 혀로 그 빈 곳을 더듬었지만, 그렇게 하면 안 된다는 생각이 들었다. 머리가 마치 유리 덩어리가 된 느낌이었으나, 그것만 빼고는 괜찮았다.

간호사 한 명이 들렀다. 이 동네 슈퍼마켓에서 두유 사는 걸 몇 번 본 적이 있는 여자였다. 「좋은 아침이에요. 기분은 좀 어떠세요?」

「좋아요.」 에밀리가 말했다.

간호사는 두 손을 에밀리의 얼굴에 올렸다. 「입 열어 보세요. 좋아요. 빠진 이는 그거 하나인가요?」

「네.」

간호사는 에밀리의 입을 놓아 주었다. 「무슨 일이 있었나요?」

〈통제력을 잃었죠. 여기 살아 마땅한 사람이라는 걸 스스로 증명했어요.〉 「아무 일도요.」

「게리가 당신과 이야기하고 싶어 해요.」

「게리가 누구죠?」

「경찰이요.」

에밀리는 고개를 저으려고 애썼다. 고소를 하고 싶지 않았다. 에밀리에게는 신분증이 없었다. 「이걸 얼마나 오래 하고 있어야 하죠?」

「6주요. 그래도 운이 좋은 줄 아세요.」

정말로 운이 좋았다. 더 심한 꼴을 당할 수도 있었다. 「누가 날 여기로 데려왔나요?」

「구급요?」

에밀리는 그게 무슨 뜻인지 알지 못했다. 「구급용 밴을 모는 남자요.」

「구급 요원요. 그건 해리예요. 해리가 당신 이를 살아 있게 했어요.」

「그분에게 감사를 표해도 되나요?」

「오늘은 비번이에요.」 간호사가 말했다. 「하지만 분명히 만나게 될 거예요. 알겠지만 여기는 작은 마을이니까요.」

「네.」 에밀리가 말했다.

에밀리는 그 밴을 본 적이 있었다. 노란색과 주황색 줄이 그어진 하얀 밴이었다. 에밀리가 이곳에 도착한 이래 일주일에 두 번씩은 보았을 것이 분명했다. 하지만 목 보호대 때문에 목을 꼿꼿이 세우고 퇴원한 뒤로는 어디에서도 그 밴을 볼 수가 없었다. 어떤 때는 하얀색을 언뜻 보고 혹시나 그 남자가 있을까 하는 마음에 송곳처럼 목을 파고드는 고통을 참으며 뒤돌아보았다. 그러나 밴은 보이지 않았고, 에밀리는 자신이 너무 굼뜨게 움직여서 그렇다고 생각했다.

구급차 운전사에게 끌리다니, 중학생이나 할 법한 일이었다.

자신을 구해 준 남자에게 빠지다니. 소녀 시절로 돌아간 느낌이었다. 하지만 그 남자가 자신의 이를 입안에 넣어 가져왔다는 생각이 자꾸만 머릿속을 맴돌았다. 그리고 구급차 조명등에 비친 그의 머리털도 자꾸 생각났다. 에밀리는 몸이 후끈 달아오르며 안절부절못했고, 노란색과 주황색 줄무늬가 있는 하얀 밴을 보기 위해 엄청나게 걸어다녔다.

에밀리는 그 남자에게 꽃을 사 주기로 마음먹었다. 그냥 꽃과 카드를 사고 그걸 주기 위해 병원에 들르면, 그 남자가 없을지라도 문제될 것은 없었다. 단지 꽃과 카드를 그곳에 두고 오면 되었다. 에밀리는 카드에 뭐라고 적을지 머리를 싸매고 고민하다가 결국 〈제 이 깊숙한 곳에서부터 우러나오는 고마움을 전하며〉라고 적었고, 자기가 쓴 글을 경악하며 바라보다 다시 가게로 가서 새 카드를 사왔다. 두 번째 시도에서, 에밀리는 위엄 있게 가기로 했다. 〈저를 구해 주셔서 고맙습니다. 에밀리 러프.〉 어쩌면 오롯이 위엄 있지 않을 수도 있었다. 〈저를 구해 주셔서〉라는 말을 쓰지 않고는 배길 수가 없었기 때문이다. 또한 성과 이름을 전부 다 적기도 했고. 하지만 전화번호를 적지는 않았다. 그러고 싶은 마음을 간신히 참았다.

에밀리는 차를 몰고 병원으로 갔다. 꽃다발은 조수석에 두었고, 햇볕에 시드는 것을 막기 위해 에어컨을 틀어 주었다. 프런트 데스크의 여자는 에밀리가 의사와 약속이 있어서 왔다고 생각했다. 에밀리가 목에 한 보호대를 고려해 보면 당연했다. 그리고 에밀리가 병원에 온 이유를 알게 되자, 여자는 이렇게 말했다. 「해리를 만나고 싶은가요, 아니면 그걸 그냥 두고 갈 건가요?」 에밀리는 어찌할 바를 몰라 하며 말했다. 「그냥 두고 갈게요.」에밀리가 문까지 걸어간 뒤 물었다.「근데 지금 여기 계시긴 한가요?」그 여자는 이전에도 이런 모습을 백만 번은 보았다는 듯한 표정으로 에밀리를 바라보더니 말했다.「확인해 볼게요.」여자는 전화기를 들었다. 에밀리는 열네 살 소녀로 되돌아간 듯한 기분을 억누르려 애쓰며 기다렸다. 여자가 수화기를 내려놓았다.「없다네요.」

자동차로 돌아온 에밀리는 운전대를 잡고 자신을 나무랐다. 엘리엇이 어떻게 생각하겠어? 엘리엇은 부끄러워할 거야. 그냥 브로큰힐에 익숙해지라고 말할걸. 내가 하는 짓을 보아하니 절대 집에 돌아가지 못할 거라고. 차라리 여기서 집을 사고, 개 두 마리를 구하고, 구급 요원인 해리와 결혼해서 영원히 이곳에 살라고 하겠지.

「이런, 맙소사.」에밀리가 말했다. 그것은 생각만 해도 끔찍했기 때문이다.

〈엉킨 실타래〉의 문이 열리며 종이 울릴 때마다 에밀리는 파블로프의 개처럼 행동했지만 언제나 다른 사람이었고, 며칠이 지나자 해리가 절대로 오지 않을 것이라는 사실을 알게 되었다. 그는 꽃다발의 의미를 정확히 알았기 때문이다. 환상에 빠진 한 순간의 어색한 로맨스라는 것을. 에밀리는 자신에게, 그리고 자신을 그렇게 행동하게 만든 해리에게 화가 났다. 까놓고 말해서, 에밀리는 다치고 충격받은 상태에서 해리를 만났다. 그때 에밀리는 제정신이 아니었다. 해리는 또 어떻고? 해리는 시시하고 폐쇄적인 이 마을에서도 하찮은 존재였고, 심지어 제대로 된 구급차조차 없었다. 그리고 헤어스타일은 구식이었다. 에밀리가 해리에게 두 번씩이나 눈길을 준 것도 단지 마땅한 다른 사람이 없었기 때문이다. 그녀는 누군가, 젊고 잘생기고 멍청한 청년이 가게로 들어왔으면 좋겠다고 바라고 또 바랐다. 에밀리는 카운터 뒤에서 괴로워했고, 모든 것에 각이 잡힐 때까지 선반 위의 옷들을 정리했다.

정오가 되면 에밀리는 근처 햄버거 가게로 걸어가 광부들 뒤에 줄을 섰다. 광부라고 하면 흔히 근육질에 소매 없는 셔츠를 입고 곡괭이를 든 채 검댕이가 묻어 섹시해 보이는 사람들을 생각하지만, 실제로는 기름 냄새가 나는 뚱뚱한 트럭 운전사나 기중기 운전사 들이었다. 이제 정말로 광산에 들어가는 사람은 거의 없었다. 그 부분은 자동화되어 있었다. 그리고 들어갈 수 있는 곳도 거의 없었다. 광산의 대부분은 거대한 노천 채광장으로, 운석 충돌 구덩이처럼 보였다. 마을은 거대한 채광장 하나를 둘러싸고 있었으며, 마을과 채광장은 땅에서 파낸 높다랗게 쌓은 폐석들로 구분되었는데, 그 폐석은 어딘가로 치워야 할 뿐 아무런 가치도 없는 물건이었다. 그리고 마을 사람들 중 그 누구도 이렇게 도넛처럼 생긴 마을에서 구멍의 가장자리를 천천히 쓰레기로 메워 가며 사는 삶을 이상하게 여기지 않았다. 에밀리는 왜 마을을 북쪽이나 남쪽, 동쪽이나 서쪽, 아니 어디로든 간에 10킬로미터 정도 떨어진 곳으로 옮기지 않는지 묻고 싶었다. 하지만 무슨 답이 돌아올지 뻔했다. 마을 사람들은 이렇게 말할 터였다. 〈마을이 여기에 있으니까.〉 에밀리는 호주인들이 아주 현실적이라는 사실을 알게 되었다. 호주인들은 일처리가 빠르고 단호했으며, 지켜야 할 기준은 늘 최소한으로만 두었다. 새롭고 독창적이긴 했지만, 때로는 구멍 주위에 마을을 이루고 사는 상황을 연출하기도 했다. 처음에 에밀리는 〈브로큰힐〉이라는 이름이 농담이라고 생각했다. 빨간 머리 사람들에게 〈파랑이〉라는 별명을 붙이는 것처럼 짓궂은 농담이라고 여겼다. 왜냐하면 잡석들을 빼면 그곳은 거울처럼 평평했기 때문이었다. 하지만 알고 보니 그곳에는 한때 언덕이 있었다. 채광을 하며 없어졌을 뿐이었다.

에밀리는 시큼한 땀 냄새와 담배 연기를 들이마시며 카운터까지 걸어갔고, 야외 탁자에 앉아 햄버거를 먹으며 지나가는 차들을 지켜보았다. 지나가는 차 모두 전에 본 적이 있었다. 에밀리는 목 상태가 어떤지 고개를 돌려 보다가 구급용 밴이 길 건너편에 주차되어 있는 것을 발견했다.

에밀리는 공황 상태에 빠졌다. 하지만 이제 내가 저 남자에게 설레던 시기는 지났어. 잊지 마. 에밀리는 잠깐 해리를 잊고 있었다. 그래서 안심이 되었다. 에밀리는 아무 생각 없이 그를 찾아보기 시작했다. 에밀리는 정말로 해리를 다시 보고 싶었다. 그래서 해리가 입안에 자기 이를 물고 있지 않을 때는 얼마나 평범하고 진부한 사람인지 꼭 확인하고 싶었다. 에밀리는 햄버거를 먹었다. 그리고 그를 보았다. 그인 듯했다. 어떤 여자와 대화를 하며 보도를 걸어오고 있었다. 그는 고개를 저었고, 그때 보니 해리란 것이 확실해졌다. 그는 귀여웠다. 에밀리가 머리에 받은 충격이 아직까지 가시지 않은 것일 수도 있지만, 에밀리에게는 취향이 있었다. 그는 어깨가 넓었다. 팔은 믿기지 않을 정도로 두꺼웠다. 그는 민소매 속옷을 입고 있지 않았다. 그가 더 가까워지자 에밀리는 그가 스물다섯 살 정도 되었음을 알 수 있었다. 같이 있는 여자는 매력적인 검은 머리 아가씨로, 부동산 광고에서 본 적이 있었다. 여자는 해리가 말한 내용에 깔깔대며 찰랑이는 머리를 뒤로 넘겼고, 에밀리는 그 광경에도 아무렇지 않았다. 그녀는 미스 부동산이 곁에 있는 호주 구급 요원과 아주 잘되기를 바랐다.

에밀리는 두 사람을 거의 그냥 보낼 뻔했다. 이윽고 〈안 될 게 뭐냐〉는 생각이 들었다. 아무 문제도 없고, 그러니 안 될 게 뭐야? 「안녕하세요?」

남자가 걸음을 멈췄다. 남자의 눈동자. 에밀리는 그 눈동자를 까맣게 잊고 있었다. 「당신은…….」

「이가 빠진 여자죠.」

「맞아요.」 에밀리는 남자가 머릿속으로 꽃다발을 떠올리고 있음을 알았다. 남자는 그 꽃다발이 어색하다고 생각했었다.

「그냥 고맙다고 말하고 싶었어요.」 에밀리가 말했다. 「더 이상 방해하지 않을 테니 가보세요.」

부동산 여자가 싱긋 웃으며 해리의 손을 미끄러지듯 잡았다. 해리는 상대가 화를 내지 않아 안심이 된 듯한 표정이었다. 「천만에요.」 부동산 여자는 해리를 끌고 가기 시작했다. 갑자기 해리가 에밀리의 식탁으로 가볍게 뛰어오더니 손을 내밀었다. 「저는 해리라고 해요.」

에밀리가 놀라 그의 손을 잡았고, 그는 이를 드러내며 싱긋 웃더니 부동산 여자에게 돌아갔다. 에밀리는 기분이 묘해졌다. 그녀는 해리가 멀어지는 것을 지켜보았다. 뭐지 이건? 그냥 날 꼬셔 보려고 한 건가? 기분이 더러웠다. 에밀리는 코카콜라를 들고 다시 해리가 간 곳을 바라보았다. 심장이 쿵쾅거렸다. 에밀리는 생각했다. 〈아, 큰일 났네.〉

에밀리는 해리와 자고 난 뒤 감정을 정리하기로 결심했다. 그 방법뿐이었다. 가게 문에 달린 종이 딸랑거릴 때마다, 샤워를 할 때마다, 일하거나 잠잘 때마다 계속 그가 떠올랐다. 적어도 진한 키스 한 번 정도는 해야 아무 감정 없이 완전히 잊을 수 있을 듯했다. 에밀리는 그 생각을 행동에 옮기기로 했다. 그래야만 더 이상 상상의 날개를 펴지 않을 수 있었다. 종이 딸랑거릴 때마다 이성을 잃고 가슴이 두근거리지 않아도 되었다. 계속 이러다가는 제정신으로 살지 못할 것 같았다. 〈엉킨 실타래〉에 오는 다른 청년들과 마찬가지로 그를 장난감으로 바꿔 버리면 모든 것이 괜찮아질 터였다. 그러면 그녀는 다시 완벽하게 자기 통제가 되는 삶을 살 수 있으리라.

에밀리는 〈엉킨 실타래〉에서 원피스를 한 벌 샀다. 관심을 보이는 손님 세 명을 쫓아내고 이런 경우를 대비해 확보하고 있던 짧은 원피스였다. 머리를 풍성해 보이도록 손질했다. 여자들이 좋아하는 방식이 아니라, 남자들이 좋아하는 방식이었다. 진하게 마스카라도 했다. 금요일 밤, 에밀리는 담배 연기와 땀 냄새에 절어 있는 중심가의 바, 즉 하나뿐인 펍으로 들어가 해리를 찾았다. 인구 통계와는 반대로 펍은 눈이 반짝이는 10대들과 피부에 먼지 더께가 앉은 광부들로 가득했고, 맥주와 요란스러운 기타 소리에 대한 열정으로 똘똘 뭉쳐 있었다. 한 청년이 에밀리의 귀에 대고 〈섹시한걸!〉이라고 외쳤다. 평소에 에밀리가 여기 오지 않는 이유도 이런 것들 때문이었다. 그녀는 옆으로 벌어지는 짧은 치마를 바로잡으며 좌절하기 시작했다. 그때 에밀리는 옷깃 달린 셔츠 차림의 젊은이 몇 명과 바에 있는 해리를 발견했다.

해리가 에밀리를 보고 활짝 웃었다.

「한잔 사 주세요!」 에밀리가 말했다.

네 시간 후, 에밀리는 머리가 빙글빙글 도는 느낌 속에서 해리의 구급차 조수석에 앉아 집으로 가고 있었다. 에밀리의 집이 아니었다. 해리의 집이었다. 조금 전 에밀리는 안전띠를 풀고 해리에게 몸을 기울여 목에 키스하고 귓불을 깨물었다. 만약 에밀리가 조금만 판단할 수 있었다면, 그것이 자동차 사고로 죽기 딱 좋은 방법임을 깨달았을 것이다. 하지만 에밀리는 그런 판단을 할 수 있는 상태가 아니었다. 에밀리의 머릿속은 오직 한시바삐 해리와 단둘이 방에서 추잡한 짓을 할 생각뿐이었다. 해리는 운전을 하고 또 하다가 마침내 차를 멈췄다. 개가 에밀리의 다리에 침을 흘리자 그녀는 비명을 질렀고, 해리는 그러는 그녀를 일으켰다. 에밀리는 그것이 좋았다. 둘이 어떻게 만났는가를 떠올리게 했다. 해리의 집은 어두웠지만 침대가 있었고, 밖에는 달이 떠 있었다. 에밀리가 그의 바지를 벗기려고 했지만 해리는 안 된다고 말했고, 그녀는 된다고, 명령조로 들리게끔 약간 낮은 주파수로 강조해 말했지만 소용없었다. 침대에서 해리는 그녀의 목을 어루만졌고, 에밀리는 자신이 그런 손길을 그리워했다는 사실을 깨달았다. 지금까지 에밀리가 해온 모든 포식성 행동에 상호 이익이라는 개념은 없었다. 하지만 중요한 개념이었다. 에밀리는 잊고 있었다. 그녀가 다시 해리의 옷을 벗기려고 하자, 이번에는 한 손으로 에밀리의 두 손목을 잡더니 베개 위로 올려 꼼짝 못 하게 했다. 「당신을 원해요.」 에밀리가 말했다. 「만지게 해줘요.」

「안 돼요.」 해리가 말했고, 에밀리는 그 말을 듣자 왠지 더욱 흥분되었다. 에밀리는 도전을 무척이나 즐겼다. 하지만 해리의 두 손이 그녀의 몸을 쓸어내리자, 에밀리는 더 이상 저항할 수가 없었다. 「아아.」 에밀리가 말했다. 「아아, 아아.」 어둠 속에서 해리의 개가 눈을 반짝이며 둘을 지켜보았지만, 에밀리는 신경 쓰지 않았다. 에밀리의 마음은 이미 어딘가 다른 곳으로 가고 있었다. 해리는 조심스레 애무했고, 에밀리는 그날에야 평생 처음으로 애정 어린 보살핌이 어떤 것인지를 제대로 알게 되었다. 새로운 것을 알아 가는 밤이었다. 해리는 에밀리를 안았고, 그의 손가락들이 그녀의 안에서 움직였으며, 이윽고 우레 같은, 통제가 전혀 불가능한 자연의 힘 같은 클라이맥스가 에밀리의 온몸을 휩쓸고 지나갔다. 에밀리는 잠시 정신이 멍해져 가만히 누워 있어야만 했다. 해리가 에밀리의 손목을 놓았다. 그는 여전히 바지를 입고 있었다. 에밀리는 이제 다음 단계를 원한다는 신호를 보낼 필요가 있었다. 「이제…….」 에밀리가 말했다. 그리고 마침내 해리가 고개를 끄덕이며 말했다. 「이제.」 그리고 에밀리는 해리에게 거의 덤벼들다시피 했다.

아침이 되어 에밀리가 잠에서 깨어났을 때, 해리는 침대에 없었다. 에밀리는 일어나 앉았다. 침실에는 커튼이 없었다. 창밖으로는 평평한 땅이 지평선까지 끝없이 펼쳐져 있었다. 침실은 엉킨 시트와 흩어진 옷가지로 엉망이었다. 침대를 빼면 가구는 없었다. 그림도 없었다. 사진도 없었다.

에밀리는 식탁에서 메모를 발견했다.

좀 다녀옵니다. 아침 식사는 알아서 챙겨 드세요.

〈좀 다녀온다.〉 에밀리는 생각했다. 해리는 좀 다녀온다며 나갔다. 그는 뭔가를 타고 알 수 없는 이유로 미지의 목적지를 향해 적당한 시간 동안 떠난 것이다. 에밀리는 해리가 그것을 설명해 주어 기뻤다. 그녀는 방을 살펴보았다. TV 위에 개 사진이 하나 있었다. 개인적인 물건은 오직 그것 하나뿐이었고, 에밀리는 그 사진을 집어 들었다. 커다란 개. 남자들이 키우는 개였다. 그녀는 사진을 내려놓았다. 개까지 분석해야 할 정도로 해리에 대해 절박하게 알고 싶지는 않았다. 에밀리는 주방으로 가서 냉장고 문을 열었다.

에밀리는 시리얼을 먹었다. 샤워를 했다. 발가벗은 채 해리의 침실로 가 옷장을 뒤졌다. 책은 보이지 않았다. 에밀리는 해리가 혼자 있을 때 뭘 하는지 알 수 없었다. 그녀는 설거지를 시작했고, 냄비를 문질러 닦다가 갑작스레 무시무시한 깨달음을 얻었다. 해리는 에밀리가 떠나길 기다리고 있었다. 그게 메모의 의미였다. 에밀리는 솔을 내려놓고 자기 옷을 찾으러 갔다.

다음과 같은 농담 또는 수수께끼가 있다. 어떤 여자가 자기 어머니 장례식장에서 한 남자를 만났다. 두 사람은 첫눈에 반했지만, 여자는 남자의 이름을 알지 못했고, 이후 그 남자를 찾을 수가 없었다. 며칠 후 그 여자는 자기 여동생을 죽였다. 답을 맞혀 보라. 하지만 만약 당신이 답을 맞힌다면 그것은 당신이 사이코패스라는 뜻이다. 왜냐하면 그 여자가 그런 행동을 한 것은 그 남자를 다시 만나고 싶었기 때문이니까. 에밀리는 그 후 며칠 동안 자기도 모르게 응급 사고를 꾸며 내는 상상을 할 때마다 이 이야기를 몇 번이고 곱씹어 보았다.

에밀리는 마침내 해리의 집으로 차를 몰고 갔다. 밖은 어두웠고, 흙먼지가 이는 길에서 길을 잃기도 했으며, 해리의 집 근처에서 다시 차를 돌리기도 여남은 번은 한 듯했다. 왜냐하면 그와 한 번 잔 것과 또다시 찾아가는 것은 완전히 다른 이야기였기 때문이다. 에밀리는 자신의 행동이 위험하다고 느꼈다. 세상의 가장자리를 향해 항해하는 것처럼.

마침내 에밀리는 긴 진입로로 들어섰다. 집에는 불이 켜져 있었지만 에밀리는 차를 공회전하며 밖에 서 있었다. 자신이 이곳에 오는 것이 맞는지 여전히 확신이 들지 않았기 때문이다. 아니, 그러면 안 된다는 것을 알았지만, 그래도 그러고 싶었다. 현관문이 열렸다. 해리가 손차양을 하고 눈을 가리며 나왔다. 그리고 에밀리를 보자 싱긋 웃었다. 그 웃음에 에밀리는 결심했다. 차에서 내렸다. 「불편한 시간에 온 건가요?」 에밀리는 예의를 차렸다.

「아니요.」 해리가 말했다.

「보고 싶어서 와봤어요.」

「잘 왔어요.」

에밀리는 차 옆에서 머뭇거렸다.

「들어와요.」 해리가 말했고, 에밀리는 집으로 들어갔다.

3개월 후, 에밀리는 그 집으로 이사를 했다. 이미 그 집에서 살던 것이나 마찬가지였다. 호주 코미디 방송의 엔딩 크레딧이 올라가고 있을 때 에밀리가 제안했다. 해리는 그 코미디 방송을 좋아했고, 에밀리도 점점 덜 싫어하게 된 프로그램이었다. 「나 들어와 살아야겠어.」 에밀리가 말했다. 어쩌면 그것은 제안이 아니었다. 하지만 그녀가 의미한 바는 그거였다. 에밀리는 종종 해리에게 설득 기술을 써보았지만 그 어떤 방법도 먹혀들지 않았다. 그녀는 해리를 조종하려고 시도하지만 실패하는 것이 마음에 들었다. 만약 에밀리가 해리를 조종할 단어를 알았다면 모든 것이 달라졌으리라. 도전하는 느낌이 전혀 들지 않았으리라.

에밀리는 해리를 위해 요리를 했다. 사실 달걀을 깨뜨려 프라이를 해서 접시에 담아 쟁반에 올려 가져간 것이 전부이긴 했지만 말이다. 에밀리는 해리의 팔을 베고 누우면 안심이 되었다. 해리는 에밀리와 함께 드라이브를 갔다. 그에게는 오프로드 오토바이가 차고에 꽉 찰 정도로 있었고, 둘은 울퉁불퉁한 들판을 함께 달리며 드라이브를 즐겼다. 해리는 라이플을 쏠 때 어깨를 다치지 않도록 라이플 잡는 방법을 알려 주었고, 총알이 날아가며 중력 때문에 얼마나 멀리 떨어지는지 가늠하는 법도 알려 주었다. 밤하늘이 맑을 때면 뒤쪽 포치에 앉아 해가 땅속으로 녹아 들어가는 동안 음료를 마시고 사랑을 나누었다. 그전까지 에밀리에게 하늘은 적의를 품은 존재일 뿐이었다. 해리는 에밀리에게 하늘에 담긴 자연 그대로의 아름다움과, 벌거벗은 땅의 힘과 앙상한 나무들의 힘을 깨닫게 해주었다. 그 모든 것에는 존재의 이유가 있음을 알려 주었다. 심지어 에밀리가 늘 두려워하던 뱀들조차도. 뱀들은 전혀 예상치 못한 곳에 마치 끊어진 로프 같은 모습으로 사방에 있었다. 이제 에밀리는 뱀들이 공격을 좋아한다기보다 적극적으로 방어할 뿐이라는 사실을 알게 되었다. 에밀리는 브로큰힐에서 2년을 살면서도 그 점을 전혀 이해하지 못했었다.

해리가 캥거루를 쏘는 것을 처음 보았을 때, 에밀리는 비명을 질렀다. 해리가 캥거루 사냥을 한다는 것을 알고 있었고, 유해한 동물이라는 사실도 알았지만, 땅 위에 쓰러진 갈색 털을 보는 것, 그리고 뒤집힌 채 작은 이빨을 드러내고 있는 묘하게 인간을 닮은 입술을 보는 것은 참기 어려웠다. 「캥거루는 해로운 동물이야.」 해리가 말했다. 「자라는 건 뭐든지 먹어.」

「그래도.」 에밀리가 말했다.

해리는 라이플을 오토바이에 기댔다. 「캥거루에 대한 이야기 알아?」

「무슨 이야기?」

「검은 친구들 사이에 전해져 오는 이야기야.」 호주 원주민을 뜻하는 거였다. 「미나와라라는 소녀가 있었어. 그 아이는 영리했고, 창을 잘 던졌어. 1킬로미터 떨어진 곳에 있는 쿠카부라[5]를 볼 정도로 눈도 날카로웠지. 어느 날 그 아이는 투석기를 훔쳤어. 그건 부족 전체가 공유하는 물건이었지만 미나와라는 그걸 작은 주머니에 감췄지. 투석기가 없어진 것을 알게 된 부족은 아주 화가 났고, 장로는 미나와라에게 그걸 가져갔는지 물었어. 미나와라는 그렇지 않다고 대답했지. 그래서 장로는 땅에 마법을 걸었고, 땅이 뜨거워지기 시작했어. 장로가 말했지. 〈발이 뜨거우냐, 미나와라?〉 그건 마법이었어. 거짓말을 한 사람의 발이 뜨거워지는 마법. 미나와라는 아니라고, 아무렇지도 않다고 말했어. 하지만 곧 열기를 참을 수 없었고, 그래서 발을 바꿔 가며 깡충거리기 시작했어. 그리고 이어서 펄쩍펄쩍 뛰었지. 장로가 말했어. 〈왜 펄쩍펄쩍 뛰는 거냐, 미나와라?〉 그러자 아이는 이렇게 말했어. 〈저는 뛰는 게 좋아요. 저는 늘 펄쩍펄쩍 뛸 거예요.〉

5 *kookaburra*. 호주에 서식하는 새.

그리고 계속 그렇게 했지. 미나와라는 남은 평생 동안 사방을 그렇게 펄쩍펄쩍 뛰어다녔어. 너무 고집이 세서 투석기를 돌려주려 하지 않았거든. 미나와라의 발은 점점 길어지며 튼튼해졌고, 최초의 캥거루가 되었지.」

「그 이야기를 들으니 더 맘이 안 좋아.」 에밀리가 말했다. 「이제는 아는 사람 같은 느낌까지 들잖아.」 에밀리는 불쌍한 미나와라를 바라보았다.

「하지만 도둑인걸.」 해리가 말했다.

해리는 말하지 않았다. 즉 특별한 목적이 없으면 말하지 않았다. 에밀리는 해리의 그런 점이 당혹스러웠다. 해리가 말하지 않는 것이 무엇일까 궁금해졌다. 처음에 에밀리는 저녁 식사 중에 그에게 정치에 대해 묻거나 둘의 관계에 대해 있음 직하지 않은 가설들을 제시하며 끊임없이 해리를 탐색했다. 어느 날 밤, 해리가 막 잠에 빠져들려는 순간 에밀리는 말했다. 「너랑 나 중 누가 더 똑똑하다고 생각해?」

에밀리는 궁금한 것은 알아야 직성이 풀렸다. 해리가 무슨 생각을 하는지 추측만 하는 것은 성에 차지 않았다. 그녀는 해리가 하는 말을 듣고 싶었다. 에밀리가 놀랄 일을 피하는 방법이었다. 어느 날 그녀는 해리의 헛간에서 이상한 장치를 발견했다. 올이 풀리고 엉킨 밧줄과 규화목이었다. 에밀리는 그걸 들고 3백 미터를 걸어 울타리 말뚝을 고치는 해리에게 갔다. 「이게 뭐야?」

해리는 그것을 힐끗 보았다. 「모빌.」

「그게 뭔데?」 에밀리는 그걸 흔들었다. 먼지가 떨어졌다. 백만 년은 된 물건처럼 보였다. 규화목 각 부분에는 어두운 자국이 있었고, 어떤 자국은 이상해 보였다.

「그건 모빌이야.」 해리가 말했다. 「아기용.」

에밀리는 땅에 앉았다. 「좀 더 말을 해야 알아듣지. 〈그건 모빌이야〉로는 충분하지 않아. 내 말 무슨 뜻인지 알겠어?」 아니, 해리는 무슨 말인지 알아듣지 못했고, 에밀리는 그것을 알 수 있었다. 「왜 모빌을 가지고 있는데? 어디서 난 거고? 이 자국들은 뭐야? 이것에 대해 무슨 생각을 해?」

해리가 일어나 앉았다.

「나는 말을 하지 않는 사람들에게 익숙하지 않아.」 에밀리가 말했다. 「솔직히 그런 사람들을 보면 당황스러워.」

해리는 그녀를 자기 쪽으로 끌어당겼고, 에밀리는 잠깐 저항했다. 해리가 두 팔로 그녀를 안았고, 그의 땀 냄새에 에밀리는 판단력이 흐려졌다. 해리가 말했다. 「뭐든 진실로 만들려면 말을 해야 한다고 생각하는구나?」

「그래. 바로 그게 내 생각이야.」

해리는 차분히 생각을 정리했다. 「아버지는 광부였어. 그때는 광산이 지금보다 더 컸지. 광산에서 신기한 물건을 발견하면 아버지는 그걸 집으로 가져왔어. 그리고 내가 태어나기 전에 그 모빌을 만들었고. 난 아버지가 돌아가신 뒤에 물건을 정리하다가 그걸 발견했어. 필요할 경우를 대비해 간직하기로 마음먹었지. 꽤 잘 만든 거라고 생각해.」

「알았어.」 에밀리가 말했다. 「고마워. 그거면 충분해. 그 말 하는 게 그렇게 어려웠어?」

해리는 에밀리에게 키스하기 시작했다. 그 뒤의 상황은 퇴폐적으로 흘러갔다. 하지만 나중에 에밀리는 해리가 한 말을 생각해 보았다. 뭔가를 진실로 만들기 위해 말을 할 필요가 없다는 점에 대해. 그건 에밀리가 배운 것과 정반대의 개념이었다. 두뇌는 언어를 사용해 개념을 구성했다. 또한 두뇌는 단어들을 써서 자신의 화학 수프를 식별하고 조성했다. 심지어 어떤 언어를 사용하느냐가 어느 정도까지는 그 사람의 사고를 결정했다. 유사해 보이는, 혹은 유사하게 들리는 단어들이 나타내는 개념들 사이에서 미묘한 논리적 흐름이 형성되기 때문이다. 그러니 그것은 맞는 말이었다. 적어도 중요한 한 가지 면에서 단어는 사물을 진실로 만들었다. 하지만 동시에 단어는 단지 상징일 뿐이었다. 그것들은 이름표이지 이름표를 붙인 실제 대상이 아니었다. 느끼기 위해 단어가 필요하지는 않았다. 에밀리는 해리의 말에 일리가 있다고 생각했다. 하지만 쉽게 마음에 와닿지는 않았다.

물론, 해리는 손에 넣을 가치가 있는 사람이었다. 여자들은 거리에서 에밀리를 보면 축하한다고 말했다. 에밀리에게 온갖 축복의 말을 늘어놓았다. 에밀리는 브로큰힐 사람들에게 〈해리를 길들인 여자〉로 통했다. 과거가 있는 것은 당연했다. 〈해리를 길들이지 못한 여자들〉이 줄줄이 있었다. 하지만 에밀리는 그것에 대해 묻지 않았다. 전에 해리와 함께 있던 부동산 여자를 보았을 때조차도 그랬다. 둘은 식료품점 복도에서 반갑지 않은 조우를 했다. 둘이 얼굴을 마주하는 내내 그 여자는 에밀리에게 갓 짠 오렌지주스가 농축 오렌지주스에 비해 얼마나 좋은가에 대해 이야기했고, 에밀리는 무슨 일이 일어났던 것일까를 생각했다. 이 여자는 한때 해리와 사귀었지만 이제는 그렇지 않았다. 도대체 무슨 일이 있었던 것일까? 해리는 헤어질 때 태도가 어땠을까? 잔인했을까? 바람을 피웠을까? 무관심했을까? 에밀리는 이런 것들에 대한 답을 듣고 싶었다. 하지만 그녀는 그 질문들을 하지 않았다. 에밀리는 정말 답을 듣고 싶은 것이 아니라면 괜히 답을 알기 위해 꼬치꼬치 캐묻지 말아야 한다는 것을 알았다. 이제 에밀리는 자신이 브로큰힐에 오기 전까지 행복한 적이 한 번도 없었다는 사실을 깨달았다.

국민당이 유권자 프로파일 데이터베이스를 만들다

영국 국민당이 유권자 수만 명의 개인 정보를 수집한 사실이 금요일에 밝혀졌다.

〈일렉트렉〉이라는 이름의 이 데이터베이스는 각각의 선호에 맞는 팸플릿 작성과 개별 방문, 전화 캠페인 자료로 쓰였다.

국민당의 이 프로젝트를 위해 8개월 동안 일했다는 마크 미첼(38세) 씨는 설문 조사, 편집자에게 보내는 편지, 인터넷에 올린 글, 이벤트 참석 등의 자료로부터 정보를 모았다고 주장했다.

그의 주장에 따르면, 이 과정을 통해 유권자를 몇 개의 범주로 나누었으며, 각 그룹은 선거 사전 준비 기간 동안 그룹에 특화된 홍보물을 받았다.

국민당 대변인은 〈일렉트렉〉의 존재를 인정했지만, 정치 단체들 사이에서는 그런 일이 흔하며, 사생활 보호법을 위반하지 않았다고 말했다.

IRC 사본

출처: IRCnet # worldchat 201112260118 irc client

〈마슬로프〉 에이

〈마슬로프〉 뭐가 문제인지 모르겠어

〈빅토르〉 알았어

〈빅토르〉 이런 식이야

〈빅토르〉 거리에서 캠페인을 해

〈빅토르〉 개별 방문을 하고

〈빅토르〉 노크를 하기 전에 서류를 보면 이런 식으로 적혀 있어 〈마슬로프, 21세, 남자, 내년에 직장을 구할 수 있는지가 최대 관심사임.〉

〈빅토르〉 그래서 나는 노크를 하고 말하지. 〈안녕하세요, 마슬로프 씨. 저는 선거에 출마했고 제 주요 관심사는 일자리 창출입니다.〉

〈마슬로프〉 그렇군

〈빅토르〉 그러면 넌 생각하지 〈우와, 이 친구가 진짜네. 이 친구를 찍어야지.〉

〈빅토르〉 그리고 다음 집에 가면 이번에는 이렇게 말해 〈안녕하세요, 키티펜드래곤 양. 저는 선거에 출마했고 제 주요 관심사는 기후 변화와 싸우는 겁니다.〉

〈키티펜드래곤〉 예 =^_^=

〈빅토르〉 왜냐하면 내 서류에 그게 키티펜드래곤의 관심사라고 적혀 있거든

〈마슬로프〉 하지만 그건 좋은 거잖아

〈마슬로프〉 선거에 출마한 사람들은 사람들이 무슨 생각을 하는지 알아야지

〈마슬로프〉 원하는 것도

〈빅토르〉 흠, 내가 뽑혔다고 생각해 보자

〈빅토르〉 내 최고 관심사는 뭘까?

〈빅토르〉 무슨 말인지 알겠어?

〈마슬로프〉 알아 하지만 최소한 사람들 말을 듣기는 하잖아

〈빅토르〉 그건 민주주의의 근본을 흔드는 거라고

〈빅토르〉 후보자들은 자신의 입장이 뭔지 밝혀야 하는데 그러지 않는 거잖아

〈빅토르〉 문제가 뭔지 모르겠어?

〈마슬로프〉 응

개인 정보 보호

13. **트루코프는 고객의 개인 정보를 중요하게 생각합니다.** 고객의 정보는 안전하게 보관되며 고객의 동의 없이는 **공개되지 않습니다.*** 우리는 데이터 저장 시스템을 보호하기 위해 최신 암호 기술과 불법 침입 방지 구조물을 갖추었습니다.

* 법이 정하는 곳은 제외함. 고객은 일부 지역에서는 트루코프가 관계 당국에 정보를 제공할 수밖에 없으며, 이 경우 고객에게 이를 알리지 않을 수도 있음을 숙지해야 합니다. 트루코프는 데이터를 안전하게 지키기 위해 모든 노력을 다할 것이지만, 데이터 유출 그리고/또는 개인 정보 공개가 일어났을 경우, 그 과정이 어떠했는지와 상관없이 트루코프는 아무 책임도 지지 않습니다(이는 법원 명령에 따른 공개, 정부 기관의 요구, 직원 및 하청업자의 허가받지 않은 접근, 해킹을 포함하지만, 이에 국한되지는 않습니다). 트루코프는 고객들의 개인 자료로부터 뽑은 전반적인 통계 자료를 익명 형식으로 우리가 선택한 몇몇 다른 기관과 공유할 수 있습니다. 28일 이상 체납되거나 연락이 닿지 않는 고객에 대해서 트루코프는 이 조항에서 면제됩니다. 이 조항들과 조건들은 향후 변경될 수 있으며, 우리 웹 페이지에서 그 변경 내용을 확인하는 것은 고객의 책임입니다.

5

윌은 길 위로 낮게 떠 으르렁거리며 분노를 발사하는 햇볕을 막으려고 차양을 백만 번째 조정했다. 「너무 뜨겁네요.」 윌은 엘리엇을 보았다. 그는 아무래도 상관없다는 듯 아무 반응도 보이지 않았다. 엘리엇은 미니애폴리스에서 윌에게 울프와 다를 바 없다고 비난받은 이후로 거의 침묵을 지켰다. 윌은 엘리엇이 조바심을 내고 있다고 여겼지만, 물론 정말 그런지는 알 길이 없었다. 엘리엇의 얼굴은 벽돌처럼 무표정했기 때문이다.

도로에 팬 구멍을 지나가며 차가 덜컹거렸다. 둘은 우스꽝스러운 보라색 발리언트를 타고 브로큰힐로 가는 길이었다. 폭이 넓고 소리가 요란했으며, 족히 30년은 된 차였다. 에어컨은 당연히 없었다. 인정사정없는 햇볕 세례를 받은 대시보드는 오래전에 갈라졌고, 노란 거품이 새어 나오기 시작했다. 속도계는 마일 단위로 표시되어 있었다. 아직도 안전띠가 있는 게 기적이었다. 아마도 연비는 리터당 1킬로미터 정도이리라. 윌은 헐벗은 나무들이 지나가는 것을 지켜보았다. 금속과 유리로 만든 오븐 속에서 여덟 시간을 지내고 나니, 온몸의 모공에 열기가 스며들어 있었다. 윌은 오로지 이 차에서 빠져나가고 싶을 뿐이었다. 그는 엘리엇이 무슨 말이라도 해줬으면 싶었다. 「전에 여기에 와본 적이 있나요?」

답이 없었다. 윌은 지평선 끝까지 펼쳐진 벌거벗은 땅을 바라보았다. 마치 판자를 쭉 깔아 놓은 듯이 평평했다. 윌은 전에 여기에 와본 적이 있었다. 그는 브로큰힐에 살았던 적이 있는 듯했다. 하지만 기억이 나지 않았다. 윌은 자신이 이런 열기를 잊을 수 있다는 게 믿기지 않았다.

「그래.」 엘리엇이 말했다. 잠깐 시간이 지나고서야 윌은 자신이 질문했다는 사실을 깨달았다.

「전인가요, 후인가요?」 엘리엇은 반응을 보이지 않았다. 「무슨 말인지 알잖아요. 전인가요, 후인가요?」 여전히 아무 반응도 없었다. 「아니면 둘 다?」 윌은 한숨을 쉬고는 공기 벤트를 만지작거리기 시작했다.

「그러지 마. 그래 봤자 소용없어.」

윌이 엘리엇을 보았다. 「나는 그냥…….」

「벤트를 그냥 놔둬.」

윌은 의자에 등을 기댔다. 엘리엇은 분명히 화가 나 있었다. 창을 지나는 이정표가 메닌디로 가는 방향을 알려 주었다. 「자동차에 기름을 넣어야 해요.」 천천히 교차점이 가까워졌다. 「엘리엇? 겨우 30킬로미터예요. 메닌디요. 엘리엇? 주유소들이 얼마나 멀리 떨어져 있는지 알아요? 정말로, 이런 식으로 길에서 기름이 떨어지면 죽는다고요. 진짜로 일어나는 일이라고요.」

교차점을 지나갔다. 윌은 몸을 구부렸다. 그는 엘리엇이 멈추고 싶어 하지 않는다는 것을 알아차렸다. 공항에서는 아슬아슬했다. 둘이 출입국 관리소를 통과했을 때, 작고 피부가 검은 공항 직원이 불쑥 나타나더니 두 사람에게 줄 밖으로 나오라고 명령했다. 윌은 작고 창이 없는 방으로 안내된 후 혼자 남겨졌고, 20분 동안 감시 카메라를 물끄러미 바라보았다. 둘의 정체가 밝혀진 것이 분명해 보였지만, 윌은 자신이 어찌해야 좋을지 알지 못했다. 그래서 그냥 기다렸다. 마침내 문이 열렸다. 들어온 사람은 엘리엇이었다. 사람들은 복도에서 호주인 특유의 요란한 목소리로 논쟁을 벌이고 있었다. 「우린 괜찮은 거예요?」 윌이 물었고, 엘리엇은 아무 말도 하지 않았다. 하지만 대답은 명백히 〈아니〉였다. 둘은 택시를 잡아탔다. 경찰 사이렌 소리가 점점 가까워졌다. 하지만 그 뒤로는 평온하게 차를 타고 오랫동안 가는 게 전부였다.

갑자기 펑 하는 소리와 함께 차가 흔들리는 바람에 윌은 눈을 떴다. 「뭐죠?」 윌이 추적과 죽음을 떠올리며 말했다. 엘리엇은 갓길에 차를 세웠다. 먼지바람이 몰아쳤다.

「펑크가 났어.」 엘리엇이 말했다. 그가 차 문을 열었다. 윌은 잠깐 앉아 있었지만 신선한 바깥 공기를 떠올리고 의자에서 몸을 일으켰다. 무릎에서 우두둑하는 소리가 심하게 났다. 공기는 불같았지만, 적어도 움직이고는 있었다. 윌은 팔을 흔들며 차 주위를 돌았다. 「그래, 좋았어.」 윌이 말했다. 왠지 기분이 좀 나아졌다.

엘리엇은 트렁크에서 예비 타이어를 꺼냈다. 윌은 손차양을 하고 주변을 살폈다. 아무것도 없었다. 공중으로 피어오르는 거대한 아지랑이만 보였다. 윌은 뭔가 볼 것을 찾아 눈을 바삐 움직였다.

엘리엇이 끙끙거리는 소리가 들렸다. 「도와줘요?」

엘리엇은 벌게진 얼굴로 윌을 바라보았다. 「녹이 슬었어.」

「러그 너트요?」

「상관없어. 이대로 몰 수 있어.」 엘리엇이 일어났다.

「충분히 세게 당겼어요?」

「그래.」 엘리엇이 말했다. 「충분히 세게 당겼어.」

「내가 해볼게요.」

엘리엇은 타이어를 굴리며 트렁크로 갔다. 「잊어버려.」

「그러지 좀 마요. 난 쓸모없는 존재가 아니라고요.」

「이건 돌아가며 다들 한 번씩 해보는 그런 게임이 아니야. 차에 타.」

「2분이면 돼요.」

「차에 타.」

「싫어요.」

엘리엇이 무표정한 얼굴로 그를 바라보았다. 「좋아.」 그는 윌에게 렌치를 건넸다.

윌은 티셔츠를 벗고 타이어 잭을 받친 바퀴 앞에 무릎을 꿇고 앉았다. 녹이 잔뜩 슬어 있는 게 보였다. 윌은 낑낑대며 제일 위의 너트에 렌치를 끼우고 돌려 보았다.

「어때?」 엘리엇이 말했다.

윌은 팔로 이마의 땀을 훔쳤다. 「몸을 좀 푼 거예요.」

「시간이 별로 없어.」

「맙소사, 내가 타이어조차 갈아 끼우지 못할 거라고 생각하는

군요.」 윌은 렌치에 힘을 주었다. 「할 수 있다고요.」

시간이 어느 정도 흘렀다. 「됐어.」 엘리엇이 말했다. 「이 정도면 충분해.」

「거의 다 됐어요.」

「그렇지 않아. 넌 지금 시간만 낭비하고 있는 거야.」

윌이 힘을 주었다. 뭔가 깨지는 소리가 났다.

「그러다가는 너트를 으깨고 말 거야.」

러그 너트가 비명을 질렀다. 윌은 있는 힘껏 렌치를 돌렸고, 마침내 너트가 헐거워졌다. 그는 너트를 돌려 빼서 바닥에 떨어뜨렸다. 윌은 엘리엇의 얼굴을 보고 싶은 마음이 굴뚝같았고, 그 마음을 도저히 참을 수가 없었다.

「축하해.」 엘리엇이 말했다. 「안타깝게도 세 개가 더 있어.」

윌은 타이어에 발을 단단히 고정했다. 「당신은 내가 쓸모없기를 바라지요. 내가 쥐뿔도 모르면서 우왕좌왕할 때 당신은 모든 걸 통제하는 게 아주 좋아 죽겠죠?」

「아니, 정반대야. 내가 원하는 건 되도록 빨리 브로큰힐에 가는 거고, 너도 그 목표를 이루는 데 기여해 줬으면 해.」

윌은 렌치를 놓고 몸을 굽혀 다음 러그 너트를 살폈다. 녹이 아주 심하게 슬어 보였다. 윌은 렌치를 집더니 너트를 치기 시작했다.

「어리석은 짓이야.」 엘리엇이 말했다. 「차에 타.」

너트에서 녹이 떨어졌다. 윌은 렌치를 끼우고 힘주어 돌렸다. 「두 개 했어요.」

「잘됐네.」 엘리엇이 말했다.

「당신은 좀 긴장을 풀어야 해요.」 윌이 말했다. 「정말로 숨을 좀 돌려요. 당신 혼자서 모든 걸 다 할 필요는 없다고요.」

「긴장을 풀라고?」

윌은 렌치를 세 번째 너트에 끼웠다. 「내가 뭐 웃긴 말 했어요?」

「난 말이야. 생리적 욕구인 음식, 물, 공기, 잠, 섹스가 필요할 때 욕구를 느끼지 않으면서 그걸 만족시키기 위한 프로토콜에 따르지. 그래, 웃겨.」

「무슨 말이죠?」

「구부러지지 않도록 방어를 유지할 필요가 있어. 욕구는 약점이야. 설명했을 텐데.」

「흠, 멋지게 들리네요. 사는 재미가 있겠어요, 엘리엇.」 너트가 느슨해졌다. 「됐다!」 윌이 말했다.

「욕구가 훈련된 자제력을 이기면 무슨 일이 일어나는지 알고 싶어? 차에 타. 두 시간 뒤면 그곳에 도착할 거야.」

「그리고 당신은 그 일을 막지 못했죠.」 마지막 너트는 너무나도 녹이 슬어서 윌은 렌치를 끼우느라 고생을 했다. 「당신과 당신의 프로토콜은 내가 살던 마을을 구하지 못했어요.」 윌은 마찰을 느끼고 힘을 주었다. 「훈련된 자제력…… 훈련이라는 걸 전혀 받지 못한 내가 어떻게 이 너트를 빼내는지 지켜보시죠.」 그의 근육이 부풀어 올랐다. 땀이 등을 타고 흘러내렸다.

「그만해. 잭에서 차가 떨어지겠어.」

「그리고 브론테는요? 20년 동안 알았으면서도 전혀 시도하지 않았어요, 그렇죠? 손 한번 잡지 않았다고 장담해요.」

「차에 타.」

윌이 신음 소리를 냈지만 너트는 꼼짝도 하지 않았다. 그는 헐떡이며 렌치를 놓았다. 「내가 옳다는 걸 당신도 알잖아요.」
「넌 옳지 않아.」 엘리엇이 말했다. 「네가 입을 열어 의견이랍시고 하는 말은 전부 다 틀려. 네가 이 타이어를 갈 능력이 있다고 믿는 것을 포함해서 말이야. 차에 타.」
윌은 발 위치를 바꾸더니 렌치를 집었다. 「나는…… 이…… 너트를…… 푼다고요!」 그는 젖 먹던 힘까지 다 짜냈다. 몸이 덜덜 떨렸다. 그가 고함을 쳤다. 너트가 삐걱이며 돌아갔고, 윌은 땅에 주저앉았다. 그는 비틀거리며 다시 타이어로 다가갔다. 「좋았어! 됐어!」 그는 자랑스레 너트를 흔들었다. 「내가 옳았어요! 내가 옳았어!」
엘리엇은 차를 빙 돌아가 운전석에 탔다.
「하.」 윌이 말했다. 윌이 잡아당기자 타이어가 쉽사리 빠졌다. 윌은 타이어를 갈아 끼우고 셔츠를 입은 다음 조수석에 탔다. 엘리엇이 시동을 켰다. 그는 아무 말도 하지 않았다. 윌 역시 아무 말도 하지 않았다. 이번에는 침묵도 괜찮았기 때문이다.

「저 헬리콥터가 맘에 안 들어.」 엘리엇이 말했다. 타이어를 바꾸고 나서 한 시간이 흐른 뒤였다. 어쩌면 두 시간일 수도 있었다. 정확히 알 수는 없었다. 아무것도 바뀌지 않았기 때문이다. 그들은 끝없이 이어지는, 여기저기 터지고 벗겨진 아스팔트 위를 계속 나아갔다.
윌은 몸을 앞으로 기울여 차창 너머를 물끄러미 바라보았다. 오른쪽 하늘에 검은 반점이 떠 있었다. 「저건 농약 방제기예요. 여기서는 헬리콥터로 농약을 쳐요.」
「작물은 어디에 있는데?」

좋은 지적이었다. 검은 반점이 커졌다.「모르겠어요.」

「뒷좌석에 가방이 있어. 그것 좀 줘봐.」

윌은 자리에서 몸을 틀어 녹색과 검은색이 들어간 낡은 운동 가방을 찾아서 무릎으로 끌어왔다. 안에서 쇠붙이 소리가 났다. 「이거, 내가 생각하는 게 맞아요?」

「그래.」

「총은 언제 구했어요?」하지만 윌은 알고 있었다. 엘리엇이 차를 구했을 때였다. 윌이 화장실에서 나왔을 때, 턱수염을 기른 남자가 엘리엇에게 트렁크에 든 것을 보여 주고 있었다. 둘은 악수를 했다. 그리고 엘리엇과 윌은 그 남자의 발리언트를 타고 떠난 것이다.

「그걸 가방에서 꺼내.」

「농약을 뿌리는 농부를 쏠 생각은 없어요.」

「누군가를 쏘라는 게 아니야. 준비를 하라는 거지.」

「저기 양옆으로 삐죽 나온 막대기들 보여요? 농약을 뿌리는 막대기예요. 약을 치는 거라고요.」헬리콥터가 도로 위로 날아오더니 그곳에 떠 있었다. 문이 벌컥 열렸다. 햇빛에 금속이 반사되었다.「아니면 캥거루 사냥을 하는 것일 수도 있고요.」윌이 말했다. 엘리엇이 가속 페달을 밟았다. 뭔가가 지붕을 둔탁하게 치는 소리가 들렸다. 뜨거운 공기가 윌의 머리털을 간지럽혔고, 그가 고개를 들고 보니 깔끔하게 뚫린 작고 푸른 구멍이 보였다. 구멍이 파란 것은 그 너머로 하늘이 보였기 때문이다. 그는 몸을 돌렸고, 뒷좌석에서 두 번째 구멍을 발견했다.「맙소사!」

엔진이 요란한 소리를 냈다. 윌은 속도계 바늘이 시속 90마일을 넘어가는 것을 보았다. 길은 갈라지고 구멍이 파였으며, 모래가 흩뿌려져 있었다. 한 번만 덜컹거려도 차가 구를 수 있었다. 공중으로 날아가기 십상이었다. 헬리콥터가 머리 위로 날아왔고, 윌이 힐끗 보니 중절모를 쓴 머리가 희끗희끗한 남자가 소총을 들고 있었다. 윌이 몸을 돌리자 뒤쪽 창을 통해 헬리콥터와 차 사이의 거리가 점차 벌어지는 것이 보였다.

「좋아.」 엘리엇이 말했다. 「이제 네가 누군가를 쐈으면 해.」

윌은 가방에서 산탄총을 꺼냈다. 쌍발 총열 주위로 갈색 플라스틱이 덮인 것으로, 장전하려면 중간을 꺾어야 하는 종류였다. 윌은 어설프게 산탄총을 들었다.

「장전해.」

「아, 그렇죠.」 윌은 탄알이 든 상자 몇 개를 찾은 다음 하나를 찢어 열었다. 차가 도로에 팬 구멍에 걸리면서 미끄러지기 시작했다. 탄알들이 발아래 바닥으로 떨어졌다. 자동차는 다시 균형을 잡았고, 윌은 중심을 잡고 산탄총을 연 뒤 각 총열에 탄알을 밀어 넣었다. 그는 창문을 내렸다. 거센 바람이 얼굴을 후려쳤다. 윌은 차창 밖으로 머리를 내밀었고, 헬기가 고도를 낮게 유지하며 뒤쪽에서 따라오는 것이 보였다. 조종사는 플라스틱 창 뒤쪽에서 양손으로 조종간을 잡고 있었는데, 윌이 보기에 그가 조종을 하면서 동시에 총을 쏠 수 있을 것 같지는 않았다. 윌은 다시 머리를 차 안으로 들이밀었다. 「저 사람이 시인인가요?」

「좋은 질문이야.」

「그냥 일반인일 것 같아요!」 차가 덜컹거렸다. 「시인들에게 조종당하는 거라고요!」

「그럴 가능성이 있지.」

「그럼 어째요?」

「저자를 쏴야지.」

「뭐라고요? 안 돼요!」

「돼.」 엘리엇이 도로에 시선을 고정한 채 고개를 끄덕였다. 「당장 쏴.」

「우리에게 총을 쏘지는 않잖아요! 그냥 우리를 쫓아오는 것뿐이라고요!」

「그래도 쏴.」

「헬기를 조종하는 동안에는 총을 쏠 수 없다고요, 엘리엇!」

「알아! 쏘라니까!」

「만약 저자가 총을 쏠 수 없다면, 그리고 시인이 아니라면, 왜 저자를 쏴야 하는데요?」

「왜냐하면 우리와 충돌하려는 중이니까!」

「아.」 윌이 말했다. 「아!」 그는 창밖으로 머리를 내밀었다. 헬리콥터의 프로펠러가 굉음을 내면서 그들을 향해 돌진하고 있었다. 윌은 총을 들어 올렸지만, 이미 때는 너무 늦었고, 그는 다시 차 안으로 몸을 들여놓았다. 엘리엇이 브레이크를 밟았다. 발리언트가 미끄러지며 도로를 벗어났다. 먼지가 뿌옇게 일었다. 세상이 어두컴컴해졌다. 헬기 날개가 지나갔고, 윌은 온몸의 뼈에 거대하고 끔찍한 힘이 가해지는 것을 느꼈다. 모든 것이 소음과 먼지가 되었다. 이윽고 조용해졌다.

「가만히 있어.」 잠시 후 엘리엇이 말했다.

윌은 그를 보았다. 엘리엇은 안전띠를 풀고 있었다. 「뭐라고요?」

「움직이지 마.」 엘리엇은 윌의 손에서 산탄총을 낚아채더니 문을 열고 사라졌다.

윌이 몸을 웅크렸다. 시간이 흘렀다. 날카로운 폭발음이 들렸고, 산탄총의 더 크고 깊은 소리가 울렸다. 윌은 몸을 일으키다가 멈췄다.

문이 열렸다. 산탄총이 개머리판부터 들어왔다. 윌은 총을 받으라는 뜻임을 깨달았다. 엘리엇이 안으로 들어오더니 차 열쇠를 돌렸다.

윌이 제대로 앉았다. 「괜찮아요?」

엘리엇은 발리언트를 몰고 다시 도로로 들어가더니, 이제는 아무렇게나 흩어진 고철 더미처럼 보이는 헬기를 에둘러 갔다. 조종사는 그림자도 보이지 않았다. 차는 시속 65마일을 지나 90마일, 이윽고 110마일이 되었고, 차의 속력 때문에 바람은 늑대처럼 울부짖었으며, 도로에 팬 구덩이 하나하나는 폭탄처럼 충격을 주었다. 타이어가 미끄러지고 투덜거리며 저항했다. 윌은 아무 말도 하고 싶지 않았지만, 이러다가 죽겠다는 생각이 네 번째로 들자, 더 이상 가만히 있을 수가 없었다.

「뭐하는 거예요?」

「서두르는 중이야.」 엘리엇의 목소리가 이상했다.

「왜 그러는데요?」

「이제 많은 것이 너한테 달렸어.」 엘리엇이 고개를 저었다. 「젠장.」

「왜요?」

「앞으로 누군가를 쏴야 하면 쏴야 돼.」

「알았어요, 알았다고요.」

엘리엇이 고개를 저었다. 「이건 터무니없는 생각이야. 터무니없어.」

엘리엇의 옆 창문을 통해 윌은 얇은 먼지구름을 보았다. 「어, 다른 차가 있네요.」

「넌 내가 사람들에게 총질하는 걸 좋아한다고 생각해? 천만에. 내가 그러는 건, 그래야 하기 때문이야. 알겠어?」

「네.」

「만약 우리가 실패하면 무슨 일이 일어나는지 알아? 놈들을 막을 사람이 아무도 없으면 어떻게 되는지 아냐고?」

「아니요. 말해 주지 않았잖아요.」

「맙소사.」 엘리엇이 말했다. 「이건 말도 안 돼.」

윌이 창밖을 바라보았다. 「저 차는 빠르네요. 정말로 빨라요.」

「우리를 따라잡으려고 하는 거야.」

「그래요?」

「놀란 모양이네? 놈들이 그냥 두고 볼 거라고 생각한 거야?」

「왜 내게 화가 난 거예요?」 윌은 엘리엇의 셔츠를 물끄러미 바라보았다. 얼룩이 보였다. 거무스름했다. 「총에 맞았어요?」 엘리엇은 대답하지 않았다. 「엘리엇! 총에 맞았냐고요?」

「그래.」

「우리는…… 당신을…….」

「멍청한 소리를 지껄이면 네 아가리를 쏴버릴 거야.」

「엘리엇.」 윌이 말했다. 「엘리엇.」

「그 자식을 쏘라고 말했잖아.」

「미안해요. 미안해요.」 엘리엇의 옆 창문 밖에서 먼지구름은 경찰차로 바뀌었다. 「내가 어떻게 하면 되죠?」

「다음번에 농부와 세상의 운명 사이에서 선택을 해야 한다면 농부에게 총알을 박으면 되지. 그렇게 하면 돼.」

「알았어요.」

「넌 울프를 죽일 수 있어. 그렇게 할 수 있겠어?」

「네.」

「그래.」 엘리엇이 말했다. 「잘도 그러겠다.」

그들이 탄 차 옆으로 경찰차가 다가왔다. 앞쪽 표지판에는 〈방벽 고속 도로〉 그리고 〈정지〉라고 되어 있었고, 윌이 보기에 자신들의 차와 경찰차가 부딪칠 것은 뻔해 보였다. 「속도를 줄여요.」 윌이 말했지만 엘리엇은 듣지 않았다. 그 대신에 엘리엇은 핸드브레이크를 잡으며 운전대를 돌렸고, 차는 옆쪽으로 미끄러지기 시작했다. 차는 고속 도로를 가로지르고, 경찰차 앞을 지나며, 잠시 맨땅에서 뿌옇게 먼지를 일으키다가 아스팔트 위로 다시 비틀거리며 올라왔다. 그들 뒤로 사이렌이 울리기 시작했다.

「저 경찰이 종자인지 알아내.」 엘리엇이 말했다.

「뭐라고요?」

「개종자. 구부러진 사람. 저자가 우리를 체포하고 싶은 건지 죽이고 싶은 건지 알아내라고.」

「그걸 내가 어떻게 해요?」

「무슨 생각을 하는 거야? 총으로 해야지!」

윌은 창문을 내렸다. 경찰차는 바로 옆에서 발정 난 동물처럼 왜앵왜앵거리며 몸을 들이밀었다. 윌은 타이어를 쏘기로 결정했다. 하지만 그가 창밖으로 산탄총을 내미는 순간, 경찰차의 엔진이 으르렁거리며 거리를 벌렸다. 윌이 다시 차 안으로 몸을 들여놓았다. 「총에 맞고 싶지 않은 모양인데요.」

「구부러진 자는 아니군.」 엘리엇이 말했다. 「좋아.」 앞쪽에

〈브로큰힐 8〉, 〈접근 근지〉, 〈격리 구역〉, 〈위험 죽음〉이라는 표지판이 서 있는 것이 윌의 눈에 보였다. 그 너머 지평선에서는 일찍 뜨는 별처럼 보이는 빛 두 개가 반짝였다.「계속 차간거리를 유지해.」

「얼마나 심하게 다친 건가요?」

「아주 심하게.」엘리엇이 백미러를 힐끗 보았다.「젠장, 윌, 이 개새끼야!」

윌은 재빨리 주위를 돌아보았다. 경찰차가 차선을 가로질러 운전석 쪽으로 다가오고 있었다. 윌은 자동차 뒷좌석으로 곤두박질치며 넘어갔다. 그가 다시 일어나 앉자, 경찰차는 그들과 나란히 가고 있었다. 부드럽게 부딪치는 느낌이 왔다. 발리언트의 뒤쪽이 마치 얼음 위를 지나듯이 미끄러지기 시작했다. 세상이 빙빙 돌았다. 윌은 산탄총을 놓쳤다. 발리언트가 완전히 한 바퀴 돌았고, 엘리엇은 가속 페달을 힘껏 밟았으며, 차는 다시 앞으로 돌진했다.

윌은 다시 산탄총을 잡았다. 경찰차는 한 번 더 발리언트를 한 바퀴 돌리려고 다가왔고, 창문을 내릴 틈도 없었기에 윌은 두 발을 차 문에 대고 산탄총을 다리 쪽으로 겨냥한 뒤 방아쇠를 당겼다. 유리창이 깨졌다. 경찰차는 마치 벌에 쏘인 듯 움찔하더니 여섯 옥타브 정도 높아진 엔진 소리와 함께 멀어져 갔다. 윌은 깨진 차창 너머로 몸을 내밀고 이글거리는 바람을 맞으며 밖을 살폈다. 경찰차에는 경찰 두 명이 탔고, 그들의 얼굴은 놀람과 공포로 일그러져 있었다. 윌은 산탄총을 돌려 라디에이터를 겨냥한 뒤 방아쇠를 당겼다. 경찰차 보닛이 튕겨 올라갔다. 경찰차는 타이어에서 연기를 내뿜으며 도로에서 벗어났다. 윌이 차 안으로 몸을 들였다.

윌이 자리에 앉았을 때, 앞쪽에서 반짝이던 빛은 각 차선에 한 대씩, 경찰차 두 대가 빛을 뿜어 대고 있었다. 그 차들은 그들을 향해 돌진해 오고 있었다. 「설마…… 자살 특공대는 아니겠죠?」 엘리엇은 대답하지 않았다. 윌은 안전띠를 찾아 손으로 더듬거렸지만, 아무것도 찾을 수가 없었다. 엘리엇은 분명 도로에서 벗어나려 하고 있었다. 앞창을 통해 보이는 경찰차들은 도로에 찰싹 붙어 빠르게 커져 가며 그들을 향해 돌진해 왔다. 「엘리엇! 엘리엇!」

경찰차 한 대가 다른 경찰차 뒤로 떨어졌다. 그들은 빠르게 엘리엇의 창 옆을 지났고, 사이렌이 도플러 효과를 일으켰다. 윌이 숨을 헐떡였다.

「장전해.」 엘리엇이 말했다.

윌은 발아래에서 총알을 집었고, 산탄총을 꺾어 열었다.

「놈들은 또다시 올 거야. 놈들이 가까이 오지 못하도록 해.」

「알아요.」

「말로만 떠들지 말고, 행동으로 보이라고.」

「하고 있다고요! 방금 경찰차를 쐈잖아요. 못 봤어요?」

「다음번에는 운전하는 사람을 쏴.」

「제길!」 윌이 말했다. 「뭐가 달라요?」

「운전자를 쏘면 150미터 안쪽으로 접근하지 못하지. 그게 다르다고! 〈차〉를 쏘면…….」

「알았어요! 알았어!」 윌은 조수석 차창 밖으로 팔꿈치를 내밀고 몸을 일으켰다. 바람에 몸이 떨어져 나갈 것만 같았다. 저 멀리, 윌이 쏘았던 자동차에서 하얀 연기 기둥이 파란 하늘을 배경으로 피어올랐다. 더 가까이에는 새로 나타난 경찰차 두 대가 계속 거리를 좁혀 오고 있었다. 월은 산탄총을 고정했다. 한때 월은 사냥을 했다. 그는 토끼와 캥거루가 있는 지역을 휩쓸고 다녔다. 그게 언제였더라? 기억이 나지 않았다. 하지만 이런 느낌, 어깨에 산탄총을 대고, 눈앞에 끝없이 펼쳐진 대지의 풍경은 낯익었다. 월은 기다렸다. 경찰들은 그의 모습을 확실히 보고 물러설 터였다. 월은 누구도 쏘고 싶지 않았다.

발리언트가 쿨럭였다. 차가 흔들리고 비틀거렸다. 월은 차에서 떨어지지 않기 위해 창틀을 움켜쥐었고, 하마터면 총을 놓칠 뻔했다. 「이봐요!」 월이 외쳤다. 「뭐하는 짓이에요?」

「기름! 문제가 되고 있어!」

「왜 〈차를 흔드는〉 거예요?」

「탱크에서 기름을 뽑아내려고!」

「하마터면 떨어질 뻔했다고요!」

엘리엇이 뭔가를 말했지만, 월은 으르렁거리는 바람 소리 때문에 무슨 말인지 알아듣지 못했다.

월이 안으로 몸을 숙였다. 「뭐라고요?」

「계속 움직이는 게 중요하다고 말했어!」

「그건 나도 알아요! 그냥 5초만 반듯하게 가라고요!」 월은 다시 창밖으로 몸을 내밀었다. 경찰차들은 걱정스러울 정도로 가까이 다가와 있었다. 이 정도 거리면 월은 경찰차 창문을 꿰뚫을 수 있었다. 경찰들도 그것을 알지 않을까? 경찰들은 월에게 산탄총이 있는 것을 볼 수 있었다. 그는 경찰들이 물러서기를 기다렸다.

「쏴!」 엘리엇이 소리쳤다.

윌은 왼쪽 차를 겨냥하고 방아쇠를 당겼다. 산탄이 보닛을 가로질러 흩뿌려졌다. 앞창에 금이 갔다. 경찰차 두 대의 앞부분이 아스팔트에 처박혔다. 타이어들에서 연기가 뿜어져 나왔다. 윌은 경찰차들과의 간격이 족히 2백 미터는 벌어질 때까지 지켜보았다. 이윽고 몸을 꿈틀거리며 다시 차 안으로 들어왔다. 「따돌렸어요.」

「잘했어.」

엘리엇은 윌에게 왜 보닛을 겨냥해 쐈는지 묻지 않았다. 어쩌면 알아차리지 못했을 수도 있었다. 어쩌면 윌의 사격 솜씨가 형편없어서였다고 생각할 수도 있었다. 엘리엇은 윌이 사냥을 한 적이 있다는 사실을 알지 못했다. 정확히 말하자면, 윌이 사냥했던 기억을 되찾았다는 사실을 알지 못했다. 「진짜로, 당신 병원에 가야 해요.」

「어떻게 할 건데?」 엘리엇이 말했다. 「이런 상황에서 대체 어떻게 나를 병원으로 데리고 갈 수 있는데?」

「모르겠어요. 하지만 그냥 죽을 수는 없잖아요, 안 그래요? 당신이 죽으면 누구도 좋을 게 없다고요.」

「잠깐.」 엘리엇이 말했다. 윌은 출구 램프가 다가오는 것을 보았다. 먼지 낀 아스팔트는 붉은색과 검은색, 노란색으로 〈입구 없음, 도로 막힘, 격리 구역〉이라고 쓰인 표지판이 가로막고 있었다. 그들은 가장자리를 돌아 나갔고, 차는 거칠게 쿨럭였다. 윌은 차의 반응이 굼떠진 느낌이 들었다. 엔진이 꾸르륵거렸다. 발리언트는 비틀거리며 직진하기 시작했고, 화난 듯이 투덜거렸다.

「안 좋은데요.」

「안 좋지.」

윌은 힐끗 뒤를 돌아보았다. 경찰차들이 한 줄로 따라오고 있었다. 경찰차들은 저 멀리서 쉽사리 램프를 빠져나왔다. 「우리가 기름이 떨어질 때까지 저렇게 따라올 기세네요.」

「아니야.」

「제안을 하나 하죠.」 윌이 말했다. 「차를 세우고, 경찰에게 체포된 뒤, 당신은 치료를 받는 거예요.」 엘리엇은 아무 말도 하지 않았다. 「그러면 당신이 우리가 빠져나갈 수 있게 말을 해요. 그 단어 주술로요.」 윌은 몸을 앞으로 기울이고 하늘에서 헬리콥터를 찾아보았다. 「우선 당신이 멀쩡한 것이 최우선이라고 생각하지 않아요?」

「날단어가 최우선이야.」

「그래요. 날단어.」 윌은 앞을 응시했다. 「도로에 뭔가가 있어요.」 도로 양쪽 가장자리에서 중앙을 향해 철망이 쳐져 있었고, 두 철망 가운데에 뭔가 놓여 있었지만, 열기로 인한 아지랑이 때문에 잘 보이지 않았다. 「저거 출입문인가요?」

「그냥 철망이 느슨해진 거야.」

「확신해요?」

「아주 확신해.」

「정말로 확신해요?」 윌은 말했지만, 그가 입을 열 즈음 답은 명확해졌다. 그건 빨간색과 노란색으로 된 단단한 방벽이었다. 발리언트는 그곳을 밀치고 나아갔고, 노란 벽돌이 윌의 얼굴로 날아들었으며, 가벼운 소리를 내면서 앞창을 스쳐 갔다.

윌은 뒤쪽 창문을 바라보았다. 색깔 벽돌들이 천천히 도로를 가로질러 굴러갔다.

「플라스틱이야.」 엘리엇이 말했다.
「철망이라고 했잖아요.」
「지난번에 왔을 때는 그랬어.」
경찰차들이 작아지고 있었다. 「와. 경찰차들이 멈췄어요.」
「저자들은 브로큰힐에 대해 들은 이야기를 믿기 때문이야. 죽고 싶지 않은 거지.」
「그럼 여기로는 아무도 따라오지 않는 건가요? 우리는 안전해요?」
「평범한 사람들은 안 올 거야. 개종자라면 올 거고.」
「아아.」 윌이 낙심해 말했다. 「개종자요.」
「그리고 고립 환경 요원도.」 엘리엇이 말했다. 「넌 아직 그자들을 본 적이 없지. 그자들이 나타나면 우리는 그 단어가 필요할 거야.」 엘리엇은 백미러를 힐끗 보았다. 「차를 세울 테니 한동안 네가 차를 몰아.」
자동차는 관성으로 움직이다가 멈췄다. 윌은 몸을 숙이고 자동차를 빙 둘러 뛰어갔다. 경찰이 저격용 소총을 가지고 있을지도 모르고, 헬리콥터나 뭔가가 나타날 수도 있었기 때문이다. 알 수 없는 일이었다. 뭐든 나타날 수 있었다. 엔진이 푸르륵거렸고, 윌은 〈제발 꺼지지 말아 줘, 이 자식아〉라고 생각했다. 운전석 쪽 문을 열었다. 엘리엇은 마치 그곳에 떨어진 것처럼 앉아서 한 손을 배에 대고 있었다. 얼굴이 종잇장 같았다. 운전석은 피로 젖어 있었다. 「맙소사.」 윌이 말했다.
「타.」
윌은 젖은 좌석에 엉덩이를 대고 앉았다. 마치 비 온 뒤 채소밭처럼 비옥한 흙 냄새가 진하게 났다. 「상태가 아주 심각해요,

엘리엇.」 윌은 문을 닫은 뒤, 차가 뻗어 버리기 전에 움직이기 시작했다. 「브로큰힐에 병원이 있나요? 아니면 적어도 진료소라도?」 윌은 엘리엇을 힐끗 보았고, 돌연 그가 5초 전에 죽어 버린 것은 아닌지 더럭 겁이 났다. 하지만 엘리엇은 여전히 살아 있었다. 「어쩌면 거기로 가서 뭔가 처치를 할 방법이 있을지도 몰라요.」 어쩌면 엘리엇에게 의료 지식이 있을지도 모른다. 어쩌면 엘리엇은 자기 몸에서 총알을 꺼내고, 유효 기간이 지난 의약품으로 적정량의 처치를 할 수 있을지도 모른다. 엘리엇은 윌의 눈알에 바늘을 박아 넣은 적이 있었다. 분명 어느 정도 지식이 있을 터였다. 엔진이 세 번 쿨럭였다. 저 멀리서 뭔가 모습을 드러냈다. 낡고 커다란 것이었다. 「내 말 듣고 있어요?」

「그래. 좋은 계획이야.」

「그래요?」 하지만 엘리엇의 표정은 말과 달랐다. 「젠장! 그럼 어쩌라고요?」

「우리는 그 단어를 가져올 거야.」

「그러고는요?」 엘리엇은 아무 말도 하지 않았다. 「어떻게…….」 윌은 입을 열었지만, 엘리엇에게 퍼붓던 질문 공세를 멈출 수밖에 없었다. 지금은 엘리엇이 콩팥을 누르고 있는 일에 집중하도록 해야만 했다. 오른편으로 집 한 채가 지나갔다. 햇볕에 페인트가 튼 나지막한 집이었지만, 그는 포틀랜드에서 이보다 훨씬 더 낡은 건물들도 본 적이 있었다. 그 집은 폐가 같지 않았다. 윌은 그게 창문이었음을 깨달았다. 창문들은 손상되지 않았다. 웃자란 잡초도 보이지 않았다. 태양이 모든 것을 자라지 못하게 한 탓이다. 그는 여기저기에 있는 회백색 덩어리들을 보며 생각했다. 〈개미탑인가?〉 길 위에 하나가 있었고, 멀리에 여러 개가 더 보였다. 윌은 운전대를 돌렸다. 「젠장!」

엘리엇이 신음 소리를 냈다.

「해골이에요.」 윌이 말했다. 물론 해골들이 있는 게 당연했다. 하지만 그래도. 길 위에 해골이라니. 외진 곳에 주유소가 보였다. 타버린 스테이션왜건에 반쯤 걸쳐진 해골이 보였다. 그는 혹시 이 광경을 본 엘리엇이 조금이라도 놀랐는지 보려고 그쪽을 힐끗 보았지만, 엘리엇은 두 눈을 감고 있었다. 「엘리엇.」

엘리엇이 눈을 떴다. 그는 마치 뭔가 무거운 것을 정돈하듯이 자리에서 몸을 움직이기 시작했다. 「내가. 눈을. 감고. 있지. 못하게. 해.」

「그래서 말을 건 거예요.」 윌이 속력을 늦췄다. 이제 해골들이 더 많이 보였고, 윌은 그 위로 차를 몰고 싶지 않았다. 그랬을 때 나는 소리를 듣고 싶지 않았다. 앞서 보았던 커다란 건물은 정제소로, 추락한 우주선처럼 거대하게 웅크리고 있었다. 마치 지구로 떨어져 모두를 죽인 것만 같았다. 윌이 믿을 수 있는 일이었다. 죽음의 광선. 마을에 퍼지며 사람들을 분해해 버리는 섬뜩한 광선. 윌은 그런 게 마을을 초토화시킬 수 있다는 것은 이해할 수 있었다. 하지만 단어로 그런다는 것은 이해가 되지 않았다. 「엘리엇!」

엘리엇이 눈을 떴다.

「거의 다 왔어요.」 바람에 닦인 이정표가 반짝였다. 〈황화물 거리. 노천 광산 #3.〉 이정표를 보니, 마치 사람들은 이곳이 독성 물질 누출로 인한 대참사의 장소가 되길 바란 듯 보였다. 하지만 사실 독성 물질 누출 따위는 없었다. 그건 단지 꾸며 낸 이야기였을 뿐이다. 윌의 마음속에서 뭔가가 그를 끌어당겼다. 딱 꼬집어 말할 수 없는 기억이었다. 「당신이 말한 단어는 어디에 있나요?」

「병원.」 엘리엇이 말했다.

윌이 그를 힐끗 보았다. 「지금 병원에 가고 싶어요?」

「단어. 병원에 있어. 응급실에.」

「당신이 그걸 어떻게 알아요?」

「그냥 알아.」 엘리엇이 말했다.

윌은 속력을 더 늦췄다. 이제 길 위에 온통 뼈들이 흩어져 있었기 때문이다. 별 뾰족한 수가 없어 윌은 회색 덩어리 위로 차를 몰았고, 나뭇가지가 부러지는 듯한 소리에 움찔했다. 1년 반 동안 바람 때문에 모래가 쌓여 계단이 경사로로 변한 도서관이 보였다. 윌은 해골들이 사람이었다는 사실을 믿기 어려웠다. 머리로는 알지만 가슴으로는 도저히 받아들여지지 않았다. 윌은 병원 표지판을 찾기 위해 앞을 살폈다. 오른쪽으로는 상점 정면에 처박힌 소방차가 보였다. 여기서 무슨 일이 벌어졌는지는 모르지만, 순식간에 벌어지지는 않았다. 사람들은 달아날 시간이 있었다. 아니면 달아나려고 애써 볼 시간이. 윌은 차를 몰고 계속 거리를 지났다. 어떤 해골들에게는 소지품이 있었다. 윌은 못 본 척하고 싶었지만, 어쩔 수 없었다. 살은 썩지만 물건들은 그렇지 않았다. 손가락뼈들에서 반짝이는 반지들이며, 벨트 버클, 금팔찌와 금귀고리 들이 보였다. 윌은 보도에서 작은 해골을 하나 보았다. 그는 여기에 있고 싶지 않았다. 가슴 저 깊숙한 곳에서 갑자기 감정이 북받쳐 올랐다.

카페와 부동산 사무소가 하나씩 보였다. 흐릿하고 어렴풋한 기억이지만, 두 곳 모두 낯익었다. 윌은 산화물 거리를 피하고 싶은 마음을 꾹 참고 뼈들로 이루어진 덤불 위로 발리언트를 몰았다. 부러진 대퇴골 조각이 타이어를 펑크 내면 어쩌지? 아마 그것은 문제가 되지 않을 터였다. 차는 이미 거의 부서진 상태였다. 엘리엇처럼. 윌처럼. 지금 이 순간 그들은 죽음에 아주 가까이 다가서 있었다. 사방에 죽음이 널려 있었다.

월은 하얀 십자가가 그려진 파란 이정표를 보았다. 「엘리엇! 찾았어요. 정신 차려요.」 거리는 자동차들로 뒤엉켜 있었고, 윌은 발리언트로 그 사이를 헤치고 나아갔다. 이곳의 피해는 더 심각해서, 모든 창문이 깨졌고, 뼈들은 눈처럼 쌓여 있었다. 병원 길 건너편의 건물이 뭔지는 몰라도 불에 완전히 전소되어 폐허가 되었고, 거리를 지날수록 그 정도가 더 심해졌다. 아마도 상점들이 늘어선 이 작은 거리의 절반 정도가 불에 탄 듯했다. 「그 단어가 응급실에 있다고 했죠? 그렇죠?」 사실 윌은 이미 알고 있었다. 그 사실에 대해 엘리엇의 확인을 받을 필요가 없었다. 그는 단지 계속 말을 하려는 것뿐이었다. 윌은 〈응급실〉 이정표를 보았고, 발리언트를 몰고 불탄 픽업트럭 두 대 사이의 좁은 공간을 빠져나갔다. 하얀 구급차가 보도 가장자리에 널브러져 있었다. 그 너머로 양쪽으로 열리는 넓은 유리문과 빨간 표지가 보였다. 윌은 사이드브레이크를 잡아당겼다. 윌이 자동차를 안락사시키기 전에, 차가 먼저 부르르거리더니 죽었다. 「엘리엇. 도착했어요.」

엘리엇이 고개를 까닥였다. 「좋아.」

「안으로 들어갈 때 부축해 줄까요?」 윌은 고개를 저었다. 「깜박했네요. 당신은 여기 있어야 하죠. 내가 가서 그 단어를 가져올게요.」

「절대로…….」

「절대로 당신에게 그 어떤 말도 하지 말라는 거죠? 알았어요.」 엘리엇은 고개를 끄덕였다. 그는 윌의 조언을 어쩔 수 없이 받아들였다. 그는 풀어져 있었다. 모든 것을 통제하던 태도에서 벗어나 있었다. 엘리엇은 더 이상 책임지는 위치가 아니었다.
「곧 돌아올게요.」 윌이 차에서 내렸다.

윌은 침묵을 견딜 준비가 되어 있지 않았다. 그는 차 문을 닫았고, 문 닫는 소리는 증발했다. 그의 신발이 모래를 밟았다. 뜨거운 공기가 주먹처럼 그를 움켜쥐었다.

윌은 구급차를 빙 돌아갔다. 응급실 유리문은 묘한 검은색이었다. 페인트칠을 한 것이 아니라 얼룩이 진 것이었다. 그는 왠지 모르게 걸음을 늦췄다. 아니, 사실은 왜인지 알았다. 3천 명의 사람을 벨트 버클과 뼈로 만들어 버린 것이 무엇이든 간에, 윌은 그것과 마주하고 싶은 마음이 별로 없었기 때문이다. 구급차의 뒤쪽 문은 열려 있었다. 차 안쪽을 힐끗 보았다. 구급 침대, 붕대, 도구들, 작은 병들. 예상 밖의 물건들은 없었다. 하지만 그 모습을 본 윌의 두뇌가 꿈틀거렸다. 뭔가 낯익은 느낌이 다시 스멀거렸다. 그는 생각을 하며 망설였다. 이 물건들은 엘리엇에게 도움이 될 수 있었다. 물도 좀 있었다. 윌은 구급차로 들어갔다. 그리고 의료용으로 보이는 건 닥치는 대로 그러모았고, 물건들을 한 아름 들고 발리언트로 돌아왔다. 엘리엇은 두 눈을 감고 있었다. 「엘리엇!」

엘리엇이 두 눈을 번쩍 떴다.

「잠들지 말아요.」 윌은 들고 있던 병들을 엘리엇의 무릎에 쏟아 놓았다. 「필요하면 쓰세요.」

엘리엇이 물끄러미 윌을 바라보았다.

「약품이에요. 물이랑요. 물 좀 마셔요.」

「무슨…….」

「있잖아요, 당신이 맞는 것 같아요. 나는 여기서 살았어요. 익숙한 느낌이 들기 시작했어요.」

「그 빌어먹을…….」 엘리엇이 말했다. 「단어는.」

「그건 아직 가져오지 않았어요. 이게 있으면 당신에게 도움이 될 거라고 생각했어요.」 엘리엇이 두 눈을 부라리며 크게 떴다. 「알았어요! 간다고요! 맙소사!」

윌은 응급실로 다시 걸어갔다. 이윽고 검은 유리에 기댄 형체들이 보일 정도로 가까워졌다. 윌은 그게 뭔지 알았다. 유리에는 20~30명의 시체가 빽빽하게 기대어 있었다. 보이는 것만 그 정도였다. 그는 안쪽이 밀봉된 것은 아닌지 궁금했다. 안에 유독한 공기가 가득 차 있을 수도 있었다. 윌을 죽일 수도 있었다. 그는 다시 차로 뛰어갔다.

「젠장!」 엘리엇이 말했다.

「잠깐만요.」 윌이 말했다. 「하나만 물어볼게요. 정말로 이 상자를 열고 싶은 거 맞아요? 왜냐하면, 알다시피 그 안에 있는 게 많은 사람을 죽였으니까요. 우리는 아주 위험한 물건에 대해 말하는 거예요. 그냥 걸어가서 그걸 가져오는 건 정말 멍청한 짓이 아닐까 하는 생각이 들었어요. 아주 위험해 보이거든요. 알아요? 당신은 내게 면역력이 있다고 했지만, 정말로 그게 확실해요? 만약 내가 지난번에는 어찌어찌해서 그걸 피한 것뿐이라면요? 내가 도랑에 숨어 있었고, 그게 내 머리 위로 지나간 것뿐이라면요? 저기 응급실은 한쪽 벽에서 다른 쪽 벽까지 시체들로 꽉 차 있어요, 엘리엇. 물샐 틈 없이 시체로 가득하다고요. 그리고 꼭 집어 말할 수는 없지만, 시체가 가득한 방의 뭔가 때문에, 응급실에 들어가는 게 망설여져요. 그런 표정으로 날 보지 말아요. 알아요, 안다고요.」 윌은 고개를 저었다. 「들어갈 거예요. 그럴 거라고요. 단지⋯⋯ 당신은 내게 어쩌면 가서 죽으라고 말하는 거라고요, 엘리엇. 잠깐만 시간을 줘요. 잠깐만요⋯⋯ 당신이 아프다는 거 알아요. 간다고요. 하지만 내가 하는 일에 고마워하세요. 내가 원하는 건 그게 전부예요. 당신이⋯⋯ 잠깐이라도⋯⋯ 내가 죽으러 간다는 단순한 사실에 고마워했으면 좋겠어요. 알았어요? 아마 나는 죽기 직전일 수도 있다고요. 나는 기꺼이 그렇게 할 거예요. 갈 거라고요. 괜찮아요. 난 단지⋯⋯.」

윌은 몸을 돌렸다. 걸어갔다. 유리는 무척이나 시커멨다. 그는 발을 끌며 걸었다. 그는 응급실 문에 도착했다. 손가락으로 문패를 만져 보았다. 따뜻했다. 마치 그 안에 박동하는 심장이 있는 것처럼. 그렇지 않았다. 그건 단지 태양 때문이었다. 이곳의 모든 것이 따뜻했다. 윌은 발리언트를 보려고 고개를 돌렸지만, 구급차에 가려 보이지 않았다.

「만약 내가 돌아오지 못하면, 엘리엇.」 윌이 외쳤다. 「엿이나 처먹어, 이 개새끼야!」 윌의 목소리가 흔들렸다. 그는 문을 밀었다.

3부

단어들

그리고 생각건대, 나는 길 없는 황무지에서
타락하여 홀로 있구나.

— 샬럿 브론테, 「변절」

출처: http://mediawatch.corporateoppression.com/community/tags/fox

폭스 뉴스나 MSNBC 또는 어디가 되었든 간에 편향된 태도에 대해 불만을 품는 일은 핵심을 놓치는 것이라고 생각한다. 나는 늘 그것을 느낀다. 만약 내가 폭스 뉴스를 본다고 말하면 마치 내가 아기를 죽였다는 식의 반응이 돌아온다. 어떻게 그런 것을 볼 수 있느냐, 그것은 유언비어를 유포하는 곳일 뿐이다, 기타 등등 기타 등등. 그리고 그런 말을 하는 사람들이 폭스 뉴스에 대해 그렇게 생각하는 것은 진짜로 앉아서 폭스 뉴스를 보았기 때문이 아니라, 자신이 좋아하는 뉴스 채널, 즉 폭스 뉴스의 경쟁자들이 폭스가 방영하는 뉴스 프로그램의 일부분을 종종 방영하여 폭스 채널을 정말로 멍청해 보이게 만들기 때문이다.

그런데 사실, 폭스도 그렇게 한다. 만약 내가 폭스 채널만 본다면, 나 역시 폭스가 종종 내보내는 다른 방송국 뉴스의 일부분을 볼 것이고, 따라서 나는 그런 뉴스를 보는 당신이 정말로 멍청하다고 생각할 것이다.

하지만 나는 폭스 뉴스만 보지 않는다. 편향된 뉴스에 속지 않는 방법은 가장 편향되지 않은 뉴스 하나를 골라 전적으로 그 내용만을 믿는 것이 아니기 때문이다. 우선, 사용하는 언어부터 어떤 이야기를 기사로 할 것인가 하는 선택에 이르기까지 모든 뉴스가 편향되어 있다. 모든 점을 고려해 볼 때, 가장 편향된 뉴스와 가장 덜 편향된 뉴스 사이의 간극은 꽤 작다.

하지만 더욱 중요한 것은, 한 가지 정보원에만 의지한다는 것은 그 정보를 비판적으로 판단하지 못한다는 뜻이 된다. 그것은 마치 당신이 방에 갇혀 있고, 내가 날마다 당신을 방문해 바깥세상에서 무슨 일이 벌어지는지 당신에게 설명하는 것과 같다. 그런 상황에서 당신을 조종해 내가 원하는 대로 믿게 하는 것은 식은 죽 먹기이다. 설사 내가 거짓말을 하지 않더라도, 나를 지지하는 사실들만 말하고 그렇지 않은 사실들은 말하지 않으면 된다.

모든 뉴스를 한 곳에서만 얻는다면 바로 그런 일이 일어난다. 만약 당신이 상대가 하는 말 가운데 적에게 속한다고 배운 단어나 구절, 즉 〈환경〉이나 〈일자리 창출〉과 같은 표현을 듣는 순간 귀를 닫아 버린다면 당신은 바로 그렇게 하고 있는 것이다. 당신이 지적인 사람이라고 해도 일단 누군가가 당신이 듣는 단어를 한 번 걸러서 공급한다면, 당신은 듣는 내용을 비판적으로 분석할 도리가 없다. 기껏해야 최선의 경우가 당신의 뉴스 공급원이 아주 빤하게 자가당착에 빠진 말을 하는 때이고, 그러면 당신은 그 모순을 알아차릴 수 있다. 하지만 만약 저쪽에서 조금만 신경을 써서 내부적으로 일관된 논리를 지키기만 하면(그리고 언제나 그들은 그렇게 한다) 당신은 아무것도 알아차릴 수 없다. 당신은 당신의 결정권을 그들에게 넘기고 만 것이다.

1

에밀리는 해리가 불편한 순간을 포착하려고 애썼다. 샤워실에 들어갈 때라든가 밤에 자려고 눈을 감은 직후, 또는 직장에 늦어서 차 문에 막 손을 대는 순간 등이었다. 「날 사랑해?」 에밀리는 종종 물었다. 에밀리는 자신이 해리를 놀리는 것이라는 사실을 알 수 있도록 웃으며 물었다.

「아마도.」 해리는 이따금 그렇게 대답했다. 또는 아무 대답도 하지 않았다. 어떤 때는 〈물론이지, 그걸 왜 물어?〉라는 표정으로, 또 어떤 때는 〈그만해, 나 지금 늦었단 말이야〉라는 표정으로 에밀리를 보았다.

해리는 에밀리를 무척 사랑했다. 에밀리는 그것을 확신했다. 모든 증거가 그렇다는 것을 가리켰다. 그런데 왜 그렇다고 말하지 않는 것일까? 이 부분이 에밀리를 괴롭혔다. 물론, 해리의 세상에서는 뭔가를 진실로 만들기 위해 꼭 말을 하지 않아도 되었다. 아무리 그래도 그렇지.

에밀리는 그것을 말했다. 그녀는 그 말을 아주 많이 했다. 3주 전부터 그 말을 시작해서 점차 빈도를 늘리다가 지난주 나흘 동안에는 그 말을 하지 않았다. 혹시 해리의 태도가 바뀌지 않을까 하는 바람에서였지만 허사였다. 에밀리는 해리에게 억지로 그 말을 시킬 수 있었기 때문에 더욱더 초조해졌다. 에밀리는 여러 단어를 알지는 못했지만 요령이 있었고, 해리의 범주를 알아냈으며, 자신이 원하는 단어를 해리 윌슨에게 말하게 할 수 있다는 데 추호의 의심도 없었다. 하지만 만약 그렇게 한다면 그것은 진실이 아닐 것이다. 해리가 아닐 것이다. 그것은 단지 해리를 통해 에밀리가 자신에게 말하는 것일 뿐이었다. 참으로 열불이 나는 상황이었다.

「저 자동차는 아주 온 동네를 휘젓고 다녔어.」 에밀리가 먹을 샌드위치를 만들며 여자가 말했다. 에밀리는 고개를 돌렸다. 길 건너편에 검은 세단이 서 있었다. 유리창에는 선팅이 되어 있었고, 더위 속에서 엔진이 작동하고 있었다. 먼지가 뽀얗게 앉은 것을 보니 아주 오랫동안 운전해 온 듯했다. 「차 보이지?」

「네.」 에밀리가 말했다.

「이 동네 차가 아니야.」

「그러네요.」 에밀리는 셰릴이 만드는 샌드위치를 바라보았다. 에밀리는 지난 4년 동안 평일 점심시간이 되면 거의 날마다 이 가게에 들렀다. 사실상 에밀리는 셰릴의 샌드위치와 결혼한 것이나 마찬가지였다.

「광산에 다녀왔어.」 셰릴이 칼로 차를 가리켰다. 「타이어를 좀 봐.」

에밀리가 바라보았다. 타이어들에 붉은 흙이 두껍게 묻어 있었다.

「도시에서 온 사람일 거야. 정부에서.」 셰릴이 빵을 뒤집었다. 「소금이랑 후추도 뿌려 줄까?」

「아니, 괜찮아요.」

「나는 혹시 네가 마음을 바꾸지는 않았을까 하고 늘 생각해.」 셰릴이 빵을 자르며 말했다. 「이렇게 밍밍한 걸 어떻게 먹을 수 있는지 상상이 안 가.」

「난 밍밍한 게 좋아요.」 에밀리가 말했다. 비록 먹고 싶은 마음이 사라졌지만, 에밀리는 샌드위치를 들고 가게 밖으로 나왔다. 자동차가 슬금슬금 다가오는 것이 곁눈질로 보였으나 에밀리는 못 본 척했다. 차가 완전히 도로로 나오자, 에밀리는 차가 따라올 수 없게 상가로 들어간 뒤 길을 빙 둘러 〈엉킨 실타래〉로 걸어갔다. 에밀리는 문을 잠그고 카운터 뒤에 앉았다. 그녀는 자기감정이 어떤지 갈피를 잡을 수 없었다. 2년 전이었다면, 아니 1년 전이기만 했어도 에밀리는 차를 쫓아갔을 것이다. 차를 두드려 세웠을 것이다. 하지만 이제는 달랐다.

통풍이 잘되는 회색 양복 차림의 젊은이가 문에 나타났다. 그는 손잡이를 당겼다가 밀더니 손을 유리창에 대고 안을 들여다보았다. 그는 에밀리를 보더니, 손잡이를 가리키며 입으로 〈열어 줄래?〉라고 말하는 시늉을 했다.

에밀리가 문을 열었다. 젊은 남자, 아니 사실 소년이었다. 에밀리는 그의 피부를 보고 여기 사람이 아님을 알 수 있었다. 「고마워.」 소년이 말했다. 그가 안으로 들어왔다. 소년은 머리를 옆으로 쓸어 넘겼다. 에밀리가 처음 보는 헤어스타일로, 머리는 소년의 눈높이까지 내려왔다.「어우, 더워라.」
「어서 오세요. 특별히 찾으시는 물건이라도 있으세요?」 에밀리가 말했다.
소년은 마치 그런 겉치레가 고맙다는 듯이 싱긋 웃었다.「좋은 소식이야. 넌 집에 갈 수 있어.」
에밀리는 아무 말도 하지 않았다.
소년은 창밖을 힐끗 보았다.「정말 오랫동안 차를 탔어. 오래 걸릴 거라는 말을 듣기는 했지만…… 정말 눈 돌아가더라. 아니, 눈 돌릴 데가 없었다고 해야 하나.」 소년이 에밀리를 바라보았다.「가도 가도 아무것도 없더라. 여기에 익숙해졌어?」 에밀리는 대답하지 않았다.「내 생각에는 여기에 익숙해지기가 꽤 어려울 것 같은데.」
「뭐든지 익숙해지는 법이야.」
「당연하지.」 소년이 말했다.「지금 당장 떠날 수 있어.」
「오늘?」
「그게 문제가 돼?」 소년의 눈동자는 양복색처럼 회색이었다.
에밀리는 고개를 저었다. 그녀는 시끄러워지는 것이 싫었다.「네 전화번호를 알려 줘. 두 시간 뒤에 전화할게.」
「나라면 짐 같은 건 싸지 않겠어. 여기 있는 것 중에 네게 다시 필요한 건 없어.」
「만약 아무 말도 없이 떠나면 사람들이 날 찾을 거야. 실종되었다고 신고하겠지. 그럼 일이 복잡해져.」
소년은 잠자코 있었다. 그는 실종자 문제는 조직에서 처리할 수 있다고 말할 참이었다. 하지만 곧 그저 어깨를 으쓱하기만 했다.「좋을 대로 해.」 소년은 주머니에 손을 넣었다. 이 소년은 학교를 다녔을까? 아마도 너무 어려서 등록을 할 수 없었던, 빼빼 마른 장난꾸러기 아이들 중 한 명이었을 것이다. 하지만 확신이 들지는 않았다. 너무나 오래전 일처럼 보였다. 「정말로 이 동네에 적응을 잘한 모양이네?」

「여긴 동네가 좁아.」 에밀리가 말했다. 「다른 방법이 없어.」

소년은 에밀리의 말을 믿지 않는다는 듯이 미소 지었지만 명함을 내밀었다. 「난 차에서 기다릴게.」

에밀리는 〈엉킨 실타래〉의 주인인 메리에게 전화를 걸어 어머니가 위독하셔서 당장 가봐야 한다고 설명했다. 메리는 동정심 가득한 목소리로, 가게는 괜찮으니 필요한 만큼 있다 오라고 했다. 메리가 말했다. 「가족이랑 아직도 연락하고 지내는 줄 몰랐네.」

「연락 안 했어요.」 에밀리가 말했다. 「그쪽에서 연락해 온 거예요.」

그리고 에밀리는 병원으로 차를 몰고 가서 기다렸다. 해리가 어디에 있을지 짐작도 가지 않았지만, 기다리기에 가장 적당한 곳은 응급실이었다. 때로 에밀리는 손에 검은 수건을 감은 농부들, 그리고 힘이 넘치는 아이들을 데려온 어머니들과 함께 응급실 의자에 앉아 잡지를 읽었다. 응급실에는 양쪽으로 열리는 유리문이 설치되어 있었고, 구급차가 도착해 하얀 보닛에 햇빛이 반사될 때면 에밀리는 마치 상을 탈 때처럼 언제나 가슴이 두근거리곤 했다.

하지만 해리를 본 에밀리는 울음이 터져 나왔다. 그건 뜻밖이자 어이없는 반응이었고, 만약 조직에서 나온 그 소년이 마침 근처에 있다가 이 모습을 봤다면, 이후 무슨 일이 벌어질지 짐작도 할 수 없었다. 해리가 놀라 에밀리에게 다가왔고, 에밀리의 입에서는 어머니가 암에 걸렸다는 거짓말이 자기도 모르게 술술 흘러나왔다. 에밀리는 해리를 껴안았고, 그를 빨아들이다시피 키스했다.

「내가 같이 갈까?」

「아니.」 에밀리는 그 제안에 고마워하며 말했다. 「그럴 수 없어.」

「얼마나 있다 올 것 같아?」 해리가 고개를 저었다. 「모르겠구나. 괜찮아. 충분히 있다가 와.」 해리는 에밀리의 머리에 키스했다. 「하지만 꼭 돌아와야 해.」

「돌아올 거야.」 에밀리가 말했고, 그 말이 입 밖으로 흘러나오자, 그것이 정말처럼 느껴진다는 사실에 깜짝 놀랐다. 「돌아올 거야. 약속할게.」

마침내 에밀리는 해리에게서 떨어졌다. 사람들이 지켜보고 있었고, 이 상황이 길어지면 길어질수록 더 힘들어지기만 할 뿐이었다. 그래서 해리가 집까지 데려다주겠다고 했을 때 에밀리는 그 제안을 거절했다. 아직 떠날 수 있을 때 떠나야 했다. 「사랑해.」 에밀리가 말했고, 해리는 슬픈 웃음을 지었다. 돌이켜보면, 이것은 아주 자명한 상황이었다. 에밀리는 이런 일이 일어날 줄 알았어야 했다. 하지만 사랑은 사람을 바보로 만들었고, 그녀는 사랑에 푹 빠져 있었다. 응급실 문이 양쪽으로 열리고 에밀리는 그 문을 빠져나갔다. 이 상황에서 에밀리를 버티게 해준 힘은 단 하나, 꼭 돌아오리라는 확신이었다.

한 시간 뒤 에밀리는 검은 세단에 앉아 먼지구름이 브로큰힐을 삼키는 모습을 백미러로 지켜보았다. 소년은 차를 시속 140킬로미터로 몰면서 한 손으로는 전화기를 조작했다. 「자고 싶으면 자도 돼.」 소년이 에밀리에게 말했다. 「앞으로 여덟 시간 동안 아무것도 할 일이 없거든.」

사실이었다. 하지만 에밀리는 잠을 잘 수가 없었다. 소년은 계속 그녀를 힐끔거렸고, 에밀리는 소년에게서 등을 돌린 채 의자에 몸을 말았다. 잠시 후, 자동차 한 대가 다가오더니 반대 방향으로 향했다. 차의 위쪽은 번쩍이는데 아랫부분은 흙먼지가 뿌옇게 앉아 있었다. 에밀리는 그 차가 멀어지는 것을 백미러로 지켜보았다. 1분 뒤 다른 차가 그렇게 지나갔고, 또 다른 차가 지나갔다.

「동행이 있어?」

「응?」 소년이 말했다.

「저 자동차들 말이야.」 에밀리가 말했다.

소년은 어깨를 으쓱해 보였다. 「아마 그냥 이 지역 사람들일 거야.」

에밀리는 다시 몸을 말았다. 길 앞쪽에 검은색의 대형 트레일러가 나타나더니 앞서간 자동차들을 따라갔다. 차에는 아무런 표식도 없고, 에밀리가 지금껏 한 번도 본 적이 없는 컨테이너를 끌고 갔지만, 이번에는 아무 말도 하지 않았다.

여행은 서른네 시간이 걸렸다. 조직의 소년, 그리고 그 소년이 대표하는 모든 것에 대해 증오를 활활 불태우기에 충분한 시간이었다. 에밀리는 1등석이 캡슐처럼 되어 있기에 자신의 비참

한 심정을 숨길 수 있어 다행이라고 생각했다. 그녀는 자신이 무슨 특별한 행동을 했기에 조직이 소년을 보낸 것인지, 아니면 단지 일정한 시간이 지났기에 이제 벌을 받을 만큼 받은 것인지, 그도 아니면 자신을 계속 주시하고 있었던 것인지, 도무지 무슨 일이 벌어진 것인지 알지 못했다. 하지만 어쨌든 간에 자신의 감정은 혼자 추슬러야 하는 법이다.

에밀리는 비행기에서 내렸고, 멍한 상태로 그리고 몸속 깊은 곳에 상처를 입은 듯한 느낌을 받으며 워싱턴 D.C.의 겨울 햇살 속으로 들어갔다. 리무진 한 대가 에밀리를 커다란 호텔로 데려갔고, 그곳에서 소년은 그녀에게 작별 인사를 했다. 에밀리는 열네 시간을 잤고, 침대 옆 전화기에서 빨간 불빛이 깜박이는 바람에 잠에서 깼다. 에밀리는 음성 사서함 버튼을 누르며 아마도 엘리엇(두려웠다) 또는 예이츠(더더욱 두려웠다)일 것이라고 생각했지만, 둘 다 아니었다. 대신 알지 못하는 여자가 어떤 옷 가게의 이름을 이야기하며 30분 뒤에 거기서 보자는 메시지를 남겼다. 마치 중간에 통화가 끊긴 것처럼 여자는 작별 인사를 남기지 않았지만, 에밀리는 통화가 중간에 끊긴 것이 아니라는 사실을 알았다.

에밀리는 택시를 타고 시내로 가서 스커트와 시어 셔츠들을 입어 보았다. 거울에 비친 에밀리는 흠칫 놀랄 정도로 햇볕에 그을려 있었다. 「재킷만 가지고는 도저히 안 되겠어.」 자신을 스타일 어드바이저라고 소개한 남자가 말했다. 「자기는 정장을 입은 원시인이야.」

그 남자는 에밀리를 살롱에 데려갔고, 그곳에서 대머리 남자가 그녀의 머리를 빗겨 주었다. 남자는 가끔씩 에밀리의 머리 상태에 놀라 한탄했다. 이제 그녀는 다른 여자들과 함께 있었고, 뭐가 문제인지 깨닫기 시작했다. 에밀리의 금발은 햇볕 때문에 엉망이 되어 있었다. 피부는 거칠했다. 에밀리는 완전히 브로큰힐 사람이 된 것이다. 브로큰힐의 기운을 흠뻑 빨아들여 미개인이 된 것이다. 「걱정 마, 자기야.」 헤어드레서가 말했다. 「이보다 더한 경우도 봤는걸.」

잠시 후 잘린 머리털이 바닥에 수북이 쌓였고, 어느새 에밀리는 강철 문처럼 일직선의 가지런한 앞머리와 단발머리 스타일로 바뀌어 있었다. 마치 머리털이 얼굴을 가리려 애쓰고 있는 듯이 보였다. 완전히 다른 사람처럼 낯설게 느껴졌다. 「안경을 써?」 헤어드레서가 말했다. 「안경 쓰는 걸 생각해 봐.」

에밀리는 다시 처음의 옷 가게로 돌아왔고, 그곳에서는 새로운 헤어스타일을 입에 침이 마르게 칭찬했다. 사실, 에밀리는 기분이 좋아지기 시작했다. 스타일 어드바이저가 말했다. 「뭐, 어쨌든 나아졌네.」 에밀리는 여기 사람들이 얼마나 돌려 말하는지를 까맣게 잊고 있었다. 그녀는 브로큰힐에 살면서 사람들이 말하는 것을 그대로 받아들이는 데 익숙해져 있었다.

몇 시간 뒤, 수많은 쇼핑백과 함께 차에 탄 에밀리는 아무런 상호명이 없는 높은 유리 건물에 도착했다. 회색 모직 정장과 뻣뻣한 검은 구두 덕에 마치 새로 태어난 듯한 느낌으로 에밀리는 깔끔한 로비로 들어섰고, 누군가 아는 사람을 만날지도 모른다는 생각에 가슴이 두근거렸다. 하지만 그곳에는 아무도 없었다. 빨간 소파 하나, 그림 몇 점. 여느 곳과 다를 바 없었다. 에밀리는 접수처에서 기다렸고, 마침내 눈썹이 보이지 않는 청년이 뒤쪽 사무실에서 나타났다. 「저는 에밀리 러프라고 합니다.」 그녀가 말했다.

「잠시만요.」 그러더니 청년은 플라스틱 카드를 가지고 돌아와 카운터에 그것을 올려놓았다. 카드에는 NL-L5D4라고만 되어 있었다. 에밀리는 청년을 바라보았다.

「5층 4번 데스크라는 뜻입니다.」

「아, 그렇군요.」 에밀리가 말했다. 「고맙습니다.」 그녀는 쇼핑백들을 들었다. 엘리베이터 사용법을 알아내느라 잠시 시간이 걸렸다. 구멍에 카드를 넣어야 버튼이 작동했다. 이윽고 문이 닫혔고, 어디인지 모르지만 에밀리는 그곳을 향해 올라갔다.

도착한 5층은 커다란 칸막이 방 여남은 개가 있는 평범한 사무실에 불과했다. 그리고 대부분이 비어 있었다. 아주 조용했기에 쇼핑백이 부스럭거리고 부딪치는 소리가 요란하게 들렸으므로, 에밀리는 쇼핑백을 접수대에 맡기고 올걸 그랬나 하고 생각했다. 에밀리는 전화 받는 젊은 여자를 지나쳤고, 머리가 길고 안경 쓴 남자아이가 컴퓨터 화면에서 고개를 들고 바라보았지만 얼굴 표정에 전혀 변화가 없었으므로, 그녀 또한 발걸음을 멈추지 않았다.

에밀리는 책상 귀퉁이에 있는 명패들을 확인하며 D4가 어디에 있을지 가늠하기 시작했다. D4는 D.C. 남쪽의 멋진 풍경이 내려다보이는 구석 자리였다. 그곳에는 의자 하나, 전화 하나, 컴퓨터 한 대가 전부였다. 에밀리는 책상 아래에 쇼핑백들을 넣어 두고 의자에 앉아 보았다. 그리고 기다렸다. 전화벨이 울릴 것이라고 예상했다. 머지않아서 울리리라.

1분 뒤, 좀 전의 그 안경 쓴 남자아이가 멋지게 손질된 금발의 여자를 데리고 나타났다. 얼굴이 낯익었지만 어디서 봤는지 기억이 나지 않았다. 여자는 아주 어려 보였다. 「우와. 어서 오세요.」

「안녕하세요.」 에밀리가 말했다. 「고마워요.」

「아이작 로젠버그입니다.」 남자아이가 말했다. 「만나서 반갑습니다.」

「저는 레인이에요.」 여자아이가 말했다. 「캐슬린 레인.」

「안녕하세요.」 에밀리가 다시 말했다. 그리고 어색한 침묵이 흘렀다. 「미안하지만, 내가 왜 여기에 있는지 모르겠어요.」

「다들 그래요.」 로젠버그라고 자신을 소개한 남자아이가 말했다. 「우리도 당신이 올 거라는 말을 이틀 전에야 들었거든요. 여기는 NL이에요.」

「신경 언어학*neurolinguistics*?」

남자아이가 고개를 끄덕였다. 「시험과 측정 분과예요. 전에 NL 일을 해본 적이 있나요?」

에밀리는 고개를 저었다.

「이론적 배경 지식 습득에 좋다고들 하지요. 어쨌든 우리는 당신이 일을 시작할 수 있게 도우러 왔어요. 시스템을 가르칠 겁니다. 당신만 괜찮다면요.」

「물론이죠.」 에밀리가 말했다. 자신을 레인이라고 소개한 여자는 마치 뭔가 빠졌다는 듯이 여전히 에밀리를 바라보고 있었다. 에밀리가 말했다. 「미안한데, 우리가 만난 적이 있나요?」

몇 가지 표정이 여자의 얼굴에 연속해서 재빨리 스쳐 지나 갔다. 그 표정들 중 하나는 〈맞아요〉였고, 다른 표정 하나는 에밀리가 그 질문을 하면 안 된다는 뜻이었다. 「아니요.」 여자아이가 말했지만, 에밀리는 이제 그 여자아이가 누군지 떠올랐다. 둘은 학교에서 만났다. 에밀리는 그 사실을 잊고 있었다. 첫 번째 주였고, 여자아이는 시험에 떨어져 입학하지 못했기 때문이다. 당시 여자아이는 아주 어렸다. 당시 에밀리는 그 아이에게 이듬해에 다시 시험을 칠 수 있다고 말해 아이의 기분을 풀어 주려고 애썼다. 그때 이 여자아이의 이름은 거티였다.

「있잖아요, 만약 지금 제가 하려는 질문이 부적절하다면 미리 사과하겠습니다.」 로젠버그가 말했다. 「하지만 위쪽에서는 우리에게 별말을 하지 않았고, 우리는 당신을 방해하고 싶지 않습니다. 그래서 말인데…… 당신이 정말로 NL 일을 하고 싶은지, 아니면 그냥 놔둬 주길 바라는지 알고 싶습니다.」

「내가 여기에 온 건 NL 일을 하기 위해서라고 생각해요. 그리고 이제 나는 그냥 졸업생이에요. 아마도요.」

로젠버그와 레인이 소리 내어 웃더니 웃음을 멈췄다. 「미안합니다.」 로젠버그가 말했다. 「농담하시는 거라고 생각했습니다.」

「왜 그게 농담이어야 하지요?」

「정말로 미안합니다. 뭔가 다른 뜻으로 한 말이 아니었습니다.」

「다른 뜻으로 말한 게 아닌 거 알아요. 하지만 부탁이니, 나에 대해 아는 걸 말해 주세요.」

「음, 없습니다. 이름만 알지요.」 남자아이는 에밀리의 파티션을 가리켰다. 그곳에는 직사각형 모양의 회색 플라스틱이 있었다. 에밀리가 미처 알아차리지 못했던 명패였다. 그녀가 처음으로 한 생각은 자신이 남의 책상에 잘못 왔다는 것이었다. 그러나 다음 순간 이게 자기 책상이 맞다는 것을 깨달았다. 예이츠 때문이다. 4년 전에 예이츠는 이렇게 말했다.「때가 되면 너에게 줄 이름을 마련해 뒀어.」 명패에는 이렇게 적혀 있었다. 〈버지니아 울프.〉

아까 지날 때 에밀리가 본, 전화를 받던 여자는 알고 보니 새쇼나였다. 에밀리가 새쇼나를 마지막으로 본 것은 학교 하키장에서였다.「놀라서 말이 안 나오네.」 새쇼나가 말했다.「네가 울프라고?」 새쇼나는 허리에 두 손을 얹고 에밀리를 바라보았다. 새쇼나는 성장했다. 성숙한 여인이 되어 있었다.「우리는 네가 죽은 줄 알았어.」

「아니야.」

「맙소사. 어디에 있었던 거야?」 새쇼나는 에밀리가 미처 대답도 하기 전에 고개를 저었다.「답하지 마. 멍청한 질문이었어. 우와. 웬일이니. 사람이 이렇게 달라질 수가.」 에밀리는 어색하게 웃음 지었다. 에밀리는 그게 좋은 것인지 확신이 서지 않았다.「대체 그 이름을 어떻게 얻은 거야?」

「모르겠어.」

새쇼나가 에밀리를 보았고, 에밀리는 새쇼나가 자기 말을 전혀 믿지 않는다는 것을 깨달았다.「너 좋아 보인다.」

「너도.」

「패티 스미스.」 새쇼나가 말했다.「이제 그게 내 이름이야. 스미스.」

「와, 스미스라니, 좋은데.」 에밀리가 말했다.

「아, 엿이나 먹어.」 새쇼나가 웃으며 말했다. 잠깐 학생 시절로 돌아간 것 같았다.

에밀리는 자신이 신경 언어학을 얼마나 싫어했는지 생각났다. 학교를 떠난 후로 그것을 잊고 있었다. 처음에는 멋졌다. 인식 가능한 방식으로 라틴어를 쓰는 아마존 부족들에 관한 부분이었고, 〈거〉라고 말하면 상대를 배고프게 할 수 있다는 그런 내용이었다. 그리고 문법과 의미 오류와 시냅스 결합에 대한 내용이 나왔다. 무턱대고 외워야 하는 내용들이 엄청나게 많았다. 모두 지난 4년 동안 에밀리가 까맣게 잊어버린 내용이었다. 그리고 머릿속에서 상징들을 처리하는 능력도 필요했다. 학교에서 학생들은 어떤 과목을 어떻게 생각하는지에 대해 잘 이야기하지 않았다. 하지만 에밀리가 신경 언어학을 배운다는 말을 제러미 래턴에게 했을 때, 그는 안됐다는 듯한 표정을 지어 보였다. 이제 에밀리는 그런 과목들을 다시 듣고 있었으며, 차이가 있다면 사람들은 지금 에밀리가 그 모든 내용을 다 알고 있다고 기대한다는 점이었다.

로젠버그와 레인은 에밀리에게 컴퓨터 사용법을 알려 주었다. 컴퓨터 사용은 티켓 시스템을 바탕으로 했다. 사람들이 그녀로 하여금 어떤 일을 하게 하려면, 그들은 티켓을 열고 기록했다. 에밀리는 그 일을 끝낸 뒤 자신의 결과물을 티켓에 첨부하고 티켓을 닫았다. 대부분의 경우 에밀리에게 일을 맡기는 것은 실험실 사람들이었고, 아마도 실험실은 건물 어딘가에 따로 모여 있는 듯했다. 하지만 다른 사람들도 그 티켓을 읽는 게 분명했다. 왜냐하면 그 사람들이 종종 부가 설명을 요구했기 때문이다. 에밀리 생각에 그들은 윗사람인 듯했다. 엘리엇 같은 사람들. 하지만 티켓 시스템에는 이름 없이 번호뿐이었다. 때로 에밀리는 티켓을 읽고 또 읽으면서 혹시 엘리엇의 특징이 배어 있지 않을까 궁금했지만, 확신이 드는 경우는 단 한 번도 없었다. 얼마 후 에밀리는 엘리엇을 만날 수 있을 것이라는 희망을 완전히 버렸다. 보아하니 그녀는 혼자 남겨진 듯했다. 자신이 무슨 일을 하는지 에밀리는 정확히 알지 못했다. 어쩌면 조직은 에밀리가 정말로 NL 일을 배우고 싶어 한다고 생각할 수도 있었다. 어쩌면 비밀리에 에밀리를 관찰하고 있었는지도 모른다. 하지만 정말 관찰하고 있다면, 흥미로울 일이 전혀 없을 터였다.

에밀리는 아파트와 은행 계좌, 핸드폰을 배정받았다. 이 모든 것이 준비되어 있었다. 아파트 발코니에서는 시내가 내려다보였고, 가끔 에밀리는 추위를 전혀 막아 주지 못하는 재킷으로 몸을 감싸고 와인 한 병을 든 채 숨 쉬는 도시의 모습을 지켜보았다.

며칠에 한 번씩, 에밀리는 멍청한 짓을 했다. 늦게까지 잠을 자지 않거나 또는 알람을 일찍 맞춰 놓고, 살을 에는 듯한 추위 속에서 아파트를 나섰다. 내키는 시간만큼 내키는 방향으로 어둠 속을 걷다가 공중전화기가 나오면 동전을 넣었다. 벨이 울리는 동안 에밀리는 목소리를 변조시켜야 한다는 점과 식별 가능한 말을 하면 안 된다는 점, 가급적 빨리 전화를 끊어야 한다는 점을 마음에 새겼다. 에밀리는 이번이 마지막이라고, 적어도 일주일 동안은 그렇다고 자신에게 다짐했다. 만약 들킨다면, 그 결과가 끔찍하리라는 것은 의심의 여지가 없었기 때문이다. 하지만 전화가 연결되고, 해리의 목소리가 자신을 채우면, 에밀리는 이따금 그 모든 것을 까맣게 잊어버렸다.

에밀리는 실험실을 방문했다. 실험실은 건물 중심부, 지하에 있었다. 조명이 밝았고, 하얀 가운을 입은 전문가들로 가득했으며, 접수원이 아닌 다른 사람을 만나려면 비밀번호를 눌러야 하는 플라스틱 문 두 개를 지나야 했다. 에밀리는 이곳에서 사람들을 인터뷰한다는 사실을 알았다. 사람들에게 탐침기를 붙이고 fMRI를 작동시켜 사람들이 단어를 들을 때 무슨 일이 벌어지는지 기록했다. 그리고 그 데이터를 위층에 있는 NL에 보내 분석했다. 에밀리는 이 테스트 대상들이 어디에서 오는지 알지 못했다. 그렇지만 한 번은 조지 워싱턴 대학교 근처에서 공중전화기를 찾다가 가로등 기둥에 심리 실험에 자원하면 50달러를 준다는 광고가 붙어 있는 것을 보았다. 아마도 테스트 대상들은 그런 과정을 통해 모집되는 듯했다. 티켓 시스템을 통해 자료가 오면, 어떤 때는 〈관측 가능한 효과〉라는 제목 아래 정신병적 발작이나 기능 상실, 혼수상태라는 표시가 되어 있었다. 에밀리는 이것에 대해 너무 깊이 생각하지 않으려고 했다. 하지만 저 아래에서 사람들이 다치고 있는 건 분명해 보였다.

새쇼나 — 스미스라고 불러야 했지만 에밀리는 새쇼나를 스미스라고 부르는 것이 늘 불편했다 — 는 많이 바뀌었다. 학교에서는 단 한 번도 그런 적이 없었는데, 여기선 소리 내어 웃었다. 그리고 모든 것에 감탄했다. 처음에 에밀리는 이런 흔치 않은 행동에 놀랐다. 새쇼나는 자신의 범주가 파악당하지 않도록 자신의 개성을 가려야 했기 때문이다. 결국 에밀리는 새쇼나가 꾸미고 있다고, 행동 연막을 치고 있다고 결론지었다. 높은 위치에 있는 사람들은 이런 행동을 하지 않았다. 에밀리는 엘리엇과 여러 번 대화를 했지만, 엘리엇의 범주를 전혀 알지 못했다. 엘리엇이 자신에 대한 정보를 아무것도 주지 않았기 때문이다. 하지만 새로 시인이 된 경우에는 새쇼나와 같은 행동이 그럴 법했다. 에밀리는 자신도 같은 행동을 해야 하는 것이 아닌지, 혹시 에밀리가 자신의 범주를 알아내려 한다고 새쇼나가 생각하는 것은 아닌지, 그리고 새쇼나가 에밀리의 범주를 알아내려고 하는 것은 아닌지 궁금했다.

어느 날, 둘이 카페 테이블 앞에 앉아 있을 때 키가 크고 잘생긴 바리스타가 커피를 가져오자, 새쇼나가 입을 열고 알아들을 수 없는 단어를 내뱉었다. 그리고 〈나를 사랑해〉라고 말했고, 바리스타는 커피를 엎지르고 돌아가더니 다시 돌아와 새쇼나의 전화번호를 물었다. 덕분에 에밀리는 자신이 4년 동안 사막에서 블라우스를 파는 동안 새쇼나는 단어들을 배웠다는 사실을 깨달았다. 에밀리는 작게 감탄사를 내뱉었지만, 사실 속으로는 충격을 받았다. 에밀리는 자신이 얼마나 뒤처져 있었는지 그동안 깨닫지 못했다. 어떻게 해야 뒤처진 것을 따라잡을 수 있을까? 그녀에게는 새쇼나 말고 물어볼 사람이 없었고, 비록 둘이 친했지만 에밀리는 자신의 무지를 드러내는 것이 두려웠다.

에밀리는 언젠가는 누군가가 나타나 자신을 가르쳐 줄 것이라고 믿어 보기로 했다. 그동안 에밀리는 자료를 읽고 묵묵히 분석해 의미 있는 결론을 내리려고 애썼다. 조직은 자료의 사이코그래프 모형을 다듬어 더 적은 범주 유형으로도 더 정확히 사람들을 분류하는 방법을 찾는 데 관심이 있었다. 에밀리는 그래프에 있으면 안 되는 파란 선들에서 살짝 융기된 부분들이 있는지 확인했고, 가능한 사이코그래프의 겹침과 범주 경계의 모호함, 그리고 새로운 범주 정의 방법에 대한 보고서를 썼다. 에밀리는 쇼핑 습관, 인터넷 사용 패턴, 교통 흐름 등의 거대한 데이터베이스에 접근할 수 있는 권한을 부여받았다. 원한다면 개개인에 대한 정보를 얻어, 그 사람이 지난주 화요일에 어디에 갔고 무엇을 구입했으며 어떤 일을 했는지까지 알 수 있었다. 하지만 그것은 그리 쓸모 있지 않았다. 그 누구도 개인에게는 관심이 없었다. 개인들 사이의 연결 관계, 즉 사람들을 하나로 무리지어 공통된 단어로 통제할 수 있는 신경학적 공통점을 찾는 것이 에밀리의 일이었다. 누가 그녀의 작업 결과를 실제로 사용하는지, 아니 읽기는 하는지 에밀리는 전혀 알지 못했다.

해리에게 전화를 거는 데 사용하지 않은 공중전화기를 찾는 일은 점점 더 어려워졌다. 밤마다 거리를 걸을 때면 에밀리는 엘리엇이나 예이츠 또는 통풍이 잘되는 양복을 입은 소년이 어둠 속에서 나타날지도 모른다고 생각했다. 그러면 모든 것이 끝이었다. 하지만 그런 일은 일어나지 않았고, 에밀리는 계속해서 전화를 걸었다.

어느 날 에밀리는 티켓에서 손상된 데이터 세트를 받았고, 실험실로 전화를 걸었다. 원래는 그렇게 전화하면 안 되는 일이었다. 적어도 되도록이면 전화를 걸지 말아야 했다. 연구원들은 보안을 이유로 분석가들과 격리되어 있었다. 연구원들은 시인이 아니었고, 따라서 구부러지기 쉬웠기 때문이다. 분석가가 연구원을 구부러뜨리고 싶어 할 이유가 뭔지 에밀리는 도무지 이해할 수가 없었다. 그렇게 하는 것은 전혀 의미가 없어 보였다. 하지만 그것이 규칙이었다. 그리고 그것은 그다지 효율적으로 보이지 않았다. 왜냐하면 비록 연구원들은 익명으로 남아 있어야 했지만, 각각 글을 쓰는 스타일이 달랐기 때문이다. 가령 어떤 이는 어퍼스트로피를 남용하고, 어떤 이는 전혀 쓰지 않는 식이었다. 그래서 에밀리는 규칙을 존중해야 한다는 느낌을 별로 받지 못했다.

「여보세요.」 연구원이 전화를 받자 에밀리가 말했다. 「저는 319 분석가예요. 데이터 세트 확인이 필요해서요.」

「티켓을 발부하세요.」 남자 목소리가 말했다. 에밀리는 실험실에 여자가 있다는 증거를 본 적이 한 번도 없었다.

「이미 그렇게 했어요. 그런데 같은 결과가 왔어요. 다시 해줬으면 해요.」

「티켓 번호가 뭐죠?」 에밀리는 번호를 말해 주었다. 잠시 정적이 흘렀다. 「그 데이터 세트는 다시 편집한 겁니다.」

「그건 저도 알아요. 하지만 저는 그걸 다시 재편집해 줬으면 해요. 여전히 틀렸거든요.」

「그 데이터 세트는 정확합니다.」

「이보세요.」 에밀리가 말했다. 「저는 지금 그걸 보고 있어요. 사이코그래프가 비어 있다고요. 그게 포맷 에러 때문인지, 자료가 빠진 건지, 아니면 뭔가 다른 이유 때문인지는 모르지만, 그래프가 비어 있을 수는 없다고요.」

「그건 비어 있는 게 아닙니다.」

그것은 말이 되지 않았기에 에밀리는 입을 열었다. 에밀리는 사이코그래프를 수천 번은 봐왔고, 그게 어떤 모양이어야 하는지 잘 알고 있었다. 산맥 모양이어야 했다. 어떤 때는 봉우리가 많이 있었고, 어떤 때는 하나뿐이었지만, 중요한 것은 그 모양이 들쑥날쑥하다는 점이었다. 선은 올라갔다 내려갔다를 반복했다. 하지만 그래프를 다시 본 에밀리는 연구원의 말이 옳다는 사실을 깨달았다. 그래프에는 선이 있었다. 에밀리가 지금까지 그것을 알아차리지 못한 것은, 그 선이 좌표 거의 꼭대기를 따라 일직선으로 나 있었기 때문이다.

「됐나요?」 연구원이 말했다.

「네.」 에밀리가 말했다. 「고마워요.」 에밀리는 수화기를 내려놓았다. 그리고 한동안 그래프를 바라보았다.

에밀리는 새쇼나의 책상으로 걸어갔다. 「어이.」 에밀리가 말했다. 「시냅시스가 뭐야?」

「어떤 문맥에서?」

「새 티켓에 있어. 〈대상의 반응〉 뒤에 평가 대신 〈시냅시스〉라고 적혀 있어.」

「음, 〈시냅시스〉는 그냥 구부러지는 거야.」 새쇼나가 말했다. 「하지만 그 용어를 쓰면 안 되는데. 그건 너무 부주의한걸.」

「왜?」

「그건 이상적 상태거든. 완벽히 구부러진 이론적 상태야. 현실에서는 존재하지 않아.」

「아, 그렇구나.」 에밀리가 말했다.

「무슨 뜻으로 이 용어를 쓴 거냐고 그쪽에 다시 물어봐.」 새쇼나가 하던 일로 돌아가며 말했다. 「아마도 새로 온 사람일 거야.」

「그렇겠네.」 에밀리가 말했다.

에밀리는 이상할 정도로 평평한 그래프에 대해 의미 있는 보고서를 쓰기 위해 최선을 다했고, 그 결과를 티켓 시스템에 제출

함으로써 자신의 의무를 다했다. 다른 티켓이 기다리고 있었지만 에밀리는 주의가 흐트러진 느낌이었고, 그래서 새 티켓을 처리하는 대신 지나가는 구름을 물끄러미 바라보았다. 무슨 일이 일어날 것만 같았다.

6분 뒤, 정전이 되었다. 모니터 전원이 꺼졌고, 에밀리는 의자를 뒤로 밀어 책상에서 몸을 뗐다. 여기저기 칸막이 방들에서 사람들이 고개를 들었다. 「비상용 발전기가 있는 줄 알았는데.」 새쇼나가 말했다. 그녀의 목소리가 크게 들렸다. 에밀리는 에어컨이 꺼지고서야 그 전까지 에어컨이 윙 하는 소리를 내고 있었음을 깨달았다.

알람이 요란하게 울리기 시작했다. 사람들의 목소리가 높아졌다. 로젠버그는 실험실에 불이 났을 것이라고 추측했다. 그것이 문제였다. 왜냐하면 그곳 문들의 상당수는 일정한 시간이 되기 전까지는 잠겨 있는 시간 설정 자물쇠였기 때문이다. 사람들이 계단으로 향했지만 에밀리는 따라가지 않았다. 새쇼나가 문가에서 기다렸다. 「울프?」

에밀리는 고개를 저었다. 멍청해진 느낌이었다. 그녀는 너무 오래 기다렸다. 이미 6분 전에 건물 밖으로 나갔어야만 했다. 그래프를 보는 순간 그렇게 했어야만 했다.

「울프! 이건 선택 사항이 아니야. 가야 해.」

에밀리는 머릿속으로 건물 평면도를 훑었다. 비상구는 없었다. 그 전까지는 그러한 사실을 깨닫지 못했다. 건물에는 〈비상구〉 표시가 전혀 없었다. 사람들을 회의실에 모아 놓고 건물을 비워야 할 경우 질서 있게 어디로 가야 한다고 설명해 준 적이 없었다.

새쇼나는 에밀리를 포기하고 사라졌다. 에밀리는 위층 또는 아래층으로 갈 수 있었다. 그것만이 유일한 선택이었다. 그녀는 계단으로 가서 위로 올라가기 시작했다. 실체 없는 목소리들이 아래에서 유령처럼 떠올라 에밀리를 감쌌다. 문 하나가 요란한 소리를 냈고, 정적이 흘렀다. 에밀리 자신의 숨소리만 들렸다. 사람들이 내려가는 소리도 전혀 들리지 않았다. 다른 층에서 나오는 사람은 아무도 없었다. 에밀리는 걸음을 멈췄고, 전혀 도움이 안 되는 신발을 발길질해 벗었다. 에밀리는 올라가고 또 올라갔고, 마침내 햇빛이 보였다. 심지어 마지막 계단 몇 개는 뛰어서 올라갔지만, 긁힌 자국들이 난 강철 문에는 사슬이 감긴 데다 자물쇠가 채워져 있었다. 그래도 어쨌든 에밀리는 문을 열어 보려고 애썼다. 그리고 콘크리트 바닥에 앉아 이제 어떻게 해야 할지를 궁리했다.

저 아래 멀리 어디선가, 쩔그럭하고 문이 열렸다가 쾅 하고 닫혔다. 그런 소리가 여덟아홉 번 정도 들렸다. 에밀리는 귀를 기울였지만 더 이상 그 소리가 나지 않았다. 「젠장.」 에밀리가 말했다. 그녀는 자신에게 화가 났다. 탈출 경로가 필요 없었던 브로큰힐에서 너무 오래 있었다. 에밀리는 손을 말아 주먹을 쥐었다. 〈생각해. 천장에 채광창이 있었어. 고정되어 있지만 치면 빠지지 않을까?〉 에밀리는 문으로 가서 감긴 사슬에 한 발을 버티고 몸을 올려 손가락으로 잡을 만한 데가 있는지 찾아보았다. 몸의 중심을 잡으며 채광창으로 손을 뻗어 보았지만 거리가 너무 멀었다. 귀에 거슬리는 소리가 들려왔다. 무슨 소리인지는 몰라도 아래에서 들렸고, 점점 가까워졌다. 에밀리는 어찌어찌해서 몸을 약간 더 올렸고, 마침내 문틀 위에 설 수 있었다. 사슬이 흔들리면서 종처럼 쨍그랑거렸다. 마치 에밀리가 〈나 여기 있소〉 하고 일부러 알리는 것만 같았다. 손가락 끝이 채광창을 스쳤지만, 그게 에밀리가 할 수 있는 최선이었다. 만약 문틀을 잡은 손을 놓으면 채광창을 잡을 수도 있을 것이고, 에밀리가 떨어지면서 채광창을 천장에서 떼어 낼 수도 있었다. 하지만 그렇게 될 확률은 아주 낮았다. 걸음 소리가 들렸다. 콘크리트 위로 부츠 신은 발이 걷는 소리였다. 귀에 거슬리는 소리는 일정한 간격으로 공기를 때렸다. 마치 숨을 쉬는 것 같았지만, 그렇지 않았다. 에밀리는 단어들을 배우지 않은 것이 아쉬웠다. 누군가가 자신에게 가르쳐 줄 때까지 기다리지 말아야 했다. 어떻게든 단어들을 알아냈어야만 했다. 에밀리는 채광창을 향해 뛰어올랐지만, 손가락들이 플라스틱 위로 허망하게 미끄러지면서 콘크리트 위로 떨어졌고, 무릎을 찧었다. 「빌어먹을.」 에밀리가 말했다. 사람 하나가 계단을 올라왔다. 사람 비슷한 존재가. 그는 머리끝부터 발끝까지 검은색 일색이었고, 전투기 조종사 같은 헬멧에 야간 투시 성능이 있는 듯한 커다란 검은색 고글을 썼으며, 양쪽 귀에는 반구형 플라스틱이 불룩하니 나와 있었다. 그는 마치 불속에서도 걸을 수 있을 것처럼 보였다. 귀에 거슬리는 소리는 그가 쓴 공기 조절 장치에서 났다.

「**샤카프 베하 마니히 다노에**!」 에밀리가 말했다. 범주를 모르기에 주목 단어들을 마구 말한 것이었다. 이게 효과가 있을 확률은 1천분의 1 정도였다. 「누워!」

남자는 장갑 낀 손을 내밀었다. 「저와 함께 가시죠.」 그 말은 억양이 없었으며, 컴퓨터로 변조되어 흘러나왔다. 에밀리는 움직이지 않았다. 만약 남자가 더 가까이 다가오면 덤벼들 생각이었다. 총은 보이지 않았다. 에밀리는 남자가 쓴 고글을 공격하기로 마음먹었다. 만약 고글을 벗길 수 있다면 남자가 자신을 쫓아오기 어려울 것이라는 계산에서였다.

「서둘러요.」 남자가 계단을 가리켰다. 「불이 났습니다.」

「불이 난 게 아니에요.」 에밀리가 말했다. 「그렇죠?」 남자는 대답하지 않았다. 이제 에밀리는 남자가 자기 말을 들을 수 없다는 사실을 깨달았다. 에밀리는 계단을 내려가기 시작했다.

건물 로비는 하얀색 천 칸막이로 가득한 임시 병원으로 바뀌었다. 창문들은 플라스틱판으로 막아 빛이 들어오거나 나가는 것을 막았다. 검은 장갑복을 입은 우주인들이 방독 마스크에서 식식 소리를 내며 사람들 사이를 돌아다녔다. 5층에서 온 사람들은 다 아는 얼굴들이었다. 이동식 침대에 있는 새쇼나가 얼핏 보였지만, 침대가 천 칸막이 뒤로 들어가며 더 이상 보이지 않았다. 에밀리는 지금 있는 곳에서 이동하지 말라는 주의를 받았다. 누구도 그녀에게 말하지 않았다. 또는 에밀리가 들리는 거리에서는 누구도 서로 이야기하지 않았다. 한 시간 뒤 우주인이 에밀리가 있는 커튼을 젖혔다. 그는 헬멧을 쓰고 있지 않았으며, 에밀리는 그가 젊다는 사실에 깜짝 놀랐다. 그는 콧수염이 있고, 마른 데다 솜털이 보였다. 에밀리는 이 청년이 자신을 계단 꼭대기에서 데려온 그 사람인지 궁금했다. 만약 그렇다면, 에밀리는 계단 꼭대기에서 그 단어들 말고 〈**나라탁**〉이란 단어를 썼어야만 한다.

「가도 됩니다.」 그가 커튼들을 분해하기 시작했다.

「이게 대체 다 무슨 일이죠?」 하지만 에밀리는 대답을 기대하지 않았다. 바깥에 나가니 다른 사람들이 거리에 모여 있는 게 보였다. 해 질 녘, 러시아워가 끝나 가는 시간이었다.

「훈련이야.」 새쇼나가 말했다. 「하지만 왜?」

「궁금해 봤자 소용없어.」 레인이 말했다. 「우리는 절대 모를 거야.」

「그건 그래.」 새쇼나가 말했다. 새쇼나는 왜 에밀리가 자신들과 함께 계단을 내려오지 않았는지 궁금해하던 차였다. 그리고 그 연장선상에서 자신은 모르는데 에밀리가 뭔가를 아는지 궁금했다.

에밀리는 더 이상 그곳에 남아 있을 수가 없었다. 에밀리는 걷기 시작했고, 지하철역에 도착했을 즈음에는 떨고 있었다. 에밀리는 뭐든 경솔한 행동은 하지 않을 생각이었다. 언제나처럼 아침이 되면 출근하고, 자기 자리로 가서 주어진 일을 하리라. 하지만 이번 일은 교훈이 되었다. 절대 잊지 못할 교훈이. 에밀리는 다짐했다. 다음번에 이런 일이 일어나면 미리 마련해 둔 방법으로 빠져나갈 거야.

에밀리는 어떤 사이코그래프에서 다른 사이코그래프보다 더 자주 쓰이는 음절을 발견하면 메모장에 기록했다. 열차에서 그녀는 일반인들에게서 편차를 듣기 위해 귀를 기울였다. 자신이 아는 단어를 골라 패턴을 찾았다. 그 패턴들이 어찌나 뚜렷한지 오히려 놀랄 정도였다. 자유주의자들은 〈아이〉와 〈이이〉로 끝나는 전설 모음을 과하게 썼다. 권위주의자들은 마찰음을 많이 썼다. 에밀리는 신문과 TV, 웹 사이트들을 통해 감을 키웠고, 술집이나 교회 모임, 청과물 가게에서 적당한 표본을 골라 시험해 보았다. 마치 금고털이범이 금고의 자물쇠 회전판에 귀를 기울이듯이. 수트, 스텃, 스터. 에밀리는 문장들 속에 자신이 추측한 단어들을 넣었고, 대개의 경우 사람들은 그것을 알아차리지조차 못했다. 사람들은 그 소리를 인지하지 못했으며, 그냥 대화 중의 잡음이라 여기고 무시했다. 최악의 경우, 사람들은 그녀가 말을 더듬는다고 생각했다. 에밀리의 감은 대개 맞지 않았다. 하지만 어떤 때는 움찔하는 것을 볼 수 있었다. 얼굴 근육을 가로질러 작은 반응이 지나갔다. 그것이 자물쇠 회전판이었다.

단어를 배우기에는 어려운 방법이었다. 1년 동안 이 방법을 써서 공부를 해도 여전히 새쇼나보다 아는 것이 적을 터였다. 하지만 아주 철저한 방식이었다. 이 방법 덕분에 에밀리는 기본 원칙을 이해할 수 있었다. 에밀리는 한 범주의 주변 범주들에서 아는 지식으로부터 그 범주의 두운이 어떤 식일지 연역할 수 있었고, 그로부터 명령 단어인 〈**랄리토**〉를 알아낼 수 있었다. 그리고 이것은 그녀가 배웠던 그 어떤 것보다 더 가슴을 설레게 했다. 왜냐하면 그것을 스스로 깨달았기 때문이다.

한번은 모퉁이 술집에서 함께 술을 마시던 중에, 새쇼나는 자신이 191 범주에 어려움을 겪는다고 털어놓았다. 「**카바키파**는 할 수 있어.」 새쇼나는 에밀리가 잔을 바로 세우고 싶은 충동이 들 정도로 와인 잔을 비딱하게 들고 몸을 앞으로 기울이며 말했다. 「**페도리안트**도 할 수 있어. 하지만 그러고는 잊어버려!」 그녀는 과장된 몸짓을 했다. 「도무지 기억할 수가 없어.」 이 이야기는 I-48 고속 도로에서 과속 운전을 하다가 오토바이를 탄 교통경찰에게 걸려 딱지를 뗀 이야기를 하던 중에 나왔다. 새쇼나는 딱지를 떼이지 않으려고 교통경찰을 구부러뜨리려다가 보기 좋게 실패했다. 하지만 에밀리는 깜짝 놀랐다. 새쇼나는 191 범주의 단어들이 연결되어 있다는 사실을 알지 못했다. 만약 새쇼나가 계통 전체를 잊었다면 그것은 이해할 수 있었다. 하지만 하나를 알고 있다면 다른 것들도 절반은 아는 셈이었다. 새쇼나는 그것을 알지 못하는 듯했다. 그녀는 단어들을 한 번에 하나씩 외운 것이다. 마치 단어들이 전혀 연결되어 있지 않다는 듯이. 아이용 퍼즐을 아무렇게나 몇 조각 골라 갖고 있는 꼴이었다.

에밀리는 감시당한다는 느낌을 떨칠 수가 없었다. 어떻게 그렇게 확신할 수 있는 것인지는 모르겠지만, 여하튼 감시가 있었다. 에밀리는 출근길을 바꿔 보고, 거울을 확인하고, 왔던 길을 갑작스레 되돌아가 보기도 했지만, 아무도 보이지 않았다. 집에서는 빗장을 두 개나 걸었지만, 안전한 느낌이 들지 않았다. 에밀리는 예이츠가 아파트에 있다는 느낌을 받았다. 느낌이 그랬다. 어느 날 밤, 에밀리는 예이츠가 검은 바람처럼 자기 침실로 와서, 마치 진열장 속 물건 보듯 아무 감정도 없이 자신을 내려다보는 꿈을 꾸었다.

워싱턴 D.C.에 온 지 6개월이 된 첫 번째 화요일, 에밀리는 아파트를 나와서 지하철역으로 걸어갔다. 에스컬레이터를 타고 플랫폼으로 내려갔고, 빨간 노선을 기다렸다. 따뜻한 날이었다. 에밀리는 사무실에 도착해 신발 벗을 생각을 하고 있었다. 플랫폼 끝의 남자는 기타를 들고 있었고, 에밀리가 개인적인 이유로 싫어하는 노래인 〈루시 인 더 스카이 위드 다이아몬드〉를 연주하는 중이었다. 열차가 들어오고 있었다. 그리고 지나가는 창문에서 에밀리는 엘리엇을 언뜻 보았다.

한순간 에밀리는 자신이 열차 안에 있는 엘리엇을 본 것인지 아니면 등 뒤에 있는 엘리엇의 모습이 창에 비친 것인지 분간할 수 없었다. 이윽고 열차가 멈추자 문이 열렸고, 뒤에서 엘리엇이 말하는 소리가 들렸다. 「그 열차는 그냥 보내.」

그녀는 열차가 떠나는 것을 지켜보았다. 에밀리는 다시 열여섯 살이었다. 꼭 그런 것만 같았다. 하지만 에밀리는 몸을 돌렸고, 이제는 엘리엇이 그렇게 두렵지 않았다. 엘리엇은 눈가에 주름이 잡혀 있었다. 결국 그도 역시 인간이었다.

「사랑에 빠진 거야?」 엘리엇이 말했다.

에밀리는 대답하지 않았다.

「내게 거짓말하지 마.」

「네.」

엘리엇은 시선을 돌렸다.

「미안해요.」 에밀리가 말했다. 「멈출게요.」

「한 번만 더 실수하면 넌 끝장이야. 내가 너를 보호해 줄 수 있는 건 여기까지라고. 이 경고를 고맙게 생각해야 할 거야.」

「그럴게요. 약속해요.」

엘리엇의 두 눈이 에밀리를 탐색했다. 「더 이상 전화하면 안 돼. 단 한 통도.」

「이제 안 해요. 이제 안 할게요, 엘리엇.」 그 순간, 에밀리는 진심이었다.

엘리엇이 떠나갔다. 에밀리는 텅 빈 플랫폼에 혼자 서 있었다.

그날 밤 에밀리는 해리에게 전화하지 않았다. 이튿날도 전화하지 않았다. 이보다 더 오랫동안 해리의 목소리를 듣지 않고 버텬 적도 있었지만, 이제는 달랐다. 왜냐하면 이제는 끝났기 때문이다. 에밀리는 마음이 아팠다. 아무 맛도 느낄 수 없었다. 터무니없게도 음식 맛을 느낄 수가 없었다. 직장에서 에밀리는 티켓들을 클릭해 읽고 보고서들을 작성했지만, 보고서 내용이 말이 되는지 어떤지 알지 못했다. 더 이상 참을 수 없게 되면 화장실로 가서 무릎 사이에 머리를 묻었다. 그리고 되풀이해 말했다. 〈전화하면 안 돼.〉 그녀는 잔인하고 무정하며 사랑을 하지 않는 에밀리가 자신을 지배한다는 느낌을 받았다.

사흘째 되는 날, 에밀리는 항복했다. 엘리엇을 지독히 배신하는 행동이었다. 에밀리는 그것을 알았다. 이유는 알 수 없지만 엘리엇은 위험을 감수하고 에밀리를 위해 경고했고, 그녀는 그만두겠노라고 약속했다. 하지만 사실 에밀리는 그만둘 수가 없었다. 시도해 봤지만 그럴 수가 없었다. 6개월이 지났음에도 집은 여전히 지구 반대편에 있었다.

에밀리는 해리에게 다시 전화할 수 없었다. 엘리엇이, 아니 최악의 경우에는 다른 사람들이 알게 될 수도 있으리라. 이곳에-있으며-해리에게-전화하기는 선택 사항에 없었다. 오직 떠나는 것만이 가능했다.

오래전 샌프란시스코에서 에밀리는 친구와 맥도날드 주차장을 가로질러 가다가 갓 사춘기가 된 듯한, 축 처지게 바지를 입고 초조한 웃음을 머금은 한 무리의 소년들에게 포위된 적이 있었다. 한 소년은 권총을 들고 있었는데, 계속 총집에 넣었다 뺐다를 반복하며 한 손에서 다른 손으로 바꿔 들었고, 다른 소년들은 에밀리와 친구에게 참 섹시해 보인다면서 곧 끝내주는 섹스를 하게 될 것이라며 겁을 주었다. 총이 없어도 이미 충분히 좋지 않은 상황이었지만, 어리고 멍청했던 에밀리는 총을 들고 있는 소년에게 다가가 손에 든 총을 빼앗았다. 카드 속임수를 연습한 덕분에 에밀리는 손가락 움직임이 아주 빨랐다. 총에 대해 아무것도 몰랐지만 어느 쪽을 잡아야 하는지 정도는 알고 있었고, 그것으로 충분했다. 그리고 에밀리와 친구가 온갖 터무니없는 위협을 가하면서 뒷걸음질쳐 도망갈 동안 소년들은 겁먹은 채 멀뚱히 서 있었다.

여기서의 교훈은, 위험한 동네에서는 주차장을 가로질러 가면 안 된다는 것이다. 하지만 힘이 부칠 때, 만약 주위에 총이 있다면 그 총을 가짐으로써 상황을 통제할 수 있다는 교훈을 주기도 한다.

에밀리는 힘에 부쳤다. 총이 없었다. 하지만 지하실에는 총 역할을 할 만한 것이 있으리라고 추측했다.

도와 주세요!

크리스마스 파티를 위해 교회의 소모임에 참가하는 모든 사람들에게 연락을 하고 싶어요! 우리는 지난 1년 동안 단 한 번이라도 우리와 시간을 함께한 사람들을 〈전부〉 초대하고 싶답니다.

나는 사람을 찾는 데는 꽤 일가견이 있다고 생각했는데, 한 명은 도무지 찾을 수가 없어요! 버지니아 울프예요! 그런 이름이면 쉽게 찾을 수 있을 거라고 생각하는 사람도 있겠죠. 불행히도 정반대예요. 인터넷을 아무리 검색해도 나오는 것은 전부 동명의 유명한 작가뿐이에요! 어찌해야 할지 모르겠어요! 어쨌든 그분에게 연락할 방법을 〈하나라도〉 아는 사람이 있었으면 좋겠네요. 왜냐하면 그분은 꽤 상냥해 보였고 우리의 대화 내용이 흥미로웠던 것 같거든요!

사랑을 듬뿍 담아,
벨린다 F.

2

에밀리의 책상 아래에는 운동 가방이 있었다. 맨 위에는 정말로 운동할 때 입는 옷들이 있었고, 그 아래에는 오늘을 위해 준비한 것들이 있었다. 에밀리는 티켓 시스템에서 로그아웃하고 어깨에 가방을 멨다. 나가는 길에 그녀는 전화 중인 새쇼나를 지나가며 입 모양으로 〈체육관〉이라고 말했고, 새쇼나는 고개를 끄덕였다. 에밀리는 살짝 마음이 아팠다. 비록 두 사람은 친구라고 할 수는 없었지만, 이런 장소에서 만난 것치고 꽤 가까웠으며, 그녀는 다시는 새쇼나를 볼 수 없을 것이기 때문이다.

에밀리는 두 구역을 걸어 가끔씩 점심을 먹는 작은 카페로 갔다. 화장실에서 그녀는 운동 가방에 든 옷으로 갈아입었다. 티셔츠, 해어진 진 바지, 낡은 데님 재킷이었다. 화장을 지우고 바닥 타일의 오물을 모아 눈 아래와 머리털 바로 아래 이마에 발랐다. 직장에서 입던 옷과 운동 가방은 변기 뒤에 숨겨 두었다. 그것들 역시 다시 볼 일이 없으리라.

에밀리는 구역을 빙 돌아 반대쪽 방향의 길에서 사무실로 접근했다. 그곳에는 특색 없는 문에 〈로버트 로웰 심리 연구소〉라는 명패가 붙어 있었다. 얼핏 보아서는 여느 망해 가는 사업장이 건물의 후문 쪽 자리에 세든 것처럼 보였다. 하지만 그렇지 않았다. 이곳이 실험실의 공식적인 외관이었다. 에밀리는 인터컴을 누르고 기다렸다.

「누구세요?」

「안녕하세요.」 에밀리가 말했다. 「제 이름은 제시카 헨드리이고, 2주일 전에 당신들의 실험에 참가했어요. 원하면 또 와도 된다고 했는데요.」

문이 웅 하고 열렸다. 에밀리는 문을 밀고 안으로 들어가 좁은 계단을 올라갔다. 계단을 다 오르자 활기찬 영상이 나오는 텔레비전과 빈 의자들이 구비된 작은 대기실이 나왔다. 머리를 높이 틀어 올린 여자가 미닫이식 유리 너머에 앉아 있었다. 「의자에 앉으세요.」 여자가 말했다.

에밀리는 자리에 앉아 『피플』을 뒤적였다. 전에도 여기에 온 적이 있었다. 처음 온 것은 계획을 시작하기로 결심한 이튿날로, 그때는 입구까지만 왔을 뿐 건물에 들어오지는 않았다. 에밀리는 전화번호부에서 로버트 로웰 연구소를 찾아 — 과연 그럴 필요가 있는지는 모르겠지만 — 공중전화기로 연락했고, 그들은 자원자에 관심이 있으나 예약을 하지 않은 사람들은 11시에서 1시 사이에 와서 접수를 하면 된다고 알려 주었다. 그들은 에밀리에게 이튿날 오라고 했지만, 그녀는 곤란하다고 말했다. 아직 가짜 신분증을 구하지 못했기 때문이다. 에밀리가 자기 또래이며, 고정된 주소가 없고, 다음에 쓸 마약은 어디서 구할 것인가 외에는 바깥세상 일에 거의 관심이 없는 제시카 헨드리라는 인물을 찾아내는 데 꼬박 일주일이 걸렸다. 제시카는 에밀리에게 곧바로 호감을 보였고(아마도 돈을 뜯어낼 가능성에 더해 둘에게 공통되는 과거를 느낀 듯했다), 에밀리에게 필요 이상으로 자세하게 개인 정보를 털어놓았다. 그 대가로 에밀리는 제시카의 손에 1백 달러짜리 지폐를 꼭 쥐어 주며 말했다. 「이걸 잘 가지고 있어.」 그리고 제시카가 보고 있지 않을 때 그 돈을 다시 훔쳤다. 왜냐하면 솔직히 말해, 그 돈은 누구에게도 도움이 되지 않을 것이기 때문이다.

연구소는 에밀리에게 설문지를 주었다. 에밀리는 그것을 신중하게 읽으며 사이코그래프 질문들에 정직하게 대답했다. 물론 이로써 그녀는 자신을 제시카 헨드리라고 생각하는 사람들에게 자신을 완전히 노출시켰다. 에밀리는 자신이 220 범주임을 이미 알고 있었다. 다행이었다. 연구소는 늘 220이 부족했기 때문이다.

설문지를 작성한 뒤, 그들은 에밀리를 비디오카메라가 잔뜩 있는 작고 밝은 방으로 데려갔다. 그들은 에밀리의 머리에 전극을 붙이고 TV 광고들을 보여 주었다. 그것은 웃기는 행동이었다. 왜냐하면 그것들은 광고와 무관했고, 아니 적어도 진짜 제품들이 아니었기 때문이다. 단지 단어들을 보여 주기 위한 핑계였다. 40~50개 정도를 본 뒤 에밀리는 정신을 잃었고, 정신이 들었을 때 그들은 그녀가 졸았다는 듯이 행동했다. 에밀리는 티켓 시스템에 자신에 대한 보고서가 올라왔을 때에야 그들이 무슨 짓을 했는지 알게 되었다. 에밀리는 〈피실험자: 220〉이라는 제목을 보자 그 내용을 열심히 들여다보았지만, 영구적 손상에 대한 부분은 없었다. 에밀리는 연구소가 예약 없이 찾아온 대상에게는 파괴적인 실험을 하지 않는다고 확신했지만, 그 확신이 틀릴 경우에는 문제가 심각했다.

며칠 뒤 제시카 헨드리 명의의 선불 핸드폰이 울렸고, 전화에서는 어떤 남자가 연구소에 또 오지 않겠느냐고 제의했다. 에밀리는 돈만 준다면 기꺼이 그러겠노라고 말했고, 그 남자는 왜 주소를 적지 않았느냐고 물었으며, 에밀리는 요즘 힘든 시기라서 좀 삶을 추스르는 중이다, 돈을 주느냐 안 주느냐가 중요하지 어디에 사는 것은 중요하지 않다고 말했다. 제시카 헨드리에게 무슨 일이 일어나도 신경 쓸 사람이 없다는 것을 그에게 주지시키자, 그 남자는 그녀를 꼭 다시 만나고 싶으니 언제든 연구소로 오라고 말했다. 그리고 에밀리는 그렇게 했다.

「제시카.」 접수원이 말했다. 에밀리는 잡지에서 시선을 들었다. 「당신 차례예요.」 문이 웅 하고 열렸다.

에밀리는 하얀 실험 가운 차림에 턱이 없는 남자를 따라, 철제 틀에 들어 있는 조명들이 줄지어 늘어선 복도를 통과했다. 「그러니까 이걸 하면 1백 달러를 받는 거죠?」 에밀리가 물었다. 「그렇죠?」

「맞아요.」 남자가 말했다.

「지난번에는 잠이 들었어요.」 에밀리는 혹시 상대가 티켓 시스템을 통해 아는 사람이 아닐까 싶어 남자를 대화에 끌어들이려고 애썼다. 「이번에는 광고들이 좀 더 재미있었으면 좋겠네요.」

그들은 엘리베이터가 두 대 있는 곳에 도착했다. 「오늘은 광고를 보여 주는 게 아니에요.」

「그래요? 그럼 뭔가요?」

엘리베이터가 도착했다. 남자는 엘리베이터에 타라는 손짓을 했다. 「제품이에요.」

엘리베이터 문이 닫혔고, 에밀리는 그러고 싶지 않은데도 가슴이 조여들었다. 작은 엘리베이터였다. 아주 작은 엘리베이터처럼 느껴졌다. 「뭔데요?」

그는 클립보드를 훑어보았다. 「그걸 말해 주면 당신 반응을 오염시키기 때문에 말해 줄 수가 없네요.」

「〈당신 반응을 오염시킨다〉라니 당신들 이상해요.」 엘리베이터의 숫자가 줄어들었다. 「샴푸나 자동차, 뭐 그런 건가요?」

「당신이 아무런 정보 없이 실험에 임하는 게 심히 중요해요.」

「오, 알겠어요. 상관없어요.」 〈심히 중요.〉 흔히 쓰지 않는 표현이었다. 에밀리는 그 표현을 티켓 시스템에서 딱 한 번 보았다.

엘리베이터 문이 양옆으로 열렸다. 복도 벽은 옅은 파란색이었다. 차분한 색. 연구원은 걷기 시작했고, 에밀리는 그 뒤를 따라 플라스틱 문으로 갔다. 그곳에서 그는 자기 ID 카드를 긋고 키패드에 암호를 넣었다. 50미터를 더 가서 연구원은 다시 한번 똑같은 방법으로 문을 열어야 했다. 이 과정에서 에밀리는 천장에 설치된 비디오카메라들을 눈여겨보았다. 두 사람은 또 다른 엘리베이터를 탔고, 거기서 내리자 맨 콘크리트 벽이 나왔으며, 마음을 가라앉히는 파란색은 더 이상 없었다. 에밀리는 마음에 들지 않았다. 복도 끝에는 아주 둥그런 강철 문이 있었고, 문 높이는 에밀리 키의 두 배나 되었다. 마치 은행 금고 같아 보였다. 문이 열렸고, 그 너머로 주황색 플라스틱 의자가 하나 있는 작은 콘크리트 방이 보였다. 금고 문 옆에는 하얀 실험 가운을 입은 남자 한 명과 아마도 경비원인 듯한 회색 유니폼 차림의 남자가 서 있었다.

에밀리를 안내한 턱이 없는 연구원이 말했다. 「조회. 프로토타입 9001186을 데려왔습니다.」

다른 남자가 말했다. 「프로토타입 9001186을 확인합니다.」

「피실험자 조회, 제시카 헨드리, 식별 번호 31170.」

「피실험자 확인, 시각은 8시 58분, 시간 설정 자물쇠가 풀렸고 방이 열렸습니다.」

「이게 다 뭐죠?」 에밀리가 말했다. 그녀는 애써 웃음 지으려고 했다.

「보안 장치입니다.」 연구원이 에밀리를 보지도 않고 대답했다. 「이 제품은 아주 귀중한 거거든요.」 연구원은 콘크리트 방으로 들어갔다. 발을 살짝 들어 두꺼운 금속 테를 넘어야 들어갈 수 있는 방이었다. 「들어오세요.」

에밀리는 방으로 들어갔다. 공기는 얼어붙을 듯이 차가웠다. 벽은 맨 콘크리트였으며, 철제 틀에 들어 있는 전구 여섯 개만이 노랗게 빛나고 있었다. 삼각대에 설치된 비디오카메라 네 개가 플라스틱 의자를 향해 있었다. 방 가운데에는 커다란 상자가 있었다. 강철로 만든 관 모양의 상자였다.

「앉으세요.」

「음.」 에밀리가 말했다. 「으음, 으음.」

「괜찮아요, 제시카. 지난번과 같을 거예요. 단지 이번에는 당신에게 광고 대신 제품을 보여 줄 거예요. 뇌의 활동을 측정하기 위해 당신에게 헬멧을 씌울 거예요. 괜찮죠?」

「네.」 에밀리는 이렇게 대답했지만 속으로는 〈안 돼, 안 돼, 안 돼〉라고 생각했다. 에밀리는 의자에 앉았다. 플라스틱 역시 얼음처럼 차가웠다. 강철 상자에는 뚜껑이 없었다. 보이는 곳에는 없었다. 상자 가장자리에는 쭉 돌아가며 두꺼운 막대기들이 세로로 세워져 있었다. 피스톤인가? 그 상자가 대체 뭘까 도무지 짐작이 가지 않았기 때문에 에밀리는 그 상자를 유심히 바라보았다.

연구원이 에밀리의 머리를 만졌다. 에밀리는 움찔했다. 「긴장을 푸세요.」 연구원은 헬멧을 씌우기 시작했다.

「있잖아요, 이게 다 뭐죠? 대체 무슨…….」

「그냥 제품이에요.」

「알아요, 알지만 제품치고는 아주 이상해 보여서요. 무슨 제품인가요?」 남자는 대답하지 않았다. 〈이 남자 마음을 조종할까.〉 에밀리가 생각했다. 〈심히 중요.〉 에밀리는 이 남자가 연 티켓을 백 개는 읽었고, 그래서 그의 범주가 55임을 알았다. 그것은 확실했다. 그리고 그것에 해당하는 단어들도 알았다. 2초면 이 남자를 구부러뜨려 자신을 이곳에서 내보내게 할 수 있었다. 하지만 그다음에 어떻게 해야 할지 몰랐다. 그 시나리오에는 다음이 없었다. 에밀리가 원하는 것은 없었다. 하지만 저기 상자는 왜 있는 걸까? 대체 저 상자는 왜 있는 걸까?

「거의 다 됐어요, 제시카.」

에밀리는 상자가 있으리라고는 예상치 못했다. 아마도 봉투 정도가 있을 것이라고 생각했다. 에밀리는 맞은편에 누군가 앉아 단어를 읽을 준비를 할 것이라 예상했고, 그래서 상대가 단어를 읽기 전에 그것을 빼앗을 작정이었다. 상대는 시인에 대해 무방비 상태일 테니까. 이 사람들, 이곳에 고립된 연구원들은 시인이라는 존재가 있는지조차 모르는 듯했다. 이들은 그냥 명령대로 움직일 뿐이었다. 하지만 계획은 완전히 틀어졌다. 왜냐하면 이 상자에 든 것이 뭔지 모르지만, 인간의 사이코그래프를 평평하게 만들고, 시냅시스를 유발하는 그 물건은 너무나도 중요해서 봉투에 넣을 수 없기 때문이다. 그것을 미리 생각하지 못했다니 참으로 아둔했다.

「이 헬멧에는 작은 바늘이 있어요.」

에밀리는 가느다란 조각이 두개골로 서늘하게 들어가는 것을 느꼈다.

「다 됐어요.」 연구원은 비디오카메라들 쪽으로 가서 전원을 켜기 시작했다. 빨간 불들이 들어왔다. 「그냥 마음을 비우고 제품을 보시면 됩니다.」

「무슨 제품요?」

「내가 여기서 나간 뒤 상자에서 나올 제품이요.」

「그게 상자에서 나온다니, 무슨 뜻이죠?」

「그걸 말해 주면…….」

「내 반응을 오염시키기 때문에 말해 줄 수 없다는 건 알아요. 하지만 저기에 왜 상자가 있는 거죠? 저 상자에 뭐가 있는 거죠?」

「상자는 걱정하지 말아요.」

「왜 저기에 상자가 있어야 하는 건지만 말해 주면…….」

「나도 저 상자에 뭐가 들어 있는지 몰라요.」 남자가 말했다. 「됐죠?」

에밀리는 남자가 진실을 말한다는 것을 알았다. 그리고 이제 비디오카메라들이 오직 자신만을 향하고 있음을 깨달았다. 상자를 향한 것은 없었다. 즉 실험이 끝나고 상자가 다시 닫힌 뒤,

사람들은 그것에 노출되지 않고 테이프를 연구할 수 있었다. 에밀리는 연구원이 자신과 눈을 마주치지 않으려고 한다는 것을 깨달았다. 에밀리는 그것이 무슨 의미인지 알았다.

남자는 바닥에 검은 기기를 놓았다. 「이건 스피커예요. 나는 당신이 하는 말을 들을 수는 없지만, 실험하는 동안 당신에게 계속 말할 거예요.」

「마음이 바뀌었어요.」 에밀리가 말했다. 「이거 하고 싶지 않아요.」

그는 어깨너머를 힐끗 보았다. 회색 유니폼 차림의 남자가 금고문 밖에서 어슬렁거렸다. 에밀리는 생각했다. 〈**볼틴, 카를롯 시시덴 녹스**. 저 경비원으로부터 나를 구해.〉 아마 먹혔을 것이다. 두 사람은 그리 멀리 떨어져 있지 않았다. 연구원은 경비원이 총을 꺼내기 전에 그에게 갈 수 있으리라.

경비원이 말했다. 「문제가 있습니까?」

「아니요.」 에밀리가 말했다. 「아니에요. 괜찮아요.」

「시간.」 경비원이 말했다. 「30초.」

「긴장을 푸세요.」 연구원이 말했다. 그는 물러섰다. 잠시 후 금고 문이 움직이기 시작했다. 에밀리는 문이 쾅 하고 닫힐 것이라고 생각했지만, 그림자처럼 조용히 닫혔다. 이윽고 빗장이 총소리를 내며 닫혔고, 에밀리는 그 소리에 깜짝 놀랐다. 그 소리가 계속 메아리쳤고, 이윽고 에밀리는 자기 숨소리를 들을 수 있었다. 에밀리는 생각했다. 〈해리, 해리, 아무래도 내 계획이 완전히 망한 것 같아.〉

연구원이 놓고 간 검은 스피커에서 잡음이 터져 나왔다. 에밀리는 그 스피커에서 말이 흘러나오고 있다는 것을 잠시 후에야 깨달았다. 「제시이카아.」 마치 달에서 방송을 하는 것 같은 소리였다. 「당신이 긴장을 풀 수 있게 몇 분 있다가 시작할게요.」 잡음 때문에 뒷부분이 늘어져 들렸다. 「평소대로 숨을 쉬고 평정을 유지하세요.」

에밀리는 헬멧을 벗기 시작했다. 헬멧 일부가 잘 벗겨지지 않았다. 마침내 헬멧을 벗자 바늘 때문에 그런 것임을 알았다. 길이가 약 10센티미터인 바늘은 투명한 액체로 젖어 있었다. 에밀리는 바늘과 액체가 무엇인지 생각하지 않으려고 애쓰며 헬멧을 바닥에 놓았다. 헬멧 여기저기에서 가느다란 전선들이 뻗어 나왔고, 그 선들은 에밀리의 의자 아랫면에 고정된 작은 회색 상자로 연결되었다. 그 상자 안에는 칩과 배터리가 하나씩 있을 뿐이었다. 에밀리는 이 방의 모든 것이 자가 동력으로 작동한다는 것을 깨달았다. 철제 틀에 든 조명, 비디오카메라, 무선 스피커. 이곳을 만든 이들은 그 무엇도 안으로 들어오거나 나가지 못하게 했고, 방에 전기마저 설치하지 않았다. 만약 앞으로 몇 시간 안에 문이 열리지 않는다면, 에밀리는 숨 막혀 죽으리라.

「좋은 소식이 있어요, 제시이카아. 당신에게 돈을 좀 더 줄 수 있어요오오. 당신이 이 실험에 응하는 대가로 1천 달러를 주겠어요오오. 어때요오오?」

그러니까 상자에는 타이머가 장치되어 있었다. 그리고 여기 연구원들은 이 상자를 통제할 수 없을 것이다. 이들은 아마도 언제 상자가 열린다는 것 정도만 알고 있으리라. 즉 안전을 위해 어느 정도는 시간 허용 범위를 두었다는 의미다. 모두가 피할 수 있을 정도의 짧은 시간을. 에밀리는 그 시간을 쓸 수 있었다.

「1천 달러로 뭘 할지 생각해 봐요, 제시이카아. 뭔가 아주 좋은 걸 할 수 있을 거예요오오.」

에밀리는 비디오카메라들 쪽으로 다가갔지만, 특별한 것은 없었다. 에밀리는 비디오카메라를 하나씩 들어 한쪽 구석에 모두 쌓았고, 렌즈가 콘크리트를 향하도록 카메라를 돌려놓았다. 여기서 무슨 일이 일어나든, 이제 쇼에 출연할 일은 없었다. 감시당하지도, 분석되지도, 더 나은 과정을 위해 사용되지도 않을 것이다. 에밀리는 의자로 돌아가 주위를 빙 돌아보았다. 하지만 그건 그냥 의자였다.

「1분 있다가 시작합니다, 제시이카아. 시간 거의 다 됐어요오오.」

에밀리는 상자 앞에 무릎을 꿇고 앉았다. 상자를 만져 보았다. 끔찍한 일은 일어나지 않았다. 그래서 두 손으로 상자를 쓰다듬어 보았다. 상자는 생각보다 따뜻했다. 강철이 연결된 부분이 가늘게 보였지만, 손톱이 들어갈 정도로 크지는 않았으며, 손톱을 넣고 싶지도 않았다. 에밀리는 자신이 무엇을 찾는지 알지 못했다. 아마도 선택의 여지. 하지만 그런 것은 없었다.

에밀리는 일어나 서성거렸다. 다른 유일한 물건은 스피커였으므로, 그쪽으로 갔다. 놀랍게도 스피커에는 작은 칸막이가 설치되어 있었고, 안에는 빨간 알약들이 있었다. 에밀리는 그것들을 잠시 동안 바라보았다. 그 알약들이 도움이 될 것이라는 생각은 들지 않았다.

「좋아요, 제시이카아. 이제 상자를 열 시간이에요오오.」

「으으으음.」 에밀리가 말했다. 에밀리는 상자 쪽으로 발을 떼기 시작했지만 용기가 나지 않았고, 그래서 다시 의자로 돌아왔다. 「이런 젠장.」 뭔가 기계음이 웡웡거렸다. 에밀리가 발견했던 이음선이 갈라지더니 상자 윗부분이 올라오기 시작했다. 에밀리는 두 눈을 질끈 감고 더듬더듬 구석을 찾아갔고, 손가락으로 귀를 틀어막고 콘크리트에 몸을 대며 웅크렸다. 엘리엇을 만났던 지하철 플랫폼에서 거리의 악사가 연주하던 노래, 〈루시 인 더 스카이 위드 다이아몬드〉. 에밀리는 종종 그 노래를 불렀다. 샌프란시스코 시절, 카드 속임수를 배우기 전이었다. 그리고 그 노래 덕분에 베니를 만났다. 베니는 기타를 연주했다. 그가 〈루시〉를 노래할 때 가장 벌이가 좋다고 말했고, 그래서 에밀리는 주로 그 노래를 불렀다. 그녀는 한 시간에 다섯 번씩 그 노래를 불러야 했다. 날마다. 처음에는 그 노래가 좋았지만, 이윽고 그것은 전염이 되는 듯했고, 무엇을 해도 어디를 가도 그 노래가 머릿속에서 떠나지 않았으며, 늘 입에서 흥얼흥얼 흘러나왔다. 에밀리는 그 노래를 머릿속에서 없애려고 혼신의 힘을 다했다. 하지만 섹스를 해도, 마약을 해도, 그 노래는 어떻게든 틈을 비집고 들어왔다. 어느 날, 베니가 도입부를 연주했지만 에밀리는 더 이상 그 노래를 할 수 없었다. 그 빌어먹을 노래를 더 이상 할 수 없었다. 다시는 할 수 없었다. 에밀리는 무너져 내렸다. 겨우 열다섯 살이었다. 베니는 에밀리를 상점가 뒤편으로 데려가더니 괜찮다고 말했다. 하지만 그녀는 노래를 해야만 했다. 그것이 가장 벌이가 좋았다. 결국 에밀리는 노래를 잃었고, 베니는 돈을 잃었다. 그리고 그때 베니는 처음으로 에밀리를 때렸다. 에밀리는 잠시 달아났다. 하지만 다시 베니에게 돌아왔다. 가진 것이 아무것도 없었으며, 베니와 있는 것도 괜찮은 듯했기 때문이다. 둘은 흡사 휴전을 한 것과 같았다. 에밀리는 자신의 멍든 얼굴에 대해 불평하지 않았고, 베니는 그녀에게 〈루시〉를 부르라고 하지 않았다. 에밀리는 그것으로 족했다. 그 정도면 꽤 괜찮은 조건이라고 생각했다.

이제 상자에서 뭔가가 나오고 있었고, 에밀리는 자신이 아는 것 중 가장 치명적이고 전염성이 강한 것을 꺼냈다. 에밀리는 노래했다.「루시 인 더 스카이 위드 다이아몬드…….」

시간이 흘렀고, 에밀리는 죽지 않았다. 그녀는 정신을 잃지 않았다. 노래 가사 사이에서 에밀리는 무슨 소리를 들은 듯했고, 그 때문에 쉬지 않고 계속 노래했다. 비명을 지르듯 가사를 내뱉었다. 이윽고 에밀리는 잡음을 들었고, 그 소리가 단지 연구원이 스피커를 통해 자신에게 이야기하는 것일 뿐이라는 사실을 깨달았다. 그녀는 연구원을 겁낼 필요가 없다고 생각했다. 오직 상자만이 두려웠다. 그래서 에밀리는 목소리를 살짝 낮추었고, 마침내 막았던 귀 한쪽을 열었다.

「한 발로 서세요오오.」 스피커가 말했다.

에밀리는 귀에서 다른 손가락을 뺐다. 그리고 혹시 상자가 말하면 다시 귀를 막아야 할 경우를 대비해 잠시 동안 가만히 있었다. 하지만 아까 그들은 에밀리에게 뭔가를 보라고 말했었다. 들으라고 한 것이 아니었다.

「왼쪽 팔꿈치를 만져 봐요오오.」

에밀리는 더듬거리며 콘크리트를 가로지르기 시작했다. 상자에 닿자, 에밀리는 다시 손을 더듬어 상자 옆쪽으로 갔다. 이음새 위쪽으로는 강철이 없었다. 에밀리는 가장자리 너머로 두 손을 넣어 보았고, 뭔가 차갑고 단단한 것이 느껴졌다. 아마도 플라스틱인 듯했다. 에밀리는 그것을 눌렀다. 그것은 간신히 느낄 수 있을 정도로만 살짝 들어갔다. 에밀리는 궁둥이를 대고 앉아 그것에 대해 생각했다.

「이제 오른쪽 팔꿈치를 만져 보세요, 제시카.」

에밀리는 바닥을 기어 벽까지 갔고, 벽을 따라 다시 비디오카메라들을 쌓아 둔 곳까지 갔다. 그리고 비디오카메라 하나를 상자까지 끌고 갔다. 그 비디오카메라에는 아마도 에밀리의 모습이 살짝살짝 찍히고 있을 것이었다. 에밀리는 상자를 더듬어 플라스틱 모양을 다시 확인했다. 안에 정체불명의 뭔가가 들어 있는 듯한 플라스틱은 반구 모양이었다. 에밀리는 일어나서 삼각대를 잡고 비디오카메라를 들어 올렸다.

「신발을 벗으세요오오.」

에밀리는 비디오카메라를 들어 올렸다. 〈마치 골프 같네.〉 그녀는 생각했다. 에밀리는 삼각대를 휘둘렀고, 유리 깨지는 소리를 듣고 플라스틱 부분을 치지 못했다는 것을 알았다. 에밀리는 삼각대를 고쳐 잡고 다시 휘둘렀다. 이번에는 좀 더 마음에 드는 소리가 들렸다. 그녀는 삼각대를 내려놓고 플라스틱 부분이 얼마나 깨졌는지 손으로 더듬어 확인했다.

「앉아요오오.」

살짝 긁힘. 경미한 손상. 그 정도로는 어림없었다. 하지만 가능성이 있었다. 적어도 그녀의 계획이 실현 가능하다는 게 증명되었다. 에밀리는 일어나 다시 삼각대를 들어 올렸다.

「발을 입에 최대한 넣으세요오오.」

에밀리는 삼각대를 휘두르고 또 휘둘렀다. 마침내 두 팔이 아팠고, 땀이 얼굴을 타고 흘러내렸다. 그녀는 플라스틱이 산산조각 났으리라는 기대와 함께 삼각대를 내려놓고 상자를 더듬어 보았지만, 플라스틱은 생각처럼 깨지지 않았다. 에밀리는 거친 칼처럼 날카로운 플라스틱 가장자리 위로 두 손을 움직였다. 그리고 플라스틱 조각들을 당겨 벌리고 그 틈으로 손을 억지로 집어넣기 시작했다.

「프로토콜을 다시 진행하고 싶나요오오?」 스피커가 웅얼거렸다. 이윽고 스피커가 말했다. 「알았어요. 끝낼게요.」

에밀리의 가운뎃손가락이 뭔가 서늘한 것에 닿았지만, 그것을 잡을 수는 없었다. 에밀리가 손가락에 힘을 주자 따끔한 느낌이 왔다. 「아야.」 에밀리가 말했다. 「아야야.」 그것은 날카로웠다. 생각했던 것보다 두꺼웠다. 불규칙한 모양이었다. 에밀리는 마분지 같은 종이, 혹은 단어를 새길 수 있는 뭔가일 것이라고 생각했지만 둘 다 아니었다. 에밀리는 플라스틱 칼날들 사이로 그것을 꺼내기 시작했다.

「제시카아아, 워키토키 쪽으로 와요. 내 목소리가 들리는 곳으로요.」

그것이 부서진 플라스틱 틈 사이에 끼었고, 에밀리는 그것을 앞뒤로 반복해 움직였다. 그것이 무엇인지는 알 수 없었다. 하지만 익숙한 느낌이었다. 에밀리는 있는 힘껏 그것을 당겼고, 뭔가 찢어지고 갈라지는 소리가 들렸다. 그녀는 그것이 자신이 빼내려는 물건의 핵심 부위가 아닌, 플라스틱에서 나는 소리이기를 바랐다. 이윽고 플라스틱 틈에서 그것이 빠져나왔다. 에밀리는 헐떡이며 그것을 움켜쥐었다.

「스피커 아래쪽에는 칸막이로 구획되어 있어요. 그걸 열어요. 안에는 빨간 알약 네 개가 있어요. 청산가리예요. 만약 그걸 먹으면 당신은 죽게 될 거예요. 그 사실을 아는 게 중요해요. 그 알약을 먹으면 죽는다는 걸 알아들었으면 고개를 끄덕이세요.」

에밀리는 데님 재킷을 벗어 플라스틱에서 빼낸 물건을 조심스레 감쌌다. 그 물건에 제대로 된 면과 제대로 되지 않은 면이 있는 경우를 대비해 어디가 앞면이고 어디가 뒷면인지를 기억해 놓는 게 현명한 행동이었겠지만 — 에밀리는 다시금 종이에 적힌 단어들을 생각하고 있었다 — 이제 그러기에는 너무 늦었다. 한 부분도 밖으로 보이지 않게 잘 감쌌다 싶자, 에밀리는 눈을 떴다. 그녀는 방의 크기에 깜짝 놀랐다. 상상 속에서 방은 어마어마하게 컸기 때문이다.

「그 알약들을 모두 삼켜요.」

에밀리의 뒤쪽에는 상자가 있었다. 그게 뭐든, 자신의 정신을 마비시켜 스피커의 끔찍한 지시에 순종하게 만들려던 물건은 이제 저 안에 없다고, 제발 그렇기를 에밀리는 바랐다. 하지만 그 이론을 시험해 볼 마음은 없었다. 그녀는 재킷 뭉치를 바라보았다. 그쪽을 보기만 하는 것도 쉽지 않았다. 그것은 대충 책 모양이었지만, 모양이 반듯하지 않고 묵직했다. 에밀리는 재킷 안에 한 손을 넣고 그것의 표면을 더듬어 보았다. 차가웠다. 금속 같았다. 그녀는 가장자리가 날카롭고 살짝 돌출된 부분을 찾아냈고, 아까 손가락을 벤 것이 바로 그 부분 때문임을 깨달았다. 그러니 적어도 어디가 위쪽인지는 아는 셈이었다.

문빗장에서 총소리가 났다. 이제 시간이 없었다. 에밀리가 매끄러운 표면에 거칠게 새겨진 홈을 손가락으로 더듬으며, 그것이 무엇을 뜻하는지 파악하려고 애쓸 때 갑자기 속이 울렁거림을 느꼈다. 그녀는 숨을 헐떡이며 손을 빼냈다. 욕지기가 밀려들었다. 에밀리는 정신이 흐려지며 기절하려는 것을 느끼고 죽을 힘을 다해 정신을 부여잡았다. 한번 기절하면 그것으로 끝이라는 사실을 알고 있었다. 〈좋아.〉 에밀리는 속으로 혼잣말을 했다. 〈난 정신을 잃지 않았어.〉

방이 빛으로 가득 찼다. 그림자가 나타나며 밝은 부분을 양분했다. 「오, 맙소사.」 누군가가 말했다. 아까 그 연구원이었다. 에밀리는 걸음 소리를 들었다.

에밀리는 재킷을 풀기 시작했다. 그 옛날 학교의 숨겨진 도서관에서, 그녀는 집단적 노예화에 대해 읽은 적이 있었다. 탑들과 언어의 분열에 대한 내용이었다. 에밀리는 그때 그것을 신화라고 생각했다. 당시 학교에서 배운 모든 것은 한결같이 모두를 동시에 구부러뜨리는 방법은 없다고 주장했다. 조직의 단어들은 특별한 사이코그래프 범주에 맞춰져 있었다. 그것이 단어가 효과를 발휘하는 방식이었다. 그리고 그 단어들은 사이코그래프를 평평하게 만들지 않았다. 시냅시스를 유발하지 않았다. 그렇게 할 수 있는 것은 보통의 단어가 아니었다. 그건 전설에 나오는 종류의 단어였다. 헬멧을 통해서만 듣고 볼 수 있는 검은 우주복 차림의 사람들을 건물 안으로 홍수처럼 쏟아부을 만한 가치가 있는 뭔가가 있다면, 그리고 정해진 시간에만 열리는 자기 몸통보다도 두꺼운 강철 문이 설치된 콘크리트 무덤에 묻어 둘 만한 가치가 있는 뭔가가 있다면, 그것은 바로 그 단어일 듯했다.

회색 유니폼 차림의 경비원이 총을 뽑아 든 채 들이닥쳤다. 연구원은 충격에 빠져 그 자리에 그냥 서 있었다. 에밀리의 재킷이 바닥에 떨어졌다. 나무. 그녀는 이제 손에 느껴지는 감촉을 통해 그것이 뭔지 알았다. 그 물건은 석화된 나무였다. 계속 눈을 뜬 채 에밀리는 그것의 뒷면을 자기 가슴에 대고 눌렀다. 그녀의 생각이 틀렸다면 이제 그 사실을 확인할 수 있을 것이다. 꼴이 아주 우스꽝스러워질 것이다. 이 순간, 이 물건이 에밀리가 생각하는 그것이 아니라면 완전히 망하게 되리라. 에밀리가 말했다. 「움직이지 마.」

경비원이 동작을 멈췄다. 침묵이 흘렀다. 침묵 속에서 에밀리는 확신이 들기 시작했다.

「너의 코를 만져.」 에밀리가 말했다. 「둘 다.」

그들의 손이 올라갔다. 에밀리는 등골이 서늘해졌다. 어떤 것을 아는 것과 직접 보는 것은 완전히 달랐다. 에밀리는 숨을 들이마셨다. 그것이 첫 번째 단계였다. 이제 두 번째를 할 차례였다. 그녀가 말했다. 「내가 이곳을 어떻게 빠져나갈 수 있는지 말해.」

테러로 인한 봉쇄령 발령

당국이 심각한 테러 사태라고 여기는 사건이 일어난 뒤, 오늘 저녁 워싱턴 D.C.의 넓은 지역이 봉쇄되었다.

경찰 특공대, 군, 그리고 생물 무기 응급 대응 팀이 중심가 지역에 집결했고, 현재 수색 중이며, 이에 한 명 또는 그 이상의 테러리스트가 도피 중이라는 추측이 돌고 있다.

메트로폴리탄 경찰서는 모든 주민에게 현 위치에 머물고 불필요한 이동은 자제해 줄 것을 당부했다. 「오늘 밤 도시는 봉쇄되었습니다. 사람들은 어디에도 갈 수 없습니다.」 조금 전 경찰서장인 로베르타 마르티네스는 말했다. 「현재의 위기 상황에서 주민들께서는 인내심을 발휘해 주시기 바랍니다.」

현재까지 당국은 테러 행위가 일어났는지에 대해 확인을 거부하고 있으며, 단지 〈사고〉에 대응 중이라고만 말했다. 하지만 이 지역에 화학 또는 생물 무기가 쓰였다는 무시무시한 비공식 정보들이 있다.

도시 근로자들은 특수 부대 요원들과 중무장 차량들이 도심으로 들어옴에 따라 혼란이 일어났다고 설명했다.

「그 사람들은 모두를 내보냈어요. 검은 헬멧과 고글을 썼더라고요. 사람들이 비명을 질러 댔죠.」 아이맥스에서 사무직으로 일하는 줄리아 트루엘(24세)은 말했다. 「그 사람들은 꼭 우주비행사 같았어요.」

현재까지 워싱턴 D.C.에는 5천 명의 군인이 들어온 것으로 추정되며, 테러리스트 수색이 강화됨에 따라 더 많은 병력이 현재 워싱턴 D.C.로 향하고 있다.

〈자세한 정보가 더 들어오는 대로 계속 전해 드리겠습니다.〉

D.C. 봉쇄 보상안이 교착되다

D.C.의 프랭크 빌레티 시장은 지난달 테러로 인해 이틀 동안 도시를 봉쇄한 데 따른 주민 손실을 보상하지 않겠다고 밝혔다.

「우리는 주민들과 사업주들이 불편을 겪은 것을 충분히 이해하며 최대한 빨리 정상적인 삶으로 돌아갈 수 있도록 최선을 다하겠습니다.」 빌레티 시장은 오늘 기자 회견에서 말했다. 「하지만 우리 모두에게 영향을 미치는 이런 사건의 경우, 우리는 D.C. 주민들이 모두 합심해야 하며 어느 정도 부담을 공유하는 것은 불가피하다고 생각합니다.」

이 언급은 보상을 둘러싼 다툼이 법정 밖에서 해결되지 않으리라는 신호로 보인다. 이 건의 집단 소송을 담당한 비노티 앤드 부시 법률 사무소의 의견을 듣기 위해 연락해 보았지만 닿지 않았다.

기자 회견 동안 빌레티 시장은 봉쇄가 화학 또는 생물 무기의 사용으로 인한 것이라는 초기 보도를 또다시 부인했다. 「전혀 근거 없는 주장입니다. 우리는 공격이 임박했다는 경고를 받았고, 그것을 막기 위해 행동을 취한 겁니다.」

빌레티 시장은 더 자세한 내용은 제공하기 어렵다며, 그 이상은 백악관에 문의하라고 했다. 어제 백악관의 게리 필딩 대변인은 이번 작전 동안 몇 명이 체포되었지만, 더 자세한 정보는 아직 밝힐 수 없다고 재차 밝혔다.

「위기 상황이 있었고, 우리 국민이 아주 현명하게 대응했다는 것을 강조하고 싶습니다. 우리 모두는 지난달 D.C.에서 우리 국민이 한 행동을 자랑스러워해야 할 겁니다.」

출처: http://nationstates.org/pages/liberty-versus-security-4011.html

……지난해에 있었던 D.C. 봉쇄처럼. 2003년 군대에서 쓰는 암살용 라이플로 사람들을 죽이고 다녔던 사람들처럼. 2006년 우편물에 담긴 탄저균처럼. 1주일 동안 모두가 공포에 질렸으며, 우리는 더 많은 보안 검사와 스캐너 검사를 실시했고, 정부 건물에 들어갈 때는 사진을 찍어야 했다. 이윽고 1개월 뒤 모두가 침착해졌지만, 이러한 사건을 방지하겠다는 이유로 그들이 새로 도입한 이 불쾌한 과정들과 기술들은 사건 방지에 그 어떤 도움도 되지 못하면서 여전히 우리 삶에 끼어든 채 존재한다. 이것은 사고가 아니다. 이런 일들은 최고 상층부 사람들 때문에 일어난다. 그들이 자신들보다 아래에 있는 많은 사람들을 가장 두려워하기 때문이다. 그들은 우리를 감시할 필요가 있다. 그들은 우리가 무슨 생각을 하는지 알아야 할 필요가 있다. 그것만이 자신들이 단두대에서 목이 잘리지 않는 방법이기 때문이다. 이와 비슷한 일이 일어날 때마다 죽음과 공포가 발생하고, 사람들이 행동을 촉구할 때마다 그들에게는 그 순간들이 기회이다.

3

브로큰힐의 커피숍 한 곳에서는 채석장이 보이지 않았다. 엘리엇이 석 달간 조사한 끝에 확신하게 된 사실이다. 브로큰힐에는 커피숍이 다섯 군데 있었고, 그중 네 곳에서는 채석장이 보였다. 엘리엇은 다섯 번째 가게를 단골로 삼았다. 채석장이 흉물스러워서가 아니다(비록 그곳이 처절할 정도로 보기 흉하기는 했지만 말이다). 어디서든 채석장이 보였기 때문이다. 마을의 거리는 넓었고, 건물들의 간격도 널찍널찍했으며, 어디를 봐도 평지가 아닌 곳이 없었다. 그러므로 마을 중심에 흡사 갈비뼈처럼 서 있는, 바싹 마른 흙과 부서진 돌들로 만들어진 높이 12미터짜리 흉벽을 알아차리지 못하기란 불가능했다. 엘리엇에게 그 흉벽은 마치 거대한 해일처럼 밀려들어 마을을 삼키려는 엄청난 흙더미처럼 보였다. 사실, 그것은 맞는 말이었다. 바람과 침식과 계속해서 새롭게 쌓이는 폐석 때문에 그곳은 매년 조금씩 마을에 가까워졌다. 충분한 시간이 주어진다면, 그것은 모든 것을 삼키고 말리라. 그러면 이곳은 미적 측면에서 상당한 성취를 이루게 될 것이다. 그것은 혹시 울프가 나타날 경우를 대비해 엘리엇이 이곳에서 기다리며 확신하게 된 또 다른 사실이다.

엘리엇은 커피를 홀짝이며 매주 발행되는 18쪽짜리 신문인 『더 배리어 데일리 트루스』를 훑어보았다. 이번 호의 특집은 나이 지긋한 부부를 다룬 〈행복한 50년〉이라는 기사였다. 엘리엇은 그 기사를 두 번 읽으면서 이런 종류의 기사가 늘 빼먹는 부분, 즉 대체 어떻게 그런 일이 가능한지를 찾으려고 애썼다. 엘리엇은 이런 목가적인 결합이 정말로 존재할 수 있는지, 아니면 단지 대안이 그다지 구미에 맞지 않기 때문에 그런 척하는 것인지 정말로 알 수가 없었다. 후자 쪽으로 결론을 내렸다고 생각할 때마다 엘리엇은 〈행복한 50년〉 같은 기사를 볼 수 있었고, 그럼 다시금 어느 쪽이 옳을지 고민했다.

물론, 뭔가 뚜렷한 근거나 논리 없이 설렁설렁 해보는 생각이었을 뿐이다.

엘리엇의 전화기가 울렸다. 그는 신문을 접었다. 「여보세요?」

「울프가 여기에 왔습니다. 배리어 고속 도로로 오는 중입니다. 하얀색 세단. 혼자입니다.」

「확실해?」

「여기는 온갖 장비를 다 갖추고 있어요, 엘리엇.」

「그래, 고마워. 얼마나 걸리지?」

「30분입니다.」

「고마워. 여기서부터는 내가 맡지.」 엘리엇은 탁자에 지폐 몇 장을 놓고 커피숍을 나와 자기 차로 걸어갔다. 엔진에 시동이 걸리고 에어컨이 작동하자, 그는 몇 군데와 짧게 통화를 했다. 모두가 자기 자리에 있는지 확인하기 위해서였다. 울프가 워싱턴 D.C.에서 단어를 훔쳐 도망간 지 벌써 3개월이 지났다. 모두가 있어야 할 곳에 있었다. 하지만 그래도 한 번 더 확인해서 나쁠 것은 없었다. 확인이 끝나자, 엘리엇은 차에 기어를 넣고 폐석으로 된 벽을 향해 차를 몰았다.

엘리엇은 마을 밖으로 2킬로미터쯤 간 뒤 차를 세워 도로를 막았다. 상징적인 행동이었다. 울프가 엘리엇의 차를 빙 돌아서 앞으로 나아가는 것은 일도 아니었다. 하지만 엘리엇을 보게 함으로써 앞으로 더 가봤자 소용없는 일임을 알게 하려는 의도였다.

엘리엇은 차에서 내려 차체에 기대어 울프를 기다렸다. 아마도 지금 이곳은 겨울인 것 같았다. 머리 위로 새들이 날아갔고, 귀에 거슬리는 울음소리가 공기를 가득 채웠다. 코카투였다. 황혼이 되면 그 소리는 엄청났다. 마치 온 세계가 찢어지는 듯했다. 어느 날 밤에는 모텔에서 자다가 깨어 보니 손바닥만 한 벌레가 베개에 있었다. 엘리엇은 그 벌레의 이름이 뭔지도 몰랐다. 생전 처음 보는 종류였다.

엘리엇은 브론테에게 전화를 걸고 싶은 마음이 솟구쳤다. 최근 엘리엇은 브론테에 대해 다시 생각하게 되었다. 이번 임무 때문이었다. 너무 시간이 많았고, 너무 오래 기다렸다. 울프 때문이었다. 울프가 난관을 헤치고 나아가는 모습을 지켜보는 동안, 엘리엇은 그래도 될 것이라는 생각이 들었다. 그는 생각했다. 〈브론테에게 연락해서…… 그래, 어떻게 지내는지 물어보는 거야.〉 별 이유 없었다. 그냥 대화를 하고 싶었다.

거의 20년 전 두 사람은 학교를 함께 다녔다. 이제는 브론테가 운영하는 그 학교였다. 엘리엇은 수업에 들어올 때 브론테의 머리가 찰랑거리던 모습을, 가슴에 끌어안고 있던 책을, 코의 각도를 여전히 기억했다. 사실상 엘리엇은 브론테에게 첫눈에 반했다. 음, 아니, 그것은 정확한 표현이 아니다. 그것은 이분법적 논리, 즉 사랑하지 않는다는 상태에서 사랑한다는 상태로 이동해 그 뒤로 같은 감정으로 남는다는 의미이기 때문이다. 엘리엇은 브론테에게 점점 더 깊이 빠져들었으며, 둘 사이가 가까워질수록 서로 끌어당기는 속도도 더욱 빨라졌다. 마치 두 행성이 중력으로 서로를 끌어당기는 것과 비슷했다. 그리고 엘리엇은 두 행성의 운명과 마찬가지로 자신들도 파멸할 것이라고 생각했다.

두 사람은 오랫동안 관계를 지속했다. 몇 년 정도나 될까? 한 몇 년은 계속된 것 같았다. 하지만 아마도 아닐 것이다. 어쨌든 둘은 최종 학년이었고, 졸업이 얼마 남지 않았었다. 엘리엇은 그것을 확실히 기억했다. 브론테가 그에게 자기 단어를 주었기 때문이다. 오래 쓴 탓에 오그라져서 모양이 망가진 노란 봉투 안에는 종잇조각이 몇십 개 들어 있었고, 각 조각에는 단어가 적혀 있었다.

「이것들을 써.」 브론테가 말했다. 누군가 지나가면 그녀의 방문 아래로 그림자가 보여 곧 알 수 있도록 방의 불은 꺼둔 상태였다. 하지만 엘리엇은 브론테의 얼굴을 또렷이 볼 수 있었다. 「네가 날 구부러뜨렸으면 해.」

그 말에 어떻게 반응했는지 엘리엇은 기억하지 못했다. 안 된다고 브론테를 설득하려고 했을 것이다. 어쩌면 그러지 않았을 수도 있다. 엘리엇은 그때를 너무 많이 생각했고, 너무나도 옛날 일이라서 진짜 선택과 상상 속 선택을 구별할 수 없었다. 그의 기억 대부분은 브론테에 대한 것이었다. 침대에 누웠던 브론테의 자세, 반질거리던 브론테의 맨 어깨. 첫 단어들을 속삭였을 때 브론테의 얼굴. 그 처음의 순간에 엘리엇은 서툴렀다. 시간이 어느 정도 흐른 다음 엘리엇은 자각의 상태와 구부러짐, 즉 육체를 명령에 복종하게 하는 낮은 자각의 상태 사이에서 균형을 잡을 수 있었다. 브론테를 너무 저(低)자각 상태로 몰아넣으면 그녀의 얼굴은 활기를 잃었다. 자각 상태로 너무 가까이 끌어올리면 브론테의 두 눈은 초점이 또렷해졌고, 그에게 더 하라고 말했다. 엘리엇이 브론테의 가슴을 만지자, 그녀의 젖꼭지가 단단해지면서 그의 손길을 집요하게 요구했다. 그녀의 엉덩이가 침대에서 튀어 올랐다. 「날 가져.」 브론테가 말했다. 「제발 날 가져줘.」 그녀는 짐승처럼 흐느끼고 으르렁거렸다. 그는 소리가 날까 걱정이 되어 말했다. 「조용히.」 그러자 그녀는 쉿 하고 소리를 냈다. 엘리엇이 그 전까지 누구에게서도 들어 본 적이 없는 소리였다. 그녀의 피부에 소름이 돋았다. 엘리엇의 손가락이 닿는 곳마다 소름이 물결치듯 돋아났다. 브론테의 엉덩이가 올라왔다 내려갔고, 엘리엇이 브론테의 그곳을 만지자 그녀는 높으나 거의 들리지 않을 정도로 날카로운, 증기가 빠져나가는 듯한 소리를 냈다. 엘리엇은 자신이 브론테를 부서뜨릴까 걱정이 되었기에 그녀를 일으켜 세웠지만, 간절한 갈망의 표정이 그녀의 얼굴을 스쳤고, 그녀는 그에게 다시 눕혀 달라고 애원했다. 엘리엇이 그렇게 하자, 브론테는 만족스러운 듯 긴 한숨을 내쉬었다. 완벽한 무의식의 소리이자, 엘리엇이 그녀의 중심에 아주 가까이 다가갔음을 알리는 소리였다. 그는 그녀의 다리 사이로 손을 움직여 축축한 곳을 찾아냈다. 「들어와.」 그녀가 말했다. 그녀는 그의 등을 손톱으로 긁어 대고 귓불에 대고 헐떡이며 그 단어를 말하고 또 말했고, 엘리엇은 자신을 멈출 수가 없었다. 그는 바지를 벗었다. 엘리엇이 그녀의 안으로 들어갔고, 그렇게 하는 순간 브론테의 몸은 강철로, 뜨거운 쇳덩이로 변했다. 그는 순식간에 절정으로 달아올랐다.

둘은 몇 시간 동안 함께 누워 있었다. 엘리엇은 남들에게 들키지 않으려면 동트기 전에 브론테의 방에서 나가야 한다는 것을 알았지만, 브론테와 떨어져 있는 것을 도저히 참을 수가 없었다. 엘리엇은 브론테가 서서히 잠에서 깨어 정신을 차리는 동안 부드럽게 그녀를 안았다. 둘은 키스했다. 하늘이 밝아 오기 시작했을 때, 그는 더 이상 미룰 수 없어 침대에서 일어났다. 브론테는 문까지 그를 배웅했다. 달빛 속 그녀의 알몸을 그는 평생 잊을 수 없을 것이다. 브론테가 말했다. 「다음번에는 내가 너에게 해줄게.」

근처 나무에서 코카투 한 마리가 새된 소리로 울었다. 엘리엇은 숨을 들이마셨다가 내쉬었다. 추억에 잠길 때가 아니었다. 그는 브론테에게 전화하지 않을 것이다. 그것은 먼 과거였다. 그리고 나쁘게 끝났다. 아니, 나쁘지는 않더라도 좋게 끝나지는 않았다. 이윽고 두 사람은 졸업했고, 각각 조직의 다른 부서로 갔으며, 그리고 끝이었다. 엘리엇은 브론테가 당시를 추억하는지 아닌지, 또는 부끄러워하거나 후회하는지 전혀 알지 못했다. 그것을 아는 것은 불가능했다. 자신을 드러내지 않고는 물을 수 없는 질문이었다.

〈언젠가 브론테에게 다시 키스할 거야.〉 그의 입가가 실룩였다. 〈한 번 더 키스를.〉 터무니없는 생각이었다. 바보 같은 생각이었다. 그렇지만 상상한다고 해가 될 것은 없었다. 그것이 상상이라는 것을 확실히 인식하는 한. 엘리엇은 이 상상을 간직하기로 했다. 간직할 만한 멋진 상상이었다.

두 시간 뒤, 엘리엇은 자동차 바퀴가 흙 위를 구르는 소리를 들었다. 하얀 세단이 모퉁이를 돌아 나타났다. 그 차는 아주 천천히 움직였고, 엘리엇을 보자마자 멈췄다. 앞 유리창에는 강렬한 햇볕이 두껍게 내려앉아 있었다. 엔진이 꺼졌다. 문이 열렸다. 울프가 나타났다. 에밀리. 그녀는 전보다 야위어 있었다.

엘리엇이 말했다. 「멈춰 줘서 고마워.」

에밀리는 한 손을 들어 손차양을 하고 한 바퀴 돌며 지형을 둘러보았다. 더러운 티셔츠와 진 바지 차림이었다. 아마도 그 단어는 허리춤에 끼우고 있을 것이었다. 하지만 그래 보이지 않았다. 차에 두고 내렸나? 어쩌면 이미 모든 것이 끝났음을 깨달았을 수도 있다.

「어떻게 태평양을 건넜지?」 엘리엇이 물었다. 「어떻게 했는지 내기를 했거든.」

「컨테이너선.」

「컨테이너선들을 잔뜩 수색했는데.」

「내가 탄 배도 수색했어요.」

엘리엇이 고개를 끄덕였다. 「쓸데없는 짓이었지. 널 찾은 사람들이 그 사실을 보고하리라고 기대를 했다니. 그래서 이제는 널 보는 즉시 사살하라는 명령이 떴어.」

에밀리가 엘리엇을 바라보았다. 그녀의 표정은 아주 신중하고 잘 통제되어 있었다. 비록 더 이상 훈련하고 있지 않다 하더라도 표정만 봐서는 알 수 없었다. 「그래서 우리는 지금 뭘 하는 건가요, 엘리엇?」

「유감이야.」

에밀리가 눈썹을 치켜올렸다. 「오호? 날 죽이러 온 건가요?」

엘리엇은 아무 말도 하지 않았다.

「흠, 그거 실망이네요. 당신이 그런 말을 하다니, 아주 실망스러워요.」

「특히나 내가 그렇게 말했기 때문에 그 의견을 존중해 줄 거라고 생각했는데.」

「그럴 리가요. 천만에요, 천만에.」 에밀리가 고개를 저었다. 「이건 어때요, 엘리엇. 당신은 날 못 본 척하는 거예요. 나는 해리에게 가고요. 해리랑 나는 사라지는 거죠. 그럼 끝이에요.」 에밀리는 엘리엇의 얼굴을 살폈다. 「안 돼요? 그런 것조차도 안 돼요?」

「이해해 줘야만 해. 난 다른 선택지가 없어.」

「난 해리를 사랑해요. 그건 이해해요?」

「그래.」

「그걸 이해한다면 내게도 다른 선택지가 없다는 걸 알겠네요.」

엘리엇이 말했다. 「한 시간을 줄게. 해리와 한 시간을 보내. 그리고 작별 인사를 한 뒤 여기로 다시 와. 그게 내가 해줄 수 있는 최선이야.」

「그리고 난 당신의 그 같잖은 제안을 거절할래요. 여기 오느라 석 달이 걸렸어요, 엘리엇. 석 달이요. 그리고 그 기간은 쉽지 않았어요. 한 시간을 쓰자고 석 달을 참은 게 아니라고요.」 에밀리는 고개를 저었다. 「내가 뭘 하든 당신이 날 막을 수 없다는 사실을 확실히 알 거라고 생각해요.」

「그건 어디에 있지? 차에 있어?」

「그래요.」 에밀리가 말했다. 「당신은 그게 뭔지 아나요?」

「날단어.」

에밀리가 고개를 갸우뚱했다. 「그걸 그렇게 부르나요? 허 참. 나는 옛날 책들에서 읽은 것으로만 알아요. 옛날 사람들은 그 단어에 이름을 붙이지 않았어요. 아니, 오히려 온갖 이름을 붙였다는 게 더 맞겠네요. 그 이야기들에서 유일하게 같은 부분은 내가 가진 이런 단어가 나타날 때마다 대량으로 노예들이 만들어졌다는 거죠. 그리고 죽음도요. 또한 무슨 이유에선가 탑도요.」

「바벨 사건을 말하고 있군.」

「이 단어는 모두를 굴복시켜요.」 에밀리가 말했다. 「모두를요.」

「맞아.」

「그러니 하나만 물을게요, 엘리엇. 당신은 정말로 예이츠가 당신이 이걸 가져오리라 믿는다고 생각해요? 비록 난 예이츠를 한 번밖에 만나지 않았지만, 그건 예이츠 스타일이 아니거든요. 정말로 아니에요. 내 생각에, 당신은 애들레이드까지 절반도 못 가서 누군가에게 사고를 당할 거예요. 검은 장갑복에 헬멧을 쓴 누군가에게 말이에요.」

「나는 그걸 예이츠에게 가져다줄 거야.」 엘리엇이 말했다. 「그리고 예이츠도 그걸 알아.」

에밀리가 눈을 가늘게 떴다. 「당신은 줏대가 없네요, 엘리엇. 방금 깨달았어요. 당신은 깡다구가 있는 것처럼 행동하지만 실은 오줌 줄기처럼 약해요. 혹시 궁금해할지 몰라 하는 말인데, 이건 호주식 표현이에요. 맙소사. 당신은 정말로 이걸 예이츠에게 가져다줘 버릴 셈이었군요. 참으로 놀랍네요.」

엘리엇은 아무 반응도 보이지 않았다.

「예이츠는 엿이나 먹으라고 해요. 미친 새끼. 그 새끼는 여기에 없어요. 당신 삶에서 한 번은 예상 밖의 일을 해봐요. 당신과 나, 지금 여기, 우리에게는 힘이 있어요. 우리에게는 필요한 모든 힘이 있다고요.」

「나는 힘에는 관심이 없어.」

에밀리가 한숨을 쉬었다. 「이건 아주 실망스러운 대화네요, 엘리엇. 거짓말하지 않겠어요. 당신과는 이제 끝난 느낌이 들어요.」 에밀리는 차로 돌아가기 시작했다.

「멈춰.」

「안 그러면 어쩌게요?」

엘리엇은 에밀리를 뒤쫓았고, 그녀가 차 문을 열기 전에 자신이 먼저 한 손으로 그 문을 세게 눌렀다. 생각보다 행동이 거칠었지만, 에밀리로서는 지금이 마지막 기회였고, 엘리엇은 그녀가 그 기회를 잡길 바랐다. 「저격수들이 있어. 내가 신호를 보내면 널 쏠 거야. 만약 네가 뭔가 꺼내려고 한다거나, 차에 다시 탄다거나, 나를 쳐도 저격수들이 널 쏠 거야. 내가 뭘 하든 상관없이, 네가 브로큰힐을 떠나려고 한다면 저격수들은 널 쏠 거야. 미리 정해 두었어. 이건 다 네가 자초한 일이야. 지금 이 상황에서 내가 해줄 수 있는 것은 네가 죽기 전에 한 시간을 쓸 수 있게 해주는 거야. 제발 이 기회를 받아들여.」

에밀리가 엘리엇을 살펴보았다. 「당신은 정말로 이해를 못 하는군요. 사랑의 기본 개념 말이에요. 당신이 느끼는 뭔가를 소중히 여긴다는 기본적 개념이요. 그것에 대해 전혀 알지 못하네요.」 에밀리는 고개를 저었다. 「날 가게 해줘요, 엘리엇.」

그게 끝이었다. 엘리엇은 저격수들이 쏘기 쉽도록 한 걸음, 다시 한 걸음 뒤로 물러섰다.

「오호.」 에밀리가 말했다. 「그렇게 하시겠다?」

에밀리가 두 손을 티셔츠 안으로 집어 넣었다. 엘리엇은 두 눈을 감은 채 두 팔을 활짝 벌려 신호를 보냈다.

아무 일도 일어나지 않았다. 총성은 없었다. 아무 소리도 나지 않았다. 엘리엇은 눈을 떴고, 에밀리가 두 팔을 가지런히 내리고 두 손에는 아무것도 쥐지 않은 채 그를 바라보고만 있었다.

「나는 이 마을을 여드레 동안 정탐했어요.」 에밀리가 말했다. 「당신과 당신 부하들은 너무나도 표를 냈죠. 번쩍번쩍거릴 정도로요.」

「**바르트**…….」 엘리엇이 에밀리를 구부러뜨리기 위한 단어를 말하기 시작했고, 그녀는 이상한 방식으로 두 손을 움직였다. 엘리엇은 에밀리가 뭘 하려는 것인지 의아해했고, 그녀가 한 손을 차 유리창 쪽으로 쭉 뻗자, 그제야 그는 그것이 시선을 끌기 위한 마술사의 속임수였음을 깨달았다. 하지만 이미 엘리엇의 시선은 움직였고, 차창은 더 이상 태양의 반사로 가려져 있지 않았다. 대시보드에 뭔가가 있었고, 그 물건의 표면에서 검은색의 어떤 것이 꿈틀거리며 기었다. 그 검은 것은 엘리엇의 두뇌 중심의 어딘가를 강타했고, 모든 것이 가만히 정지했다. 그의 몸속 깊숙한 곳에서 뭔가가 반항했다.

「엎드려.」 에밀리가 말했다.

엘리엇은 흙바닥에 엎드렸다. 개미 한 마리가 눈앞으로 기어 왔다.

「당신은 나를 도울 수도 있었어요, 엘리엇. 나는 당신에게 기회를 줬다고요.」 에밀리의 부츠가 바로 앞에 나타났다. 「하지만 당신은 예이츠를 선택했어요.」

단어들이 엘리엇을 지나 흘러갔다. 이 단어들은 아무런 반응도 불러일으키지 않았다. 그는 단어들이 자신에게 무엇을 해야 하는지 말할 때까지 기다렸다.

「가만히 엎드려서 모래 태양이 뜰 때까지 움직이거나 말하지 말아요. 그 뒤로는 당신이 무엇을 하든 상관없어요.」 에밀리의 부츠가 저벅저벅 차로 향했다. 「당신과 나는 이걸로 끝이에요, 엘리엇. 다음에는 살려 두지 않겠어요.」

차 문이 거칠게 닫혔다. 시동이 걸렸고, 자동차는 멀어져 갔다.

개미는 그의 코에 이르렀고, 머뭇머뭇 코를 오르기 시작했다. 엘리엇은 가만히 엎드려 있었다. 그는 숨을 쉬었다. 그는 말하지 않았다. 그는 움직이지 않았다.

에밀리는 엘리엇의 차를 타고 농가로 간 뒤 엔진을 껐다. 엔진이 식으면서 틱틱 소리를 냈다. 해리의 구급차와 정원이 보였다. 정원은 마지막으로 본 뒤로 엉망이 되어 있었다. 거실 창문을 통해 소파 뒷면과 개 모양의 갓으로 된 램프, 탁자 모퉁이가 보였다. 에밀리의 예전 삶을 증명하는 소품들이었다. 에밀리는 그것들을 잠시 지켜보았다. 지난 3개월 동안 그것들이 정말로 존재하는지 종종 궁금했기 때문이다.

에밀리는 손가방을 집은 뒤 이글거리는 햇빛 속으로 걸어갔다. 이상할 정도로 허약해진 느낌이었다. 투명해진 느낌이었다. 에밀리는 계단으로 올라가 노크를 했다. 만약 해리가 반기지 않으면 곤란한 상황이었다. 그럴 경우에는 완전히 망하는 것이었다. 하지만 해리는 반가워하리라. 에밀리는 그것을 알았다. 그래도 걱정스러운 것은 어쩔 수 없었다. 반기지 않을 때의 결과가 너무도 끔찍했기 때문이다. 에밀리는 몸의 중심을 한 발에서 다른 발로 옮겼다. 다시 노크를 했다. 해리는 여기 어딘가에 있었다. 그것은 확실했다. 에밀리는 기다렸다.

에밀리는 현관문 앞 계단을 내려와 다시 집을 둘러보았다. 넓고 텅 빈 대지에는 먼지 회오리들만이 있었고, 그것은 해리가 오토바이를 타고 나갔다는 신호일 수도 있었다. 부엌창 안을 살펴보았지만, 접시와 컵들만 보였다. 문을 열어 보니 손잡이가 돌아갔다. 하지만 그것은 아무 의미가 없었다. 그 문은 한 번도 잠긴 적이 없었기 때문이다. 에밀리는 집 안으로 들어갔다.

「해리?」 에밀리는 마음을 진정시키기 위해 손가방에 손을 댔다. 시인들이 모퉁이나 소파 뒤에서 나타날 경우에 대비해 단어를 꺼내고 싶은 마음이 들었다. 터무니없는 생각이었다. 브로큰힐에는 더 이상 조직에서 나온 이들이 없었다. 에밀리는 이 마을을 일주일 동안 지켜보았다. 하지만 혹시라도. 「해리?」

거실은 마치 어제 마지막으로 본 것처럼 친숙했다. 소파 쿠션들은 꺼져 있었다. 쿠션 하나에는 해리의 몸 자국이 남아 있었고, 에밀리는 잠깐 머물렀던 자신의 흔적도 보이는 것 같았다. 그녀는 이곳에 산 적이 있다. 물건들에 자취를 남겼다. 에밀리는 이마를 만졌다. 생각이 잘 정리되지 않았기 때문이다. 모든 계획을 세웠는데 정작 해리는 보이지 않았다. 이럴 경우 어떻게 할지 미리 생각해 두었어야만 한다. 하지만 해리는 이곳에 있어야만 했다. 그러나 그가 보이지 않았다. 그때 문득 이상한 생각이 떠올랐다. 혹시 자신이 이곳에 있다는 것을 해리가 이미 알고 있는 것은 아닐까. 그가 자신을 보고 싶어 하지 않는다는 생각이 들었다.「해리.」에밀리가 말했다. 그녀는 설명하고 싶었다. 그녀는 그동안 많은 일을 겪었다. 지난 3개월 동안 해리에게 연락하지 않았다. 그를 안전하게 지키려면 그 방법밖에 없었기 때문이다.

밖에서 캥거루 세 마리가 깡충거리며 차례로 진입로를 가로질렀다. 세상이 불확실해진 느낌이었다. 에밀리는 두려웠다. 일이 정말 엉망으로, 아주 엉망으로 풀리고 있었다. 발밑의 땅이 점점 더 뜨거워지기에 그토록 열심히 깡충거리며 왔는데, 결국 해리를 만나지 못할 것이라는 생각이 들기 시작했다.

엔진 소리가 들렸다. 에밀리는 주방으로 달려갔고, 비포장도로용 오토바이에 탄 해리가 거친 땅을 가로질러 오는 모습이 보였다. 해리는 주방 창을 보지 않고 지나갔고, 에밀리는 움직이지 않았다. 몸이 바닥에 달라붙은 느낌이었다. 해리의 오토바이 타이어가 흙을 씹어 댔다. 그가 오토바이 받침대를 찼고, 뒷문 계단으로 올라왔다. 그와 에밀리의 시선이 마주쳤다.

에밀리가 〈안녕〉이라 말하려고 입을 열었지만 해리는 사라졌다. 에밀리는 눈을 끔벅였다. 뒷문이 벌컥 열리더니 해리가 기차처럼 그녀에게 돌진했다. 에밀리는 두 손을 들어 올렸고, 해리가 그녀를 거칠게 껴안았다. 흙과 엔진 오일 냄새가 그녀를 휘감았다.「맙소사!」해리가 말했다.「어떻게 된 거야?」

「그냥 왔어.」

「에밀리!」해리가 더욱 힘껏 껴안자, 그녀는 기절할 것 같았다. 「맙소사, 에밀리!」

「놔줘.」

「안 돼.」

에밀리도 해리를 껴안았다. 「어디 갔었어?」

「나? 어디 갔었냐고? 그러는 너는 어디 갔었는데?」 에밀리의 티셔츠가 움직였다. 에밀리는 해리가 자기 옷을 벗기고 있다는 것을 깨달았다.

「기다려, 기다려.」

「충분히 기다렸어.」 해리가 말했다. 에밀리는 항복했다. 그가 옳았기 때문이다. 그녀도 충분히 기다렸기 때문이다. 해리는 머리 위로 티셔츠를 벗겨 싱크대 상판 위로 던졌다. 그리고 에밀리의 진 바지 허리춤을 잡더니 그녀를 끌어당겼다. 그의 입이 그녀의 입을 짓이겼다. 손은 그녀의 바지 속을 더듬었다. 에밀리는 해리를 말려야 했다. 이곳에서 수백 킬로미터 떨어진 곳으로 가기 전까지는 안전하지 않다는 것을 알았기 때문이다. 하지만 그의 손가락들이 그녀의 그곳을 찾아냈고, 에밀리는 더 이상 생각을 할 수가 없었다.

「너무나 그리웠어.」 에밀리가 말했다.

에밀리는 땀에 흠뻑 젖어 만족스러운 상태로 그의 팔꿈치 안쪽에 머리를 대고 누워 있었다. 그녀는 해리의 머리카락을 가지고 장난을 쳤다. 잠시 후 에밀리가 그를 쿡 찔렀다. 「해리.」 에밀리가 해리의 가슴을 긁었다. 영원히 이렇게 있고 싶었다. 하지만 그럴 수 없었다. 「해리.」

해리가 눈을 떴다. 그의 입술이 고무처럼 양옆으로 늘어났다.

「꿈인 줄 알았어.」

「터무니없게 들릴 거라는 걸 알지만 꼭 해야 할 이야기가 있어. 그런 다음 우리는 떠나야 해.」

해리는 싱긋 웃으며 일어나 앉았다. 「뭔데?」

「설명하기가 어려워.」 에밀리는 뭔가 옷을 걸쳐야 할 필요성을 느꼈다. 손가방은 바닥 어딘가에 있었다. 바지와 함께 두었던 기억이 어렴풋이 났다. 역사상 가장 강력한 무기인데, 그것을 어디에 두었는지 정확히 기억나지 않았다. 「나를 찾는 사람들이 있어. 난 그들에게서 뭔가를 훔쳤어.」

「뭘 훔쳤는데?」

「그게…….」 그녀가 말했다. 「단어야.」

「단어?」

「응. 하지만 평범한 단어가 아니야.」 에밀리는 망설였다. 「사람들을 설득할 수 있는 단어들이 있어. 이 단어는 아주 설득력이 강해. 나를 찾는 사람들은 그 단어를 되찾고 싶어 해. 그자들은 나를 죽이려고 할 거야. 우리 둘 다 죽일 거야.」 해리의 표정은 변하지 않았다. 「나는 여기 오면 안 되는 거였어. 널 다시 보지 않아야 했지만, 그럴 수가 없었어. 그래서 그 단어를 훔친 거야. 그리고 여기까지 오는 데 오랜 시간이 걸렸어. 하지만 결국 왔지. 터무니없는 소리로 들린다는 건 알지만, 날 믿어야만 해. 우리는 떠나야 해.」

「약을 한 거야?」

「아니, 아니야.」

「마법의 단어를 훔쳤다고?」

「진짜 마법은…… 아니야.」 에밀리가 말했다. 「내 말은, 그래,

고전적인 관점에서 보자면 마법이지만 네가 생각하는 그런 마법은 아니야.」

「무슨 말을 하는 건지 모르겠어.」

「그냥 날 믿어. 날 믿어 주겠어?」

「그리고 떠나자고?」

「응.」

「어디로?」

「그건 상관없어.」

「난 오늘 오후에 출근해야 해.」

「그건 상관없어.」

「아니, 상관있어.」 해리가 말했다. 「나는 구급 요원이야.」

「해리.」 에밀리가 말했다. 「내가 훔친 것은 아마도 세상에서 가장 귀중한 물건일 거야. 무슨 말인지 알겠어?」

「너 너무 흥분했어, 에밀리.」

「증명할 수 있어. 그냥 나와 같이 가. 안전해지면 그게 어떻게 작동하는지 보여 줄게.」

「에밀리, 아무도 안 떠나, 알겠어? 네가 돌아와서 기뻐. 하지만 진정 좀 해.」

에밀리가 움찔했다. 「해리…….」

「거의 1년 만에 너를 봤다고. 석 달 동안 아무 소식도 듣지 못했고.」

「집에 오고 있었어.」

「나는 그걸 몰랐다고!」

「날 사랑한다면…….」 에밀리가 말했다. 「날 믿어.」

해리가 이불을 젖혔다. 「출근해야 해.」

에밀리는 해리를 구부러뜨리고 싶지 않았다. 그러고 싶은 적이 한 번도 없었다. 해리의 본질을 바꾸고 싶지 않았다. 하지만 에밀리는 그런 일이 필요할 수도 있다는 것을 알았고, 적절히 계획을 짰다. 「**벤트리스 하스팔 콜림신 마닝**. 옷을 입고 짐을 꾸려.」

해리가 인상을 썼다. 「뭐라고?」

에밀리는 눈을 끔벅였다. 해리의 범주를 잘못 안 건가? 그럴 리 없었다. 에밀리는 해리를 완벽히 알았다. 「**벤트리스 하스팔 콜림신 마닝**. 옷을 입어.」

「너 진짜 이상하게 말한다.」

에밀리는 당황해서 침대에서 내려왔다. 해리의 성격은 특이했다. 해리는 그의 범주 안에서도 가장자리에 가까웠다. 하지만 그렇다고 에밀리가 이토록 오판을 할 리는 없었다. 그녀는 초짜가 아니었다. 해리를 처음 만난 것이 아니었다. 에밀리는 복도로 달려가 손가방을 찾아냈다. 그리고 날단어를 꺼내 허리 높이로 들었다. 에밀리는 몸을 돌렸고, 해리가 그 단어 쪽으로 시선을 돌리더니 얼굴을 찡그렸다. 그녀는 더욱 당황했다. 지금까지 이런 반응을 보인 사람은 한 명도 없었기 때문이다.

「내가 말하는 대로 해, 몽땅 다.」 해리에게 한 번도 해본 적이 없는 말이었다. 그를 사랑했기 때문이다.

해리가 에밀리를 바라보았다. 표정이 틀렸다. 해리는 구부러지지 않았다. 그는 마치 에밀리를 한 번도 본 적이 없는 듯한 표정으로 쳐다보았다.

「에밀리.」 해리가 말했다. 「나 출근해야 해. 내가 돌아올 때까지 흥분 좀 가라앉히고 있어.」

에밀리는 해리에게 날단어를 제대로 보여 주었다. 뭔가 실수를 한 걸까? 그녀는 그것을 들여다보고 싶은 마음을 간신히 참았다. 부서진 건가? 뭔가에 가려졌나? 에밀리는 손가락으로 그것의 홈들을 쓸어 보았고, 두뇌 속에서 욕지기가 밀려드는 것을 느꼈다. 단어는 그대로였다.「해리.」에밀리가 말했다.「해리.」

해리는 바지를 입기 시작했다.「에밀리, 비켜 줘.」

「이걸 봐. 내가 말하는 대로 해.」

해리가 그녀를 밀쳤다.

「해리!」

해리는 거실에서 작업용 가방을 집어 들더니 셔츠 단추를 채우며 대문으로 향했다. 에밀리가 달려가 앞을 가로막으며 단어를 내밀었다. 그의 두 눈이 단어를 힐끗 보았지만 아무 반응도 없었다.「에밀리, 제발 비켜 줘.」

에밀리는 단어를 내렸다. 지금 일어나고 있는 일을 믿을 수가 없었다. 그녀는 모든 계획을 다 세웠다고 생각했었다. 〈면역력이라니?〉 그렇지만 마음 한구석에서는 이미 예상하지 않았냐는 반응도 있었다. 〈해리가 설득당하지 않는다는 것을 알고 있었잖아. 그래서 해리를 좋아했던 거고.〉

「에밀리, 난 진심이야.」

「날 사랑하지 않아?」

「에밀리.」

「해리? 날 사랑하지 않아? 날 사랑한다면 나와 같이 가. 날 믿고 같이 가자.」

해리가 시선을 피했다. 에밀리는 불현듯 깨달았다. 해리는 자신을 사랑하지 않았다. 그녀가 사랑하는 것처럼 사랑하지는 않았다.

「출근해야 해.」 해리가 말했다.

에밀리가 단어를 들어 올렸다. 「날 사랑해!」 소용없다는 것을 알았지만, 그래도 어쨌든 해보았다. 「날 사랑해!」

해리는 그녀를 옆으로 밀쳤다. 에밀리의 등이 벽에 부딪혔고, 충격으로 숨이 한꺼번에 터져 나왔다. 해리는 계단을 내려갔고, 에밀리가 쫓아갔을 때 그는 밴을 타고 있었다. 해리가 차에 후진 기어를 넣는 동안 에밀리는 달리고 또 달리면서 생각했다. 〈어쩌지? 차에 몸을 던질까? 뭐라도 해야 돼.〉 하지만 해리는 기어를 바꿨고, 타이어가 흙을 박찼다. 그는 에밀리를 남겨 둔 채 차를 몰고 떠났다. 맨몸의 에밀리는 먼지 속에서 멍청하고 아무 쓸모없는 단어를 든 채 서 있었다.

에밀리는 옷을 챙겼다. 셔츠는 구겨진 채 침대 아래에, 속옷은 이불 속에 있었다. 에밀리는 욕실로 가 변기 위에 앉아 옷을 입기 시작했다. 어떻게 해야 할지 알 수 없었다. 하지만 이곳에 머물 수는 없었다.

에밀리는 집을 나와 차에 탔다. 단어가 든 손가방은 조수석에 놓았다. 운전대를 잡았다. 두뇌의 중요한 부분 어딘가가 아찔해지는 느낌이 들었다. 〈아찔해지다*stunned*〉라는 말의 프랑스어 어근인 〈*estoner*〉에는 〈깜짝 놀라다*astonished*〉라는 뜻도 있었고, 이 단어는 마법을 뜻할 때도 쓰였다. 에밀리는 마치 자기 자신이 아닌 것처럼 행동하고 있었다.

에밀리는 차 열쇠를 돌려 시동을 걸고 기어를 넣었다. 백미러는 보지 않았다. 집이 사라지는 것을 보고 싶지 않아서였다. 갈림길이 나왔다. 하나는 브로큰힐, 다른 하나는 나머지 세상으로 통하는 길이었다. 에밀리는 브로큰힐 쪽에서 방향을 돌려 그곳을 떠났다. 〈애들레이드 508〉이라고 적힌 녹색 이정표가 지나갔고, 그녀는 계속 몸을 떨었다. 에밀리는 길에서 벗어나지 않기 위해 속도를 줄였다. 목으로 치밀어 오르는 상실감에 구토가 날 지경이었다. 그녀는 자신이 그곳을 떠난다는 것이 믿기지 않았다.

백미러를 힐끗 본 에밀리는 예이츠를 보았다. 그녀는 비명을 지르며 브레이크를 밟았다. 차가 미끄러져 길을 벗어났고, 먼지가 자욱이 일었다. 아무도 없었다. 에밀리는 잠시 예이츠를 상상한 것이었다. 그녀는 몸을 부들부들 떨며 다시 운전을 시작했지만 계속 백미러를 힐끗거렸고, 자신이 뭔가를 잊고 있다는 느낌이 점점 커져 갔다. 아니, 뭔가를 기억하고 있다는 것이 더 맞는 표현이었다. 에밀리는 무시무시한 위험을 피해 브로큰힐과 해리를 떠나고 있다고 생각했다. 예이츠 때문이었다. 예이츠가 뭔가를 계획했기 때문이다.

에밀리는 차를 돌렸다. 흙길의 자갈들 때문에 타이어가 미끄러졌지만, 브로큰힐 쪽으로 방향을 잡자 마음이 안정되었다. 마을로 가까이 갈수록 이것이 옳은 일이라는 확신이 점점 더 강해졌다. 에밀리는 예이츠의 존재를 느낄 수 있었다. 예이츠는 그녀와 하나가 되어 갔다. 에밀리는 차 안에서 그의 체취를 맡을 수도 있을 것만 같았다. 근처 어딘가에서 무시무시한 기계 하나가 열심히 움직인다는 느낌이 들었다. 브로큰힐을 깔아뭉개려고 다가오고 있었다. 에밀리는 더욱 속도를 높였고, 차는 흙길을 따라 날 듯이 나아갔다.

그녀는 너무 늦지 않았다. 해리를 찾아 경고할 수 있었다. 설득할 수 있었다. 어떻게 할 수 있는지는 알지 못했지만, 할 수 있다는 것은 알았다. 폐석 벽 주위로 건물들이 보이기 시작했고, 에밀리는 그 건물들 위로 해머가, 거대하고 말로 표현할 수 없는 무시무시한 힘이 떨어지고 있는 것 같았다. 차를 마시는 예이츠. 갑자기 밑도 끝도 없이 그 모습이 떠올랐다. 찻잔을 들고 에밀리를 바라보는 예이츠. 공포가 그녀의 심장을 꿰뚫었다. 왜 갑자기 이런 생각이 드는지 알 수 없었다.

서둘러 마을에 도착한 에밀리는 차를 연석에 반쯤 걸쳐 놓은 채 세워 두고 응급실로 뛰어갔다. 해리의 구급차는 보이지 않았지만, 어쨌든 서둘러 응급실로 들어갔다. 실내는 낯익었고, 그녀는 더 안전해진 것 같았다. 에밀리는 마음을 가라앉히려고 손가방을 만졌다. 접수대로 갔다. 그곳에는 머리숱이 적고 안경을 쓴 나이 든 남자가 있었다. 여기에서 평생 동안 일해 온 그는, 이유는 알 수 없지만 늘 짜증을 냈다. 늘 방해꾼 보듯 사람을 대했다. 에밀리가 말했다.「해리를 만나야 해요.」

남자는 거만한 태도로 그녀를 바라보았다. 에밀리는 조금 정신이 나간 듯한 모습이었다. 그녀는 몇 달을 컨테이너선에서 지냈고, 사막에서 잠을 잤으며, 길가에서 한 명을 꼼짝 못 하게 만들었고, 섹스한 뒤 버려졌으며, 보이지 않는 해머 때문에 두려움에 떨고 있었다.「해리는 현장에 있어.」

「어디요?」

남자는 계속 에밀리를 빤히 쳐다보았다.「현장.」그는 대충 아무렇게나 손짓을 해 보였다.

「마일스.」복도에서 나타난 간호사가 말했다.「우리는 여전히 두 번째 제세동기를 찾고 있어요.」

접수원이 고개를 돌렸다. 에밀리는 카운터 너머로 몸을 숙이고 그의 셔츠를 움켜쥐었다. 「이봐요.」 그녀가 말했다. 「아주 중요한 일이에요. 지금 당장 해리가 어디에 있는지 알아야 한다고요.」

남자가 에밀리를 보았고, 그녀는 이런 일이 그에게는 익숙하다는 사실을 깨달았다. 여자가 접수대로 와서 〈해리는 어디에 있죠? 그 사람을 만나야 해요〉라고 말하는 일이. 단지 에밀리가 가장 최근에 그렇게 한 것뿐이었다. 「이거 놔, 에밀리.」

「아니요.」 에밀리가 말했다. 그녀는 예이츠가 바로 뒤에서 다가오는 것을 느낄 수 있었다. 「해리가 어디에 있는지 말해요.」

「경비원.」 간호사가 말했다.

에밀리는 가방에 손을 넣었고, 단어를 새긴 서늘한 나무에 손가락이 닿는 순간 차를 마시는 예이츠를 어디서 보았는지 불현듯 떠올랐다. 워싱턴 D.C.에 있는 자신의 아파트에서였다. 에밀리는 그곳에서 적어도 몇 달을 보냈고, 예이츠가 그녀를 찾아왔다. 바로 그것 때문에 그녀는 결코 혼자라는 느낌이 들지 않았었다. 그가 그곳에 있었기 때문이다. 예이츠는 에밀리 맞은편에 앉아 차를 홀짝이며 뭔가를 말했다. 그는 떠나기 전에 마지막으로 이렇게 말했다. 〈네가 다음번에 브로큰힐을 떠나기 전까지 이 모든 것을 잊고 있어.〉

키 큰 청년이 오더니 에밀리 뒤에 섰다. 경비원이었다. 그는 에밀리를 곧바로 잡지 않았다. 둘이 꽤 잘 알고 지냈기 때문이다. 에밀리는 종종 해리를 기다리며 그와 잡담을 나누곤 했었다. 청년은 미식축구를 했다. 하지만 에밀리는 청년에게 집중할 수가 없었다. 무시무시한 기억이 그녀의 마음에서 풀려나와 부푼 시체처럼 의식의 표면으로 떠올랐기 때문이다. 〈우리가 발견한 게 정확히 뭔지 알고 싶어. 오로지 해보는 걸로만 가능한 실험 방법이 몇 종류 있어. 뭐랄까, 생체 실험이라든지.〉 예이츠는 그렇게 말했었다.

접수원은 펜과 종이를 카운터에 내밀었다. 「메모를 남겨.」 그는 아주 매몰차지는 않아 보였다. 「해리에게 꼭 전해 줄게.」

「당신들 여기서 나가야 해요.」 에밀리가 말했다. 「당신들 모두 여기서 나가야 한다고요.」 그녀는 날단어를 쓸 수 있었다. 그러지 않으면 에밀리의 말을 믿지 않을 터였다. 에밀리는 날단어를 써서 이 마을 사람들을 모두 사막으로 데리고 갈 수 있었다. 유일한 문제는, 예이츠의 해머가 떨어지기 전에 이들을 구할 수 있는가 하는 점이었다.

에밀리는 펜을 집어 들었다. 그럴 생각이 없었기 때문에 그녀는 깜짝 놀랐다. 이제 와서 메모를 남기는 것은 아무 의미가 없어 보였다. 하지만 어쨌든 에밀리는 쓰기 시작했다. 〈넌 날 위해 이 실험을 할 거야.〉 예이츠는 그렇게 말했고, 처음 글자는 〈모〉였다. 에밀리는 무슨 일이 일어날지 불현듯 깨달았다. 에밀리는 펜을 놓으려고 애썼지만 〈아니, 괜찮을 거야, 우선 이 지시 사항만 써놓자〉 하는 생각이 들었다. 예이츠는 오고 있지 않았다. 예이츠는 이미 이곳에, 그녀의 안에 있었다. 에밀리는 자기 의지에 반하는 또 다른 의지를 거스르기 위해 힘겹게 싸웠지만, 어쨌든 손은 이렇게 적기 시작했다. 〈모두 죽여.〉 에밀리는 손가방에서 날단어를 꺼냈다. 그녀는 간신히 두 눈을 감을 수 있었다. 그것은 할 수 있었다. 에밀리의 왼손이 불룩하고 날카로운 돌출부를, D.C.에서 그녀의 손을 찔렀던 부분을 찾아냈고, 오른손은 돌출부에 종이를 꿰었다.

투덜거리는 소리가 들렸다. 찰싹하고 때리는 소리. 「그 남자를 떼어…….」 어떤 여자가 소리쳤지만 이내 숨 막혀 하는 소리로 변했다. 발걸음 소리. 에밀리는 날단어를 카운터 위에 올려놓았다. 날단어에 꿰인 종이가 대롱거렸다. 그녀는 종이를 찢어 버리고 싶었다. 단어를 쓰러뜨리고 싶었다. 그걸 어떻게든 가리고 싶었다. 하지만 에밀리의 마음은 그렇게 하지 않는 게 좋겠다고 말했고, 그녀는 그 마음을 바꿀 방법이 없었다.

누군가가 에밀리를 쳤다. 그녀가 바닥에 쓰러졌다. 에밀리는 두 눈을 떴고, 자신이 흘린 선홍색 피를 보았다. 입이 얼얼했다. 앞쪽에서 지팡이를 든 나이 든 남자가 대기실 의자에서 일어났다. 그의 두 눈은 걱정으로 가득했지만, 곧 시선을 에밀리의 머리 위 물건으로 옮기고는 갑자기 표정이 바뀌었다. 그는 발을 끌며 반 바퀴를 돌아 자기 옆에 있는 여자를 마주 보았다. 에밀리가 아는 모린이라는 여자였다. 모린은 조카 옷을 사기 위해 〈엉킨 실타래〉에 가끔 들르곤 했다. 노인은 지팡이를 들더니 몸의 중심을 잃을 정도로 힘껏 모린에게 휘둘렀다.

에밀리는 일어났다. 접수원이 간호사의 목을 조르고 있었다. 에밀리가 그들에게 한 걸음 다가갔다. 경비원이 접수원을 쏘더니, 이윽고 간호사를 쏘았다. 에밀리가 미끄러져 넘어졌다. 그녀는 목숨을 구하기 위해 의자를 찾아 손발로 기었다. 누군가가 외쳤다. 「응급실 도움 요청. 긴급 상황, 긴급 상황.」 그리고 이제 약 2분 뒤면, 이 건물의 건강한 남자란 남자는 모두 이곳에 있게 되리라. 그녀는 알았다. 이곳의 시스템이 그렇게 되어 있었다. 에밀리는 사람들에게 나가라고 소리치고 싶었지만, 그녀에게는 아무 단어도 없었다.

마침내 그녀는 도망쳤다. 에밀리는 의자들 밑을 기었고, 그러는 것만으로도 살인을 하는 것 같은 느낌이 들었다. 문 앞에 다다랐을 때, 응급실은 소리를 길게 뽑는 아우성으로 가득했다. 마치 늑대들처럼.

그리고 그 일이 벌어졌다. 처음에 에밀리는 지금 일어나고 있는 일에 비하면 그건 아무것도 아니라고 느꼈지만, 나중에 그렇지 않다는 것을 깨달았다. 에밀리가 응급실을 빠져나왔을 때 해리의 하얀 구급차가 연석에 뛰어들 듯 도착했다. 해리는 앞 유리창을 통해 에밀리를 응시했다. 이윽고 그의 시선이 그녀 뒤 응급실로 옮아갔다. 단호하고 굳은 표정의 해리는 밴의 문을 활짝 열었다. 에밀리는 일어나 손을 들고 뒷걸음질쳤다. 해리가 자신을 죽이러 온 것이라고, 아까 있었던 일과 달리 결국 단어에 굴복하게 된 것이라고 생각했다. 하지만 해리는 에밀리 옆을 지나치며 뛰어갔고, 에밀리는 그의 두 눈에 어렸던 단호함이 해리 자신의 의지였음을 깨달았다. 해리는 남들을 도우려는 것이었다.

에밀리는 떠났다. 두 블록을 갔을 때 너무나도 배가 아파 몸을 숙여야 했다. 속이 메스꺼웠지만 아무것도 토할 수 없었다. 경찰차 한 대가 경광등을 켜고 사이렌을 울리며 에밀리를 지나쳐 응급실로 향했다. 모두가 그곳에 갈 것이다. 경찰, 누구든 도우려는 사람, 부상자들. 끝이 없을 것이다. 그녀는 발을 끌며 달리기 시작했다.

에밀리는 한쪽 눈이 화끈거렸다. 마치 단단한 빛 한 조각이 눈에 박힌 듯했다. 그런 느낌이 든 것은 밴의 문이 열렸을 때, 유리창이 한순간 응급실을 반사했을 때부터였다. 아주 잠깐 번쩍 하는 정도였다. 하지만 그 순간 에밀리는 눈에 뭔가 박히는 듯한 끔찍한 느낌을 받았다.

오만과 기만

14 게시판 / 21 스레드 / 43번 글

39번 글에 대한 답

〉우리는 신이 바벨탑을 무너뜨린 일로부터 아무것도 배우지 못했다

신은 바벨탑을 파괴한 게 아니다! 그것은 흔히들 잘못 알고 있는 사실이다.

「창세기」 11장 5~8절:

> 야훼께서 땅에 내려오시어 사람들이 이렇게 세운 도시와 탑을 보시고 생각하셨다. 「사람들이 한 종족이라 말이 같아서 안 되겠구나. 이것은 사람들이 하려는 일의 시작에 지나지 않겠지. 앞으로 하려고만 하면 못할 일이 없겠구나. 당장 땅에 내려가서 사람들이 쓰는 말을 뒤섞어 놓아 서로 알아듣지 못하게 해야겠다.」 야훼께서는 사람들을 거기에서 온 땅으로 흩으셨다. 그리하여 사람들은 도시를 세우던 일을 그만두었다.

사람들이 하늘까지 닿는 탑을 지으려 했고, 그래서 신이 겸손을 알려주려는 목적으로 탑을 부쉈다고 잘못 알고 있는 경우가 흔하다. 하지만 다음에 주목하자.

(a) 파괴에 대한 내용이 없음

(b) 신은 탑에 대해 아무 말도 하지 않았음

신이 행동을 한 것은 공통된 언어 때문이었다. 바벨의 이야기는 교만이 아닌 언어에 대한 것이다.

4

헬리콥터가 어둠을 뚫고 움직였고, 예이츠는 플렉시글래스 너머로 아래를 살펴보았다. 유황색 불빛들이 자그맣게 모여 있는 브로큰힐은 마치 검은 유리 바다에 뜬 배 같아 보였다. 종종 작은 불꽃이나 희미한 불빛이 눈에 띄었지만, 그건 단지 뭔가 벌어지고 있다는 표시일 뿐이었다.

「아무에게서도 연락이 없습니다.」 예이츠의 귀에 어떤 목소리가 말했다. 예이츠는 헤드셋을 쓰고 있었다. 목소리의 주인은 맞은편에 앉은 플래스였다. 「엘리엇, 지상 팀, 그 어느 쪽과도 연락이 안 됩니다.」 플래스는 헤드셋을 바꿔 쓰며 그쪽에 대고 뭐라고 외쳤고, 예이츠는 다시금 풍경으로 주의를 돌렸다. 끝없이 깊은 검은 구멍 주위로 아주 작은 빛들이 둥그렇게 늘어선 곳이 보였다. 예이츠는 그곳이 그 지역의 중심 채석장임을 깨달았다. 직접 보는 건 이번이 처음이었다. 상상했던 것보다 컸다. 몇십 년 전, 이곳에 뭔가 오래되고 중요한 것이 묻혀 있다는 단서를 발견하면서 처음 관심이 생겼던 당시에는, 이 마을의 이름이 유래한 언덕의 잔해가 아직 남아 있었다. 이제 그것은 사라지고 없었다. 단지 지워진 정도가 아니라, 오히려 거대한 구덩이가 되어 있었다. 예이츠는 이것이 여기에 얼마나 큰 힘이 가해졌는지를 보여 주기 때문에 주목할 만하다고 생각했다. 문명은 흥했다가 망했다. 문명을 기억하게 하는 것은 지식이나 문화에 대한 공헌도가 아니었다. 제국의 크기조차 아니었다. 문명을 사람들의 기억에 남게 하는 것은 지형에 얼마나 큰 힘을 가했는가였다. 문명은 사라져도 변화된 지형은 계속 남았다. 이집트인들은 피라미드를 세우고 문자 그대로 세상을 변화시켰지만, 그 뒤로 수천억 명이 아무런 흔적도 남기지 못한 채 살고 죽었다. 예이츠는 그 점을 존경했다. 브로큰힐에 있는 이 구멍은 물론 아무것도 아니었지만, 이 행성에 있는 모든 사람보다 오래 남을 터였다.

「보십시오.」 플래스가 말했다. 「이제 불이 난 건물들에 도착했습니다.」

예이츠는 보았다. 정말로 불길이 어른거렸다.

「아무래도 우리의 작전 지역에서 울프가 그 단어를 썼을 확률이 상당히 높아 보입니다.」 플래스는 여기서 반응을 기대한다는 표정으로 예이츠를 바라보았다. 〈오, 맙소사, 그럴 수가〉 정도는 안 되더라도 적어도 〈정말인가〉같이, 뭔가 그녀가 상상할 수 있는 한 가장 충격적이고 무시무시한 일이 벌어졌다는 생각에 힘을 실어 주는 그런 반응을 기다리고 있었다.

「끔찍하군.」 예이츠가 말했다.

「제 말은, 거리 곳곳에 시체들이 널려 있습니다. 특히 병원 주위로요.」 플래스는 희망을 품은 눈으로 밖을 응시했다. 「아마도 병원은 완전히 타버릴 겁니다.」

예이츠는 잠시 고민했다. 날단어가 화재에 유실되지 않는 것이 중요했다. 만약 화재에 사라졌다가는 아주 불편한 상황이 될 것이다. 하지만 동시에 예이츠는 이 시나리오를 끝까지 밀어붙이고 싶었다. 날단어의 위력에 대한 정보를 최대한으로 뽑아내기 위해서였다. 「병원이 불에 타지 않도록 해줘.」

「지켜보겠습니다. 아시겠지만, 이제 우리는 사람들을 보낼 수 있습니다. 상황이 더 악화되기 전에 이 사태를 멈출 수 있습니다.」

「안 돼.」

「하지만…… 저기에는 3천 명이 살고 있습니다.」

「엘리엇이 막지 못했다면 막을 수 없는 일이야.」

플래스는 불편한 표정으로 고개를 끄덕였다.

「크나큰 비극이야.」 예이츠가 말했다. 예이츠는 가끔 공감을 보여야 할 필요성을 간과했다.

헬리콥터는 마을을 선회했다. 예이츠는 장난감 같은 자동차가 작은 형체를 향해 돌진하고, 성냥갑만 한 건물을 들이받는 모습을 지켜보았다. 가끔씩 잠시 소강상태가 이어지며 작은 형체들이 병원으로 향했고, 다시금 일이 시작되었다.

「엘리엇을 찾은 것 같습니다.」 플래스가 말했다. 그녀는 잠시 다른 헤드셋에다 뭐라고 중얼거렸다. 「마을에서 3킬로미터 정도 떨어진 도로입니다. 엘리엇은 움직이지 않고 있습니다. 어떻게 할까요?」

「그곳으로 가지.」 예이츠가 말했다.

「팀을 보내도 됩니다.」

최근 들어 플래스는 이런 식으로 말했다. 즉 에이츠 자신이 뭘 원하는지 잘 모른다는 암시를 했다. 에이츠는 그게 살짝 마음에 걸렸다. 그것은 플래스가 에이츠를 이성적으로 행동하지 않는다고 생각한다는 의미이며, 에이츠는 플래스에게 이성적인 사람으로 여겨져야 할 필요가 있었기 때문이다. 최소한 한동안은 그래야 했다.「고마워. 하지만 됐어.」

헬기가 기울어졌다. 저 아래에서 펼쳐지는 작은 비극들을 여남은 개는 더 보고 나서야 채석장 경계를 표시하는 흙과 돌로 이루어진 높은 벽이 나타나 마을 풍경을 가렸다. 헬리콥터 주위로 먼지가 일었다. 플래스가 안전띠를 풀고 문을 열었다. 에이츠는 망설였다. 그는 페라가모를 신고 있었고, 에나멜 가죽으로 만든 윙팁 구두는 이런 땅을 밟고 난 후에는 망가질 터였기 때문이다. 하지만 그에게는 다른 신발이 없었다. 에이츠는 헬기에서 내렸다.

플래스가 한 곳을 가리키며 뭔가를 말했지만, 프로펠러가 돌아가는 요란한 소리 때문에 잘 들리지 않았다. 프로펠러 바람에 플래스의 머리카락이 마구 휘날렸다. 에이츠는 푹푹 들어가는 모래땅을 조심스레 밟으며 걷기 시작했다. 계획 전부를 포기해 버리고 싶다는 유혹을 느꼈다. 신발에 대해 깜박한 사실에 화가 났다. 하지만 어쩔 수 없었다. 이제 와서 마음을 바꾸려면 자신에 대한 정보를 노출하는 위험을 감수해야만 했다.

플래스가 에이츠를 따라잡았다. 그녀는 더할 나위 없이 멋진 루부탱을 신고 있었지만, 마치 고무신이라도 신은 듯 거칠게 걸었다. 플래스는 분명 신발이 망가지는 것을 아무렇지 않아 했다. 에이츠는 플래스에 대해 그런 점을 알지 못했다. 그것은 큰 변화였다.

그들은 도로에 이르렀다. 헬기는 다시 날아올라 전조등으로 오른쪽을 비추어 주었다. 예이츠는 그쪽으로 걷기 시작했다. 플래스가 귀의 수신기를 만지작거렸다.「여전히 울프의 흔적은 없습니다.」플래스가 말했다.「발견 즉시 사살이겠죠?」

「아, 물론.」예이츠가 말했다.「그리고 이제 울프에게 그 단어가 없으니 사살 작전은 훨씬 더 쉬울 거라고 생각해.」

「〈만약〉 가지고 있지 않다면요. 하지만 울프가 여전히 병원에 있을 수도 있습니다.」플래스가 한쪽 무릎을 굽혔다. 예이츠는 계속 걸었다. 플래스가 다시 예이츠를 따라잡았다. 그녀는 한 손에 망가진 하이힐을 들고 있었다.「이 신발을 신고 오면 안 되는 거였는데.」

「그렇지.」예이츠가 말했다.

「울프가 거기에 있다는 데 걸겠습니다.」플래스가 말했다.「사람들이 들어오는 족족 구부러뜨리면서요.」

「그런 추측은 하지 말았으면 해.」예이츠가 말했다. 모두가 지켜보는 가운데 울프가 빠져나가는 상황은 절대로 원치 않았던 것이다. 예이츠는 에밀리가 근처에 없으리라고 확신했다. 그렇게 지시해 두었기 때문이다. 에밀리는 단어를 놔두고 떠났다. 그래서 이 모든 일이 끝나면 예이츠는 그 단어를 회수할 수 있었다.

「저건……?」스포트라이트를 따라가던 플래스가 말하며 필요 없는 추측을 했다. 도로 건너편에 차가 한 대 서 있었다. 그 앞에는 엘리엇이 있었다. 예이츠는 엘리엇이 살았는지 죽었는지 알 수 없었다.「맙소사, 울프가 엘리엇을 죽였군요. 울프가 엘리엇을 죽였어요.」

예이츠는 엘리엇으로부터 몇 뼘 앞까지 다가갔다. 헬기의 프로펠러가 일으키는 바람에 엘리엇의 코트가 펄럭였다. 예이츠는 엘리엇의 얼굴을 살폈다. 잠시 후 엘리엇이 눈을 깜박였다. 「아니야.」 예이츠가 말했다. 「구부러진 거 같아.」 예이츠는 피부가 간질거리는 느낌이 들었다. 감정적인 반응이었다. 이상했다. 하지만 이런 모습을 보니 당황스러웠다. 엘리엇이 무력화되다니. 모든 시인들 가운데 현장에서 구부러지기 가장 어려운 사람을 고르라면, 예이츠는 엘리엇을 고를 터였다. 그래서 예이츠는 엘리엇을 보냈던 것이다.

「지금 당장 여기로 사람들을 보내 줘.」 플래스가 무선으로 말했다. 「엘리엇이 움직이지 못해.」

멀리서 사이렌이 울렸다. 예이츠의 귀에는 노래처럼, 날단어의 외침처럼 들렸다. 그것은 기다리고 있었다. 예이츠는 그것을 회수하기만 하면 되었다. 그는 가만히 서서 자신의 반응을 관찰했다. 그의 온몸이 그것을 원하고 있었다.

「예이츠?」 플래스가 말했다.

예이츠는 입술이 바짝 말랐다. 손바닥이 살짝 따끔거렸다. 그는 오늘 일어날 여러 가지 결과에 대해 생각했었지만, 자신이 감동할 수도 있다는 생각은 전혀 하지 못했다.

「이동하는 게 좋겠습니다. 응급 서비스 팀이 두 방향에서 오고 있습니다.」

「잠시만.」 예이츠가 말했다. 그는 두 눈을 감았다. 그는 이제 위험을, 자신보다 먼저 왔던 이들을 삼켰던 균열을 감지할 수 있었다. 그리고 무엇을 해야 할지 알 수 있었다. 예이츠는 눈을 떴고, 플래스 쪽으로 고개를 돌렸다. 놀랍게도 플래스는 들고 있던 하이힐의 굽을 꺾어 떼어 내고 있었다.

예이츠는 순간 이성을 잃었다. 플래스가 그의 얼굴에서 그런 변화를 알아차렸다. 「부러졌습니다.」 플래스가 설명했다. 플래스는 굽을 밤의 어둠 속으로 던졌다. 예이츠는 굽이 땅에 떨어지는 소리를 들었다. 플래스는 도살당한 루부탱을 신기 시작했다. 「무슨 물건을 이따위로 만든대요.」

예이츠는 둘이 이곳을 벗어나면, 호텔로 안전히 돌아가면 플래스를 찾아가야겠다고 마음먹었다. 방으로 들어가 조용히 그녀를 깨우고, 그녀의 신발과 섹스를 하게 만들리라. 부러진 루부탱과. 그것은 두 가지 목적에 부합했다. 성적으로 흥분하지 않을 수 있는 자신의 능력을 시험함과 동시에 플래스에게는 좋은 신발에 대해 적절한 예의를 표하는 법을 가르치리라.

「울프가 왜 이런 일을 했는지 이해할 수가 없군요.」 플래스가 말했다. 검은 장갑복을 입은 사람들이 어둠 속에서 뛰어오더니 엘리엇을 들어 올리기 시작했다.

「우리는 결코 알지 못할 거야.」 예이츠가 말했다.

해리는 병원, 응급실, 그리고 도움이 필요한 수많은 사람들을 내버려 두고 번화가로 뛰어나왔다. 그는 도우려고 애썼다. 모드 클로비스의 경정맥에 붕대를 감았다. 모드는 그런 해리의 눈을 할퀴려고 허우적댔다. 해리는 외과 소속인 이안 추가 질서 있게 사람을 바꿔 가며 메스로 경정맥 세 개를 더 자르는 모습을 목격했다. 이안 추의 두 눈은 공격 대상을 주의 깊게 판단했다. 스무 살짜리 경찰인 짐 파울스가 머리에 피를 흘리는 아이를 데리고 들어오더니 리볼버를 꺼내 바닥에 누인 그 꼬마를 처형하는 모습도 보았다.

그 모습을 본 해리는 떠나기로 결심했다. 그의 행동, 즉 이 사람들을 안정시키려는 행동은 전혀 도움이 되지 않았다. 단지 지연시켰을 뿐이다. 해리는 일어났고, 파울스가 그에게로 몸을 돌렸다. 그때 해리가 죽지 않은 것은, 파울스의 침착하면서 웃음기 없는 시선 속에서 그가 죽지 않은 것은, 이안 추가 그 틈을 타 파울스 뒤로 다가가서 메스를 솜씨 좋게 왼쪽에서 오른쪽으로 그었기 때문이다. 파울스가 꾸르륵 소리를 냈고, 외과 의사인 추는 긴 손가락으로 파울스의 리볼버를 빼앗아 돌려 보며 그 무게를 가늠했다.

이윽고 해리는 그곳을 떠났다. 이제 그의 머릿속에는 에밀리에 대한 생각뿐이었다. 밖은 아수라장이었지만, 해리는 그곳을 헤치고 나왔다. 그는 에밀리가 차량 통행용 다리 난간에서 토하고 있는 것을 발견했다. 해리가 다가가서 에밀리의 팔을 잡아 몸을 돌렸다. 에밀리는 약에 취한 듯 얼굴이 창백했고 동공은 팽창되어 있었다. 해리는 잠시 그녀를 못 알아볼 뻔했다. 「미안해.」 에밀리가 말했다. 「내가 그랬어, 내가 그랬어.」 그녀는 두 팔로 머리를 감싸 안고 신음을 토했다.

「여기서 빠져나가야만 해.」 해리는 탈 만한 것을 떠올리려고 애썼다. 뭔가 비포장도로에 적당한 것을. 만약 집으로 돌아갈 수 있다면 오토바이를 탈 수 있었다. 「사람들이 미쳐 가고 있어.」

「단어 때문이야!」 에밀리가 외쳤다. 그녀는 일어나 병원 쪽으로 두어 걸음 가더니 갑자기 머리를 쥐어뜯으며 몸을 돌렸다. 「미안해, 미안해.」

「에밀리.」 해리가 말했다. 하지만 그는 에밀리가 무슨 말을 하는지 알았다. 검은 심벌이 새겨진 그 우스꽝스러운 나뭇조각, 집에서 그녀가 자신에게 마치 마법의 부적이라도 되는 듯 흔들어 댔던 그것. 마치 그것만 있으면 해리를 복종시킬 수 있다는 듯이 흔들어 대던 그것. 해리는 그것에 〈모두 죽여〉라고 적힌 종이가 꿰여 있는 것을 응급실에서 보았다. 당시에는 그것 말고도 더 심한 일들이 많았기에 신경 쓰지 않았었다. 「네 단어? 그게 정말로 〈효과〉가 있는 거야?」

「난 그걸 막을 수가 없어.」 에밀리가 말했다. 「그자가 날 그렇게 하도록 놔두지 않을 거야.」

해리는 에밀리를 떠나 병원으로 뛰어갔다. 1백 미터 정도 거리까지 왔을 때 병원 밖에 경찰 순찰차 두 대가 주차되어 있는 것이 보였다. 사람들이 순찰차들 위로 기어올라 할퀴며 손을 뻗었고, 그러면서 지르는 비명이 사방을 울리고 있었다. 원래 해리는 병원에 들어가 나뭇조각을 가져온 뒤 산산조각 낼 계획이었지만, 이제 그렇게 하면 아주 위험한 상황에 빠질 것이 명백했다. 그는 교차로에서 망설였다. 그의 뒤에서 자동차 한 대가 푸르륵거렸고, 마침내 위험을 감지한 해리는 몸을 날려 차를 피했다. 차는 해리의 옷가지를 잡아끌 정도로 아슬아슬하게 지나가더니 한 명, 또 한 명을 친 뒤 순찰차를 들이받았다. 차 엔진의 회전 속도가 올라갔다. 해리는 운전자가 차를 움직이려고 기어봉을 잡아당기는 것을 보았다. 응급실에서 경찰 한 명이 나와 운전자에게 뛰어가더니 차창 밖에서 총을 쏘았다.

해리는 누군가가 손도끼를 들고 병원 옆쪽에서 다가오는 것을 알아차렸다. 다시 보니 그자는 잡역부였다. 그리고 그가 든 것은 사실 손도끼가 아니었다. 단지 손도끼처럼 보였을 뿐이다.

사실은 수술용 뼈톱이었다. 「잭?」 해리는 말을 하면서 누군가 뼈톱을 들고 있을 때 그게 자기방어용인지, 아니면 다른 누군가를 자를 의도로 들고 있는 것인지 어떻게 구분할 수 있을까를 놓고 고민했다. 그러는 사이에 잡역부가 해리를 향해 달려들었고, 그 덕분에 질문의 답을 얻을 수 있었다. 해리는 달아날까 생각해 보았지만, 그 대신 잡역부를 기다렸다가 충분히 가까워지자 얼굴에 주먹을 날려 무장 해제시켰다. 해리가 그럴 수 있었던 것은, 다가오는 잡역부가 마른 10대 청년으로 비디오게임을 엄청 많이 하는 데 반해 해리는 그렇지 않았기 때문이다. 해리는 뼈톱을 바라보았다. 하지만 그것을 어디에 써야 할지 알 수 없었고, 그사이 잡역부는 일어나기 시작했다. 해리는 다시 그의 턱을 강타해 기절시켰다. 그러고는 달아났다. 병원 뒤쪽에서 사람들이 더 많이 나타나기 시작했기 때문이다. 그중에는 자주 함께 커피를 마시던 간호사들도 있었고, 한 명은 같이 잔 적도 있었다. 해리는 그 사람들과 맞서기 싫었다.

해리가 차량 통행용 다리로 돌아왔을 때 에밀리는 사라지고 없었다. 그는 욕을 하며 주위를 살펴보았다. 어찌해야 할지 도무지 알 수가 없었다. 앞쪽 거리는 텅 비어 보였다. 왼쪽에서는 작은 무리가 해리 쪽으로 다가오고 있었다. 한 명은 다리를 절었다. 오른쪽의 멀지 않은 곳에서는 도랑에 여자 한 명이 꼼짝 않고 누워 있었다. 그 여자의 머리는 가로등 아래서 노란색으로 보였다. 지금 풍경에서는 그 여자만이 이해가 가는 모습이었으므로, 해리는 그녀 쪽으로 갔다. 그는 무릎을 꿇고 여자의 맥을 확인했다. 마을 도서관 사서인 베스 매카트니였다. 베스의 머리털은 검붉은 액체로 끈적였다. 머리를 더듬던 해리는 베스의 두개골에 테니스공 크기로 움푹 들어간 곳이 있는 것을 발견했다. 그는 주저앉아 숨을 내쉬었다.

무리가 그에게 다가왔다. 해리는 이들이 마을 수학 선생과 그의 두 딸, 그리고 작은 식료품점을 운영하는 여자임을 알아보았다. 10대 소년 둘이 다리 저는 사람을 부축하고 있었다. 그는 어깨가 넓었다. 해리가 아는 인물로, 이름은 데릭 노크하우스였다. 그는 지난 6개월 사이 데릭의 배에 두 번이나 주먹을 날린 적이 있었다. 두 번 모두, 그때가 지금보다 나아 보였다. 해리는 데릭을 만져 보지 않고도 그의 골반뼈가 박살났음을 알 수 있었다.

「맙소사.」 학교 선생님이 말했다. 「해리, 도와줘.」

「무슨 일이 일어난 거야?」 식료품점 주인이 말했다. 그녀는 목걸이를 움켜쥐고 있었다. 십자가였다. 「이런, 세상에. 저거 베스야?」

「우리는 데릭을 병원으로 데려가야 해.」

「갑자기 자동차가 나타났어요.」 10대 소년들 중 한 명이 말했다. 「젠장, 우리 쪽을 〈겨냥하고〉 달려들었어요. 그리고 후진해 데릭을 깔고 갔어요.」

「으윽.」 데릭이 신음했다.

「데릭을 병원으로 데려가야 해, 해리.」

「병원으로 가면 안 돼.」 해리가 말했다. 「거긴 안전하지 않아.」

「그러면 어디로 가야 하는데? 우리가 어째야 하는데?」 학교 선생의 딸들 중 한 명이 데릭의 눈을 가린 머리카락을 쓸어 올려 주려고 했다. 데릭이 기침을 하더니 걸쭉한 것을 내뱉었다.

「데릭을 눕힐 수 있는 곳을 찾은 다음, 이 일이 끝날 때까지 바리케이드를 치고 있어.」

「〈뭐가〉 끝날 때까지요?」 머리카락을 쓸어 올려 주려던 여자아이가 물었다. 해리는 그 여자아이가 히스테리를 일으킬 구실을 찾고 있으며, 지금 이 상황이 바로 그 구실이 될 수 있음을 알았다. 「〈뭐가〉 끝나요?」

「이 친구는 미식축구를 해요.」 데릭의 친구들 중 한 명이 말했다. 해리는 그 소년이 왜 뜬금없이 그런 말을 하는지 어리둥절해 하다가, 이윽고 그 소년이 현 상황이 비극이라는 사실을 말하려던 것임을 깨달았다. 데릭은 미식축구를 했지만, 이제 결코 예전과 같을 수는 없을 것이었다. 그것은 소년이 상상할 수 있는 최악의 상황이었다.

「내출혈이 있는 것 같아.」 수학 선생이 말했다. 「네 의견은 어때, 해리?」

「저거 베스인가요?」

「그래.」 해리가 말했다. 「죽었어. 유감이야. 데릭, 하지만 아무도 병원 근처에 갈 수 없어. 거기서 사람들이 서로를 죽이고 있어.」

모두들 해리에게 뭔가 말을 하기 시작했다. 해리는 에밀리를 찾으려고 애썼다. 그는 에밀리의 행방에 대해 점점 더 걱정이 되었다.

「경찰 아저씨!」 여자아이가 말했다. 여자아이는 무리에서 벗어나 도로를 달려가며 두 팔을 흔들었고, 원피스 소매가 펄럭였다. 경찰차가 그들을 향해 다가왔다. 차의 불빛은 어두웠고, 여기저기가 움푹 들어가 있었다. 「여기요! 도와주세요!」

해리는 그 여자아이를 소리쳐 불렀고, 단조로우면서 요란한 소리가 나더니 여자아이가 몸을 구부렸다가 도로에 쓰러졌다.

순찰차가 계속해 그들 쪽으로 다가왔다.

「뭐야?」 소년이 말했다.

「도망쳐.」 해리가 말했다. 「움직여. 달려.」

여자아이의 아버지인 학교 선생이 입을 벌리고 딸을 응시했다. 가로등 불빛 아래, 선생의 얼굴에서 모든 솜털이 빳빳이 일어선 게 보였다. 해리는 이런 반응을 예전에 한 번 본 적이 있었다. 사고로 부서진 자동차를 벌려 열었는데, 같이 작업하던 동료 구급 요원의 남편을 그 안에서 발견했을 때였다. 해리는 그 구급 요원을 알루미늄 코팅이 된 플라스틱 시트로 감싸야 했다. 그녀의 몸이 꽁꽁 얼어 있었기 때문이다. 그녀는 문자 그대로 얼어 있었다. 마치 얼음 속에 떨어진 것 같았다. 그건 해리가 여태까지 본 것 가운데 가장 이상한 광경이었다.

「제스?」 소년이 말했다. 그는 부르는 게 아니었다. 무리를 향한 질문이었다. 경찰차가 더 가까이 다가왔다.

「도망쳐.」 해리가 말하며 학교 선생을 밀쳤다. 그런 뒤, 선생의 다른 딸인 검은 머리 여자아이의 손목을 잡아당겼다. 또다시 단조로우면서 요란한 소리가 났다. 해리는 이번에는 누구인지, 아버지 쪽인지 아니면 데릭 노크하우스 쪽인지 보고 싶은 마음이 들었지만, 본다고 달라질 것은 없었다. 여자아이는 비명을 지르며 손목을 빼내려 했고, 그것은 둘 중 하나라는 뜻이었다. 이윽고 해리는 몸을 돌렸고, 경찰을 보았다. 한 손으로 운전대를 잡은 경찰은 다른 손의 리볼버를 운전대 잡은 손의 팔꿈치 안쪽에 대고 고정한 채, 눈으로 도로와 자신이 쏘고 있는 사람들 사이를 쫓고 있었다.

식료품점 주인 여자는 새처럼 떨리는 소리로 말하더니 무겁게 주저앉았다. 아버지는 이미 쓰러져 있었다. 두 팔은 마치 누가 조심스레 놓아 준 듯이 X자로 가지런히 모여 있었다. 남자아이들 중 한 명은 도망쳤지만, 다른 한 명은 데릭을 끌고 가고 있었다. 〈데릭이 미식축구를 한다〉라고 말한 아이였다. 해리는 그 아이에게 도망치라고 소리쳤지만, 물론 아이는 그렇게 하지 않았다. 해리는 연석에 발이 걸렸고(길을 다닐 때는 한눈팔면 안 된다는 교훈이 떠올랐다), 검은 머리 여자아이를 놓치고 말았다. 여자아이는 두 팔을 활짝 벌린 채 경찰차가 있는 곳으로 갔다. 무슨 이유에서 그러는지, 해리로서는 도저히 이해할 수가 없었다. 그는 욕을 내뱉으며 여자아이를 쫓아갔다. 그러다가 에밀리를 발견했다.

그녀는 도로 한가운데를 걷고 있었다. 얼굴은 보이지 않았다. 가로등 불빛이 에밀리의 뒤쪽에서 비쳤던 것이다. 에밀리의 자세는 뭔가를 호소하는 듯했는데, 처음에 해리는 그것이 자신을 향한 것이라고 생각했지만, 곧 그렇지 않다는 사실을 깨달았다. 에밀리가 순찰차를 향해 움직였기 때문이다.

검은 머리의 여자아이가 반 바퀴를 돌았다. 해리는 쓰러지는 아이를 지나 달려갔다. 해리는 순찰차의 보닛 위로 뛰어올라 미끄러진 뒤 맞은편 도로로 내렸다. 그는 에밀리에게 다가가 그녀를 어깨에 들쳐 멨다. 뒤쪽에서 경찰차 창문이 위잉 하고 내려가는 소리가 들렸다. 해리는 가장 가까운 피신처인 빵집까지 달렸지만, 그곳의 땅딸막한 물막이판까지는 너무나도 멀게 느껴졌다. 그는 경찰이 조준하기 어렵도록 불규칙하게 방향을 바꾸며 달렸다.

「내려줘.」 에밀리가 말했다.

빵집 문까지 3미터 정도 남았을 때 뭔가가 해리의 귀를 스쳤다. 유리문이 박살났다. 그는 계속 돌진해 깨진 문을 뚫고 들어갔고, 발이 걸려 비틀거리다가 타일 바닥에 널브러졌다. 총알이 사방으로 날아들었고, 해리는 에밀리를 놓쳤다고 생각했다. 음료수용 냉장고 불빛만이 실내를 밝히고 있었다. 「에밀리.」 창백한 조명 아래에서 해리는 에밀리 쪽으로 기어갔다. 「에밀리.」 그는 에밀리의 손을 발견했고, 일어나 그녀를 끌었다.

「죽고 싶어.」

「안 돼.」 해리가 말했다. 그는 에밀리를 가게의 뒤쪽 공간으로 끌고 갔다. 그의 엉덩이가 탁자를 쳤다. 쌓여 있던 오븐용 철판들이 요란한 소리와 함께 바닥에 떨어졌다. 그는 뒷문을 발견했지만, 그 문은 온갖 자물쇠로 잠겨 있었다. 몇몇 자물쇠는 열쇠가 있어야만 했다. 그는 에밀리를 놓고 문을 흔들었다. 「빌어먹을.」 해리는 그 문을 포기하고 대신 더 작은 금속 문을 열려고 애썼다. 냉장고처럼 세로 손잡이가 있는 문이었다. 그의 발목 주위로 냉기가 퍼졌다. 해리는 에밀리를 안으로 끌어온 뒤 문을 닫고 어둠 속에서 자물쇠를 찾기 위해 더듬거렸다. 하지만 자물쇠는 없었다. 냉장실 안쪽에 자물쇠를 설치할 리 없었다. 심지어 문은 안으로 밀어야 열렸다. 그러니 이 점을 이용하면 밖에서 문을 열지 못하게 할 수도 있었다. 해리는 손잡이를 잡은 채 두 발로 버텼고, 욕을 내뱉었다. 어쩌면 그 경찰이 두 사람을 쫓지 않을 수도 있었다. 다른 타깃들이 잔뜩 있었다. 그는 무슨 소리가 들리지는 않는지 귀를 기울였다. 문은 아주 두꺼워서 경찰이 바로 밖에 있어도 알 수 없었다. 그는 만약의 경우를 대비해 잠시 근육의 긴장을 풀었다. 훌쩍이는 소리가 들렸다. 에밀리가 울고 있었다.「에밀리.」 해리가 말했다.「조용히.」
「미안해.」
「조용히.」
그녀는 계속 울었다.「나 정말로 끔찍한 일을 저질렀어.」
「알아. 그러니 입 좀 다물어.」 해리는 밖에서 무슨 소리가 난 것을 들었다고 생각했다. 하지만 그 소리의 정체는 알 수 없었다. 너무 추웠다. 계속 숨어 있기에는 너무나도 추웠다.
「내가 그걸 막을 수 있어야 했는데.」
해리가 잡고 있던 손잡이가 돌아갔다. 해리는 저항했다. 잠시 후, 반대쪽 힘이 사라졌다. 해리는 어둠 속에서 기다렸다. 뭔가 날카롭고 단단한 것이 문을 쳤다. 총알이었다. 두 번 더 충격이 전해졌다. 해리는 한 손으로는 손잡이를 잡고, 다른 손은 어둠 속에서 마구 휘둘러 에밀리를 앉히려고 애썼다. 뭔가 타는 냄새가 났다. 문에 난 구멍 세 개로 빛이 들어왔다. 애초에 해리는 문에 철을 입힌 냉장고가 방탄이 되리라고는 생각하지 않았지만, 그래도 진짜로 그것을 확인하고 나니 실망스러웠다. 해리는 에밀리의 머리털을 찾아 잡아당겼다. 에밀리는 비명을 질렀지만, 해리는 한 팔로 그녀를 감싸 안고 다른 손으로는 손잡이를 잡은 채, 경찰이 자기 손을 쏘지 않기를 바랐다. 잠시 동안 둘의 숨소리만이 들렸다. 해리는 경찰이 움직이는 소리를 들었다. 그자가 무슨 꿍꿍이인지는 알 방법이 없었다.
「그거 효과가 약해져?」 해리가 말했다.「그 단어 말이야.」
「아니.」
「맙소사.」
「왜 날 구하려 하는 거야?」 해리는 그 질문을 무시했다. 멍청한 질문이었기 때문이다. 밖에서 뭔가가 지나갔다. 휘이익. 「네가 날 사랑하지 않는 줄 알았어.」

「조용.」 해리는 뭔가가 깜박이는 것을 보았다. 문에 난 구멍들을 통해 어렴풋이 보일 뿐이었지만, 알아보기에는 충분했다. 경찰은 빵집에 불을 지르고 있었다.

「난 모든 걸 엉망으로 만들었어.」 어둠 속에서 에밀리가 울며 띄엄띄엄 말했다.

해리는 다음에 벌어질 일들이 눈에 선했다. 경찰이 문틀에 기대어 숨죽인 채 냉장실에 총을 겨누고 있다. 해리가 문을 열고 나가는 순간, 경찰은 해리를 쏠 것이다. 어쩌면 불이 붙지 않을 수도 있었다. 어쩌면 경찰이 포기하고 갈 수도 있었다. 하지만 포기하지 않을 수도 있었다. 왜냐하면 그것은 〈많은 사람을 죽여〉가 아니었기 때문이다. 그것은 〈가능한 많은 사람을 죽이는 것이 좋다〉가 아니었기 때문이다.

「내 눈에 뭔가 들어갔어.」 에밀리가 말했다.

뭔가가 타닥거리는 소리가 들렸다. 냉장실은 점점 더 밝아지고 있었다. 「에밀리, 난 문을 열어야 해.」 그녀는 두 손으로 머리를 감싸고 있었다. 「에밀리, 내 말 들어. 내가 부를 때까지 여기서 기다리고 있는 거야. 알겠어? 내가 네 이름을 부를 때까지 움직이지 마.」 밖에 엄폐물로 쓸 것이 있던가? 던질 만한 것이 있었나? 있었다. 오븐용 철판을 경찰에게 던질 수 있었다. 철판으로 총알을 빗나가게 하고 화염을 반사해 경찰의 눈을 부시게(물론 해리가 그 화염을 뚫고 나가야 했지만) 한 뒤 해리는 우월한 대인 공격 기술로 경찰을 무장 해제시킬 수 있었다. 「내 말 듣고 있어?」 해리는 에밀리의 어깨를 잡고 흔들고 싶은 마음을 꾹 참았다.

「제발 날 두고 떠나, 해리.」

그는 벽을 통해 열기를 느낄 수 있었다. 경찰은 이제 이동했을 것이 분명했다. 적어도 가게 앞부분으로, 어쩌면 가게 밖 거리로 후퇴했으리라. 이제 가장 큰 위험은 너무 오래 기다려 화염 지옥 말고 달리 갈 곳이 없게 되는 상황이었다. 해리는 손잡이를 놓고, 에밀리의 얼굴에서 그녀의 손을 떼어 냈다. 한순간 해리는 에밀리의 눈에서 뭔가를 봤다고 생각했지만, 그것은 단지 화염이 반사되어 춤추는 모습이었다.「에밀리, 넌 날 애먹이고 있어. 하지만 난 절대로 널 떠나지 않아. 절대로. 그러니 그만 말해. 우리는 여기를 빠져나갈 거야.」해리는 에밀리와 손깍지를 끼고 손에 힘을 주었다.「준비됐어?」에밀리가 그를 바라보았다.「그럼 간다.」해리가 말했다. 그는 그녀를 안아 들었다. 그녀의 두 팔은 뻣뻣한 장대처럼 그의 목을 감았다. 그는 숨을 들이마시고 문을, 그리고 그 뒤에서 이글거리는 화염을 바라보았다. 해리는 에밀리에게 키스를 했다. 왜냐하면 젠장, 해리는 높은 확률로 곧 죽을 수도 있었기 때문이다. 이윽고 그는 문을 박찼고, 생명체처럼 으르렁대는 불길 속으로 뛰어들었다.

에밀리는 침대에서 깼다. 아니, 아니었다. 들것이었다. 뭔가 이동 가능한 것이었다. 에밀리는 들것으로 가득한 방에 있었으며, 냄새가 지독했다. 탄내였다. 자신에게서 나는 냄새였다. 에밀리는 불에 그을렸다. 그녀는 머리털을 만져 보았으며, 머리가 아주 엉망이란 느낌이 들었다.

방은 아주 밝았다. 넓은 창문 밖으로는 험비, 트럭, 지프 등 우람한 자동차 대여섯 대의 크롬이 햇빛을 반사하고 있었다. 그 너머로는 끝없이 펼쳐진 대지가 보였다. 에밀리는 글자, 숫자, 강아지, 공룡, 코끼리 등이 찍힌 색색의 기다란 종이들에 둘러싸여 있었다. 벽에는 브라질과 지구 온난화에 대한 포스터들이 줄지어 붙어 있었다. 창문 아래에는 책상들이 한곳으로 밀려나 있었다. 이곳은 교실이었다. 화상을 입은 에밀리는 들것에 누워 교실 안에 있었다.

「오.」 여자가 말했다. 「깨어났군요.」

에밀리는 이 여자를 알지 못했다. 이상한 일이었다. 그녀는 브로큰힐의 모든 사람을 알고 있었는데 말이다. 또한 그 여자는 군인처럼 피곤해 보였다. 여자가 더 가까이 오더니 에밀리의 튜브를 확인했다. 에밀리는 튜브들을 달고 있었다. 그것들은 그녀의 팔꿈치 안쪽에서 시작해 침대 옆 카트에 있는 비닐 주머니로 이어졌다.

「기분은 좀 어때요?」 에밀리가 말리기도 전에, 여자는 엄지손가락으로 에밀리의 한쪽 눈꺼풀을 밀어 올렸다. 「당신은 메닌디에 있어요. 브로큰힐 밖의 작은 마을이죠.」 그 여자의 카키색 군복에 덧대어진 작은 천에는 〈닐랜드, J.〉라고 수놓아져 있었다. 「우리는 이 학교를 병원으로 쓰고 있어요. 아픈가요?」

에밀리의 두 손은 붕대로 감겨 있었다. 마치 커다란 엄지장갑 같았다. 방에는 들것이 세 개 더 있었지만 모두 비어 있었다. 에밀리는 일어나 앉으려고 했다. 불과 연기가 기억났다. 해리가 자신을 안고 그곳을 통과하고 있었다. 그 과정에서 에밀리는 정신을 잃었다. 이윽고 그녀는 해리에게 안겨 비포장도로용 오토바이를 타고 땅 위를 날고 가로지르고 미끄러지며 튀어 올랐다. 에밀리는 화염을 피해 달아나는 캥거루들을 보았다. 「해리는 어디에 있죠?」

「당신을 데리고 온 남자요?」

「네…….」 에밀리가 말했다. 「네, 네.」

「그분은 복도 저쪽에 있어요. 다른 사람들이 돌보고 있어요.」

「해리는 괜찮나요?」

「우선 쉬세요.」 닐랜드가 말했다.

에밀리는 하마터면 〈당신은 개를 좋아하나요, 아니면 고양이를 좋아하나요?〉라고 물을 뻔했다. 닐랜드가 진실을 말하는지 정말로 알고 싶었기 때문이다. 「또 다른 사람은요?」

「또 다른 사람 뭐요?」

「빠져나온 사람이 있냐고요.」 에밀리는 텅 빈 들것들 때문에 살짝 겁이 났다.

닐랜드는 대답하지 않았다. 에밀리는 가느다란 얼음이 단검처럼 심장을 꿰뚫는 느낌이었다. 그녀는 붕대로 칭칭 감긴 두 손에 얼굴을 파묻었다. 눈이 아팠다. 「당신이 의식을 회복했다고 사람들에게 알릴게요.」 닐랜드가 말했다. 「우선 지금은 쉬세요.」

닐랜드가 방을 나가자마자 에밀리는 들것에서 내려왔다. 튜브를 이로 물어서 떼어 냈다. 손은 붕대가 칭칭 감겨 쓸 수가 없었다. 에밀리는 환자용 녹색 가운을 입고 있었다. 가운은 발목 근처에서 펄럭였고, 등 쪽의 트인 곳으로 바람이 느껴졌다. 그 안으로 속옷과 붕대가 어렴풋이 느껴졌다. 거즈를 댄 것도 느껴졌다. 에밀리는 교실 문의 유리판을 통해 밖을 살폈고, 아무도 없는 것을 확인하자 문을 열었다. 지나가던 군인이 걸음을 늦추지 않은 채 에밀리를 가리키며 말했다. 「안으로 들어가십시오.」

에밀리가 말했다. 「네, 그렇게 할게요.」 그러고는 문을 닫고 그가 지나가길 기다렸다. 복도는 따뜻했다. 옆 교실들은 비어 있었다. 복도를 더 따라가자 포스터들로 거의 보이지 않을 지경인 창이 있었고, 그 너머로 마스크를 쓴 군인들이 바퀴 달린 침대를 둘러싼 모습이 보였다. 침대 위에는 이상한 회색 꾸러미와 붕대로 감긴 이가 누워 있었다. 그 사람의 얼굴은 보이지 않았지만, 에밀리는 검게 그을린 데다 물집이 잡힌 팔뚝을 보고 해리임을 알았다. 에밀리는 손으로 입을 막았다.

마스크를 쓴 군인 한 명이 에밀리를 보고 손짓했고, 닐랜드가 돌아서더니 그녀를 보고는 눈살을 찌푸렸다. 에밀리는 문 쪽으로 가서 팔꿈치로 문을 열려고 애썼다. 닐랜드가 문을 열었다. 「침대로 돌아가세요.」 닐랜드가 낮으면서도 거부를 용납하지 않는, 거의 시인 같은 투로 말했기 때문에 에밀리는 살짝 놀랐다. 「맙소사, 수액 주머니를 떼어 낸 거예요?」

「해리 옆에 있게 해주세요.」 에밀리가 말했지만, 목소리를 깔지도 설득력을 싣지도 않았다. 닐랜드는 에밀리의 팔을 잡고 복도를 걸어갔다. 「제발요.」 에밀리의 말에 닐랜드는 들은 척도 하지 않았다. 그녀는 에밀리를 원래 교실로 데려가 침대에 눕혔다. 「해리 옆에 있고 싶어요.」

「그분은 괜찮을 거예요.」 닐랜드가 말했다. 「걱정하지 마세요.」

무슨 이유에선가 이 말이 갑자기 에밀리에게 와닿았고, 그녀는 몸을 떨기 시작했다. 에밀리는 심지어 〈고맙습니다〉라는 말조차 할 수 없었다.

「그 사람을 사랑하나요?」

「네.」 에밀리가 말했다.

「경계까지 빠져나왔을 때 그분은 거의 반죽음 상태였어요. 계속 움직이는 게 믿기지 않을 정도였죠. 당신을 정말로 구하고 싶어 했어요.」 닐랜드는 에밀리를 다시 눕히려고 손에 가볍게 힘을 주었다. 「쉬세요. 뭔가 변화가 있으면 알려 드릴게요.」

에밀리는 닐랜드의 손이 미는 대로 몸을 맡겼다. 「알겠어요.」

「모든 게 괜찮아질 거예요.」 닐랜드가 말했고, 창밖의 차 한 대에서 햇빛이 번쩍였다. 차체가 낮은 검은색 세단으로 다른 차들과 아주 달라 보였고, 창문은 검은색으로 선팅이 되어 있었다. 그 차는 트럭 옆으로 와 섰다.

에밀리가 일어나 앉았다. 「제가 여기에 얼마나 오래 있었죠?」

「네 시간 정도요.」

「해리를 만나야겠어요.」 세단 문이 열리더니 정장 차림의 여자가 머리털을 뒤로 매만지며 나타났다. 에밀리는 그 여자를 몇 년 전에 한 번 본 적이 있었다. 이름은 플래스였다. 「당신은 개를 좋아하나요, 아니면 고양이를 좋아하나요?」

「뭐라고요?」

「개인가요, 고양이인가요? 어느 쪽을 더 좋아하죠?」

「개요.」 닐랜드가 일어섰다. 「이제 주무세요.」

「당신이 제일 좋아하는 색은요?」

「담자색이요.」 닐랜드가 한 손을 문에 댄 채 말했고, 이제 더 이상 질문할 시간이 없었다. 에밀리는 닐랜드와 도합 5분 정도 같이 있었고, 그 결과 닐랜드가 가능한 범주를 대충 스물몇 개로 좁힐 수 있었다. 하지만 에밀리는 제1원리로부터 사이코그래프를 통합하는 일을 해왔고, 덕분에 닐랜드가 59일 것이라는 강한 느낌이 들었다.

「**벡토 브릴리아 마소그 바트.**」 에밀리가 말했다. 「이리로 와.」

닐랜드가 발을 딛던 도중에 몸을 돌렸다. 「고마워요.」 에밀리가 말했다. 「고마워요, 정말 고마워요. 나를 해리에게 데려가.」

에밀리는 닐랜드를 따라 다른 교실로 갔다. 방에서 닐랜드는 의사들인지 위생병들인지, 여하튼 마스크를 쓴 사람들에게 왜 그들이 방을 나가야 하는지에 대해 알아서 구실을 둘러댔고, 그동안 에밀리는 침상으로 다가갔다. 닐랜드는 해리가 괜찮다고 말했지만, 그는 붕대에 칭칭 감겨 있었고, 그나마 눈에 보이는 곳은 부어오른 데다 빨갰다. 그의 두 눈은 부드러운 하얀 원으로 덮여 있었다. 에밀리는 그걸 제거하고 싶었다. 「해리를 깨워.」 에밀리가 닐랜드에게 말했다. 「하지만 조심해.」

에밀리는 해리의 손가락들로 손을 뻗었다. 그의 손가락은 붕대에서 빠져나와 있었지만, 에밀리의 손은 붕대에 감겨 있었다. 「해리, 내 말 들려? 우리는 여기를 빠져나가야 해.」 닐랜드가 해리의 수액에 약을 추가하는 작업을 마치자, 에밀리는 닐랜드에게 자기 손에 감긴 붕대를 풀게 했다. 손은 생각보다 상태가 심각했다. 손가락들은 갈라진 데다 시커멨으며, 터진 상처에서는 분홍색 진물이 흘러나왔다. 에밀리가 해리의 손을 잡았다. 손이 아팠지만, 기분은 나아졌다. 「해리가 깨어나면 차에 태우는 걸 도와줘. 다른 누군가가 우리를 보는 걸 원치 않아. 우리가 여기를 빠져나가게 당신이 도와줘. 그리고 누구도 우리를 막지 못하게 해. 알겠어?」

「네.」 닐랜드가 말했다.

해리가 소리를 냈다. 에밀리는 그의 한쪽 눈에서 하얀 원을 떼어 냈고, 다른 쪽 눈도 그렇게 했다. 눈꺼풀 아래 눈이 움직였다. 「해리, 정신 차려.」

문이 열렸다. 에밀리는 몸을 돌렸다. 문에는 에밀리가 본 적 없는, 머리를 짧게 자른 젊은 군인이 서 있었다. 그의 두 눈은 또렷한 의지로 가득했다.

「아, 제길.」 에밀리가 말했다. 「**벡토 브릴리아 마소그 바트**, 저 자가 우리 근처에 오지 못하게 해.」

군인이 그들에게 달려들었고, 닐랜드는 그를 막기 위해 움직였다. 둘은 말없이 주먹을 주고받았고, 바닥에 쓰러졌으며, 닐랜드가 그에게 헤드록을 한 뒤 목에 수술용 튜브를 감기 시작했다. 에밀리는 닐랜드의 격렬한 공격에 놀라고 감탄했다. 그녀는 해리에게로 다시 주의를 돌렸다. 그는 마치 유리 아래에 있는 것처럼 의식 아래 어딘가에서 헤엄치고 있었다. 「해리, 제발 정신 차려. 정신 차려야 해. 나 혼자서는 너를 데리고 나갈 수 없단 말이야.」

닐랜드와 군인은 카트에 부딪혔고, 수술 도구들이 마구 흩어졌다. 군인이 닐랜드에게서 빠져나오더니 에밀리에게로 시선을 돌렸다. 에밀리는 돌연 자신의 탈출 계획이 성공하지 못하리라는 것을 깨달았다. 이 남자는 닐랜드를 쓰러뜨리고 그녀와 해리에게 달려들 것이다. 아니, 그 정도가 아니었다. 지금의 소동만으로도 에밀리가 감당할 수 있는 것보다 더 많은 사람과 군인, 그리고 플래스를 불러올 터였다. 에밀리는 어쩔 줄을 몰라 했다. 「그자를 죽여 버려!」 그녀가 말했다. 어쩌면 닐랜드는 전력을 다하지 않은 것일 수도 있었기 때문이다. 그 말로 인해 변화가 생긴 듯했다. 닐랜드가 일어서더니 군인의 목에 주먹을 날렸고, 군인은 곧바로 쓰러졌다. 「우리를 막으려는 자는 모두 죽여!」 에밀리가 말하자, 마음속에서 뭔가가 덜컹했으며, 그녀는 자신이 무슨 말을 했는지 깨달았다.

에밀리는 좌절했다. 깨달음이 그녀를 덮쳤다. 결국 에밀리가 그 일을 했다. 절대 되돌릴 수 없을 정도로 철저하게 망가뜨려 버렸다. 그때 에밀리의 눈은 반짝였었다. 브로큰힐에서 엄청난 수의 사람들이 죽었고, 에이츠는 에밀리의 머릿속에 그렇게 하도록 지시를 심어 두었으며, 그녀는 그것을 그대로 수행했다. 에밀리의 마음속 깊은 곳에서는 자신에게도 이 사태에 대한 책임이 있다고 생각했다. 에밀리는 사람들을 죽였으며, 이제 더 많은 사람을 죽이고 싶어서 눈이 반짝였다.

「미안해.」 에밀리가 해리에게 말했다. 그녀는 울기 시작했다. 자신 때문에, 그리고 그토록 열심히 노력한 해리 때문이었다. 닐랜드와 군인은 끙끙거리고 헐떡였다. 에밀리는 몸을 숙여 해리의 양쪽 눈에 키스했다. 「사랑해.」

해리의 두 눈이 마치 렘수면을 할 때처럼 빠르게 움직였다. 에밀리는 망설였다. 「해리.」 에밀리가 말했다. 해리가 반응을 보였다. 작은 신경 전기 스파크였다. 그것을 본 에밀리는 D.C.에서의 일이 생각났다. 에밀리는 사이코그래프 범주에 들어맞는 사람들을 찾아내 그들에게 단어 조각들을 실험한 적이 있다. 당시 에밀리는 모든 단어를 역설계했다.

해리에게는 면역력이 있었다. 하지만 어쩌면 에밀리가 아는 단어들에 대해서만 면역력이 있을지도 몰랐다. 아니, 어쩌면 해리는 아주 약간 다른 종류의 기계에 지나지 않을지도 몰랐다. 즉 조직이 아직 그 존재를 몰라서 대상으로 삼지 않은 사이코그래프 범주에 속할 수도 있었다.

「**코.**」 에밀리가 말했다. 그녀는 해리의 눈꺼풀을 주시했다. 「**카. 토흐.**」 에밀리는 그를 아주 잘 알았다. 어느 것이 그의 움직임인지 알았다. 「**킥.**」 해리의 입술 위 근육이 경련을 일으켰다. 그녀는 거의 숨이 멎을 것만 같았다. 에밀리는 머릿속으로 가능한 여러 조합을 걸러 냈다. 「**킥.**」 그녀는 확인을 위해 다시 말했다.

군인이 꾸르륵 소리를 냈다. 아래를 보자 군인의 얼굴이 보랏빛으로 변해 있었다. 닐랜드가 군인의 목을 졸라 생명을 앗아 가는 중이었다. 에밀리는 다시 해리에게로 주의를 돌렸고, 눈 주위 48개 근육의 움직임에 온 정신을 집중했다. 에밀리는 그에게 소리들을 들려주었다. 주의 단어를 향해 차근차근 나아가고 있었고, 괜찮은 출발이었지만 충분하지는 않았다. 얼마나 시간이 흘렀는지 에밀리는 알지 못했다. 그녀는 단어들에 집중했다.

그 어떤 것도 에밀리를 구하지는 못할 터였다. 그녀는 그것을 알았다. 구급용 밴 문이 벌컥 열리고, 날단어가 반사된 순간부터 이미 때는 너무 늦었다. 하지만 해리에게 너무 늦은 것은 아니었다.

마침내 작업이 끝나자, 에밀리는 해리의 얼굴을 만졌다. 「해리.」 에밀리가 속삭였다. 「**킥크흐프 프카트크스 흐프키주 즈트크쿠.**」

해리가 바뀌었다. 에밀리는 사람들이 구부러지는 모습을 백 번도 넘게 보았지만, 해리가 그러는 모습은 처음이었다. 그 모습을 본 에밀리는 자신의 일부가 죽어 버리는 것을 느꼈다. 그의 얼굴에서 생기가 사라지고 마음이 열리더니 지시를 기다렸으며, 그의 영혼은 기계로 바뀌었다. 에밀리가 〈자기와 함께 달아나자〉고, 〈자신이 하는 말이 뭐든 그대로 하라〉고, 〈자신을 영원히 사랑하라〉고 말할 수 있었으며, 그러면 해리는 그렇게 할 터였다. 그녀는 해리를 다른 존재로 만들어 그 존재로부터 사랑받을 수 있었다.

「이 모든 것을 잊어.」 에밀리가 해리에게 말했다. 「여기서 달아나, 나를 잊어, 네가 브로큰힐에 살았다는 걸 잊어. 다른 사람이 돼. **킥크흐프 프카트크스 흐프키주 즈트크쿠**. 나를 잊어.」

에밀리는 비틀거리며 환자 이송용 침대에서 물러섰다. 도저히 더 이상 해리를 볼 수가 없었다. 닐랜드가 석상처럼 그곳에서 있었기 때문에 에밀리는 깜짝 놀랐다. 머리를 짧게 자른 군인은 바닥에 누워 움직이지 않았다.

「닐랜드.」 에밀리가 말했다. 「고마워.」

닐랜드는 기다렸다.

「해리를 데리고 가.」 에밀리가 말했다. 「해리를 안전하게 지켜 줘.」

닐랜드가 해리를 지프에 태우고 먼지 속으로 빠르게 사라지는 모습을 확인한 에밀리는 자신이 깨어났던 교실로 돌아가 매직펜을 찾기 시작했다. 매직펜은 교실 상비품이었다. 에밀리는 색색 매직펜이 가득한 서랍을 발견했고, 한 움큼 집어 든 다음 화장실을 찾아 나섰다. 주위로 많은 사람들이 뛰어다니며 소리를 질러 댔지만, 닐랜드가 도망치며 주목을 끈 덕분에 대부분은 밖에 있었다. 플래스가 보이지 않아 오히려 걱정이 되었다. 왜냐하면 지금 상황에서 일어날 수 있는 최악의 일은 플래스에게 들키는 것이었기 때문이다.

에밀리는 여자용 화장실을 찾아냈다. 그곳은 아이들을 위해 세면대 상판이 낮고 길었다. 에밀리는 아기처럼 주먹을 쥐어 파란 매직펜을 잡고 거울에 끄적이기 시작했다. 첫 단어는 〈**바르틱스**〉였다. 기숙사에 살 때는 이 단어 때문에 턱에 힘이 빠졌던 적이 있었지만, 그녀는 열심히 하는 학생이었고, 연습을 했으며, 이제 더 이상 열일곱 살이 아니었다. 에밀리는 한 글자를 쓸 때마다 천장을 보고 눈을 깜박이며 마음을 가다듬고 다시 다음 글자를 쓰는 식으로, 결국 그 단어를 끝까지 썼다. 에밀리는 〈**바르틱스**〉를 완성한 다음, 두 번째 단어를 쓸 때는 그 단어를 보지 않았다. 그리고 세 번째, 네 번째 단어를 쓰고 난 뒤, 싱크대에서 한동안 헛구역질을 해야만 했다. 하지만 에밀리는 해냈다. 에밀리는 다시 매직펜을 잡고 고개를 숙이며 덧붙여 썼다. 〈죽어.〉

에밀리는 두 눈을 감았다. 뒤로 두 걸음 물러섰다. 가쁘게 숨을 쉬었다. 이 단어는 에밀리가 방어를 낮췄을 때만 효과를 발휘할 것이다. 〈나는 보살핌을 받고 있어.〉 에밀리는 마음속으로 속삭였다. 〈나는 안전해.〉 에밀리는 근육에 긴장이 풀리는 것을 느꼈다. 침을 꿀꺽 삼켰다. 〈눈을 떠. 두 눈을 떠.〉 에밀리는 눈을 뜨기 시작했지만 다시 눈을 질끔 감았다. 〈어서 해. 어서 해, 이 썅년아. 놈들이 널 발견하면 해리에 대해 털어놓게 할 거라는 걸 알잖아! 어서 해! 넌 죽어도 싸!〉 이윽고 에밀리는 울기 시작했다.

에밀리는 더듬더듬 세면대 쪽으로 가서 매직펜을 찾았다. 그녀는 거울에 쓴 명령어들에서 계속 시선을 돌린 채 〈죽어〉라는 단어의 위치를 찾은 뒤 〈죽었다〉라고 바꾸었다. 그리고 그 단어 앞에 〈해리〉를 추가했다. 에밀리는 다시 마음이 바뀌기 전에 그곳에서 물러나 거울을 바라보았다.

에밀리는 타일 바닥에 앉아 있었다. 욕실 타일이었다. 그녀의 마음은 상처를 느꼈다. 누군가가 방금 자신을 구부러뜨렸다는 느낌이 들었다.

메넌디. 그랬다. 해리가 이곳으로 그녀를 데려왔다. 해리는 에밀리를 데리고 브로큰힐에서 빠져나왔고, 그녀를 구했다. 하지만 그러고 난 뒤…….

「오, 안 돼.」 에밀리가 말했다. 해리는 죽었다. 그들은 해리를 구할 수 없었다. 에밀리는 환자 이송용 침대에서 해리가 죽는 모습을 보았다. 에밀리의 입에서 통곡이 터져 나왔으나, 간신히 그것을 다시 삼켰다. 밖에 플래스가 있었기 때문이다. 아마도 조직 전체가 에밀리를 찾고 있을 터였다. 에밀리는 슬픔을 움켜쥐어 분노로 바꾸었다. 슬퍼할 시간은 나중에도 있을 것이다. 지금 중요한 사실은, 해리는 에밀리가 살기를 바랐다는 점이었다. 그러니 에밀리는 살아남아야만 했다. 도망가 숨어서 살아남을 것이다. 에밀리는 그런 일에 능하기 때문이다. 그리고 예이츠에게 돌아가 철저하게 복수할 방법을 찾을 것이다.

하지만 우선, 에밀리는 일어나 이곳에서 빠져나갈 방법을 생각하기 시작했다.

메모

제8전투 지원 대대

왕립 호주 육군 의무과

보안 등급: 기밀문서 아님

작전지: 뉴사우스웨일스, 브로큰힐

배치: 28시간 이상

의무과 중사 제니퍼 C. 닐랜드의 무단 탈영 상태 현황 보고 요청에 대한 응답: 13/3 0600시에 NSW(−32.400105, 142.411669) 메닌디의 E04 주둔지에서 마지막으로 출근 기록함, 퇴근 기록 없음. 12시간째 연락 두절.

시스템에 이 상황을 입력하기가 망설여짐. 닐랜드는 모범적인 군인이었으며, 이전까지 규칙을 위반하거나 불만이 있는 징후를 보이지 않았기 때문임. 사상자들 사이에서 보이지 않지만, 솔직히 근무지 이탈보다 심각한 상황으로 느껴짐.

브로큰힐 주위의 현재 작전 상태, 특히 E04 주둔지 상황을 볼 때, 더 명확한 보고 내용을 확보할 때까지 작전을 연기하기를 권함. 브로큰힐에서 나오는 모든 사람을 확보하라는 명령, 마을에서 대규모 사상자가 발생했다는 보고, 독성 물질에 대한 가능성, 최초로 들어간 팀이 전멸한 탓에 붕괴된 명령 체계 등으로 인해 이곳은 아주 혼란스러운 상황임.

진행 과정에 대한 우려는 이해하나 더 자세한 보고서가 나올 때까지는 작전을 늦출 것을 추천함.

F. J. 반스 준사관

8 CSSB, RAAMC

4부

바벨

나는 당신과 함께 살 수 없어—

그것이 인생—

그리고 인생이란—

선반 뒤 저 너머에 있지—

—에밀리 디킨슨

1

월은 어깨로 응급실 문을 열었다. 어둠 속에 있다가 막 나왔더니 햇빛이 폭발하는 듯이 느껴졌다. 그는 숨을 헐떡였다. 힘겹게 하얀 구급차까지 가서 몸을 기댔다. 한 손에는 그것이 있었다. 안은 어두웠지만 그것을 찾는 데 어려움은 없었다. 누레진 종잇조각이 꿰인, 책만 한 크기의 나뭇조각. 종이는 응급실에 두고 왔다. 나무는 보기보다 무거웠으며, 만지면 얼음처럼 찼다. 마치 윌의 몸에서 열기를 빨아들이려는 것만 같았다. 나무 위에는 심벌이 있었는데, 전에 보았을 때처럼 아무 의미가 없어 보였다. 하지만 심벌을 보면 볼수록 배 속에서 뭔가 꼬이는 듯한 느낌이었고, 눈물이 고였기에 윌은 시선을 돌렸다. 하지만 그 물건이 윌을 바꾸지는 않았다. 그 말은 사실이었다. 그에게는 면역력이 있었다.

윌은 발리언트로 향했다. 하지만 걸음을 멈췄다. 엘리엇에게 그 물건을 보여 줄 수는 없었기 때문이다. 엘리엇은 그 점을 몇 번이나 강조했다. 윌은 그 물건을 감쌀 뭔가를 찾아 두리번거렸다. 구급차의 문은 열려 있었다. 안을 들여다본 윌은 작은 수건을 발견했고, 그걸 집고 흔들어 먼지를 털어냈다.

차로 돌아왔을 때 엘리엇은 두 눈을 감고 있었다. 윌이 문을 열었다. 엘리엇이 가슴을 들썩이더니 눈을 떴다. 「해냈어요.」 윌이 말했다. 「단어를 가져왔어요.」

엘리엇이 눈을 끔벅였다.

「여기 있어요.」 윌은 수건을 들어 보였지만, 엘리엇은 두 눈을 꼭 감았다. 「괜찮아요! 감쌌어요. 일종의 심벌이 새겨진…….」 엘리엇의 머리가 좌우로 흔들렸다. 「자세한 내용은 말하지 않을 거예요! 그 물건이 무슨 종류인지만 말하려고 했어요.」

「쉬잇.」 엘리엇이 말했다.

「여기서 무슨 일이 일어났는지 알아요. 왜 모두 죽었는지를요. 단어에 종이가 꿰여 있었어요. 종이에는…….」

「쉬잇!」

「알았어요! 내 말은, 이걸 본다고 당신이 죽진 않을 거란 거였어요. 이것은 더 이상 목숨을 빼앗지 않아요.」 하지만 엘리엇은 여전히 꿈쩍도 하지 않았다. 「당신 몰골이 말이 아니네요. 물은 마셨나요?」 윌은 엘리엇의 발치에서 물병을 발견했다. 뚜껑이 없었고, 매트는 젖어 있었다. 「맙소사, 안 마셨군요.」 윌은 엘리엇 너머로 몸을 굽혀 다른 병들을 찾았다. 자동차 안의 냄새가 아주 지독했다. 「마셔요.」 윌은 뚜껑을 비틀어 열고 엘리엇의 입술에 병을 가져다 댔다. 엘리엇의 목이 꿀꺽였다. 그의 후골이 까닥거렸다. 물이 턱으로 흘러내리자 윌은 엘리엇의 입술에서 병을 떼어 냈고, 입안의 물을 다 마실 때까지 기다렸다. 이윽고 윌이 말했다. 「더 마셔요.」 그러고는 다시 병을 앞으로 기울였다.
「꺼억.」 엘리엇이 트림을 했다.
「좋은 생각이 있어요. 병원으로 차를 몰고 가는 거예요. 살아 있는 사람들의 병원으로요. 거기서 이 물건을 써서 사람들에게 당신을 치료하라고 하는 거예요. 어때요? 난 그냥 말만 하면 돼요. 사람들에게 당신을 치료하라고 하고, 우리가 왔다는 걸 다른 누구에게도 말하지 말라고 하는 거예요.」 엘리엇이 다시 물을 흘렸으므로, 윌은 병을 치웠다. 「좋은 계획이죠?」
엘리엇이 고개를 좌우로 흔들었다.
「오.」 윌이 말했다. 「그러면 당신 계획은 뭔가요? 왜냐하면 내 눈엔 분명 당신이 죽어 가고 있거든요. 그리고 우리를 쫓는 사람들을 나 혼자 막아 내는 건 불가능하다는 사실을 우리 둘 다 알고요. 설사 내게 마법의 단어가 있다 할지라도 말이에요. 그러니 병원으로 갈래요, 아니면 뭐든 내가 여기서 대충 찾아오는 도구들로 돌팔이인 나한테 수술을 받을래요? 진짜 나한테 수술을 받고 싶어요?」 엘리엇은 아무 말도 하지 않았다. 「난 싫어요. 난 당신을 병원으로 데려갈 거예요.」 윌은 문을 닫고 차를 돌아 운전석 쪽으로 뛰어갔다. 「계속 물을 마셔요.」
윌은 수건과 그 안에 숨긴 물건을 의자들 사이에 쑤셔 넣고 차 열쇠를 돌렸다. 엔진이 푸르륵거렸다. 윌은 눈을 끔벅였다. 휘발유를 깜빡했던 것이다. 윌이 엘리엇을 힐끗 보자, 엘리엇은 그럴 줄 알았다는 표정으로 그를 보고 있었다.
「닥쳐요.」 윌이 말했다. 그는 뼈와 녹슨 금속들로 가득한 앞쪽의 도로를 살폈다. 「휘발유는 찾을 수 있어요. 5분이면 돼요. 5분 동안 죽지 않을 수 있겠어요?」

엘리엇의 턱이 내려갔다.

「거짓말하지 말아요. 진짜 필요해지면 내가 당신을 수술할 거니깐.」

「괜…….」 엘리엇이 말했다. 「나. 괜찮아.」

윌은 엘리엇을 살폈다. 하지만 엘리엇이 알리고 싶지 않은 정보를 그의 표정에서 읽는다는 것은 불가능했다. 「좋아요.」 윌이 말했다. 「당신은 괜찮아요.」 그는 차에서 내렸다.

윌은 먼지가 뽀얗게 쌓이긴 했지만 차 열쇠가 꽂혀 있고 연료통에 휘발유가 남아 있는 SUV를 찾아냈다. 다 망가져 가는 고철, 즉 발리언트에 새 생명을 불어넣으려고 애쓰는 것보다는 이 차가 훨씬 나은 선택이었다. 그래서 윌은 SUV에 탔고, 망가진 자동차들 사이를 운전해 빠져나왔다. 차 안에서 이상한 냄새가 났지만, 윌은 그게 뭘지 생각하지 않으려고 애썼다. 발리언트 근처까지 오자, 윌은 기어를 중립 상태로 두고 차에서 내렸다. 차를 찾으러 다니는 사이에 엘리엇의 상태는 더 악화된 듯이 보였다. 그의 피부는 창백했고, 눈동자에는 초점이 없었다. 「이봐요!」 윌이 말했다. 「더 나은 차를 찾았어요.」 그는 엘리엇이 탄 차의 조수석 문을 열었다. 「내게 팔을 걸쳐요.」

「안 돼.」

「돼요.」

「너는. 가. 나는. 남겠어.」

「아니, 우리는 그렇게 하지 않을 거예요. 당신은 나와 함께 가요. 그게 계획이에요. 당신을 병원으로 데려갈 거예요.」

「나쁜. 계획이야.」 엘리엇이 말했다. 「그러다가. 너도. 죽어.」

「대안이 있어요?」

「북쪽. 3킬로미터. 흙길. 그다음. 비포장도로. 65킬로미터. 다음 아스팔트 길. 마을. 키카루. 그리고. 너 원하는 대로.」

「키카루에 병원이 있어요? 없어요. 그러니 우리는 그곳에 가지 않을 거예요.」

「가야 해.」

「내 말 들어 봐요. 내 눈을 봐요. 그리고 내가 당신 없이도 이 일을 마칠 수 있다고 생각한다고 내 눈을 똑바로 보고 말하면 당신을 두고 떠날게요.」

엘리엇이 그를 바라보았다.

「설득력이 없어요.」 윌이 말했다. 「그 팔이나 내게 둘러요.」

「안 돼.」

「그 차에서 내리라니까요!」

「안 돼.」

윌은 몸을 기울여 엘리엇을 잡았다. 엘리엇의 머리가 방향을 바꾸며 윌의 코를 쳤다. 작은 동작이었지만 윌을 물러서게 하기에는 충분했다. 윌은 눈에서 불이 번쩍하는 느낌이었다. 「아, 빌어먹을!」 윌은 한 바퀴 빙 돌았다. 「이런 개새끼!」 윌은 엘리엇 너머로 몸을 숙여 수건을 잡았다. 「당신이 내 말대로 하게 만들겠어!」 윌은 수건을 벗기기 시작했다.

「안 돼.」

힘이 들어간 엘리엇의 목소리에 윌은 동작을 멈추었다. 「그러면…….」

「절대로.」 잠시, 윌은 엘리엇이 차에서 내려오고 있다고 생각했다. 하지만 엘리엇은 그저 뒤로 기대고 있을 뿐이었다. 「절대로. 내게는.」

「알았어요.」 윌이 두려워하며 말했다. 「알아들었어요. 좋아요.」 하지만 엘리엇은 의자에 힘없이 나자빠졌고, 점점 덜 두려워하고 더 약해졌다. 그 때문에 윌은 마음을 바꿨다. 「그거 알아요? 난 이걸 쓸 거예요.」 윌은 석화된 나무에서 수건을 벗겨 냈다. 나무의 날카롭게 튀어나온 곳에 걸려 수건이 찢어졌다. 엘리엇이 무슨 소리를 냈다. 으르렁대는 것과 신음의 중간 정도 되는 소리였고, 엘리엇은 고개를 돌렸다. 윌은 엘리엇이 날단어를 보게끔 억지로 그의 고개를 돌려야 했으며, 이윽고 엘리엇이 눈을 감고 있다는 것을 알아차렸다. 「제길.」 윌은 단어를 쥔 채 엄지 손가락으로 엘리엇의 눈꺼풀을 들어 올리려고 했다. 「눈떠요!」 윌은 억지로 한쪽 눈을 뜨게 했다. 동공이 확장되었고, 엘리엇의 몸에서 저항이 사라졌다. 「좋아요. 이제…….」 윌이 말했다. 「차에서 내려요.」

엘리엇의 손이 번개처럼 뻗어 나오더니 문틀을 잡았다. 윌이 한 걸음 물러섰다. 엘리엇이 다른 손을 뻗더니 힘주어 잡을 곳을 찾아, 마치 거미처럼 주위를 빠르게 더듬었다. 엘리엇의 몸이 떨리기 시작했다.

「어, 괜찮은 거예요?」 윌이 말했다.

「서두을르어.」 엘리엇이 말했다. 표정이 아주 격렬했다. 윌은 엘리엇이 차에서 나오려고 애를 쓰고 있음을 깨달았다. 엘리엇은 최대한으로 노력했지만 차에서 내릴 힘이 부족했다. 윌은 도우려고 앞으로 다가갔고, 엘리엇의 몸 전체가 떨리고 있음을 깨달았다. 그의 근육은 팽팽한 철사 다발 같았다.

「도와줄게요.」 윌이 말했다. 엘리엇이 몸을 일으켰다. 그는 비틀거리며 간신히 한 발을 내디뎠다. 윌이 그를 놓았다. 엘리엇은 도로에 쓰러졌다. 「아, 이런! 미안해요!」 엘리엇의 두 손이 콘크리트를 긁어 댔다. 「맙소사! 엘리엇! 도와줄게요.」

「가아아.」

윌은 두 팔로 엘리엇을 안았다. 「가요. 이쪽이에요.」 네 걸음을 걸은 뒤, 엘리엇은 토했다. 휘둥그레 커진 눈은 먼 산을 보았고, 동공은 탁했다. 엘리엇은 죽은 것처럼 보였다. 「엘리엇, 미안해요. 조금만 더 힘을 내요.」 엘리엇의 발이 미끄러졌고, 윌은 그 발이 땅에 닿도록 그의 몸을 조종했다. 「잘했어요.」 엘리엇은 기침이 되려다 만 듯한 소리를 냈다. 「제발, 엘리엇.」 엘리엇은 살아남지 못할 터였다. 엘리엇은 이미 죽었고, 단지 윌이 그를 SUV 쪽으로 걸어가게 만들고 있었다. 「정말 미안해요. 하지만 당신을 그냥 죽게 놔둘 수는 없어요.」

「서두을르어.」

「죽지 마요! 죽지 마요!」 윌은 여전히 날단어를 들고 있었고, 그것을 엘리엇의 얼굴 앞에서 흔들려고 애썼다. 하지만 엘리엇이 여전히 그것을 볼 수 있을지는 알 수 없었다. 「죽지 마요.」

엘리엇이 경련을 일으켰다. 입에서 얼룩이 있는 거품이 흘러나왔다.

「제길!」 윌이 말했다. 그들은 구급용 밴을 향해 천천히 다가갔고, 윌은 그곳에 혹시 마취제가 있지 않을까 생각했다. 주사기에 든 게 있다면, 그것을 써서 엘리엇의 정신을 잃게 할 수 있을 듯했다. 그러면 엘리엇은 되살아난 시체처럼 행동하는 것을 멈출 터였다. 「나랑 같이 가요!」

윌이 엘리엇을 밴 뒤쪽에 기대 놓자, 엘리엇은 기절했다. 윌은 어쨌든 밴 안으로 들어가 서랍들을 뒤지기 시작했다. 전에 여기 와봤다는 느낌이 다시 들기 시작했고, 이번에는 그 느낌이 더욱 강했다. 의식의 저 아래, 닿을 듯 말 듯한 곳에서 기억이 간질거리는 것을 느낄 수 있었다. 하지만 그에게는 기억을 더듬고 있을 시간이 없었다. 엘리엇이 맨 땅 위에 쓰러져 있었고, 윌은 그를 SUV에 태워야 했다. 그는 소방관처럼 엘리엇을 어깨에 들쳐 메야 할 터였다. 애당초 그는 왜 엘리엇의 팔을 잡고 발을 질질 끌게 하며 부축한 것일까? 그것은 멍청한 짓이었다. 누군가를 옮기고 싶다면 어깨에 메고 옮겨야 했다. 그것을 모르는 사람은 없었다. 긴급 구조대 일을 하는 사람이라면 그런 훈련을 수백 번 했을 터였다. 윌은 밴 안을 둘러보았다. 이 차는 익숙한 정도가 아니었다. 그의 것이었다.

윌은 기어서 환자운반차를 지나 좌석이 있는 곳으로 가서 운전석에 앉았다. 그리고 두 손으로 운전대를 잡았다. 엘리엇은 뒤쪽에서 피를 흘리며 죽어 가고 있었다. 하지만 운전대가 그를 부르고 있었다. 그는 자신이 구급 요원이라는 느낌이 들었다.

윌은 운전석과 조수석 사이의 물건 칸을 열고 안의 잡동사니들을 뒤졌다. 잔돈과 비닐 포장지 사이에 노란 회보가 있었다. 윌은 회보를 힐끗 보고 옆으로 던지려다가 표지 사진 속 인물이 자신임을 깨달았다. 그는 달라 보였다. 그는 응급실 앞에서 다른 사람들과 함께 서 있었다. 모든 것이 깨끗하고 밝았다. 그의 머리는 길었다. 피부는 햇볕에 그을렸다. 어깨는 더 넓었다. 느긋해 보였으며, 그건 윌이 전혀 기억할 수 없는 느낌이었다. 윌은 설명을 읽었고, 왼쪽에서 오른쪽으로 사람들을 헤아렸다. 〈해리 윌슨.〉 사진 속 인물의 이름이었다. 그의 이름은 해리였다.

그의 뒤에서 엘리엇이 기침을 했다. 윌은 생각했다. 〈저 사람은 피를 많이 흘렸어.〉 그는 눈을 끔벅였다. 무슨 이유에서인가 그는 엘리엇의 총상을 치료하지 않았다. 엘리엇이 그냥 피를 흘리게 내버려 둔 것이다. 윌은 당황했다. 왜 이토록 오랫동안 엘리엇을 방치한 것일까?

윌은 다시 밴 뒤쪽으로 기어가 엘리엇을 간신히 눕혔다. 엘리엇이 신음했다. 그것은 좋은 신호였다. 뭐, 어쨌든 신호였다. 윌은 선반을 뒤져 메스, 수술용 장갑, 붕대, 소독약, 식염수가 있는지 찾아보았다. 모든 것이 있어야 할 곳에 있었다. 윌은 메스를 이로 물고 엘리엇을 모로 눕힌 뒤, 무릎을 올리고 팔은 옆으로 넘겼다. 셔츠를 자르자 손바닥만 한 크기로 찢어진 분홍색 상처에서 피가 흘러나오고 있었다. 그는 스스로에게 경악했다. 제때에 응급 치료만 했어도 엘리엇을 살렸을 것이다. 이제 그가 할 수 있는 일은 분수처럼 피를 분출하는 듯한 부분이 어디든 누르고 봉합하는 게 다였다.

윌은 엘리엇의 아래쪽 창자에 손가락을 넣어 살짝 들어 올렸다. 꾸르륵하고 빨아들이는 소리가 나면서 그의 손등으로 피가 뿜어져 나왔다. 생각할 수 있는 가장 최악의 경우였다. 엘리엇의 몸에 천공이 여러 개 있다는 뜻이었기 때문이다. 구멍이 어디에 있는지 찾기 위해 윌은 손가락 네 개를 넣어야만 했으며, 엘리엇은 끔찍한 소리를 냈다. 윌은 자신이 할 수 있는 일을 했다. 그리 많은 조치를 취하진 못했지만, 어쩌면 그것으로 충분할 수도 있었다. 그는 상처를 소독하기 시작했다.

상처를 소독하는 동안 윌의 머릿속에서 기억이 팝콘처럼 튀어나오기 시작했다. 사소하고 상관없는 기억들이었다. 여자의 얼굴에 서린 표정. 아침 흙의 냄새. 하지만 그런 기억들이 이제 밖으로 나오고 있었다. 윌의 머리 안에 어떤 장벽이 세워져 있었든, 그것을 뚫고 천천히 흘러나오고 있었다. 뭔가 그에게 중요한 것이 나왔고, 그는 동작을 멈췄다.

엘리엇이 숨을 내쉬었다. 그는 의식이 없었다. 얼굴은 납빛이었다. 문제는 엘리엇이 두 대의 차를 가로질러 널브러져 있다는 것이었다. 엘리엇은 셔츠와 외투를 입은 채 두 대의 차 바닥에 걸쳐 누워 있었다. 과다 출혈로 죽기 일보 직전이며, 윌이 할 수 있는 일은 아무것도 없었다. 윌은 밴의 열린 뒷문을 통해 응급실 쪽을 보았다. 6미터 정도 떨어진 병원에는 혈액 팩이 가득했지만, 모두 하나같이 시커멓고 돌처럼 단단할 터였다.

윌은 앞으로 몸을 숙였다.「엘리엇.」윌은 엘리엇의 귀를 비틀었다. 제대로만 한다면 상대에게 엄청난 고통을 줄 수 있는 행동이었다.「엘리엇, 이 개새끼야.」

엘리엇이 신음했다.

「엘리엇.」윌은 엘리엇의 귀에 입술을 댔다.「엘리엇.」

「으으.」엘리엇이 말했다.

「당신 혈액형이 뭐지?」

엘리엇은 눈을 떴다. 천장이 보였다. 타일이 덧대어져 있었다. 파이프와 전선들이 구불구불 통과해 가는 종류의 천장이었다. 엘리엇은 여기가 어딘지, 오늘이 며칠인지 감이 오지 않았다.

날카로운 소리가 들렸다. 엘리엇은 긴장했다. 배가 아팠다. 몸이 엄청나게 아팠다. 머리를 들어 올리려고 했더니 눈앞이 아찔해졌다. 연푸른색의 벽과 금이 간 천장이 보였다. 벽에는 유선 전화기가 설치되어 있었다. 의자들, 협탁. 그리고 그가 누워 있는 곳은 침대였다. 공기에서는 먼지 냄새가 났다.

〈이런, 젠장.〉 엘리엇은 생각했다. 〈여긴 브로큰힐이잖아.〉

엘리엇은 두 손으로 더듬어 주위를 확인해 보았다. 팔에 뭔가가 끼워져 있었다. 튜브였다. 그는 뭔가에 연결되어 있었다. 엘리엇은 베개 위로 조금씩 조금씩 몸을 일으켰고, 모자걸이에 걸린 수액 주머니 세 개가 튜브와 연결되어 있는 것을 보았다. 수액 주머니 하나는 맑은 액체로 불룩했고, 다른 하나는 어두운 색 액체가 담겨 있었으며, 또 다른 하나는 최근까지 어두운 색 액체가 담겨 있었던 듯했지만 이제는 거의 비어 있었다. 엘리엇은 어리둥절해졌다. 이런 상황이 도무지 기억나지 않았기 때문이다.

또다시 날카로운 소리가 들렸다. 이번에는 그게 총소리란 것을 알아들었다. 라이플. 엘리엇은 무슨 일이 있었는지 생각을 순서대로 정리하기 시작했다. 그는 치외자인 윌과 함께 브로큰힐에 왔다. 농부가 그를 쐈다. 그 상처가 치명적이라는 것을 깨달은 엘리엇은 윌에게 혼자 떠나라고 말했다. 하지만 윌은 그러고 싶어 하지 않았다. 윌에게 뭔가를 납득시켜야 하는데, 그러지 못한 당혹스러운 경우 가운데 하나였다. 왜냐하면 윌은 치외자였기 때문이다. 또한 멍청한 고집불통이기도 했다. 엘리엇은 그 문제를 해결하기 전에 정신을 잃었다. 그리고 그가 정신을 잃고 있던 사이에 윌이 그의 생명을 구한 듯했다.

걸음 소리가 들렸다. 그는 그 소리가 확실해질 때까지 가만히 누워 있었고, 이윽고 확신이 들자 무기로 쓸 만한 것을 찾아 주위를 더듬었다. 엘리엇이 생각할 때, 그럴듯한 두 가지 가정이 있었다. 첫째, 엘리엇이 지시한 대로 윌이 날단어를 가지고 도망쳤으며 걸음 소리의 주인은 엘리엇을 죽이기 위해 조직에서 나온 누군가라는 것이다. 둘째, 걸음 소리를 내는 것은 윌일 수도 있었다. 윌은 너무 겁쟁이라서 도망치지 못한 채 엘리엇이 깨어나 자신에게 무엇을 해야 할지 알려 주기를 기다리며 주위를 서성거리는 것이다. 어느 쪽이든 간에 엘리엇은 누군가를 쏠 필요가 있다고 느꼈다.

엘리엇이 찾을 수 있는 가장 치명적인 무기는 모자걸이였다. 아마 곤봉으로 쓸 수 있을 듯했다. 그는 발을 움직이기 쉽도록 이불을 잡아당겼다. 하지만 발을 그리 많이 빼지 못한 상태에서 문가에 누군가가 나타났다. 문가의 남자는 어깨에 라이플을 걸쳤는데, 한순간 엘리엇은 그를 알아보지 못했다.

「누워 있어.」 윌이 말했다. 그는 방을 가로질러 가서 창밖을 내다보았다.

엘리엇은 기회를 놓쳤다는 쓰디쓴 실망감에 짓눌린 채 베개에 머리를 힘없이 뉘었다. 애초에 희망을 품은 것이 잘못이었다. 윌은 처음 만난 순간부터 엘리엇의 말을 순순히 따라 준 적이 단 한 번도 없었다. 이제 상황이 심각해졌다는 이유만으로 윌이 자기 말을 들었을 것이라고 기대했다니, 터무니없는 생각이었다. 엘리엇이 담요를 움켜쥐었다.「우리는…… 떠나야 돼. 당장.」

윌은 못 들은 척했다. 그는 창밖의 뭔가를 보고 있었다. 엘리엇은 윌이 무엇을 보는지 알 수 없었다.

「이봐, 너…… 젠장.」 엘리엇이 말했다.「울프가…… 오고 있어.」 엘리엇은 더 말을 하려고 했지만, 말은 기침으로 바뀌어 버렸다. 그가 눈을 떴을 때, 윌은 물이 담긴 잔을 들고 있었다. 엘리엇은 잔을 받아 들었다. 윌의 태도가 왠지 전과 달랐다. 엘리

엇은 이상하고 혼란스러운 생각이 들었다. 〈이 사람은 윌 파크가 아니야.〉

윌이었던 자는 무표정한 얼굴로 엘리엇이 물 마시는 모습을 지켜보았다. 엘리엇이 물을 다 마시자, 그가 말했다. 「누워.」

「우리는…….」

「자칫하면 넌 또 기절할 거야.」 윌이었던 자가 말했다. 「누워.」

엘리엇은 그 말이 사실이라고 느꼈지만, 그래도 어쨌든 반항해 보았다. 「울프.」

「에밀리 말이군. 에밀리 러프.」

〈오, 맙소사.〉 엘리엇이 생각했다.

「네가 그 말을 한 건 아니야. 너는 울프에 대해서는 말을 많이 했지. 하지만 내가 울프를 안다는 말은 한 번도 하지 않았어. 알고 보니, 나는 울프를 꽤 잘 알더군.」

「설명…… 할…… 수…… 있어.」

「맞아.」 윌이 말했다. 「너는 설명해야 할 거야. 하지만 우선, 잠부터 자.」 그가 라이플을 들어 올렸다. 「나는 사람들을 좀 쏴야 하거든.」

〈누구를?〉 엘리엇은 말을 하려고 했다. 하지만 무의식이 그를 먼저 사로잡았다.

엘리엇은 잠들었지만 깊이 들지는 않았다. 어둠 속에서 전화벨이 울리던 일이 기억났다. 한참 전의 일이었다. 하지만 지금처럼 브로큰힐이 주위를 둘러싸고 있다는 느낌 속에서 누워 있었다. 그때 그는 눈을 떴고, 커튼을 보았다. 협탁 위의 시계가 보였다. 호텔이라는 것이 기억났다. 〈나는 시드니의 호텔 침대에 있어.〉 전화벨이 울리고 또 울렸지만, 그는 전화기가 사라지고 자신이 도로에 엎어져 꼼짝도 못 하고 있는 것을 깨달을까 봐 두려워 가만히 있었다.

그는 수화기를 들었다.「모닝콜입니다, 엘리엇 씨. 4시 30분입니다.」

「고맙습니다.」 엘리엇은 조심스레 수화기를 제자리에 내려놓았고, 전화기는 사라지지 않았다. 그는 일어나 커튼을 걷어 젖혔다. 커튼 너머는 도시였다. 유명한 시드니 오페라 하우스가 조명에 에워싸여 있었다. 그 너머로는 거대한 강철 다리가 보였다. 만에는 보트 몇 척이 빛을 깜박였다. 이런 풍경, 물과 강철의 모습을 보니 마음이 놓였다. 그를 둘러싼 모습이 브로큰힐이 죽어가던 3주 전이 아니라는 것을 증명해 주었기 때문이다.

엘리엇은 샤워를 하고 옷을 입었다. 호텔 방 문밖에는 신문이 놓여 있었고, 그는 그것을 밟고 나갔다. 아래층에서는 리무진이 대기하고 있었고, 엘리엇을 본 벨보이가 다가와 차 문을 열어 주었다. 도시의 구불구불한 길들이 지나갔고, 어둠이 엷어졌으며, 이윽고 만이 나타났다. 엘리엇이 탄 리무진은 다리를 건너 동물원을 지났다. 어느 좁은 도로에서 검푸른 파도가 바위를 쳤다. 마침내 리무진은 가파른 계단 옆에 멈췄고, 운전사는 엘리엇에게 그곳을 올라가야 한다고 알려 주었다.

계단 꼭대기에는 콜로니얼 양식의 집이 하나 있었다. 교묘하게 숨긴 여남은 개의 정원 조명들이 비추는 테라코타식 마당에는 작고 화려한 탁자 하나와 의자들이 보였고, 그중 한 의자에 예이츠가 앉아 있었다.

「더 가까이 오기 전에…….」 예이츠가 말했다.「저 바다를 좀 봐.」

엘리엇은 몸을 돌려 바다를 바라보았다. 만은 검은 거울이었다. 그는 자신이 무엇을 알아차려야 하는지 알지 못했다. 그는 다시 예이츠 쪽으로 몸을 돌렸다.

「다시 보니 좋네.」 엘리엇이 만 쪽으로 몸을 돌린 사이에 예이츠는 조용히 일어났고, 이제 한 손을 내밀며 그에게 다가오고 있었다. 엘리엇이 그 손을 잡았다. 언제나처럼 예이츠의 표정은 목석과도 같았다. 조직 안에서는 예이츠가 표정을 마비시키기 위해 성형 수술을 받았다는 소문이 있었다. 엘리엇은 예이츠가 그랬을 것이라고 생각했다. 예이츠에게 전담 성형외과의가 있다는 것을 알고 있었기 때문이다. 하지만 엘리엇은 예이츠가 눈살근이나 이마힘살을 찡그리는 것을 가끔 보았고, 그래서 종종 자기 의견에 의심을 품었다. 「몸은 좀 어때?」

「3주 전에 잠깐 마비가 됐어.」 엘리엇이 말했다. 「그 뒤로는 잘 지내.」

예이츠가 의자 쪽으로 손짓을 했다. 「후유증은 없고?」

「이틀째 해가 뜬 이후로는.」

「울프가 지시한 대로군. 멋져. 솔직히 너 정도의 능력 있는 시인이 그것에 굴복할 줄은 몰랐어.」

「〈그것〉이라.」 엘리엇이 의자에 앉았다. 「원래 이름으로 부르도록 하지. 날단어라고.」

「그래야 할 것 같네.」

「꼭 이 말을 해야겠어.」 엘리엇이 말했다. 「속았다는 느낌이 들어.」

「어떻게?」

「넌 내가 뭘 다뤄야 하는지 말해 주지도 않은 채 날 브로큰힐에 보냈어.」

「그게 어려운 일이라고 너에게 말한 걸로 아는데.」

「어려운 일과…….」 엘리엇이 말했다. 「그 물건과 연관이 있는 일은 완전히 다른 거야.」

침묵이 감돌았다. 「뭐…….」 에이츠가 말했다. 「그것의 능력에 우리 모두 놀란 것만은 확실해.」

여자가 한 명 오더니 두 사람에게 커피와 차를 따르기 시작했다. 엘리엇은 기다렸다. 여자가 떠나자 엘리엇이 말했다. 「우리는 서로에게 솔직하게 말해야 할 거야.」

에이츠가 두 손바닥을 펼쳐 보였다.

「넌 바로 몇 시간 뒤에 브로큰힐에 도착했어. 즉 그 근처에 있었다는 소리지. 확실히, 내게 정보를 주지 않았고. 왜 그랬는지 이유를 원해. 왜 내가 〈플래스〉보다도 신뢰를 못 받는지 도무지 이해를 할 수 없거든.」

「그건 어땠지?」

「뭐가 어땠냐는 거야?」 무슨 말인지 알면서도 엘리엇이 물었다.

「빨랐을 거라고 생각해. 하지만 넌 뭔가를 느꼈을 거야. 찰나의 순간 인식이 사라지지. 꺼져 가는 불빛을 잡으려는 그런 느낌이겠지.」

「뇌가 강간당하는 느낌이었어.」

「좀 더 구체적으로 말해 줄 수 있으면 좋겠는데.」

「넌 D.C.에서 이걸 가지고 있었어. 그러니 네가 실험실에 넣은 그 불쌍한 희생자들에게서 데이터를 잔뜩 뽑아냈을 텐데.」

「어느 정도는. 하지만 너에게 직접 듣고 싶어.」

엘리엇은 검은 물을 바라보았다. 「보통의 구부러짐은 조종실을 공유하는 느낌이 들어. 나 말고 다른 누군가가 그곳에 함께 있으면서 등 뒤에서 스위치를 켜고 끄는 그런 느낌이지. 하지만 이건 내가 통제를 회복할 수 없다는 느낌이야. 전혀. 누가 내 몸을 완전히 차지한 느낌이야. 뭔가 근원적인 것이.」

잠시 시간이 흘렀다. 「음.」 예이츠가 말했다. 「그건 사과하지. 널 희생시킬 의도는 없었어. 사실 널 고른 이유는, 네가 가장 능력이 뛰어나고 또한 울프를 막을 확률이 가장 높다고 생각했기 때문이야. 그리고 내가 어디에 있는지를 너에게 숨긴 건 울프가 너를 구부러뜨려 내게서 등을 돌리게 할 경우를 대비한 보험이었어. 이기적인 결정이었지. 하지만 너와 싸울 의도는 없어, 엘리엇. 그건 생각만으로도 끔찍해.」

엘리엇은 그 말을 못 들은 척했다. 저 멀리서 정체를 알 수 없는 동물이 아주 호주 생물다운 소리를 냈다. 「그러니 우리는 날 단어를 가지고 있군.」

「8백 년 만에 처음으로.」 예이츠가 말했다. 「꽤 설레잖아?」

「이제 그건 어디에 있지?」

예이츠는 가볍게 어깨를 으쓱해 보였다. 「울프가 두고 온 곳에.」

「뭐라고?」

「회수하지 못했어.」 예이츠가 말했다. 「아직도 병원 어딘가에 있는 걸로 보여.」

「보인다?」

「그 지역 정부가 몇 번에 걸쳐 팀을 보냈지만 모두 실종됐어. 아마도 그 단어가 그 사람들을 죽인 듯해.」

엘리엇은 잠시 말문을 열지 못했다.「그걸 회수하기 위해 필요한 모든 과정을 취하지 않았다니, 놀랍군. 얼마나 놀라운지 이루 말로 표현할 수 없을 정도야.」

「으으음.」 예이츠가 말했다. 그는 잠시 어둠 속을 응시했다.「질문을 하나 할게. 만약 그 단어가 그토록 강력하다면, 왜 그 단어를 쓴 자는 몰락했을까? 그 단어를 쓴 이는 하나같이 몰락했어. 그 단어에 얽힌 이야기도 한결같고. 날단어가 나타나면 언제나 바벨과 같은 사건이 뒤따르지. 즉 통치자는 몰락하고 공용어는 사라져. 현대에서라면 영어가 사라지는 것과 마찬가지지. 우리 조직이 한 일들이 몽땅 사라지는 걸 상상해 봐. 우리의 어휘 목록이 완전히 사라지는 걸 상상해 보라고. 그런 일들은 늘 일어났어. 날단어를 발견할 때마다 꼭 그런 일이 뒤따랐지. 그 이유가 궁금하지 않아?」

「모든 제국은 몰락해, 결국은.」

「하지만 왜? 힘이 없어서가 아니야. 사실, 그 반대로 보여. 힘 때문에 제국은 긴장을 풀고 느긋해지지. 규율이 느슨해져. 힘을 얻어야만 했던 이들은 기본 욕구 이상은 추구할 필요를 모르는 이들로 교체돼. 사람들의 말처럼 힘은 부패하지. 엘리엇, 날단어는 단지 절대적인 힘인 정도가 아니라 더 나빠. 그건 노력을 통해 얻은 게 아니야. 그걸 소유하기 위해 집어 드는 것 말고는 달리 뭔가를 할 필요가 없어. 난 그게 맘에 걸려. 나는 스스로에게 물어봤지. 만약 내가 날단어를 가지게 된 이후에도 나는 여전히 나일까? 아니면 그게 나를 타락으로 몰고 갈까?」

「몰라.」 엘리엇이 말했다.「하지만 그래도 그 빌어먹을 사막에 그대로 놔둘 수 없다는 건 확실해.」

예이츠는 침묵했다.

엘리엇이 몸을 앞으로 숙였다. 「그걸 이곳으로 가져와. 봉인해. 콘크리트에 묻어 버려. 앞으로 다시 8백 년 동안 묻어 버려.」

예이츠는 시선을 피했다.

「우리는 그게 필요 없어.」 엘리엇이 말했다. 「네가 탑을 세우고 싶은 게 아니라면 말이야.」

「또 다른 문제가 있어. 울프가 탈출했어.」

엘리엇은 두 눈을 감았다. 프로답지 않았지만 그럴 수밖에 없었다. 「그게 어떻게 가능해?」

「울프는 꽤 능력이 있으니까.」 예이츠가 말했다. 「너도 알잖아.」

「신문에서는 그곳에서 살아남은 이가 없다고 했어.」

「설마 신문을 믿는 건 아니겠지.」

「울프는 어디에 있지?」

「몰라.」

「모른다고?」

「말했듯이…….」 예이츠가 말했다. 「꽤 능력이 있다니까. 그리고 울프는 다른 사람도 빠져나가게 했어.」

「누구?」

「아마도 울프가 돌아간 이유인 남자.」

「해리?」

「그래, 그 이름이 귀에 익네.」

「자, 내가 제대로 들었는지 정리해 보지.」 엘리엇이 말했다. 「날단어는 브로큰힐에 있어. 그걸 사용해서 3천 명을 죽인 시인의 행방은 아직 몰라. 내가 뭔가 놓친 게 있어?」

「아니.」 예이츠가 말했다. 「그게 전부야.」

「분명히 내가 뭔가를 놓쳤다는 느낌이 드는걸.」 엘리엇이 말했다. 「말이 안 되는 상황이잖아.」

예이츠는 침묵을 지켰다.

「날단어는 되찾아 와야 해. 울프는 제압해야만 하고. 그 점에는 이견이 없을 거라고 생각해.」

예이츠가 차를 맛보았다. 「그래, 물론 네 말이 맞아. 그렇게 해야지.」

무슨 이유에서인가, 엘리엇은 그 말을 믿지 않았다. 「내가 울프를 찾겠어.」

「사실, 너는 D.C.로 돌아갈 거야. 네 비행기를 예약해 뒀어. 오늘 오후에 떠나.」

엘리엇은 고개를 저었다. 「남길 원해.」

「몸은 좀 어때, 엘리엇?」

「이미 물어봤잖아.」

「다시 묻는 거야. 왜냐하면 우리 대화에서 네가 뭘 〈원한다〉는 표현을 쓴 게 두 번째거든. 설사 네가 3학년 학생이라도 나는 깜짝 놀랐을 거야.」

「고쳐 말하지. 울프를 제압하는 건 중요하고, 조직에서는 내가 제일 잘해.」

「하지만 몸은 좀 어때?」 예이츠의 두 눈이 엘리엇의 눈을 바라보았다. 「울프는 너를 흔들었어. 뚜렷하게 보여. 날단어? 아니, 뭔가 다른 거야. 넌 언제나 울프와 너무 가까이 지냈어. 넌 그 애에게 애착을 보였지. 왜? 그건 나도 몰라. 하지만 그 때문에 네 판단력은 흐려졌고, 지금도 계속 그러고 있어. 넌 배신당했다고 느껴. 너는 브로큰힐에서 울프를 막는 데 실패한 걸 속죄하고픈 욕망에 감염되어 있어.」
「그걸 그렇게 보는 거야? 내 실패라고?」
「물론 아니지. 나는 네가 그걸 어떻게 보는지를 말하는 거야.」
예이츠는 만 너머의 언덕들을 바라보았다. 부드러운 햇살이 수목으로 뒤덮인 언덕들 위로 조금씩 올라오고 있었다. 「이런 비극에서는 우리 모두가 자신을 비난하게 되지.」
〈정말 그럴까?〉 엘리엇은 생각했다. 「난 내가 여기 머물러야 한다고 확신해.」
「그래서 네가 여기 머물면 안 되는 거야.」 저 멀리 언덕의 수목선을 따라 태양이 피어나며 만으로 햇살을 던지기 시작했다. 「아하.」 예이츠가 말했다. 「드디어 시작이네. 봐봐.」
동물들이 카칵, 훗훗 기묘한 소리를 내며 햇빛에게 인사를 했다. 햇빛이 닿자 물은 밝은 파란색으로 이글거렸다. 물이 단지 반짝이고만 있는 게 아니라는 것을 엘리엇이 깨닫기까지는 조금 시간이 걸렸다. 물은 움직이고 있었다.
「민어야.」 예이츠가 말했다. 「햇빛이 플랑크톤을 끌어들이고, 플랑크톤은 작은 물고기들을 끌어들이지. 작은 물고기는 민어를 끌어들이고. 좀 더 정확히 말하자면, 민어는 이미 저기서 기다리고 있어. 놈들은 영리해서 패턴을 인식하고 그를 바탕으로 추론을 하거든.」
엘리엇은 반응을 보이지 않았다.
예이츠가 한숨을 쉬었다. 「머물러. 이 나라를 샅샅이 뒤져 울프를 찾아. 그래야만 네 마음이 편해진다면 말이야.」
엘리엇은 이 말을 곱씹어 보았다. 이게 친절함인지, 아니면 위협인지 알 수 없었다. 하지만 그가 느끼는 감정은 부정할 수 없었다. 「고마워.」 엘리엇이 말했다.

엘리엇은 빛을 느꼈다. 처음에 그는 그게 만의 햇빛인 줄 알았다. 이윽고 그는 눈을 떴다. 빛은 창을 통해 들어오고 있었다. 창문들 사이에 윌이 서 있었다. 라이플을 들고. 벽은 병원에서 흔히 볼 수 있는 연푸른색이었다. 그는 브로큰힐에 있었다.

「좋은 아침이야.」 윌이 말했다.

「지금……」 엘리엇이 말했다. 「몇 시지?」 그는 이불을 젖히고 몸을 일으키기 시작했다.

「그 침대에 계속 누워 있고 싶을걸.」

「아니. 절대로. 아니야.」 엘리엇은 침대에서 다리를 내렸다. 그 때문에 눈에서 불이 나더니 머리가 멍해졌고, 잠시 그 상태로 쉬고 나서야 침대에 조용히 일어나 앉을 수 있었다. 눈은 감은 채였다. 그가 눈을 떴을 때, 윌은 라이플로 바깥의 뭔가를 조준하고 있었다. 엘리엇은 전에 들었던 큰 소리가 떠올랐다. 「뭘 하는 거야?」

윌은 대답하지 않았다. 엘리엇은 윌이 라이플을 아주 능숙하게 들고 있음을 알아차렸다. 총열은 윌과 한 몸처럼 움직이며, 그가 조준하고 있는 목표를 아주 매끄럽게 따라갔다. 이윽고 총열이 발작하듯 갑자기 움직였다. 윌은 뒤로 물러나 벽에 기대더니, 라이플의 노리쇠를 당기고 주머니에서 탄약을 꺼내 재장전했다. 「새벽 6시 정도 됐어.」

엘리엇은 자신의 귀를 믿을 수가 없었다. 만약 그게 진짜라면 울프는 이미 여기에 있어야 했다. 마을은 개종자들이나 고립 환경 요원들, 시인들, 또는 그 셋 모두로 넘쳐나야 했다. 벌써 아침

일 리가 없었다. 아직 두 사람이 살아 있었기 때문이다. 「우린 떠나야 해.」

「우리는 어디에도 가지 않아, 엘리엇.」

「우리는…….」 엘리엇이 입을 열었지만, 윌은 아주 재빠르게 라이플을 들어 올렸고, 엘리엇은 입을 다물었다. 윌의 몸이 완벽하게 멈추었다. 라이플이 발작하듯 갑자기 움직였다. 엘리엇이 말했다. 「지금 네가 뭘 하는 건지나 제발 좀 말해 줘.」

「사람들을 쏘고 있어.」

「어떤 사람들?」

「개종자들일걸.」

「개종자들을 쏘고 있다고?」 엘리엇이 말했다. 「그렇군. 헬리콥터를 몰던 자를 쏘라고 했을 때는 거부하더니, 이제는 개종자를 쏘고 있단 말이지.」

윌은 한쪽 창에서 다른 창으로 이동했다.

「개종자들은 끝도 없이 많아.」 엘리엇이 말했다. 「혹시 모를까 봐 하는 말인데, 울프는 보이는 족족 개종자를 보낼 거야.」

「누구? 에밀리?」

〈아, 그래.〉 엘리엇이 생각했다. 윌은 기억을 되찾았다. 윌이 라이플을 평생 써온 듯 다루는 것은 바로 그 때문이었다. 왜냐하면 실제로 라이플을 평생 써왔기 때문이다. 「지금 네가 뭘 하고 있는 것 같아, 윌?」

「해리.」

「뭐?」

「내 이름은 해리 윌슨이야.」

「맞아.」 엘리엇이 말했다. 「그랬지, 내 실수야. 하지만 너 지금

대체 뭘 하는 거야, 해리?」

「기다리고 있어.」

「기다리다니…….」 엘리엇은 떠오르는 바가 있어서 깜짝 놀랐다. 「울프를?」 윌인지 해리인지는 대답하지 않았다. 하지만 분명했다. 분명히 그는 현 상황이 어떤지 제대로 파악하지 못했으며, 그 때문에 둘 다 죽게 될 터였다. 그것은 물론 엘리엇의 잘못이었다. 다른 모든 것과 마찬가지로. 「울프는 네가 생각하는 그 사람이 아니야.」

「에밀리 러프 말이지?」

「그래.」 엘리엇이 말했다. 「울프가 에밀리 러프야. 하지만…….」

「내가 왜 자꾸 이름을 걸고 넘어지는지 알 텐데. 네가 울프를 죽이고 싶어 하니 말이야.」

「너 다른 사람처럼 행동하는 거 알아? 완전히 다른 사람처럼 말이야.」

「다 기억이 났거든.」

「그렇군.」 엘리엇이 말했다. 「네가 기억하고 있는 게 더 이상 소용없다는 걸 알리게 되어 유감이야. 네가 변했을 때 울프도 변했거든. 그 아이는 네가 브로큰힐에서 어울리며 밀크셰이크를 나눠 먹고 캥거루를 타고 기타 등등을 함께하던 그 여자가 더 이상 아니야. 이제 그 아이는 사람들을 죽여. 우리를 죽이러 오고 있다고.」

「네 말은 안 믿어.」

「내가 뭐 하러 거짓말을 하겠어?」

「샬럿.」

엘리엇은 잠시 말문이 막혔다. 「그 때문에 내가 울프를 싫어

한다고 생각하는 거야? 몬태나의 그 일 때문에?」

해리는 어깨를 으쓱해 보였다.

「아, 씨발!」 엘리엇이 말했다. 「알아차렸군! 울프는 내가 사랑하는 여자에게 총을 쏘게 만들었고, 그래서 난 원한이 있어! 맙소사!」 그는 한 손으로 이마를 문질렀다. 해리가 무표정한 얼굴로 그를 바라보았고, 엘리엇은 자신이 이토록 분노하고 있는데도 윌 파크라고 알던 남자는 냉정을 지키고 있다는 이 모순된 상황을 이해했다. 그는 한때 시인이었다. 「그 전부터도 울프가 우리를 죽이려 찾아다니던 못된 년이라는 건 공공연한 사실이야.」

「넌 내게 거짓말을 했어.」

「그럼 내가 어쨌어야 했는데? 치외자는 너 하나뿐이야! 울프랑 자지 않은 사람을 찾을 만한 시간이 없었다고. 윌, 네가 화난 건 알겠어. 알아. 하지만 널 봐. 울프가 에밀리였다는 사실을 아는 순간, 너는 포기했어. 너에게 거짓말을 한 건 미안해. 하지만 그렇다고 우리가 울프를 막아야 한다는 사실이 바뀌지는 않아. 우리는 울프를 막아야 해. 내가 뭐라고 하면 납득해 주겠어?」

「네가 아무 말 하지 않았으면 해. 거기 앉아서 에밀리가 올 때까지 기다려.」

엘리엇이 무너지듯 침대에 앉았다. 소용이 없었다. 그가 알고 있는 모든 기술이 소용없었다. 해리는 설득당하지 않는 사람이기 때문이다.

「에밀리에게 무슨 일이 일어났지?」

「언제?」

「브로큰힐 이후.」

엘리엇은 천장을 바라보았다. 「사라졌어. 나는 몇 달 동안 찾아다녔고.」

「그리고?」

「그리고…….」 엘리엇이 말했다. 「울프가 돌아왔어.」

이중 언어 구사자의 수수께끼에 대한 연구

출처: 『더 시티 이그제미너』, 제144호 12권

……프랑스어와 중국어를 자유로이 말할 수 있는 피실험자의 두뇌에 전극을 설치한 뒤, 피실험자에게 20까지 세어 보라고 했다. 그는 프랑스어로 세기 시작했지만, 왼쪽 하전두이랑에 전기 신호를 가하자 자신의 의지와 상관없이 중국어로 바꾸어 말했다. 자극이 제거되자 그는 다시 프랑스어를 썼다.

지난해 도싯에서 있었던 또 다른 경우에는, 이중 언어 구사자가 자동차 사고로 인해 뇌에 큰 부상을 입었고, 그 뒤로 더 이상 영어로 말할 수 없었다. 하지만 네덜란드어는 여전히 자유롭게 사용할 수 있었다.

이런 결과들은 언어들이 뇌의 각각 다른 부분에서 발달한다는 증거를 보여 주며, 어째서 이중 언어 구사자가 말을 할 때 두 언어의 단어들을 섞어 쓰지 않는지를 설명한다.

「당신 두뇌가 컴퓨터라고 생각한다면, 이중 언어 구사자는 듀얼 부팅을 할 수 있는 컴퓨터라고 볼 수 있지요.」 옥스퍼드 대학교 의과 대학의 시몬 오크스 박사는 운영 체제 두 개가 있는 기계를 예로 들어 설명했다. 「그런 컴퓨터는 여러 개의 운영 체제를 쓸 수 있지만, 한 번에 작동할 수 있는 건 하나뿐이에요.」

이러한 결과에 비추어 볼 때, 앞으로 뇌에서 특정 언어의 효과를 탐구하는 연구, 가령 문화적 요소들과 상관없이 특정 언어를 사용하는 이들은 다른 언어를 사용하는 이들에 비해 왜 특정 행동과 신념을 더 자주 표출하는가와 같은 문제에 대한 연구를 기대해 볼 수 있겠다.

2

에밀리는 기차를 타고 블랙타운으로 가서 거리를 헤매며 전날 광고에서 본 〈군용 물자 판매소〉를 찾아다녔다. 그곳은 거의 물류 창고 수준으로 컸고, 통로에는 준(準)군사 용품 또는 군사 용품이 되고 싶은 물건들로 들어차 있었으며, 천장을 가로질러 위장용 그물이 걸려 있었다. 그녀는 폭주족과 자연인들, 그리고 살기등등한 태도로 간혹 수통이나 칼 혹은 흥미로워 보이는 꾸러미를 집어 든, 떡 벌어진 어깨에 근육을 잘 가꾼 건장한 젊은이들 사이를 비집고 나아갔다. 3번 통로에서 진 바지와 밝은색 티셔츠 차림에 턱수염이 난 남자가 다가오더니, 찾는 물건이 있는지 물었다.

「네.」 에밀리가 말했다. 「텐트로 만들 수 있는 위장용 방수 시트를 찾고 있어요.」

「사막인가요, 수풀인가요?」

「사막이요.」 에밀리가 말했다. 그녀는 상대가 〈오호, 그런 게 왜 필요한가요?〉 같은 질문을 하지 않아 마음에 들었다.

「방수 시트와 위장용 그물은 있어요. 방수 시트 위에 그물을 씌우면 됩니다.」

「하나로 된 물건을 원해요, 그런 게 있다면요.」

「본인이 가지고 다닐 건가요?」

「네.」 에밀리가 말했다. 「바로 그래요.」

「그러면 스페이스 백을 추천하고 싶은데요.」

「그게 뭔가요?」

「경량 슬리핑 백으로 내부에는 포일이 덧대어져 있고, 외부는 방수 캔버스입니다. 앞쪽에 작은 그물 부분이 있는데, 그걸 열어 두면 벌레를 막으면서도 환기를 시킬 수 있죠. 접으면 아주 작아요. 완전 신제품이죠. 구하기 어려운 겁니다. 아직 군에서 쓰는 거거든요.」

「얼마나 어려운데요?」

「2천 달러입니다.」

에밀리는 고개를 끄덕였다. 그 정도는 낼 수 있었다. 「위장도 되나요?」

「아뇨. 하지만 좋은 수가 있어요. 만약 원한다면 그 위에 위장천을 꿰매 드리지요.」

「좋아요!」 에밀리가 말했다. 「그렇게 할 수 있으면 끝내주겠네요.」

그 남자는 에밀리를 카운터로 데려가 예약금을 받고 주문을 처리했다. 「이틀 내로 전화드리겠습니다. 그 밖에 또 필요한 건 없으신가요?」 그는 에밀리가 망설이는 것을 보았다. 「사막에서 시간을 보낼 계획이라면 급수 시스템을 마련하셔야 할 겁니다.」

「물은 문제가 아니에요. 하지만 뱀은 걱정이 돼요.」

「당연히 그래야죠.」

「뱀들이 접근하지 못하게 하려면 어떻게 해야 하죠?」

「가장 쉬운 방법은 뱀들에게 접근하지 않는 거죠.」

「내게는 좋은 부츠가 있어요. 하지만…….」 에밀리가 몸짓을 해 보였다. 「뱀들을 겁줘 쫓아낼 수 있는 전기 도구가 있나요? 집에서 벌레를 몰아낼 때 쓰는 그런 것처럼요.」 턱수염을 기른 남자는 흥미롭다는 눈으로 보기 시작했고, 그래서 에밀리는 그런 것은 없다는 뜻이라고 추측했다. 「다른 방법은요?」

그는 턱수염을 긁었다. 「땅을 잘 보며 걷는 수가 있지요.」

「흠.」 에밀리가 말했다.

「그리고 지팡이를 준비해 가세요.」 그가 말했다.

비록 뱀 문제는 마음에 들지 않았지만, 다른 것들은 제대로 진행되고 있었다. 스페이스 백이 퍼즐의 마지막 조각이었다. 그것이 있으면 에밀리는 테스트를 시작할 수 있었다. 테스트를 건너뛰고 싶은 유혹이 들었지만, 사막에서 땀으로 인한 수분 상실에 대해 놀랄 만큼 많은 이야기들을 알게 되었고, 살아 있는 인간으로부터 최소한 65킬로미터나 떨어진 곳에서 그것을 직접 확인하고 싶지는 않았다. 살아 있는 인간 중에서도 적대적이지 않은 인간으로부터라는 뜻이었다. 왜냐하면 브로큰힐에는 개종자들, 즉 빵집이나 주유소에서 일하거나 트럭을 몰거나 혹은 그냥 주요 교차로에 서 있다가 에밀리를 보는 순간 갑자기 눈에 불을 켜고 당장 전화기로 달려갈 남녀로 가득하리라고 가정했기 때문이다.

따라서 에밀리는 사막을 횡단해 갈 필요가 있었다. 몇 달 전 해리를 찾아갈 때, 에밀리는 비포장도로용 오토바이를 썼다. 돌이켜 보면 무척이나 위험한 짓이었다. 하지만 당시 에밀리는 참을성이 없었다. 서둘러 해리를 만나려고 했다. 그리고 끔찍한 결말을 맞았다. 에밀리는 그 일을 생각하고 싶지 않았다. 이번에는 조심할 작정이었다. 50킬로미터의 사막을 걸어서 가로지를 작정이었고, 누구도 에밀리가 오는 줄 모를 터였다. 사막 도보 횡단 자체가 상상도 못 할 일이었기 때문이다.

그리고 일단 그 단어를 손에 넣으면 에밀리는 여행의 다음 단계인 D.C.로 향할 것이다. 그곳에 도착하면 예이츠의 심장을 찢어 버릴 것이다. 그가 에밀리의 심장을 그리했듯이. 그 뒤에 무슨 일이 벌어질지는 상관없었다.

에밀리는 열차에서 오랜 시간을 보냈고, 사전들을 읽었다. 에밀리는 후드 티를 입고, 옷에 달린 모자를 눌러썼다. 카메라가 있는 경우를 대비해서였다. 2달러를 내면 하루 종일 탈 수 있었고, 같은 곳에 몇 분 이상은 절대로 머물지 않았다. 2시경이 막차였고 그때쯤이면 잘 곳을 찾아야 했지만, 그것은 어렵지 않았다. 전에도 해본 일이었다.

가끔 에밀리는 열차에서 졸았다. 혹시라도 시인들이 들어와 이 칸을 지나갈 경우, 졸다 너무 늦게 깨면 도망칠 길이 없었기에 졸지 않으려고 애를 썼지만, 가끔은 졸음을 참을 수가 없었다. 사전들은 별로 재미가 없었다. 그래서 머리가 유리창을 향해 다가가고 차창 밖으로 공장들이나 벌판들이 지나갈 때면, 그냥 졸음을 받아들이기도 했다.

스페이스 백을 주문한 이튿날, 에밀리가 졸음에서 깨어 보니 맞은편 의자에 앉은 어떤 남자가 자신을 지켜보고 있었다. 에밀리는 단어를 내뱉을 준비를 하며 의자에서 반쯤 일어나다가 상대가 엘리엇이 아니라는 것을 깨달았다. 앞에 앉은 남자는 그냥 평범한 사람이었다. 에밀리는 다시 자리에 앉았다. 머릿속이 공포로 가득했다. 꿈에서 깨면 늘 그랬다.

「미안합니다.」 남자가 말했다. 「놀라게 할 뜻은 없었어요.」

「괜찮아요.」 에밀리는 침착함을 되찾았다. 마흔 정도로 보이는 남자는 멋진 스웨터 차림에 좋은 시계를 차고 있었다. 에밀리는 종종 이런 사람들과 이야기를 했다. 그들을 설득해 가진 돈을 뜯어내기 위해서였다.

「책이 많네요. 사전들인가요?」

에밀리는 고개를 끄덕였다.

「학생이신가요?」

「삶을 전공해요.」 에밀리가 말했다. 사람들은 이런 식의 말을 좋아했다. 이런 식으로 말하면 사람들은 마음을 열었다. 「그냥 재미 삼아 읽는 거예요.」

「사전을요?」

「네.」

「재미있어 보이지 않는걸요. 끔찍할 것 같아요.」

「〈끔찍한*awful*〉이라는 단어가 전에는 〈경외심으로 가득한*full of awe*〉이라는 뜻으로 쓰였죠. 〈훌륭한*awesome*〉과 같은 뜻으로요. 사전에서 알게 됐어요.」

남자는 눈을 끔벅였다.

「어때요?」 에밀리가 말했다. 「재밌죠?」

「사실 그건 굉장히 흥미롭네요. 또 다른 건요?」

에밀리는 자기 노트를 보았다. 그녀에게는 노트가 있었다. 「〈유발*cause*〉의 뜻은 변했어요. 원래는 〈뭔가가 일어나게 하다〉라는 뜻이었죠. 이제는 〈특히 뭔가 나쁜 것〉이라는 뜻이 추가되었어요.」

「사람들이 〈유발〉의 뜻을 바꾸었다고요?」

「뜻이 바뀐 걸 알아차린 거죠. 사전은 일반적인 용법을 기록하는 거고요.」

「그런 건 교수들이 모여서 하는 줄 알았어요.」 남자가 말했다. 「대학이나 그런 곳에 모여서 단어들이 무슨 뜻인지 결정하는 식으로요.」

에밀리는 고개를 저었다.

「그래서 이제 뭔가를 유발하는 건 나쁜 건가요?」

「네. 그리고 〈대의*cause*〉에 합류하는 것도요, 아마도요. 의미 누설 때문이에요.」

「흠.」 남자가 말했다. 「이번 주에 만난 사람들 중 가장 흥미로운 분이네요.」

「고마워요.」 에밀리가 말했다. 하지만 에밀리는 불길한 느낌이 들었다. 그녀는 이 대화를 후회하고 있었다. 「내릴 곳이 가까워지네요.」 에밀리는 사전들을 싸서 가방에 넣었다.

「오늘 밤 잘 곳이 필요한가요?」 에밀리는 아무 말도 하지 않았다. 「미안해요. 제대로 표현을 하지 못했네요. 제 말은, 괜찮아요? 괜찮아 보이지 않아서요.」

「전 괜찮아요.」

「무례를 범할 의도는 없지만, 자리가 가깝다 보니 당신 몸에서 나는 냄새를 맡을 수 있네요.」 남자의 표정은 진실했지만, 에밀리는 그의 눈이 마음에 들지 않았다. 눈 주위로 작은 근육들이 많았고, 그 근육들은 그의 표정과 일치하지 않았다. 「제가 도울 방법이 있을까요?」

「고마워요. 하지만 사양하겠어요.」 에밀리가 일어섰다. 「전 여기서 내리거든요.」

「저도요.」

에밀리가 앉았다. 「여기가 아니네요. 역을 잘못 알았어요.」

남자가 몸을 앞으로 숙였다. 그는 마치 그 행동을 제대로 하길 원한다는 듯이 천천히 몸을 숙였다. 「돈이 필요하세요?」

에밀리는 망설였다. 정말로 돈이 필요했기 때문이다. 하지만 이 남자에게서는 아니었다. 그를 구부러뜨리고 싶지는 않았다. 단지 여기에서 벗어나고 싶었다. 에밀리는 두 눈이 뻐근해지기 시작했다.

「당신이 어떤 곤란에 처했는지 모르겠지만, 여하튼 제가 도울 수 있어요. 저는 변호사입니다. 돈이 있고 아무 꿍꿍이도 없어요. 도움이 필요한 젊고 똑똑한 여자를 본 것뿐이죠. 그게 전부예요. 싫다고 말하면 더 이상 괴롭히지 않겠습니다.」

열차가 멈췄다. 열차는 거의 비어 있었고, 플랫폼에는 아무도 없었다. 에밀리는 이 남자가 움직이지 않는 것이 확실해질 때까지 기다렸다가, 갑자기 일어나 재빨리 문으로 걸어갔다. 에밀리는 늦지 않게 문에 도착해 버튼을 눌렀고, 문을 나서 걷기 시작했다. 밤바람이 그녀의 머리를 흐트러뜨렸다. 에밀리는 주위를 둘러보고 싶었지만, 카메라가 있을 경우를 대비해 계속 고개를 숙였다.

「5백 달러예요.」 에밀리의 바로 뒤에서 그 남자가 말했다. 「보세요.」 에밀리는 그를 무시했다. 「바보예요? 그냥 받아요. 받으라고요.」 남자는 에밀리의 어깨에 손을 얹었다.

에밀리는 돌아서면서 그를 밀쳤다. 남자가 비틀대며 뒷걸음질쳤다. 남자는 진짜로 한 손 가득히 돈을 들고 있었다. 그의 뒤로 열차가 움직이기 시작했다.

「당신을 도우려는 거예요.」

「꺼져!」 에밀리가 소리쳤다. 그리고 무슨 이유에서인지 에밀리는 그를 쫓아가 다시 밀었다. 「날 내버려 둬!」 남자가 에밀리의 팔을 잡으려고 했다. 하지만 에밀리는 재빨리 팔을 치웠다. 그의 정체가 뭔지는 몰라도, 남자는 누군가가 자신에게 덤비는 상황에 대비가 되어 있지 않았다. 에밀리는 다시 그를 밀었다. 「날 내버려 두라고!」 남자의 등이 움직이는 열차에 부딪혔고, 그는 플랫폼 쪽으로 한 걸음 튕겨 나왔다. 에밀리의 두뇌는 폭력으로 가득했고, 그녀의 별이 노래를 하고 있었으며, 한 번만 더 밀면 그를 차량들 사이로 보낼 수 있을 터였다. 만약 타이밍만 잘 맞춘다면. 에밀리는 생각했다. 〈예이츠, 예이츠. 이런 행동은 예이츠에게 하자.〉

「맙소사.」 남자가 말했다. 「맙소사.」 남자는 에밀리를 빙 돌아 달아났다.

에밀리는 그대로 서서 숨을 헐떡였다. 어서 이곳을 빠져나가야 했다. 경찰이 오기 전에 떠나야 했다. 에밀리는 모자를 깊숙이 눌러쓰고 출구로 향했다. 스페이스 백이 준비될 때까지 기다릴 수 없었다. 전화를 걸어 소포로 부쳐 달라고 해야 할 것 같았다. 에밀리는 도시들에서, 사람들에게서 빠져나가야 했다. 누군가가 다치기 전에.

한 달 뒤 에밀리는 사막을 터벅터벅 걷고 있었다. 그녀에게는 지팡이가 있었다. 밤이었다. 낮에는 사방 30킬로미터까지 볼 수 있었으므로, 자신도 남들 눈에 보일 것이라고 생각했기 때문이다. 또한 뱀들은 밤에 잠을 잤다. 에밀리는 털 안감이 덧대어진 파카와 느슨한 반바지를 입었다. 기묘한 차림이었지만, 사실 밤에는 노출된 땀이 얼 정도로 추웠다. 13킬로그램 무게의 배낭은 허리 벨트와 어깨 벨트로 몸에 꽉 동여맸다. 에밀리는 부츠가 무척 마음에 들었다. 크고 갈색이며, 아주 편안한 작업화였다.

에밀리는 첫날밤에 상당한 거리를 걸었고, 동트는 기미가 보이자 걸음을 멈췄다. 키 작은 나무 세 그루가 있는 옆쪽에 푹 꺼진 부분이 보였다. 오래전에 말라 버린 물 웅덩이였다. 에밀리는 그곳에 스페이스 백을 펼쳤다. 그녀는 그 위에 앉아 잠시 열을 식히면서 별이 지고 하늘이 밝아지는 모습을 지켜보았다. 몸을 쓴 덕분에 고단하면서도 한편으로는 뿌듯했다. 기진맥진할 정도는 아니었다. 몸은 괜찮았다. 에밀리는 단단한 비스킷을 먹고 스페이스 백 아래로 기어 들어가 잠이 들었다.

몇 시간 후 에밀리는 용광로 속에서 잠이 깼다. 그녀는 땀 속에서 헤엄치고 있었다. 에밀리는 혹시 그늘이 사라진 것은 아닐까 하고 밖을 빠끔히 내다보았다. 하지만 아니었다. 단지 그냥 더운 것이었다. 에밀리는 자신의 모습이 눈에 띄지 않도록 바닥에 납작하게 누운 채 꿈틀대며 밖으로 나와 배낭의 지퍼를 열었다. 그녀는 나무 말뚝 네 개를 꺼내 스페이스 백이 지상에서 몇 뼘 정도 뜨도록 받쳤다. 계속 위장하면서도 공기가 몸 주위로 순환하도록 하기 위해서였다. 그녀는 옷을 다 벗고 시트 아래로 기어 들어가 급수 튜브에서 물을 빨아 마시고는 다시 잠을 청했다.

둘째 날 밤은 더 힘들었다. 믿기지 않을 정도로 다리가 아팠다. 연습 때는 그런 적이 없었다. 아마도 필요 이상으로 빨리 걸으려고 스스로를 재촉했기 때문인 듯했다. 또한 물도 계획보다 너무 많이 마셔 버렸다. 에밀리는 좀 더 천천히 가고, 좀 더 자주 쉬려고 했지만, 그러고 나니 진도가 계획보다 늦을까 봐 걱정이 되었다. 그러면 물 역시 더 부족해지는 문제가 발생하리라. 브로큰힐에 도착하면 물을 발견할 가능성이 아주 높았고, 그럴 경우에는 아무 문제가 없었다. 하지만 그 가능성에 의존하고 싶지는 않았다. 만약 브로큰힐에 물이 있을 것이라는 예상이 빗나간다면, 그것은 곧 죽음을 의미했기 때문이다. 에밀리는 뱀이 있을 경우에 대비해 지팡이를 쥔 채 계속 걸었다.

에밀리는 작정한 만큼의 거리를 나아가지 못했고, 어지러워져서 계획보다 일찍 멈췄다. 물을 많이 마셨고, 심지어 얼굴에 뿌리기까지 했다. 그리고 더 많은 비스킷을 먹었다. 그녀는 유혹을 피하기 위해 비스킷을 많이 가져오지 않았다. 인체는 음식물을 소화할 때 물이 필요하기 때문이다. 이제 그것이 실수였다는 생각이 들기 시작했다. 에밀리는 스페이스 백 아래로 기어 들어갔다.

또다시 에밀리는 이글거리는 태양으로 인해 잠에서 깨어났고, 스페이스 백을 작은 텐트로 바꾸어야만 했다. 하지만 그녀는 이번에 자신이 자리 잡은 나무들에는 사실상 나뭇잎이 거의 없다는 것을 깨달았다. 나무들이 그늘을 제공하지 못했기 때문에 그것은 심각한 문제였다. 바람도 없는 데다, 스페이스 백 아래에서는 열이 방사되었다. 에밀리는 가능한 오랫동안 누워서 자기 피부가 분홍색과 빨간색으로 얼룩덜룩해지는 것을 지켜보다가 마침내 기어 나와 나무둥치에 기대어 몸을 웅크렸다. 조금 낫기는 했지만 별 차이가 없었다. 이러다가 죽는 것은 아닐까 진지하게 고민이 되기 시작했다. 2주 전, 그녀는 베두인족이 입는 길고 하얀 로브를 가져올까 하다가 관두었다. 그 로브가 있으면 정신을 잃지 않고 낮에도 걸을 수 있었지만, 무게가 너무 나가 그럴 가치가 없다는 결론을 내렸기 때문이다. 이 결정 때문에 어쩌면 그녀는 죽을지도 몰랐다.

에밀리는 전해질을 마셨다. 그녀는 30분마다 손에 물을 조금 따라 얼굴과 목에 발랐다. 수통은 점점 비어 갔지만, 어차피 쓰지 않으면 증발할 터였다. 늦은 오후 산들바람이 불면서 모래가 움직이기 시작했고, 에밀리는 수분 손실에도 불구하고 살짝 울었다.

마침내 태양의 열기가 좀 누그러졌다. 그리고 얼마 지나지 않아, 에밀리는 자신이 사람처럼 느껴졌다. 그녀는 일어나 배낭을 꾸렸고, 어느 방향으로 가야 할지 생각했다. 가장 현명한 일은 돌아가는 것이었다. 이틀이 걸리겠지만 물은 충분했으며, 회복하면서 여기를 통과하려면 어떻게 해야 할지 다시 생각해 볼 수 있었다. 하지만 그것은 처음부터 다시 시작해야 한다는 뜻이었다. 그리고 브로큰힐까지는 하룻밤만 더 가면 되었다. 그곳에는 아마도 물이 있을 터였다. 설사 물탱크의 물이 오염되었더라도 병에 포장된 물이 있을 터였다. 가게와 카페에는 전기가 끊긴 냉장고들이 있었다. 에밀리는 〈만약 없으면 어떻게 하지〉라는 걱정을 무시하고, 다시 걷기 시작했다.

발이 아프더니 축축한 느낌이 들었고, 이윽고 무감각해졌다. 부츠 탓을 하고 싶진 않았지만, 부츠가 기대에 못 미친다는 느낌이 들었다. 그 부츠는 마치 처음에는 멋지고 세련되어 보이지만 2주 후에는 개차반이라는 것을 깨닫게 되는 종류의 남자와 비슷했다. 자정 무렵 에밀리는 약간의 환각과 함께 나침반 확인처럼 중요한 일을 잊어버리기 시작했다. 그녀는 둥그런 돌을 발견해 그 위에 앉았고, 자신도 모르게 모래에 얼굴을 묻고 자다가 정신을 차렸다. 입술은 구운 케이크같이 느껴졌다. 그녀는 물을 마시고 또 마셨고, 마침내 물통의 물이 바닥나 버렸다.

새벽과 함께 마을이 나타났다. 에밀리는 마을을 향해 걸었다. 어쩌다 보니 지팡이는 잃어버린 채였다. 에밀리는 집들을 지났고, 자신이 아는 장소들도 지났다. 처음으로 시체가 나타났을 때, 그녀는 보지 않으려고 했지만 눈길이 떨어지지 않았다. 에밀리가 아는 여자였다. 셰릴. 에밀리는 셰릴의 원피스를 알아보았다. 〈일을 바로잡으려고 왔어요.〉 에밀리가 셰릴에게 말했다. 〈미안하다고 말하려고요.〉 하지만 그녀는 셰릴이 그 말에 기뻐하거나 용서해 줄 것 같지 않았다. 에밀리는 급수 튜브를 빨다가 물통이 비었다는 사실을 상기했고, 어느 집 정문으로 들어갔다. 이제 물을 찾아야 할 시간이었기 때문이다. 앞뜰 길을 걸어가던 에밀리는 갑자기 발길을 멈췄다. 그 집의 정면 콘크리트 계단에서 갈색 뱀이 햇볕을 쬐고 있는 것이 아닌가. 에밀리는 뱀을 노려보았다. 「꺼져!」 에밀리는 소리쳤고, 부츠 신은 발을 굴렀으며, 뱀은 꿈틀거리며 사라졌다.

에밀리는 찬장을 열었고, 침실 하나에서 기절했으며, 변기에 대고 토했지만, 그중 무엇을 먼저 하고 무엇을 나중에 했는지는 기억나지 않았다. 그녀는 물을 발견했고, 잠이 들었다. 잠에서 깼을 때는 태양이 45도 각도로 그늘을 던지고 있었으며, 에밀리는 지금이 아침인지 오후인지를 파악하기 위해 한참 동안 그늘을 지켜봐야만 했다. 그녀는 하루하고도 반나절을 잤다. 지독하게 배가 고팠다.

에밀리는 프루츠바가 든 상자를 발견하고 게걸스럽게 먹어 치웠다. 그녀의 뇌는 이 음식을 마음에 들어 했고, 사물들을 제대로 인식하기 시작했다. 사방에 빈 물병들이 있었다. 에밀리는 부엌의 나무 식탁 앞에 앉아 해가 지기를 기다렸다. 이윽고 그녀는 배낭을 멨다.

강한 바람이 계속해서 얼굴에 모래를 뿌려 댔다. 에밀리는 길을 따라 걸었다. 그녀는 시체들이 있는 쪽으로 가고 있었고, 똑바로 앞만 보며 딴생각을 하지 않으려고 애썼지만, 가까워질수록 공포감도 점점 커지며 마음을 할퀴어 댔다. 에밀리는 발길을 돌려 이곳에서 도망치고 싶어졌다. 모래가 눈에 들어왔고, 눈을 문질러 보았지만 소용이 없었다.

에밀리는 불탄 승용차와 트럭 들이 있는 주유소를 지났다. 그녀는 기계처럼 발을 움직였다. 이윽고 병원에 도착했다. 그녀는 옷과 가죽과 번쩍이는 뼈들이 얽힌 위로 넘어가 옆문을 열었다. 이것들은 에밀리가 저지른 일의 결과였다. 에밀리는 복도를 걸었다. 그녀는 아무것도 인식하지 못했다. 그녀의 두뇌 일부가 닫혀 있었다. 에밀리는 응급실로 통하는 양 여닫이문 앞에 도착했고, 배낭을 떨어뜨린 채 두 눈을 감았다. 이윽고 그녀는 안으로 들어갔다.

아주 끔찍한 냄새가 났다. 오래되기도 했지만, 나서는 안 될 냄새였다. 콧물이 흐르기 시작했다. 부츠에 뭔가가 채였고, 에밀리는 발로 그것을 옆으로 밀었다. 뭔가가 앞길을 막으면 조심스레 그 위로 넘어갔다. 에밀리는 손가락으로 더듬어 카운터를 찾아냈다. 그리고 카운터를 따라 날단어를 두었던 곳까지 갔다.

그것은 그곳에 없었다. 에밀리는 잠시 그곳에 서서 숨을 골랐다. 그녀는 벽이 나올 때까지 손으로 계속 더듬으며 카운터를 쓸다시피 했다. 손가락에 뭔가 물건들이 걸렸지만, 작은 물건들은 스테이플러나 명패 같은 것들이었고, 좀 큰 물건들은 자신이 원하는 것이 아니면 그냥 바닥에 떨어뜨린 후 더 이상 생각하지 않았다. 마침내 벽이 나왔고, 에밀리의 입에서 신음과 웅얼거림이 뒤섞인 소리가 작게 흘러나왔다.

에밀리는 카운터를 두 번 돌았다. 그녀는 날단어가 있던 곳으로 돌아왔고, 기어가며 바닥을 훑기 시작했다. 그러자마자 거의 즉시 천과 머리털이 만져졌고, 그녀의 웅얼거림은 비명으로 변했으며, 더 이상 바닥을 훑을 수가 없었다. 그녀는 시체들 주위를 더듬어 볼 자신이 없었다. 그래서 그녀는 일어났다. 〈길을 잃었어〉라는 생각이 들기 시작했다. 에밀리는 밖으로 나가는 길을 결코 찾지 못하리라. 그녀는 남은 평생 눈을 뜨기가 무서워 감은 채 자기가 죽게 만든 사람들의 시체 위를 기어다니며 출구를 찾아 헤매다가 죽을 것이다. 숨을 들이쉴 때마다 꺽꺽대는 비명 소리가 났다. 그녀는 두 번 발이 걸렸고, 마침내 문을 찾아냈으며, 기어서 빠져나왔다.

에밀리는 처음 집으로 돌아왔다. 해리의 집을 찾아갈 수도 있었지만, 더 이상 기억과 마주하고 싶지 않았다. 사면이 벽으로 둘러싸이자, 좀 더 안전해진 느낌이 들었다. 에밀리는 화장실 변기 물탱크의 물로 손을 씻었다. 그녀는 의자에 앉아 멍하니 허공을 응시했다. 온몸이 마비된 느낌이었다. 날단어는 그곳에 있어야만 했다.

아마도 예이츠는 에밀리를 바로 이 상황에 몰아넣고 싶었을 것이다. 그는 아마도 몇 달 전에 조용히 날단어를 회수했으리라. 그녀는 계속 추적당했으며, 지금 이 순간에도 조직은 그녀를 포위한 채 거리로 움직이며 소리 죽여 서로에게 속삭이고 있을지 몰랐다.

하지만 이것은 뭔가 이상했다. 에밀리는 예이츠를 잘 알지 못했지만, 그녀의 경험으로 볼 때 힘을 가진 사람들은 그것을 사용했다. 에밀리는 날단어가 그곳에 있다고 느꼈다. 아주 강력하게 느꼈다.

잠시 후 좋은 수가 떠올랐고, 에밀리는 의자에서 일어났다.

에밀리는 병원으로 돌아갔고, 복도를 걸어가 응급실 문 앞에 섰다. 그녀는 배낭을 벽에 기대 놓고, 집에서 찾아낸 디지털카메라를 꺼냈다. 이미 배터리 잔량을 확인하고 왔지만, 다시 확인차 소화전 사진을 찍었다. 이윽고 눈을 감고 응급실 문을 연 그녀는 안으로 들어갔다.

에밀리는 발을 끌며 몇 걸음 안으로 들어가 카메라를 들어 올렸다. 에밀리가 생각하기에, 정말로 중요한 것은 단어였다. 화석화된 나무에 새겨져 있었지만, 나무는 중요하지 않았다. 중요한 것은 나무에 새겨진 표시였다. 에밀리는 카메라 셔터를 눌렀고,

눈꺼풀을 통해 플래시가 터지는 것을 느꼈다. 그녀는 방향을 바꿔 다시 셔터를 눌렀다. 그녀는 이런 식으로 사진을 계속 모을 작정이었다. 대부분의 사진에는 견디기 힘든 장면들로 가득하겠지만, 그래도 한 장에는 단어가 있을 것이다. 사람들은 계속해서 응급실로 들어와 살인자로 바뀌었고, 따라서 그 단어가 여기 어딘가 눈에 띄는 곳에 있었다. 에밀리는 다시 방향을 바꿔 셔터를 눌렀다. 메모리 용량이 다 찰 때까지 계속 사진을 찍을 생각이었다. 그리고 사진을 컴퓨터로 다운로드할 생각이었다. 사진들을 수천 배로 확대해 각 사진을 한 번에 몇 픽셀씩 검사할 생각이었다. 오랜 시간이 걸리고, 끔찍한 모습들도 보게 될 테지만, 해낼 터였다. 결국 그녀는 나무처럼 생긴 뭔가의 가장자리를 찾아낼 것이고, 사진의 어디에 날단어가 있는지 알게 될 터였다. 사진을 수백 배로 확대해 한눈에 볼 수 없는 크기로 만들면, 그것을 복사할 수 있었다. 단어는 물건이 아니었다. 그것은 정보였다. 복제할 수 있었다. 에밀리는 그것을 한 번에 한 조각씩 복사해 똑같이 나무에 새길 수 있었다. 어쩌면 누군가의 도움이 필요할 수도 있었다. 그러면 그 형상을 두뇌에 전부 담지 않아도 될 것이기 때문이었다. 에밀리는 뒷면에 숫자를 적은 수백 개의 작은 조각들을 갖게 되고, 그것을 재조립할 수 있었다. 그리고 그것을 안전하게 가지고 다닐 방법이 필요했다. 언제나 손닿는 곳에 두기 위해. 에밀리는 다시 셔터를 눌렀다. 그녀는 목걸이가 좋겠다고 생각했다.

에밀리가 병원을 나왔다. 공기는 믿을 수 없을 정도로 상쾌했고, 그녀는 그것을 게걸스레 들이마셨다. 그녀는 걷기 시작했고,

이욱고 뛰었으며, 등에서 배낭이 달랑거렸다. 에밀리는 카메라를 움켜쥐고 있었다. 그녀는 멈춰 서서 카메라를 비닐봉지에 넣은 뒤 안전한 곳에 보관해야만 했다. 하지만 멈출 수가 없었다. 에밀리는 죽음이 감도는 거리들을 달렸고, 까마귀 한 마리가 까악거리자 그 새를 돌아보며 날카롭게 소리를 질렀다. 절로 콧노래가 흘러나왔다. 그녀는 은밀하게 움직여야만 했다. 조직에서 들을 수도 있었다. 에밀리는 딸꾹질을 하고 알아듣지 못할 말을 중얼거리며 달렸다. 한시라도 빨리 이 장소에서 멀리 떨어진 곳에 도착해 마음 놓고 승리의 환성을 지르고 싶었다.

예이츠는 총총걸음으로 맨션의 계단을 올라갔고, 집사들의 안내를 받았다. 계단 발치에 도착한 예이츠는 집사들이 사라졌다고 생각했지만, 계단을 올라가 보니 다른 집사들이 더 있었다. 첫 번째 집사는 그를 양쪽으로 활짝 열린 커다란 문으로 안내했고, 두 번째 집사는 마실 것을 원하는지 물었으며, 세 번째 집사는 그의 코트를 받아 주려고 했다. 이 모든 과정이 너무나도 매끄럽게 이루어졌기에, 예이츠는 자신이 물 위를 둥둥 떠내려간다는 느낌까지 들 지경이었다. 예이츠는 집사가 자신의 코트를 벗기도록 했다. 네 번째 집사는 틈이 보이자마자 잽싸게 다가와 겁도 없이 예이츠의 나비넥타이를 고쳐 주었다. 예이츠에게 음료를 가져온 집사는 겨우 한 걸음 앞에 서 있었다. 예이츠가 왼손을 뻗기만 하면 샴페인 잔을 집을 수 있었으나, 그는 이 집사를 알지 못했고, 세상 무슨 일이 있어도 그는 모르는 이가 주는 음료를 절대로 마시지 않았다.

「스페인 사람이 와 있군.」 엘리엇이 말했다. 그는 예이츠를 따라 계단을 올라왔고, 이제 집 안을 자세히 살피고 있었다. 마치 험한 바다를 헤치고 나아가는 뱃머리 주위의 물방울처럼 집사들이 엘리엇의 주위를 맴돌았다. 그가 턱시도를 입지 않았기 때문이다. 엘리엇은 갈색 양복에 베이지색 코트를 입었고, 만약 이 옷 말고 다른 것을 입은 엘리엇이 보고 싶다면, 예이츠는 엘리엇의 몸에서 이 옷들을 말 그대로 뜯어내야 했다. 물론 규칙이 있기는 했다. 조직은 시인의 지위에 비례해서 입을 수 있는 옷 가격의 상한선을 마련해 두었다. 그 이유는 막 졸업한 시인이 세상에 자신을 거역할 사람이 거의 없다는 사실을 깨닫고 터무니없이 비싼 옷을 입고 30만 달러짜리 차를 타고 다니며 세상의 주목을 끄는 것을 막기 위해서였다. 그리고 엄밀히 말하자면 그 규칙은 예이츠에게도 적용되었다. 엄밀하게 말해 예이츠가 걸친 모든 것의 가격은 지금 그가 신고 있는 신발의 절반 정도여야 했다. 하지만 예이츠는 규칙을 따르지 않았다. 그는 유혹에서 보호받아야 할 스무 살짜리 멍청이가 아니었기 때문이다. 예이츠는 지성이 있었기에 규칙을 문자 그대로 따르지 않고도 규칙의 의미를 존중할 수 있었다. 하지만 엘리엇은 달랐다. 엘리엇은 지난 세기의 양복을 입었고, 백화점에서 산 혐오감이 이는 구두를 신었으며, 주름진 코트를 걸쳤다. 엘리엇에 대해 가장 중요한 점은, 설사 목숨을 잃더라도 규칙을 깨지 않는다는 사실이었다.

「같이 들어가겠어?」 예이츠가 말했다. 「조언자들을 데려온 대표들도 있을 거야.」

「아니. 나는 제대로 옷을 갖춰 입지 않았어.」 엘리엇이 말했지만, 곧 예이츠가 자신을 진짜로 초대한 것이 아니라는 사실을 깨달았다.

「그러면 사무실에서 보도록 하지.」

「러시아인은 오지 않아. 난 그걸 말해 주러 온 거야.」

예이츠는 망설였다. 샴페인 잔을 들고 있던 집사가 기회를 틈타 예이츠 앞으로 다가왔지만, 그는 집사를 흘끗 봄으로써 감히 대화를 방해한 데 대해 지독히 부끄러워하게 만들었다.

「러시아인은 스피커폰으로 대화를 할 거야.」

「농담이겠지?」

엘리엇이 어깨를 으쓱해 보였다.「그쪽 사람들이 그렇게 말했어.」

「그렇군.」예이츠가 말했다. 그는 이 회의들을 신중히 준비했다. 예이츠는 가능한 모든 경우에 대비하려고 했다. 하지만 스피커폰? 러시아인은 구부러질까 봐 두려운 걸까? 스피커폰을 쓴다는 사실 자체가 자신이 두려워하며 또한 약하다는 사실을 이 집에 있는 모든 대표에게 목청껏 알리는 것과 다를 바 없다는 사실을 그 러시아인은 모르는 걸까? 웃기지도 않았다.

엘리엇은 가지 않고 그대로 남아 실내에 있는 드레스와 턱시도를 입은 사람들을 지켜보았다.「고마워.」예이츠가 말했다. 엘리엇은 고개를 끄덕이고는 계단을 내려가기 시작했다. 예이츠는 엘리엇이 계단을 하나씩 내려갈 때마다 자신과 저 신발들 사이가 멀어지는 것 같아 기분이 좋아졌다. 집사들이 어떻게든 그의 주의를 끌려고 몰려들었다. 예이츠는 그들을 쫓아 버리고 실내로 들어갔다.

문 바로 안쪽에는 폰 괴테가 있었다. 괴테는 자신을 둘러싼 고위직 인물들과 접대차 대화를 나누고 있었는데, 예이츠의 기억이 맞는다면 상원 의원 한 명, 하원 의원 두 명이 포함되어 있었다. 괴테는 독일인으로 키가 작고 코가 날카로웠으며, 뒤로 빗어 넘긴 머리는 검고 매끄러웠다. 또한 금테 안경을 쓰고 있었는데, 예이츠는 그게 단지 멋내기용이라고 확신했다. 발에는 갈색의 고급 밑창을 댄 신발을 신고 있었다. 괴테는 모인 사람들에게 양해를 구하고 예이츠에게 다가오더니, 두 손으로 예이츠의 두 손을 잡았다. 「*Guten Tag, mein Freund*(안녕하세요, 친구).」 예이츠가 말했고, 그 말을 들은 괴테는 구역질 난다는 듯이 얼굴을 구겼다. 「*Wie geht es Ihnen*(잘 지냈나요)*?*」

「계속 그러면 좀 불쾌할 것 같군요.」

「사과드립니다.」 예이츠가 말했다. 「제가 의욕만 가득했지 실제로 독일어 연습을 할 기회가 많이 없었습니다.」

「용서합니다.」 이 대화를 통해 예이츠는 괴테가 자신과 독일어로 말하고 싶어 하지 않는다는 것을 알게 되었다. 현명한 행동이었다. 모국어보다 외국어가 구부러짐에 저항하기 쉽기 때문이다. 하지만 같은 이유로 겁쟁이라는 증거도 되었다. 이 모임의 성격상, 예이츠는 기꺼이 이 상황을 받아들였다. 그는 여기에 누군가를 구부러뜨리러 온 것이 아니었다. 또한 그는 괴테가 영어로 자신을 괴롭힐 능력이 있을지 심히 의심스러웠다. 「정말 멋진 모임을 주선하셨습니다. 아주 훌륭하군요.」

「그런가요.」 예이츠가 말했다. 그가 이 모임을 주선한 것은 처음이었다. 탁자들에는 하얀 천이 드리워졌고, 강단에는 고상한 글씨체로 〈학식의 세계〉라고 적혀 있었다. 「최선을 다하는 것뿐입니다.」

「당신네 정치인들 가운데 한 명과 이야기를 했는데, 그 사람이 말하길, 당신네 정부는 아시아의 아이들에게 읽기를 가르치기 위해 수억 달러를 투자한다더군요.」

「최선을 다하는 것뿐입니다.」

「〈영어〉를 읽게 하려고요.」 괴테가 말했다.

「흐음.」 예이츠가 말했다. 「우리가 그 아이들에게 독일어를 가르칠 거라고 생각하는 건 아니시겠죠.」 예이츠는 키가 크고 피부가 구릿빛인 여인의 손을 잡았다. 그녀는 20초 전에 연회장 저편에서 예이츠와 시선을 마주치더니, 어뢰와 같은 속도로 곧장 그에게 돌진해 온 참이었다. 「로살리아, 와주셔서 참으로 기쁩니다.」

「윌리엄.」 여인이 말했다. 「맹세컨대, 당신은 나이를 거꾸로 먹는군요.」

「데 카스트로.」 괴테가 여인의 녹색 드레스를 위아래로 훑어보며 말했다. 여인이 가만히 서 있는다면 대담한 짓이 되고, 움직인다면 추문거리가 될 만한 행동이었다. 로살리아 데 카스트로는 손을 내밀었고, 괴테는 그 손에 키스를 했다. 「예이츠와 저는 세상에 영어를 퍼뜨리려는 그의 최신 계획에 대해 막 논의하던 참입니다.」

「세계 공통어가 있으면 조직에 이익이 될 거란 점은 잘 아시리라 믿어요.」

「물론입니다.」 괴테가 말했다. 「하지만 그 언어가 〈영어〉라니, 비통할 따름입니다.」

「그렇지 않을 거예요.」 데 카스트로가 말했다. 「그건 스페인어가 될 거예요. 영어는 언젠가부터 더는 사용 인구가 늘지 않고 있어요. 예이츠의 계획만으로 사용 인구가 늘어나게 되지는 않을 거랍니다.」 여인은 자신보다 한참 작은 괴테를 코밑으로 내려다보았다.「나는 자신이 쓰는 언어 인구가 줄어 가는 대표들이 이 일에 더 경각심을 품을 거라고 생각해요.」

「아하, 이제 시작이군요.」 괴테가 말했다.「독일어에 대한 전통적인 공격이죠.」

「솔직히, 나는 당신의 기개를 존경한답니다. 당신의 언어가 역사의 각주가 되는 걸 지켜보는 게 쉽지는 않겠지요.」

「그런 일은 없습니다.」

「비록 창피당하는 일에 익숙하실 것 같긴 하지만…….」 데 카스트로가 말했다.「그래도 독일어가 게르만어파에서는 두 번째로 많이 쓰이는 언어잖아요.」[6]

「자, 여러분, 애들처럼 굴지 말고 진정들 하십시오.」 예이츠가 말했다.

데 카스트로가 예이츠에게 몸을 돌렸다.「내가 제대로 들었나요? 푸시킨은 스피커폰으로 참석한다던데요?」

「그렇다더군요.」

「또 다른 러시아 대표가 필요 없으면 좋겠군요. 그 사람들은 너무 쉽사리 살해당해요. 알렉산드르가 정말 잘했는데.」

「언어 때문입니다.」 괴테가 말했다.「형태소가 너무 많아요. 본질적으로 취약하지요.」

「〈스피커폰〉을 쓴다고 더 나을 것도 없을 텐데. 그것을 쓰면 더 안전할 거라고 생각하다니, 참으로 터무니없네요.」 그녀는 〈터무니없네요〉라는 단어를 독일어인 〈*lächerlich*〉로 썼는데, 첫 번째 음절을 일부러 살짝 뭉개며 괴테의 반응을 살폈다. 예이

6 게르만어파 중 가장 많이 쓰이는 언어는 영어이다.

츠는 데 카스트로가 그 단어로 자그마한 언어 폭탄을 떨어뜨렸다고 추측했다. 모임 내내 이런 식일 터였다. 즉 대표들은 계속 상대방을 탐색하며 약점을 찾았다. 조직이 독립적인 단체들의 느슨한 연합이라는 사실에서 기인하는 피할 수 없는 부산물이었다. 대표들은 모두 지위가 같았다. 엄밀히 말해, 에이츠와 아랍의 알-자하위 또는 힌디-우르두의 바라텐두 하리슈찬드라는 서열의 차이가 없었다. 에이츠는 이것을 바꿀 계획이었다.

「푸시킨에게 다른 동기가 있다고 생각하는 쪽으로 하죠.」 에이츠가 말했다. 「그리고 괜한 상상으로 우리의 시간을 낭비하지 않는 게 좋겠습니다.」

「동의해요.」 데 카스트로가 말했다. 「말이 나와서 하는 말인데요, 윌리엄, 당신이 내 궁금증 하나를 좀 풀어 줬으면 해요. 날단어는 다시 찾아왔나요?」

허벅지에서 그의 전화기가 진동했다. 그것은 놀라운 일이었다. 그 전화번호를 아는 이라면 모두 지금은 전화를 걸어서는 안 되는 때라는 사실을 알았기 때문이다. 「슬프게도, 아니요.」

「정말 실망이네요.」 데 카스트로가 말했다. 「그리고 동시에 말도 안 되는 소리고요. 다른 사람도 아닌 윌리엄 당신이 근 1년이나 날단어를 브로큰힐에 고이 놓아뒀다니, 그걸 우리 중 누가 믿겠어요.」

「그런 건 믿는 게 더 이상한 겁니다.」 괴테가 말했다.

「뭘 기꺼이 믿게 될지는 회의에서 토의할 수 있습니다.」 에이츠가 말했다. 「곧 시작될 회의에서요.」

데 카스트로는 실내를 힐끗 둘러보았다. 「다른 대표들이 아직 당신에게 다가오지 않는 데는 이유가 있어요. 푸시킨이 오지 않은 것도 같은 이유일 것 같군요.」 여인이 예이츠에게 시선을 고정했다. 「우리를 구부러뜨릴 계획인가요?」

「말도 안 되는 소리입니다.」 예이츠가 말했다.

데 카스트로는 예이츠를 지켜보았다. 괴테가 말했다. 「당신이 그걸 되찾으려고 노력해 왔다는 건 부인할 수 없는 사실입니다. 하지만 시간이 흐르면 흐를수록, 그 〈노력〉이 그저 〈겉치레〉만은 아닌지 의심이 드는 것은 어쩔 수가 없군요.」

「제게는 날단어가 없습니다.」 예이츠가 말했다. 「이미 여러분은 그 증거를 보고 있습니다. 그게 있다면 이미 그걸 사용했지, 이런 소리나 듣고 있지 않았을 겁니다.」 그의 전화기가 다시 진동했다. 「실례하겠습니다.」

예이츠는 몸을 돌려 바지에서 전화기를 꺼낸 뒤 화면을 힐끗 본 다음 다시 주머니에 넣었다. 그는 먼 산을 바라보며 화면의 내용을 곱씹었다. 〈24에서 관심 대상 665006 목격 3+1@95.65.〉

그 메시지는 예이츠가 관심 대상으로 지정한 사람이 광대한 감시 시스템 가운데 하나에 걸렸을 때 자동으로 그에게 발송되는 것이었다. 하지만 이 시스템이 완벽히 작동하는 것은 아니었기에, 컴퓨터에 충분히 자료가 쌓여서 어느 정도의 신뢰 수준 이상이 되어야만 메시지가 왔다. 지금의 경우 컴퓨터는 지난 24시간 동안 세 번, 그 이전에 한 번 그가 지정한 관심 대상을 목격했다고 그에게 알려 왔다. 이는 감시 시스템이 잡아낸 이가 95퍼센트의 정확도로 관심 대상 665006이라는 뜻이었다. 예이츠는 그 번호가 버지니아 울프임을 기억해 냈다.

예이츠는 괴테와 데 카스트로에게 돌아왔다. 「솔직히…….」 마치 잠시도 대화가 끊긴 적이 없었다는 듯 데 카스트로가 말했다.「그토록 중대한 문제가 아직 미해결 상태인데, 여기 앉아 디지털을 통한 상호 연결성이나 소셜 미디어에 대해 토론하는 게 무슨 의미가 있는지 잘 모르겠군요.」

「그건 해결되었습니다.」 예이츠가 말했다.「달리 뭐라 말씀드릴 수 있을지 모르겠군요.」 그때 갑작스레 이 순간, 이 모임이 있는 때에 울프가 목격되었다는 점이 예이츠는 굉장히 수상하게 느껴졌다. 그는 어떤 대표가 이 일을 꾸몄을까 생각했다.

「버지니아 울프가 지금 있는 곳을 말해 줘도 되지요.」 데 카스트로가 말했다.「그것 역시 마음에 걸리거든요.」

「조사를 해봤습니다만 찾을 수 없었습니다. 죽은 것 같습니다.」

괴테가 데 카스트로를 보았다.「모른다는 뜻이군요.」

「윌리엄, 나도 듣는 게 있어요.」 데 카스트로가 말했다.「당신 조직 사람들에게서요. 물론 당신도 내 조직 사람들에게서 이런 저런 정보를 듣는다는 데는 의심의 여지가 없지요. 그리고 아주 충격적인 소식이 들려왔어요. 내용인즉, 버지니아 울프가 날단어를 훔쳐 브로큰힐로 간 것이 당신 설명처럼 젊은이의 욱하는 혈기로 저지른 짓이 아니라, 단어가 얼마나 강력한지 실험하기 위한 당신의 명령에 따른 거였단 것이지요. 현재 브로큰힐의 인구수가 0이라는 사실로 보아, 그 실험은 성공적이었다는 게 확실히 증명되었고요. 이건 그 자체만으로도 심란해요, 윌리엄, 우리가 당신을 최고로 치는 만큼, 방어책이 없는 설득의 수단을 당신이 갖게 되면 우린 모두 약화되니까요. 하지만 그 소식에서 가장 심란했던 부분은 버지니아 울프가 당신의 요원으로서 저 밖 어딘가에 있고, 당신이 시킨 일을 수행하고 있을 거란 생각이었죠. 당신의 목적이 무엇일지 나로선 상상도 안 가네요. 그리고 그 때문에 마음이 가장 뒤숭숭해요.」

데 카스트로가 말하는 내내 예이츠의 전화기가 계속해서 진동했다. 예이츠는 이 모임이 있는 동안 울프가 목격되었다는 우연의 일치가 대표들 중 한 명의 계략이 아닐 수도 있다는 껄끄러운 의심이 들었다. 어쩌면 정말로 울프가 꾸민 일일 수도 있었다.

「우리를 믿고 얘기해 주시죠.」 괴테가 말했다. 「우리는 당신 편입니다, 윌리엄.」

「제게는 그 단어가 없습니다.」 예이츠가 말했다. 「그리고 버지니아 울프는 죽었습니다. 자, 정말 죄송하지만 저는 결국 이 회의에 참석할 수가 없겠습니다. 미룰 수 없는 일이 생겼거든요.」

예이츠는 헬기를 타고 도시를 가로질러 D.C. 사무실의 착륙장에 내렸다. 이러는 과정에서 13분이 걸렸다. 그동안 그는 전화로 사람들을 배치하려고 애썼다. 하지만 몇 초마다 전화기에 메시지가 도착했고, 매번 화면을 건드려 그 메시지를 꺼야 했기 때문에 통화를 하기란 거의 불가능했고, 건물이 보일 즈음 예이츠는 전화기를 쓰기 위해 화면을 건드리는 데 거의 모든 시간을 소모하고 있었다. 컴퓨터로 들어오는 메시지가 너무 많아 그에 대한 응답을 할 수 없을 정도로 바빠지면 그걸 서비스 거부 공격, DoS 공격이라고 부른다. 예이츠는 DoS 공격을 당하고 있었다. 마침내 포기한 그가 전화기를 치웠다.

헬기에서 내린 예이츠는 엘리베이터를 탈까 생각했지만, 만약을 대비해 계단을 선택했다. 계단 한 줄을 내려간 뒤 그는 은

은한 조명 아래로 들어섰다. 그의 비서가 의자에서 일어나며 전할 말이 잔뜩 있다는 표정으로 입을 열었다. 「지금은 말고. 고마워, 프랜시스.」 예이츠는 이렇게 말한 다음 자기 사무실로 들어가 양 여닫이문을 닫았다. 그가 들어서자 사무실 조명이 켜졌다. 이번 달 그의 사무실은 18세기 일본이 주제로, 한지를 바른 병풍과 낮고 단순한 가구들로 장식되어 있었다. 책상 뒤 벽에는 조명 아래에 일본도가 걸려 있었다. 예이츠가 이 주제를 고른 것은 아니었다. 개인적 취향을 드러내지 않기 위해 사무실 인테리어는 정기적으로 무작위로 바뀌었다. 예이츠는 책상 뒤 의자에 앉았고, 키보드를 툭툭 쳐서 컴퓨터 모니터들을 깨웠다.

그의 전임자는 컴퓨터를 쓰지 않았다. 당시 사람들은 컴퓨터를 비서들이나 쓰는 물건이라고 여겼다. 지금으로선 믿기 힘든 이야기였다. 모니터 스크린들은 빨간 사각형으로 가득했다. 이제 컴퓨터에 정해 둔 설정치가 넘었기에, 컴퓨터는 며칠 전에 목격한 증거들을 토해 내고 있었다. 심지어 그중에는 좀 더 최근의 데이터를 기반으로 신빙성이 더해진 몇 주 전의 증거들도 있었다. 이스탄불의 한 호텔에서는 목소리가 녹음되었다. 밴쿠버에서는 인상착의가 일치하는 여자가 있었다. 예이츠는 사진을 살폈다. 선글라스와 모자. 전혀 알아볼 수 없었지만, 컴퓨터는 광대뼈가 비슷하다고 알려 주었다. 택시의 보안 카메라에 찍힌 입자가 거칠고 채도가 낮은 사진도 있었다. 컴퓨터가 예측한 울프의 경로와 일치하는 곳에서 찍힌 것이었다. 장소는 시애틀, 어제였다. 경보 메시지들은 계속해서 다음 메시지에 밀리며 이동했지만, 예이츠는 어찌어찌 최근의 메시지를 열 수 있었다. 그것은 이 건물 보안 시스템에서 온 것이었다. 신뢰 구간은 99퍼센트였다. 바로 지금, 울프는 밖에 있었다.

그의 사무실에는 발코니가 있었다. 예이츠는 밖에 나가 난간 너머로 혹시 울프가 보이는지 살펴보고 싶은 마음이 살짝 들었다. 하지만 그것은 위험했다. 그것이야말로 울프가 바라는 행동이리라. 저격당할 수도 있었다. 사실, 비록 예이츠가 울프를 간파했다고 생각하더라도, 울프는 지난 1년간 사라진 상태였고, 따라서 그녀가 어떻게 바뀌었을지는 가늠할 수 없었다.

그의 전화기가 울렸다. 그는 흥분되는 것을 느꼈고, 그것이 가시길 기다렸다. 「왜?」

「정말 죄송합니다만, 많은 사람들이 예이츠 님과 대화를 하고 싶어 합니다. 그리고 모두가 아주 중요한 문제라고 합니다.」

「그중에 프로스트도 있어?」 프로스트는 건물 보안을 맡고 있었다. 예이츠는 헬리콥터에서 전화기가 알림을 보내오는 틈틈이 그와 대화를 나누었고, 그에게 오래전부터 계획해 둔 중요한 명령들을 수행하라고 지시했다. 그 명령에 따라 프로스트는 고립 환경 요원들, 즉 컴퓨터로 걸러진 화면으로만 세상을 볼 수 있고 해가 없는 단어들만 들을 수 있는, 검은 장갑복 차림에 총을 든 남녀들로 로비를 채울 터였다. 이런 장비들로는 브로큰힐에서 단어를 회수할 수 없다는 것이 증명되었다. 그곳에 파견된 팀은 꽤 끔찍하게 서로를 죽였다. 하지만 그것은 아무 의미도 없었다. 그렇게 되도록 예이츠가 미리 계획해 둔 것이었기 때문이다. 그는 이 요원들이 울프를 막을 수 있으리라고 꽤 강하게 확신했다.

「아니요, 프로스트에게서는 아무 연락이 없었습니다.」

「프로스트와 이야기를 하겠어.」 예이츠가 말했다. 「다른 사람은 말고.」 그는 스피커를 껐다. 빨간 사각형이 계속해서 그의 화면들 아래쪽으로 미끄러져 내려왔다. 〈로비〉라는 단어가 화면에 나타났다. 그는 의자에 등을 기댔다.

즉 울프는 건물로 들어왔다. 만약 예이츠가 지시한 대로 모든 것이 진행되었다면, 울프는 지금쯤 손은 나일론 줄로 묶이고 입에는 테이프가 붙여진 채 바닥에 엎드려 있을 것이었다. 그리고 요원들은 그녀를 들어 올려 창문이 없는 독방에 넣었을 것이고, 프로스트가 그에게 연락했을 것이다.

예이츠는 깍지를 끼고 기다렸다. 새로운 빨간 사각형이 화면 위쪽으로 올라왔다. 〈관심 인물로 보이는 자 출현: 버지니아 울프, 2층.〉 그는 이 메시지를 잠시 바라보면서, 대체 무슨 일이 벌어지면 보안 팀이 울프를 바닥에 눕혀 놓는 대신 위층으로 데리고 올라오는지 상상해 보았다. 그는 스피커 버튼에 손을 뻗었다. 그가 귀에 핸드셋을 꽂았을 즈음, 새로운 메시지가 도착했다. 〈3층〉. 메시지가 오는 데 시간 지연이 있었나? 몇 초 정도? 전에는 전혀 문제가 없었다.

「프랜시스, 이 층 전체를 봉쇄해 주겠어?」

「네, 알겠습니다.」

「그리고 프로스트와 연결해 줘.」

「바로 하겠습니다.」

모니터가 꺼졌다. 조명이 꺼졌다. 봉쇄 효과의 일부였다. 걱정할 일은 아무것도 없었다. 예이츠는 기다렸다. 호흡이 차분해졌다. 그는 아무 감정도 느끼지 않았다. 몇 분이 지났다. 조명이 다시 들어왔다.

그는 스피커 버튼을 눌렀다. 「프랜시스, 왜 봉쇄가 해제된 거지?」

「모르겠습니다. 지금 이유를 알아보는 중입니다.」

배경으로 들리는 소음. 꽤 컸다. 예이츠는 문을 통해 전달되는 낮은 울림을 거의 느낄 수 있을 정도였다. 「거기 누구지?」

「그게…… 어떻게 오셨죠? 뭘 도와드릴까요?」

어떤 여자 목소리가 들렸다. 소리가 불분명했다. 예이츠는 누구 목소리인지 분간이 되지 않았다. 찰깍하고 전화가 끊겼다. 그는 천천히 수화기를 내려놓았다.

울프가 공격 능력을 타고났다는 것은 애초부터 알고 있었다. 만약 울프가 프로스트나 군인들에게 잡혔다면 예이츠는 실망했을 것이다. 자신의 능력을 시험할 기회를 놓치는 셈이었으니 말이다. 물론, 울프가 이 방으로 걸어 들어와 그를 없앨 확률도 있었다. 그것은 좀 문제였다.

이런 것들은 감정이었다. 그는 감정이 필요 없었다. 예이츠에게 중요한 것은 이기는가, 지는가뿐이었다.

예이츠는 숨을 고르고 기도하기 시작했다. 〈오, 신이시여, 저와 함께하시며 제 손을 인도하소서. 제가 이 하찮은 육체를 넘어 당신의 성스러운 힘이 되게 하소서.〉 온기가 그의 몸에 퍼졌다. 그가 신과 맺은 관계는 그에게 가장 강력한 자원이었다. 그로 인해 그는 지금의 그가 될 수 있었다. 전도양양하던 수많은 동료들이 유혹 때문에 쓰러지고 말았다. 그들은 생리학적 욕구는 잘 처리했다. 먹고 숨 쉬고 규칙적으로 섹스를 하며, 그런 욕구들을 늘 제대로 통제했다. 하지만 사회적 욕구, 사랑하고 귀속되고, 사랑받기를 원하는 인간의 기본적 욕망은 그저 억누르는 수밖에 없었다. 그 욕망을 안전하게 추구할 방법이 없었기 때문이다.

그리고 그런 것들이 욕구라고 불리는 데는 이유가 있었다. 인간이라는 동물은 생물학적 수준에서 끊임없이 친밀함을 원했다. 예이츠는 이런 친밀함 때문에 전도양양한 사람들이 망가지는 것을 많이 보아 왔다. 창녀에게 참회하는 남자들, 아이들에게서 눈을 떼지 못하는 여자들. 그런 작은 배반들로 인해 정신 상태가 해이해졌다. 그 역시 몇 번 그런 경험이 있었다.

예이츠는 초창기에 그런 욕구들을 참기 위해 몹시 고생했다. 이제는 살짝 흥미로워 보일 뿐이었다. 유치했다. 하지만 그는 외로움을 기억했다. 여자가 그를 향해 웃어 보일 때 그의 몸이 보이던 반응, 그로 인해 불쑥 솟아오르던 그녀와 함께하고 싶은 욕망. 단지 육체적인 것이 아니라 그 이상의, 비밀을 털어놓고 이해받고 싶은 욕망이었다. 하마터면 굴복할 뻔했다. 그러다가 그는 신을 발견했다.

그것은 무척이나 경악스러운 일이었다. 시인이 종교에 굴복하다니! 그는 자신의 감정에 큰 충격을 받았다. 하지만 그 감정은 부인할 수 없었고, 매주 커져 갔다. 그는 더 이상 자신이 혼자라고 생각하지 않았다. 그는 모든 것에서, 빙글빙글 돌며 떨어지는 나뭇잎에서도, 우연히 시간 맞춰 도착하는 엘리베이터에서도 신성한 존재를 보았다. 때로 예이츠는 자신이 하는 일의 무미건조함이 숨 막히다고 느꼈고, 그때마다 신이 마치 살아 있는 사람처럼 자신의 옆에 있다고 느꼈다. 신은 그와 함께 있었다. 신은 그를 사랑했다. 어처구니없었지만 사실이었다.

물론, 그것은 종양 때문이었다. 깨달음의 감정과 연관된 부분에서 생기는 희소돌기아교세포종이라는 암이었다. 그것이 불러일으키는 감정은 전기 자극을 통해 재생할 수 있었다. 의사는 예이츠에게 흑백 스캔 이미지를 보여 주며, 그게 치명적이지는 않지만 계속 커질 것이기에 제거해야 한다고 말했다. 시간이 흐를수록 예이츠는 그 종양 때문에 점점 다른 사람이 될 것이다. 그의 두뇌는 신에게 먹혀 가고 있었다.

예이츠는 가뿐한 마음으로 병원을 나섰다. 그는 종양을 제거할 마음이 없었다. 그 종양은 그의 고민, 즉 친밀함을 원하는 육체의 욕구를 해결할 완벽한 방법이었다. 그는 물론 망상을 하는 중이었다. 사랑으로 그를 채워 주고, 삼라만상과 그를 연결해 주는 고귀한 존재 따위는 없었다. 단지 그렇게 느꼈을 뿐이었다. 하지만 상관없었다. 그것은 이상적이었다. 어차피 예이츠가 자신의 머리 밖에 있는 신을 믿을 일은 절대 없었다.

문이 열리고 어떤 여자가 들어왔다. 그녀는 바닥까지 닿는 기다란 하얀색 코트를 입고 있었다. 코트 가장자리는 액체가 튀어 시커메져 있었다. 아마도 진흙이나 먼지, 또는 프로스트일 듯했다. 손에는 흰 장갑을 끼고 있었다. 그리고 목걸이. 목걸이에 꿰인 뭔가가 몸을 뒤틀었고, 살짝 보는 것만으로도 속이 울렁거렸다. 예이츠는 두 눈을 감았다. 그는 횡격막을 이용해 가장 강력한 목소리를 냈다. 「**바르틱스 벨코르 마니크 위시크**! 움직이지 마.」

침묵. 「우와…….」 울프가 말했다. 「그거 따끔한걸.」

그는 책상 서랍 쪽으로 손을 더듬었다.

「인정할게, 예이츠. 나는 네가 그 단어를 말할 거라 생각해서 오랫동안 준비했어. 그런데도 여전히 그 효과를 느낄 수 있네.」

예이츠는 서랍을 열었다. 손가락들이 총에 닿았다. 그는 총을 들어 올려 방아쇠를 당겼다. 그는 탄창이 빌 때까지 계속 총을 쏘았다. 이윽고 그는 총을 카펫에 떨어뜨리고 귀를 기울였다.

「아직 여기 있는걸.」

그의 뒤쪽 벽에는 칼이 있었다. 3백 년 된 칼이지만 여전히 벨 수 있었다. 그는 검술 훈련을 받은 적이 없었다. 하지만 울프가 충분히 가까이 있다면 그것은 문제가 되지 않았다. 그녀는 칼이 장식용이라고 생각하고 방심하다가 당할 것이다.

「난 널 죽이러 여기 왔어.」 울프가 말했다. 「혹시나 다르게 생각할까 봐 말해 주는 거야.」

예이츠는 숨을 골랐다. 그는 흥분을 가라앉힐 시간이 조금 필요했다. 「에밀리.」

「울프.」 그녀가 말했다. 「지금은 울프야.」

흥미로웠다. 그녀가 범주를 바꾼 건가? 가능했다. 울프는 단지 자신의 방어력을 증가시켰을 뿐 아니라, 자신의 기본 성격에서 핵심 부분을 바꿨을 수 있다. 연습을 통해 그렇게 할 수 있었다. 그런 경우 울프는 다른 단어들에 취약할 터였다. 그랬다. 울프는 자신이 브로큰힐에서 한 행동을 잊기 위해 이전의 자신을 버렸을 것이다. 그는 울프가 어떤 존재가 되었는지 알아낼 필요가 있었다. 「여기에는 어떻게 왔지?」

「걸어서. 대부분은.」

「로비에 보안 요원들이 상당히 많이 있었을 텐데.」

「고글을 쓴 사람들? 맞아. 그자들은 차폐가 되어 있는 거지, 그렇지? 구부러지지 않도록 걸러서 듣고 보고.」

「그래. 그런데 어떻게?」

「그자들은 차폐되어 있었지. 하지만 프로스트는 아니었어.」

「아하.」 예이츠가 말했다. 「그래서 고글을 쓴 요원들은 아예 없었군.」
「맞아.」
보지 않으면서 상대를 읽는 것은 어려웠다. 시각적 단서는 무척이나 중요했다. 하지만 그것 없이도 해낼 수 있었다. 그는 할 수 있었다. 중요한 것은 울프에게 계속 말을 시키는 것이었다.
「내가 너에게 해를 끼쳤다고 생각하겠지?」
「그렇다고 할 수 있지.」
「흠.」 그가 말했다. 「사과하는 척해서 우리의 품위를 손상시키고 싶지는 않아. 하지만 나를 죽인다고 해서 너에게 득이 될게 전혀 없다는 걸 알려 주고 싶은데.」
「사실, 그 점에 대해서 나는 동의하지 않아. 내 말은, 나도 그 점을 생각해 봤다는 거야. 여기에 단어를 가지고 와서, 너를 앞잡이로 내가 조직을 운영해 볼까 생각해 봤어. 그러면 흥미롭겠지. 그리고 너를 평생 내 종으로 바꾼다는 생각에 무척이나 끌렸다는 걸 부인하지는 않겠어. 하지만 그건 선택 사항에 없어. 왜냐, 내게는 자그마한 문제가 하나 있거든. 네가 그 살인 명령을 수행하라며 나를 브로큰힐에 보냈을 때 생긴 문제야. 나는 그걸 보고 말았거든. 거울에 비친 걸로. 나를 구부러뜨릴 정도로 강력한 상은 아니었어. 완벽하지 않았어. 거울에 비쳐 뒤집힌 거니까. 그리고 뚜렷하지도 않았고. 하지만 그것의 일부는 그 상에 담겨 있었다고 생각해. 나는 그걸 〈나의 별〉이라고 부르지. 그런 느낌이거든. 내 눈에 있는 별. 아주 좋은 느낌은 아니야, 에이츠. 그건 내가 나쁜 행동을 하길 원하거든. 하지만 나는 그걸 통제하는 방법을 알아냈어. 너를 죽이는 일에 집중하기만 하면 돼. 그렇게만 하면, 그 별은 그렇게 나쁘지 않아. 다른 사람을 해쳐야 할 필요를 느끼지 않아. 이런 점 때문에, 네가 죽는 건 협상 불가라는 걸 알아줬으면 해.」

예이츠는 그 주장에 매료되었다. 그것은 그가 알지 못했던 부분이었다.「그러고는?」

「무슨 말이야?」

「네가 날 죽였어. 그러고는?」

「그건 네가 알 바 아니지.」

「그렇지.」그가 말했다.「좋아. 그건 나중에 이야기하기로 해.」

「하지만 나중이란 없어, 예이츠. 너에게는 말이야.」

「으음.」그는 울프의 범주를 여남은 개 정도로 좁혔다. 그는 그 모든 범주의 단어들을 마구 말해 볼까 하는 유혹을 살짝 느꼈다. 15초 정도면 다 할 수 있었다. 하지만 그것은 최후의 수단이었다. 그렇게 했다가는 울프가 어떤 식으로든 즉각 반응할 터였다. 예이츠는 그 방법을 보류하고 울프에 대해 좀 더 알아내기로 했다.「그러기 전에 너에게 고백할 게 있어.」

「아하?」 예이츠는 울프의 코트가 카펫에 끌리는 소리를 들었다.

「넌 나 때문에 여기에 왔지. 이 모든 건 다 내가 계획한 거야. 사실 이 계획에서 가장 어려웠던 부분은, 내가 왜 날단어를 브로큰힐에 그토록 오래 방치하는지 핑계를 찾는 거였어. 솔직히 말해, 난 네가 더 빨리 움직일 거라고 기대했어. 점점 변명하기가 어려워졌거든. 하지만 이제 네가 왔지. 계획대로 복수심에 가득 차서, 그 단어를 가지고 말이야.」

「정말?」 울프가 말했다.「내가 서 있는 곳에서 보니 그 계획이 아주 엉망으로 보인다는 걸 알려 줘야겠는걸.」

「브로큰힐이 파괴되던 당시 난 그곳에 갔었고, 나도 모르게 감정이 동요되더군. 욕망을 느꼈지. 그리고 날단어의 위험성을 깨달았어. 그것은 나를 타락시킬 수도 있었어. 그것은 언제나 그랬듯이 과분한 권력이 되어 조만간 나를 파멸로 이끌 수 있었지. 그런데 나는 잠시 위대해지고자 내 삶을 낭비할 마음이 없어. 너에게서 그 단어를 빼앗으면 나는 그걸로 이 세상에 절대로 지워지지 않는 표시를 남길 거야.」

「터무니없는 소리를 지껄이는군, 예이츠.」

그는 살짝 어깨를 으쓱해 보였다.「아마도 내 동기를 이해할 정도의 지능이 안 되는 것 같군. 하지만 단어들을 쓰지 않아도 나는 널 내 뜻대로 움직일 수 있다는 걸 알아줬으면 싶어. 단어들을 쓰든 말든 너는 내 꼭두각시야. 거기에 서 있는 건 네가 원해서가 아니라 내가 그렇게 되길 원했기 때문이야. 네 손에 들린 날단어의 힘을 이겨 냄으로써 나는 내가 그 단어를 쓸 준비가 되었다는 걸 증명할 거니까.」

「어이, 난 너를 죽일 거야.」 울프가 말했다.「난 네가 준비해 둔 모든 방어벽을 뚫고 왔어. 그 점에 대해서는 의심의 여지가 없을 텐데.」

예이츠가 의자에서 일어나 두 팔을 벌렸다. 그는 심호흡을 했지만, 울프는 그것을 알아차리지 못했다. 77. 예이츠는 확신했다. 77은 220에 공포심과 자기 의심이 더 많이 더해진 범주였다. 흥미롭게도 둘은 종종 가족 간에 함께 있는 범주였다. 큰아이는 220이고, 동생은 77인 경우가 흔했다. 울프가 220에서 77로 바뀌었다면 그럴 법했다.「자, 나 여기 있어.」 예이츠가 말했다.「죽여.」

울프가 다가오는 소리가 들렸다. 그의 책상 맞은편에는 널찍한 의자가 두 개 있었고, 덕분에 울프가 있을 공간은 상대적으로 작았다. 그가 재빨리 움직인다면 칼로 두 동강 낼 만큼 가까운 거리였다.

「내가 이걸 얼마나 원하는지 너는 모를 거야, 예이츠. 그렇게 말하는 게 나쁘다는 건 나도 알아. 〈원하다〉라고 표현하는 거 말이야. 하지만 난 그래. 나는 정말로 이걸 원해.」

그는 울프의 숨소리를 들을 수 있었다. 이제 아주 가까이 있었다. 아마도 책상 너머로 손을 뻗으면 울프를 만질 수도 있을 듯했다. 그는 허파에 공기를 가득 채우고 울프를 자기 것으로 만들 단어를 말할 준비를 했다.

「어이.」 울프가 말했다. 「그 단어가 뭐지? 일본인들이 뭔가 큰 잘못을 했을 때 속죄의 의미로 배를 가르는 거. 혹시 알아? 스스로 내장을 꺼내는 거. 그걸 뭐라고 부르지?」

그는 대답하지 않았다.

「할복.」 울프가 말했다. 「그것인 거 같네.」

예이츠의 마음에 의심이 스며들었다. 울프는 77이야, 맞지?

「나는 이걸 오랫동안 계획해 왔어, 예이츠. 그걸 고려해야 할 거야.」

예이츠는 고려했다. 「**킨날 포르세트 할라신 아이델**!」 예이츠가 돌아섰다. 그의 두 손이 나무를 잡았다. 그는 칼집에서 칼을 뽑았다. 「비명을 질러!」 그녀의 위치를 알기 위해서였다. 울프를 정확히 분석했다는 증거를 얻기 위해서였다. 그는 책상 너머로 돌진하며 수평으로 칼을 휘둘렀다. 하지만 칼은 공기만 갈랐을 뿐이고, 그는 균형을 잃었다.

「비슷하지도 않아.」문 근처 어딘가에서 울프가 말했다.

그는 몸의 균형을 잡고 칼을 들어 올렸다. 정말 멍청했어. 예이츠는 자신에게 실망했다. 울프가 이름에 대해 한 말은 모두 헛소리였다. 〈지금은 울프야〉라니. 그런 터무니없는 헛소리를 예이츠는 믿었다. 당연히 그녀는 에밀리였다. 그녀는 언제나 그랬을 것이리라.

그는 칼날이 땅과 수평이 되게 잡고 언제든 휘두를 준비를 하며 책상을 돌아 그녀의 목소리가 들리는 곳을 향해 갔다. 그는 무슨 소리를 들었다고 생각했고, 무턱대고 찔러 보았다. 그리고 천천히 반 바퀴를 돌았다.

「이쪽이야.」울프가 복도에서 말했다.

예이츠는 문이라고 생각되는 쪽으로 방향을 잡았다. 복도에서는 낯선 속삭임들이 들렸다. 환기구인가? 그는 포위되었다는 느낌이 들었다. 그녀는 예이츠에 대해 여러 가지 계획을 세워 둔 게 분명해 보였다.

「여기 있는 사람들은 네 부하들이야.」앞쪽에서 그녀의 목소리가 들렸다.「그냥 알아 두라고.」

예이츠는 두 걸음을 내디뎠고, 의자에 걸려 비틀거렸다. 그는 오른쪽 신발 앞꿈치가 영원히 자국이 남을 정도로 접히는 것을 느꼈고, 마음이 아팠다.

「자, 네게 제안할 게 있어, 예이츠. 눈을 뜨고 내가 목에 건 걸 본 뒤 할복하라는 내 명령에 따르는 거야. 이렇게 하면 너만 죽으면 돼. 또는 내가 네 부하들을 너에게 보내는 동안 거기에 서서 그 과하게 큰 버터나이프를 마구 휘두르든가. 어떻게 할래?」

예이츠는 그녀에게 달려들었다. 누군가가 그의 두 팔을 잡았다. 예이츠는 자신에게 달려드는 이를 칼로 베었고, 헐떡이는 소리가 들리며 손들이 물러났다. 그는 다시 칼을 앞으로 내밀었고, 뭔가를 찔렀다는 느낌을 받았다. 칼에 무게감이 실렸고, 그는 놓치기 전에 칼을 거둬들였다. 뭔가가 카펫 위로 무겁게 쓰러졌다.

「축하해.」 울프가 말했다. 「방금 넌 네 비서를 죽였어.」

예이츠는 헐떡이며 울프의 목소리가 들리는 곳으로 몸을 돌렸다. 복도는 사람들로 가득했다. 그는 사람들의 존재를 느낄 수 있었다. 그들은 조용히 서서 예이츠가 다가오길 기다렸다. 울프를 잡기 위해서는 이 사람들을 모두 죽여야 할 판이었다.

「하긴 뭐, 놀랍지도 않네.」 울프가 말했다. 「내가 무슨 기대를 했는지 모르겠어.」

그녀는 여전히 220이었다. 그녀는 방어를 연습했다. 하지만 예이츠는 그것을 뚫을 방법을 찾을 수 있을 것이었다. 언제나 방법이 있었다. 숨겨진 욕망이라든가 감추고 싶은 부끄러움. 그게 있으면 예이츠는 울프의 방어를 해제할 수 있었다.

예이츠는 칼끝으로 허공을 더듬었다. 「너는 결코 우리의 일원이 될 수 없었어. 엘리엇은 네가 혼자서 자제력을 키울 수 있다고 생각했지. 하지만 터무니없는 생각이었어. 사람은 자기 그릇 이상으로 배울 수 없는 법이니까.」

「글쎄. 어쩌면 네가 그냥 그 방면으로 내게 그리 큰 점수를 주지 않은 게 아닐까 싶은데.」

예이츠는 그녀의 목소리가 들리는 쪽으로 몸을 돌렸다. 「정말로 네 마음을 내게서 숨길 수 있다고 생각하는 거야?」 그는 칼을 휘둘렀다. 칼끝이 뭔가에 스치자 그는 앞으로 내닫으며 미끄러졌고, 칼에 뭔가가 닿자 힘껏 찔렀다.

「이크.」 에밀리가 말했다. 「그건 프로스트였어.」

어쩌면 그녀는 폭력에 흔들렸을 수도 있었다. 「**바르틱스 벨코르 마니크 위시크**! 비명을 질러!」

잠시 정적. 비명은 들리지 않았다. 「즉 너는 내가 정말은 바뀌지 않은 걸 알아냈군. 축하해. 도움은 되지 않겠지만.」

「나는 사실상 네 감정을 느낄 수 있어.」 예이츠가 말했다. 「넌 네 감정을 사방으로 발산하고 있지. 말해 봐, 에밀리. 넌 왜 내가 죽는 걸 그토록 원하지?」

「명확하지 않아?」

「내가 볼 땐, 넌 날 비난해야만 하기 때문이야. 너는 네가 브로큰힐에서 한 행동이 내 잘못이라고 믿고 싶지.」

「네 잘못이었어.」

「하지만 네 마음 한쪽에서는 진실을 알아. 네가 더 열심히 노력했다면, 그걸 멈출 수 있었다는 걸 말이지.」

「젠장, 예이츠. 네가 끈질긴 것 하나는 인정하겠어. 하지만 이런 말이나 듣자고 여기에 온 게 아니야. 나는 네가 자진해서 사과하게 할 참이었지만, 이젠 맘을 바꿨어. 눈떠, 이 새끼야.」

「넌 달리 방법이 없었다고 네 자신에게 말하지만, 그걸 믿지 않잖아. 그래서 내가 죽기를 바라는 거고. 넌 너의 일부분을 죽이고 싶어 하는 거야.」

「저자를 붙잡아.」 울프가 말했다. 예이츠는 울프가 누구에게 말하는지 알지 못했다. 「바닥에 눕혀서 꼼짝 못 하게 해. 눈을 뜨게 해.」

예이츠는 칼을 들어 올렸다. 「아카데미에서 그 소년을 죽인 게 누구였지? 그게 나였나? 그 아이는 너를 사랑했다는 실수로 인해 자기 목숨을 바쳐야 했던 첫 번째 인물이었지. 하지만 그 아이가 끝이 아니었어.」 손들이 그를 움켜잡았다. 그는 칼로 그 손들을 떨쳐 냈다.「내가 널 살인자로 만든 건가, 아니면 넌 원래부터 살인자였나?」

「닥쳐!」

「**바르틱스 벨코르 마니크 위시크**! 넌 네 연인을 죽였어! 비명을 질러!」 손들이 그를 잡았다.「**바르틱스 벨코르 마니크 위시크**! 너는 벌을 받아 마땅해, 너는 네가 한 짓으로 죽어 마땅해! **바르틱스 벨코르 마니크 위시크**! 비명을 질러, 이 사악한 년아!」

몸들이 그를 눌러 바닥에 눕혔다. 손가락들이 그의 얼굴을 더듬었다. 그 위로 가느다란 소리가 들렸다. 증기가 빠져나가듯 날카로운 통곡 소리였다.

「**바르틱스 벨코르 마니크 위시크**!」 그가 말했다.「에밀리, 누워 잠들어!」

예이츠의 눈꺼풀들이 억지로 들어 올려졌다. 낯익은 얼굴들이 보였다. 한결같이 확고하고 단호한 표정들이었다. 예이츠는 그들의 범주를 알았지만, 그 어떤 말을 한다 해도 그들이 그를 놓게 할 수는 없었다. 그는 그것을 우회할 수 있었다. 일단 그들이 자신의 의무를 다하면 그는 자신을 놓아주도록 그들을 설득할 수 있었다. 우글거리는 사람들 사이로, 카펫에 큰 대자로 엎드린 형체를 보았기 때문이다. 에밀리의 하얀 코트가 부드럽게 오르락내리락했다. 그는 속으로 쾌재를 불렀다. 이제 끝났으며, 그가 이겼기 때문이다.

빠른 시간 안에 누군가를 잘 알게 해주는 네 가지 질문

출처: http://whuffy.com/relationships/articles/8we4y93457wer.html

1. 여가 시간에 무엇을 하십니까?
2. 앞으로 1년밖에 살지 못한다면 무엇을 하겠습니까?
3. 무엇이 가장 자랑스럽습니까?
4. 무엇을 원합니까?

3

엘리엇은 8층으로 갔다. 그곳에서는 회색 유니폼 차림의 건장한 사람들이 카펫을 제거하고 있었다. 「대체 무슨 일이야?」

「아, 엘리엇.」 에이츠가 말했다. 하얀 옷차림의 에이츠는 목덜미에서 땀을 닦아 내고 있었다. 그의 셔츠는 겨드랑이 쪽이 젖어 있었다. 엘리엇은 에이츠가 이토록 숨을 가쁘게 몰아쉬는 것을 한 번도 본 적이 없어 당황스러웠다. 「작은 소란이 있었어.」

「대표들은 돌아갔어. 그 사람들은 네가 맨션을 폭파하려는 줄 알더라.」

「정말?」 에이츠가 말했다. 「유치하긴.」

엘리엇은 카펫을 운반하는 남자에게 길을 비켜 주었다. 벽에는 안개처럼 미세하고 검은 얼룩들이 살짝 흩뿌려져 있었다. 「물어볼게.」 엘리엇이 말했다. 「대체 무슨 소동이 있었던 거야?」

「울프가 돌아왔어.」

엘리엇은 아무 말도 하지 않았다. 농담일 것이 뻔했기 때문이다.

「봐.」 카펫의 검은 얼룩을 가리키며 예이츠가 말했다. 「저건 프로스트야.」

「울프는 죽지 않았다고 내가 말했잖아.」

「그래, 그랬지.」

「시간을 더 달라고도 했는데. 맙소사, 그 애가 프로스트를 죽인 거야?」

「본질적으로는.」 예이츠가 말했다. 「다른 몇 명도.」

「그 애가 어떻게 그럴 수 있었지?」 예이츠는 천으로 계속 목을 두드렸다. 그의 태도에는 뭔가 이상한 점이, 어딘지 만족스러운 듯한 기운이 서려 있었고, 엘리엇은 그런 예이츠의 태도를 이해할 수 없었다. 관리실 직원들이 다가오더니 엘리엇이 서 있는 곳의 카펫을 벗겨 내려고 했다. 「나가.」 엘리엇이 말했다. 「전부 다.」

관리원들은 어쩌지 하는 표정으로 예이츠를 보았지만, 그는 아무 반응이 없었다. 관리원들은 담배와 카펫 본드 냄새를 남겨 두고 살며시 나갔다.

「그 애가 그걸 가지고 있었어?」

「응.」

「그 애에게 있었군.」

「네가 예상했던 그대로지.」 예이츠가 말했다. 「네 말을 들었어야 했는데.」

「그 애는 어디에 있지?」

예이츠는 아무 말도 하지 않았다.

「그 애를 죽인 거야?」

「놀라운걸. 네 우선순위 말이야.」 예이츠가 말했다. 「날단어가 우리에게 돌아왔다고 말했는데, 네 첫 질문이 울프에 대한 거라니.」

「질문할 거라면 차고도 넘쳐. 그걸 꼭 중요한 순서대로 물을 필요는 없지.」

「아아, 엘리엇. 내가 성장할 동안 넌 오히려 다시 애가 되었네. 브로큰힐 사건 이후 나는 네게 돕겠다고 제안했지. 너에게 잠시 떠나 네 원래 모습으로 돌아올 기회를 주었어. 하지만, 넌 남는 쪽을 택했어. 너는 울프를 쫓는 걸 원했지. 진짜로 그 단어를 말했어. 〈원해〉라고 말이야. 그게 울프를 막아 내지 못한 걸 만회하기 위해서인지, 아니면 울프를 보호하지 못한 데 대해 용서를 구하기 위해서인지, 솔직히 나는 모르겠어. 하지만 확실한 점은 울프 때문에 네가 망가졌다는 거야. 너는 열여섯 살 소녀를 보호하기로 했어. 시작부터 확실했지. 처음에는 그냥 약점 정도였지만, 결국은 심리적 붕괴 상태까지 가버렸어. 널 봐. 지금의 넌 예전의 껍데기에 불과해.」

「흠.」 엘리엇이 말했다. 「솔직한 의견을 들으니 눈물 나게 고맙군.」

「나는 그 단어에 직면했고, 이겼어. 네가 너 자신에게 침잠해 있는 동안에 말이야. 날단어가 나를 망칠 수 있다는 사실을 깨달은 날, 나는 그 단어에 직면할 때를 준비하기 시작했어. 그 때문에 나는 그 단어를 브로큰힐에 남겨 두었던 거야. 울프가 되찾아올 수 있도록 말이지.」

「뭘 어떻게 했다고?」

「난 또 다른 바벨 사건을 일으킬 마음은 없어. 나는 그러지 않기 위해 좀 심하다 싶을 정도로 열심히 노력했어. 내가 그 단어에 걸맞은 사람이란 걸 증명해야만, 날단어의 유혹에 저항할 수 있다는 확신을 가질 수 있었거든. 그리고 나는 그걸 아주 오랫동안 사용하고 싶어. 내가 제국들에 대해 실망스러웠던 것은 그 지속 기간이 너무나 짧았다는 점이야. 돌이켜 보면 진정한 힘은 단지 세상을 다스리는 데 있는 게 아니라, 세상에 표시를 남기는 데 있어.」 예이츠는 어깨를 으쓱해 보였다. 「어쩌면 나만 그렇게 생각할지도 모르겠군.」

「점점 못 알아들을 말만 하는군. 울프는 우리 모두를 죽일 수도 있었다고.」

예이츠는 어깨를 으쓱해 보였다. 「그렇게 하지 않았지.」

「할 수도 있었어.」

「울프는 그걸 목걸이로 만들었더군. 가까이 두기 위해서인 듯해.」 예이츠는 재킷 주머니에 손을 넣었다. 엘리엇이 시선을 돌렸다. 「천으로 싸두었어, 엘리엇.」

엘리엇은 보았다. 뭔가가 하얀 천 안에 있었다.

「내가 널 구부러뜨리려면 날단어가 필요할 거라고 생각하다니, 귀엽군.」 예이츠가 말했다. 「엘리엇, 네 현재 상태라면 〈단어들〉도 거의 필요 없어.」

「울프는 어디에 있지?」

「아래층. 감금됐어. 자고 있지.」

「울프를 어쩔 작정이야?」

「알잖아. 엘리엇. 이제 울프를 보내 줄 시간이야. 내가 널 도와주지.」

엘리엇은 아무 말도 하지 않았다.

「울프는 살인자야. 3천 명을 죽였어. 그 과정에서 어쩌다 보니 울프는 자신에게 그 단어를 적용해 버렸어. 브로큰힐에서 그 단어가 반사된 모습을 본 거야. 우연이라고 나는 생각해. 하지만 이제 울프는 그 지시의 영향력하에 있어. 정확히 말하면 〈모두 죽여〉라는 지시지. 그게 울프의 내면에 얼마나 깊숙이 박혀 있는지는 아무도 몰라. 울프는 자신의 생각을 내게 집중함으로써 그 지시에 저항하려 해왔어. 하지만 그 지시는 울프의 일부야. 절대 없어지지 않아. 울프는 회복 불가능해, 엘리엇. 언제나 그래 왔어. 이걸 받아들여. 그리고 제발 빨리 마쳤으면 해. 시리아에서 네가 할 일이 있거든.」

「난 네가 세상을 지배하는 걸 돕지 않을 거야.」

「아니, 넌 도울 거야.」

「넌 네가 생각하는 것만큼 날 잘 알지 못해.」

「엘리엇.」 예이츠가 말했다. 「만약 그게 사실이라면, 넌 그런 말을 할 필요조차 없었을 거야.」

에밀리는 정신이 들었고, 목을 만져 보곤 목걸이가 사라진 것을 알았다. 세상이 노랗게 보였다. 가로 1.8미터, 세로 2.4미터 공간이었다. 쿠션을 댄 긴 의자(침대 겸용인 듯했다)와 눈에 익은 카펫이 보였다. 두꺼운 회색 문에는 작은 창이 나 있었고, 그 너머는 뭔가로 가려져 있었다. 그녀는 속옷만 입고 있었다. 머리는 뭔가에 맞은 듯 띵했다. 아니, 머리가 아니었다. 그보다 더 깊은 곳 어디였다. 에밀리는 일어나 앉았다. 손을 이마에 대고 잠시 눈을 감았다. 상황이 너무나, 너무나도 나빴기 때문이다.

시간이 흘렀다. 에밀리는 일어났다. 서성거렸다. 목이 말랐다.

침대 겸 의자 아래에서 플라스틱 양동이를 발견했다. 화장실용인 듯했다. 에밀리는 시간을 들여 양동이의 일부를 기다란 삼각형 모양으로 떼어 냈고, 팬티의 뒤쪽 고무줄 아래에 감추었다. 양동이를 반대로 돌려놓으니 일부를 떼어 낸 것이 전혀 티가 나지 않았다. 이 방은 감시되지 않는 듯했다. 양동이 하나 달랑 있는 1.8×2.4미터 방에 갇혀 있으니 감시할 필요가 없을 터였다. 만약 조직이 감시를 하지 않았기 때문에 에밀리가 이곳을 빠져나간다면, 그것은 정말로 즐거운 일이 되리라.

긍정적인 생각들이었다. 에밀리는 정말로 빠져나가려는 것이 아니었다. 단지 예이츠가 올 때까지 뭔가 몰두할 거리가 필요했을 뿐이다.

누군가가 들어왔지만, 예이츠는 아니었다. 처음에 에밀리는 그를 알아보지 못했다. 이발을 했기 때문이다. 8~9년 만의 만남이었다. 하지만 눈은 그대로였고, 에밀리는 그가 패스트푸드 레스토랑 화장실에서 자신에게 오럴 섹스를 시키려고 했을 때의 그 툭 불거져 나온 두 눈을 잊을 수가 없었다.

에밀리는 혹시나 하는 마음에 뭔가 단어를 말해 보았다. 「헛수고야.」 리가 말했다. 문이 닫혔다. 에밀리는 문이 닫히는 순간, 문 너머에 사람들이 있는 것을 힐끗 보았다. 혹시라도 에밀리가 도망칠 경우 길을 막기 위한 사람들이었다. 그래도 한번 시도해 볼까 생각했지만, 양동이 칼을 아껴 놓기로 했다. 예이츠에게 쓸 수 있는 기회를 리에게 쓰는 것은 너무 아까웠다.

리는 바닥에 궁둥이를 대고 앉았다. 이상한 자세였지만, 덕분에 그는 긴 의자에 앉은 에밀리와 눈높이를 맞출 수 있었다. 에밀리의 피부가 긴장했다. 팔짱을 끼고 싶은 생각이 들었지만, 그러지 않았다. 그에게 그 어떤 정보나 힌트도 주고 싶지 않았기 때문이다.

「알겠지만, 우리는 보고서를 써.」 리가 말했다. 그는 왠지 이상하고 아파 보였지만, 그것은 아마도 노란 조명 때문이리라. 「사람을 모집할 때 우리는 짤막하게 우리의 의견을 덧붙여 보내. 네 것은…… 네 것은 부정적인 내용이었어, 에밀리. 거짓말을 하지는 않겠어. 너에 대한 의견은 아주 부정적이었어. 네가 무슨 생각을 하는지 알아. 네가 내 불알을 때렸기 때문에 내가 너에 대해 부정적인 보고서를 썼다고 생각하겠지. 아니야. 나는 예나 지금이나 프로고, 그래서 보고서를 쓸 때 그 일은 영향을 미치지 않았어. 내가 너에 대해 부정적인 보고서를 쓴 건 네가 정말로 내 것을 빨려고 했기 때문이야. 그건 간단한 시험이었어. 나는 약한 단어를 썼어. 초보자들이 쓰는 단어들을. 그럼에도 너는 나에게 그걸 해주려고 했어. 너는 약해. 너에게는 방어력이 없어. 그리고 그런 사람들은 조직에서 오래 버티지 못해.」 리는 두 손을 펼쳐 보였다. 「아카데미가 널 〈받아들였을〉 때 내가 얼마나 놀랐을지 상상해 봐. 이제 보니 이해가 돼. 이제 나는 네가 아카데미에 들어가기 위해 속임수를 썼다는 걸 알아. 엘리엇이 너를 불쌍히 여긴 거지. 이제 나는 이해할 수 있어. 하지만 당시에 나는 놀랐어. 그리고 조직은 너를 울프로 임명했지……. 나는 그걸 사적으로 받아들였어. 감추지 않고 솔직하게 말하지. 나는 모욕당한 기분이었어. 내 말은, 내 보고서는 아주 확실했다는 거야. 〈후보자는 정신 훈련 소질이 없으며 그것을 개발하려는 의지도 없음.〉 이게 내가 보고한 내용이야. 자, 이제 널 봐. 내가 예언한 딱 그대로지. 그리고 그거 알아? 사실, 덕분에 나는 오히려 득을 봤어. 이제 나는 천재처럼 보이거든. 시간은 좀 걸렸지만, 마침내 나는 D.C.에 입성했어.」

리는 마치 반응을 기다린다는 듯 말을 멈추었지만, 에밀리는 아무런 반응도 하지 않았다. 그가 왜 여기에 있는지 알 수 없었기 때문이다. 리는 한숨을 내뱉고 일어나 바지 주름을 폈다. 에밀리는 이제 리가 자신을 내려다본다는 것이 마음에 들지 않았다.

「그러니…….」 리가 말했다. 「이미 추측했겠지만, 너는 곧 죽을 거야. 사실, 내가 알기로는 네가 지금까지 살아 있는 건 단지 예이츠가 새 프로젝트에 너무 바빠 너에게서 보고를 들을 시간이 없기 때문이야. 보고란 널 구부러뜨려서 네 두뇌에 있는 모든 내용을 끄집어내는 거지. 혹시라도 우리에게 유용한 게 있을 경우를 대비해서 말이야. 이제 곧 그렇게 될 거야. 네가 그걸 막을 방법은 전혀 없어. 하지만 내가 예이츠의 고생을 덜어 주면 좋을 거라고 생각해, 에밀리. 난 여기에서 아주 큰 기회를 잡았어. 시험이라고 말해도 되겠지. 그리고 만약 내가 예이츠에게 원하는 정보를 가져가면 점수를 딸 수 있을 거야.」

리는 재킷을 벗고 셔츠 소매를 걷기 시작했다. 「내가 뭘 원하든 너는 전혀 관심이 없는 게 분명한데, 난 왜 이걸 너에게 말하는 걸까? 말해 주지, 그건 에밀리, 내가 지금 동기 부여가 얼마나 확실하게 되어 있는지를 너에게 알려 주고 싶기 때문이야.」

에밀리가 말했다. 「뭐, 리? 당신이 날 구부러뜨릴 수 있다고 생각하다니, 웃기네.」

「아, 네가 더 이상 열여섯 살이 아니란 건 알아. 전처럼 쉽지는 않을 거라고 생각해. 사실, 듣자 하니 너는 방어하는 법을 상당히 열심히 수련했다더군.」 리는 혁대를 풀기 시작했다. 「하지만 중요한 건 에밀리, 넌 본질적으론 변한 게 없다는 거야. 내 생각에 넌 약해. 넌 공격이 최선의 방어라고 생각하고, 또 그 생각이 효과를 발휘해 왔지. 맞아, 하지만…… 지금은 이런 상황이 됐잖아.」 리는 혁대를 당겨 빼내더니 손에 감기 시작했다. 「나는 우리가 그 방어벽을 건드려 본다면, 내 말은, 꽤 강한 압력을 가한다면…… 그게 깨지기 시작하는 걸 볼 수 있을 거라고 생각해. 난 자신 있어. 왜냐하면 인간은 극심한 육체적 스트레스를 받으면, 고급 두뇌 활동 능력의 상당 부분이 사라지거든. 비판적 생각, 학습한 행동들 따위 말이야.」 리는 자기 이마를 톡톡 두드렸다. 「내가 무슨 말을 하고 있을까? 너도 다 알잖아. 나보다 최근에 학교를 다녔으니까. 내가 말하는 게 무슨 소리인지 알 거야. 그리고 내가 원하는 걸 얻기 전엔 이 방을 나서지 않으리라는 것도 알겠지. 딱 하나 궁금한 게 있다면, 그건 네가 그 과정을 얼마나 어렵게 만들까 하는 거야.」 리는 혁대 버클이 주먹에서 대롱거리게 했다. 「자…….」 그가 말했다. 「이제 어떤 식으로 진행시켜 볼까?」

하얀 유니폼 차림의 건장한 남자 두 명이 들어왔다. 에밀리가 연구소에서 봤던 유니폼이었다. 그들은 손을 갈퀴처럼 펼치고 에밀리에게 다가왔다. 그 무렵 에밀리가 갇힌 곳은 아주 난장판이 되어 있었다. 그녀는 양동이로 만든 칼을 휘두르며 고함을 쳤고, 머리부터 발끝까지 피가 튀어 있었다. 리는 바닥에 쓰러져 있고, 목에서는 생명이 빠르게 분출되고 있었다. 에밀리는 한 당번에게 대충 아무 단어들이나 내질렀지만, 그는 에밀리의 손목을 잡고 두 팔로 그녀를 감쌌다. 그러자 이상하게도 편안해졌다. 그들은 그녀의 두 손을 비틀어 양동이 칼을 빼앗은 다음, 에밀리를 바닥에 눌러 꼼짝 못 하게 했다. 몇 시간처럼 느껴지는 순간들이 지났다. 이윽고 사람들이 더 와서 리를 데리고 나갔다. 예이츠가 아닌 다른 사람이 그곳을 들어온 것은 그게 마지막이었다.

에밀리는 리의 피를 한 조각 한 조각씩 떼어 냈다. 피는 단단하게 말라붙었고, 그래서 이렇게 한 번에 한 조각씩 떼어내 몸을 깨끗하게 하는 게 가능했다. 어쩌면 〈깨끗하게 한다〉는 것은 잘못된 표현이리라. 꽤 끔찍한 작업이었지만, 그래도 에밀리는 계속 피 조각을 떼어 냈다. 그냥 놔두는 것은 더 끔찍했기 때문이다. 리의 조각 하나를 몸에서 떼어 낼 때마다 기분이 한결 나아졌다.

며칠이 흘렀다. 며칠처럼 느껴졌다. 에밀리는 심하게 갈증이 났다. 그리고 그런 상태가 지나자 경련이 일어나 가시지 않았다. 창자와 방광은 기능을 멈추었다. 에밀리는 배 속의 장기들이 돌처럼 느껴졌다. 그녀는 자신이 고문당하고 있다고 생각했다. 그자들은 에밀리의 육체적 욕구를 일부러 무시하고 있었다.

그녀는 엘리엇을 떠올렸다. 자신이 이곳에 있는 것을 그가 알고 있을지 생각해 보았다. 모를 것이라고 생각했다. 알았다면 이곳에 나타났을 것이다. 그냥 그런 느낌이 들었다. 물론 에밀리는 브로큰힐에서 엘리엇을 흙바닥에 엎드리게 해놓고 떠났으며, 따라서 엘리엇이 그녀를 엄청나게 싫어한다고 해도 전혀 이상할 것이 없었다. 하지만 에밀리는 자신과 엘리엇의 관계는 자신이 잘못을 저질러도, 심지어 큰 잘못을 저질러도 용납이 되는 그런 관계라고 생각했다. 그리고 이 문이 다음번에 열리면 예이츠가 아니라 엘리엇일 것이고, 엘리엇은 나무라는 기색이 가득하지만 또한 용서와 희망이 담긴 눈으로 그녀를 볼 터였다.

에밀리는 속옷을 벗을까 하고 생각해 보았다. 속옷은 리가 흩뿌린 짙은 갈색 반점들로 얼룩덜룩했고, 그 때문에 에밀리는 자신이 영원히 오염된 느낌이 들었다. 예이츠라도 그것은 질겁할 듯했다. 〈여긴 나밖에 없잖아.〉 하지만 에밀리는 그렇게 하지 않았다. 그 정도로 깡다구가 세지는 않았다. 에밀리는 수시로 침대를 오르내리며 제자리 뛰기를 했고, 그도 아니면 최소한 위아래로 몸을 튀기기라도 했다. 그냥 가만히 누워 있지는 않았다. 조명은 절대로 꺼지지 않았다. 에밀리는 시간이 얼마나 흘렀는지 알 수 없었다. 그녀는 생각하고 또 생각했다. 가끔은 자기도 모르게 노래를 하다 문득 깨닫기도 했다.

엘리엇은 학교 진입로로 차를 돌려 건물이 있는 곳으로 갔다. 늦은 시각이었고, 창문은 대부분 어두웠지만 브론테의 창은 그렇지 않았다. 엘리엇은 차 안에 잠시 앉아 있었다. 이윽고 그는 차에서 내려 안으로 들어갔다.

복도는 텅 비어 있었다. 오랜만에 와서인지 왠지 낯설게 느껴졌다. 그는 이스트윙에 들어섰고, 손목에 하얀 리본을 묶고 양쪽 눈 아래에 검게 멍이 든 소년을 지나쳤다. 소년은 라틴어로 뭔가를 암송 중이었다. 엘리엇을 본 소년은 암송을 멈추고, 이윽고 고통스러운 표정을 지었다. 엘리엇은 걸음을 멈추지 않았다.

그는 브론테의 방문을 노크했다. 그녀가 학생들에게 쓰는 도

도한 목소리로 들어오라고 말했고, 엘리엇은 안으로 들어갔다. 그녀는 서류가 잔뜩 쌓인 책상 뒤에 앉아 있었는데, 머리를 고정한 핀들이 금방이라도 빠질 것만 같았다. 브론테는 펜을 놓고 의자에 등을 기댔다. 「기막힌 타이밍이네. 막 숙제 채점을 시작했는데.」 브론테가 손짓했다. 「앉을래?」

「난 시리아로 가.」

「아.」 브론테가 말했다. 「언제?」

「지금. 오늘 밤.」

브론테가 고개를 끄덕였다. 「다마스쿠스에 있는 박물관에 꼭 가봐. 거기에 세상에서 가장 오래된 선형 문자가 기록된 판이 있어. 겸허한 느낌이 들더라.」

「난 당신이 나랑 같이 갔으면 해.」

갑자기 브론테는 꼼짝도 하지 않았다. 「무슨 뜻인지 잘 모르겠네.」

엘리엇은 주위를 둘러보았다. 「내게 있던 시계 기억해? 디지털시계, 새벽이 되기 전에 내가 방으로 돌아가기 위해 쓰던 거. 나는 그 시계가 작동하지 않을까 봐 노심초사했어. 또는 알람을 못 듣고 잘까 봐 두려웠지.」

「엘리엇, 그만해.」

「애트우드는 알고 있었어.」 엘리엇이 말했다. 「세월이 흐르고 난 뒤 내게 말하더군.」

「그만하라고.」 브론테가 말했다.

「우리는 우리가 영리하다고 생각했지. 조직의 코앞에서 그런 짓을 했으니까. 그리고 마침내…… 마침내 그만둬야 했을 때, 우리는 그때도 남들에게 들키지 않고 잘 끝냈다고 생각했어. 우리는 발각될까 봐 겁나서 우리 사이를 끝냈어. 하지만 조직은 알고 있었어.」

브론테의 눈동자가 살짝 흔들렸다. 「이제 와서 왜 그 일에 대해 말하는 건데? 날 구부러뜨리러 온 거야?」

「아니야.」 엘리엇이 말했다. 「맙소사. 아니야.」

「그럼 그만 말해.」

「조직은 우리를 설득했어. 단어를 쓰지 않고도.」

「대안이 없었어, 엘리엇.」

「이제는 그렇게 생각하지 않아. 더 이상 그렇게 생각할 수 없어. 미안해.」

「하지만 그게 사실이야.」

「내가 이런 생각을 처음 했을 때, 그 생각은 아직 무르익지 않은 소녀 상태였어.」 엘리엇이 말했다. 「왜인지는 모르겠어. 하지만 한동안 그 생각을 했어. 그 생각을 떨칠 수가 없어.」

브론테는 두 손으로 얼굴을 감쌌다. 「그만해.」

「하지만 그 생각은 성숙해졌어. 젊은 여인이 되었지.」

「그만!」

「미안해.」 엘리엇은 갑자기 말을 멈췄다. 「미안해.」

「여기서 나가 줬으면 좋겠어.」

엘리엇은 고개를 끄덕였다. 그는 다시 사과하는 편이 나을지 망설이다가, 이윽고 문 쪽으로 향했다. 문을 닫기 전, 그는 혹시라도 브론테가 얼굴에서 손을 떼고 자신을 보지 않을까 하는 마음에 뒤를 힐끗 돌아보았다. 하지만 그녀는 그러지 않았다.

엘리엇은 다마스쿠스에 착륙했다. 비행기 문턱을 나서자마자 열기가 그를 감쌌다. 호주와 비슷한 느낌이었지만 냄새가 달랐다. 그는 아스팔트를 가로질러 공항 건물로 가서 초조한 눈으로 자신을 바라보는, 가지각색의 콧수염을 한 관리들에게 자신을 맡겼다. 그의 서류는 흠잡을 데가 없었고, 그는 곧 대합실로 갈 수 있었다. 그곳은 넓었고, 열쇠 구멍 모양의 격자창이 높직하게 나 있었으며, 에어컨의 기운마저 희미하게 느낄 수 있었다. 몸에 딱 붙는 옷을 입은 키 작은 남자가 〈إلْيُوت.〉이라고 쓰인 표지를 들고 서 있었다.

「내가 엘리엇이야.」 엘리엇이 말했다. 「당신이 후세인인가?」

키 작은 남자는 고개를 끄덕이며 서구식으로 손을 내밀었다.

「مهين ة صيريحيخاأف الأبد,」 엘리엇이 말했다. 남자의 손이 내려갔다. 그의 표정에서 긴장이 풀렸다. 「내가 탄 비행기는 연착됐어.」 엘리엇이 말했다. 「열 시간 뒤에 도착할 거야. 당신은 여기서 그 비행기를 기다릴 거고, 이제부턴 그게 진실이라고 믿을 거야.」 엘리엇의 눈에 출구가 보였다. 바깥 포장도로에는 운전사들이 잔뜩 있었다. 「그리고 무슨 일이 있던 거냐고 예이츠가 물으면…….」 엘리엇이 말했다. 「내가 은퇴했다고 말해.」

누군가가 방으로 들어왔다. 에밀리는 낌새를 느끼자마자 눈을 질끈 감았고, 그래서 아주 기본적인 인상만이 머리에 남았다. 검은 양복 차림에 은발이고, 어깨가 떡 벌어진 남자.

「안녕, 에밀리.」 예이츠가 말했다.

에밀리는 일어나 앉았다. 두뇌가 물렁물렁해진 느낌이었다. 리가 옳았다. 생리학적 스트레스 상황에서는 일사불란하게 심리적 방어를 하는 것이 더 어려웠다. 정신을 똑바로 차려도 모자랄 판에 머릿속에 떠오르는 것은 오로지 샌드위치뿐이었다.

「리는 죽었어. 이미 짐작했을 거야. 혹시라도 마지막 순간의 의학적 기적이라도 기대할까 봐 말해 주는데…… 그런 건 없어. 리는 죽었어. 네 수집물에 또 하나가 추가된 셈이지.」

「하나만 더 추가하고 관두겠어.」

「아니.」 예이츠가 말했다. 「넌 그러지 않을 거야. 우리 둘 다 알잖아. 너는 살인 충동에 감염됐어. 너는 나를 없앨 계획을 세움으로써 그 충동을 완화시킬 수 있었지. 만약 네가 성공했다면…… 흠, 그랬다면 그건 그것대로 문제가 됐을 거야, 안 그래? 왜냐하면 너는 〈모두를 죽이기〉 시작했을 테니까. 내 생각에는 너도 이걸 알아. 너는 나를 죽일 계획을 세워야만 하지. 하지만 그걸 실행해서는 안 돼. 진퇴양난이지.」

에밀리는 자신이 얼마나 빨리 침대에서 일어나 예이츠의 목을 조를 수 있을지 생각해 보았다. 아마 아주 빠르지는 않으리라. 설사 신속히 할 수 있다고 해도 별 효과가 없으리라. 에밀리는 좀 더 영리하게 행동할 필요가 있었다. 이것은 그녀에게 기회였다. 다시는 예이츠와 둘만 만날 기회가 없으리라. 머리가 더 이상 지끈거리지 않게 해야만 했다.

「이게 자살 임무였을까? 나는 아니라고 생각해. 그건 네 성격과 어울리지 않아. 내 생각에 넌 날 죽일 생각으로, 그리고 어쩌면 어찌어찌 구원을 얻을 수 있지 않을까 하는 가냘픈 희망으로 여기까지 온 거야. 넌 내키는 대로 행동하니까. 넌 뭐든 기회다 싶으면 이용하려 드니까. 맞는 것 같아?」

〈어쩌면.〉 에밀리가 생각했다. 그녀는 알지 못했다. 그녀는 배가 고팠다. 엘리엇이 어디에 있는지 궁금했다.

「나는 종교를 만들고 있어.」 예이츠가 말했다. 「나는 종교를 느슨한 의미로 쓰고 있지. 하지만 모두가 그러잖아? 날단어가 있음에도 꽤 많은 수고가 들어가. 그리고 일단 종교를 완성한다고 해도 그건 첫 단계를 마친 것에 지나지 않아. 그러니 나는 더 이상 시간을 낭비할 수가 없어. 자, 이제 이런 일이 일어날 거야. 너는 눈을 뜰 거야. 그리고 날단어를 볼 거야. 나는 〈평생 나를 위해 봉사해〉라고 말할 거고.」 예이츠가 더 가까이 다가왔다. 지금 에밀리는 예이츠를 보지 말아야 했다. 「이런 건 예상 밖이라는 표정이네. 내가 널 죽일 거라고 생각했군. 그렇게 생각하는 게 당연하지. 하지만 내가 깨달은 사실은 에밀리, 너는 유용한 존재가 되었다는 거야. 숙련된 데다 기지가 뛰어나고, 적응을 잘하고, 내가 죽을 경우 작동하게 될 살인 명령이 네 머릿속에 박혀 있지. 사실, 너는 완벽한 경호원이야.」

「아니, 난 그러지 않을 거야.」

「아니, 물론 넌 그렇게 할 거야. 너는 그걸 막을 방법이 없어.」

에밀리는 이를 드러내며 침대에서 일어나려고 애썼다. 그가 옳았다. 그녀는 독방에 혼자 있었다. 이젠 양동이마저 없었다. 하지만 뭔가 있어야만 했다. 전에는 늘 뭔가가 있었다.

「지금까지 많은 사람들을 구부러뜨려 왔지만, 이렇게나 나를 싫어하는 사람은 네가 처음이야. 그래서 이 일이 더 매력적이야, 에밀리. 왜냐하면 뇌라는 놈의 특성상, 네 마음은 왜 네가 나를 섬기기로 했는지를 정당화하기 위해 온갖 합리화를 다 가져다 댈 테니까 말이야. 스스로를 어디까지 꺾어야 정당화가 가능해질까? 난 그게 정말 궁금해. 그렇게 변하고 나서도 과연 너를 정말 〈너〉라고 할 수 있을까.」

「난 널 죽일 거야.」

「흠.」 예이츠가 말했다. 「그러고 싶겠지.」

「물러서.」 에밀리는 그가 다가오는 소리를 들었다고 생각해 두 팔을 마구 휘둘렀다. 「물러서, 이 개새끼야!」

「너랑 씨름할 생각은 없어, 에밀리. 너는 네 자신의 의지로 눈을 뜰 거야. 너는 그렇게 할 거야. 다른 대안이 없다는 걸 너도 아니까.」

「엘리엇.」 에밀리가 말했다. 「엘리엇이 보고 싶어.」

「안타깝게도 엘리엇은 시리아에 있어. 어젯밤에 비행기로 떠났거든.」

「내가 여기에 있다고 엘리엇에게 말해.」

「이런, 에밀리.」 예이츠가 말했다. 「엘리엇은 이미 알아.」

에밀리는 예이츠를 믿고 싶지 않았다. 하지만 그의 목소리에서 거짓을 느낄 수 없었다. 에밀리는 생각했다. 〈엘리엇, 엘리엇. 당신이 내 마지막 희망이었는데.〉

「자, 이제 눈을 떠주실까.」 예이츠가 말했고, 에밀리는 아주 심하게 몸을 떨기 시작했다. 눈을 뜰 것이기 때문이었다.

word [wɑːd]

(명사)

1. 언어의 뜻을 담고 있는 최소 단위
2. 컴퓨터에서 데이터의 기본 단위
3. 말해지거나 써진 것: *a word of warning*(경고 문구)
4. (부정어와 함께) 말해지거나 써진 것의 최소 단위: *don't believe a word of it* (단 한마디도 믿지 마)
5. 논쟁적이거나 화가 담긴 말: *he had words with her*(그는 그녀와 말다툼을 했다)
6. 명령, 암호, 신호: *she gave the word to begin*(그녀는 시작하라는 신호를 보냈다)
7. 진실의 서술: *her word against his*(그의 진술에 반하는 그녀의 진술)
8. 약속 또는 보증: *I give you my word I'll return*(돌려주겠다고 약속할게)

4

「넌 에밀리를 떠났군.」 해리가 말했다.

엘리엇은 이마를 문질렀다. 목이 아팠다. 꽤 오랜 시간 말을 했던 것이다. 거의 죽다 살아난 데다 창밖에는 그를 죽이려는 이들이 모이고 있는 상황이라 몸과 마음에 부담이 심했다. 「내 이야기를 듣고 내린 결론이 그거야? 내가 떠났다고?」 해리는 반응하지 않았다. 「그래, 나는 떠났어. 달리 대안이 없었지.」

「대안은 늘 있어.」

「글쎄.」 엘리엇이 말했다. 그는 피곤했다. 「그렇다고 생각하지 않았어.」

「그리고 어떻게 됐지?」

「예이츠는 울프를 시켜 나를 뒤쫓게 했지. 멀리 떠나 있으면 날 가만히 놔줄 거라 생각한 내가 미친놈이었어. 정말 난 내가 새 삶을 살 수 있을 줄 알았어. 하지만 울프는 나를 뒤쫓았고, 그걸 방해하는 사람은 모두 빠짐없이 죽였어.」

「에밀리는 아마도 구부러졌을 거야.」

「그랬다고 해서 뭐가 달라져?」

「응.」 해리가 말했다. 「그 날단어로 내가 에밀리를 다시 펼 수 있으니까.」

「그렇게 할 수 없어.」

「왜 안 되는데?」

「받은 지시를 지울 수는 없어. 날단어로도 안 돼. 그랬다가는 상반되는 지시들이 충돌하게 될 뿐이야.」

「그렇게 되면?」

「예측 불가지.」

「흠, 돌아 버리겠네.」

「원래의 지시는 사라지지 않아. 에밀리가 있는 장소나 당시의 기분과 같은 상황 요인에 따라 어느 순간이라도 다시 효과를 발휘할 수 있어. 〈모두 죽여〉가 지시 내용인데도 그런 위험을 감수하고 싶어?」

「응.」

「하, 넌 못 해.」

밖에서 낮고 단조로운 소리가 들리기 시작했다. 해리는 창밖으로 하늘을 힐끗 내다보았다. 「나는 에밀리를 사랑해.」

엘리엇은 고개를 저었다. 「잘못 기억하는 거야.」

「제대로 기억하고 있어.」

「내 말 잘 들어.」 엘리엇이 말했다. 「지난 12개월 동안 나는 브로큰힐에서 정확히 무슨 일이 일어났는지 알아내기 위해 무척이나 애를 썼고, 그 결과 에밀리가 나를 흙바닥에 처박고 난 뒤 얼마 지나지 않아 너와 에밀리가 따로 움직이기 시작했다는 사실을 발견했어. 그로부터 나는, 에밀리가 너에게 가서 자신과 함께 떠나자고 청했을 때 네가 거절했다는 걸 유추해 냈지. 그게 혹시 네가 치외자가 아닐까 생각하게 된 계기야. 그리고 네가 에밀리를 사랑하지 않는다는 걸 알게 된 계기이기도 하지.」

「너는 사람이 무엇을 원하는가에 의해 그 사람이 정의된다고 했지? 사람에게서 그게 가장 중요한 부분이라고. 그랬지?」

「그래.」

「그렇다면 나는 내가 누구인지 알아.」

엘리엇은 창밖을 내다보았다. 「흠, 끝내주는군. 그거 끝내줘, 윌. 네 전 여자 친구가 우리를 죽이기 전에 네가 너의 감정적 핵심을 발견해서 아주 기쁜걸. 만약 에밀리가 날단어를 다시 손에 넣으면 어떨지 상상해 봐. 상상해 보라고.」

「손대지 못하게 할 거야.」

「좋아.」 엘리엇이 말했다. 「자, 우리는 이제 마법의 땅으로 들어서는 거야. 왜냐하면 네가 새로 얻은 그 확신에는 경의를 표하지만, 안타깝게도 에밀리가 원하는 걸 네가 막을 수 있는 가능성은 조금도 없거든. 이게 무슨 소리지?」

「헬기들 소리야.」

「한 대가 아니야? 어떻게 생겼지?」

「에밀리가 무엇 때문에 그 예이츠라는 사람을 돕겠어? 구부러진 게 분명해. 예이츠는 에밀리에게 우리를 뒤쫓으라고 했고, 너는 그런 이유로 에밀리를 죽여야 한다고 하는군.」

「넌 내가 이 상황을 좋아한다고 생각해?」

「그래. 나는 그렇게 생각해. 샬럿 때문에.」

엘리엇은 천장을 보았다. 「흠.」 그가 말했다. 「어쩌면 네 말이 맞을지도.」
「그래서?」
「그래서 그건 중요하지 않아. 그게 울프의 선택일까? 아닐 수도 있겠지. 하지만 울프는 울프야. 넌 지금 구부러졌다는 게 범죄라도 된다는 듯이 사람들에게 총질을 하고 있어. 왜 울프는 달라야 하지? 그리고 덧붙이자면, 울프가 밑도 끝도 없이 이런 식의 인물이 된 게 아니야. 예이츠는 비옥한 땅에 씨를 뿌렸어.」
해리는 헬기들이 내는 요란한 소리 때문에 목소리를 높였다.
「그래서 어떻다는 거야?」
「그래서 울프가 브로큰힐을 박살냈다는 거지!」
「아마도 〈그 당시〉 에밀리는 구부러졌을 거야.」
「믿고 싶은 것만 믿는군! 맙소사! 나는 울프를 제대로 파악하지 못했고, 그 때문에 3천 명이 죽었어. 그럴 수만 있다면 나도 그게 진실이 아니라고 말하고 싶어. 하지만 그럴 수가 없어. 진실은, 울프가 언제나 이래 왔지만 나는 그걸 제대로 보고 싶지 않았다는 거야.」
「제안하지. 우리가 〈예이츠〉를 죽이면 어때?」
「좋지. 울프에게 잠시 옆으로 비켜 달라고 부탁하는 거야. 그게 진짜 가능하다는 식으로 날 보지 마. 울프는 자기 목숨을 던져서라도 예이츠를 보호할 거야. 그리고 설사 우리가 어찌어찌해서 울프를 제치더라도 울프가 통제되는 건 예이츠가 살아 있기 때문이야. 예이츠를 제거하면 울프는 〈모두 죽여〉라는 지시를 받은 상태로 돌아가는 거야.」
해리는 창밖을 내다보고 있었다. 헬기들의 소음이 이제는 눈높이에서 들리는 듯했다.

「악몽 같은 시나리오를 원해? 예이츠가 쓰러지고, 울프가 날 단어를 갖는 거야. 예이츠는 죽으면 안 돼. 울프보다 먼저 죽어서는 안 돼.」 해리는 반응을 보이지 않았다. 「밖에서 무슨 일이 일어나고 있지?」

「헬기들에서 사람들이 나오고 있어.」

「어떤 사람들?」

「군인. 커다란 검은 헬멧에 고글을 썼어. 얼굴은 안 보여.」

「아하.」 엘리엇이 말했다. 「그러면 우리는 완전히 망했군.」

해리가 그를 바라보았다.

「고립 환경 요원들이야. 구부러지지 않도록 필터를 통해서 세상을 보지.」

「저 사람들을 쏴야 해?」

「당연하지.」 엘리엇이 말했다. 「안 그래야 할 이유라도?」

해리가 라이플을 들어 올렸다. 그의 머리 근처의 창틀 일부가 폭발했다. 그는 벽 쪽으로 몸을 숨겼다. 「엿 같네.」

「그렇지.」 엘리엇이 말했다.

해리는 다른 창문으로 이동해 밖을 살폈다. 「우리를 둘러싸고 있어.」

「지붕에도 내렸을 거라고 생각해.」 엘리엇이 말했다. 「아마도 헬기에서 밧줄을 타고서.」

「샬럿에게 무슨 일이 일어났지?」

「뭐?」

「너를 만났을 때, 너에게는 동료가 있었어. 목장에는 잔뜩 있었고. 샬럿을 포함해서. 그 사람들이 거기는 어떻게 간 거지?」

「그게 무슨 상관이야?」 엘리엇이 말했다. 「솔직히, 해리. 이 상황에서 그게 무슨 상관이야? 저 사람들이 우리를 살려 줄 거라고 생각해?」

해리는 턱을 문질렀다. 엘리엇이 전에 본 적이 없는 행동이었다. 「매트리스 밑.」

「뭐?」

「무기고에서 네가 쓸 권총을 가져왔어. 매트리스 밑에 있어.」

엘리엇이 해리를 빤히 쳐다보았다.

「아마도 그걸 꺼내고 싶을 것 같은데?」

「그걸로 널 쏴버리고 싶어 할지도 모르지. 그렇게 해서 상황이 달라질 수만 있다면 말이야.」

「다 잘될 거야, 엘리엇.」

「아니.」 엘리엇이 말했다. 「저자들이 우리를 죽이는 동안 울프는 멀리서 그 모습을 지켜볼 거야. 그리고 얼마 뒤 헤아릴 수 없이 많은 사람들이 목숨을 바쳐 땅을 파고 흙을 옮기겠지. 단지 예이츠가 어떤 곳에 아주 깊은 구멍을 파서 그 흙을 다른 곳에 쌓고 싶다는 욕망이 생겼기 때문에 말이야. 이제 그런 일이 일어날 거란 말이야, 이 멍청아. 목장에 있던 사람들? 그 사람들은 내가 설득해서 조직을 떠나게 한 동료들이야. 나는 샬럿이 그중 한 명이라고 생각했지만, 이제 보니 샬럿은 울프에게 구부러졌던 거고, 네 존재며 우리 계획 따위를 계속해서 울프에게 알려 왔던 게 분명해. 그리고 울프는 샬럿이 내게 등을 돌리게 했고, 내가 샬럿을 쏘아 죽이게 만들었어! 제기랄, 나는 샬럿을 쏘아야만 했다고, 윌!」

「총이나 꺼내.」

「뭐 때문에?」 엘리엇이 외쳤다. 「울프가 그저 우리에게 초콜릿과 키스 세례를 퍼부어 주려고 오고 있어서?」

해리가 잠시 멈칫했다.

「오.」 엘리엇이 말했다. 「오, 오, 지금 우리 후회 중인 거야?」

「닥쳐.」

「20년 동안…….」 엘리엇이 말했다. 「내가 어른이 된 이후 평생 동안 나는 내 입에서 나오는 단어 하나하나에 주의를 기울였어. 하지만 이제? 이제는 끝이야. 그 정도면 충분히 조심해 왔고, 이제는 씨발, 됐어. 그러니 어이, 빌어먹을 월 파크! 해리 윌슨! 네가 누구든 간에! 엿이나 열심히 드셔! 그리고 에이츠, 이 개새끼! 그리고 너 에밀리 울프! 네가 제일 쌍년이야!」 엘리엇은 담요를 젖혔다. 그는 매트리스 아래로 손을 밀어 넣었고, 금속을 찾아냈다. 「가자!」 엘리엇은 온몸이 아팠지만 마음은 날아갈 듯했다. 「여기 우리가 간다, 어이, 모두 길을 비켜라!」

에밀리는 헬기에서 내려 한때 철망을 팔았던 다 쓰러져 가는 건물의 대피소로 가볍게 뛰어갔다. 그녀는 이런 가게들에 대해 잊고 있었다. 아니, 호주에서 부르는 식으로 〈상점〉. 필요해서 사는 거지 갖고 싶어 산다는 것은 상상도 할 수 없는 종류의 한 가지 물건만 파는 상점들. D.C.에서 평생을 산다 해도 철망 전문점은 볼 수 없을 것이었다. 만약 철사를 원한다면 창고식 대형 할인점으로 가서 12번 통로의 진열 선반에 놓인 그것을 살 수 있을 것이었다. 하지만 여기에는 철망만 파는 상점이 있었다. 당신은 그곳에 가서 원하는 철망을 말한다. 왜냐하면 당신의 방목지 울타리의 한 부분을 캥거루가 또다시 무너뜨렸고, 당신은 그것에 대해 대화하고 싶을 테니까.

에밀리는 브로큰힐로 돌아오고 싶지 않았다. 지금까지 그녀는 자아가 여러 개로 분열된 채 여기선 이 자아, 저기선 저 자아를 쓰는 식으로 한동안 작전을 수행해 왔다. 브로큰힐에 오면 분열된 자아들에 무슨 일이 일어날지 몰랐다. 하지만 에밀리는 여기에 왔다. 더 이상 이런 종류의 일에 선택권이 없었고, 그저 최선을 다해야 했기 때문이다. 에밀리의 일부는, 자아들 중 하나는 기뻐했다. 그 자아는 에밀리가 집에 돌아왔다고 생각했다. 나머지 부분들은 아주 질겁했지만.

「요원들을 배치하고 있습니다.」 플래스가 말했다. 플래스는 머리에서 계속 흘러내리는 헤드셋을 통해 보안 팀과 대화를 나누며 주위를 뛰어다니고 있었다. 에밀리는 그녀가 마음에 들지 않았다. 에밀리와 플래스는 몇 번 대립한 적이 있었고, 그때마다 그녀는 더 신경질적이 되었다. 그녀의 눈동자에선 거칠고 불안한 뭔가가 보였고, 에밀리는 그것이 마음에 들지 않았다. 또한 플래스가 이 작전에 합류한 것은 엘리엇과 그가 데리고 있는 치외자를 포틀랜드 공항에서 잡으려다가 놓치고, 레인까지 죽는 처참한 실패가 있은 직후였다. 비록 플래스가 그 실패에 대해 아무 말도 하지 않았지만, 속으로는 그것이 다 에밀리의 멍청한 일처리 때문이라고 생각했고, 에밀리는 플래스의 그런 속마음이 환히 들여다보였다. 「굉장히 덥네요.」 플래스가 재킷을 벗기 시작했다. 에밀리는 재킷을 입고 있지 않았다. 사막이 더울 것이라는 점은 처음부터 뻔했기 때문이다. 「〈오븐〉 안에 들어온 것 같아요.」

「그러게.」 에밀리는 플래스의 재킷이 헤드셋에 엉키는 모습을 지켜보았다.

「예이츠 님에게 연락해서 우리가 착륙했다고 보고하겠습니다.」
「아니.」
「예이츠 님은 우리에게 계속해서 상황을…….」
「연락하지 마.」 에밀리가 말했다. 에밀리는 여전히 책임자였다. 누군가를 추적해 제거하는 일에 대해서는 에밀리가 여전히 조직에서 최고였다.
「우리는 작전 본부가 필요합니다.」 남자가 말했다. 기계에 의해 변조된 그의 목소리가 헬멧에서 나오고 있었다. 그의 이름은 매스터스였다. 그는 군인들을 통제했다. 현재 매스터스는 독약을 흩뿌리듯이 고립 환경 요원들을 브로큰힐에 산개시키고, 경계선을 치고, 모든 요원의 위치를 파악하며, 기타 모든 상황을 확인했다. 에밀리가 엘리엇을 제압하는 것을 돕기 위해서였지만, 그녀는 자신이 구부러뜨릴 수 없는 사람들에게 둘러싸여 있는 상황이 마음에 들지 않았다.
에밀리는 햄버거 가게를 떠올렸다. 그곳은 병원에서 딱 적당한 거리에 있었다. 작전을 조율할 수 있을 정도로 가까우면서, 또한 엘리엇이 숨어 들어와 울프를 쏠 정도로 가깝지는 않았다. 에밀리는 예전에 그곳에서 식사를 했었다. 어떤 때는 혼자, 어떤 때는 다른 사람과 함께였다. 하지만 지금은 그것을 생각하고 싶지 않았다. 해리가 그녀의 의식 표면으로 떠오르려 하고 있었지만, 에밀리는 절대 그렇게 되도록 놔둘 생각이 없었다. 중요한 사실은 그 가게가 알맞은 위치에 있다는 것이었다. 「적당한 곳을 알아.」
에밀리와 플래스가 얼굴에 비치는 햇볕을 가리며 밖에 서 있는 동안 소규모 분대가 햄버거 가게를 수색했다. 머리 위로 헬기한 대가 지나가며 뜨겁고 따끔거리는 모래를 날렸다. 「으흠.」 플래스가 말했다. 「여기.」

군인 한 명이 뒷문을 열고 손짓했다. 에밀리는 작은 주방을 통과했다. 주방의 시커먼 프라이팬에는 먼지가 두껍게 내려앉아 있었다. 머리 위 걸이들에는 놀랄 만큼 윤이 나는 요리 도구들이 달랑거렸다. 이윽고 에밀리는 식사를 하는 곳으로 들어가 낯익은 식탁들을 지나쳤다. 시체는 보이지 않았다. 어쩌면 군인들이 치웠을 수도 있었다. 플래스는 무슨 이유에선가 뒤쪽에서 나오지 않았지만, 에밀리는 가게 앞쪽으로 갔다. 밖에는 시커멓게 보이는 형체들이 있었는데, 먼지 쌓인 유리창 너머로 정체를 파악하기가 어려웠으므로, 에밀리는 약간 불안해하며 나아갔다. 야외 식탁들 가운데 하나에는 누더기가 된 파라솔이 있었다. 자동차 몇 대가 보였다. 유리창에 얼굴을 들이댄다면 거리의 더 멀리까지도 보일 터였다. 에밀리는 자세히 보려고 하지 않았지만 병원을 대충 알아보았다. 저 안 어딘가에 엘리엇과 치외자가 있었다.

에밀리의 전화기가 울렸다. 그녀는 전화기를 꺼냈다. 「브로큰 힐에 있다던데.」 예이츠가 말했다.

「네.」 에밀리는 고자질을 한 플래스를 보았다.

「엘리엇이 하고많은 곳 중에서 왜 그곳에 갔을지 궁금하군.」

「음, 그 단어를 가지러 온 것 같습니다.」 에밀리가 말했다. 「치외자는 그걸 가져올 수 있으니까요.」 침묵. 「여보세요?」

「미안. 잠시 말문이 막혔어.」

「날단어요.」 에밀리가 말했다. 「그건 응급실에 있습니다.」

「날단어는 내가 〈가지고〉 있어.」

「가지고 계신 건 제가 만든 복사본입니다. 원본은 아직도 그곳에 있습니다.」

「그 정보를 이전에 알았으면 정말 유용했을 텐데 말이야.」

「아.」 에밀리가 말했다. 「죄송합니다.」 그녀의 여러 자아 가운데 하나는 이미 그 사실을 알고 있었다.

「넌 엘리엇을 죽일 거야.」 예이츠가 말했다. 「그리고 그 치외자도. 또 직접 내 밑에서 일하지 않으면서 엘리엇에게 소환된 사람들도 전부. 그러고 나면 내가 도착할 때까지 병원에 아무도 들어가지 못하게 해. 이해했어?」

「네.」 대답을 하고 에밀리는 속으로 덧붙였다. 〈변태 새끼.〉 그녀는 가끔 이렇게 속으로 말했다. 그것은 일종의 게임이었다.

「그 치외자 일이 정말로 성가셔. 그런 자가 존재한다는 사실이 아주 불편해. 그자는 내 일에서 가장 방해가 되는 부분이라고.」

「이해합니다.」〈변태 새끼.〉

「엘리엇이 죽으면 내게 전화해.」 예이츠가 말했다. 「그때까지는 브로큰힐에 발을 들이지 않을 거야. 아, 그리고 에밀리? 언제 시간을 내서, 네가 볼 수 없는 것을 어떻게 복제할 수 있었는지 설명해 줘.」

「그렇게 하겠습니다.」 에밀리가 말했다. 찰칵하고 전화가 끊겼다. 에밀리의 턱이 움직였고, 잠시 그녀는 자신이 정말로 그 말을 하려 한다고 생각했다. 하지만 입에선 단지 〈벼어〉라고 살짝 신음 비슷한 소리가 새어 나왔을 뿐이다. 에밀리는 플래스를 힐끗 보았다. 하지만 아무도 알아차리지 못한 듯했다. 그러면 괜찮았다.

처음에는 그 표현을 생각조차 할 수 없었다. 어쩌면 결국 에밀리는 예이츠의 면전에 대고 그 말을 할 수 있을지도 몰랐다. 〈어이, 예이츠! 넌 변태 새끼야!〉 즐거운 상상이었다. 가능하지는 않았지만. 아마 지금 정도가 에밀리가 할 수 있는 한계였을 것이다. 상상 게임이었다. 앞으론 어찌 될지 두고 볼 생각이었다. 지금 중요한 사실은, 아직 에밀리의 몸 안에 진짜 에밀리가 남아 있다는 점이었다.

엘리엇은 문으로 성큼성큼 걸어가 문을 열고 사라졌다. 해리의 예상보다 훨씬 빠른 진전이었다. 몇 분 전까지만 해도 엘리엇은 총상으로 다 죽어 가다 막 회복되기 시작한 환자였다. 어떻게 엘리엇이 갑자기 기운을 차리게 되었는지 해리는 알지 못했다. 「기다려.」 해리가 말했다. 하지만 엘리엇은 복도를 달려가고 있었다. 해리는 그의 발걸음 소리를 들을 수 있었다.

해리는 라이플을 들었다. 이렇게 하는 것은 백병전에 전혀 도움이 되지 않았다. 해리는 원래 이 방을 떠날 생각이 없었다. 이곳에 머물면서 에밀리가 그의 의도를 알아차리고 직접 올 때까지 계속 상대측 사람들을 쓰러뜨릴 생각이었다. 해리는 이를 악물고 한숨을 쉬었다. 「젠장.」 그는 엘리엇을 좇아갔다. 복도를 달려 신생아실 두 곳을 지났다. 거기는 전에 헬렌이라는 여자가 일했던 곳이었다. 헬렌은 밤이고 낮이고 분홍색 당의를 입힌 도넛을 먹었다. 해리는 그녀가 도넛을 하나만 먹는 것을 본 적이 없다. 그녀는 도넛을 입에 달고 살았다. 해리는 그 도넛들 때문에 이곳에 자주 왔었다.

모퉁이까지 간 해리는 그 너머로 고개를 살짝 내밀었다. 엘리엇은 어디에서도 보이지 않았다. 그냥 사라진 것이다. 해리가 무장한 사람들의 주의를 끌 수도 있는 상황에서 소리쳐 엘리엇을 부르는 일의 장단점을 따지며 고민하고 있을 때, 근처에서 총성이 연이어 두 번 들렸고, 그는 결정했다.

해리는 계단통에 도착했고, 난간 너머를 보자 아래쪽 계단에 엘리엇이 서 있었다. 엘리엇의 발치에는 검은 장갑복 차림에 헬멧을 쓰지 않은 남자가 있었다. 그 남자는 어리둥절해 보였다. 그의 반자동식 총은 몇 뼘 옆에 떨어져 있었다.

「놈들의 얼굴을 쏴.」 엘리엇이 말했다. 「장갑복을 입었지만 주의가 흐트러질 거야.」

「뭘 한 거지?」 검은 장갑복 차림의 남자는 총을 잡기 위해 버둥거리기 시작했다. 「저놈이 움직여!」 해리가 라이플을 들어 올렸다.

「쏘지 마!」 엘리엇이 말했다. 「이제 이자는 착한 편이야.」

남자는 자기 총을 집고 일어났다. 그는 의심이 담긴 눈으로 해리를 바라보았다.

「저 사람은 괜찮아.」 엘리엇이 남자에게 말했다. 「둘 다 서로에게 총을 쏘지 마.」 엘리엇은 계단을 내려가기 시작했다.

「너 대체 어떻게…….」 하지만 엘리엇은 벌써 시야에서 사라진 후였다. 해리는 그를 좇아 한 번에 서너 계단씩 뛰어 내려갔다. 해리는 외과 병동인 2층에서 엘리엇을 따라잡았다. 「제기랄, 좀 기다리면 안 돼?」 해리는 엘리엇의 어깨를 잡았지만, 검은 장갑복 차림의 남자가 재빨리 개머리판을 어깨에 대더니 해리를 조준했다.

「내 개종자를 놀라게 하지 마.」 엘리엇이 말했다. 「이 친구는 나를 보호하려는 거야.」

「너 대체 뭘 하는 거지?」

「울프를 찾고 있지.」

「어디에 있는지는 알고.」

「그게 문제지. 하지만 그냥 그 방에 앉아 있는 것보다는 낫잖아.」 엘리엇이 주위를 둘러보았다. 그의 동공은 팽창해 있었다. 「넌 여기에서 일했잖아. 여기를 빠져나갈 만한 좋은 방법 없어?」

「모르겠어. 저자에게 그 망할 놈의 총 좀 내게 겨누지 말라고 말해 주겠어?」

「이 친구는 네가 위협이 된다고 생각해. 사실, 나도 그렇게 생각하고.」

「약에 취한 것 같군.」

「도파민이 많이 분비되고 있거든.」 엘리엇이 말했다. 「덕분에 약을 쓰지 않고도 흥분한 상태야. 조엘! 총을 내려.」

군인은 총을 내렸다. 그는 악의가 가득한 눈으로 해리를 노려보았다.

「세탁물 투입구는 어때?」

「뭐?」

「세탁물 투입구.」 엘리엇이 말했다. 「그곳을 통해 내려가면 지하실이나 뭐 그런 곳으로 갈 수 있잖아.」

「아니. 그렇지 않아. 여기는 병원이야. 그런 게 있으면 아이들이 장난을 쳐서 그렇게 안 해놨어.」

「그럼, 어쩌지?」

「모르겠어.」

「생각해 내.」 엘리엇이 말했다. 「분명히 환자 몇 명이 사라진 적이 있었을 거야. 그 사람들은 무슨 방법인가를 써서 빠져나갔고. 여기는 포트 녹스[7]가 아니야.」

「그런 사람은 한 명도…… 아, 전에 한 번 옆 건물 지붕으로 올라가 창고에 침입한 사람이 있었어. 우리도 아마 그렇게…….」

「그래, 그거야.」 엘리엇이 군인을 바라보았다. 「가서 주의를 분산시켜. 아무것에나 대고 총을 쏴. 거짓 보고를 해. 그런 식으로 해.」 남자는 고개를 끄덕이고 나서 계단을 뛰어 내려갔다. 「그럼 이 창고로군.」

「저자를 어떻게 구부러뜨렸지?」

「저 사람을 알아. 난 조직에서 일했잖아. 창고로 가지.」

해리는 엘리엇과 함께 양 여닫이문을 지났다. 그는 한 번도 이곳에 오는 것을 좋아한 적이 없다. 외과의들 때문이었다. 해리는 외과의들이 정말로 환자에게 조금이라도 신경을 쓰는지 늘 의심스러웠다. 외과의들은 사람을 돌보는 일보다 도전을 더 좋아하는 것처럼 보였다. 「그러니까 너는 아까 그 사람이 쓴 헬멧 얼굴 부위에 총을 쏜 후, 헬멧을 벗기고 단어를 썼다는 거야?」

「맞아.」 엘리엇이 말했다.

해리는 창고에 도착했고, 손잡이를 당겨 보았다. 문이 잠겨 있는 것으로 보아, 지난 1년 동안 아무도 여기에 온 적이 없었던 듯했다. 하지만 해리는 열쇠가 어디에 있는지 알았다. 그는 복도를 뛰어가 간호사 스테이션의 두 번째 서랍을 열었고, 종이 클립과 고무줄 사이에서 열쇠를 찾아냈다. 해리가 돌아왔을 때 엘리엇은 문을 당기고 있었다. 「빨리.」 엘리엇이 말했다.

「빨리 움직이고 있어.」

「더 빨리.」

7 미연방 금괴 저장소.

해리는 문을 당겨 열었다. 그는 엘리엇이 죽다 살아난 뒤로 많이 초조해한다는 것을 깨달았다. 저 멀리 어디에선가 총소리가 짧은 간격을 두고 연달아 들렸다. 그들은 기다렸지만 그 소리가 반복되지 않았다.

「조엘이야.」 엘리엇이 상냥하게 말했다.

그들은 창고로 들어갔다. 침입자가 들어온 뒤로 창에는 새로운 자물쇠를 달았지만, 안쪽에서는 자물쇠가 크게 문제되지 않았을 것이다. 해리는 창문 너머를 응시했다. 짧은 거리를 내려가 지붕의 사각지대로 간 다음, 잠깐 달려 옆의 약국 건물 지붕으로 뛰어내리면 되었다. 군인들은 보이지 않았다.

「진짜 문제는 울프를 찾아내는 거야.」 엘리엇이 해리의 귀에 대고 중얼거렸다. 해리가 움찔했다. 그는 엘리엇이 다가오는 소리를 듣지 못했다. 엘리엇이 해리를 바라보았다. 「어디에 있을 거라고 생각해?」

「한 걸음 물러서지 않겠어?」

「난 네가 알 거라고 생각해.」 엘리엇이 해리의 이마를 톡톡 쳤다.

「제기랄, 내 머리 만지지 마.」 해리는 창문을 창틀에서 떼어 내려 애쓰기 시작했다.

「이 장소.」 엘리엇이 말했다. 「이 장소는 네 기억을 되돌렸어. 아마 울프에게도 같은 효과가 있을 거야. 그리고 넌 울프를 잘 알아. 그러니 말해 봐. 울프는 어디에 있지?」

「네가 전에 세웠던 계획, 브로큰힐을 빠져나가는 거 기억나? 나는 지금 그 계획을 실천 중이야.」

「어디에 있지?」 엘리엇이 말했다.

해리는 창문을 떼어 바닥에 던지더니 선반들 위로 올라갔다. 창은 좁았지만 결국 그는 라이플을 창이 있던 자리로 통과시킨 후 자신도 2미터 아래 지붕 위로 뛰어내렸다. 해리는 벽에 기댄 채 몸을 웅크리고서 엘리엇이 도착하길 기다렸다. 이윽고 엘리엇이 그의 옆으로 내려왔다.

엘리엇이 주위를 둘러보았다. 「이건 좋은 생각이었어.」 엘리엇은 일어나 지붕 가장자리로 달려갔고, 건물들 사이 공간을 뛰어 약국의 양철 지붕 위로 착지했다. 해리는 엘리엇이 좌우를 살피는 것을 보았다. 그리고 엘리엇은 동작을 멈추었다. 해리는 깜짝 놀라 꼼짝도 하지 못했다. 엘리엇이 가장자리를 향해 다시 기어 오더니, 아래를 내려다보고는 밑으로 뛰어내려 시야에서 사라졌다.

해리는 엘리엇을 쫓아 달려갔다. 반쯤 갔을 때 엘리엇이 낯선 단어를 배 속에서부터 내뱉었다. 해리가 가장자리에 도착했을 때, 엘리엇은 골목에서 헬멧이 없는 또 다른 군인을 밟고 서 있었다. 이번 군인은 대머리였다.

해리는 라이플을 아래로 던진 뒤 가장자리를 따라 내려갔다. 「네게는 내가 필요 없을 거라는 느낌이 들기 시작하는걸.」

「오, 필요하고말고.」 엘리엇이 말했다. 「난 울프가 어디에 있는지 몰라.」 엘리엇은 약국을 바라보았다.

「에밀리는 거기에 없어. 에밀리가 거기에 들어간 기억이 전혀 없거든. 엘리엇, 엘리엇?」

「왜?」

「멍하니 넋을 놓고 있길래.」

「아.」 엘리엇이 말했다. 「귀마개 생각을 하고 있었어.」

「그건…… 아주 좋은 생각인걸.」

「음성으로 된 구부러뜨리기에 저항하는 데 아주 좋은 방법이지. 하지만 누군가가 총을 들고 네 뒤쪽으로 올 경우에는 그리 좋은 방법이라고 할 수 없어. 즉 장단점이 있지.」

「맞아.」

「하지만 나는 구부러지는 것보다는 총에 맞는 게 더 나아.」 엘리엇이 해리를 바라보았다. 「만약 울프가 나를 구부러뜨리거든 나를 쏴. 내가 이미 이 말을 했던가?」

「아니.」

「흠, 꼭 그렇게 해. 진심이야.」

대머리가 말했다. 「우리는 3층에 있습니다. 우리는 당신들이 그곳에 없는 걸 압니다.」

「고마워, 맥스.」 엘리엇이 말했다. 「해리, 울프는 어디에 있지?」

「그걸 내가 알 턱이 없잖아?」

「생각해 봐.」

해리는 주위를 둘러보았다. 만약 내가 에밀리라면 어디로 갔을까? 병원 근처 어딘가였다. 그 구역의 건너편에 카페가 하나 있었지만 에밀리는 한 번도 그곳을 좋아한 적이 없다. 그녀는 그곳에서 남자들 냄새가 난다고 했다. 그들은 종종 좀 더 멀리 떨어진 햄버거 가게에 갔다. 사실, 둘이 처음 만난 곳이었다. 환자로서 그녀를 만난 것을 제외하면 그랬다. 에밀리는 식사 중이었고, 해리는 누군지 기억나지 않지만 당시에 잠시 만나던 여자와 걷고 있었으며, 에밀리가 자신을 불러 세웠다. 해리는 그녀를 미치광이라고 여겼던 기억이 났다. 왜 그렇게 생각했던 걸까? 카드 때문이었다. 에밀리는 그에게 〈나의 영웅에게〉였나, 〈당신은 제 생명을 구해 주셨어요〉였나, 뭐 그 비슷한 터무니없는 내용을 쓴 카드를 보냈었다. 하지만 그 후 두 사람은 대화를 나누었고, 에밀리는 미친 것처럼 보이지 않았다. 에밀리에게는 뭔가 특별한 것이 있었다. 뭔가 반짝이는 것이 있었고, 그 점이 해리의 마음을 움직였다.

「너는 뭔가를 떠올렸어.」 엘리엇이 말했다. 「네 얼굴을 보면 알 수 있어.」

해리는 고개를 저었다.

「나한테 숨기지 마.」 엘리엇이 더 가까이 몸을 숙였다. 「말해 봐, 해리.」

「너 지금 진짜 징그러워.」

「이 상태는 일시적인 거야. 나는 이 상태를 최대한 활용할 필요가 있어. 약발이 떨어지는 쪽이 오히려 골치 아파.」

「제안을 할게.」

「오, 해봐.」

「어쩌면 에밀리가 어디에 있는지 알 것도 같아. 하지만 내가 말해 주면, 내가 먼저 들어가는 거야. 내가 가서 에밀리와 말을 할 거야. 만약 그게 잘 안 되면, 좋아. 너는 네가 해야 할 일을 해. 하지만 내게 먼저 5분을 줘.」

「좋아.」 엘리엇이 손을 내밀었다.

해리는 의심스러운 듯 망설였다. 「진심이 아니잖아.」

「내가 무슨 말을 하길 원하는데?」 엘리엇이 외쳤다. 「네 제안이 쓸모없다는 건 너도 알잖아! 그자를 쏴!」 마지막 말은 대머리 군인에게 지시한 것이었다. 대머리는 한쪽 무릎을 굽히고 반자동 소총을 들었다. 해리가 돌아서자 시커먼 장갑복을 입은 형체

둘이 골목 끝 쪽에 있는 것이 보였다. 엘리엇이 그의 팔을 잡았고, 둘은 달렸다.

「햄버거 가게야.」 해리가 헐떡였다. 「오른쪽, 오른쪽, 블록을 돌아서.」 그들은 모퉁이를 돌았다. 「5분이야. 약속해.」

「알았어, 알았어.」 그가 말했다. 「좋아.」 엘리엇은 멈췄고, 해리의 총에 있는 뭔가를 보고 눈을 휘둥그레 떴다. 「이런 젠장, 망했군.」

「왜?」 해리가 말했다. 그는 뭐가 문제인지 알 수 없었고, 엘리엇을 바라보았으며, 엘리엇의 권총 손잡이가 해리의 얼굴을 향해 아주 빠르게 움직였다. 기억나는 일은 그것이 전부였다.

군인들이 들어왔고, 문제가 있었다. 에밀리는 곧바로 그것을 알아차렸다. 왜냐하면 우선 매스터스가 15초 간격으로 보고를 토해 냈다. 누가 어디에 있고, 무엇을 하며, 얼마 동안 그것을 할 듯한가 등등. 물리적 사실을 쉬지 않고 보고하는 과정에서 매스터스는 성적 쾌락 수준의 즐거움을 느끼는 듯했다. 그리고 돌연, 아무 이유도 없이 1분 동안 아무런 보고도 하지 않았다. 플래스는 이런 이상한 점을 인식하고 연속해서 머리 매무새를 점점 더 연극적인 태도로 가다듬다가 마침내 질문을 했고, 매스터스는 고글 쓴 얼굴을 플래스에게 돌리며 기계적인 목소리로 말했다. 「우리는 목표물의 위치를 알아내려고 애쓰는 중입니다.」

「목표물의 위치를 이미 〈알아냈다〉고 생각했는데?」 플래스가 말했다. 매스터스는 대답하지 않았다. 「목표물의 위치를 〈알고〉 움직인 거 아니었나?」

「엘리엇은 미꾸라지 같아.」 에밀리가 말했다.

「포틀랜드 때 같은 일을 또 겪을 수는 없어.」 플래스의 이 말은 매스터스를 겨냥한 것이었지만, 그 말을 들은 매스터스가 무슨 생각을 하는지는 알 수 없었다. 에밀리는 매스터스가 그 말에 너무 화가 나서 그의 몸 여기저기에 매달린 대여섯 가지 무기 가운데 하나를 가지고 플래스에게 뭔가 입에 담지 못할 일을 해주기를 바랐다. 그녀는 지금과 같은 때면 늘 하던 생각을 떠올렸다. 〈에이츠, 에이츠. 넌 변태 새끼야.〉

에밀리는 식탁 앞에서 일어섰다. 정면 유리창은 아주 더러웠지만, 그녀는 그 너머를 볼 수 있었다. 병원 위로 헬기가 맴돌았지만, 그 외엔 아무 일도 없어 보였다.

「우리는 재편성을 하고 있습니다.」 매스터스가 말했다. 「아마 새로운 위치를 알아낼 수 있을 겁니다.」

「넌 위치를 알아낼 거야.」 플래스가 말했다. 「지금 당장 놈들의 위치를 알아내야지, 안 그러면 남은 평생을 후회하며 살게 될 거야.」 플래스의 얼굴이 붉으락푸르락해졌다. 플래스의 이마와 머리털 사이 경계선을 따라 땀이 송글송글 맺혔다. 플래스는 시인치고는 감정을 엄청나게 표현했고, 에밀리는 그녀가 저렇게 실패의 대가를 유난히 끔찍하게 여기는 데는 뭔가 이유가 있을 것이라고 생각하게 되었다. 에밀리는 계속 도로를 보고 있었다. 그녀는 엘리엇처럼 생각할 필요가 있었다. 그녀는 대부분의 조직원보다 엘리엇을 더 잘 알았다. 그는 저기서 살금살금 돌아다니며 에밀리의 위치를 가늠하고 있을 것이었다. 그런 것이 엘리엇의 속내이리라. 탈출이 아니었다. 그는 에밀리에게 오려 하고 있었다.

검은 장갑복 차림의 군인 한 명이 교차로에서 나타나더니 햄버거 가게로 뛰어왔다. 「이자는 누구지?」 플래스가 말했다. 아무도 대답하지 않자, 그녀는 다시 물었다. 「이 개새끼는 누구냐니까?」

플래스가 에밀리 옆으로 왔다. 「내 입장을 말하자면, 이 지역에 인원을 좀 더 보충해도 괜찮을 듯합니다.」

매스터스가 말했다. 「우리는 구역을 재설정 중입니다.」

에밀리는 쓸데없는 소리라고 생각했다. 만약 매스터스가 에밀리의 현재 위치를 작전 구역에 포함시켰다면, 그에 대해서도 언급을 했어야 하기 때문이다. 군인들이 이동 중이다, 매스터스가 말한 것은 그게 전부였다. 에밀리는 다가오는 사람을 자세히 보았다. 「오.」 에밀리가 말했다. 「저건 엘리엇이군.」

「그건…… 그건 불가능한데.」 플래스가 말했다. 하지만 그녀의 목소리에는 확신이 없었다. 플래스는 이미 에밀리가 알고 있는 사실, 즉 엘리엇을 얕잡아 보면 안 된다는 사실을 그제야 깨닫기 시작했다. 엘리엇은 이제 다 파악했다고 생각할 때마다 새로운 면을 드러냈다. 「어서…… 어서 보안 팀을 이곳으로 부르죠, 에?」 플래스는 에밀리를 지나 매스터스에게 다가갔다. 매스터스는 무전기에 대고 뭔가 명령을 부르짖거나 또는 그냥 가만히 거기에 있었다. 어느 쪽이었는지 알기는 불가능했다. 「매스터스, 매스터스.」

「응답이 없습니다.」 매스터스가 커다란 권총을 꺼냈다. 「어쩌면 적일 수도 있습니다. 후퇴를 권합니다.」

플래스가 사라졌다. 에밀리는 망설였다. 그녀는 정말로 엘리엇을 만나 그를 끝장내고 싶었다. 하지만 이런 식으로는 아니었다. 중장갑을 갖추고, 구부러뜨림에 저항하는 필터들을 착용한 엘리엇은 아니었다. 위험을 감수하는 것과 자살은 다른 이야기였다. 에밀리는 플래스를 따라가기 위해 몸을 돌렸지만, 다른 생각이 떠올랐다. 교활함에는 언제나 또 다른 한 겹이 숨겨져 있을 가능성이 높았다. 엘리엇은 눈에 띄게 할 목적으로 누군가를 보냈을 수도 있었다. 어쩌면 치외자나 또는 그가 제압한 군인일 수도 있었다. 그자를 햄버거 가게 정면으로 보내고, 실제로 엘리엇 자신은 에밀리의 후방을 칠 수도 있었다. 엘리엇이라면 그러고도 남았다. 에밀리는 생각에 잠겼다. 가게에는 외부 쓰레기통으로 가는 옆문이 있었다. 그녀는 신중을 기하기로 했다.

에밀리는 밖으로 나왔다. 옆 가게의 벽돌 벽이 그녀를 맞이했다. 비밀 탈출 통로. 이것은 에밀리가 좋아하는 부류였다. 딱 에밀리다운 상황이었다. 이윽고 그녀는 멈추었다. 이게 문제가 될 수 있다는 생각이 들었기 때문이다. 이 상황에서 본능을 따르면 안 될지도 몰랐다. 에밀리를 아주 잘 아는 사람이라면 이런 행동을 예측할 수 있었기 때문이다. 엘리엇이 모퉁이를 돌며 나타났다.

「젠장.」 에밀리가 말했다.

엘리엇의 두 귀에는 작고 노란 마개가 살짝 튀어나와 있었다. 손에는 권총을 들고 있었다. 두 눈은 휘둥그레졌고, 얼굴은 땀으로 번들거렸다. 이를 통해 에밀리는 그가 각성 상태라는 것을 알 수 있었다. 시인들은 정말로 원한다면 그렇게 할 수 있었다. 에밀리는 전에도 시인들이 이런 상태에 놓인 것을 본 적이 있었다. 이런 상태가 되면 한 시간 정도 굉장히 빠르게 말하고 움직일 수 있으며, 그 뒤 며칠 동안 잠들었다.

「잡았다.」 엘리엇이 말했다.

에밀리는 두 손을 들었다. 말을 하고 싶었지만, 만약 입을 열었다가는 엘리엇이 총을 쏠 것만 같았다. 물론, 결국 엘리엇은 그녀에게 총을 쏘리라. 그러려고 여기에 온 것이니 말이다.

두 사람은 잠시 서로의 얼굴을 바라보았다. 어쩌면 누군가가 문으로 나와 엘리엇을 처리할 수도 있었다. 그러면 아주 편리할 텐데.

엘리엇은 빈손을 써서 귀마개를 뽑았다.「치외자를 기절시켜야만 했어. 신뢰가 안 가서.」

「그랬군요.」에밀리가 말했다.

「지금까지 벌어진 일들은 내 잘못이야. 내가 막았어야만 했어.」에밀리는 뭐라고 대꾸해야 할지 몰랐다.「난 너를 죽여야만 해.」

에밀리는 고개를 끄덕였다. 벌써 이런 식으로 시간이 꽤 지났다.

엘리엇의 손가락들이 권총 위로 구부러졌다.「너를 더 제대로 가르치지 못해서 미안해.」그의 표정은 아주 이상했다.

「엘리엇.」에밀리가 말했다.

「넌 멈춰야 해.」

「엘리엇.」

군인들이 다가오고 있었다. 에밀리는 그것을 느낄 수 있었다. 조금 전과 달리 군인들이 다가온다는 생각이 어떤 면에서는 괴로웠다.

「나는 실수들을 했어.」엘리엇이 말했다. 에밀리 주위로 군인들이 개미 떼처럼 몰려왔다. 요란한 소리가 났고, 엘리엇은 에밀리를 쏠 수 있었지만 그러지 않았다. 그는 쓰러져 죽었다.

이 일이 있고 나서 에밀리는 기분이 이상해졌다. 군인들과 시인들이 오갔고, 어떤 때는 잠깐 멈춰 에밀리에게 말을 걸었지만, 그녀는 그 말이 귀에 들어오지 않았다. 사람들이 엘리엇의 시체를 싸기 시작하자, 에밀리는 햄버거 가게 앞쪽으로 가서 식탁 앞에 앉았다. 가끔씩 누군가가 옆을 지나갔지만, 대부분은 그녀 혼자였다. 에밀리는 울기 시작했다. 왜 울음이 나오는지 알 수 없었다. 그녀는 엘리엇이 죽기를 바랐었기 때문이다. 에밀리는 그것을 아주 확실히 원했었다. 하지만 어쨌든 슬픔이 터져 나와 그녀의 여러 자아를 가득 채우고 넘쳐흘렀으며, 이제 에밀리는 자신이 원했다고 해서 모두 진짜 자신이 원했던 것은 아님을 상기했다.

에밀리 곁에 그림자 하나가 드리워졌다. 에밀리는 지금 이 순간 자신을 방해하는 멍청이가 누군지 보기 위해 고개를 들었고, 상대가 예이츠임을 보았다.

예이츠는 쓰러진 의자를 세우고 거기에 앉았다. 그는 아름다운 진회색 양복 차림에, 머리는 말끔하고 윤이 났다. 예이츠는 선글라스를 벗어 테이블 위에 놓았는데, 선글라스 뒤에 숨어 있던 눈에는 아무 감정도 담겨 있지 않았다.

「아.」 에밀리가 말했다. 자신이 멍청했다는 생각이 들었다. 예이츠가 여기에 있는 것은 당연했다. 진작 깨달았어야 했다.

「축하해.」 예이츠는 길 건너편의 먼지바람에 시달리며 줄지어 서 있는 건물들을 살폈다. 「이제 내가 왜 널 원했는지 알겠지. 특히나 엘리엇을 없애기 위해서 말이야.」

에밀리는 대답하지 않았다.

「설득은 이해에서 비롯되지. 우리는 상대가 누구인지를 습득하고, 그 지식을 상대에게 적용하여 상대를 굴복시키지. 추격전이나 총 따위 이런 것들은 모두…….」 예이츠는 손을 휘휘 저었다. 「사소한 부분이야. 엘리엇이 탈출하지 못했다는 것은 내가 엘리엇 자신보다 더 그자를 잘 이해하고 있다는 걸 증명하지.」 에밀리는 근처에서 플래스가 어슬렁거리는 것을 느꼈다. 예이츠가 말했다. 「물 한 잔 가져다주면 좋겠군. 아니, 두 잔으로 하지.」

플래스가 사라지자, 예이츠는 재킷을 벗어 옆에 붙박이처럼 서 있던 매스터스에게 주었다. 「난 그간 대표들을 찾아갔었어. 조직을 위해 내가 제시한 새로운 방향을 맘에 들어 하지 않는 이들도 있었어. 어떤 이는 나에게 반대해 움직이려고 했지. 물론 예상했던 바야. 하지만 헛된 일이야. 나는 그자들을 이해하고 있으니까. 우리는 우리의 정체를 숨기려고 애쓰지. 하지만 진실은, 우리는 숨겨지는 걸 원하지 않는다는 거야. 우리는 발견되고 싶어 해. 조만간 모든 시인이 알게 될 사실이 있지. 즉 완벽한 벽으로 둘러싸여 있으면 모든 건 무가치해져 버린다는 거. 정말로 모든 게 무가치해져. 그래서 우리는 친밀함을 얻으려고 프라이버시를 희생해. 프라이버시를 걸고 도박을 해. 우리 자신을 드러냄으로써 누군가가 우리 안으로 들어오길 바라지. 바로 이 때문에 인간이라는 동물은 늘 취약한 거야. 왜냐하면 취약하길 원하거든.」 플래스가 물 두 잔을 가져왔다. 에밀리가 오래전부터 잘 알던 유리잔이었다. 플래스는 잔들을 식탁 위에 놓았다.

「엘리엇이 그렇게 되어 마음이 아픕니다.」

「그래, 뭐.」 예이츠가 말했다. 「억눌렸던 감정의 분출 같은 거겠지.」

「그리고 생각나는 것들이 있습니다.」

「그래? 뭐지?」

「저는 응급실을 나왔습니다. 저 문을 통해서요.」 에밀리가 가리켰다. 「저는 저쪽으로 갔습니다. 사람들은 서로를 죽이고 있었죠. 그 단어 때문에요. 해리가 저를 쫓아왔습니다. 해리는 제가 한 짓을 알았습니다. 하지만 그래도 저를 구했습니다.」

「왜 내게 이런 말을 하는지 모르겠군.」 예이츠가 말했다. 「아무 관련이 없잖아.」

「예이츠 님에게 하는 말이 아닙니다.」

누군가가 병원 쪽에서 그들을 향해 걸어오고 있었다. 열기로 인한 아지랑이 때문에 그 형체는 흔들거려 보였고, 누군지 알아볼 수 없었다. 하지만 에밀리는 느낌이 왔다.

「해리.」 에밀리가 말했다.

해리는 지붕 가장자리에서 아래의 거리를 살펴보았다. 머리가 지끈거렸다. 엘리엇이 머리를 쳤기 때문이다. 그는 해리가 든 라이플의 뭔가를 보고 인상을 찡그렸고, 해리는 그게 뭔지 보려고 시선을 돌렸는데, 이윽고 문가에 쓰러진 상태로 정신을 차렸다. 이제 엘리엇은 가고 없었으며, 해리는 가구점 지붕에 올라가 상황을 파악하려 애쓰고 있었다.

몇 분 전 군인 한 명이 햄버거 가게로 걸어갔고, 다른 한 명이 권총을 빼들고 정문에서 나타나 그 군인에게 다가갔다. 둘이 충돌을 일으킬 것 같았지만, 1미터 정도 거리에서 멈추더니 마치 텔레파시로 대화를 주고받는 것처럼 가만히 서 있었다. 이윽고 그 둘은 햄버거 가게로 돌아갔고, 더 많은 군인이 나타났으며, 총격전이 벌어졌다. 결국 젊은 여자가 나타나 탁자 앞 의자에 앉았다. 해리는 그 여자를 뚫어져라 바라보았다. 그 여자는 에밀리였기 때문이다.

해리는 에밀리가 전과 같은 사람일지 약간 의심하고 있었다. 엘리엇 때문이었다. 하지만 이제 모든 것이 명확해졌다. 그는 지붕 위에서 꿈틀거리며 내려왔다. 늘 이런 식이었다. 더 많은 사람들이 말을 할수록 주제는 더 애매해졌다. 진실은 변론이 필요하지 않았다. 그냥 알 수 있었다. 해리는 하마터면 그 점을 깜박할 뻔했다. 그는 라이플을 움켜쥐고 에밀리를 잡으러 갔다.

예이츠는 고개를 돌려 이글거리는 아지랑이를 뚫고 다가오는 형체를 바라보았다. 「누구지?」

「치외자일 겁니다.」 손으로 해를 가리고 살피던 플래스가 말했다. 그 형체는 두 팔을 옆으로 활짝 펴고 있었다. 그는 진 바지에 티셔츠를 입고 있었다. 「윌 파크. 비무장으로 보입니다.」

「흠, 우리가 저자를 쏴버리면 어때?」

「수행하겠습니다.」 매스터스가 말했다. 그가 손짓하자 두 명의 군인이 도로로 나섰다.

「우리는 윌 파크를 압니다.」 플래스가 말했다. 「우유부단하고, 무기를 다루는 훈련을 받지 않았습니다. 목수입니다.」

「에밀리, 초조해 보이는군.」 예이츠가 말했다. 「내가 알아야 할 뭔가가 있나?」

「네.」

「말해 봐.」

「저는 해리가 죽었다고 생각했습니다. 하지만 그렇지 않았습니다. 저는 그냥 제 자신이 그렇게 믿도록 만든 겁니다.」

플래스가 말했다.「해리가 누구죠?」

「에밀리의 애인.」 예이츠가 말했다.「과거의. 해리가 치외자인가?」

에밀리가 고개를 끄덕였다.

예이츠는 손가락들로 테이블을 두드렸다.「그렇다고 달라지는 건 아무것도 없어.」

그들은 군인들이 산개하는 것을 지켜보았다. 해리가 걸음을 늦추기 시작했다. 에밀리는 해리의 얼굴을 볼 수 있었다.

「잠깐.」 예이츠가 말했다.「내가 뭔가 놓친 게 있어. 그렇지?」

에밀리는 대답을 해야만 했다.「네.」

「내가 놓친 게 뭐지?」 예이츠는 에밀리 뒤에 있는 누군가에게 손가락을 튀겼다.「너, 너도.」 머리가 길고 젊은 시인인 로젠버그가 군인들을 따라 도로로 나갔다.「에밀리?」

「두 가지입니다.」

「자세하게 말해. 나는 지금 〈자세하게〉 말하라고 지시하는 거야.」

「전 예이츠 님이 사랑을 한 적이 없다고 생각합니다. 적어도 최근에는요. 사랑이 어떤 건지 예이츠 님이 기억조차 하는지 확신이 들지 않습니다. 사랑은 그 사람을 구부러뜨립니다. 사랑은 몸을 점령합니다. 날단어처럼요. 저는 사랑이 날단어라고 생각합니다. 그게 첫 번째입니다.」 예이츠는 반응을 보이지 않았다. 유일하게 보인 반응은, 어리둥절해한 것이다.「두 번째는, 저라면 해리를 우유부단하고 무기를 다룰 줄 모르는 사람으로 생각하지 않을 거라는 점입니다.」

플래스가 말했다.「안으로 이동해야 할 듯합니다.」

「그래.」 예이츠가 말했다. 「그래야겠군.」 예이츠는 바지 매무새를 다듬고 의자에서 일어나기 시작했다. 하지만 그는 동작을 멈추었다. 에밀리가 그의 넥타이를 잡았기 때문이다.
「그리고…….」 에밀리가 말했다. 「넌 변태 새끼야.」

해리는 햄버거 가게를 향해 걸어갔지만, 군인들이 그를 잡으러 도로로 나왔다. 해리는 방향을 바꿔 부동산 사무실로 향했다. 그리고 전에는 판유리 창이던 공간을 통과한 다음 카운터에 올려 두었던 라이플을 집어 들고 뒤쪽 사무실들을 향해 뛰어갔다. 그는 공인 중개사인 멜리사와 데이트할 때 이곳에 몇 번 온 적이 있었다. 어쨌든 이곳 구조를 알 정도로 자주 왔었다. 그는 멜리사의 사무실에 자리를 잡고 기다렸다.
몇 분 후 군인 한 명이 천천히 발을 끌며 들어왔다. 해리는 두 번째 군인이 나타날 때까지 기다렸다가 상대의 면갑에 총을 쏘았다. 둘은 연기처럼 사라졌다. 해리는 복도로 뛰어가며 노리쇠를 당기고 총알을 장전했다. 그는 왼쪽으로 가지 않고 오른쪽으로 가서, 살그머니 뒷문을 열고 햇빛 아래로 나왔다. 해리는 건물을 빙 돌아 에어컨 실외기 뒤에 숨은 뒤, 실외기 보호망에 눈을 대고 그 너머를 살폈다. 두 번째 군인은 쪼그린 자세로 그에게서 도망치고 있었다. 그는 라이플을 들어 상대의 뒤통수에 대고 총을 쏘았다.
건물로 다시 들어갔을 때, 해리는 두 명 다 여전히 살아 있다는 사실에 놀랐다. 28구경의 강력한 총알을 막을 수 있는 헬멧이 있을 줄은 상상도 하지 못했다. 그래도 총알의 충격이 어디론가 전해졌을 터였다. 군인 한 명이 헬멧을 벗었고, 구토물이 가슴을 따라 흘러내렸다. 다른 한 명은 정문을 향해 힘없이 기어가고 있었다.

해리는 라이플을 들어 올렸다. 헬멧을 벗은 군인이 한 손을 들어 올렸다. 해리는 그를 쐈다. 그리고 재장전을 하며 다른 한 명을 향해 걸어갔다. 창밖에서 한 명이 갑자기 나타났다. 싸구려 양복에 넥타이를 맨 청년이었다. 그 청년은 의미를 알 수 없는 단어를 줄줄이 내뱉었고, 해리는 창 너머의 그 청년을 쐈다. 그리고 뒤를 돌아보았다. 기어가던 군인은 더 이상 움직이지 않았다.

해리는 라이플을 재장전했다. 헬기가 다가오는 소리가 들렸다. 그는 군인들이 양쪽에서 다가오고 있을 것이라고 추측했다. 군인들은 18킬로그램 중장갑으로 무장했기 때문에 아까의 그 두 명처럼 느린 구보로 움직이리라. 게다가 그자들은 정오의 태양 아래에서 한 시간째 부산히 움직였을 테니까. 해리는 그게 어떤 느낌일지 사실 상상이 되지 않았다. 그는 이곳에서 사람들이 과도하게 움직이다가 급사한 경우도 보았다. 그런 사람들은 뙤약볕 아래서 활동해도 별문제가 없으며, 기껏해야 몸이 조금 불편해지는 정도일 것이라고 생각했다. 그리고 자외선 차단제를 바른 후 모자를 쓰고 밖으로 돌아다니다가 갑자기 쓰러졌다.

해리는 화장실로 가서 창문을 열었다. 창밖으로 낮은 담장이 있기에 옆 건물에서는 그가 보이지 않았다. 그리고 그곳에서라면 해리는 누구의 눈에도 띄지 않으면서 원하는 곳 어디로든 갈 수 있었다. 그는 창문을 넘어가 낮은 포복으로 나아가기 시작했다.

테이블 너머에서 예이츠의 눈이 휘둥그레졌다. 에밀리는 예이츠가 이렇게 놀란 모습을 처음 보았다. 아니, 예이츠의 표정을 본 적이 없었다.

「놔.」 예이츠가 말했다.

「당신이 〈나를〉 놔.」 에밀리가 말했다. 하지만 그것은 단지 시간을 벌기 위해서였다. 에밀리가 예이츠에게서 자유로워질 수 있는 방법은 단 하나뿐이며, 그녀는 스스로 그 일이 일어나게 만들 계획이었다. 예이츠는 뒤로 물러서면서 에밀리의 정신을 다시 지배할 물건을 꺼내려고 재킷으로 손을 가져갔다. 그리고 그 동작에서 에밀리는 예이츠가 아직 사태를 파악하지 못했다는 것을 깨달았다. 예이츠는 무슨 이유에서인가 단어의 효력이 다했고, 그래서 에밀리가 자신에게 복종하지 않는다고 생각했다.

에밀리는 예이츠를 쫓아가려고 했지만, 하필이면 플래스가 뒤에서 그녀를 잡고 있었다. 플래스는 빼빼 말라서 에밀리를 오래 막을 수 없었지만, 에밀리는 누군가가 자신을 막을 것이라고 예상치 못했고, 그 틈을 타 예이츠는 단어를 꺼낼 수 있었다.

「앉아서 움직이지 마.」 예이츠가 말했다.

「싫어.」 예이츠의 얼굴에 믿을 수 없다는 표정이 퍼져 나갔다. 플래스는 에밀리가 복종하리라고 예상해서 이미 두 팔의 힘을 뺀 상태였다. 하지만 예이츠의 손이 재킷에서 나오고 있었고, 에밀리는 재킷 안의 물건을 보고 싶지 않았기에 고개를 젖혔다. 그리고 매끄럽게 다음 동작으로 넘어갔다. 에밀리는 앞으로 걸어가 테이블의 유리잔을 집어 예이츠의 신발에 물을 뿌렸다.

예이츠는 공포에 질린 듯 높은 음을 냈다. 그 소리는 에밀리의 귀에 아주 아름답게 들렸지만, 중요한 사실은 예이츠가 다른 소리를, 다른 사람들에게 에밀리를 죽이라고 명령하는 소리를 내지 않고 있다는 점이었다. 신발의 부드러운 가죽이 망가졌다는 공포에 예이츠가 넋이 나가 버린 순간을 틈타, 에밀리는 유리잔을 탁자 가장자리에 쳐서 깨뜨렸고, 그 조각으로 예이츠의 목을 그었다.

예이츠가 말을 하려고 했다. 그의 입술에서 작고 빨간 거품들이 부글거렸다. 에밀리는 그의 손에서 최대한 부드럽게 날단어를 빼냈다. 예이츠는 무릎을 꿇었고, 에밀리는 플래스와 매스터스 그리고 그곳에 있는 다른 사람들을 향해 돌아서야 했지만, 그냥 가만히 서서 예이츠가 죽어 가는 모습을 지켜보았다.

해리는 햄버거 가게로 뛰어갔다. 주위에 군인들이 있을 것이라고 생각했지만, 그들은 보이지 않았다. 헬기는 물러나 있었다. 이유는 알 수 없었다. 해리는 햄버거 가게가 있는 구역을 한 바퀴 돌아보았지만 아무도 보이지 않았고, 그래서 정문 쪽으로 다가가기 시작했다. 에밀리가 그곳에 있었다. 바닥에는 시체 몇 구가 있었다. 검은 장갑복 차림의 군인 한 명이 있었지만, 헬멧을 벗고 무기를 들지 않은 채 편안한 자세로 서서 마치 관광 온 사람처럼 주위를 두리번거렸다.

해리는 언제든 라이플을 쏠 준비를 하고 길을 건너기 시작했다. 에밀리가 그에게 고개를 돌렸다. 에밀리는 손에 뭔가를 들고 있었다. 표정은 기묘했다.

「어이.」 해리가 말했다. 「에밀리, 나야.」

해리가 에밀리에게 다가왔지만, 잠시 에밀리는 그를 알아보지 못했다. 그녀는 방금 많은 사람들을 죽였고, 매스터스를 구부러뜨렸으며, 그녀의 머릿속은 벌들이 윙윙거리는 소리로 가득했다.

하지만 에밀리는 해리의 표정을 알아보았다. 그녀가 죽음에 둘러싸여 있을 때 구하러 왔던 지난번 그의 표정과 똑같았다. 해리는 이번에도 에밀리를 구하러 온 것이다. 그녀는 알았다. 해리는 당연히 그랬을 것이다. 그는 이번에도 에밀리의 모든 잘못을 용서하리라.

「오, 해리.」 에밀리가 말했다. 「당신을 보니 참 좋다.」

해리는 싱긋 웃었다. 에밀리는 자신이 이 모습을, 해리의 웃음을 다시는 못 볼 것이라고 생각했었고, 그래서 이제 죽도록 괴로워졌다. 이 웃음이 영원할 수 없다는 것을 알았기 때문이다. 또다시 안녕이었다.

「사랑해.」 에밀리가 말했다. 「미안하지만 부탁할 게 있어.」

「뭐든지.」 해리는 라이플을 어깨에 걸치고 양손을 뻗은 채 에밀리에게로 다가갔다. 「말만 해.」

「**킥크흐프 프카트크스 흐프키주 즈트크쿠**.」 에밀리가 말했다. 「날 쏴.」

브로큰힐, 여전히 봉쇄

『시드니 모닝 헤럴드』, 제183권 제217호, 14쪽.

2011년에 일어난 재해로 3천 명 이상이 사망한 브로큰힐의 독성 물질 잔량 재조사를 담당한 정부 단체는 그곳을 무기한 봉쇄 상태로 유지하기를 권고했다.

이번 재조사는 지난여름 그곳에 커다란 헬기 두 대가 나타나 마을 상공을 맴도는 장면이 찍힌 사진에서 비롯되었다. 이 사진으로 인해 인근 주민들의 오랜 주장처럼 사실은 그곳에 사람이 살 수 있으며, 그곳에 사람이 살 수 없다고 발표한 것은 마피아들이 숨긴 보물을 찾기 위해서라든가 정부의 군대 프로그램을 위해서라는 등의 온갖 음모론이 등장했다.

재조사 팀은 오늘 3백 쪽에 달하는 보고서를 발표했으며, 보고서에는 그곳 토양에서 메틸 이소탄산염이 허용치를 훨씬 웃도는 수준으로 남아 있다는 과학자들의 연구 결과가 담겨 있다. 이로 인해 그곳에 대한 소문들을 잠재울 수 있을 것으로 보인다.

「비록 제가 재미있는 이야기를 무척 즐기기는 하지만, 브로큰힐로 가서 직접 그곳 상황을 봐도 괜찮을 거란 생각은 아주 위험합니다.」 헨리 로슨 대변인은 말했다. 「그곳은 사람과 기업에 제대로 된 관리 감독이 결여될 때 어떤 일이 생길 수 있는지를 보여주는 불행하고 잔혹한 예라고 할 수 있습니다.」

브로큰힐은 여전히 세계 최악의 환경 재해가 있어난 곳 중 하나로 남아 있다.

메모

제목: Re: 브로큰힐 사태 이후 모형의 개정에 대해

요청에 따른 업데이트 — 최종 보고서 아님, 인용 금지, 기타 등등, 기타 등등.

우리가 브로큰힐에서 한 가장 중요한 발견은 그것이 다중 언어 효과라는 점이다. 처음 그 사실을 발견했을 때 나는 그것이 말이 안 된다고 생각했다. 왜냐하면 사건의 관련자들 중 그 누구도 다중 언어 구사자가 아니기/아니었기 때문이다. 하지만 지금까지 이 정도 수준의 거부 반응을 본 것은 늘 수용자가 한 가지 이상의 언어에 능통했을 때이다. (실험을 통해 신뢰할 수 있는 수준의 결과를 재생할 수 있다. 예를 들어 네덜란드어로 숫자를 세는 동안 이중 언어를 구사하는 피실험자는 영어로 된 구부러뜨림에 저항력의 증가를 보인다.) 우리는 두뇌가 한 가지 언어에 맞춰졌을 때 다른 언어의 단어들은 무의미한 음절로 들리기 더 쉽다는 사실, 즉 의미가 담긴 단어로 인식되지 않는다는 이론을 세웠다.

그리하여 질문은 다음과 같다. 두 번째 언어는 무엇인가? 그리고(다시 한번 말하는데, 내 주장의 인용을 금지한다. 데이터는 파기될 것이다) 우리의 답은 날단어의 언어이다. 그것이 무엇이 되었든 간에 말이다. 우리는 이전에는 날단어를 다루지 않았고, 그래서 현재 그에 대한 지식은 개략적이다. 하지만 우리는 날단어가 인간 정신의 근원적 언어에 속한다고 믿는다. 동물로서의 인간이 가장 근본적 수준에서 스스로에게 말할 때 쓰는 언어라고 하겠다. 기본적으로는 기계 언어라고 할 수 있다.

버지니아 울프와 치외자인 해리 윌슨 사이에 정확히 어떤 관계가 존재했는지 아직 정확히 알지는 못한다. 일종의 연애? 하지만 우리는 그가 살아 있다는 사실에서 그런 관계가 있다는 것을 인정한다. 울프는 원시적이고 동물적인 상태로 바뀌었다. 정신적으로, 울프는 그 잠재적 언어 속에서 움직이고 있었다. 자신의 욕망을 날단어로 느꼈다.

우리가 알듯이, 대상이 거의 비슷한 강제력을 지닌 상반되는 지시 사항을 경험하게 되면, 그 결과는 상황에 따라 달라진다. 즉 예측 불가이다. 이 시나리오는 기본적으로 자유 의지에 관한 이야기가 된다.

(지시 사항들이 상충할 때, 그 둘이 서로를 상쇄하지 않는다는 점에 주의하라. 대상은 둘 다 하려는 욕망을 경험한다. 마음에 새겨 둘 가치가 있다.)

요점은, 우리는 이미 확립한 모형을 버릴 이유가 전혀 없다는 것이다. 뿔을 바로잡으려다가 소를 죽일 필요는 없다. 변명처럼 들릴 수도 있다. 즉 과거 연구의 결점을 인정하지 않으려 한다고 말이다. 하지만 이것이 우리의 솔직한 의견이다.

현재 조직의 재구성/숙청 상황을 볼 때, 이런 사실이 정치적 문제를 야기할 수도 있을 것이다. 그 점에 대해서는 유감이다. 하지만 내게 더 큰 관심사는 이러한 잠재적 렉시콘으로 인해 생기는 질문들이다. 그것의 단어들은 무엇인가? 그 단어들은 얼마나 많이 있는가? 실험을 통해 그 단어들을 알아낼 수 있을까, 즉 뇌에서 직접 발굴할 수 있을까? 그것들을 말하는 법을 배울 수 있을까? 우리가 누구인지를 가장 근본적인 형태로 표현한다면 그것은 어떻게 들릴 것인가?

생각해 볼 문제이다.

– R. 로웰

5

그는 4시에 일어나 바지와 재킷을 입고 부츠를 신었다. 집은 유리처럼 차가웠고, 벽난로의 재에서 불씨를 되살려 보려고 했지만 남은 불씨가 전혀 없었다. 그는 양손을 겨드랑이에 끼우고 밖으로 나갔다. 공기는 얼음처럼 차가웠고, 맑은 하늘은 아직 햇빛의 징후가 없었다. 그는 근처 방목지를 지나 축사로 터벅터벅 걸어갔다. 암소인 〈홍〉이 그가 오는 소리를 듣더니 기대감에 차 음매 하고 울었다. 그는 암소를 축사로 데리고 들어갔고, 양동이를 가져와 놓고 걸상에 앉았다. 그는 온기를 찾아 암소의 옆구리에 이마를 댄 자세로 부드럽게 젖을 짰다. 그는 가끔 그 자세로 잠이 들어 죽음과 단어들의 꿈속을 헤맬 때가 있었다. 그러면 홍은 그를 놀래켜 깨우기 위해 한두 걸음 옆으로 비켜나곤 했다.

양동이를 채우는 데는 8분이 걸렸다. 처음에는 터무니없이 느리다고 느껴졌다. 당시 그는 더 효율적인 방법을 갈망했다. 하지만 곧 이것이 현실 적응에 도움이 된다는 사실을 깨달았다. 그는 이제 젖짜기를 현재의 순간을 만끽하는 기회로 보며, 그 시간을 즐겼다. 암소 젖을 짜고 있을 때면 과거나 미래 따위는 없었다. 그냥 젖을 짜고 있을 뿐이었다.

그는 양동이를 들고 집으로 돌아와 우유를 병 여섯 개에 옮겨 담았다. 고양이가 그의 부츠 주위를 감싸며 트랙터처럼 가르랑거리자, 그는 고양이에게 우유를 조금 주었다. 그는 나뭇조각들과 신문지를 자그맣게 쌓은 뒤 불을 붙였다. 나무들 위로 첫 햇살이 슬그머니 비치기 시작할 무렵, 그는 동작을 멈추고 주위의 경치를 바라보았다. 이 집의 가장 좋은 점은 경치였다. 산책을 할 때면 사방 65킬로미터까지 훤히 내다보였다. 만약 차가 다가오면 그 차가 도착하기 30분 전에 알 수 있었다. 하늘은 넓고 텅 비어 있었다. 좋은 집이었다.

맨발로 마루를 밟는 소리가 들리더니 에밀리가 나타났다. 에밀리의 눈은 잠으로 가득했고, 면 원피스 잠옷은 어깨에서 흘러내려와 있었다.

「더 자야 해.」 그가 말했다.

「나한테 이래라저래라 하지 마.」

「안 해.」 그가 말했다. 「넌 뭘 하라고 하면 꼭 반대로 하잖아.」

에밀리가 해리에게 다가왔다. 둘은 키스했다. 불꽃이 타닥 소리를 냈다. 에밀리는 해리의 품으로 파고들었다.

「해 뜨는 걸 보고 싶어?」

「응.」 에밀리가 말했다.

해리는 담요를 쌓아 놓은 곳에서 두 장을 집었고, 하나를 베란다에 있는 자신이 직접 만든 벤치 위로 던졌다. 그러고는 한 팔로 에밀리를 안은 뒤 두 번째 담요로 둘의 몸을 감쌌다. 에밀리가 해리의 어깨에 머리를 기댔다. 태양이 나무 꼭대기 위로 떠올랐고, 해리는 얼굴이 따뜻해지는 것을 느꼈다.

「사랑해.」 에밀리가 말했다. 그녀는 더 가까이 다가앉으며 해리의 목덜미를 만졌다. 바람이 일었다.

「날 죽이지 마.」 해리가 말했다.

「안 그럴 거야.」 에밀리가 말했다.

메일링 리스트에 등록하세요!

이 제품을 즐기셨기를 바랍니다. 새로 나올 제품들에 관한 소식을 받고, 상품을 탈 기회를 원하신다면, 다음 사항을 적어 주시기만 하면 됩니다!

1. 이름: ____________________
2. 주소: ____________________

   ____
3. 이메일: ____________________
4. 당신은 고양이를 좋아합니까, 아니면 개를 좋아합니까? ________
5. 가장 좋아하는 색깔은 무엇입니까? ____________
6. 다음 중 아무 숫자나 하나 고르세요(동그라미를 치세요).

   1 2 3 4 5 6 7 8 9 10
7. 당신은 당신 가족을 사랑하나요? ____________
8. 왜 그것을 했습니까? ____________

____

____

____

____

____

____

____

감사의 글

감사의 글들은 작가가 독자에게 거짓말을 하지 않는 한, 그 작가의 속내를 엿볼 수 있는 드문 기회였다. 그중에서도 최고는 스티븐 킹이었다. 스티븐 킹이 쓰는 감사의 글은, 마치 와인 몇 잔을 곁들인 저녁 식사를 마친 그와 만났을 때처럼 길고 장황했다. 나는 호주의 시골에서 자랐다. 가장 가까운 서점은 옆 마을에 있었고, 스티븐 킹은 오토바이를 타고 오는 것은 고사하고, 그 서점에 팬 사인회를 하러 온 적도 없었다.* 나는 작가들이 팬 사인회를 하러 다닌다는 사실조차 알지 못했다. 내게는 감사의 글이 전부였다. 블로그가 등장하기 전, 내게는 감사의 글이 블로그였다.

이제 블로그가 유행이고 트위터도 있으며, 독자들은 작가가 뭔가에 대해 어떤 생각을 하는지 궁금해할 필요가 전혀 없다. 감사의 글을 생각해 보면, 내게는 그런 현상이 좀 슬프게 다가온

* 1997년에 스티븐 킹은 할리데이비슨을 타고 호주를 횡단했다. 「직접 와보지 않으면 여기가 얼마나 다른지 절대로 알 수가 없어요.」 그는 『칼구틀리 마이너』와의 인터뷰에서 이렇게 말했다. 「〈미 서부〉는 텅 비었지만 언제나 전선 또는 저 멀리서 빛을 내는 집을 볼 수 있지요. 이곳에선 그나마도 결코 볼 수 없다니까요.」 — 원주.

다. 감사의 글은 이제 이름들의 나열로 바뀌어 버렸다. (작가에게) 중요한 이름 혹은 이름들로 말이다. 이제는 이름들만이 감사의 글의 목적이 되었다. 하지만 그래도 여전히 나는 장황한 감사의 글이 좋다.

내 중요한 이름들은 쉽사리 추측할 수 있는 대상으로 시작한다. 내 초고를 읽어 주고, 6개월 뒤 두 번째 원고를 읽어 주고(〈무슨 일이 일어날지 모르는 척하려고 애써 봐〉), 그 뒤로도 너무나 오랫동안 내 원고를 계속 읽어 준 사람들. 여러분은 책을 미리 읽는 게 그리 나쁘지 않다고 생각할지도 모른다. 하지만 그건 내 원고가 얼마나 끔찍했는지 몰라서 하는 생각이다. 여러분이 가장 좋아하는 이야기를 떠올려 보라. 그리고 그 이야기의 등장인물들이 툭하면 아무 이유 없이 멍청한 짓을 하고 결말은 엉망이라고 생각해 보라. 끔찍하지 않겠는가? 그것은 단지 덜 좋은 정도가 아니다. 그것은 모든 일을 망친다. 나는 그런 끔찍한 이야기를 읽어 준 사람들에게 매우 고마움을 느낀다. 특히 토드 키슬리, 찰스 티센, 캐시 험프리스, 제이슨 레이커, 조 케런, 존 쇤펠더에게.

내 원고를 계속 출간해 준 모든 사람에게 감사를 표한다. 내 책 한 권 한 권마다 많은 사람들이 엄청난 노력을 기울였으며, 훌륭하게 일하는 사람들은 그분들임에도 모든 공은 작가에게 돌아간다. 편집자, 마케팅 담당자, 조수, 카피 에디터, 번역가, 영업 사원, 구매 담당자, 서점 직원, 디자이너, 기술자, 그리고 그 외 많은 사람들. 여러분 모두에게 늘 감사드린다. 여러분은 언제나 필요 이상으로 애써 주셨다. 특히 미국과 영국의 편집자들, 콜린 디커맨과 루스 트로스에게 고마움을 표한다. 이들은 최종 원고를 보는 내내 날카롭고 정확하게 방향을 인도해 주었고, 그것은 작가에게 선물과도 같다.

루크 잰클로는 내가 무척이나 믿고 의지하는 사람이다. 직업상으로는 출판 에이전트이지만 본질은 내 수호천사이다. 루크 없이 내가 무엇을 할 수 있을지 모르겠지만, 그것이 엉망진창이리라는 사실은 확실하다. 루크의 날개 아래 바람 역할을 하는 클레어 디플은 늘 밝고 상냥하며, 정말로 모든 일을 한다. 거의 믿기지 않을 정도이다. 두 사람에게 감사한다.

누구보다도 이 모든 것을 가능케 한 젠에게 감사한다. 당신이 없었으면 이 모든 것은 한 조각도 존재하지 못했을 것이다. 책도, 글쓰기도, 나도 없었을 것이다. 확실히 나도 없었을 것이다.

그리고 어이, 당신. 책 읽기를 좋아하는 그런 사람이 되어 줘서 고마워. 그건 정말로 멋진 일이야. 최근 나는 사서를 한 명 만났는데, 그녀는 책이 자기 직업이라 책을 읽지 않는다고 했다. 집에 가면 그냥 책에 대해 잊고 싶다고 했다. 이게 얼마나 끔찍한 일인지 모두들 동의하리라 믿는다. 머릿속에서 일어나는 종류의 일, 그런 이야기들을 원해 준 데 대해 여러분에게 감사한다.

옮긴이의 글

당신은 고양이를 좋아합니까, 개를 좋아합니까?

언어: 생각, 느낌 따위를 나타내거나 전달하는 데에 쓰는 음성, 문자 따위의 수단. 또는 그 음성이나 문자 따위의 사회 관습적인 체계.

— 표준 국어 대사전

렉시콘: 특정 언어나 주제, 사전에서 쓰이는 모든 단어의 모음.

— 케임브리지 사전

인간이 동물과 다른 점 가운데 하나는 언어이다. 인간에게 언어는 사회를 구성하고 개인들을 이어 주는 가장 중요한 도구이다. 인간은 언어를 통해 정보를 교환하고, 서로를 이해하고, 지식을 전수한다. 언어는 세상을 구하기도 하고, 혼란에 빠뜨리기도 한다. 그러니 언어가 설득력을 가졌으며 인간을 조종할 수 있다는 아이디어는 전혀 새로운 것이 아니다. 아니, 새롭기는커녕, 언어가 인간의 삶에 큰 영향을 미친다는 사실은 모두가 안다. 지쳤을 때 주위의 짧은 격려 한마디가 듣는 이로 하여금 힘을 내게 하고, 인터넷상의 무례한 댓글 한 줄이 당사자의 가슴에 못을 박기도 하며 때로는 목숨을 빼앗아 가기까지 하는 경우를 우리는 익히 보아 왔다. 그리고 호주의 작가인 맥스 배리는 이 소설을 통해 그 언어의 힘, 특히 설득력에 대해 이야기한다.

이 소설의 큰 배경은 스스로를 〈시인〉이라 칭하는 이들이 구성한 비밀 단체이다. 이 단체는 언어 시스템을 연구하여 상대방을 자신이 원하는 대로 굴복시키는 방법을 알아낸다. 그리고 소설은 주인공 에밀리 러프와 윌 파크가 겪는 두 개의 이야기가 번갈아 가며 진행되다가 서로 맞물리는 방식으로 구성되어 있다. 거리에서 속임수 카드 게임을 하며 연명하는 에밀리는 시인들이 만든 비밀 언어 아카데미에 뽑혀 교육을 받는다. 또 다른 주인공인 윌은 톰이라는 정체불명의 인물에게 납치되고, 그 순간부터 시인들에게 쫓기게 된다. 이 둘의 이야기는 서로 평행선을 그리며 만나지 않을 것처럼 보이지만, 결국 호주의 작은 마을 주민들이 몰살당하는 과정에서 하나로 얽히게 되고, 그 배경의 거대한 음모와 연결된다.

이 소설은 그 자체로도 뛰어난 스릴러이지만, 단지 그 이유에서 우리가 이 소설을 주목하는 것은 아니다. 에밀리와 윌을 중심으로 전개되는 이 소설은 언어와 설득력이라는 고전적인 소재를 사생활 보호, 빅 브라더, 빅 데이터 같은 현재 진행형인 문제들과 멋지게 엮어 냈다. 특히 작가는 이 소설에서 시인들이 인간을 통제하려는 방법들에 대해 이야기하면서, 인터넷에서 여러 집단이 우리를 통제하려 하는 부분들에 대해 신랄히 꼬집는다. 언어는 막강한 힘을 가지고 있지만, 또한 언어는 그것을 이해하지 못하는 대상에게는 아무런 영향력도 발휘하지 못한다. 즉 언어를 통해 내 뜻을 관철하려면 먼저 상대를 파악해 그에 맞는 언어를 써야 한다. 그렇다면 상대를 파악하기 위해서는 어떻게 해야 하는가? 소설 속에서 시인들은 답하기 쉬운 아주 간단한 질문들을 통해 상대를 분석한다. 좋아하는 색, 개와 고양이 중 어느 쪽을 더 좋아하는지, 가족을 사랑하는지 등. 그리고 이런 정보들을 통해 시인은 상대를 설득할 단어를 고른다. 우리 역시 인터넷에서 검색 결과를 볼 때 답하기 쉬운 질문들을 접한다. 그리고 그 질문에 대한 답을 통해 정보 제공자들은 우리를 더 잘 이해하게 되고, 더욱 정교히 다듬어진, 즉 더 우리의 구미에 맞는 내용들을 보여 주며 다시 취향을 묻는 질문을 한다. 〈설득은 이해에서 비롯되지. 우리는 상대가 누구인지를 습득하고, 그 지식을 상대에게 적용하여 상대를 굴복시키지. 추격전이나 총 따위 이런 것들은 모두 (……) 사소한 부분이야.〉 소설의 등장인물인 예이츠가 이렇게 말하는 내용은 인터넷 세상에서 사용자 정보를 모으는 이들의 행동 목적을 다시 한번 생각해 보게 한다.

그렇다면 상호 작용과 맞춤형 정보를 통해 상대의 전적인 신뢰를 확보하고 의존도를 높여 통제하는 인터넷만이 문제인 것일까? 인터넷에 비해 구닥다리 취급을 받긴 해도 신문과 TV 역시 전통적으로 우리를 통제해 오지 않았던가? 사실만을 싣는다면 그 뉴스는 진실인가? 거짓은 없어도 숨긴 부분들이 있다면, 그래서 작은 퍼즐 조각들만을 몇 개 보여 주고 입증되지 않은 힌트를 제시하여 사람들이 상황을 오해하게 만든다면? 이 책의 중간중간에는 소설의 내용과 관련이 있는 작은 뉴스 꼭지들이 실려 있고, 책을 읽으며 이미 〈큰 그림〉을 알고 있는 독자들은 단

편적 뉴스들을 접하며 〈큰 그림을 몰랐다면 어떤 방향으로 정보의 이해를 무의식중에 강요당했을지〉에 대해 많은 생각을 하게 된다. 가령 엘리엇이 동료들을 만나러 갔다가 그들을 사살하고 도망친 부분이 뉴스에서는 〈사망자들이 자살단의 희생자들로 보인다〉, 〈농장 주인은 지역 선거에 출마했다가 낙선했다〉 식으로 호도되는 일 등이 그러하다.

문제는 수동적으로 받는 정보에만 있지 않다. 현대 사회의 중요한 소통 수단인 SNS의 경우, 이용자들은 자발적으로 자신들에 대한 정보를 불특정 다수에게 남기게 된다. 그리고 이러한 정보를 이용하는, 더 심한 경우에는 악용하는 사람들은 언제나 존재한다. 그런 정보의 악용을 막기 위해서는 어떻게 해야 하는가 역시 진지하게 고민해 볼 필요가 있다.

이 책은 현시대의 가장 민감하고 가장 뜨거운 토론 대상인 문제들을 여태껏 생각지 못한 방식으로 참신하고 진지하게, 또한 무거운 마음으로 돌아보게 만든다. 그래서 다시 한번 묻고 싶다. 당신은 고양이를 좋아하는가, 개를 좋아하는가?

맥스 배리

맥스 배리는 호주 작가로, 휴렛 팩커드에서 컴퓨터 판매원으로 일하며 『시럽*Syrup*』(1999)을 출간했다. 『시럽』은 컨슈머리즘과 마케팅 기술을 풍자한 장편 소설로, 맥스 배리는 사람들의 관심을 끌기 위해 x를 하나 더 붙인 Maxx라는 이름을 썼지만 출간 당시 별다른 반응을 이끌어 내지 못했고(하지만 『시럽』은 2013년에 영화로 제작되었으며, 같은 해에 희곡으로 발표되어 연극으로도 상연되었다), 두 번째 소설인 『제니퍼 정부*Jennifer Government*』(2003)부터 Max라는 이름으로 돌아갔다. 작가 본인의 주장에 따르면 덕분에 첫 번째 소설보다 훨씬 더 잘 팔렸다고 한다. 『제니퍼 정부』는 정부의 권한이 극소화되고 대신 이윤을 추구하는 기업들의 영향이 극대화된 사회를 그린 디스토피아 대체 역사 소설이다. 맥스 배리는 같은 해에 이 소설을 바탕으로 한 게임도 발표했다. 세 번째 발표작인 『회사*Company*』(2006)는 직원들을 대상으로 한 비밀 연구 결과를 바탕으로 제품을 만들어 판매하는 정체불명의 회사를 그린 소설이다. 이후 발표한 『머신 맨*Machine Man*』(2011)은 한쪽 다리를 잃은 주인공이 진짜 다리보다 더 좋은 의족을 발명하면서 자신의 몸을 기계로 대체해 가는 과정에서 겪는 심리적 부작용을 그리고 있다. 2013년, 작가는 이 책 『렉시콘*Lexicon*』을 출간했다. 『렉시콘』은 그해 『타임』지가 선정한 〈올해의 소설 10선〉에 선정되었다.

작가의 홈페이지는 maxbarry.com이며, 신기하게도 작가는 본인 성향에 대한 독자들의 질문에 꽤 적극적으로 자세하게 답을 하고 있다.

2020년 1월

최용준

옮긴이 **최용준** 대전에서 태어나 서울대학교 천문학과를 졸업했으며, 미국 미시간 대학교에서 이온 추진 엔진에 대한 연구로 항공 우주 공학 박사 학위를 받았다. 현재는 플라스마를 연구한다. 옮긴 책으로 C. J. 체리의 『다운빌로 스테이션』, 데이비드 브린의 『스타타이드 라이징』, 아이작 아시모프의 『아자젤』, 세라 워터스의 『핑거스미스』, 마이클 프레인의 『곤두박질』, 마이크 레스닉의 『키리냐가』, 루이스 캐럴의 『이상한 나라의 앨리스』, 제임스 매튜 배리의 『피터 팬』 등이 있다. 헨리 페트로스키의 『이 세상을 다시 만들자』로 제17회 과학 기술 도서상 번역 부문을 수상했다. 시공사의 〈그리폰 북스〉, 열린책들의 〈경계 소설선〉, 샘터사의 〈외국 소설선〉을 기획했다.

렉시콘

발행일 **2020년 2월 10일 초판 1쇄**

지은이 **맥스 배리**
옮긴이 **최용준**
발행인 **홍지웅 · 홍예빈**
발행처 **주식회사 열린책들**

경기도 파주시 문발로 253 파주출판도시
전화 **031-955-4000** 팩스 **031-955-4004**
www.openbooks.co.kr

Copyright (C) 주식회사 열린책들, 2020, *Printed in Korea.*
ISBN 978-89-329-1973-7 03840

이 도서의 국립중앙도서관 출판예정도서목록(CIP)은 서지정보유통지원시스템 홈페이지(http://seoji.nl.go.kr)와 국가자료공동목록시스템(http://www.nl.go.kr/kolisnet)에서 이용하실 수 있습니다.(CIP제어번호:CIP2019038370)